Dorothee Müller, 1957 in Koblenz-Lay geboren, lebt seit zwanzig Jahren in Köln. Sie studierte Geschichte und Germanistik und arbeitete als Antiquarin und Programmiererin. Heute ist sie Lehrerin für Deutsch, Geschichte und Informatik.

Dieses Buch ist ein Roman. Die Handlung ist frei erfunden, wenngleich im historischen Umfeld eingebettet. Einige Personen, Ereignisse und Orte sind historisch, einige sind es nicht.

DOROTHEE MÜLLER

KATHARINAS ERBE

HISTORISCHER KRIMINALROMAN

Emons Verlag

Umschlagzeichnung: Heribert Stragholz
Druck und Bindung: Clausen & Bosse GmbH, Leck
ISBN 13: 978-3-89705-483-7
Printed in Germany 2007

Meinen Eltern

Koblenz im 18. Jahr des großen Krieges
22.4.1636, in der Nacht vor Sankt Georg

EINE VERABREDUNG

Wie still die Stadt war. Nur seine Schritte hallten durch die leeren, dunklen Straßen. Man hätte glauben können, er allein wäre noch wach in dieser schlafenden Stadt.

Doch er wusste es besser. Die Ausgangssperre hielt alle Bürger schon ab Einbruch der Dunkelheit in ihren Häusern, und nun war es ohnehin lange Schlafenszeit. Aber sicher wachten noch andere außer ihm. Da gab es zunächst das Mädchen, das auf ihn wartete. Und da waren natürlich die Wachen. Erst vorhin, bei der Liebfrauenkirche, hatten ihn zwei einfache Söldner angerufen. Als sie ihn erkannten, hatten sie gegrüßt, wie es ihm zukam, und nur der Form halber nach der Losung gefragt. *L'ange*, der Engel, lautete sie heute Nacht. Sicher, sie waren respektvoll zu ihm gewesen. Doch als er weiterging, hatte er gelauscht, ob sie hinter seinem Rücken tuschelten und lachten. Waren sie nicht auch dabei gewesen am Sonntag? Sicher jedoch hatten sie davon gehört. Aber darüber wollte er sich keine Gedanken machen – nicht heute Nacht. Heute wollte er nur an seine Verabredung denken, sich nur darauf freuen.

Er ging über den Plan, einen weitläufigen Platz, den hohe Kaufmannshäuser mit Erkern und reich geschnitzten Fenstereinfassungen säumten. Hier sah man erst wenige Kriegsschäden. Aber viele dieser Häuser, viele ihrer Bewohner würden die nächsten Tage nicht überstehen. Die schweren Kanonen der kaiserlichen Truppen hatten ihre Position eingenommen, und jeden Tag konnte die Bombardierung beginnen. Das konnte das Ende für die französische Besatzung sein, wäre aber vielleicht noch vernichtender für die Stadt und ihre Bewohner.

Er überquerte die Straßenkreuzung und bog in eine engere, weniger prächtige Straße ein. »Am alten Graben«, so nannte man diese Straße. Hier wohnte sie, hierhin zogen ihn seit Tagen all seine Wünsche. Die Häuser in dieser Straße waren schlichter, doch auch hier wohnten noch Kaufleute und wohlhabende Handwerker. Er ging nun dicht entlang der Hauswände, und nach einer Biegung trat er unter den Torbogen eines schmalen, aber soliden Hauses. Niemand war auf der Straße zu sehen. Als er an der Front hinaufblickte, waren auch hier alle Fenster dunkel, alle Häuser still.

Still wie der Tod, dachte er und lächelte. Sein Lächeln war so reizend wie das eines schönen, sorglosen Kindes. Dann klopfte er an die Haustür.

Isa stand im Flur und horchte nach draußen in die Nacht. Sie hielt den Kerzenleuchter mit dem großen Abblendblech in einer Hand, mit der anderen umklammerte sie den Haustürschlüssel wie eine Sünderin den Rosenkranz. Sie wusste, dass alle im Haus tief und fest schliefen, trotzdem hatte sie kaum gewagt, die Kerze anzuzünden.

»Keiner wird etwas merken, keiner aufwachen«, hatte er gesagt. Wenn sie ihn lieb habe, müsse sie es wagen. Das Leben sei so kurz, und er könne jeden Tag im Kampf fallen. Vielleicht würden sie sogar beide bei der Eroberung der Stadt sterben. Schließlich hatte Isa zugestimmt, aber nun wünschte sie fast, sie hätte es nicht getan. Und sie hätte es vielleicht auch nicht, wenn Emmi, als sie ihr davon erzählte, nicht gelacht und gefragt hätte, ob sie sicher sei, dass er sich nicht nur über sie lustig mache.

Isa legte ihr Ohr an das Holz der Tür und lauschte. Es kam ihr vor, als würde sie schon seit Stunden warten. Wenn Emmi nun recht hatte und er doch nicht käme? Aber dann hätte er ihr sicher nicht die Phiole mit dem Trank gegeben.

Kleine Schweißperlen standen über Isas Oberlippe. Obwohl es für die Jahreszeit recht warm war, hatte sie ihr neues Kleid aus dickem Winterstoff angezogen, das ihr so gut stand und das sie erst einmal am letzten Weihnachtsfest in der Kirche getragen hatte. Vorhin war sie noch schnell in die gute Stube geschlichen und hatte das rote Tuch ihrer Herrin aus der Sonntagstruhe genommen und es sich umgelegt. Wenn sie es nicht verknitterte und es morgen ganz früh wieder in die Truhe legte, würde keiner merken, dass sie es sich für eine Nacht geliehen hatte.

Während sie das Tuch umlegte, hatte sie sich beim Schein ihrer Kerze in der matt spiegelnden Fläche eines Zinntellers, der immer in der guten Stube stand, betrachtet. Ich sehe fast so fein und hübsch wie eine Kaufmannstochter aus, hatte sie gedacht und war für einen Moment völlig zufrieden mit ihrem Abenteuer gewesen.

Endlich waren Schritte zu hören. Sie näherten sich der Haustür und wurden langsamer. Einen Moment lang blieb es still, dann ertönte ein sehr leises Klopfen. Isa strich sich das Haar glatt und biss sich auf die Lippen, damit sie schön rot aussahen. Sie atmete tief durch und lächelte wie zur Probe. Dann steckte sie leise den Schlüssel ins Schloss, drehte ihn aber noch nicht um. Während sie nach dem Eisenriegel griff, pochte es ein zweites Mal leise an der Tür. Behutsam fasste sie den Riegel mit beiden Händen und schob ihn lautlos zurück. Ihre Hand zögerte einen Moment, dann drehte sie den Schlüssel um. Der Türgriff wurde von außen heruntergedrückt, die Tür öffnete sich einen Spalt, und er schlüpfte herein.

»Du hast es ihnen gegeben?«, fragte er flüsternd, noch während er die Tür hinter sich zuzog.

Isa nickte, obwohl er sie nicht ansah, sondern in den dämmrigen Vorraum spähte. Hastig und noch leiser als er sagte sie: »Ich habe alles in den Wasserkrug getan. Alle haben davon getrunken. Das Kind ist sofort eingeschlafen. Und die anderen wurden bald müde und gingen ins Bett. Sie schlafen oben«, fügte sie noch hinzu.

Als er sie immer noch nicht ansah, berührte sie leicht seinen Arm.

»Es schadet ihnen doch nicht? Auch dem Kind nicht? Es kann nicht krank machen, hast du gesagt?«

Da wandte er ihr das Gesicht zu und lächelte strahlend. Sofort verflog ihre Unruhe. Wie hübsch und jung er war! Und dabei so vornehm! Sie konnte es selbst kaum glauben, dass er ausgerechnet sie angesprochen hatte.

»Sie schlafen alle nur, mein Täubchen. Wir sind ganz ungestört«, sagte er, ohne seine Stimme zu dämpfen, und seine schönen hellen Augen schauten fröhlich in ihre. Er legte die Hände auf ihre Schultern und schob sie etwas von sich weg.

»Lass dich mal ansehen. Wie hübsch du dich rausgeputzt hast.« Er betrachtete sie von oben bis unten, drehte sie um und zog sie dann an sich, sodass sie mit dem Rücken an seiner Brust lehnte. Er schlang die Arme um ihre Schultern und legte sein Gesicht an ihr Haar. Sein Mund war jetzt ganz nah an ihrem Ohr.

»Du weißt nicht, wie ich darauf gewartet habe«, sagte er, und seine Stimme war rau und zärtlich. »Heute Nacht habe ich eine Verabredung, die mich sehr glücklich machen wird.«

Sie lehnte sich fester an ihn und spürte, wie er seine Umarmung löste, mit einer Hand zart an ihrem Hals entlangstrich und das Tuch herabschob. Seine andere Hand zog etwas aus der Tasche, die er über der Schulter trug.

Vielleicht hat er ein Geschenk für mich, dachte sie.

Sie seufzte glücklich und lächelte noch, als er ihr mit einem raschen Schnitt die Kehle fast bis zum Nacken durchtrennte.

Das hässliche gurgelnde Röcheln hallte in dem stillen Haus. Aber das störte ihn nicht. In diesem Haus würde niemand davon aufwachen.

Er bückte sich zu dem sterbenden Mädchen und wischte die Klinge und seine besudelte Hand sorgfältig an ihrem Rock ab.

Als er die Treppe hinaufstieg, summte er vor sich hin. Jetzt konnte sie beginnen, seine Verabredung. Nun war alles so, wie es sein musste. Heute würde niemand über ihn lachen. Auch Anna und das Kind nicht.

Oh nein: Heute Nacht würden sie ihn anflehen!

26.12.1700, Stefanstag

IN EINER EISIGEN NACHT

Es war ein frostiger Abend kurz nach Weihnachten. Den ganzen Tag über hatten graue, schwere Wolken den Himmel verhangen. Doch der erwartete Schnee fiel nicht, und gegen Abend kam Wind auf, trieb die Wolken davon und ließ die Luft eisig werden. Noch hatte es nicht zur Abendandacht geläutet, aber die ersten Sterne glänzten schon kalt am Himmel.

Drinnen im Haus brannte ein Feuer im Kamin. Nur wenn die Flammen aufflackerten, wurde das Gesicht des alten Mannes für einen Moment beleuchtet. Es war das faltige, von vielen Jahrzehnten Leben und Arbeit im Freien verwitterte Gesicht eines Landmanns. Vor allem um seine Augen lag ein dichtes Netz von Fältchen. Doch gerade sie ließen seine Augen leuchtend blau und verblüffend jung aussehen. Das ehemals blonde Haar war noch dicht, aber zu einem hellen Grau verblasst. Er trug es lang, eine widerspenstige Locke fiel ihm in die Stirn.

Flammen tanzten auf den Holzscheiten, und sein Blick folgte ihnen, ohne sie recht zu sehen. Heute werde ich es also erzählen, dachte er. Aber wo soll ich beginnen? Wann fing alles an? Mit dem Kampf? Oder schon vorher, damals, als ich nach Lay kam?

Seine Gedanken wanderten zurück durch all die Jahre, über ein halbes Jahrhundert in die Vergangenheit, bis in die Zeit gleich nach dem großen Krieg, bis zu dem Tag, an dem er dieses Haus das erste Mal betreten hatte. Er zog die Augenbrauen zusammen. Nein, auch das war nicht der Anfang, denn es war nicht allein seine Geschichte, die er erzählen musste. Vielleicht hatte alles viele Jahre zuvor in jener Nacht in Koblenz begonnen.

Das Bild eines Hauses in der dunklen, schlafenden Stadt trat vor seine Augen. Es war still in der Stadt und auch in dem Haus. Fünf Menschen schliefen dort, nur eine junge Magd stand im Finstern hinter der verschlossenen Haustür.

Und dann, nur wenig später? Immer noch war das Haus still, aber seine Bewohner schliefen nicht mehr. Sie lagen ermordet in ihrem Blut. Flammen loderten, eine Truhe brannte …

Das leise Geräusch einer sich öffnenden Tür riss ihn aus seinen Gedanken, aber er blickte sich nicht um. Ein Mädchen von vielleicht vierzehn oder fünfzehn Jahren schlüpfte in den Raum, lief zu ihm und ließ sich ohne ein Wort zu seinen Füßen vor dem Feuer nieder. Den Rücken lehnte sie an seine Beine, zog unter ihrem weiten Rock die Knie an den Körper und schlang die Arme darum.

Das Haar des Mädchens war dunkel und glatt, ihre Augen tiefbraun, ihr hübsches, klares Gesicht großflächiger als das des Mannes. Doch obwohl in ihren Augen die Ernsthaftigkeit sehr junger Menschen stand, die noch keine Kompromisse machen mussten, zeigten sie gleichzeitig die Heiterkeit, die auch in denen des alten Mannes zu finden war.

Die beiden hatten noch nicht lange so gesessen, als Stimmen und Schritte von draußen und bald darauf im Hausflur zu hören waren.

»Vielleicht ist er ja zur Vernunft gekommen«, sagte eine Frauenstimme flüsternd, aber bestimmt, um gleich darauf mit einem »Pscht!« eine Männerstimme, die ansetzte, ihr zu antworten, zum Verstummen zu bringen. Die Zimmertür öffnete sich. Eine stattliche Frau mittleren Alters mit einem hübschen, nun jedoch etwas strengen Gesicht trat in die Türöffnung und nickte den beiden am Feuer zu. Sie wickelte sich aus ihrem Umhang und schüttelte ihn sorgfältig aus, obwohl weder Schnee noch Staub darauf waren.

»Das ist keine Zeit und kein Wetter, um einen Christenmenschen vor die Tür zu schicken«, sagte sie in leicht tadelndem Tonfall, ohne jemanden anzusehen. Sie hatte eine wohlklingende, entschiedene Stimme, mit der sie sich, wäre sie ein Mann gewesen, durchaus zum Prediger geeignet hätte. Erst als sie ihren Umhang ordentlich zusammengefaltet hatte, trat sie in den Raum und gab den Blick auf einen aschblonden Mann frei, der hinter ihr gewartet hatte. Er hatte seinen Umhang bereits im Flur abgenommen. Jetzt nickte auch er dem alten Mann und dem Mädchen mit einem kleinen Lächeln zu und trat, sich die kalten Hände reibend, zu ihnen ans Feuer.

»Setzt euch vor den Kamin, dann wird euch schnell warm«, sagte der Alte, und der Aschblonde griff nach der Lehne eines Stuhls, um ihn ans Feuer zu ziehen, doch die Frau sagte: »Hier wird es für

uns schon recht sein«, und setzte sich sehr aufrecht auf eine Holzbank, die zwar an der Kaminwand, aber etwas weiter weg vom Feuer stand. Der aschblonde Mann stellte den Stuhl zurück und nahm auf der Bank neben ihr Platz.

Der Alte sah mit einem kaum merklichen Lächeln zu den beiden hinüber. »Es tut mir leid, dass ich euch an solch einem Abend zu mir gebeten habe«, sagte er ohne hörbares Bedauern. »Aber ich wusste gestern noch nicht, dass es heute so windig und kalt werden würde. Ich bin ein alter Mann. Viele, und nicht zuletzt du, Magda, sagten oft, dass ich schon lange mein Erbe hätte ordnen sollen. Gestern habe ich es getan. Alles wurde aufgeschrieben und besiegelt. Ihr wisst, was ihr zu erwarten habt. Aber es bleiben noch Dinge zu besprechen, die man nicht besiegeln kann und die doch das Wichtigste an diesem Erbe sind.«

Die Frau setzte sich noch aufrechter hin. Ihre Hände ruhten auf dem zusammengefalteten Umhang in ihrem Schoß.

»Ich hoffe, du redest von Käthchen. Ich habe es gleich gesagt, und ich bleibe dabei: Wenn es auch recht ist, dass sie den Mehringhof erbt, so sollte sie doch nach deinem Tod bei Hans und mir leben. Jedenfalls ist sie zu jung, um allein einen Hof zu führen. Das kannst du ihr nicht aufbürden.«

»Ich weiß, dass ihr Käthchen gernhabt, aber ich war nicht viel älter, als ich den Hof erbte. Außerdem bin ich noch nicht tot. Und mit jedem Tag bis dahin, und ich hoffe, dass es viele sind, wird sie älter werden.« Der alte Mann zwinkerte dem Mädchen zu. »Ich habe es nicht eilig. Aber das ist nicht, worüber ich mit euch sprechen will. Ich habe nicht deshalb so lange gezögert, weil ich den Gedanken an meinen Tod scheue. An diesem Erbe hängt mehr und anderes als nur ein Hof und einige Felder.«

Der alte Mann drehte sich wieder zum Feuer. Ruhig folgte sein Blick dem Spiel der Flammen und schien doch etwas anderes zu sehen. Dann schloss er die Augen.

»Käthchen«, sagte er, »ich habe dir schon ein wenig von ihr erzählt. Von der Katharina, nach der du benannt bist.«

Das Mädchen lächelte zu ihm empor und nickte, aber die Frau auf der Bank atmete bei dem Namen erschrocken ein. Rasch schlug sie zweimal das Kreuzzeichen. Vielleicht hätte sie es noch ein drittes Mal getan, doch der Mann neben ihr fasste nach ihrer Hand, hielt sie fest und drückte sie beschwichtigend. Aber auch er sah betroffen aus.

»Ich habe noch niemandem alles erzählt«, fuhr der alte Mann fort. »Fast mein ganzes Leben lang musste ich schweigen, weil diese Geschichte in all den Jahren noch Folter und Tod über manchen hätte bringen können. Doch heute lebt kaum noch einer von denen, die damals dabei waren, und es ist notwendig, dass meine Erben, wenn ich einmal nicht mehr lebe, wissen, was geschah.« Er drehte den Kopf und sah zu dem Paar auf der Bank. »Zieht euch lieber zwei Sessel oder, wenn es euch lieber ist, die Bank hier ans Feuer. Es ist keine kurze Geschichte, und vieles, was ich erzählen muss, lässt sich besser an einem hellen, wärmenden Feuer hören.«

Der Mann machte Anstalten, der Aufforderung nachzukommen, doch bevor er aufstehen konnte, fasste die Frau seinen Arm und hielt ihn zurück.

»Danke. Wir sitzen hier sehr gut«, sagte sie knapp.

»Nun, dann soll es mir recht sein, Magda.« Der alte Mann richtete seinen Blick wieder auf die Flammen.

»Katharina war damals noch sehr jung«, begann er. Sein Gesicht blieb im Dunkeln, aber an seiner Stimme war zu hören, dass er lächelte. »Obwohl ich das nicht wusste, denn ich war noch jünger. Fast zwei Jahre jünger. Und zwei Jahre sind sehr viel, wenn man fünfzehn ist. Jung und schön war sie. Wenn sie einen ansah und lächelte, setzte nicht nur bei mir das Herz einen Schlag lang aus. Es war ein Glück, dass ich jung genug war, um mir nicht mehr zu erhoffen als jenes Lächeln.«

»Ja, alle hatte sie verhext«, flüsterte die Frau. Doch sie sprach so leise, dass der alte Mann sie nicht hören konnte.

»Ich kam kurz vor meinem fünfzehnten Geburtstag nach Lay. Ich war klein für mein Alter. Und nicht nur das: Ich war ein verträumter, magerer und reichlich ungeschickter Junge.« Er lachte leise. »Aber das war auch mein Glück. Denn ich wäre niemals an die Mosel gekommen, wenn ich nur etwas geschickter gewesen wäre.«

15.5.1650, am Tag der heiligen Sophia

DER BRIEF

»Josef!«

Das klang ungeduldig. Er hatte sie sicher schon einmal rufen gehört. Oder vielmehr überhört.

Josef saß fast drei Mann hoch über der Erde in einer Astgabel und starrte in das Geäst eines anderen Baums auf dem Nachbargrundstück. Ein Amselpaar hatte dort sein Nest. Heute musste es so weit sein: Die Jungen würden bestimmt ihren ersten Flugversuch unternehmen. Fast drei Wochen lang hatte Josef die Amseln beobachtet, wann immer er es einrichten konnte. Er hatte sogar vor zwei Wochen eins der Jungen schlüpfen sehen. Seither hatten die Vogeleltern damit zu tun, die vier Kleinen zu füttern. Jetzt sahen sie schon fast wie richtige Vögel aus, und sie schlugen oft versuchsweise mit ihren kurzen Flügeln. Auf keinen Fall wollte Josef verpassen, wenn das Erste losflog.

Aber er konnte es sich auch nicht leisten, so zu tun, als hätte er seine Mutter nicht gehört. Es passierte ihm oft genug, dass er ihr Rufen wirklich nicht hörte.

Er kletterte bis zum untersten Ast hinunter, hielt sich mit beiden Händen fest und ließ sich abwärtsgleiten, bis er mit ausgestreckten Armen, die Füße gut zwei Schritt über dem Boden, an dem Ast hing. Diesen spannenden Moment kostete er kurz aus, bevor er die Hände öffnete, einen wundervollen Augenblick lang durch die Luft sauste und weich auf der Wiese landete.

Er rannte sofort los, aber seine Mutter stand schon vor der Haustür und wartete auf ihn.

Wie fast immer hielt sie einen der Zwillinge mit dem linken Arm auf der Hüfte. Ihre rechte Hand war so frei für alle Arbeiten. Mit dieser Hand fuhr sie ihm durch das wieder viel zu lange blonde Haar, das ihm widerspenstig in die Stirn fiel. Eine ungewohnte Zärtlichkeit.

Sie schien zerstreut, und ihre Ermahnungen kamen eher gewohnheitsmäßig.

»Wo hast du nur wieder gesteckt? Warum muss ich dich immer dreimal rufen, ehe du kommst? Du bist schlimmer als Karlchen!«

Josef kannte die Vorwürfe alle. Karlchen war einer seiner kleineren Brüder. Er war erst acht Jahre alt und damit fast sieben Jahre jünger als Josef. Aber, wie Josef immer wieder gesagt wurde, sogar Karlchen war wesentlich zuverlässiger und vernünftiger als er. Ganz zu schweigen von Paul, seinem zwölfjährigen Bruder, oder gar seinen beiden älteren Brüdern.

Und Josef musste seiner Mutter recht geben: Er wusste, dass er keine große Stütze des Haushalts war. Immer wieder musste er an seine Aufgaben erinnert werden. Schickte man ihn zu einem Botengang, so fand er sicher unterwegs einen neuen Ameisenhaufen, die ersten Kaulquappen oder sonst etwas, was er unbedingt kurz beobachten musste. Dabei verflog die Zeit wie durch Zauberei, und er kam oft erst nach einer Stunde zurück.

Auch war Josef nicht groß und kräftig wie Simon, sein ältester Bruder, oder so geschickt wie Kurt, der zweitälteste. Dabei hätte seine Familie einen weiteren tüchtigen Arbeiter gut brauchen können. Josef wusste, dass sie von allem zu wenig hatten: zu wenig Land, zu wenig Platz im Haus, zu wenig Vieh. Nur Kinder, Kinder hatten sie zu viele. Sieben Jungen und ein Mädchen mussten von dem Ertrag des kleinen Höfchens ernährt und in dem Häuschen untergebracht werden. Als im Frühling die Zwillinge geboren wurden und seine Mutter so viel weinte, hatte Josef sich fest vorgenommen, sich zu bessern.

Vielleicht sterben sie ja bald, so wie die anderen. Mutter sagt, dass sie sehr klein und zart sind, hatte er damals gedacht und war über seinen Gedanken und die böse Hoffnung, die darin lag, im gleichen Moment erschrocken. »Mein Herr und Gott, schütze meine kleinen Brüder! Und vergib mir meine sündigen Gedanken!«, schickte er sofort ein Stoßgebet zum Himmel. Fünf seiner Geschwister waren in den ersten drei Jahren, die meisten davon sogar in den ersten Monaten nach ihrer Geburt gestorben. Hätten sie alle überlebt, dann hätten seine Eltern nun für dreizehn Kinder zu sorgen, und Josef wusste, dass das für sie alle selbst in guten Jahren Hunger bedeutet hätte.

Auch so war das Leben schwer für sie. Jedes Kind musste die seinem Alter entsprechenden Pflichten erfüllen, damit die Familie überleben konnte. Martha, die Älteste, half der Mutter im Haus und im Garten. Abends versponnen sie die Wolle der beiden Schafe, die ihnen geblieben waren. Simon, pflügte, säte, erntete und erledigte überhaupt alle schweren und wichtigen Arbeiten auf dem Höfchen. Er tat es meistens zusammen mit seinem Vater, immer öfter aber auch allein, während der Vater sich, sooft er konnte, als Tagelöhner auf einem der großen Höfen verdingte. Tagelöhner wurden in der Eifel wie überall vor allem in der Erntezeit gebraucht oder wenn gepflügt und gesät werden musste. Dann war natürlich auch am meisten Arbeit auf dem kleinen Hof der Familie. Seit einem Jahr nahm der Vater nun den fünfzehnjährigen Kurt mit, der fast so viel wie ein erwachsener Mann verdiente. Auch Josef war im frühen März dieses Jahres mit auf den fünf Wegstunden entfernten großen Oberhof gezogen. Arbeitskräfte waren nach dem großen Krieg knapp, und es gab genug zu tun für einen vierzehnjährigen Jungen. Doch Josef war klein und mager für sein Alter. Nur ungern dachte er an seine kurze Zeit als Tagelöhner. Weggeschickt hatte ihn der Oberhof-Bauer schon am ersten Tag, und das ohne Lohn. Zudem hatte auch sein Vater einen ganzen Arbeitstag verloren, weil er Josef nicht allein gehen lassen wollte und so zehn Stunden Wegs zurücklegen musste. In den fünf Stunden, die Josef neben ihm gegangen war, hatte der Vater kein einziges Wort mit ihm gewechselt.

Seit zwei Wochen waren sein Vater und Kurt nun zurück, aber über den Vorfall auf dem Oberhof hatten sie nicht gesprochen. Simon hatte natürlich geschimpft und ihn einen nutzlosen Fresser genannt, aber was Simon sagte, ärgerte Josef schon lange nicht mehr. Seit er vom Oberhof zurück war, musste er mit aufs Feld, und Simon achtete genau darauf, dass Josef bis an die Grenze seiner Kräfte arbeitete. Nur manchmal, so wie heute, behielt ihn seine Mutter im Haus, weil sie Besorgungen hatte, die Josef erledigen sollte. Simon murrte zwar, nannte Josef einen verwöhnten faulen Säugling, aber er wagte nicht, es der Mutter ins Gesicht zu sagen oder ihr zu widersprechen.

»Hast du die Kaninchen gefüttert?«, fragte seine Mutter, während sie Josef ins Haus schob. Das war nun wirklich ungerecht: Nie hätte Josef vergessen, sie zu füttern! Eine Arbeit für ein wesentlich jüngeres Kind, aber immerhin eine Arbeit, die Josef gerne und zuverlässig jeden Morgen erledigte. Doch die Stimme seiner Mutter hatte nicht vorwurfsvoll geklungen, sondern eher wehmütig.

Die Stube erschien nach dem hellen Sonnenlicht draußen so dunkel, dass Josef einen Moment brauchte, um die Anwesenden zu erkennen. Um den Tisch saßen sein Vater, sein ältester Bruder Simon – und überraschenderweise der Kannenfranz, ein über das Land ziehender Händler, der vier- bis fünfmal im Jahr auch bei ihnen vorbeikam. Doch üblicherweise saß er nicht mitten am Tag mit seinem Vater am Tisch.

Als Josef eintrat, sahen alle zu ihm.

»Komm mal her, Josef. Setz dich!«, sagte sein Vater und klopfte mit der Hand leicht auf die Bank neben sich.

Es war schon seltsam genug, dass sein Bruder und sein Vater, die sonst, solange es hell war, immer im Stall oder auf den Feldern arbeiteten, am lichten Nachmittag um den Tisch saßen, aber dass er sich zu ihnen und dem Kannenfranz setzen sollte, das war etwas Unbegreifliches.

Plötzlich wusste Josef alles. Er wusste, was dies zu bedeuten hatte. Sie wollten ihn wegschicken. Er sollte seiner Familie nicht länger eine Last sein. Deshalb saß auch der Kannenfranz mit am Tisch. Er sollte mit ihm ziehen, ihm als sein Gehilfe die Ware tragen. Doch wie konnte er das? Die Träger der Straßenhändler waren kräftige junge Männer, keine mageren Jungen wie er. Man wollte ihn wegschicken. Das war schlimm genug, aber noch schlimmer war, dass er wieder versagen und sein Brot nicht verdienen würde. Josef starrte vom einen zum andern und versuchte, sein Schicksal in ihren Mienen zu lesen.

»Nun mach schon.« Sein Vater stand auf, fasste Josefs Arm und zog ihn dicht neben sich auf die Bank. Die Mutter trat hinter Josef. Sie schaukelte das leise weinende Kind auf ihrer Hüfte.

»Josef, du weißt, dass Simon den Hof erben wird. Kurt wird sicher ein guter Knecht, vielleicht irgendwann sogar Altknecht auf einem großen Hof. Aber Mutter und ich, wir glauben nicht, dass du ein guter Knecht würdest. Was meinst du dazu?«

Josef sah vor sich auf den Boden und schüttelte den Kopf. Nein, er würde sicher nie ein guter Knecht werden, auch wenn er noch wachsen und stärker werden würde.

»Wir haben überlegt, was du tun kannst. Auf dem Oberhof gehen viele Leute ein und aus. Soldaten, die von den Heeren entlassen sind, sagten, dass der Krieg nur ruht und bald wieder beginnen würde. Sie glauben nicht, dass der große Krieg zu Ende ist. Weil keiner der Herrschenden mit dem Frieden ganz zufrieden ist. Wenn es wieder anfängt, werden Soldaten gesucht werden. Du bist noch sehr jung, und junge Leute lernen ein Handwerk am besten, und im Krieg haben schon viele ihr Glück gemacht.«

Josef blickte auf. Sie wollten ihn also nicht mit dem Kannenfranz losschicken. Er sollte ins Heer, sollte Soldat werden. Daran hatte er noch nie gedacht. Natürlich kannte er Soldaten. Er fürchtete sie, bewunderte sie und bemitleidete sie gleichzeitig. Der Krieg sollte vorbei sein, sagten manche. Aber wer glaubte schon daran? So oft hatte man bereits vom Frieden gesprochen, aber immer waren die Kämpfe wieder losgebrochen. Dreißig Jahre war es so gegangen. Kein anderer Stand brauchte so viele Männer wie der Soldatenstand, und keiner bot einem armen jungen Mann so viel Hoffnung auf Reichtum.

Wer kannte nicht die Geschichten von den einfachen Bauernjungen, die im Krieg ihr Glück gemacht hatten? Jan von Werth, der große Heerführer, hatte als Junge Schweine gehütet. Nun war er so reich und mächtig wie ein Fürst, und Könige behandelten ihn wie ihresgleichen.

Einfache junge Burschen aus dem Dorf und von umliegenden Höfen waren in den Krieg gezogen und mit prächtigen Westen, Federhüten und Stulpenstiefeln zurückgekehrt. Sie erzählten von Heldentaten und Schätzen, die sie gewonnen, verloren oder irgendwo versteckt hatten.

Aber auch Andreas, der Sohn des Nachbarn, war wiedergekommen. Nicht nur ohne Stulpenstiefel, sondern ohne Beine. Eine Kanonenkugel hatte sie ihm zerfetzt. Nur erbärmlich kurze Stümpfe waren ihm geblieben. Der Hof war an seinen Bruder gefallen, der ihn nur widerwillig durchfütterte. Ewig fluchend und schimpfend zog sich Andreas mit seinen Armen durch den Dreck des Hofs.

Und viele andere waren nie wiedergekommen.

Verwirrt sah Josef auf. »Muss ich zu den Soldaten gehen?«, fragte er. Sein Blick traf den Simons.

»Müssen!«, schnaubte der. »Die Eltern wollten dir die Möglichkeit geben, dein Glück zu machen. Sie haben an einen Verwandten von Mutter schreiben lassen, damit er etwas für dich tut. Der kommt aus Koblenz und lebt jetzt an der Mosel, aber er war Offizier, ganz oben! Mit dessen Empfehlungen könnte es jeder im Heer zu etwas bringen.« Er brach ab, kniff die Lippen zusammen und blickte aus dem Fenster.

»Wir haben doch darüber gesprochen«, sagte sein Vater zu Simon. »Du weißt, dass wir dich hier brauchen. Und jetzt ist es ohnehin gleich. Mutters Verwandter hat geschrieben, dass der Krieg wirklich vorbei sei und es in allen Ländern mehr Soldaten gäbe, als man braucht.«

Doch Josef hörte aus alldem nur eins. »Muss ich nicht weg? Muss ich nicht Soldat werden?«, platzte es aus ihm heraus.

Hoffnungsvoll sah er zu seinem Vater. Ein fremder Soldat aus dem fernen Moselort hatte geschrieben. Jetzt sah er, dass vor dem Kannenfranz ein Brief lag.

»Nein, du wirst nicht Soldat werden. Aber …«, sein Vater wechselte einen Blick mit der Mutter, »aber die Verwandten deiner Mutter sind sehr großzügig und hilfsbereit. Sie bieten uns an, dass du auf ihrem Hof leben kannst. Leichte Arbeiten. Gutes Essen …«

»Es ist ein großer, reicher Hof. Und Schäng ist ein guter Mann!«, warf der Kannenfranz ein.

Doch das beruhigte Josef wenig. »Ihr schickt mich weg?«, fragte er.

»Es sind Verwandte. Sie werden dort gut zu dir sein.« Aber es lag mehr Hoffnung als Zuversicht in der Stimme seiner Mutter. Sie bettete das Kind, das sie auf der Hüfte getragen hatte, zu seinem Zwillingsbruder auf das Lager in der Ecke, schlang die Arme um Josef und zog ihn an sich. Das hatte sie schon seit Jahren nicht mehr getan, und ihre Umarmung tröstete ihn.

Der Säugling fing an zu schreien, sein Zwillingsbruder erwachte und stimmte in das Geschrei ein. Josefs Mutter ging zurück, nahm in jeden Arm einen der schreienden, wie Pakete fest gewickelten Säuglinge, öffnete die Tür mit dem Ellenbogen und brachte sie nach draußen.

Josef hatte von diesen Verwandten noch nie etwas gehört. Und auch seine Eltern kannten sie anscheinend nur vom Hören. Zu diesen Leuten in die Fremde wollten sie ihn schicken. Seine Gefühle waren ihm wohl ins Gesicht geschrieben, denn Simon sagte gereizt: »Sei kein Kleinkind, Josef! Du kannst nicht immer hierbleiben. Kurt oder ich, jeder von uns würde nur zu gerne gehen, aber die Eltern haben dem Mann von dir geschrieben, und dich erwartet er. Mutter hat recht. Er wird gut zu dir sein. Er ist ein Verwandter, wenn auch nur angeheiratet, und weiß, dass du kein zu guter Arbeiter bist. Er wird schon keine großen Erwartungen haben.«

»Aber du musst dir natürlich Mühe geben!«, sagte sein Vater.

Es war also schon beschlossen. Er musste weg von zu Hause.

»Lasst doch Simon oder Kurt gehen, wenn sie so gerne wollen«, versuchte Josef einen letzten Einwand.

»Wir brauchen Simon und Kurt hier. Du solltest hören, wie freundlich er hat schreiben lassen. Lies es ihm mal vor, Franz.«

»Das hat er selbst geschrieben«, stellte der Händler richtig. »Einfach so, fast so schnell, wie ich spreche. Das ist ein gelehrter Mann. Mehr als mancher Pfaffe.« Er entfalte den Brief und räusperte sich.

»Meine lieben Verwandten!«, las er langsam. *»Ich bin sehr froh, dass ihr euch an mich gewandt habt. Viele sprechen davon, dass der Krieg noch nicht vorüber sei. Doch ich bin anderer Meinung und bete zu Gott, dass ich recht habe. Die Heere lagern untätig. Sold gab es für die meisten schon lange keinen. Plündern dürfen sie nicht mehr, sodass es den Söldnern nicht gut geht. Die Heerführer verhandeln mit den ausgebluteten Städten und Landesfürsten um Zahlungen, damit sie ihre Söldner auszahlen und die Heere auflösen können. Viele der Soldaten wissen nicht, wohin sie dann sollen, denn sie können doch nichts als das Kriegshandwerk. Sie ziehen in fremde, ferne Länder nur auf das Gerücht hin, dass man dort an Krieg denke. Es ist kein gutes Vorhaben für einen Jungen, jetzt das Kriegshandwerk zu ergreifen.*

Was den kleinen Josef betrifft, so schickt uns den Jungen. Wir haben Platz und Arbeit für Katharinas kleinen Vetter. Er ist ja noch jung und wird es schon lernen, mehr an die Arbeit als ans Spielen zu denken. Er wird es gut bei uns haben. In unserem Dorf Lay, das nahe der umkämpften Stadt Koblenz liegt, hat der Krieg hart zugeschlagen. Nur noch wenige der Menschen, die hier lebten, sind übrig geblieben. Viele wurden erschlagen, andere sind geflohen. Unser Hof ist wie alle anderen in einem üblen Zustand. Die Felder sind mit Unkraut überwuchert, die Scheune und Teile des Hauses waren abgebrannt. Aber wir haben schon vieles wieder aufgebaut und einige Felder wieder angelegt, und das Land ist gut. Arbeit gibt es genug und Brot auch. Ich habe Franz, der ein ehrlicher Mann ist, zwei Gulden für euch mitgeschickt.«

Kannenfranz unterbrach sich. »Die habe ich euch gegeben«, sagte er gewichtig und voller Stolz auf diesen Beweis seiner Ehrlichkeit.

»Wenn er mir den kleinen Josef auf seinem Rückweg mitbringt, werde ich ihm seine Unkosten, die er auf der Reise für den Jungen hatte, ersetzen und ihn für seine Mühe entschädigen. Euch werde ich als Handgeld für das erste Arbeitsjahr des Jungen zwei weitere Gulden mitschicken.

Euer

Johann Weltershof«

»Und das hat er einfach so geschrieben, während ich daneben saß. So schnell, dass ich in der Zeit nur ein Glas Wein austrinken konnte«, musste Franz seiner Bewunderung noch einmal Ausdruck verleihen. In Erinnerung an den Wein strich er sich die Schnurrbartenden hoch und leckte sich über die Lippen. »Die leben da gut, Josef. Schäng ist ein reicher Mann und deine Kusine eine reiche Erbin, aber gar nicht hochmütig. Nein, die nicht, immer freundlich – und großzügig. Da hast du es gut getroffen!«

Josef sagte nichts. Es schien auch keiner von ihm zu erwarten. Sein Vater verabredete mit dem Kannenfranz, dass er auf dem Rückweg in ungefähr zwei Wochen wieder vorbeikommen solle. Dann würde Josef ihn zurück nach Lay bei Koblenz begleiten.

***

Der alte Mann zog ein besticktes Seidenbeutelchen unter seinem Hemd hervor. Er öffnete es und legte einen schlichten Rosenkranz in seine offene Hand.

»Den hat mir meine Mutter zum Abschied gegeben. Sie hatte ihn als Mädchen von ihrer Patin bekommen. Er war das Einzige

von etwas Wert, das sie besaß. Als ich ihn nicht annehmen wollte, drückte sie ihn mir in die Hand. Wenn ich ihn nicht als Geschenk nehmen wolle, dann solle ich ihn ihr irgendwann zurückbringen und ihn bis dahin nur fleißig gebrauchen, dann werde mich die Heilige Jungfrau sicher schützen.

Ich habe ihn ihr nie zurückgeben können. So oft habe ich daran gedacht, endlich die Reise zu unternehmen, um meine Eltern und Geschwister wiederzusehen. Aber die Jahre vergingen schnell, bis schließlich die große Pest von 1666 mir nicht nur in meiner neuen Heimat das Liebste nahm, sondern auch meine Familie in der Eifel tötete. Nur dieser Rosenkranz ist mir geblieben.« Er berührte mit dem Daumen sanft eine der Perlen. »Vielleicht habe ich ihn nicht so fleißig benutzt, wie meine Mutter es sich gewünscht hat. Aber ich habe ihn bei mir getragen in all diesen Jahren, und die Heilige Jungfrau hat mich beschützt. Ohne ihren Schutz hätte ich das, wovon ich heute erzählen will, sicherlich nicht überlebt. Doch davon ahnte ich noch nichts, als ich neben dem Kannenfranz davonging und mit Tränen in den Augen zurücksah.«

Er steckte den Rosenkranz zurück in das Beutelchen und verstaute es wieder unter seinem Hemd.

»Noch nicht einmal fünfzehn Jahre war ich damals alt. Da wird es niemanden wundern, dass meine Tränen nach wenigen Stunden getrocknet waren, ich munter neben Franz herlief und neugierig in die Gegend sah: Ich war auf dem Weg in die weite Welt.«

***

An breiten Lederriemen trug Franz die Kiepe auf dem Rücken. Sie war aus Weidenrohr geflochten und reichte ihm von der Mitte seiner Oberschenkel bis über die Schultern. Vor zwei Wochen war sie noch mit Steingutkannen, -krügen und -töpfen aus dem Kannenbäckerland gefüllt und recht schwer gewesen. Aber er hatte gute Geschäfte gemacht, und nun war sie nur noch zu einem Viertel voll. Mit dieser leichten Last konnte er tüchtig ausschreiten, und er und Josef waren heute Morgen gut vorangekommen. Doch seit mittags stiegen sie einen steilen Weg hinab. Lockere Steine lagen auf dem Pfad, und unmittelbar daneben floss ein rascher Bach. Hier mussten sie genau darauf achten, wie sie den Fuß setzten, um nicht zu stürzen.

Vier Tage waren Josef und Franz nun schon unterwegs. Von Hof zu Hof, von Ort zu Ort waren sie gezogen, und Franz hatte seine Kannen angeboten. Doch viele Ansiedlungen waren verödet. Immer wieder waren sie an brachliegenden Feldern, verlassenen Häusern und niedergebrannten Höfen vorbeigekommen. Vorgestern waren sie einem wandernden Kesselflicker begegnet, der sie warnte, dass man in einem nahen Waldstück einen Putzhändler erschlagen und ausgeraubt aufgefunden hatte. Ob der Mörder weitergezogen war oder ob er sich noch in der Nähe aufhielt, wusste niemand. Räuber hatte es in einsamen Gegenden immer gegeben. Nun, nach dem Krieg, aber war es schlimmer als je zuvor. Die Strafen waren hart, doch die Gefahr, gehenkt oder gerädert zu werden, schreckte weniger als der Hunger. Und überall im Land gab es entlassene heimatlose Soldaten, die ihren Lebensunterhalt nie anders als mit Waffen verdient hatten. Wer es sich leisten konnte, reiste mit einem bewaffneten Geleitschutz. Aber das kam für Franz und Josef natürlich nicht in Frage. Der derbe Eichenstock, auf den sich Franz stützte, war für sie der einzige Schutz. Aber bald würden sie in dichter bewohntes Gebiet kommen. Der Pfad durch die Klamm hinab würde sie zur Mosel führen, versprach Franz.

Und wirklich öffnete sich das dunkle, enge Tälchen plötzlich und gab den Blick auf einen sonnenbeschienenen Fluss frei.

Josef hatte bisher nur Bäche gesehen und staunte über die Breite der Mosel. Es fiel ihm schwer zu glauben, dass der Rhein sogar noch viel mächtiger sei, wie Franz ihm versicherte.

»Morgen kommst du in deiner neuen Heimat an. Wir würden es noch heute schaffen, aber wir übernachten besser in Winningen. Dort schlage ich den Rest los, und eine richtig feine Unterkunft werden wir auch haben. Du wirst schon sehn. Ich kenne da eine Witwe ...«

Sie wanderten auf der Straße neben dem silbrig glänzenden Wasser flussabwärts. Franz lachte und plauderte, aber Josef hörte kaum zu. Es gab zu viel zu sehen: Einzelne Häuser, Mühlen und kleine Orte lagen am Weg oder auf der anderen Flussseite. Auf der Straße waren Menschen zu Fuß, mit dem Pferd oder mit dem Karren unterwegs. Frauen wuschen Wäsche am Ufer. Bauern und Winzer setzten mit Kähnen zu ihren Wingerten und Gärten auf der anderen Seite der Mosel über. Ein Fischer warf nicht weit vom Ufer sein Netz aus und rief, wie so viele, einen Gruß zu Franz herüber. Zwei große, tief im Wasser liegende Schiffe zogen mit der Strömung eilig vorbei.

»Die haben sicher Fässer voll Wein von der Mittelmosel geladen. Vielleicht bringen sie ihn nach Köln«, sagte Franz. »Wenn die Winzer endlich wieder gute Geschäfte machen, dann haben sie Geld für meine Kannen.«

Aber auch in dieser lieblichen Landschaft hatte der Krieg seine Spuren hinterlassen. Kaum ein Ort war unversehrt. Manchmal standen nur noch vereinzelte Häuser in einem Labyrinth aus rußgeschwärzten Mauerresten. Einige Ruinen waren offensichtlich schon viele Jahre alt. Steine und Reste der Lehmfüllungen lagen in ungeordneten Haufen, zwischen denen Unkraut wuchs. Alles aus Holz, Türen, Fenster und Balken, war aus den Trümmern gezogen und als Brennholz genutzt worden.

Gegen Abend erreichten sie Winningen, ein unter prächtigen Weinhängen liegendes Dorf. Hier wurde überall gebaut.

»Die haben Geld, die Winninger. Haben sie schon immer gehabt. Und jetzt, wo der Krieg wohl vorbei ist, werden die Geschäfte wieder laufen«, sagte Franz.

»Welche Geschäfte?«

»Wein, mein Junge, Wein! Was sonst? Siehst du die Wingerte? Die haben Sonne, wie man es sich nur wünschen kann. Da wächst der beste Wein, besseren hast du nie getrunken. Ich hätte früher nicht gedacht, dass Evangelische so guten Wein machen können.«

»Evangelische?«

»Ja, das ganze Dorf ist evangelisch.«

Josef hatte noch nie mit jemandem gesprochen, der nicht katholisch war, und erwartete, dass man den Bewohnern des Dorfs diese Absonderlichkeit ansehen könnte. Er musterte alle, die ihnen auf der Straße begegneten, mit neugierigen Augen. Doch die Leute sahen nicht anders aus als er oder Franz.

»Aber die anderen Dörfer hier in der Gegend sind doch katholisch?«, fragte Josef.

»Ja, wieso?«

»Haben die Leute in Winningen denn keine Angst?«

»Weshalb sollten sie?«

»Na ja, weil doch Krieg war zwischen uns und den Evangelischen. Die aus den anderen Dörfern könnten die Winninger doch überfallen und ihnen etwas tun.«

Franz fing so heftig zu lachen an, dass er stehen blieb und sich die Seite hielt. »Ach Junge ...«, sagte er, als er wieder zu Luft kam, »... was du für Ideen hast! Wir sind doch alles kleine Leute. Sollen wir übereinander herfallen? Wir entscheiden doch nicht über unsere Religion. Warum sollen wir uns darüber streiten? Die Religion ist die Sache vom Fürsten. Winningen gehört nicht zum Erzbischof wie die anderen Dörfer hier, sondern zum Markgrafen von Baden. Das ist doch für die Leute hier nicht wichtig.«

»Sind Evangelische nicht ...«, Josef zögerte, »... anders?«

»Natürlich sagt schon mal einer, wie komisch die aus dem Nachbardorf sind. Das sagen sie auch in Lay über die Winninger oder in Winningen über die Layer. Aber das kann ich dir als einer, der viel rumkommt, sagen: Das ist überall so. Dafür braucht man keine unterschiedliche Religion. Und gerade Winningen und Lay, das sind gute Nachbarn, die sich gegenseitig helfen. Vor etwa zehn Jahren, da sind die Winninger sogar mit Vieh und allem, was sie hatten, vor den Truppen nach Lay geflohen. In Kähnen haben sie alles über die Mosel gesetzt und sind wochenlang als Flüchtlinge in Lay geblieben. Und sie haben ihre Helfer nicht vergessen. Im Jahr darauf hat jeder Winninger Bürger beigesteuert, was er konnte, und man hat den Layern zwei Ohmen Wein als Dank geschickt. Denk dir, mein Junge: Das sind etwa zweihundertfünfzig Krüge! Krüge voll gutem Winninger Wein!« Ein leichter Schatten von Bedauern legte sich auf Franzens Gesicht. »Ich war damals leider nicht hier in der Gegend. Das muss ein Fest gewesen sein!«

3.6.1650, Karlstag

EINE SCHLAFLOSE NACHT

Tatsächlich fand Franz auch in Winningen bei einer entgegenkommenden Witwe ein Nachtquartier für sich und Josef. Sie hatte schon zwei Ehemänner überlebt, ohne dass ihre Munterkeit darunter gelitten hätte. Wie viele in diesem für seinen guten Wein bekannten Ort, führte sie einen kleinen Weinhandel. Gelegentlich beherbergte und beköstigte sie gegen Bezahlung Reisende oder kochte für Feiern, für die sie auch den Wein lieferte.

Sie schien nicht schlecht davon zu leben, denn sie tischte ihnen Schinken, Brot, Butter und Eier auf. Sogar einen Krug Wein stellte sie für Franz neben den Wasserkrug auf den Tisch. Josef nahm nicht an, dass Franz viel dafür zahlen würde.

»Aber schöne Frau«, protestierte Franz auch schon, während er sich einschenkte, »ich bin bloß ein armer Händler. So etwas kann ich mir nur an Feiertagen leisten. Wir leben nicht wie ihr vornehmen Weinhändler.«

»Ich werd es dir schon nicht in Rechnung stellen. Ich koche seit Tagen für den Ausschuss. Es ist nicht so wichtig, wie hoch deren Rechnung wird. Die Familie der Angeklagten wird's am Schluss bezahlen. Und dabei kommt es nicht so darauf an, ob ein paar Eier mehr oder weniger an den Küchlein sind. Und bei dem Wein kann ich auch was abzwacken.« Sie schwenkte den Wasserkrug bedeutungsvoll und lachte.

»Schön, klug und tüchtig. Da wirst du nicht lange Witwe bleiben«, sagte Franz und griff nach der Wirtin, die sich mädchenhaft kichernd entzog.

»Ich muss jetzt in die Küche. Mein Brot verdienen«, sagte sie.

»Ohne liebliche Gesellschaft schmeckt es mir aber nicht«, klagte Franz und legte sich tüchtig Schinken aufs Brot.

Einige Zeit später kam die Witwe zurück ins Zimmer. Ermattet ließ sie sich auf einen Stuhl fallen.

»Alles zubereitet und in zwei Körbe verpackt. Das wird ihnen so schmecken, dass sie sich wünschen, der Prozess möge Wochen dauern«, sagte sie selbstzufrieden. »Du kannst eigentlich auch etwas für dein Nachtquartier tun«, wandte sie sich an Josef. »Bring die Körbe rüber ins Schultheißhaus.«

»Du musst dich nicht beeilen«, sagte Franz und warf der Witwe einen Blick zu, der sie wieder kichern ließ.

Josef war gerne bereit, den Auftrag anzunehmen. Die Witwe erklärte ihm den Weg und blieb offensichtlich nicht ungern mit Franz allein zurück.

Wenn Josef gewusst hätte, was ihn erwartete, hätte ihn nichts auf der Welt dazu bringen können, ins Schultheißhaus zu gehen. Was er dort sah, machte die folgende Nacht zur schlimmsten in seinem bisherigen Leben. Zwischen Mitleid und Gewissensbissen hin- und hergerissen, lag er wach, wagte kaum, die Augen zu schließen. Er fürchtete die Bilder, die der Traum bringen würde, Bilder, die er selbst im Wachen kaum zurückdrängen konnte. Vor allem ihre Augen sah er vor sich. Diese Augen – auf ihn gerichtet, ohne ihn wahrzunehmen, ohne irgendetwas wahrzunehmen –, nie würde er sie vergessen können.

Nur ein dünnes weißes Hemd bedeckte ihren schmalen, schrecklich verrenkten Leib. Deutlich zeichneten sich rostbraune Flecken, getrocknete Blutspritzer, auf dem hellen Stoff ab. Fast noch furchtbarer war der große blassgelbe Fleck. In ihrer Qual hatte sie den Urin nicht halten können und ihr Hemd beschmutzt.

Sie hing an ihren hinter dem Rücken gefesselten Handgelenken. An einer Kette war sie hochgezogen worden. Obwohl ihr zarter Körper leicht sein musste, sah er, dass ihre Arme ausgekugelt waren. Aufgehängt wie ein geschlachtetes Ziegenkitz zum Ausbluten. Aber dies ist ein Mensch, ein Kind, empörte sich etwas in Josef. Ihr Kopf lag auf der Brust, ihr Gesicht war bleich wie Wachs. Sie ist ohnmächtig, dachte Josef. Dann sah er ihre Hände, blutige Klumpen, in denen ihre dünnen Arme endeten, und er wünschte, dass sie tot sei, wünschte es für sie.

Doch als der vierte und letzte der Männer aus der Tür trat und schon im Begriff war, sie zu schließen, hob sie den Kopf, und Josef sah ihre Augen. Augen, in denen nichts zu sehen war als Schmerz und Angst.

Der Mann schloss ab, doch Josef blieb stehen und starrte die geschlossene Tür an. Niemand beachtete ihn.

Es war niemand zur Bedienung der vier Männer da. Und während Josef wie gelähmt dastand, begannen zwei der Männer selbst, den Tisch zu decken, und packten die Speisen aus. Sie schienen aus Winningen zu kommen und Bauern oder kleine Kaufleute zu sein. Die beiden anderen, der eine auffallend kostspielig gekleidet, der andere in fast priesterlichem schwarzem Gewand, nahmen am Tisch Platz und beteiligten sich nicht an dieser Arbeit.

Die beiden aus dem Dorf sprachen beim Eindecken über das Essen, den Wein, der zu sauer sei, aber immer noch besser als der irgendeines anderen Winzers.

»Wir hätten schon etwas Besseres verdient. Sie wird sie noch heute benennen, alle. Und ihre Mutter, die wird eine von ihnen sein.«

»Bist du sicher?«

»Das ist nicht meine erste peinliche Befragung. Bei dem großen Hexenbrennen im Jahre des Herren 1636, da wusste ich es auch immer schon vorher, wer bald reden würde. Und ich wusste, welche Hexen sie benennen würden.« Der Mann nahm einen kräftigen Schluck Wein. Ein Tropfen fiel auf seine Jacke. Er wischte ihn sorgfältig mit dem Finger weg, bevor er fortfuhr. »Ich kann sie riechen, die Hexenbrut.«

Josef wusste, wozu die Männer an diesem Ort zusammengekommen waren. Er wusste, wie wichtig und gottgefällig ihre schwere Arbeit war. Trotzdem …

»Sie ist doch ein Kind«, sagte er leise und hätte sich im gleichen Moment auf die Zunge beißen mögen. Die Männer hatten ihn bisher nicht beachtet. Sie hatten kaum bemerkt, dass er im Raum war. Doch nun drehten sich ihm alle vier Gesichter zu.

Einer der Männer aus dem Dorf hielt eine Hühnerkeule in der Hand, von der er gerade den ersten Bissen genommen hatte.

»Der ist ja gar nicht schwachsinnig«, sagte er mit vollem Mund. Das also hatten die Männer von dem fremden Jungen gedacht, der die Essenskörbe gebracht hatte und der dann blöd und sprachlos dastand. Deshalb hatten sie sich selbst bedient, ohne sich zu beschweren. Der Mann, der zuvor von seiner Erfahrung beim Hexenbrennen geprahlt hatte, zuckte unwillig mit den Schultern.

»Dann hätte er auch den Tisch decken können«, sagte er.

Aber Josefs Bemerkung blieb nicht so unbeachtet, wie er es gewünscht hätte. Der Mann in der schmucklosen schwarzen Kleidung sah zu ihm. Er war schlank, ja hager, und noch jung, aber mit einem asketischen, alterslosen Gesicht. Er hatte schwarze Haare und ebenso schwarze Augen. Es waren seltsame Augen: Aufmerksam und kalt wie die eines Raubvogels, brannte tief in ihnen doch ein Feuer. Diese Augen hatten sich mit forschendem Blick auf Josef gerichtet.

»Sie ist eine Hexe«, sagte er betont, aber ohne jedes Gefühl. Dann schwieg er. Unverwandt sah er Josef an. Er wartete. Als Josef nicht antwortete, fuhr er mit einem kaum merklichen Lächeln um die schmalen Lippen fort: »Oder willst du das leugnen?«

Josef schluckte.

Der Mann sah ihn so durchdringend an, dass Josef fürchtete, er könne die Antwort, die er in seinem Innersten verbergen wollte, in seinem Gesicht lesen. Nein, Josef konnte nicht glauben, dass dieses gemarterte Kind, das er nur einen Moment gesehen hatte, eine Hexe war. Und er konnte sich auch nicht überwinden zu sagen, dass er an ihre Schuld glaube, obwohl er merkte, dass ihm die Knie vor Furcht weich wurden.

»Willst du leugnen, dass sie eine Hexe ist? Antworte!« Dieser Mann würde sein Schweigen nicht dulden, und Josef schwindelte vor Angst. Er wollte nicht antworten, doch dieser Blick zwang ihn dazu. Seine Lippen öffneten sich bereits, um seine gotteslästerlichen und gefährlichen Zweifel zu äußern. Da kam unerwartete Hilfe von dem Vierten am Tisch, dem großen, fleischigen Mann mit kostspieliger Kleidung.

»Sie *ist* eine Hexe, mein Junge. Sie hat es schon vorgestern gestanden. Wir befragen sie nur noch, weil sie nicht zugeben will, dass ihre Mutter auch eine ist. Gerade ihre Jugend macht ihr Verbrechen so schrecklich.« Er hatte seine Worte mit herablassendem Wohlwollen an Josef gerichtet, doch offensichtlich sprach er mehr zu sich selbst oder bestenfalls zu seinen Tischgenossen.

Dozierend wandte er sich nun ihnen zu. »Hier erkennt man die besondere Hinterlist des Teufels. Er verbirgt sein schändliches Werk gerne in der Gestalt der Unschuld. Einen jungen, ungebildeten Menschen mit nur geringen Geisteskräften«, er zeigte auf

Josef, »kann er so leicht hinters Licht führen. Einen *erfahrenen* Kämpfer für die Sache Gottes kann er nicht so einfach täuschen.«

Er strich sich den Schnurrbart. »Bedenkt, dass zu Beginn des Prozesses viele Zeugen unsicher waren, von der Schuld der Hexe nicht überzeugt schienen: das Werk des Teufels! Aber ich wusste sofort, womit wir es zu tun hatten! Und ich versichere euch: Es wird noch manche Hexe brennen, bevor unser Dorf von der teuflischen Plage befreit ist.«

Die beiden anderen Männer aus dem Dorf nickten respektvoll. Der hagere Mann sah ihn mit schmalen Lippen lächelnd an. Aber hinter dem Lächeln lag, kaum verborgen, eine Mischung aus Argwohn und Verachtung.

Der prächtig Gekleidete war zu sehr mit seinem Vortrag beschäftigt, um es zu bemerken. Er streckte seine große, weiche Hand aus und klopfte auf einen Stapel beschriebenes Papier, der am Rand des Tisches lag.

»Kannst du lesen, Junge?«, fragte er.

Josef schüttelte leicht den Kopf. Doch der Mann erwartete keine Antwort.

»Ich kann es. Lesen *und* schreiben«, verkündete er mit großer Genugtuung. »Und hier steht alles geschrieben. Alles, was die Hexe gestanden hat.«

Ich muss hier raus. Aber es darf nicht aussehen, als ob ich weglaufe, dachte Josef.

Er beugte stumm den Kopf, wie um für die Belehrung zu danken. Der fleischige Mann entließ Josef mit einer verscheuchenden Handbewegung, die klar besagte, dass er dem einfältigen Bauernburschen nun genug seiner Aufmerksamkeit geschenkt habe. Weit entfernt davon, dadurch gekränkt zu sein, beeilte Josef sich, dem Wink zu folgen.

Fast hatte er die Tür erreicht, als die kalte Stimme des Hageren ihn zurückhielt. »Warte, Junge«, sagte er. »Eins noch: Glaubst du, dass es Hexen gibt? Glaubst du an die Heiligkeit der Inquisition?«

Josef wusste, welcher Verdacht in der Frage verborgen lag: Das Leugnen der Existenz von Hexen war ein starker Beweis dafür, dass der Leugnende selbst eine Hexe oder ein Hexer war.

Josef drehte sich um. Die schwarzen Augen fixierten ihn. Doch er gab den Blick zurück und antwortete ruhig. »Ja, ich glaube, dass es Hexen gibt. Und ich glaube, dass der Teufel sie zu schändlichem Treiben anstiftet. Und dass wir sie in Gottes Namen vor Gericht stellen müssen.«

Nun sah der Mann Josef fast freundlich an. »Vergiss das nicht«, sagte er. »Der Teufel ist listig.«

4.6.1650, der Tag vor Bonifatius

LAY, DER FELS

Beim Frühstück fiel es niemandem auf, dass Josef nichts anrührte. Die Witwe und Franz löffelten den Topf mit Milchsuppe auch ohne ihn leer und hatten genug Blicke und Scherze zu wechseln, als dass sie sein Schweigen bemerkt hätten. Franz war an diesem Morgen noch besser gelaunt, als er es ohnehin meistens war.

»Ich glaube, das meiste, was ich noch habe, werde ich heute Morgen in Winningen loswerden«, sagte er. Er lächelte Josef an. »Wir können zum Abendbrot auf dem Mehringhof sein. Die werden schon etwas zu deiner Begrüßung herrichten. Du bist ja schließlich ein Verwandter.« Er zündete seine Morgenpfeife an und streckte die Beine aus. »Vielleicht sollte ich über Sonntag dableiben. Schäng wird mich sicher einladen.«

Und tatsächlich standen sie schon am frühen Nachmittag am Ufer und schauten über den Fluss nach Lay. Zwischen blühenden Obstwiesen lag der Ort in der Moselbiegung. Ein Kirchturm, so weiß und rosa wie Apfelblüten, ragte zwischen den Häusern empor. Weiß waren auch die Häuser getüncht, und die schiefergedeckten Dächer schimmerten im gleichen silbrigen Grau wie der Fluss. Dahinter erstreckte sich Laubwald in hellem Frühsommergrün über den Berghang bis zur Anhöhe.

Das Dorf sah von dieser Moselseite aus, als hätte es den Krieg nie erlebt, ja, als könnte es hier nie Krieg geben. – Und auch nicht solch schreckliche Dinge, wie Josef sie gestern Abend gesehen hatte. Aber daran wollte er lieber nicht denken – nie wieder.

Josef sah versonnen über den Fluss und fuhr heftig zusammen, als Franz plötzlich in vollster Lautstärke brüllte: »FRAAAANZ!«

Franz grinste, hob seine Hände trichterförmig an seinen Mund und ließ seinen Namen nochmals über die Mosel schallen.

»Der Fährmann, er heißt wie ich.«

Auf der andern Moselseite öffnete sich die Haustür eines schmalen, hohen Fachwerkhauses nah am Ufer. Ein schlanker Mann trat heraus und winkte mit einer knappen Armbewegung herüber.

Kannenfranz setzte seinen Korb ab und lehnte ihn gegen einen Baum. Dann setzte er sich ins Gras der Böschung und sah dem Fährmann zu, der mit kräftigen Ruderschlägen auf sie zuhielt.

Als das Boot näher kam, erkannte Josef, dass der Fährmann wesentlich älter war, als er zunächst vermutet hatte. War es die aufrechte, geschmeidige Gestalt, die er in der Ferne des gegenüberliegenden Ufers gesehen hatte, oder war es die kraftvolle Handhabung der Ruder, die Josef einen jungen Mann hatte erwarten lassen? Doch der Fährmann musste mindestens fünfzig sein, wahrscheinlich sogar noch älter. Aber sein Gesicht hatte klare, harte Züge, die nicht vom Alter verwischt waren. Zuerst dachte Josef, er habe die Haare nur sehr kurz geschoren, doch dann sah er, dass der Mann eine Glatze hatte. Er war auch völlig bartlos.

Im flachen Wasser legte der Fährmann ein Ruder ins Boot, stemmte das andere auf Grund und sprang hinaus. Obwohl er barfuß war, schien ihm der steinige Grund nichts auszumachen. Seine Kleidung war selbst für diesen warmen Tag überaus dürftig. Er trug ein geflicktes Leinenhemd, dessen ursprüngliches Weiß mit der Zeit einem vergilbten Grau gewichen war, und eine bis über die Knie hochgekrempelte Hose ähnlicher Qualität und Farbe.

Mit langen Schritten watete er durch das Wasser zu einem großen flachen Stein, der als Anlegestelle diente, und zog das Boot hinter sich her. Während er auf sie zukam, musterte er Josef und Franz aus überaus hellen Augen unter wuchtigen Augenbrauen.

»Guten Tag, Franz, da bin ich wieder. Etwas früher als erwartet«, begrüßte der Kannenfranz seinen Namensvetter. Ohne eine Miene zu verziehen, nickte der Fährmann kurz und richtete dann seinen intensiven Blick auf Josef. Was er sah, schien ihn nicht zu erfreuen. Sein Blick wurde nur noch finsterer.

Plötzlich streckte er einen drahtig muskulösen Arm aus und griff nach Josefs Hand.

Josef, der unter dem Blick des Fährmanns wie erstarrt auf dem Anlegestein gestanden hatte, zog sie erschrocken zurück. Aber der Fährmann hatte sein Handgelenk mit seiner großen und kräftigen Hand bereits so fest gepackt, dass Josefs Sträuben ohne alle Wirkung blieb. Er war wie in einem Pranger gefangen.

»Nun steig endlich ein«, sagte direkt hinter Josef der Kannenfranz. Und da verstand Josef, dass der furchteinflößende Fährmann ihm nur helfen wollte, trocken in sein Boot zu kommen. Trotz seiner Erleichterung wäre Josef am liebsten nicht eingestiegen. Nur mühsam schüttelte er die Beklemmung ab. Das hat nichts zu bedeuten. Das ist nur ein alter griesgrämiger Mann, sagte er sich selbst und stieg in das schwankende Boot. Das heißt, er wurde eher hineingehoben. Und Josef spürte, dass dieser finstere Fährmann ihn mit Leichtigkeit mit einer Hand hätte heben können.

Der Fährmann zog schweigend mit kräftigem Schlag die Ruder durch. Trotzdem kam der Nachen nur langsam voran. Gegen die Strömung anzukämpfen, kostete viel Kraft. Die Flanke eines riesigen Felsens fiel an der Lay gegenüberliegenden Flussseite steil zum Wasser hin ab. Dieser Felsen habe dem Dorf seinen Namen gegeben, denn Lay sei ein altes Wort für Felsen, erzählte Franz. Um seinen Fuß ströme das Wasser unter der scheinbar harmlosen Oberfläche in unberechenbaren Wirbeln. Hier sei der Fluss auf seiner ganzen Länge am tiefsten; am tiefsten und am gefährlichsten.

Josef blickte in das Wasser hinab. Die Sicht verlor sich irgendwo in der grünlichen Tiefe. Wer konnte wissen, was dort, weit unter ihnen, zu finden war? Ein Fisch erschien unter dem Boot, drehte sich und verschwand wieder in den uneinsehbaren Tiefen. Für einen Moment war sein Bauch zu sehen, der in dem dunklen Wasser fast weiß leuchtete. Blass wie die Haut des armen Kindes gestern Abend, dachte Josef. Er fuhr eilig mit der Hand ins Wasser und rieb sich mit der nassen Handfläche über die Stirn, als könne er so den Gedanken wegwischen.

Aber das, was er gestern Abend in Winningen gesehen hatte, ließ ihn nicht los. In der letzten Nacht hatte er mit offenen Augen in die Dunkelheit gestarrt. Er hatte nicht gewagt, sie zu schließen, um nicht wieder diesen kleinen, gequälten Körper vor sich zu sehen. Das Mitleid und der Zweifel ließen sich nicht wegschieben, auch wenn er sich sagte, dass seine Gefühle Sünde waren. Wenn er wenigstens für sie beten könnte, hatte er gedacht. Dafür beten, dass sie sterben möge, noch in dieser Nacht, in dieser Stunde. Doch wie konnte er Gott um Hilfe für Gottes eigene Feinde bitten? Am liebsten wäre Josef aufgestanden, hätte alles hinter sich gelassen und wäre einfach losgerannt, die ganze Strecke bis nach Hause gerannt. Jetzt, bei Tageslicht, gelang es ihm besser, seine Gefühle zu bändigen. Er konnte sich zwingen, an etwas anderes zu denken. Zum Beispiel daran, dass er nun bald sein neues Zuhause erreichen würde.

Was würden sie dort von ihm halten? Würden sie enttäuscht sein, wenn sie ihn sahen?

Josef fuhr sich durch die immer widerborstigen Haare und schaute über den Bootsrand. Doch das Wasser war zu bewegt, um ihn zu spiegeln. So hielt er beide Hände in den Fluss, strich mit den feuchten Fingern durchs Haar und versuchte es zu glätten.

»Ich wusste gar nicht, dass ich mit einem eitlen Geck reise. Du wärst wohl besser mit einem Kamm- und Spiegelhändler unterwegs«, sagte Kannenfranz.

Josef wurde rot, und Franz setzte besänftigend hinzu: »Du siehst schon ordentlich genug aus. Und schließlich erwartet man dich als Knecht und nicht als Bräutigam.« Diese scherzenden Worte ließen Josef allerdings nur noch tiefer erröten. Stumm drehte er den Kopf weg und tat, als würde er die Gegend betrachten.

Kannenfranz plauderte von diesem und jenem, ohne von Josef mehr als ein gelegentliches »Hm« zu erwarten.

»Du wirst dich sicher wundern, wo die Leute im Dorf ihre Felder haben.«

Josef hatte sich nicht gewundert, aber jetzt, wo Kannenfranz es sagte, betrachtete er das Dorf, dem sie sich langsam näherten, und sah, dass es sich, nur von Weingärten, blühenden Obstwiesen und Gärten umgeben, unterhalb des bewaldeten Berghangs ans Ufer schmiegte. Von Feldern war nichts zu sehen.

»Gibt es hier denn keine Äcker?«, fragte Josef nun doch.

»Dummer Junge!«, sagte Kannenfranz zufrieden. »Natürlich gibt es hier Felder! Die kannst du nur von hier aus nicht sehen. Sie liegen auf der Anhöhe. Prächtige Felder in einer großen Waldrodung. Die Hänge wären dafür nicht geeignet«, belehrte er seinen Schützling.

Als Josef nicht antwortete, wandte sich Kannenfranz an den Fährmann. »Das ist Josef, der kleine Vetter der Katharina vom Mehringhof. Er soll hier in Lay bleiben. Ich habe ihn aus der Eifel mitgebracht.«

Der Fährmann drehte seinen wie aus Stein gehauenen Kopf und richtete seine hellen Augen wieder auf Josef.

Diesmal lass ich mich nicht einschüchtern, dachte Josef und erwiderte den Blick ernst.

»Ja.« Die Stimme des Fährmanns war erstaunlich klangvoll, aber auch ausdruckslos.

Von solcher Gesprächigkeit zu weiteren Mitteilungen verführt, fuhr Franz fort: »Der Johann Weltershof vom Mehringhof, der hat mich mit einem Brief zu Josefs Eltern geschickt. Josef soll auf dem Hof leben und arbeiten. Da hat er es doch wirklich gut getroffen!«

Der Fährmann drehte erneut den Kopf, sah erst Josef und dann Franz an und sagte schließlich laut und klar: »Er hätte nicht hierherkommen dürfen.«

»Was?« Josef war so verblüfft, dass er glaubte, nicht richtig gehört zu haben.

»Er hätte da bleiben sollen, wo er war«, sagte der Fährmann. Er schwieg einen Moment, dann nickte er und fügte ernst hinzu: »Das wäre besser gewesen.«

War das eine Drohung oder eine Prophezeiung?

Leiser, aber voller Hass setzte der Fährmann hinzu: »Diese fremden Hunde, man sollte sie alle totschlagen, bevor es zu spät ist.«

Josef hielt vor Schreck den Atem an und starrte auf die Bohlen des Bootes. Womit konnte er einen solchen Zorn bei dem Mann erregt haben? Hasste er alle Fremden so sehr? Was konnte ihn schon an einem Ort erwarten, der ihn so begrüßte? Josef hatte plötzlich das Gefühl, mit dem Überqueren dieses Flusses in eine feindliche Welt zu treten.

Auch die fast unerschütterliche Redseligkeit von Kannenfranz schien vor dieser offenen Feindseligkeit zu kapitulieren. Den Rest der Überfahrt legten sie schweigend zurück. Am Ufer drückte Franz dem Fährmann wortlos eine Münze in die Hand. Dieser sah sie an, schloss die Hand um sie und drehte sich ohne Dank und Gruß um. Die Tür des kleinen Fachwerkhauses fiel mit einem endgültigen, dumpfen Ton hinter ihm ins Schloss.

Josef blickte zurück zu dem Ufer, von dem er gekommen war. Von dieser Seite erschien ihm der Fluss viel breiter, das Ufer in weite Ferne gerückt.

Ihm kam ein Gedanke, der ihn verwunderte und erschreckte: Ob ich das andere Ufer jemals wieder betreten werde?

»Komm!« Kannenfranz stieß Josef auffordernd gegen die Schulter. »Gleich sind wir da.«

»Warum hasst mich dieser Fährmann so?«

»Wieso sollte er dich hassen?« Kannenfranz schien ernsthaft erstaunt zu sein.

»Du hast doch gehört, was er gesagt hat. Dass man uns alle totschlagen sollte. Einen fremden Hund hat er mich genannt.«

»Ach, *das* meinst du. Er hat doch nicht dich gemeint.« Franz machte eine abwiegelnde Handbewegung. »Das ist eine andere Sache. Ich hatte gehofft, es hätte vielleicht mittlerweile aufgehört.«

Ungeduldig schob er Josef vorwärts. Franz wollte offensichtlich nicht weiter darüber reden, und das war bei ihm schon recht verwunderlich.

Von Nahem waren die Spuren des Krieges dem Dorf nun doch deutlich anzusehen. Offensichtlich standen einige Häuser leer. Zwischen Blumen, die noch von den ehemaligen Bewohnern gepflanzt worden waren, wucherte das Unkraut in den verlassenen Gärten. Fensterscheiben waren zerbrochen. Hinter einem bewohnten Vorderhaus sah man am anderen Ende des Hofes eine halb abgebrannte Scheune stehen.

Der Mehringhof war auf den ersten Blick eine Enttäuschung. Josef hatte einen prächtigen Hof wie den Oberhof in der Eifel erwartet: ein großzügiges, allein liegendes Anwesen aus Wohnhaus, Backhaus, Stall, Scheune und anderen Nebengebäuden, alle um einen ausgedehnten Innenhof liegend und von weiten Feldern umgeben. Doch hier war alles kleiner, die Gebäude weniger beeindruckend, der Innenhof enger und dunkler, die Nachbarhäuser direkt angebaut.

Sie gingen durch das offene Tor und quer über den Hof auf das Wohngebäude zu. Über drei Basaltstufen erreichten sie die ebenfalls mit schwarzgrauen Basaltsteinen gerahmte Eingangstür. Franz öffnete sie, schob Josef ins Haus und trat nach ihm ein.

»Besuch ist da!«, rief er dabei ins dämmrige Hausinnere.

Sie standen in einer geräumigen Diele. Der Boden war mit

großen rötlichen Steinplatten ausgelegt, die im Halbdunkel matt schimmerten. Auf beiden Seiten der Diele befand sich je eine geschlossene Zimmertür. An der rechten Wand stand eine große, reich geschnitzte Truhe aus dunklem Holz, die durchaus in ein wohlhabendes Haus passte. Am anderen Ende der Diele war eine größere, ebenfalls geschlossene Tür. Links von ihr führte eine Treppe, über die Licht in den Raum fiel, nach oben. Auf der Treppe waren nun leichte Schritte zu hören, und eine blonde junge Frau, oder eher noch ein Mädchen, kam auf sie zu.

»Willkommen auf dem Mehringhof!«, rief sie. Sie gab Franz die Hand. »So früh hätten wir euch nicht erwartet.« Dann ergriff sie auch Josefs Hand. »Und du musst der kleine Josef sein.«

Na, so viel älter und größer bist du auch nicht, dachte Josef.

Diese Katharina, sie war wirklich hübsch, das musste er zugeben. Trotzdem hatte sich Josef das Mädchen, von dem Franz sagte, sie sei das schönste an der ganzen Mosel, anders vorgestellt. Sie war schlank und etwas mehr als mittelgroß und, wie es von einer Erbin zu erwarten war, fast sonntäglich in feines blaues Tuch gekleidet. Die weiße Schürze, die sie umgebunden hatte, war offensichtlich mehr ein Schmuck als ein Schutz ihres Kleides. Aber sie hätte auch in einfacher Kleidung reizend ausgesehen. Ihre Haut war so weiß wie die eines Fräuleins, und ihr Haar, das sie in einem kunstvoll geflochtenen Kranz trug, glänzte in einem hellen Goldton. Ihr Gesicht war herzförmig mit einem sehr roten kleinen Mund, dessen schön geschwungene Lippen einen etwas eigensinnigen, aber doch anziehenden Ausdruck hatten. Das Mädchen lächelte Josef an. Und als sie das tat, leuchteten ihre grünen Augen auf, und es erschienen wie durch Zauberei zwei reizende Grübchen neben ihren Mundwinkeln.

Wenn sie so lächelte, war sie mehr als nur hübsch.

Als Josef zurücklächelte, sagte sie zu seiner Verblüffung: »Das gleiche Lächeln wie Katharina!« In diesem Moment öffnete sich eine Tür zur Diele, und ein großes Mädchen mit rotbraunem Haar trat heraus.

»Josef, genau so habe ich mir dich vorgestellt!«, rief sie und kam auf ihn zu.

Ja, das musste Katharina sein, und keine noch so begeisterte Beschreibung von ihr konnte übertrieben sein.

***

Der alte Mann lächelte.

»Ich hielt sie vom ersten Moment an für das vollkommenste Geschöpf Gottes. Und wenn ich heute auch über den jungen, vernarrten Josef von damals lächeln muss, glaube ich immer noch, dass ich nicht ganz unrecht hatte. Sie war ein großes, kräftiges Mädchen. Jeder hielt sie für hübsch oder sogar schön, obwohl weder ihre Gesichtszüge noch ihre Gestalt wirklich außergewöhnlich waren. Ihre Schönheit lag mehr in ihren Bewegungen und ihren Farben. Die Sonne hatte ihrer Haut einen warmen Goldton verliehen, und auch über den Rotbrauntönen ihres Haars lag ein goldener Schimmer. Es hatte die Farbe und den Glanz frischer Kastanien, die ich auch heute nie sehen kann, ohne an Katharina zu denken. Sie trug es immer in einfachen Zöpfen wie einen Kranz um den Kopf geschlungen.

Ihre Augen hatten fast den gleichen Farbton, und wenn man sie auch einfach braun nennen konnte, so waren sie es doch nicht. Sah man genau hin, dann bemerkte man, dass wie bei ihrem Haar verschiedene Gold- und Brauntöne nebeneinanderlagen. Ich starrte sie bei unserer ersten Begegnung an und war auf einmal froh, an die Mosel gekommen zu sein.

Und das Beste war: Sie schien sich wirklich zu freuen, dass ich da war.«

***

»Wie schön, dass du ihn uns so schnell gebracht hast! Ich danke dir dafür«, sagte Katharina zu Franz. Dann wandte sie sich wieder an Josef. »Dir ist es doch recht, dass wir uns duzen, Josef? Wir sind doch Vetter und Kusine. Das ist fast so wie Bruder und Schwester.«

Noch nie war irgendwer auf die Idee gekommen, etwas anderes als »Du« zu Josef zu sagen, aber es gefiel ihm gut, nach seiner Zustimmung gefragt zu werden.

»Ich würde mich freuen, wenn du ›Du‹ zu mir sagst«, antwortete er ernst und fügte nach kurzem Zögern ein leiseres »Katharina« hinzu.

»Ihr müsst müde und hungrig sein von der langen Reise. Kommt rein und setzt euch.« Katharina hielt die Tür auf, durch die sie in die Diele getreten war.

Das ebenfalls mit rötlichen Steinplatten geflieste Zimmer war geräumiger, als Josef es in diesem Haus vermutet hätte. Es war mit geschnitzten Eichenmöbeln eingerichtet, wie Josef sie noch nicht einmal auf dem Oberhof gesehen hatte. Offensichtlich hatte Katharina sie in die gute Stube geführt. Um den großen Tisch standen zwölf Stühle, auf der mit einem üppigen Ornament geschmückten Anrichte standen einige grünlich schimmernde Gläser und zwei silberne Kannen. Direkt unter dem Fenster, wo sie sofort ins Auge sprang, stand eine alte, beschädigte Truhe. In diesem prächtig hergerichteten Raum störte die schwere Eichentruhe mit den geschmiedeten Scharnieren und einer Schließe in Lilienform. Aus dunklerem Holz als die anderen Möbel, passte sie nicht recht zu ihnen. Doch vor allem war es seltsam, dass man sie nicht hatte reparieren lassen. Ihre Beschläge waren verbogen, als habe jemand mit grober Gewalt versucht, sie aufzubrechen, und an einer Seite war sie von Feuer geschwärzt. Wie viel besser hätte die prächtige Truhe aus der Diele, die von gleicher Machart wie der Tisch und die Stühle war, an ihre Stelle gepasst.

Katharina öffnete die Anrichte und nahm eine mit dunkler Flüssigkeit gefüllte Karaffe heraus. Dabei sagte sie zu dem Mädchen, das Josef zunächst für sie gehalten hatte:

»Siska, bitte sag Wiena Bescheid, dass Josef aus der Eifel angekommen ist. Und dass der Händler Franz bei ihm ist. Sicher werden sie Hunger haben. Ihr habt doch Hunger?«, wandte sie sich wieder an Josef. Bevor er antworten konnte, fuhr sie fort: »Es ist so schön, dass du nun da bist. Ich habe nämlich keine Geschwister und habe mir immer einen Bruder gewünscht.« Katharina lachte. »Aber jetzt bin ich undankbar, denn ich habe die liebste kleine Schwester, die ich mir wünschen könnte: Ellie. Sie ist nicht meine richtige Schwester, aber ich denke mir gerne, sie wäre es. Und du musst mir versprechen, sie lieb zu haben. Aber eigentlich brauchst du das gar nicht. Jeder hat Ellie lieb. Sie ist leider nicht da, aber du wirst sie heute Abend kennenlernen – die anderen natürlich auch.«

Katharina nahm eins der grünlichen Gläser von der Anrichte, setzte es vor Franz und schenkte ihm ein. Die Karaffe stellte sie neben das Trinkglas. »Das ist der gute Rote, den der Onkel abends trinkt. Lass ihn dir schmecken. – Josef, du sollst auch bald eine Erfrischung bekommen. Wiena richtet in der Küche etwas für euch. Oder möchtest du auch Wein?«

Josef schüttelte nur stumm den Kopf.

»Wo Wiena nur bleibt?«, sagte Katharina. »Sicher dauert es so lange, weil sie sich zu eurer Ankunft besondere Mühe geben will.«

Es war verwirrend, Katharinas unaufhörlichem Redefluss zu folgen. Und ohne einen Grund dafür angeben zu können, woher er das wusste, war sich Josef doch völlig sicher, dass Katharina eigentlich kein redseliges Mädchen war. Es waren Aufregung und Verlegenheit, die sie so viel plappern ließen. Und er wusste auch, was der Grund ihrer Aufregung war: seine Ankunft. Seine schöne, reiche Kusine war unsicher und aufgeregt, weil er eingetroffen war.

Nichts hätte seine eigene Unsicherheit besser lindern können als sein Wunsch, ihr über ihre hinwegzuhelfen. Plötzlich sagte Katharina: »Der Onkel weiß ja noch gar nicht, dass ihr angekommen seid! Er sitzt in seinem Zimmer, aber aus diesem Anlass lässt er sich sicher gern stören. Ach, komm doch gleich mit, Josef! Was wird er überrascht sein, wenn du auf einmal in seinem Zimmer stehst! Es dauert wohl noch, bis Wiena etwas zum Essen gerichtet hat. Komm nur. Franz, bediene dich in der Zeit bitte selbst.«

Nicht unzufrieden mit dieser Aufforderung, nickte Franz hinter seinem Glas.

Josef folgte Katharina durch die Diele zu einer Tür auf der gegenüberliegenden Seite, die sich zu einem schmalen Gang öffnete. Am Ende des Gangs befand sich eine weitere mit schwarzen Ziernägeln beschlagene niedrige Tür aus schwerem Holz. Katharina klopfte kurz und öffnete dann, ohne eine Antwort abzuwarten.

Das Zimmer war anders als jedes, das Josef bisher gesehen hatte. Auf den ersten Blick wirkte es wie eine Mischung aus einem Geräteschuppen und einer Schatzkammer oder zumindest dem, was er sich unter einer Schatzkammer vorstellte. Durch ein Fenster, das wie ein Kirchenfenster Bilder aus buntem Glas zeigte, fiel das Licht der Nachmittagssonne in den kleinen Raum und ließ die zahlreichen Gegenstände, die ihn füllten, in den verschiedensten Farben leuchten. Das meiste in dem Raum war Josef fremd. Ein wundersamer Gegenstand mit geheimnisvoll auf Ringen angeordneten Metallkugeln, seltsam geformte Glasgefäße und unbekannte Gerätschaften lagen auf Tischen und in den Regalen, die fast die gesamte Wandfläche, die nicht von Tür und Fenster eingenommen wurde, füllten. Doch den weitaus größten Platz in den Regalen nahmen Bücher ein, Bücher jeder Größe und jedes Formats. Manche Bände waren so riesig, dass sie nur liegend Platz fanden und weit über die Bretter hinausragten, sodass sie herabgefallen wären, wenn sie nicht von anderen, kleineren Büchern, die auf ihnen lagen, gehalten worden wären. Es gab Bücher mit zerfledderten Einbänden, Bücher, die ihren Einband ganz eingebüßt hatten, und prächtig in fein geprägtes Pergament gebundene Bände, deren Kanten mit silbernen Leisten geschützt und die von fein ziselierten silbernen Bändern geschlossen wurden. Josef kannte natürlich Bücher. Es gab sogar in seinem Elternhaus eins, ein Bändchen mit Gebeten, das seiner Mutter gehörte, die zwar nicht lesen konnte, das Buch jedoch in hohen Ehren hielt. Hätte jedoch jemand behauptet, dass so viele verschiedene Bücher in einem Bauernhaus zu finden seien, dann hätte Josef ihn von diesem Moment an für einen Lügner gehalten.

Doch was Josef noch mehr faszinierte als die Unzahl der Bücher und die fremdartigen Gegenstände, waren die Menge an Papier und das Schreibgerät. Da lagen auf dem großen Tisch, der die Mitte des Zimmers einnahm, ein Stapel bereits geschnittenen Papiers und mehrere Bogen Pergament neben zwei Stapeln Büchern, einem Federmesser und anderen Gegenständen, über deren Gebrauch sich Josef nicht im Klaren war. Daneben lagen mehrere Federn, die ebenfalls schon zurechtgeschnitten waren. Ein zweiter kleinerer Tisch, an dem ein Mann saß, stand direkt vor dem Fenster. Und auch auf ihm lagen Papier, Schreibgerät und ein aufgeschlagenes Buch.

Josef konnte seinen Namen mit schönen Buchstaben schreiben, eine Kunst, die ihn ein wandernder Student gelehrt hatte.

Doch was er besonders gerne tat, lieber als irgendetwas anderes, das war zeichnen. Er zeichnete mit Stöcken in den Sand oder mit kreidehaltigen Steinen auf Steinplatten. Und er hatte auf eine Schiefertafel gezeichnet, die ihm sein Vater vom Markt mitgebracht hatte, bis sie sein kleiner Bruder fallen ließ und sie zerbrach. Damit war ihm zwar eine besondere Freude genommen, aber auch ein Kummer. Denn jedes noch so gelungene Bild musste ausgewischt werden, wenn er ein neues zeichnen wollte. Auf Papier zu zeichnen, Bilder, die niemals ausgewischt würden, war ein Traum Josefs, den er für verschwenderisch und unerfüllbar hielt. Papier war ein kostbares Material, und hier lag es fein, weiß und gebrauchsfertig geschnitten herum, als wäre man in der Schreibstube eines reichen Klosters.

Josef hatte in der Tür gestanden und, wie ihm jetzt mit Schrecken klar wurde, mit offenem Mund in diesen seltsamen, mit Wunderdingen vollgestopften Raum gestarrt. Den Mann, der über den Tisch am Fenster gebeugt dasaß, hatte er zwar gesehen, aber vor Staunen kaum beachtet. Er hatte nur halb bemerkt, dass Katharina ihn angesprochen hatte. Der Mann hatte sich nun umgedreht und betrachtete ernst den sprachlos staunenden Jungen.

Oh, ich benehme mich wie ein Narr! Wie ein unhöflicher Narr. Und das schon im ersten Moment, in dem ich ihm gegenüberstehe.

Josef merkte, wie ihm heiß die Röte ins Gesicht stieg. Erröten war ein Unglück, das ihm seit etwa einem halben Jahr widerfuhr und das jede peinliche Situation noch unerträglicher machte. Er wollte etwas sagen, um mit einer Begrüßung den ersten schlechten Eindruck, den er gemacht haben musste, zu verwischen, doch sein Hals und Mund waren plötzlich so trocken, dass er nur schlucken konnte.

Der Mann stand von seinem Stuhl auf. Irgendetwas Tiefschwarzes löste sich von ihm und kam auf Josef zugeschossen. Unwillkürlich schreckte er davor zurück.

»Du hast doch vor einer Katze keine Angst?«, fragte der Mann. Als das schwarze Etwas an Josef vorbei durch den offenen Türspalt huschte, hatte er selbst gesehen, dass es nur eine Katze war. Sie musste auf dem Schoß des Mannes gesessen haben.

»Ich bin nur erschrocken!«, sagte er, aber in Gedanken erweiterte er seine Selbstbeschimpfung auf: … wie ein unhöflicher, schreckhafter Narr.

»Vor einer Katze?«, fragte der Mann mit hochgezogenen Augenbrauen, und Josef glaubte, Spott in seiner Stimme zu hören. »Ich habe gehört, du wolltest Soldat werden.«

Ja, das klang lächerlich genug, und Josef merkte, wie ihm wieder die Hitze der Scham in die Wangen steigen wollte. Aber er war auch zornig. Es war nicht richtig, dass dieser Mann sich über ihn lustig machte, bevor er ihn überhaupt kennengelernt hatte.

»Ich wollte gar nicht Soldat werden! Oder nur manchmal, wenn ich Hunger hatte, weil Soldaten meistens genug zu essen haben. Ich kann Soldaten nicht leiden«, platzte er trotzig heraus. Kleinlauter setzte er hinzu: »Mein Vater meinte, ich sollte es werden. – Ich bin nämlich kein besonders guter Knecht.«

Ein hervorragender Anfang. Er verspottet mich, und ich gebe barsche Widerworte, beleidige seinen Berufsstand und erkläre, dass ich für die Arbeit, die ich hier ausführen soll, schlecht geeignet bin. Er wird mich noch vor dem Abendessen wieder zurückschicken.

Aber Josefs Gegenrede schien den Mann nicht wütend zu machen.

»Ein guter Knecht ist man nicht, sondern man wird es. Und wenn es das ist, was du willst, kannst auch du ein guter Knecht werden.«

Er trat auf Josef zu und reichte ihm die Hand. Beim Gehen zog er ein Bein leicht nach, aber es waren ihm keine Schmerzen anzumerken; im Gegenteil, er bewegte sich geschmeidig und kraftvoll. Der Mann war knapp mittelgroß und wahrscheinlich ungefähr so alt wie Josefs Vater, aber seine aufrechte Haltung und seine Bewegungen ließen ihn jünger erscheinen und kamen Josef irgendwie bekannt vor. Sein kurz geschnittenes Haar war noch dicht, aber es mischte sich deutlich Grau in das rötliche Hellbraun. Sein buschiger Schnurrbart war dagegen schon völlig grau. Er verdeckte seine Oberlippe und machte es noch schwerer, in dem unbewegten Gesicht zu lesen.

»Du kannst mich Onkel Johann nennen, obwohl wir nicht blutsverwandt sind. Oder nenn mich Schäng, wie es die anderen tun«, sagte er nüchtern. »Katharina ist die einzige Verwandte, die ich noch habe. Sie wünschte sich, dass du bei uns lebst. Und so: Willkommen, Josef!«

Josef hatte den Eindruck, dass Schäng nicht wie Katharina gewünscht hatte, dass er bei ihnen leben sollte, sondern nur dem Wunsch seiner Nichte nachgegeben hatte. Doch er schien Josef nicht feindlich gesinnt zu sein, und dies genügte ihm. Er hatte keine Begeisterung erwartet.

Schäng legte Josef sogar die Hand auf die Schulter. »Du wirst dich hier schon zurechtfinden. Katharina hat dir eine Kammer herrichten lassen.«

Der feste Griff seiner Hand machte Josef plötzlich klar, an wen ihn Schäng erinnerte. Der Fährmann! Josef konnte es an kaum etwas festmachen. Schäng war wesentlich kleiner als der Fährmann, seine Augen waren braun, nicht blau, aber dennoch war da eine deutliche Ähnlichkeit hinter all den körperlichen Unterschieden.

»Bist du mit dem Fährmann verwandt?«, fragte Josef und hätte sich im selben Moment auf die Zunge beißen mögen.

Schäng hob den Kopf und musterte Josef aufmerksam. »Wie kommst du auf diese Idee? Woher kennst du ihn überhaupt?«

»Er hat uns übergesetzt.« Josef war erstaunt über die Frage, denn wie hätte er sonst die Mosel überqueren sollen.

»Hast du mit ihm gesprochen?«

»Der Kannenfranz hat mit ihm gesprochen. Und der Fährmann hat etwas zu mir gesagt.«

»Was hat er gesagt?«

Das Gespräch glich plötzlich einem Verhör. Schäng sah ihn eindringlich an, der Griff an Josefs Schulter wurde noch fester.

»Ach, nichts Wichtiges, nur dass er mich oder alle Fremden nicht mag. Ich glaube, ich habe ihn nicht recht verstanden«, versuchte Josef das Gespräch, das ihm immer unangenehmer wurde, zu beenden.

»Was hat er genau gesagt? Wiederhole es so wörtlich, wie du kannst!«

So wird er mit seinen Soldaten geredet haben, als er Offizier war, dachte Josef. Das ist keine Aufforderung, sondern ein Befehl. Ein Befehl, dem er besser gehorchen sollte.

Er konnte sich nur allzu gut erinnern, was der Fährmann gesagt hatte. – Und daran, wie er es gesagt hatte.

»Kannenfranz hat ihm erzählt, wer ich bin und dass ich nach Lay zu euch in den Mehringhof komme, um hierzubleiben. Da hat der Fährmann geantwortet, dass es besser für mich gewesen wäre, da zu bleiben, wo ich war. Und dann hat er noch gesagt, man sollte sie alle totschlagen, die fremden Hunde, bevor es zu spät sei. Genau so hat er es gesagt.«

Schäng wandte den Kopf ab und blickte durchs Fenster. Das bunte Glas ließ den Garten dahinter trotz der hellen Nachmittagssonne geisterhaft blass und unwirklich erscheinen. Schäng schien nur mit Anstrengung seinen Ärger beherrschen zu können. Plötzlich kam Josef der Gedanke, dass der Fährmann vielleicht nicht ihn mit den fremden Hunden, gemeint hatte, sondern Schäng. War der in diesem Dorf nicht auch nur ein zugezogener Fremder?

Ein Strahl der untergehenden Sonne fiel plötzlich durch das bunte Glasfenster und warf rotes Licht auf das angespannte Gesicht Schängs. Für einen Augenblick leuchteten seine Augen in diesem Rot auf, als hätte sein Zorn ein Feuer in ihnen entfacht. Josef trat einen Schritt zurück und löste sich so von der Hand auf seiner Schulter. Er wusste kaum noch, wer ihm unheimlicher war, der Fährmann oder dieser Mann, den er Onkel Johann nennen sollte. Er wünschte nur, dass dieses seltsame Gespräch bald beendet wäre und er zurück in die Stube zu seinem harmlosen Reisegefährten, dem Kannenfranz, könnte.

Doch da fuhr sich sein Onkel mit der Hand über die Stirn, als wolle er seinen Ärger wegwischen. Und wirklich schaute er Josef nun mit freundlichen Augen an.

»Mein Junge, ich hatte gehofft, alles wäre vorüber, ehe du in unser Haus kommst. Ich sollte dir erklären ...«

An dieser Stelle verstummte Schäng. Sein Blick war auf etwas hinter Josefs Rücken gerichtet. Der drehte sich schnell um und konnte gerade noch sehen, wie Katharina kaum merklich den Kopf schüttelte.

Die Tür zu Schängs Arbeitszimmer hatte sich hinter ihm geschlossen, und Josef stand leicht verwirrt auf dem Flur.

Nachdenklich ging er durch den schmalen Gang und die Diele zurück. Was hatte diesen Mann, den er sicher nie Onkel nennen würde – schon ihn einfach mit »Schäng« anzusprechen, war ihm schwer vorstellbar –, was hatte ihn so aufgeregt? Und was hatte er ihm erzählen wollen? Warum hatte Katharina ihn heimlich gebeten zu schweigen?

In der guten Stube fand er niemanden mehr vor, aber eine Tür zu einem angrenzenden Raum stand offen. Die Stimme, die von dort zu ihm drang, zeigte, dass Kannenfranz umgezogen war und Zuhörer gefunden hatte.

Josef trat durch die Tür in eine große, gut ausgestattete Küche. In ihrer Mitte stand ein langer Tisch, größer und einfacher als der in der guten Stube. Bänke auf beiden Seiten boten Platz für mindestens ein Dutzend Personen. Doch Franz hatte es sich auf einem Stuhl mit Armlehnen am Kopfende des Tischs bequem gemacht; das Weinglas und den Krug hatte er mitgenommen. Beiläufig und geübt machte er einer Frau den Hof, die sich mit dem Rücken zu ihm am Feuer zu schaffen machte. Josef hatte in der Woche ihrer gemeinsamen Reise festgestellt, dass Franz jeder Frau, gleich welchen Alters und Aussehens, ein tüchtiges Maß an Komplimenten gönnte. Schon am ersten Tag hatte Franz zwei Frauen versichert, dass sie seine Lieblingskundin seien, dass keine in der ganzen Eifel, nein, noch nicht mal im ganzen Erzbistum Trier einen so guten Geschmack habe, was aber auch kein Wunder sei bei einer so hübschen Person. Abends hatte Josef ihn gefragt, welche von beiden er denn wirklich lieber möge. Franz hatte ihn zunächst verdutzt angesehen und dann laut gelacht.

»Aber Junge«, hatte er gesagt. »Junge, das ist doch Geschäft. Das ist nur Höflichkeit. Das sage ich jeder, und alle wissen es.«

Zwar wussten das nach Josefs Meinung wahrhaftig nicht alle, aber Franz sagte es wirklich jeder Kundin, mit der er allein war. Und Witwen fragte er bei der Gelegenheit gerne, ob sie nicht eine Übernachtungsgelegenheit für ihn und den Jungen wüssten. Josef war dann manchmal die Bank in der Küche angeboten worden. Und er war nicht mehr so jung, dass er sich fragte, in welchem Raum Franz wohl übernachte. Die Frau, an die diesmal all die bekannten Sprüche gerichtet waren, drehte sich um, als Josef den Raum betrat. Sie war nicht mehr ganz jung, aber auch noch nicht alt. Um ihr rundes Gesicht waren mattbraune Haare zu einem ordentlichen Kranz geflochten.

»Ach, da bist du ja«, sagte sie.

Nach der Kleidung zu urteilen, war sie Magd auf dem Mehringhof, aber sie sah Josef so ruhig und selbstbewusst an, als ob sie die Bäuerin wäre. Die Ärmel ihres Hemdes waren bis über die Ellbogen hochgekrempelt und ließen saubere, runde Unterarme sehen. Alles an ihr war sauber, ordentlich und wohlgenährt.

Schließlich schien sie zu einem Urteil gekommen zu sein: Sie lächelte Josef an.

»Ich hoffe, dass du dir auf eurer Reise nicht zu viel von diesem Lügenmaul abgeschaut hast«, sagte sie. Die schönen Worte, die Kannenfranz an sie gerichtet hatte, schienen sie also nicht besonders beeindruckt zu haben. »Wirst schon ein braver Junge sein. Setz dich zu Franz. Ich werde euch gleich etwas Gutes auftischen.«

Über dem Feuer im Kamin hing an einer Kette ein schwarzer Topf. Anscheinend enthielt er noch Kohlsuppe vom Vortag. Der Geruch erfüllte die ganze Küche. Josef, der vor wenigen Minuten noch gedacht hatte, er wäre viel zu aufgeregt, um etwas essen zu können, merkte, wie sein Magen mit einem deutlichen Grummeln eine andere Meinung vertrat.

»Ich bin Wiena. Wen hast du denn schon kennengelernt?«, fragte die Frau, während sie Teller und Löffel auf den Tisch stellte.

»Katharina«, sagte Josef. »Und ihren Onkel. Und dann noch ein anderes Mädchen. Ich weiß nicht mehr, wie es heißt. Blond war es und älter als ich.«

»Das wird Siska gewesen sein«, sagte Wiena.

»Die kannte ich auch noch nicht«, sagte Franz. »Wohnt sie hier bei euch?«

»Ja, seit ein paar Tagen.«

Wiena rührte die Suppe um und erzählte dabei, dass Siska eine Freundin von Katharina sei und die Zeit bis zu ihrer Hochzeit hier verbringe, um sich in einen fremden Haushalt einzuarbeiten. Sie sei mit dem Erben eines großen Hofs verlobt und werde ihn in drei Wochen heiraten und dann als Bäuerin den Hof führen. Wiena versuchte nicht zu verbergen, wie wenig sie von Siskas Fähigkeiten, jemals einen großen Hof führen zu können, hielt.

»Sie gibt sich auch gar keine Mühe, etwas zu lernen. Ihr Vater ist alles andere als arm, hat aber fast kein Vieh und keinen Acker. Nur Weinberge. Davon allerdings genug. Also kaufen sie einfach alles, Butter und Brot und was in jedem anständigen Hof sonst noch selbst gemacht wird. Wie die Stadtleute. Siskas Mutter ist schon vor Jahren gestorben, aber dieses Mädchen hat nie den Haushalt geführt.« Missbilligend schüttelte sie den Kopf. »Die feine Franziska! Verwöhnt wie eine Prinzessin hat sie ihr Vater. Kein Wunder, dass sie nichts gelernt hat. Und das wird sich hier auch nicht ändern. Man kann niemandem was beibringen, der nicht lernen will.« Dabei strich sie mit beiden Händen heftig ihre Schürze glatt, als wolle sie jede Schuld an Siskas sträflicher Untüchtigkeit von sich abstreifen.

»Und sonst, sind alle anderen wohlauf? Gibt's Neues auf dem Mehringhof?«, fragte Franz.

Wiena ließ sich nur zu gerne ausfragen. Sie teilte die Suppe aus, schnitt Brot auf, polierte die ohnehin schon glänzenden Töpfe, die an einem Eichenbalken über der Kochstelle hingen, und erzählte währenddessen eifrig.

Der Haushalt im Mehringhof war, was die Personenanzahl betraf, nicht größer als der in Josefs Elternhaus. Außer Schäng und Katharina gab es nur noch fünf, mit Josef jetzt sechs ständige Bewohner im Haus. Wiena war Magd, kochte und verrichtete alle Hausarbeiten. Dabei half ihr die zweite Magd, Leni, falls es der, nach Wienas Erzählung, nicht gelang, schnell genug zu verschwinden oder eine Ausrede zu erfinden. Jan und Lukas waren die Knechte. Die beiden waren Brüder und auf einem Hof in der Nähe von Amsterdam groß geworden. Jan war während des Krieges mehrere Jahre lang Leib- und Pferdeknecht bei Schäng gewesen, und als der das Heer verließ, mit ihm nach Lay gekommen. Nun war er der Altknecht auf dem Hof, der alle Entscheidungen traf, weil Schäng von der Landwirtschaft nichts verstand, obwohl er – zu Wienas Belustigung – sogar Bücher darüber las. Als immer mehr Arbeit auf dem Hof anfiel, ließ Jan seinen jüngeren Bruder Lukas nachkommen. Anders als in Josefs Elternhaus gab es auf dem Mehringhof keine Kinder. Nur Ellie, ein Mädchen von vierzehn Jahren, lebte hier. Sie war eine Waise, eine entfernte Verwandte von Katharina, und war vor einem Jahr auf den Hof gekommen, nachdem ihre Großmutter, bei der sie bisher gelebt hatte, gestorben war. Ellie schien der besondere Liebling Wienas zu sein. Sie nannte sie »meine Kleine«, ganz so, als wäre sie ihr eigenes

Kind. Und hatte nicht auch Katharina besonders liebevoll von ihr gesprochen, sie sogar ihre kleine Schwester genannt? Ellie musste ein nettes Mädchen sein. Josef freute sich, nicht der Jüngste auf dem Hof zu sein, und hoffte, dass er mit dieser Ellie wie mit seinen Geschwistern lachen und albern sein könnte.

Nach einiger Zeit kam auch Katharina in die Küche und setzte sich zu ihnen. Wienas Geplauder drehte sich nun mehr um allgemeine Dinge, wie die Legefreudigkeit der neuen Hennen und die beste Art, Wäsche zu bleichen. Nachdem Josef und Franz ihre Kohlsuppe ausgelöffelt hatten, zog Franz noch mal mit seiner Kiepe los, um ein paar seiner Kundinnen in Lay zu besuchen.

»Ich zeige dir dein neues Zuhause«, sagte Katharina zu Josef.

Sie brachte ihn zunächst in eine kleine Kammer im ersten Stock, wo er seine Sachen lassen sollte. Dann führte sie ihn durch Haus, Stall und Scheune und auch in den Garten hinter dem Haus.

»Wenn du willst, kannst du jetzt deine Sachen auspacken. Die Truhe in deiner Kammer ist leer. Du weißt ja, wo sie ist«, sagte Katharina schließlich. »Ich rufe dich, wenn das Abendbrot fertig ist.«

Seine Sachen hatte Josef schnell untergebracht. Danach wusste er nicht, was er tun sollte. Er traute sich nicht, wieder hinunterzugehen, daher setzte er sich auf sein Bett und sah sich um. Es war eine nette kleine Kammer und sollte nun, wie Katharina gesagt hatte, seine sein. Bisher hatte Josef gedacht, nur sehr reiche Leute würden allein in einem Zimmer schlafen. Wenn er das seinen Geschwistern erzählen könnte, würden sie es nicht glauben. Josef grinste, als er sich ihre Gesichter bei dieser Neuigkeit vorstellte. Er mit einem Bett für sich allein in einem eigenen Zimmer!

Aber er würde es ihnen nicht so bald erzählen können – vielleicht nie. Sein Lächeln verschwand, und plötzlich kam ihm der Raum nicht mehr nett vor. Wie schrecklich still es hier war! Er hatte noch nicht einmal Lust, aus dem Fenster zu sehen. Es wäre doch nur das fremde Dorf zu sehen. Er hatte genug Neues für heute gesehen. So legte er seine Hände in den Schoß, eine in die andere, und tat etwas, was er, soweit er sich erinnern konnte, noch nie getan hatte: nichts.

Als Katharina ihn endlich zum Essen rief, hatte er zwei so untätige und gleichzeitig so anstrengende Stunden verbracht, wie er es nie für möglich gehalten hätte.

Katharina führte ihn nicht in die gute Stube, sondern in die Küche. Anders als auf dem Oberhof, wo der Bauer und seine Frau mit den Kindern in einem gesonderten Raum saßen, würden hier anscheinend alle, auch Schäng und Katharina, zusammen an dem großen Tisch essen. Schäng saß bereits in dem Armstuhl am Kopfende. Nahe bei ihm, am Ende einer der beiden Bänke, saß der Kannenfranz. Er hatte einen Becher in der Hand und beugte sich lachend zu Schäng.

»Na, wenn Ihr es so seht«, sagte er, »dann tue ich Euch gerne den Gefallen und bleibe über den Sonntag.«

Er blickte kurz zu Josef hinüber und zwinkerte ihm zu. Franz hatte also seine Einladung bekommen.

Wiena und noch eine Frau standen mit dem Rücken zum Raum vor einem offenen Schrank. Als Josef und Katharina eintraten, sah Wiena sich um. »Da ist ja der Josef.« Sie stieß die Frau neben sich derb mit dem Ellbogen an. »Sag was«, forderte sie dabei überdeutlich.

Das musste Leni sein. Sie war eine auffallend dumpfe Person unbestimmten Alters. Alle Züge in ihrem teigartigen Gesicht wirkten verwischt. Uninteressiert wanderte ihr Blick über Josef, ehe sie sich wortlos wieder dem Schrank zuwandte. Wiena zuckte die Schultern. Dann hellte sich ihr Gesicht auf.

»Und das, das ist Ellie!«, sagte sie.

Sie trat hinter ein Mädchen, das, von ihr und Leni verborgen, vor dem Schrank gestanden hatte, und legte die Hände auf dessen Schultern. Sie drehte das Mädchen um und hielt es so stolz, als würde sie die Reichskrone präsentieren. Ellie hatte einige Löffel in den Händen und wehrte sich nicht gegen Wienas Griff. Aber sie hatte die Augen zu Boden geschlagen, und Röte stieg in ihr blasses Gesicht.

Josef ging rasch zu ihr und hielt ihr die Hand hin. »Guten Tag, Ellie«, sagte er und hoffte, ihr über die Verlegenheit hinweghelfen zu können.

Ohne aufzusehen, reichte ihm das Mädchen eine zugleich zierliche und feste Hand. Als sie in seiner lag, hielt Josef sie einen Moment fest und hoffte, dass Ellie zu ihm aufsehen würde, aber Wiena nahm ihr die Löffel aus der anderen Hand und schob Ellie zu dem Tisch.

»Setz dich, Kind«, sagte sie. »Den Rest machen wir schon.«

Mit immer noch gesenktem Blick setzte sich Ellie ans äußerste Ende der noch leeren Bank. Katharina nahm auf der gleichen Bank Platz und nickte Josef auffordernd zu.

»Komm hierhin, zwischen Ellie und mich«, sagte sie.

Josef setzte sich zwischen sie, aber näher zu Katharina. Aus den Augenwinkeln sah er zu Ellie und fragte sich, ob Wiena mit ihrer Schwärmerei für sie recht hatte. Das Mädchen war schlank, fast mager, aber kaum kleiner als Josef. Sie hatte helle Haut, weißblondes Haar und dabei verblüffend dunkle Augenbrauen und dunkle, lange Wimpern über sehr hellbraunen Augen. Sie sah hübsch und nett aus, fand Josef.

Auch sie sah verstohlen zu ihm herüber, aber als ihre Blicke sich trafen, senkte sie schnell die Lider. Sie hatte seltsame Augen. Eigentlich waren sie nicht wirklich hellbraun, sondern von einer ungewöhnlichen Farbe, die Josef noch nie gesehen hatte, und er wünschte sich, länger in diese Augen sehen zu können.

Doch, einmal hatte er eine ähnliche Farbe gesehen, fiel ihm plötzlich ein: bei dem Stein eines Anhängers, den ein fahrender Händler seiner Mutter gezeigt hatte. Bernstein, hatte er den Stein genannt. Er käme weit aus dem Norden und würde am Meer gefunden. Ein viel zu kostbares Stück für seine Mutter, die sich höchstens mal ein buntes Band leistete, das wusste der Händler genau, aber er zeigte den schönen Stein gerne. Goldbraun und durchscheinend wie Wasser war er gewesen, und in seinem Inneren glühte ein warmes Feuer.

Eine Hand legte sich auf Josefs Schulter und unterbrach seine Gedanken.

»Lass mich neben Katharina«, sagte Siska und schob sich bereits zwischen sie, sodass Josef nichts anderes übrig blieb, als zur Seite zu rutschen.

»Na, da hast du es ja prächtig getroffen! Mit drei schönen Mädchen auf einer Bank. Das würde ich mir auch gefallen lassen!« Der Kannenfranz hob lachend seinen Becher. »Darauf, dass es dir in deiner neuen Heimat immer so gut geht«, sagte er und trank einen tüchtigen Schluck.

Wiena und Leni trugen das Essen auf und setzten sich anschließend auf die Bank zu Franz.

Josef fragte sich hoffnungsvoll, ob es hier immer so üppig zuging. Es gab für jeden in Öl gebratene Eier, Brot und Butter, Schinken und eine so dicke Mehlsuppe, wie er sie noch nie gegessen hatte. Es war kaum zwei Stunden her, dass er sich an der Kohlsuppe in der Küche satt gegessen hatte, aber jetzt hatte er Heißhunger, als habe er seit Tagen gefastet. Als er sich die dritte Scheibe Brot abschnitt, um sie in den Rest Suppe einzubrocken, sprach ihn Wiena an. Er zuckte zusammen. Jetzt war seine unverschämte Gier aufgefallen.

Aber Wiena klang ganz und gar nicht böse.

»Das schmeckt dir wohl, Junge«, sagte sie und stand auf, um noch einen Laib Brot zu holen. Dann klopfte sie Josef mit ihrer rundlichen und kräftigen Hand auf den Rücken, fast wie einem Säugling nach dem Füttern. »Soll ich dir noch von der Suppe geben?«, fragte sie.

Josef vergaß vor Staunen das Kauen und nickte nur mit vollem Mund. Wenn hier alle Tage so gegessen wurde, dann wäre er bald so dick wie Wiena. Und was konnte es nur morgen, am Sonntag geben, wenn das ihr Alltagsessen war?

Jan und Lukas trafen erst spät zum Abendbrot ein, aber auch für sie war noch mehr als genug da.

Der Ältere von beiden musste Jan, der Altknecht, sein. Sein Haar war schon mit Grau durchsetzt, die abgetragene Arbeitskleidung vielfach geflickt. Trotzdem wirkte er eher respekteinflößend als ärmlich. Auf den ersten Blick sah er genauso aus, wie man sich einen in die Jahre gekommenen Knecht vorstellte, bis auf seinen buschigen Schnurrbart mit den gezwirbelten abstehenden Enden, wie er vor einigen Jahren bei den Söldnern Mode gewesen war. Aber seine grauen Augen musterten Josef lange auf dieselbe ruhige und doch eindringliche Art, wie er es schon bei Schäng erlebt hatte. Josef glaubte zu wissen, was Jan dachte: Dieses mickrige Bürschchen wird uns keine große Hilfe sein. Doch dann fasste Jan Josefs Hand und schüttelte sie.

»Wir werden schon miteinander auskommen«, sagte er, ohne zu lächeln, aber nicht unfreundlich.

Er hatte Josefs Hand noch gepackt, als Lukas seinen Bruder lachend anstieß. »Mach dem Jungen keine Angst mit deinem feierlichen Ton.« Auch er schüttelte Josefs Hand. »Ich bin Lukas. Natürlich werden wir gut miteinander auskommen. Ich bin auch erst seit einem halben Jahr hier. Mein Bruder Jan ist ein netter Kerl.« Er grinste Josef an. »Auch wenn man es zunächst kaum glaubt.«

Lukas war wenigstens ein Dutzend Jahre jünger als sein Bruder. Er war sehr schlank, hatte lachende Augen und wirkte mit seiner lebhaften Art fast jungenhaft. An seinem Hut, den er noch in der Hand hielt, wippte eine frische Margerite.

Während er sich vom Schinken und dem Brot tüchtig vorlegte, sagte er zu Josef: »Du hast wohl schon gegessen. Aber du hältst doch noch eine Runde mit, oder, Junge?«

Als Josef nur verlegen grinste, fuhr Lukas fort: »Als ich in deinem Alter war, da gab es für mich gar kein ›Ich bin satt‹. Ich habe alles gegessen, was ich kriegen konnte. Dabei war ich mager wie ein Schneidergeselle. Das stimmt doch?«, fragte er mit vollem Mund seinen Bruder.

Jans Schnurrbart zuckte leicht, aber er sagte nur trocken: »Wie sich alles ändert.«

Josef wusste nicht, warum außer Lukas alle am Tisch über diese Bemerkung lachten.

Lukas erzählte lebhaft, warum sie so spät von der Feldarbeit zurückkamen: Der mit Mist beladene Wagen eines Nachbarn hatte auf dem Bergweg ein Rad verloren.

»Wir haben zu acht den Wagen gehoben, damit Paul das Rad wieder aufstecken konnte.«

»Paul sollte die Keile öfter kontrollieren. Er hatte Glück, dass nicht die Achse gebrochen war«, sagte Jan.

»Na ja, es ist ja gut gegangen. Jedenfalls sind wir deshalb zu spät. Wir mussten warten, bis genug Männer von den Feldern zurückkamen, damit wir den Wagen anheben konnten. Wir hatten keine Lust, den Mist abzuladen.«

Lukas lachte Josef an. »Einen Stall ausmisten oder den Mist auf die Felder bringen, das muss ein Knecht schon tun. Aber einen Wagen voll Mist ab- und dann sofort wieder aufladen, wenn man schon gemütlich beim Essen sitzen könnte, das muss doch nicht sein!«

Josef lächelte zustimmend. Es war ganz anders auf dem Mehringhof, als er es sich vorgestellt hatte. Natürlich fühlte er sich fremd hier, aber nicht unwohl. Er war noch nicht einmal besonders verlegen. Er sprach nicht viel, aber als Lukas ihn fragte, ob der Krieg in seiner Heimat, in der Eifel, auch so viel Schaden angerichtet habe, konnte er antworten, ohne rot zu werden oder zu stammeln.

Als auch Jan und Lukas gegessen hatten, trugen Wiena und Leni die Reste und das Geschirr ab, aber die Tafel wurde nicht aufgehoben. Jan und Lukas, die zum Essen Wasser getrunken hatten, wurde von Schäng auch je ein Becher mit Wein eingeschenkt. Und Franz wurde nach Neuigkeiten ausgefragt. Was hatte er auf seiner Reise gesehen? Hatte er neue Gerüchte über die große Politik gehört? Stimmte es, dass das Trierer Domkapitel die Absetzung des verhassten Erzbischofs durchsetzen wollte? Es gab so viele Fragen. Und wenn Franz auch nicht auf jede antworten konnte, so hatte er doch zu jeder eine ausführliche Meinung, die er gerne von sich gab. Josef war nach seiner fünftägigen Reise mit Franz übersättigt von seinen Geschichten, Scherzen und Ansichten, und das ungewohnt üppige Essen hatte ihn müde gemacht. So hing er seinen Gedanken nach, stand schließlich auf und ging zu der schwarzen Katze, die sich vor dem Kamin zusammengerollt hatte. Er streichelte sie, redete leise mit ihr und versuchte, Freundschaft mit ihr zu schließen. Doch plötzlich hörte er seinen Namen und horchte auf.

»... für Josef gefährlich?«, hatte Franz gefragt.

Josef sah in Franz' Richtung und bemerkte gerade noch, wie Schäng Franz mit einer Handbewegung zum Schweigen aufforderte.

Als er später in seinem Bett lag, fiel Josef dieser Satzfetzen wieder ein. Vielleicht war es ja nur eine harmlose Bemerkung von Franz gewesen. Aber warum hatte dann Schäng so seltsam reagiert? Und was hatte Schäng ihm zuvor im Arbeitszimmer erzählen wollen, bevor ihn Katharina davon abhalten konnte? Bildete er sich das ein, oder wollten alle hier etwas vor ihm verbergen?

Wach lag Josef im Bett, allein in seiner Kammer. Hier sollte er nun schlafen. Von jetzt an jede Nacht. Eigentlich sollte er müde genug sein. Schon die letzte Nacht hatte er keinen Schlaf finden können. Sobald er die Augen schloss, hatte sich ihm das schreckliche Bild aufgedrängt, und auch jetzt sah er es wieder vor sich. Er wusste, dass er nichts tun konnte. Sie war, hoffte er, schon tot. Und das Beste, was er tun konnte, war, alles zu vergessen.

Ich werde nicht mehr daran denken, sagte Josef sich wieder einmal und öffnete die Augen weit. Er sah sich in dem dämmrigen Zimmerchen um auf der Suche nach irgendetwas, das ihn ablenken konnte. Die Kammer war klein, hatte gerade Platz für ein schmales Bett und die Truhe, die unter dem Fenster stand, das fast so eng und hoch wie eine Schießscharte war.

Tatsächlich fand er etwas, was seine Phantasie auf harmlose Art fesselte: Als er nach seiner Ankunft seine Sachen eingeräumt hatte, da hatte nichts auf der Truhe gestanden. Und auch später nicht, als er vor dem Abendbrot in der Kammer war. Doch jetzt stand ein rotbrauner Tonbecher mit einem Sträußchen auf ihrem Deckel.

Josef schlug die Decke zurück, stand auf und trat an die Truhe. Er hob den Becher mit dem kleinen Strauß, betrachtete ihn und roch daran. Zwischen den Schlüsselblumen, Margeriten und dem Wiesenschaumkraut stand ein Zweig mit kleinen, süß duftenden Rosenblüten. War das Sträußchen ein Willkommensgruß von Katharina? Nachdenklich sah er nach draußen. Die schmale Fensteröffnung ließ nur einen Streifen des dunklen, sternenlosen Himmels sehen. Josef setzte das Sträußchen wieder ab und kniete sich auf die Truhe, um hinauszusehen. Die Nacht war finster, und eine matte Mondsichel stand knapp über den Bergen, die sich schwarz gegen den Himmel abzeichneten.

Ob der Mond jetzt auch in den Schlafraum seiner Geschwister schien? Ob zu Hause noch jemand wach war und auch zum Himmel hinaufsah? Ob dort gerade jetzt jemand an ihn dachte?

Es war so still, wie es Josef noch nie zuvor erlebt hatte. Selbst in der dunkelsten, ruhigsten Nacht hatte er das leise Atmen seiner Geschwister hören können. Hier dagegen war nichts zu hören. Er war allein. Das ganze Dorf lag totenstill in der Dunkelheit. Wie ausgestorben.

Er lauschte in die Nacht. Entfernt und leise hörte er nun doch ein Geräusch: das ferne, gleichmäßige Hallen von Schritten, die langsam lauter wurden, näher kamen.

Josef wusste nicht, wie spät es war, aber es war tiefe Nacht. Er hatte lange wach gelegen. Wer ging nachts durch das Dorf? Wo wollte er hin?

Von seinem Fenster aus sah er in den Hof, den nach außen hin eine Mauer abschloss. In die Mauer war ein drei Schritt breites Gittertor eingelassen. Nur durch dieses Gitter konnte er von seinem Platz aus ein Stück der Straße sehen.

Die Schritte kamen näher.

Warum war er so aufgeregt? Warum sollte nicht jemand nachts durch dieses Dorf gehen? Die Schritte hörten sich nicht so an, als würde sich einer heimlich irgendwohin schleichen. Vielleicht stand jemand nachts auf, um nach einem kranken Verwandten zu sehen. – Aber die Schritte klangen auch nicht danach. Sie klangen eher, als würde jemand in harten Stiefeln marschieren.

Josef blieb an seinem Ausguck und wartete atemlos. Wie eine Figur auf der Bühne eines Puppentheaters erschien plötzlich eine Gestalt in dem durch das Gittertor sichtbaren Straßenstück. Eine Gestalt, die Josef trotz der Finsternis sofort erkannte. Es war der Fährmann – und er war bewaffnet.

Seine aufrechte Haltung, seine hochgewachsene Gestalt und die markanten Umrisse des kahlen Schädels: Josef erkannte ihn trotz des dämmrigen Mondlichts eindeutig. Anders als auf der Fähre war er nicht barfuß, sondern trug Stulpenstiefel, wie sie bei den Soldaten üblich waren. In der linken Hand hielt er eine Hellebarde mit langem Schaft, die an seiner Schulter lehnte und darüber hinausragte. Bevor der Fährmann aus seinem Blickfeld verschwand, bemerkte Josef, dass etwas in seinem Gürtel steckte. Er glaubte den Knauf einer Muskete zu erkennen, war sich aber nicht sicher.

Doch eins war ihm klar: In dieser Aufmachung, mit dieser Ausrüstung war der Fährmann sicher nicht unterwegs, um einen kranken Verwandten zu besuchen.

Sollte er jemanden wecken und von dem unheimlichen Fährer berichten, der nachts bewaffnet durchs Dorf schlich? Nein – er schlich nicht. Er gab sich keine Mühe, nicht gehört zu werden. Was konnte er nur wollen? Vielleicht war er einfach verrückt. Dieser Gedanke war allerdings auch nicht gerade tröstlich.

Er musste darüber nachdenken, was er tun sollte.

Josef fröstelte in seinem dünnen Hemd. Er kroch unter die Decken, um in der Wärme in Ruhe zu überlegen.

5.6. und 6.6.1650, Sankt Bonifatius und der folgende Tag

DIE NEUE HEIMAT

Als das Krähen des Hahns Josef weckte, glaubte er, nur für einen Moment die Augen geschlossen zu haben. Aber der Balken hellen Sonnenlichts, der durch das schmale Fenster in sein Zimmerchen fiel, bewies, dass Morgen war und er die halbe Nacht durchgeschlafen hatte.

Er war müde, aber sein nächtliches Erlebnis kam ihm nun wesentlich harmloser vor. Was war dabei, wenn der Fährmann sich nachts als Soldat verkleidete und durch das Dorf marschierte? Sicher hatten auch andere Layer ihn gesehen, denn er schien sich nicht zu verstecken. Sollten die sich darüber Gedanken machen! Er würde sich nicht lächerlich machen und von dem Schrecken erzählen, den der Fährer ihm eingejagt hatte. Er hatte auf dem Oberhof gelernt, dass es für ihn schwierig genug war, als Knecht zu bestehen, auch ohne sich schon am ersten Morgen zu blamieren.

Seinen ersten Tag als Jungknecht verbrachte Josef recht untätig. Es war Sonntag, und auf den Feldern wurde nicht gearbeitet. Seine einzige Arbeit bestand darin, mit Jan in den Stall zu gehen, wo der ihm jedes einzelne Tier zeigte, ihm erklärte, wo er in Stall und Scheune die Gerätschaften finden konnte, und ihn schließlich die Tiere füttern ließ. Das morgendliche und abendliche Füttern und Tränken sollte von nun an eine von Josefs Aufgaben sein. Josef freute sich darüber: Er mochte Tiere, und außerdem glaubte er, dass er zumindest diesen Teil seiner Arbeit gut verrichten konnte. Sein Elternhaus war nie wohlhabend genug für eine Kuh gewesen, aber die zwei Ziegen und das Schwein hatte er schon oft versorgt.

Als Franz am folgenden Morgen, nach einem ausgiebigen Frühstück, den Hof verließ, konnte Josef sich fast unbeschwert von dieser letzten Verbindung zu seiner Heimat verabschieden. Er freute sich darauf, endlich seine Arbeit zu beginnen. Doch dann hielt Jan ihm einen leeren Sack entgegen. »Heute Morgen hilfst du Ellie, Futter für die Hasen zu holen. Bis Mittag seid ihr wieder zurück.«

Hasenfutter zu sammeln, das war freilich keine Männerarbeit. Für diese Aufgabe waren in seinem Elternhaus die kleinen Geschwister zuständig. – Oder er, wenn er sich wieder einmal als zu unzuverlässig für andere Arbeiten erwiesen hatte.

»Ich kann auch anderes arbeiten: Holz hacken, Wasser holen, Feldarbeit und so etwas«, sagte Josef, ohne den Sack von Jan entgegenzunehmen.

»Das werden wir sehen«, antwortete Jan ruhig und drückte ihm den Sack in die Hand. »Und jetzt möchte ich sehen, ob du auch tun kannst, was man dir sagt.«

Wenig später war Josef mit Ellie unterwegs und froh, dass sein Widerspruch nichts geholfen hatte.

Auch heute war Ellie anfangs sehr schweigsam. Als Jan sie mit Josef losschickte, stand sie schweigend da und sah zu Boden. Dann ging sie los, ohne sich nach Josef umzusehen. Er folgte ihr wortlos, den leeren Sack in der Hand, auf einem schmalen Pfad zwischen den teils verwilderten, teils bewirtschafteten Gärten. Wie sie rupfte er Wegerich und Löwenzahn am Wegrand.

Es war ein warmer, sonniger Morgen. Die Wiesen blühten verschwenderisch, und die Luft war erfüllt von ihrem Duft und dem Summen der Insekten.

»Es ist schön hier in eurem Dorf«, sagte Josef, als Ellie wieder einmal zu ihm trat, um eine Handvoll Grünzeug in den Sack zu stopfen.

Sie nickte nur, ohne ihn anzusehen.

»Hat der Mehringhof auch eigene Bienen?«, versuchte Josef es weiter.

»Ja«, sagte sie leise, aber wieder ohne aufzublicken.

Josef wollte sie so gerne zum Plaudern, vielleicht zum Lachen bringen und stellte ihr immer wieder Fragen, die sie einfach beantworten konnte: »Wohin führt dieser Weg?« – »Wie oft wird frisches Futter für eure Hasen gesammelt?« – »Womit füttert ihr die Hasen im Winter?«

Sie antwortete kurz, aber freundlich und wagte es bald sogar, ihn anzusehen.

Als Josef einfiel, wie gerne er und seine kleineren Geschwister zu Hause Rätsel geraten hatten, sagte er: »Ich weiß ein Rätsel.«

Ellie, die einen Schritt von ihm entfernt Kräuter rupfend am

Boden hockte, hob den Blick und sah Josef zum ersten Mal direkt ins Gesicht.

»Was ist das? Rate mal!«, sagte Josef und lächelte ihr zu.

»Ich bin der Sonnen Sohn. Von ihr stets unbedeckt
Zu Morgen und zu Nacht fast überlang erstreckt.
Man findet Ruhe in mir. Ich ruhe auch unerregt:
Ich gehe vor und nach, wie sich der Mann bewegt.«

Ellie richtete sich auf. Nachdenklich zog sie eine ihrer weißblonden Haarsträhnen aus dem Zopf und begann sie um den Finger zu drehen. Die Augen in die Ferne gerichtet, stand sie regungslos da. Dann schüttelte sie leicht den Kopf und sah Josef nun wieder schüchtern an.

»Das weiß ich nicht«, sagte sie leise. »Oder bist du das?«, setzte sie noch leiser hinzu.

Josef stutzte einen Moment, dann lachte er.

»Ich?«, sagte er. Und wieder lachte er sein ausgelassenes Jungenlachen, bis sein Blick auf Ellie fiel. Sie starrte ihn mit Tränen in den Augen an.

»Ach Ellie, ich lach doch nicht über dich! Das war ein schweres Rätsel. Ich konnte es auch nicht ohne Hilfe lösen. Und ich war da schon älter, als du jetzt bist«, sagte er nicht ganz ehrlich.

Er nahm entschuldigend ihre kleine, vom Löwenzahnsaft braun gefleckte Hand in seine und war froh, dass sie nicht weggezogen wurde. »Es ist nur so, dass ich immer so viele Geschwister um mich hatte, mit denen ich lachen konnte. Jetzt bin ich schon über eine Woche von zu Hause weg und meistens mit älteren Leuten zusammen. Da freue ich mich, mal wieder so richtig lachen zu können. Wenn Rätsel nicht schwer wären, dann würden sie auch keinen Spaß machen.« Er deutete mit dem Kinn auf den Weg. Die Sonne stand ihnen im Rücken, und ihr Schattenbild fiel vor ihnen auf den Weg.

»Es ist der Schatten. Er ist ein Sohn der Sonne, doch von ihr stets unbedeckt. Frühmorgens und abends, wenn die Sonne tief steht, dann ist er ganz lang gestreckt. Und er geht vor und zurück, wie sich der Mann bewegt. Siehst du?« Er bewegte seine Hand, mit der er Ellies hielt, vor und zurück, und ihre Schatten, die sich ebenso traut an den Händen hielten, schaukelten mit ihnen.

Ellie ließ seine Hand los und strich sich die lose Strähne aus dem Gesicht. »Weißt du noch eins? Ein nicht so schweres?«, fragte sie.

»Ich kenne nur schwere Rätsel, aber ich gebe dir einen kleinen Hinweis: Es ist ein ganz kleines Tier.« Josef zeigte mit Daumen und Zeigefinger, wie klein. »Und ich glaube, dass du trotzdem Angst davor hast.« Josef zwinkerte Ellie zu. »Pass auf!« Dann sagte er langsam und betont:

»In der Luft bau ich mir selbst ohne Hilfe ein Haus
zum Wohnen.
Alles, was dazu gehört, ich in mir selbst und sonst
nirgends find.
Dieser Bau an Kunst beschämt jedes Labyrinth,
doch der Mensch pflegt mir meine Mühe mit dem
Tod zu belohnen.«

»Das weiß ich! Das ist eine Spinne! Aber Angst vor Spinnen habe ich nicht!« Ellie lachte. »Stimmt es?«, fragte sie dann.

»Ja, es ist richtig. Aber ich dachte, alle Mädchen haben Angst vor Spinnen.«

»Nicht alle: Ich fürchte keine Spinne.«

Ellie begann wieder eifrig, Hasenfutter zu zupfen, und Josef folgte ihr.

Als der Sack voll war, sagte sie: »Ich mache immer eine Rast, bevor ich zurückgehe. Komm mit, ich weiß eine schöne Stelle.«

Sie lief den Bergweg hinauf, dass ihr der leichte braune Sommerrock bis zu den Knien hochflog und ihre Beine erstaunlich weiß unter ihm hervorleuchteten.

Wie diese Prinzessin in dem Märchen, die sich Gesicht und Hände, weiß wie Schnee, mit Pflanzensaft braun gefärbt hat, damit jeder sie für eine arme, unansehnliche Magd hält, dachte Josef und sah ihr hinterher. Aber unansehnlich ist die kleine Ellie auch mit gebräuntem Gesicht und vom Löwenzahnsaft fleckigen Fingern nicht.

Ellie lachte ihm über die Schulter zu. »Komm schon, allein findest du es nie.«

Josef beeilte sich, den steinigen Weg hinter ihr hinaufzusteigen. Er war gerade breit genug, dass ein Pferd einen schmalen Wagen hinaufziehen konnte. Rechts vom Weg, zum Tal hin, erstreckten sich Wiesen voller Obstbäume und vereinzelte Gemüsegärten. Links von ihm, zum Berg hin, wuchs ein dichtes Gebüsch aus Haselnusssträuchern, Holunder, wilden Brombeeren und Heckenrosen. Direkt hinter dieser Hecke begann dichter Laubwald. Sie waren noch nicht sehr weit vom Dorf entfernt, als Ellie stehen blieb.

»Da sind wir.« Sie sah ihn mit einem kleinen Lächeln an.

Josef drehte sich um und schaute ins Tal. Er sah die Wiesen und zwischen den Bäumen einzelne schiefergraue Dächer des Dorfes. Der Blick auf die Mosel war größtenteils durch die Bäume verdeckt. Hier sah es nicht anders aus als fünfzig oder hundert Schritte weiter unten am Weg. Sollte das der schöne Platz sein, an dem sie eine Rast machen wollten?

»Sollen wir ...« Josef drehte sich wieder Ellie zu, aber sie war nicht mehr da. Er schaute den Weg aufwärts und zurück, doch sie war einfach verschwunden. »Ellie!«, rief er. »Ellie!!« Dann hörte er ihr Kichern hinter der Hecke. Wie eine Waldfee trat sie plötzlich hinter dem scheinbar undurchdringlichen Dickicht hervor.

»Ich habe doch gesagt, dass du es allein nie findest.«

Sie machte wieder einen Schritt zur Seite und war völlig von dem dichten Blattwerk verborgen. Josef kletterte die Böschung hinauf. Ein vom Weg aus unsichtbarer Durchschlupf führte durch die Hecke. Er war schmal, aber recht bequem zu begehen.

Direkt dahinter lag, vom Laubwald begrenzt, eine kleine, sonnenbeschienene Wiese am Hang. Dichtes, hellgrünes, mit Schlüsselblumen, Gänseblümchen und duftigem zartblauem Weinkraut durchsetztes Gras bedeckte die Lichtung. Ein knochiger Apfelbaum streckte über einen Teil der Lichtung seine Zweige. Er schien sehr alt, hatte aber tapfer junge grüne Blätter und Dutzende jetzt noch kleiner Früchte hervorgebracht. Diese Lichtung mochte vor einigen Jahren eine Rodung gewesen sein, die als Gärtchen genutzt worden war. Am Waldrand, zwischen einzelnen jungen Laubbäumchen, Anzeichen der fortschreitenden Rückeroberung durch den Wald, sah Josef einen vermoderten schiefen Holzpfosten, den Überrest eines verfallenen Zauns. Ein Rosenstrauch, halb verwildert, aber voller kleiner rot leuchtender Blüten, zeigte, dass der ehemalige Herr des verwunschenen Gärtchens nicht nur Sinn für Nützliches gehabt hatte. Ob er vom Krieg vertrieben oder getötet worden war?

Ellie setzte sich ins Gras vor den Rosenstock, zupfte ihren Rock zurecht und klopfte auffordernd neben sich auf den Boden. Sie zog zwei für die Jahreszeit ansehnliche Winteräpfel aus der Tasche und reichte den größeren Josef.

»Wiena gibt mir jeden Tag etwas mit. Damit ich wachse, sagt sie. Heute habe ich gefragt, ob ich für dich auch einen haben kann.«

Der Apfel duftete köstlich. Josef hatte seit dem Herbst kein Obst mehr gegessen und genoss jeden Bissen. Die Schale war nicht mehr fest, sondern etwas zäh und faltig, aber das Fruchtfleisch war durch die Lagerung nur süßer geworden. Die Apfelkerne, deren bittere Süße er schon immer am liebsten gemocht hatte, waren noch so frisch, dass man sie hätte pflanzen können.

Seine Eltern hatten auch mehrere Obstbäume. Aber selbst in den guten Jahren, in denen keine durchziehenden Söldner oder vor dem Krieg Flüchtende die noch unreifen Früchte von den Bäumen gerissen hatten, um ihren Hunger zu stillen, konnten sie keine Äpfel oder Birnen einlagern. Ihr Erdkeller war zu feucht und der angebaute Holzschuppen im Winter zu kalt dafür. Außerdem mussten sie Teile ihrer kleinen Ernte auf dem Markt verkaufen, um Geld für die Dinge zu haben, die sie nicht selbst anbauen oder herstellen konnten.

Nur vor einigen Jahren, er mochte vielleicht acht gewesen sein, hatte es zu Weihnachten für jedes Kind zwei süße rotwangige Äpfel gegeben. Im vorangegangenen Jahr schien der Krieg sie vergessen zu haben, und die Ernte war prächtig ausgefallen. Dies war der einzige Winter gewesen, an den sich Josef erinnern konnte, in dem die Familie keinen Hunger gelitten hatte. Jetzt im Juni auf einer duftenden Wiese in der Sonne zu sitzen und einen Apfel zu essen – da konnte es keinem Grafen besser gehen!

Als sie ihren Apfel gegessen hatte, stand Ellie auf und begann Blumen zu pflücken. »Für den Marienaltar«, sagte sie.

Josef hatte den kleinen Altar in einer Ecke der Küche gesehen. Vor einem nur etwas über spanngroßen Marienbild stand eine Vase mit frischen Blumen. Wiena war erstaunt gewesen, als er nach dem Altar gefragt hatte. War es denn in seiner Heimat nicht üblich, dass von den jungen Mädchen im Haus ein Altar für die heilige Muttergottes geschmückt wurde? Nein, Josef kannte den Brauch nicht, aber er gefiel ihm.

Als Ellie vorsichtig einen Zweig mit zwei Blüten von dem Rosenstrauch abbrach, erkannte Josef die leuchtend roten Blumen wieder. Er sah sich um. Alle Blumen des Straußes, den er gestern Abend in seiner Kammer gefunden hatte, wuchsen hier in Ellies kleinem Zauberreich. Er öffnete schon den Mund, um sich zu bedanken, doch jetzt, wo sie so vertraut mit ihm umging, wollte er sie nicht wieder verlegen machen. So schwieg er. Er war zufrieden, einige Zeit im warmen Gras zu sitzen, Ellie beim Blumenpflücken zuzusehen und mit ihr zu plaudern. Er riss einen Grashalm ab, nahm ihn zwischen die Lippen, lehnte sich auf einen Ellbogen aufgestützt zurück und sah ins Tal. Ruhig wie ein See lag die Flussbiegung unter ihm.

»Einen schönen Platz hast du hier gefunden.«

»Den habe ich nicht gefunden, der gehört mir«, antwortete Ellie mit mehr Stolz, als Josef bei dem schüchternen Mädchen für möglich gehalten hätte. »Er ist mein Erbe.« Mit einer großartigen Armbewegung deutete sie über die winzige Lichtung »Alles, wo Gras wächst.«

Das war nun selbst für die ärmlichen Verhältnisse, aus denen Josef kam, ein recht mickriges Erbe.

Nun ja, er selbst würde noch nicht mal einen Fußbreit Land erben! Sicher wäre er auch auf so ein Stückchen Grasland stolz, wenn es nur sein eigenes wäre. Aber anpflanzen ließ sich hier kaum etwas. Die Lichtung hätte höchstens für ein Gemüsegärtchen gereicht, das noch nicht mal eine Person ernähren könnte, doch als Rastplatz war sie zauberhaft.

»Deine hübsche Blumenwiese passt zu dir.« Josef lächelte. Nun hatte er sie doch zum Erröten gebracht. Er wusste nur zu genau, wie beschämend dies war, und sah von Ellie weg ins Tal. »Wenn ich morgen wieder mit dir gehen soll, können wir dann einen anderen Weg nehmen? Wir können ja höher am Berg hinaufgehen. Von weiter oben hat man sicher einen guten Blick über das Tal.«

»Das stimmt. Wenn man höher geht, kann man von ein paar Stellen wirklich über das Dorf und die ganze Moselbiegung sehen. Aber wir können nicht so weit in den Wald hineingehen. Weiter als hier dürfen wir nicht.«

»Warum denn nicht?«

»Ja, wegen den fremden Männern, den Soldaten«, antwortete Ellie und sah Josef an, als wunderte es sie, wie ein so kluger Junge eine so dumme Frage stellen konnte.

»Der Krieg ist doch vorbei. Du musst keine Angst mehr vor Soldaten haben. Die meisten Heere sind fort und die Soldaten abgezogen.«

»Aber nicht unsere Soldaten.«

»Was heißt eure Soldaten?«

»Hat dir denn keiner von ihnen erzählt?« Ellie sah ihn wieder erstaunt an. »Wegen ihnen solltest du doch heute mit mir gehen. Alle machen sich Sorgen, wenn ich allein so weit weg vom Dorf gehe. Da hat Jan dich mitgeschickt. Und ich sage *unsere* Soldaten, weil sie in unserem Wald leben und unser Essen bekommen. Aber Schäng nennt sie ›die Schweden‹, und viele sagen ›fremde Hunde‹ oder ›tollwütige Hunde‹, wenn sie von ihnen reden.«

***

»Ich habe gedacht, du wolltest Soldat werden, um immer genug essen zu können. Glaubst du, Soldaten hätten besseres Brot, oder warum fastest du bei uns?«

Schängs Worte ließen Josef zusammenfahren. Als er aufblickte, merkte er, dass alle zu ihm hinsahen. Er hatte sich an den Abendbrottisch gesetzt, aber seine Gedanken hatten ihn so beschäftigt, dass er ganz vergessen hatte, etwas zu essen. Verlegen griff er nach Brot und Messer und begann sich eine Scheibe abzuschneiden.

»Ich habe nur nachgedacht«, murmelte er.

Ja, es stimmte: Er hatte nachgedacht. Was Ellie gesagt hatte, ging ihm nicht mehr aus dem Kopf. So vieles hatte er sie fragen wollen. Was war mit diesen Soldaten, die sich in der Nähe des Dorfs aufhielten? Warum wurden sie von den Einwohnern versorgt? Hatte der Fährmann sie gemeint, als er von den fremden

Hunden redete, die man erschlagen solle? Man schien die Soldaten zu fürchten, denn Ellie sollte sich allein nicht allzu weit vom Dorf entfernen. Andererseits schien man keinen Überfall zu erwarten. Aber vor allem: Warum hatte niemand ihm von den Soldaten erzählt?

Sicher, Josef hätte Ellie all dies fragen können. Aber es kam ihm nicht recht vor. Er dachte, er sollte Schäng darauf ansprechen und nicht hinter dessen Rücken Ellie ausfragen. Aber war es nicht unverschämt von ihm, Erklärungen zu verlangen? Was hatte er, der kleine, arme Verwandte, der aus Mitleid aufgenommen und durchgefüttert wurde, für ein Recht, Fragen zu stellen?

Lustlos biss er in sein Brot und kaute es mit trockenem Mund. Schäng sah ihn ernst an, und Josef verging der letzte Mut zu einer Frage.

Doch dann sagte Schäng ruhig: »Nachdenken ist gut und ehrenwert, mein Junge. Aber nun ist Zeit fürs Abendbrot. Und auch das Essen sollte geehrt werden.«

Katharina, die zwischen Schäng und Josef saß, schenkte etwas Wein in Josefs leeren Becher, füllte ihn mit Wasser auf und stellte ihn wieder vor ihn.

»Und mit etwas Wein rutscht es auch besser«, sagte sie mit einem Lächeln.

Nur Schäng trank Wein mit Wasser, den meistens Katharina für ihn mischte. Josef wusste, dass Katharina ihn mit der freundlichen Geste über seine Verlegenheit hinwegtrösten wollte, und obwohl er eigentlich keine Lust hatte, hob er seinen Becher und trank.

Sein Becher enthielt mehr Wasser als Wein, und er hatte den Mund noch voller Brot – trotzdem erschien Josef der erste Schluck Wein, der erste Wein seines Lebens, einfach köstlich. Er stellte den Becher ab, sah Katharina mit einem überraschten Lächeln an, setzte den Becher wieder an und trank ihn langsam, aber in einem Zug leer.

»Hast du vorher schon einmal Wein getrunken?«, fragte Katharina.

»Nein, aber ich hätte ihn trinken sollen, als du ihn mir bei meiner Ankunft angeboten hast«, sagte Josef mit Nachdruck.

Alle lachten, und sicher wäre Josef seine Offenheit jetzt peinlich gewesen, wenn nicht auch Schäng eingestimmt hätte. Josef hatte ihn noch nie lachen, kaum lächeln gesehen. Sein Lachen war erstaunlich hell, fast jungenhaft, und schien zu einer völlig anderen Person zu gehören. Erstaunt sah Josef ihn an. Und seine Überraschung wurde noch größer, als Schäng ihn freundlich anblickte und sagte: »Wir haben noch nicht auf deine Ankunft getrunken. Ich muss noch etwas erledigen, aber komm in zwei Stunden in mein Arbeitszimmer, und wir werden es nachholen.«

»Wir haben gehofft, alles wäre vorüber, bevor du zu uns kämst. Tatsächlich haben wir schon lange bevor deine Eltern mir geschrieben haben, darauf gehofft. Aber die Zeiten sind schwierig.« Schäng hob sein Glas. Er drehte es, und der Weißwein schimmerte hell. Dann setzte er es ab, ohne zu trinken. »Trink, mein Junge, es ist der Beste hier aus Lay. Der ist ebenso gut wie Winninger Wein, vielleicht noch besser.«

Josef hob gehorsam sein Glas und nahm einen kleinen Schluck. Doch diesmal merkte er kaum, was er da trank. Er saß sehr gerade und leicht nach vorne gebeugt auf der Kante seines Stuhls, und nichts anderes als Schängs Bericht konnte seine Aufmerksamkeit finden.

Nervös hatte er vor der schmalen Eichentür gestanden und sich kaum getraut, Schängs Arbeitszimmer zu betreten. Aber als er sich schließlich überwand, hatte Schäng ihn freundlich begrüßt. Er war von seinem Schreibtisch aufgestanden und hatte sich mit ihm an den kleinen runden Tisch gesetzt, auf dem schon der Wein bereitstand. Er hatte zwei Gläser eingeschenkt und Josef verschiedene Fragen gestellt: ob er sich eingelebt habe und ob es ihm hier gefalle oder ob er gerne wieder nach Hause wolle. Bei all diesen fürsorglichen Worten spürte Josef doch, dass Schäng nicht recht bei der Sache war, dass ihm etwas anderes durch den Kopf ging. Josef wusste, dass er nun die Erklärung bekommen würde.

Und wirklich sah ihn Schäng mit seinen dunklen Augen einen Moment lang nachdenklich an. »Es gibt etwas in unserem Dorf, was du wissen solltest«, begann er. »Eigentlich hätte ich es dir und deinen Eltern schreiben sollen, bevor ihr auf unseren Vorschlag eingegangen seid. Ich habe alles getan, um eine gute Lösung zu finden«, sagte er. »Aber ich weiß nicht, wie es enden wird. Jedenfalls ist es notwendig, dass auch du es erfährst. Es ist nun schon über sechs Wochen her, dass eine Gruppe plündernder Soldaten nachts über das Haus der Bernheimer herfiel. Ich weiß nicht, ob du es gesehen hast. Es ist das letzte Haus in der unteren Mark, ein kleiner, etwas abseits gelegener Hof. Die Familie wachte auf, als die Soldaten schon im Haus waren, und flüchtete durch die Tür zum Garten ins Dorf. Die Soldaten gaben sich keine Mühe, sie zurückzuhalten.

Nur die alte taube Magd blieb in ihrem Bett liegen. Sie hatte von dem ganzen Tumult nichts gehört. In ihren Nachtgewändern – Marga trug Pitterchen auf dem Arm, Bernheimers Henno zog die weinenden Zwillinge hinter sich her –, so flohen sie bis zum Geisenhof, ihren nächsten Nachbarn. Nach dem ersten Schreck beschloss man, so viel Hilfe wie möglich zusammenzutrommeln und die Räuber zu vertreiben.

Viele im Dorf wurden von der Familie geweckt. Jan und ich gehörten auch zu dieser Truppe von vielleicht fünfundzwanzig Männern. Außer uns beiden waren die meisten mehr als dürftig bewaffnet. Manche hatten nichts außer einer Mistgabel, um gegen die Soldaten vorzugehen. Nur wir hatten Musketen und Degen. Wir und natürlich auch Franz, der Fährmann. Jan, Franz und ich waren sicher die Einzigen, die wussten, was es bedeutete, nachts in ein Haus einzudringen, in dem sich eine Anzahl Soldaten verbarrikadiert hatte. Natürlich hatten alle Angst.«

Schäng lachte freudlos. »Und das ist sicher das Vernünftigste, was man aus dieser Nacht von den Männern der Truppe berichten kann. Kaum einer von ihnen ahnte, wie viel Grund wir hatten, uns zu fürchten. Georg Bernheimer sprach von vielen Soldaten, vielleicht zwanzig. Seine Frau Lisbeth glaubte, noch viel mehr gesehen zu haben. Die älteste Tochter behauptete, der Teufel, pechschwarz gekleidet, mit Pferdehuf, Schwanz und einem Hut mit roter Feder, sei mitten unter ihnen gewesen. Die jüngeren Kinder weinten und schrien nur. Es war fast eine Stunde seit der Flucht der Bernheimers vergangen, bis wir endlich vor dem stillen Häuschen standen. Durch die dunklen Fenster war nichts zu erkennen. Nichts war zu hören.

Es hatte angefangen zu regnen, aber ich glaube, dass niemand von uns dies wirklich bemerkte. Wir standen in der Finsternis und dem Regen, die Augen auf das Haus gerichtet, und berieten uns flüsternd, was zu tun sei.

Franz, der Fährmann, war der Meinung, dass wir in das Haus eindringen müssten, um die Soldaten zu vertreiben, falls sie noch drin wären, und dass wir uns lächerlich machen würden, wenn wir hier draußen ängstlich vor einem leeren Haus zögerten, falls sie schon abgezogen seien. Und er erinnerte daran, dass die alte Anni noch im Haus war.

Ich meinte, dass wir mit Warten nur gewinnen könnten. Nach meiner Meinung waren die Soldaten nicht mehr im Haus, sondern mit ihrer Beute abgezogen. War das so, so konnten wir nichts dadurch gewinnen, dass wir schon jetzt und nicht erst am Morgen in das Haus eindrangen. Waren sie jedoch noch im Haus, so wäre es zu unserem Vorteil, wenn wir uns in Ruhe einen Angriffsplan überlegten. Ich rechnete nicht damit, dass die alte Anni noch am Leben war.

Die anderen Männer waren nie Soldaten gewesen, und manche schlugen sich auf Franz' Seite. Die Männer, die noch zu jung waren, um den Krieg als Erwachsene miterlebt zu haben, wollten natürlich sofort angreifen. Es fielen schon in dieser Nacht einige böse Worte. Franz nannte mich und die, die meiner Meinung waren, Feiglinge. Seine Gruppe beschloss schließlich, ohne uns in das Haus einzudringen. Als wir sie nicht umstimmen konnten, blieb uns nichts anderes übrig, als mitzugehen.«

Wieder hob Schäng sein Glas. »Und nun trink, mein Junge. Trink mit mir darauf, dass ich mich getäuscht hatte! Und auf die alte Anni«, sagte er, und Josef stellte erstaunt fest, dass Schäng vor sich hin lächelte.

Er trank Josef zu, bevor er fortfuhr. »Das Haus war leer bis auf die Kammer der alten Anni. Als ich vorsichtig die Tür öffnete, lag sie in ihrem Bett. Mit einer Schlafhaube auf dem Kopf unter einem Berg von Decken, leise schnarchend.

Wir weckten sie, und sie scheuchte uns empört schimpfend aus ihrer Kammer, in der sie als Jungfrau noch nie ein Mannsbild geduldet habe. Später erzählte sie, dass sie in der Nacht geträumt habe, ein fremder Mann mit Helm habe ihre Kammertür geöffnet und hineingesehen. Das war alles, was sie von dem Überfall bemerkt hatte. Die Soldaten hatten gesehen, dass in der kargen Kammer nichts zu holen war, und die Alte geschont.

Wir durchsuchten den ganzen Hof. Es ist nur ein kleines und ärmliches Höfchen, es gab dort weder Kühe noch Schweine und auch sonst keine Reichtümer. Doch alles, was die Bernheimers besaßen, hatten die Soldaten gefunden und mitgenommen. Niemand wurde getötet oder verletzt. Wir fanden zwar Blutflecken, aber es stellte sich heraus, dass es von den Hühnern und den Stallhasen stammte, die die Soldaten an Ort und Stelle geschlachtet und mitgenommen hatten.

Am nächsten Tag verstieg sich mancher junge Kerl zu Sprüchen, dass wir den Soldaten schon eingeheizt hätten, wenn wir sie nur erwischt hätten. Aber du kannst mir glauben, mein Junge, alle waren froh, dass wir bei dem, was wir für ein letztes Werk des großen Kriegs in unserem Dorf hielten, so glimpflich davongekommen waren. Natürlich teilten wir Wachen ein, die in den nächsten Nächten durch das Dorf gingen, aber eigentlich erwartete keiner weitere Überfälle.«

Schäng sah zu dem nun nachtdunklen Fenster, als könne er dahinter etwas erkennen. Josef hob sein Glas an die Lippen und wartete. Er war viel zu aufgeregt, um zu trinken. Es war sicher eine spannende Geschichte und konnte erklären, warum zwischen Schäng und dem Fährfranz eine feindselige Stimmung herrschte, aber Josef fragte sich doch, warum Schäng sie ihm erzählt hatte.

»Doch es war noch nicht vorbei und ist es auch jetzt noch nicht. – Es kam zu weiteren Einbrüchen, in Lay, aber auch in Moselweiß und Güls, zwei Orten hier in der Nähe. Die Soldaten waren nicht weitergezogen. Sie hatten irgendwo im Wald über Lay ein Lager errichtet. Wir trauten uns kaum, unsere Felder zu bestellen, und Nacht für Nacht stellten wir Wachen auf. Schließlich stand Thomas, ein Jungknecht vom Südhof, der Brennholz am Waldrand sammelte, einem der Soldaten gegenüber, der Hasenschlingen kontrollierte. Nach dem ersten beidseitigen Schreck, nach Beschuldigungen und Drohungen kam es zu einem Gespräch. Und das Ganze endete mit einer Art Angebot. Die Soldaten wären bereit, Lay zu schonen, aber sie müssten von irgendetwas leben. Wenn wir sie mit einer genügenden Menge Lebensmittel versorgen würden, wären sie auf Überfälle nicht angewiesen. Wir sollten sie an einer bestimmten Stelle, zum Beispiel am Konzenkreuz, jeden Sonntag deponieren.

Ich hielt das für eine gute Idee. Du weißt sicher, dass unser Landesherr, Erzbischof Philipp von Sötern, unfähig und unwillig ist, für Ordnung zu sorgen. Er hat die Bevölkerung in seinem eigenen Land ebenso sehr gegen sich aufgebracht wie den Kaiser. Er hat genug damit zu tun, nicht selbst abgesetzt zu werden; bis er vor dem Richterstuhl Gottes steht – möge es bald sein! –, können wir kaum darauf hoffen, Hilfe im Kampf gegen die Söldner zu bekommen.«

Josef zuckte unwillkürlich zusammen und konnte nur schwer das Verlangen zurückhalten, sich zu bekreuzigen. Einem Erzbischof den baldigen Tod zu wünschen, das war zumindest eine Sünde, wenn nicht ein Fluch, der auf den Fluchenden und vielleicht auch die Anwesenden zurückfallen musste. Und doch hatte Schäng den bösen Wunsch so beiläufig und selbstverständlich ausgesprochen wie eine oft gebrauchte Floskel. Er schien sich seines Fluchs noch nicht einmal bewusst zu sein und fuhr ruhig fort.

»Wir taten am nächsten Sonntag wie vorgeschlagen. Unsere Abgaben verschwanden, und die Überfälle hörten auf. Die Vereinbarung schien von beiden Seiten akzeptiert.«

»Diese Soldaten, sind das Schweden?«, fragte Josef.

»Es wird wahrscheinlich ein wild zusammengewürfelter Haufen aus allen Heeren sein. Wenn in Lay von den Schweden gesprochen wird, so sind damit meist Soldaten im Allgemeinen gemeint. Vor achtzehn Jahren, im Schreckensjahr 1632, hat das schwedische Heer Koblenz belagert und erobert und auch die umliegenden Dörfer nicht geschont. Seitdem gilt ›Schwede‹ hier als Schimpf- und Schreckenswort für alle Soldaten.«

»Wie können sie denn aus verschiedenen feindlichen Heeren kommen?«

»Was interessiert diese Männer Politik oder Religion? Das war schon in den letzten Kriegsjahren nicht mehr so. Oft haben Söldner ohne Zögern das Lager für einen neuen, besseren Vertrag gewechselt. Oder sie taten es gezwungenermaßen, wenn sie in Gefangenschaft gerieten. Und nun gibt es zwei neue Parteien: auf der einen Seite die Soldaten, die gekämpft und geblutet haben, die die Herren des Landes gewesen sind und nun mit leeren Händen dastehen. Sie sehen als neue Gegner auf der anderen Seite die ehemaligen Heerführer, die Herrschenden, die jetzt, wo sie die Soldaten nicht mehr brauchen, sie am liebsten wie einen Wurf junger Katzen ertränken würden. Und natürlich uns, die Bauern, die lange vor den Soldaten gezittert haben und nun ruhig auf ihren Höfen sitzen.

Es haben sich überall im Land Soldatengruppen zusammengefunden. Oft sind es alte Kampfgenossen, aber es gesellen sich ihnen schnell neue Mitglieder zu. Viele Banden plündern auf ihrem Weg zurück in die alte Heimat oder auf ihrem Weg zu neuen Kämpfen, auf die sie hoffen.

Als deine Eltern schrieben, ob ich für dich einen Platz in einem Heer besorgen könnte, sprach ich mit Katharina darüber. Wir haben beide lange im Heer gelebt. Sie hat mehr vom Krieg sehen müssen, als ich je an ihr gutmachen kann. Wir sind beide keine Freunde des Soldatentums. Ich hoffe und glaube, dass die Zeit der großen Heere vorbei ist, dass der Frieden diesmal halten wird. Katharina meinte, dass du deinen Lebensunterhalt auch bei uns verdienen könntest.«

Schäng lächelte Josef zu. »Aber konnten wir es verantworten, einen jungen Mann in ein Dorf zu holen, das von Soldaten erpresst und belagert wird? Ich schlug vor, dich kommen zu lassen, sobald die Soldaten weg wären. Aber Katharina bat mich, dass Franz dich schon auf seinem Rückweg mitbringen sollte. Sie ist jung, und das heißt, dass sie ungeduldig und unvorsichtig ist: Untugenden der Jugend. Und ich habe nachgegeben, weil ich mich des Vergnügens, ihr einen Wunsch zu erfüllen, selten enthalten kann. Eine der Untugenden des Alters.

Ich hoffte, dass die Soldaten abgezogen wären, ehe du ankämst. Doch so ist es nicht. Sie lagern noch immer im Wald über Lay und erpressen unsere Abgaben. Und als du kamst, bat Katharina uns, dir nicht gleich von den Soldaten zu erzählen. Sie fürchtete, dass du nicht bleiben wolltest oder dass dir deine neue Heimat sofort unheimlich und verhasst werden würde.

Josef, wenn du gehen willst, dann schicke ich jemanden mit dir zurück zu deinem Elternhaus. Wenn der ganze Spuk vorbei ist, dann lasse ich dich wieder holen. Du musst dich entscheiden.«

***

Der alte Mann verstummte, beugte sich vor und stocherte mit dem Schürhaken in dem heruntergebrannten Feuer. In der plötzlichen Stille klang das Heulen des Windes überlaut. Und wirklich war er stärker geworden, brauste um das Haus und rüttelte an Fenstern und Türen. Käthchen beugte sich vor, nahm zwei Holzscheite aus dem Korb neben dem Kamin und legte sie in die Glut. Langsam begannen die Flammen an den Kanten der Scheite hochzuzüngeln, entzündeten dann das Holz und ließen die Schatten im Zimmer wieder tanzen.

»Du bist aber geblieben? Und das war doch gut so?«, fragte Käthchen.

»Nun, ich bin dageblieben. Ich lebte mich ein. Die Arbeit war nicht zu schwer für mich, und nach einigen Tagen kannte ich fast jeden im Dorf und fühlte mich immer weniger fremd. Doch die Soldatenbande zog nicht ab. Das Wissen, dass die Söldner irgendwo im Wald ihr Lager hatten, uns alle erpressten und bald vielleicht nicht mehr damit zufrieden wären, lastete auf mir wie auf allen in Lay.«

14.6.1650, am Tag vor dem Veitstag

DER SCHMIED

Als Josef aus dem Stall auf den Hof trat, sah er Siska und Katharina. Sie gingen auf die Hoftür zu und hielten, jede an einem der Griffe, einen großen Obstkorb, der mit leeren Steingutkrügen gefüllt war.

»Soll ich euch tragen helfen?«, fragte Josef.

Siska warf ihm einen abschätzenden Blick zu, sah dann zu Katharina und kicherte, denn Josef war kleiner als beide. Aber bevor sie etwas sagen konnte, antwortete Katharina: »Danke, das ist nett von dir. Wir wollten die Krüge zu Siskas Vater bringen. Er braucht sie für das Fest.«

Josef umfasste den sperrigen Korb mit beiden Armen und nahm ihn ihnen ab. Er war schwerer, als er erwartet hatte, aber Josef musste ihn nicht bis zu Siskas Haus tragen. Sie waren kaum auf der Straße, als ihnen eine Gruppe von fünf jungen Männern entgegenkam.

»Das ist wirklich ungerecht, Katharina«, beschwerte sich einer von ihnen lachend. »Kaum ist dein Vetter da, schon macht er uns Burschen aus dem Dorf unsere Rechte streitig.« Mit Leichtigkeit nahm er Josef den Korb ab und setzte ihn auf den Boden.

Peter war einige Jahre älter als Josef, Anfang zwanzig, und Josef hatte ihn auf Anhieb gemocht und bewundert. Peter hatte für jeden ein gutes Wort, und seine Meinung zählte bei allen. Und mit seinen leuchtenden blauen Augen und seiner fröhlichen Art sahen die Mädchen im Dorf keinen lieber als ihn. Bevor Katharina ins Dorf kam, galt es als sicher, dass er und die hübsche Siska irgendwann ein Paar werden würden. Doch seit Katharina in Lay war, hatte Peter für keine andere mehr Augen. Und jetzt war Siska ja lange schon mit Peters bestem Freund Lorenz verlobt.

Lorenz war ganz anders als Peter. Er war mittelgroß, mit runden Schultern, und man sah ihm jetzt schon an, dass er in einigen Jahren dicklich werden würde. Er war der einzige Sohn der Kuhlenbäuerin, einer grimmigen Witwe, der es selbst in den Kriegsjahren gelungen war, ihren Hof erfolgreich zu führen. Sie war ebenso geizig wie streitsüchtig, und ihr Sohn Lorenz war der einzige Mensch, den sie liebte. Dabei konnte ihr kaum jemand weniger ähneln als er mit seiner freundlichen Gutmütigkeit. Viele waren verwundert, als Siska sich mit dem ruhigen Burschen verlobte. Doch niemand hätte stolzer auf seine Braut sein können als Lorenz. Als Josef ihn kennenlernte, hatte er sich ihm mit den Worten »Ich bin Lorenz. Siska und ich werden heiraten« vorgestellt, als habe er nichts Wichtigeres über sich zu sagen. Alle, die damals dabeistanden, selbst Siska, hatten über diese Worte gelacht. Es war typisch für Lorenz, dass er einfach mitlachte. Wenn Josef Lorenz auch nicht so bewundernswert fand wie Peter, so mochte er ihn mindestens genauso gern. Aber vor allem war er stolz darauf, mit den beiden erwachsenen Bauernsöhnen so vertrauten Umgang zu haben.

Außer Peter und Lorenz waren heute noch drei andere etwa gleichaltrige Männer dabei. Auch sie kannte Josef bereits. Fred, ein etwas schwerfälliger Kerl, war oft mit den beiden zusammen. Er war auffallend kräftig und überragte Peter und Lorenz fast um einen Kopf. Trotzdem richtete er sich in den meisten Fragen nach ihnen. Nur was die fremden Soldaten betraf, zeigte er sich außergewöhnlich streitbar und wollte sich Lorenz und Peter, die hofften, dass die Soldaten ohne Kampf abziehen würden, nicht anschließen.

Bei den beiden anderen wunderte sich Josef ein wenig, dass sie heute mit den dreien unterwegs waren. Da war einmal Paul, ein Neffe des Fährmanns. Er hatte sich der Meinung seines Onkels angeschlossen und drängte darauf, die Soldaten gewaltsam zu vertreiben.

Der fünfte der Gruppe war Jakob. Er galt als Einzelgänger, wenn er es vielleicht auch nicht ganz freiwillig war. Viele mieden ihn, weil da, wo er war, Streit meist nicht fernblieb. Schon zu oft hatte er jemanden in seinem Zorn bestärkt oder Misstrauen gesät. Jakob selbst war ebenso empfindlich, wie er verletzend sein konnte.

Dass an diesem Morgen Mitglieder beider gegnerischen Parteien zusammen waren, hatte mit dem Johannisfest in zehn Tagen zu tun, das alle schon jetzt in freudige Aufregung versetzte. Es würde eine richtige Feier geben, mit einem großen Feuer in der Johannisnacht und einem Fest am Johannistag auf dem Dorfplatz.

»Wir wollten noch den morschen Baumstamm aus Freds Garten zum Johannisfeuer bringen«, sagte Lorenz. Mit einem Lächeln zu Siska setzte er hinzu: »Aber das hat Zeit.«

Tatsächlich schien es niemand eilig zu haben. Der Korb stand auf der Straße in ihrer Mitte, und keiner machte Anstalten, sich auf den Weg zu machen.

»Das wird ein riesiges Johannisfeuer. Genau richtig für Friedenszeiten«, sagte Lorenz strahlend.

»Frieden ist erst, wenn wir das Soldatenpack im Wald los sind«, sagte Paul. »Wir hätten sie längst erledigt, wenn wir uns nur aufraffen würden, gegen sie anzugehen. Wir sollten uns nicht wie die Kühe von ihnen melken lassen. Wenn wir uns nicht wehren, dann gehen sie nie.«

»Es ist nicht so leicht, gegen ausgebildete Soldaten zu kämpfen«, sagte Katharina.

»Was du und dein Onkel denkt, das wissen wir«, murmelte Paul halblaut, aber für jeden hörbar. Doch alle bis auf Jakob schienen die Bemerkung überhören zu wollen.

»Ja, dein Onkel und du, ihr scheint wenig genug von uns groben Bauern zu halten, dass ihr uns so gar keine Chancen gegen die Soldaten einräumt. Aber ihr müsst es ja wissen, ihr habt ja selbst lange das Soldatenleben gelebt«, mischte er sich in das Gespräch.

Katharina atmete empört aus und setzte zu einer Antwort an, aber Peter kam ihr zuvor.

»Ach, lasst uns doch nicht wieder davon anfangen. Wir sollten das, was uns vom Frieden bleibt, genießen und unser Fest vorbereiten.« Er sah zu Josef hinüber. »Willst du nicht auch mithelfen heute Abend? Es gibt noch viel zu tun. Soll ich dich nach dem Essen abholen?«

»Meinst du, ich werde heute Abend auf dem Hof gebraucht?«, fragte Josef Katharina.

»Der Mehringhof kann sicher einen Abend ohne dich bestehen. Ich würde selbst gerne bei den Vorbereitungen helfen. Aber wir Mädchen sind dabei anscheinend nutzlos.«

»Ach Katharina, sie wollen uns doch überraschen! Gönn es ihnen. Ich finde es ganz schön: endlich ein Fest, und ich muss nichts dafür tun.« Siska warf einen Blick auf die Krüge im Korb. »Oder zumindest nicht allzu viel.« Sie hakte sich bei Lorenz ein und lehnte sich an ihn. »Ich bin so neugierig, was es alles geben wird. Lorenz will mir einfach nichts verraten. Und ich habe alles versucht, um ihn auszuhorchen.«

»Das kann ich nicht glauben«, neckte sie Peter. »Wenn du es wirklich gewollt hättest, hätte Lorenz dir alles erzählt. Er tut immer, was du willst – der vollkommene Verlobte.«

Siskas Augen blitzten auf, aber Peter deutete eine Verbeugung vor ihr an. »Wer könnte schon der überaus reizenden Franziska widerstehen?«

»Manche scheinen es zu können«, antwortete Siska. Sie sah ihn an, und in ihrer Stimme lag kein Scherz.

Doch dann lächelte sie wieder. Es war ihr Lächeln, das zu Siskas größten Reizen zählte. Mit einem zarten Kräuseln zogen sich ihre Mundwinkel nach oben, und ihre Grübchen erschienen. Ihre roten Lippen teilten sich und ließen eine Reihe kleiner, aber makellos weißer Zähne sehen.

Ein Katzenlächeln, dachte Josef. Man weiß nicht, ob sie küssen oder beißen will.

Wie so oft kehrte das Gespräch doch wieder zu den Soldaten im Wald zurück.

»Wenn wir wüssten, wo sie ihr Lager haben, könnten wir ihnen eine Überraschung bereiten, die ihnen die Lust aufs Bauernschröpfen ein für alle Mal vergehen ließe«, sagte Fred.

»Ich bin fast sicher, dass Jäp weiß, wo es liegt«, meinte Paul.

»Dann würde er es uns doch sagen«, sagte Katharina.

Jakob warf ihr einen Seitenblick zu. »Nun, er ist oft bei deinem Onkel.«

»Wenn das heißen soll –«, setzte Katharina empört an.

»Ich glaube nicht, dass Jakob damit andeuten wollte, dass Schäng Jäp nahegelegt hat, das Lager nicht zu verraten«, unterbrach Peter sie und sah Jakob scharf an. »Oder?«

»Nein, natürlich nicht«, murmelte der und wandte den Blick ab. »Vielleicht denkt Jäp nur, dass es besser ist, wenn wir nicht wissen, wo das Lager liegt, damit es nicht zum Kampf kommt.«

Fred grinste. »Willst du etwa sagen, dass Jäp denkt – irgendetwas denkt?«, sagte er.

Alle lachten. Nur Katharina und Lorenz blieben ernst, und Josef, der Jäp nicht kannte, sah sie fragend an.

»Viele halten Jäp für einfältig«, sagte Katharina. »Aber er ist ein guter Köhler und ein guter Schmied. Und mein Onkel sagt, dass er vieles weiß. Über Kräuter und alte Bräuche.«

»Ich glaube nicht, dass das ein gutes Wissen ist«, sagte Paul.

Lorenz stieß ihn lachend mit dem Ellbogen an. »Auch nicht, als ihr einen Brunnen anlegen wolltet und an zehn verschiedenen Stellen gegraben habt, bis er für euch die Wasserader suchte?«

»Ja, das war schon gut. Aber Wasseradern suchen, das ist was anderes. Das können die Köhler eben. Sonst würden sie ihre Mine über eine Wasserader setzen. Ich habe andere Sachen gemeint: Ich habe gehört, dass …«

»Warum darf keine Köhlermine über einer Wasserader stehen?«, fragte Josef Katharina flüsternd.

Er hatte das noch nie gehört, aber er wollte sein Unwissen nicht vor den anderen zeigen. Doch Lorenz hatte ihn gehört und erklärte: »Wenn eine Wasserader unter der Mine verläuft, war die Arbeit umsonst. Dann verbrennt das ganze gute Buchenholz, anstatt langsam zu Holzkohle zu verschwelen.«

»Was ich sagen wollte –«, setzte Paul noch mal an.

Aber nun unterbrach ihn Peter: »Es ist nicht gut, dass wir darüber reden. Jäps Mutter ist vor acht Jahren nur knapp dem Scheiterhaufen entgangen.«

»Sie war keine richtige Hexe. Sie hat die Leute nur mit ihrer angeblichen Zauberei ausgenommen und betrogen.« In Siskas Worten klang mehr Empörung mit, als sie wohl einer wirklichen Hexe gegenüber empfinden würde.

»Jedenfalls möchte ich nicht derjenige sein, der Jäp gegenüber behauptet, dass sie eine war.« Peter grinste nun. »Obwohl ich wahrscheinlich schneller rennen kann als er.«

»Aber unheimlich ist er mir schon«, sagte Siska nachdenklich. »Allein wie er aussieht.« Sie zog in gespieltem Schaudern die Schultern hoch. »Und warum lebt er nicht im Dorf? Er hat doch die Schmiede geerbt. Was macht er so allein im Wald? Und warum redet er so gut wie nie?«

»Er scheint übrigens gerade im Dorf zu sein. Als ich eben an der Schmiede vorbeiging, habe ich Feuerschein gesehen«, warf Jakob ein.

»Seltsam«, sagte Lorenz. »Ich habe nichts davon gehört, dass er heute kommen wollte. Unser Brauner muss beschlagen werden. Jäp hat versprochen, uns Bescheid zu geben, wenn er das nächste Mal in der Schmiede arbeitet. Vielleicht hast du dich getäuscht.«

»Aber er war bestimmt in der Schmiede«, versicherte Jakob. »Ich habe ihn durch die Tür gesehen, die zufällig einen Spalt offen stand.«

»Ganz zufällig!«, wiederholte Peter, und alle lachten. Jakob war für seine Neugierde bekannt, manche nannten es sogar weniger freundlich seine Schnüffelei.

Schon während des Abendessens freute sich Josef darauf, dass er bei den Vorbereitungen für das Dorffest helfen durfte. Als er später auf dem Hof Peters Stimme hörte, lief er nach draußen. Lorenz und Peter standen bei Katharina, Lorenz hielt einen kräftigen braunen Wallach am Halfter.

»Hast du schon mal beim Beschlagen geholfen?«, fragte Peter, als Josef zu ihnen trat.

»Natürlich!« Josef hatte zwar nur zugesehen, aber das war ja fast dasselbe.

»Dann kannst du mir einen Gefallen tun und mit Lorenz zu Jäp gehen.«

»Und du würdest das Opfer auf dich nehmen und hier bei Katharina auf uns warten? Eigentlich wolltest du ja helfen.« Lorenz grinste Peter an.

»Ich komme gerne mit«, sagte Josef. Und das war die Wahrheit. Er brannte darauf, seinen neuen Freunden einen Gefallen zu tun. Und er wollte nur zu gerne diesen Schmied sehen, von dem so viel erzählt wurde.

Tatsächlich schien der Schmied in seiner Werkstatt zu arbeiten. Der helle Klang leichter rhythmischer Hammerschläge drang aus dem Hinterhaus bis in den gepflasterten Hof. Lorenz blieb stehen und hielt das Pferd am Halfter fest.

»Sag Jäp Bescheid, dass ich mit dem Braunen draußen warte«, sagte er zu Josef.

»Warum bringst du ihn nicht rein?«

»Innen führen ein paar Stufen runter. Für ein Pferd ist das nicht zu schaffen. Jäp beschlägt sie deshalb im Hof. Jetzt geh mal rein und schau, ob Jäp seine Schmiederei für ein Hufeisen unterbrechen kann. Ich frage mich sowieso, was er so viel zu arbeiten hat.«

Josef war gerade losgelaufen, als Lorenz ihn zurückrief: »Komm noch mal her.« Er winkte ihn mit der freien Hand zu sich. »Erschrick nicht, wenn du reingehst«, sagte er leise. »Jäp ist etwas anders. Aber er ist ein guter Christenmensch.«

Entweder ich gelte hier schon als ein ausgemachter Feigling, der den Anblick eines Schmieds bei der Arbeit nur schwer ertragen kann, dachte Josef. Oder ... oder ... Ja, oder was?

Was konnte ihn erschrecken hinter dieser Tür, durch die das Schlagen des Hammers auf den Amboss klang? Es war eine alte, schwere Eichentür. Grob geschmiedete Beschläge hielten sie in den Angeln. Josef drückte den Griff herab und wollte sie öffnen, doch die Tür musste von einem Gegengewicht gehalten werden. Sie ließ sich nur schwer aufdrücken, und als Josef sie losließ, schloss sie sich von selbst wieder, bevor er durch den Spalt hätte spähen können. Jedenfalls hatte diese Tür nicht zufällig einen Spalt offen gestanden, als Jakob den Schmied beobachtete. Josef musste trotz seiner Aufregung grinsen. Entschlossen öffnete er die Tür und trat ein. Mit einem dumpfen, leisen Ton schloss sie sich hinter ihm.

Die Gestalt am Feuer schien das Geräusch nicht gehört, Josefs Eintreten nicht bemerkt zu haben. Der Raum, der drei Ellen unter der Bodenhöhe lag, wurde nur durch das flackernde Schmiedefeuer erhellt, vom dämmrigen Abendlicht drang fast nichts durch das kleine verrußte Fenster. Ein halbes Dutzend Steinstufen führte von der Tür zu dem gestampften Lehmboden.

Mit dem Rücken zu Josef stand ein Mensch vor dem Feuer, der ihn Lorenz' Warnung verstehen ließ. Der Mann (wenn es ein Mann ist, fuhr es Josef durch den Kopf) war riesig, sicher der größte, den er je gesehen hatte. Hätte er sich umgedreht, was Josef sich nicht wünschte, so hätten sie sich geradewegs in die Augen gesehen, obwohl Josef oben auf der kleinen Treppe stehen geblieben war.

Der gewaltige, gewölbte Rücken war nackt; unter der Schürze aus schwerem Leder, die von vorne gegen die Hitze des Feuers und fliegende Funken schützte, trug der Mann kein Hemd. Seine wuchtigen Schultern waren bis in die Mitte des Rückens so dicht behaart, dass sie wie mit Fell bedeckt aussahen. Wo die Haut durch diesen rötlich braunen Pelz hindurchschimmerte, war sie schweißnass und glänzte wie poliertes Leder.

Josef konnte das Gesicht des Mannes nicht sehen, aber sein Kopf war mächtig, und zottiges rotes Haar fiel ihm bis über die Schultern. In der linken Hand hatte der Schmied eine Zange, mit der er sein Werkstück auf dem Amboss hielt. Die rechte führte einen leichten Schmiedehammer. Das Stück musste fast fertig sein, denn er bearbeitete es nun mit kurzen leichten Schlägen. Es war ein flacher, langer Gegenstand, der weit über den Amboss hinaus in den Raum ragte und auf der anderen Seite von einem Holzbock gestützt wurde. Dort lief er in einer Spitze zu, während das Ende, das auf dem Amboss auflag, in einen etwa fingerdicken, zwei Spann langen Stab überging. Das plötzlich aufflackernde Feuer ließ den Gegenstand erglänzen. Da erkannte Josef mit einem Mal, um was es sich handelte: Es war ein Schwert! Die Klinge eines Langschwerts, eines Zweihänders, wie es die Schwertschwinger führten.

Josef hatte solch eine Waffe noch nie gesehen. Langschwerter waren schon zu Beginn des Jahrhunderts, lange bevor er geboren wurde, mit der Einführung neuer Waffen wie der Musketen und anderer Kampftaktiken ungebräuchlich geworden. Aber er hatte viele Geschichten über diese sagenhaften Beidhänder und ihre Träger gehört. Diese Schwerter, manche so lang wie die Männer, die sie führten, wurden im Allgemeinen ohne Scheide über der Schulter getragen. Nur die stärksten Männer waren fähig, die mächtige Waffe zu gebrauchen. Aber nicht nur Kraft, sondern auch eine besondere Ausbildung brauchte es, um sie zu beherrschen. Und so musste der, der als Träger eines Beidhänders angeworben wurde, das Zeugnis eines »Meisters vom langen Schwerte«, eines jener Lehrer, deren Namen in allen Heeren bekannt waren, vorweisen. Wer ein Langschwert besaß und es führen konnte, war ein Doppelsöldner, erhielt also den doppelten Sold. Doch diese Kämpfer wurden auch an den gefährlichsten und umkämpftesten Positionen einer Schlacht eingesetzt. Sie waren es, die die ersten Breschen in den lanzenstarrenden feindlichen Spießerwall schlagen mussten. Außerdem schützten sie das, was der besonderen Angriffswut des Feindes ausgesetzt war, wie den Truppenführer oder die Fahne.

Es gab Geschichten, wie ein einziger Mann mit seinem Langschwert einer Schlacht zur entscheidenden Wende verholfen hatte. Wie mochte eins dieser Schwerter in das kleine Dorf bei Koblenz auf den Amboss des Dorfschmieds gekommen sein?

Der Mann bearbeitete die Stelle, an der die Klinge in die Angel überging. Im selben Rhythmus, in dem die Schläge des Hammers das Metall erklingen ließen, murmelte er immer wieder die gleichen Worte vor sich hin. Wie bei einem Rosenkranz wiederholte er sie, mit rauer Stimme, eindringlich und beschwörend, wieder und wieder.

Aber das waren keine Ave-Marias oder Vaterunser, die der Schmied da sprach.

»... welaga nu, waltant got, wewurt skihit ...«, hörte Josef.

Er konnte die Worte nicht verstehen. Sie waren fremd, obwohl sie ihm irgendwie bekannt vorkamen. Diese Sprache war kein Deutsch, es war kein Latein, das Josef zwar nicht verstand, aber so oft in der Kirche gehört hatte, dass er es erkannt hätte. Auch Schwedisch oder Französisch konnte es nicht sein. Wie konnte der Schmied, von dem alle sagten, dass er so dumm sei und dass er fast nie spreche, eine fremde, unbekannte Sprache kennen?

Und wieder tauchten aus dem Gemurmel diese Worte auf: »... welaga nu, waltant got, wewurt skihit ...« Josef musste sie nicht verstehen. Er wusste auch so, dass sie Unheil verhießen.

Unheil für wen?, fragte er sich fröstelnd.

Plötzlich wurde Josef klar, was das alles bedeuten musste: Es war ein Zauberspruch. Ein böser Zauber. Der Schmied besprach das Schwert! Der Schmied musste ein Hexer sein. Hatte nicht jemand erzählt, dass schon seine Mutter als Hexe verschrien gewesen war?

Was würde der Schmied tun, wenn er Josef hinter sich bemerkte, wenn er mitbekam, dass seine gotteslästerliche Zauberei entdeckt war? Würde er ihn mit einem Fluch belegen? Oder würde er ihn mit einem einzigen Schlag seines Hammers töten?

Josef wünschte, er wäre nie in diese Schmiede gekommen. Ohne sich umzudrehen, griff er vorsichtig nach hinten und tastete nach dem Türgriff.

Da unterbrach der riesige Mann sein Hämmern und hob das Schwert ins Licht. Er drehte es vor seinen Augen und besah den Übergang von der Klinge zur Angel. Josef erstarrte.

Gott, verzeih mir mein Zweifeln! Errette mich aus dieser Gefahr. Nie wieder werde ich die Schuld einer Hexe in Worten oder in meinem Herzen leugnen. Vernichte die Teufelsbrut der Hexen und Hexer!, schickte er in Gedanken ein Stoßgebet gen Himmel. Lass ihn wieder anfangen zu hämmern, damit ich ungehört hier herauskomme!, fügte er einen Vorschlag, wie Gott seine Rettung betreiben sollte, hinzu.

Der Schmied drehte die Schwertklinge weiter vor seinen Augen.

Lass ihn weiterhämmern, lass ihn weiterhämmern!, wiederholte Josef stumm seine Bitte.

Und wirklich schien der Schmied noch eine unvollkommene Stelle gefunden zu haben. Er legte das Eisen wieder auf den Amboss, zog es mit der Zange in die rechte Position und setzte das rhythmische Schlagen und Murmeln fort. Josef atmete auf. Als er den Türgriff endlich fand, drückte er ihn behutsam hinunter und öffnete langsam die schwere Tür in seinem Rücken.

Plötzlich schwand der Widerstand, der Griff schlüpfte ihm aus der Hand, und die Tür schwang auf. Lorenz trat neben ihn. Er schöpfte Atem, um etwas zu sagen, doch dann wurde offenbar auch er von dem Bild gebannt: der Hufschmied, der seltsame Formeln murmelnd ein langes Schwert schmiedete.

Die Tür schloss sich hinter ihnen, und diesmal – war es das Geräusch der ins Schloss fallenden Tür oder der frische Luftzug in der heißen Schmiede? – bemerkte Jäp, dass er nicht länger allein war. Er warf einen Blick über die Schulter, griff hastig nach einem großen löchrigen Tuch, das zusammengeknüllt auf dem Boden gelegen hatte, und warf es über die Schwertklinge. Dann drehte er sich um und sah sie abwartend an.

Josef sah Jäps Gesicht und war überrascht. Er hatte dessen klotziger Gestalt entsprechende ungeschlachte, dumpfe Züge erwartet, doch Jäps Gesicht war zwar so einfach, als wären seine Züge mit einem groben Beitel aus Holz geschnitten worden, aber trotzdem war es sanft und gutherzig.

Lorenz sah von Jäp zu dem schlecht verhüllten Schwert und zurück. »Ich bin mit unserem Braunen hier …«, begann er zögerlich.

Jäp antwortete nicht.

»Du wolltest ihm doch die Hinterhufe beschlagen ... Oder hast du etwas anderes zu tun?«

»Nein.« Es schien Jäp nicht zu kümmern, dass sie ihn beim Schmieden gesehen hatten.

»An was arbeitest du denn gerade?«, fragte Lorenz, ohne auf Jäps Antwort zu achten, und deutete mit dem Kinn auf das Tuch.

Auch Jäp blickte auf das Tuch. Er zögerte und senkte den Kopf, als müsse er eine schwierige Aufgabe lösen. Lange stand er so.

»Eine Stange«, sagte er dann, offensichtlich zufrieden mit der Antwort, die er gefunden hatte.

Josef musste lächeln. Jäp erschien ihm nun nicht mehr wie ein gefährlicher Zauberer, sondern wie ein Kind, das hoffte, die anderen könnten es nicht sehen, wenn es sich die Augen zuhielt.

»Na dann.« Auch Lorenz grinste. »Mit der Stange kannst du ja weitermachen, wenn du mir den Braunen beschlagen hast. Ich habe ihn draußen angebunden.«

***

»Vater unser, der du bist im Himmel ...«

Josef kniete neben seinem Bett vor dem Holzkreuz an der Wand. Durch seine Finger glitt der Rosenkranz seiner Mutter. Er sprach die Vaterunser und die Ave-Marias, wie sie durch die kleinen Glasperlen vorgegeben wurden. Doch gleichzeitig betete er innerlich mit seinen eigenen Worten. Er bat Gott um Vergebung und um Verständnis für sein Tun. Er hatte gelogen. Aber hatte er gelogen, um einen Hexer, einen Feind Gottes, zu schützen?

Sie waren mit dem frisch beschlagenen Pferd auf dem Heimweg zum Mehringhof gewesen. Lorenz führte den Braunen. Er grinste und schüttelte den Kopf.

»Eine Stange! Jetzt haben wir erlebt, was rauskommt, wenn Jäp sich eine Lüge ausdenkt.«

»Aber warum hat er nicht gesagt, was er schmiedet?«, fragte Josef.

»Er ist eigentlich Köhler und arbeitet, seit sein Großvater tot ist, gelegentlich als Schmied. Aber er selbst gehört nicht der Zunft an. Wenn er ab und an einen Türbeschlag richtet, fällt das in diesen unruhigen Zeiten auch nicht weiter auf. Aber ein *Schwert* – das ist eine andere Sache. Er weiß, dass er Ärger bekäme, wenn rauskommt, dass er Schwerter schmiedet. Das darf nur ein Klingenschmied. Noch nicht einmal ein Messerschmied dürfte sich das erlauben.«

»Meinst du, das war der Grund?«

»Sicher! So einfältig ist Jäp auch nicht, dass er glaubt, ungestraft Zunftprivilegien brechen zu dürfen.«

Josef zögerte einen Moment, dann sagte er: »Er hat mit dem Pferd geredet, als er es beschlug. Hast du verstanden, was er gesagt hat?«

»Ach, das ist doch gleich. Ich rede auch immer mit den Viechern, wenn ich sie beruhigen will. Irgendein Zeugs. Was man sagt, ist unwichtig. Man muss nur ruhig und freundlich sprechen.«

Aber Josefs Tonfall musste Lorenz doch beunruhigt und an etwas erinnert haben. Er runzelte die Stirn und schaute vor sich auf den Boden. Nach einer Pause hob er den Kopf und fragte unvermittelt, ohne Josef anzusehen:

»Was hat er denn in der Schmiede gemurmelt, als ich reinkam?«

Was hatte Lorenz gehört? War die Frage nur beiläufiges Geplauder oder argwöhnte er, dass Jäp Zauberei beim Schmieden anwandte? Wenn Jäp wirklich Zaubersprüche gesprochen hatte, wenn er ein Hexer, ein Verbündeter des Teufels war …! Aber was hatte Josef schon gehört? Worte, die er nicht verstand!

»Er hat ein Lied gesungen«, hörte Josef sich selbst sagen.

»Das kann man sich kaum vorstellen, dass dieser grobe Kerl beim Arbeiten vor sich hin singt«, sagte Lorenz, aber sein Lachen klang erleichtert.

Warum hatte er das gesagt? Warum hatte er nicht erzählt, was er vermutete? Sicher, Jäp hatte trotz seiner riesigen Gestalt auf ihn nicht wie ein Anbeter des Bösen, sondern eher unschuldig wie ein großes Kind gewirkt. Aber es war wohl das Bild des gefolterten

Mädchens aus Winningen, das Josef letztlich zurückgehalten hatte, seinen schrecklichen Verdacht zu äußern. Dieses Bild konnte er während des Tages verdrängen. Doch in seinen Träumen suchte es ihn immer wieder heim.

Es war dunkel geworden, und Josefs Knie schmerzten, aber er wollte nicht zu Bett gehen. Er würde nicht schlafen können. Sein Gewissen würde ihn wach halten. Zweimal hatte er für die Feinde des Herrn Partei ergriffen. Ja, er hatte in Winningen die Wahrheit gesagt, und der furchterregende Mann hatte ihm geglaubt. Er war, wie die Witwe stolz erzählte, ein berühmter Hexenkommissar, der von weit her nach Winningen gekommen war, um bei der Suche nach Hexen und ihrer Verurteilung zu helfen. Er war schon durch das ganze Land gereist und hatte schon Hunderte auf den Scheiterhaufen gebracht. Konnte solch ein Mann sich wirklich täuschen?

Josef war wirklich davon überzeugt, dass es Hexen und Teufelsfreunde gab, die den Menschen in des Teufels Namen Schlimmes antaten. – Aber er konnte nicht glauben, dass jenes Kind schuldig war. Auch Jäp wollte er nicht diesem ungeheuren Verdacht ausliefern. Und doch sagte jeder, dass Gott niemals zuließe, dass ein Unschuldiger verurteilt würde. Und doch spürte Josef genau, dass der Teufel Zweifel an der heiligen Arbeit der Hexenverfolgung in sein Herz gesät hatte. Ihm blieb nichts, als für sein Seelenheil zu beten.

Ein leises Geräusch an seiner Tür, eher ein Kratzen als ein Klopfen, störte Josef aus seinem Gebet auf. Dann ein Flüstern, so sacht, dass es ihn nicht geweckt hätte. Aber er schlief noch nicht, und er erkannte die Stimme.

»Katharina?«, fragte er leise.

Die Tür öffnete sich, und Katharina trat in die Kammer. Sie trug eine Lampe in der Hand und war barfuß, aber ansonsten vollständig bekleidet.

»Was ist los?«, fragte Josef und versuchte aufzustehen, aber seine Füße waren eingeschlafen, sodass er sich nur auf den Boden setzen konnte.

»Ich konnte nicht schlafen. Du hast heute Abend so unglücklich ausgesehen. Und als ich im Bett lag, musste ich darüber nachdenken, warum du so bedrückt bist. Hast du Heimweh? Möchtest du lieber nicht bei uns bleiben? Bist du einsam?« Katharina setzte sich einfach neben ihn auf den Boden und legte ihm die Hand auf den Arm. Mitleidvoll sah sie ihn an.

»Das ... das ist es nicht«, stammelte Josef. Doch unter ihrem mitfühlenden Blick erkannte er, dass es genau das war, was seinen Kummer so unüberwindbar machte: Er war einsam. Er war schon häufig unglücklich oder besorgt gewesen, aber es war das erste Mal in seinem Leben, dass er einsam war, dass er niemanden hatte, mit dem er reden konnte. Seine Eltern und Geschwister waren stets um ihn gewesen. Oft genug hatte er sich mehr Ruhe und Raum für sich gewünscht. Fast täglich hatte es kleine oder größere Streitereien gegeben, aber immer war jemand da gewesen, dem er seine Gedanken und Sorgen hatte mitteilen können.

Hier war niemand, den er gut genug kannte, um mit ihm seine furchtbaren Selbstzweifel zu teilen. Er seufzte und merkte zu seiner Bestürzung, dass ihm die Tränen in die Augen traten.

Katharina zog seinen Kopf an ihre Schulter und legte ihren Arm um ihn.

Da brach es aus ihm heraus. Ohne sie anzusehen, erzählte er ihr alles: von dem Hexenprozess in Winningen, davon, dass er daran zweifelte, dass das kleine Mädchen eine Hexe gewesen war, egal wie sehr er gegen seine Ungläubigkeit ankämpfte. Und er erzählte ihr auch von Jäp und dass er vielleicht einen Hexer in Schutz genommen hatte.

»Ich konnte nicht anders. Ich sah ihn vor mir, mit verrenkten Armen an einer Kette und mit zerfleischten Händen wie das Mädchen. Was wäre, wenn er das wegen meiner Worte erleiden müsste? Und was, wenn er kein Hexer ist? Ja, ich weiß!«, sagte er, bevor Katharina ihm antworten konnte. »Es gibt niemanden, der unschuldig wegen Hexerei hingerichtet wird. Gott würde es nicht zulassen. Das sagen alle, die Hexenjäger, die Gelehrten, die Priester. Den Zweifel schickt uns der Teufel, um uns zu schwächen.«

Nun sah er Katharina an. »Der Teufel muss schon große Macht über mich haben, wenn die Zweifel mich immer wieder anfallen«, sagte er traurig.

Katharina schüttelte bekümmert den Kopf und strich ihm über das Haar. »Warte hier. Ich bin gleich wieder da«, sagte sie dann und schlüpfte aus der Kammer. Die Lampe ließ sie neben Josef auf dem Boden stehen. Er hörte das sich entfernende Geräusch ihrer nackten Füße auf dem Dielenboden. Dann war sie auf der Treppe.

Das Licht und noch mehr, dass er sich alles von der Seele geredet hatte, trösteten Josef. Nicht nur aus seiner Kammer hatte Katharina die Finsternis vertrieben. Die Zeit, bis er sie wieder auf der Treppe zurückkommen hörte, verging ihm schnell. Er setzte sich aufs Bett, trocknete seine Tränen und bemühte sich, Katharina ein weniger jämmerliches Bild zu bieten.

Als Katharina eintrat, trug sie eine weitere Lampe in der Hand. Sie musste die Tür mit dem Ellenbogen öffnen, denn in der anderen Hand hatte sie zwei Bücher. Sie stellte die Lampe auf die Truhe, drehte ihren Docht hoch, dass sie hell leuchtete, und setzte sich neben Josef aufs Bett.

»Hör mir genau zu«, sagte sie und blätterte ohne weitere Erklärung in einem der Bücher. Sie legte ihren Finger an eine Stelle des Textes, lächelte Josef noch einmal zu und begann mit ihrer wohlklingenden Stimme zu lesen:

»Oh Gott, will dich nun preisen,
preisen ohn' Unterlass.
Ehr will ich dir erweisen,
dass Höll' und Teufel ras.
Wenn dich nur recht mag loben,
frag weiters nirgends nach.
Wenn schon all Welt sollt toben,
wollt' ich fortfahren doch.«

Wie gefällt dir das?«, fragte Katharina dann.

»Es ist wunderschön.«

»Es ist die erste Strophe eines Gotteslobs, das ein frommer und gelehrter Geistlicher verfasst hat. Friedrich von Spee ist sein Name, und sein ganzes Leben hat er Gott geweiht.«

»Soll ich Gott mit diesen Worten um Verzeihung bitten? Kannst du es mir beibringen?«

»Es ist sicher ein schönes und gutes Gebet, und ich will es dir später gerne ganz vorlesen, aber darum habe ich das Buch nicht zu dir gebracht.« Katharina legte den Band aufs Bett, griff zu dem zweiten Buch und öffnete es. Zwischen den Seiten steckten bereits zwei Lesezeichen.

»Das hat vor zwanzig Jahren derselbe gottesfürchtige Mann über die Hexenprozesse geschrieben: *Die Mehrzahl aller unwissenden, sorglosen Richter, auch viele habsüchtige und niederträchtige, schreiten auf haltlose Indizien hin zu Festnahme und Folterung. Die Gewalt der Folterqualen schafft Hexen, die es gar nicht sind, weil sie es gleichwohl sein müssen.«* Sie blätterte zum zweiten Lesezeichen. *»… ein Leser wird leicht aus dem, was ich noch zu sagen habe, ersehen, wie bei dem Verfahren, das ich nun beschreiben will, es ganz unvermeidlich ist, dass unter der gewaltigen Menge seither verbrannter Hexen viele Unschuldige sind, und wie in Deutschland nichts zweifelhafter ist als die Zahl der wirklich Schuldigen.«*

»*Das* hat er so geschrieben, und er ist Geistlicher?«, fragte Josef verblüfft.

»Ja, er war Geistlicher und ein berühmter Theologieprofessor. Ein Jesuit.«

»War? Ist er tot? Hat man ihn verbrannt?«

»Nein, man hat ihn nicht verbrannt. Aber er war und ist nicht der einzige Gegner der Folter und der Hexenbrände.«

»Aber er war doch nicht des Teufels?«

»Man muss kein Verehrer des Teufels sein, um zu glauben, dass jemand zu Unrecht der Hexerei beschuldigt wird. Sein Leben war von der Liebe zu Gott erfüllt.«

»Glaubst *du* auch, dass es verurteilte und hingerichtete Hexen gibt, die unschuldig waren?«, fragte Josef zaghaft.

»Ja. Ja, das glaube ich«, sagte Katharina fest.

Josef schwieg einen Moment.

»Wie kann Gott das zulassen?«, fragte er dann.

»Das ist nicht das Werk Gottes, sondern der Menschen. Dummer Menschen und schlechter Menschen und Menschen ohne Mut, die es nicht wagen zu zweifeln, so wie du es wagst.«

Josef nahm vorsichtig das erste Buch in die Hand. Es öffnete sich an der Stelle, die Katharina ihm vorgelesen hatte.

»Ist das das Lied?«, fragte Josef. »Liest du es mir vor?«

Katharina las ihm langsam alle fünf Strophen vor.

Behutsam strich Josef mit dem Finger über das feine Papier. »Es muss wunderbar sein, lesen zu können!«

»Das ist es! Und es ist gar nicht so schwer. Wenn du willst, bringe ich es dir bei.«

»Wirklich?« Josef kam es vor, als hätte ihm Katharina die halbe Welt zum Geschenk angeboten.

»Natürlich. Morgen nach dem Abendbrot fangen wir an.«

18.6.1650, zwei Tage vor Margarete

KATHARINAS GESCHICHTE

Die ruhigen Lesestunden gefielen Josef. Er fand es wunderbar, wenn aus Zeichen Worte und aus Worten Verse entstanden. Fast noch mehr liebte er es, allein mit Katharina den Abend in der ruhigen Küche zu verbringen, wie sie es seit vier Tagen taten. Heute hatte Katharina Josef überredet, seine Arbeit nachmittags für einige Zeit zu unterbrechen und ihr Gesellschaft zu leisten. Sie wollte als Hochzeitsgeschenk für Siska ein Tuch besticken und beschäftigte sich nun, oft seufzend, damit. Nur zu gerne unterbrach sie von Zeit zu Zeit ihre Arbeit, zog das Buch zu sich und griff helfend bei Josefs Leseübungen ein; manchmal streichelte sie die Katze, die sanft schnurrend neben ihr auf der Bank lag.

»Amica heißt sie«, sagte Katharina. »Sie ist auf dem Hof aufgetaucht, als wir erst ein paar Tage hier waren. Niemand kannte sie, niemand vermisste sie. So blieb sie auf dem Mehringhof. Sie war meine erste Freundin hier in Lay.«

»Wie kannst du so etwas sagen? Das ist ein seelenloses Tier«, sagte Wiena, die gerade in die Küche gekommen war. Mit Widerwillen setzte sie hinzu: »Und dann auch noch eine *Katze.*«

»Wiena mag keine Katzen. Sie hält sie für Teufelstiere.«

»Teufels- und Hexentiere, jawohl! Wenn es nach mir ginge, käme sie nicht ins Haus.«

»Mäuse und Ratten sind für dich wohl nettere Tiere?«, neckte sie Katharina.

Aber Wiena antwortete nur mit einem unwilligen Brummen und warf der Katze noch einen missbilligenden Blick zu, bevor sie die Küche wieder verließ.

»Amica war vielleicht deine erste Freundin, aber jetzt hast du viele Freunde«, sagte Josef.

»Ja, ich war noch nie so glücklich wie hier in Lay. Ich wusste vorher gar nicht, wie allein ich mich fühlte.«

»Aber du warst doch immer mit Schäng zusammen. Und mit Jan.«

»Ja, natürlich. Es wäre undankbar, wenn ich mich beschwerte.

Schäng ist zu mir besser, als es jeder Vater sein könnte. Aber ich habe mich immer nach einer Heimat gesehnt. Nach einem Platz, wo ich abends einschlafen kann mit dem Gedanken, dass ich auch in einer Woche noch dort lebe. Und nach Menschen, die ich nicht sofort verliere, nachdem ich sie lieb gewonnen habe.«

»Das Leben im Tross ist wohl nichts für Kinder.«

»Ich weiß nicht so recht. Es gab viele Kinder im Tross, die Soldaten hatten meistens ihre Familien dabei. Aber die anderen Kinder hatten Mütter und oft auch Geschwister bei sich. Nur ich lebte mal bei der einen, mal bei der anderen Soldatenfrau, die Schäng dafür bezahlte, dass sie sich um mich kümmerte. Es waren sehr nette dabei, die ich gerne hatte. Aber ich erfuhr schnell, dass alle gingen, wenn ihr Mann die Truppe verließ, und dass ich sie wahrscheinlich nie wieder sehen würde. Ich war noch sehr klein, als ich lernte, dass ich mein Herz nicht an diese Frauen hängen durfte.«

»Warum hat Schäng dich nicht in Koblenz gelassen?«

Katharina richtete ihre dunklen Augen mit einem seltsam nachdenklichen Blick auf ihn. »Du weißt nicht, was mit unserer Familie geschehen ist?«

Josef schüttelte den Kopf. Er wusste nur, dass Katharina in Koblenz geboren war und Schäng sie nach dem Tod ihrer Eltern zu sich genommen hatte. Waisen waren in diesen Zeiten nichts Ungewöhnliches, und so hatte er sich keine weiteren Gedanken über Katharinas Familie gemacht.

Katharina sah Josef so ernst an, dass er fürchtete, er habe etwas gesagt, was sie verärgert haben könnte. Doch dann nickte sie kaum merklich, als habe sie eine nicht leichte Entscheidung getroffen, und sagte fast tonlos: »Ich war drei Jahre alt, als es geschah. Alle Bewohner unseres Hauses, meine Eltern, mein Großvater, eine junge Magd und ein Knecht, sie alle wurden in einer einzigen Nacht getötet. Nur ich habe überlebt.«

Josef schluckte. Katharina sah ihn nun nicht mehr an, sondern starrte auf ihre Fingerspitzen, die langsam Zeile um Zeile über die Seite des aufgeschlagenen Buches strichen, als könnten sie den Sinn der Worte ertasten.

Josef wartete, aber Katharina sprach nicht weiter. Die Stille des abendlichen Raums, die er noch vor Kurzem so genossen hatte, legte sich schwer und unbehaglich wie eine nasse Decke auf ihn, wurde mit jedem Moment drückender, und das schwache Geräusch von Katharinas Fingern, die weiter über das Papier glitten, schien immer lauter zu werden.

»Wie ist es passiert? Wurde euer Haus von Kanonen beschossen?«, fragte Josef, um die Stille zu brechen.

»Nein. Aber genau so erzählen wir es immer. Die Beschießung von Koblenz, bei der unser Haus zerstört wurde, fand erst einige Tage später statt. Meine Familie wurde schon zuvor ermordet.«

»Und wer ... wer hat das getan?«

»Das weiß ich nicht. – Du kennst die alte Truhe?«

»Sie ist mir aufgefallen«, sagte Josef.

»Ja, sie fällt vielen auf, und Schäng und ich werden oft gefragt, warum wir sie nicht ausbessern lassen oder eine neue anschaffen. Dann erzählen wir, dass ich als dreijähriges Kind in dieser Truhe aus einem brennenden Haus gerettet wurde. Das ist so nicht ganz wahr, aber doch wahr genug, um eine Erklärung dafür abzugeben, warum wir sie so hoch schätzen. Es stimmt, dass ihr festes Holz mich vor dem Verbrennen gerettet hat. Aber die wirkliche Geschichte erzählen wir nie. Sie schmerzt uns beide noch immer zu sehr.«

Katharina sah Josef an. »Aber dir will ich sie erzählen«, sagte sie.

Und Josef verstand sie. Auch er hatte sie ins Vertrauen gezogen, seine geheime Not mit ihr geteilt. Das musste es für sie einfacher machen.

»Ich selbst kann mich an nichts von alldem erinnern. Es war im April 1636, gegen Ende der französischen Besatzung von Koblenz. Eines Nachts wachte unsere Nachbarin auf. Sie glaubte einen kurzen Hilfeschrei gehört zu haben. Zunächst dachte sie, sie habe geträumt, denn sie hörte nichts als das ruhige Atmen ihres Mannes neben sich. Trotzdem stand sie auf, öffnete das Fenster und sah hinaus auf die Straße. Alles war still, und nirgends war Licht zu sehen, alle Fenster waren dunkel. Aber sie war seltsam beunruhigt und schaute auch aus einem Fenster auf der rückwärtigen Seite des Hauses. Da sah sie einen Lichtschein aus dem nur wenige Schritte entfernten Schlafzimmerfenster meiner Eltern. Und als sie lauschte, glaubte sie auch ein Geräusch zu hören, wie ein Kratzen von Metall auf Metall. Leise rief sie den Namen meiner Mutter hinüber. Da verstummte das Geräusch, und das Licht erlosch, aber niemand antwortete. Sie rief wieder, diesmal lauter. Kurz darauf flackerte ein heller Lichtschein wie von einem aufflammenden Feuer in dem Fenster auf, dann hörte sie eilige Schritte und das Schlagen der Haustür in meinem Elternhaus.

Sie schlug Alarm. Als die Nachbarn und die Wachen unser Haus betraten, fanden sie gleich neben der Haustür die Magd mit durchgeschnittener Kehle in ihrem Blut. Mein Großvater und der Knecht lagen in ihren Betten, im tiefsten Schlaf erstochen. Auch mein Vater lag, offensichtlich im Schlaf ermordet, im Ehebett. Im gleichen Raum fanden sie die Leiche meiner Mutter vor einer brennenden Truhe auf dem Boden. Das Feuer war schnell gelöscht. Dem festen Eichenholz hatten die Flammen nicht viel geschadet.

Man durchsuchte das Haus. Aber man fand nichts Auffälliges außer den Leichen. Nichts schien zu fehlen.

Alle Bewohner des Hauses waren ermordet worden, nur die Leiche des Kindes, meine Leiche, konnte nicht gefunden werden. Man suchte vergebens in allen Räumen und kam schließlich zu dem Schluss, dass der Mörder mich verschleppt haben musste.

Man machte sich daran, die Toten zu untersuchen und aufzubahren. Da hörte jemand ein schwaches Kinderweinen aus der Truhe. Als man sie öffnen wollte, stellte man fest, dass sie abgeschlossen war. Der Schlüssel war abgezogen und nicht zu finden. Außerdem musste jemand bereits versucht haben, sie gewaltsam zu öffnen, und hatte dabei die Beschläge verbogen. Aber diesem Versuch hatte die Truhe ebenso standgehalten wie dem Feuer. Man brach mit einiger Mühe das Schloss auf und fand mich weinend, aber unverletzt auf den in der Truhe aufbewahrten Tüchern liegend.«

Katharina hatte so ruhig und unbewegt berichtet, als ginge es um einen rätselhaften Mordfall, der nichts mit ihr zu tun hatte. Doch gerade das zeigte Josef, wie schwer es ihr fiel, darüber zu sprechen.

»Aber warum hat der Einbrecher die Truhe angezündet? Wie konnte er alle ermorden? Und wie kamst du in die Truhe?«

»Ich weiß es nicht sicher und kann vieles nur vermuten.« Katharina rieb sich die Augen. »Das ganze Verbrechen war schon damals ein Rätsel. Warum war ich in der verschlossenen Truhe? Und warum lag meine erstochene Mutter davor? Das konnte sich niemand erklären.

Auf einige wenige Fragen wurden Antworten gefunden. So klärte sich schnell, wie der Mörder ins Haus gekommen war und wie er alle im Schlaf hatte erdolchen können. Eine Freundin der ermordeten Magd erzählte, dass diese mit einem Verehrer geprahlt habe, der ein junger, wunderschöner und vornehmer Offizier gewesen sein sollte. So vornehm, dass sie sich nur heimlich sehen könnten. Sie habe das nur für Angeberei ihrer Freundin gehalten, die alles andere als eine Schönheit gewesen sei. Ebenso wie die Geschichte, die diese ihr am Tag vor dem Verbrechen anvertraut hatte, dass nämlich ihr Verehrer eine Möglichkeit gefunden habe, wie sie eine ganze Nacht ohne Angst vor Entdeckung miteinander verbringen könnten. Ein harmloser Trank werde alle Bewohner des Hauses in festen Schlaf versetzen, und sie könne ihn dann unbeobachtet einlassen.«

»Aber wenn man wusste, dass die Magd einen vornehmen jungen Mann eingelassen hatte, warum konnte man den Mörder dann nicht finden?«

»Oh, man wusste sogar noch mehr. Er musste einer der französischen Offiziere gewesen sein. – Aber wer sollte den Mörder verfolgen? Zu einem anderen Zeitpunkt wären die Besatzer dem Verbrechen wohl nachgegangen. Aber die kaiserlichen Truppen belagerten die Stadt, hatten ihre Kanonen auf sie gerichtet. Jeder zitterte um sein Leben und das seiner Familie, und die Besatzer fürchteten, die Stadt nicht halten zu können. Und wirklich begann am nächsten Tag die Beschießung von Koblenz. Niemand hatte Zeit, an etwas anderes als an seine eigene Rettung zu denken. Als die Franzosen, und mit ihnen sicher auch der Mörder, sich einige Tage später nachts über den Rhein absetzten und Koblenz den Kaiserlichen überließen, war jedes zweite Haus von den Kanonen zerstört. Er hat das alles sehr wohl vorausgesehen und geplant, der Mörder meiner Familie. Er wusste, dass er unverfolgt und ungestraft morden konnte.«

»Aber warum hat er dich nicht auch erstochen? Warum warst du in einer verschlossenen Truhe? Wenn er ein Kind verschonen wollte, warum hat er dann die Truhe angezündet?«

»Das sind die Fragen, die auch mir seit all diesen Jahren nicht aus dem Kopf gehen. Dazu kommt noch, dass man den Schlüssel zur Truhe Monate später im Garten einige Schritte vom Haus entfernt fand. Die einzige Erklärung, die Schäng und ich finden konnten, ist, dass meine Mutter nichts oder nur wenig von dem Schlafmittel getrunken hatte und aufwachte. Meine Mutter soll eine ungewöhnlich schöne junge Frau gewesen sein. Deshalb wird er sie vielleicht am Leben gelassen haben, zumindest vorläufig. Er muss ihr gedroht haben, das Kind zu töten, wenn sie um Hilfe riefe. Neben ihr im Bett lag die Leiche meines Vaters. Meine Mutter muss gewusst haben, dass weder sie noch ihr Kind überleben würden, selbst wenn sie ihm zu Willen war.«

Katharina hatte die grausigen Morde ruhig geschildert, aber nun schluckte sie, und ihre Stimme zitterte, als sie fortfuhr: »Meine Mutter opferte wahrscheinlich ihr Leben, um meins zu retten. Sie fasste den einzig möglichen Plan. Sie muss ihn überlistet haben. Wahrscheinlich hob sie mich aus dem Bett, als wolle sie sich von mir verabschieden. Da sie nicht flüchten oder um Hilfe rufen konnte, ohne dass er mich tötete, ließ der Mörder sie gewähren.

Sie muss mich in die Truhe geworfen, den Schlüssel umgedreht und durch das offene Fenster in den dunklen Garten geschleudert haben, ehe er reagieren konnte. Es gelang ihr noch, um Hilfe zu rufen und so unsere Nachbarin zu wecken, bevor er auch sie erstach. Der Mörder muss außer sich vor Wut gewesen sein, denn selbst als unsere Nachbarin herüberrief, versuchte er noch, die Truhe gewaltsam zu öffnen, um an das Kind zu kommen. Und bevor er floh, steckte er die Truhe in Brand.«

Josef konnte verstehen, warum Katharina diese Geschichte ihrer Rettung niemals erzählte. Es war ihm, als habe das gemütliche Dämmerlicht des Abends plötzlich etwas Bedrohliches.

»Nun, du hast mich gefragt, warum Schäng mich nicht in Koblenz gelassen hat«, sagte Katharina. »Seine Familie war in einer Nacht bis auf uns beide ausgelöscht worden. Er wollte sich von dem Kind, das ihm als einziges geblieben war, nicht wieder trennen.«

»Dann warst du die ganze Zeit bei ihm im Tross?«

»Nein, als ich zwölf war, meinte Schäng, dass ich nun zu alt für das Leben im Tross sei.« Katharina lachte, und das Lachen kam Josef nach dem, was sie ihm gerade erzählt hatte, fast unwirklich vor. »Es geht nicht gerade fein zu im Tross. Und mit zwölf gilt man bei vielen schon als Frau. Deshalb schickte Schäng mich nach Köln. Jan brachte mich hin und blieb bei mir, bis Schäng zwei Jahre später den Dienst aufgab und wir nach Lay zogen.« Sie lächelte: »Aber ich sollte mich nicht um meine Aufgabe als Lehrerin drücken.«

Sie schob das aufgeschlagene Buch vor Josef und deutete auf ein Wort. »Lass uns mal sehen, ob du schon alle Buchstaben in diesem Wort kennst.«

Josef beugte sich über das Buch. »Me... Mem... nein, Men... Mens... – Mens...?«

»Welcher Buchstabe kommt denn dann?«, fragte Katharina.

»Ein ›c‹. Mensc...?«

Katharina legte ihre Näharbeit auf den Tisch. Sie beugte sich über das Buch und las die Zeile, auf die Josefs Zeigefinger deutete:

»*Wie dass der Mensch hier nicht daheim / und wie hindurch nur reiset.* Mensch, das Wort heißt Mensch. Wenn s, c und h aufeinanderfolgen, dann spricht sich das ›sch‹. Das weißt du doch.«

»Mensch«, wiederholte Josef.

Er hatte ein ausgezeichnetes Gedächtnis, und am ersten Tag hatte es so ausgesehen, als ob er schon lesen könnte, wenn er die Verse, die Katharina aus dem Buch vortrug, wiederholte. Aber bald merkte sie, dass er dafür nicht in das Buch sehen musste, sondern sie auswendig aufsagte.

»Du musst Buchstabe für Buchstabe entziffern, sonst lernst du es nie«, hatte sie ihn ermahnt. »Wenn du den Text schon auswendig kennst, kannst du dir so fast allein das Lesen beibringen.«

Sie lasen heute in einem Bändchen mit Reimen und Sinngedichten Logaus, das Katharina ausgewählt hatte.

Kaum hatte Josef das Buch wieder vor sich zurechtgelegt, als die Tür aufgerissen wurde und Ellie, zerzaust und atemlos, in die Küche stürzte.

»Ellie, was ist?« Katharina sprang auf und lief zu ihr.

Ellie versuchte zu antworten, doch sie rang zu sehr nach Luft, um sprechen zu können.

»Ruhig! Sei ganz ruhig!« Katharina legte ihr den Arm um die schmalen Schultern.

»Siska!«, stieß Ellie zwischen zwei keuchenden Atemzügen hervor.

»Was ist mit ihr? Wo ist sie?« Katharina fasste sie an beiden Schultern und starrte Ellie an, als könne sie die Antwort auf ihre Fragen von dem Gesicht des Mädchens ablesen.

»Ein Soldat, ein Soldat!« Ellies Keuchen ging in leises Schluchzen über. »Er war im Gebüsch! Plötzlich stand er vor uns. Er hat Siskas Hand gepackt. Ich bin weggelaufen! Er kam nicht hinter mir her. Da bin ich nach Hause gerannt.«

»Und Siska?«

»Ich weiß es nicht«, kam fast tonlos von Ellie. Voller Selbstvorwurf flüsterte sie: »Ich habe sie im Stich gelassen.«

Katharina schloss sie wieder in die Arme und drückte sie an sich. »Es war richtig, dass du weggelaufen bist.« Über ihre Schultern hinweg wandte sie sich an Josef: »Sag Schäng, was geschehen ist. Und dann sieh, ob du irgendwo Jan und Lukas findest. Sie sollen hierhin, in die Küche, kommen.«

Josef hatte fassungslos dagesessen und rannte nun los, um Katharinas Auftrag zu erfüllen.

»Josef!«, hielt sie ihn an der Tür zurück. »Erzähle besser sonst keinem, was geschehen ist.«

»Wir hätten sie nicht allein gehen lassen sollen!« Jan strich sich über das kurz geschorene Haar.

Aber Schäng schüttelte den Kopf. »Bisher waren sie friedlich. Sie profitieren ja auch von dem Abkommen mit uns.«

»Vielleicht wollten sie uns in Sicherheit wiegen.«

»Nein, das glaube ich nicht. Da ist ein einzelner Soldat zufällig auf die Mädchen getroffen. Es würde mich wundern, wenn er Siska mit ins Lager nehmen würde. Denn das könnte Ärger für ihn bedeuten.«

»Meinst du, dass er sie laufen lässt?«, fragte Katharina.

Schäng und Jan tauschten einen schnellen Blick, bevor Schäng antwortete. »Wer weiß. Darauf hoffen wir.«

Schäng wandte sich an Ellie. »Wo genau seid ihr auf den Soldaten getroffen?«

»Im Gestrüpp oberhalb vom Kühweg. Wir haben Holz gesammelt. Ein Stück über dem Feld vom alten Wirges.« Kleinlaut fügte sie hinzu: »Ich weiß, dass wir nicht so weit vom Dorf weggehen sollten.«

»Jan, wir zwei nehmen unsere Musketen unter den Jacken mit. Wir sollten sie nicht sichtbar tragen, das gibt nur Unruhe im Dorf. Am besten nimmt jeder von uns noch eine Sense oder eine Mistgabel mit. Das sieht unverfänglich aus. Es reicht, wenn wir drei, Lukas, du und ich, losgehen, um dort zu suchen.«

»Ich möchte mitkommen.« Josef wusste selbst nicht, warum er das gesagt hatte. Er erwartete kaum, dass die drei Männer ihn bei ihrer Suche mitnehmen würden. Er meinte nur, unmöglich hier warten zu können, bis sie mit oder vielleicht auch ohne Siska wiederkämen.

Doch Schäng sah ihn nur kurz an. Dann nickte er. »Gut, nimm irgendetwas mit, das dir als Waffe geeignet erscheint.«

»Ich komme auch mit!« Katharina sah in die Runde. »Sie ist *meine* Freundin«, versuchte sie jedem Widerspruch zuvorzukommen. Schäng schüttelte nur unwillig den Kopf.

»Wenn ihr mich nicht –«

Katharina wurde in ihrem Protest unterbrochen. Die Küchentür öffnete sich, und mit schwingenden Röcken trat Siska ein. Auf den Armen trug sie ein zusammengeschnürtes Bündel dürren Reisigs.

»Siska!«, schrie Katharina auf und stürzte so heftig auf ihre Freundin zu, dass diese vor Schreck einen Schritt rückwärts machte und ihr Bündel fallen ließ. »Siska!« Mit einem Laut, halb Schluchzen, halb Jauchzen, fiel Katharina ihr um den Hals und presste sie an sich.

»Das ist ja schön, dass du mich so vermisst hast«, lachte Siska. »Oder kommst du mit deiner Handarbeit mal wieder nicht zurecht und brauchst meine Hilfe?« Dann bemerkte sie die anderen, die sie sprachlos anstarrten, und ihr Gesichtsausdruck wurde besorgt. »Was ist passiert? Ist etwas mit Lorenz?«

Auch Ellie war zu Siska und Katharina gelaufen und streichelte ungläubig Siskas Arm, wie um sich zu versichern, dass sie keine Erscheinung war. »Hat er dir nichts getan?«, fragte sie staunend.

»Ach!« Siska befreite sich sanft aus Katharinas Umarmung.

»Das also ist hier los.« Sie machte eine wegwerfende Handbewegung und strich sich eine blonde Haarsträhne aus der Stirn. »Dieser kleine Hasenfuß hat euch in Aufruhr versetzt. Da war gar nichts!« Sie bückte sich, um das Reisigbündel aufzuheben.

»Wie kannst du das sagen? Einer von den Soldaten aus dem Wald hat euch aufgelauert.«

»Ach was! Er hat uns nicht aufgelauert, sondern er ist uns begegnet. Und wir sind nicht die Ersten im Dorf, die sich mit einem von ihnen unterhalten haben.«

»Ihr habt euch mit ihm *unterhalten*?«

»Ich nicht!«, rief Ellie empört. »*Ich* bin weggelaufen!«

»Ja, und sie hat geschrien wie ein Ferkel, das abgestochen werden soll.« Siska verdrehte die Augen. »Der Mann und ich, wir sind vor Schreck beinahe tot umgefallen.«

»Wegen mir hätte er das sehr gerne tun können.« Schäng sah Siska ernst an. »Und ich kann einfach nicht verstehen, was du dir denkst. Diese Soldaten rauben uns aus, erpressen und bedrohen uns, und du glaubst, dass du mit ihnen im Wald plaudern kannst?«

»Ich bin ja zuerst auch erschrocken«, lenkte Siska ein. »Ich wäre genauso weggelaufen wie Ellie, wenn mir der Schreck nicht in die Beine gefahren wäre.« Sie hob entschuldigend eine Hand. »Aber als ich dastand, sprach der Mann sehr freundlich mit mir. Er ist anders als die Soldaten. Er ist auch erst vor zwei Tagen zu ihnen gestoßen. Was sie tun, findet er auch nicht gut.«

»Aber er bleibt trotzdem bei ihnen, bei diesen Räubern?«

»Was soll er tun? Er steht ohne alle Mittel da, sogar ohne Nahrung. Ihm wurde sein Sold vorenthalten. Er kommt aus einer vornehmen Familie und wartet nur auf sein Geld, damit er nach Hause auf ihr Schloss zurückkehren kann.«

»Jaja, die vornehme Familie. So geht es den meisten herumziehenden Söldnern«, murmelte Jan.

Katharina schlang Siska den Arm um die Taille. »Schäng hat recht. Das war sehr, sehr leichtsinnig von dir.« Doch in ihren Augen blitzte ein Lachen auf. »Ich möchte wetten, dass er nicht alt oder hässlich war, dieser Soldat.«

»Das alles ist nicht so lustig, wie es euch vorkommen mag«, sagte Schäng. »Dieser Soldat war vielleicht harmlos. Aber er hätte auch ganz anders sein können. Ab jetzt werdet ihr Mädchen nicht mehr allein das Dorf verlassen. Vor allem nicht du, Siska. Was werden dein Vater und Lorenz dazu sagen, dass wir hier so schlecht auf dich aufgepasst haben?«

»Bitte«, Siska sah bestürzt in die Runde, »bitte sagt ihnen nicht, was mir heute passiert ist. Ich müsste bestimmt die Zeit bis zur Hochzeit bei meinem Vater verbringen und käme noch nicht mal mehr auf die Straße. Und Lorenz' Mutter würde es mir in zwanzig Jahren noch vorhalten. Die wäre nur zu froh über solch einen Grund zum Schimpfen.«

»Lasst es unter uns bleiben. Siska wird jetzt sicher vorsichtiger sein«, unterstützte Katharina ihre Freundin. Siska nickte zustimmend.

Schäng sah die beiden an, dann nickte auch er. »Gut, aber wir alle werden vorsichtiger sein. Keiner aus diesem Haus verlässt allein das Dorf. Und es ist immer zumindest ein Mann mit einer Waffe dabei.«

19.6.1650, am Tag vor Margarete

DER GRAF

Am folgenden Nachmittag, es war Sonntag, setzte sich Siska mit Näharbeiten für ihre Aussteuer zu Katharina und Josef.

»Wenn Katharina dich Lesen und Schreiben gelehrt hat, kannst du ja Briefschreiber werden. Oder Geistlicher. Oder warum willst du das alles lernen?«, sagte sie.

Josef hob noch nicht mal den Kopf. Siska sollte nicht denken, dass ihre Sticheleien irgendeine Wirkung auf ihn hätten. Aber sie lenkten ihn doch genug ab, dass er sich verschrieb und das letzte Wort auswischen musste.

»Guck mal, Katharina. Ganz dein Schüler. Er schreibt genau, wie du nähst. Erst ein Stückchen fertigstellen, dann die Hälfte wieder auftrennen.«

Jetzt musste auch Katharina lachen. »Es ist schon gut, dass du nicht auf meine Hilfe bei deiner Aussteuer angewiesen bist.« Sie hielt den Saum, an dem sie arbeitete, prüfend vor ihre Augen. »Ich glaube, sonst würdest du als alte Jungfer sterben.«

»Willst du damit sagen, dass Lorenz mich wegen meiner Aussteuer heiratet?«

»Wenn ja, dann kann er sich sehr gut verstellen.« Katharina beugte sich wieder über ihre Arbeit.

Auch Siska sah auf ihre Näharbeit, und ihre Nadel glitt durch den Stoff. »Ja, in zwei Wochen ist er mein Mann«, sagte sie leise.

»Das klingt aber nicht sehr glücklich. Freust du dich nicht auf die Hochzeit, Siska?«

»Ach, es ist nur … nur …«, Siska suchte nach Worten, »… so *endgültig*!«

Katharina lachte los. Dann hielt sie sich die Hand vor den Mund und sah ihre Freundin entschuldigend an. »Tut mir leid, Siska. Das passt einfach zu gut zu dir. Aber so endgültig ist das doch auch nicht. Du kannst immer noch mit anderen tanzen, reden und lachen. Lorenz ist ein guter Mann und weiß, dass du gerne lustig bist und Spaß hast.«

»Ja, er ist ein guter Mann.«

Auch das klang nicht sehr glücklich, aber Katharina sah Siska nur nachdenklich an und fragte nicht weiter.

Josef hatte genug von dem trauten Gespräch der Mädchen. Er räumte seine Tafel weg, klappte das Buch zu und legte es sorgsam auf den niedrigen Schrank.

»Ich gehe zu Lorenz. Wir wollten noch etwas für das Johannisfest vorbereiten.«

Auf dem Hof stand der Wagen halb mit Säcken und Körben beladen, den wöchentlichen Abgaben für die Söldner. Das Pferd war bereits angespannt, aber die Ladung war noch nicht vollständig untergebracht. Jan und Lukas waren noch bei der Arbeit.

»Soll ich euch helfen?«, fragte Josef.

»Wenn du sonst nichts zu tun hast. Ist aber nicht nötig, wir sind bald fertig«, sagte Jan, aber Josef griff sich einen kleinen mit Hirse gefüllten Sack und hob ihn auf den Wagen. Er würde früh genug zu Lorenz kommen, der ja nicht auf ihn wartete.

»Wenn ich das alles so sehe, würde ich es am liebsten sofort wieder abladen.« Lukas hob einen Korb voller Brote hoch und knallte ihn auf die Ladefläche. »Lieber würde ich ganz allein den größten Misthaufen in Lay mit einem Löffel umgraben, als das hier abzuliefern. All das gute Essen und dann auch noch Bier! Ich hoffe jeden Sonntag, dass es das letzte Mal ist.«

Jan stieg auf den Wagen und verstaute die aufgeladenen Lasten, um Platz für den Rest zu schaffen.

»Glaubst du, dass die in Koblenz überhaupt irgendwann Soldaten schicken?«, fragte Lukas, und seine Stimme klang gepresst.

»Sie wissen dort schon, wie es uns geht. Und auch in Trier. Aber der Erzbischof hat andere Sorgen. Der versteht viel vom Ränkespiel der Macht und wenig von der Not seiner Untertanen. Ich habe gehört, dass dieser französische Kardinal, Richelieu, sein Vorbild ist. Am liebsten wäre er so mächtig wie der. Doch er muss alle seine Künste aufwenden, um nicht seinen Bischofsstuhl zu verlieren.« Jan zuckte mit den Schultern. »Aber wahrscheinlich würde er sich auch dann nicht um unsere Sorgen kümmern, wenn er nicht selbst in Bedrängnis wäre.«

Lukas rollte ein kleines Fass zum Wagen. »Wir sollten uns Gift besorgen. Das würde ihnen das Bier versüßen«, sagte er.

»So klug sind die sicher auch, dass sie nicht alle zugleich von dem, was wir ihnen bringen, essen und trinken.«

Lukas stemmte das Fass hoch und legte es ächzend auf den Wagen. In diesem Moment machte das Pferd einen Schritt vorwärts, und obwohl die Bremse des Wagens angezogen war, genügte der Ruck, um das Fass in Bewegung zu setzen. Es war so knapp an der Kante abgesetzt, dass es über sie hinwegrollte. Lukas streckte die Hände aus, um es aufzufangen, bekam es auch an einer Seite zu fassen, doch es war zu schwer. Das Gewicht brachte ihn zu Fall, und das Fass krachte mit kaum vermindertem Schwung auf seinen Unterschenkel.

Lukas schrie auf.

Jan sprang vom Wagen und stürzte zu seinem Bruder, und auch Josef lief zu ihm. Gemeinsam versuchten sie, Lukas aufzuhelfen. Aber der konnte das rechte Bein nicht belasten und stöhnte schon vor Schmerz, wenn er es nur versuchte.

Rechts und links gestützt, schaffte Lukas es auf einem Bein hüpfend bis in die Küche.

»Diese Scheißkerle! Das wird ihnen noch leidtun!« Er schien der Soldatenbande, für die sie die erpressten Lebensmittel verladen hatten, die Schuld an seinem Unfall zu geben. »Dafür sollen sie bluten, dieses räuberische Saupack!« Seine Verwünschungen wurden nur von seinem Schmerzensstöhnen unterbrochen.

Als sie sein Hosenbein aufgerollt hatten, sahen sie, dass sich der Unterschenkel bereits rotblau verfärbt hatte.

Doch das war nicht das Schlimmste. Am Schienbein zeichnete sich unter der Haut hart die Kante des gebrochenen Knochens ab. Jan beugte sich über das Bein seines Bruders und tastete den verletzten Unterschenkel vorsichtig ab. Lukas ließ es mit zusammengebissenen Zähnen über sich ergehen.

»Das muss gerichtet werden.«

Wieder stöhnte Lukas, doch diesmal vor Wut. »In der Hölle sollen sie schmoren. Wenn –«

»Aber es hätte schlimmer sein können«, unterbrach ihn Jan. »Es gibt keine offene Wunde, und es ist nur ein einfacher Bruch. Im Krieg hätte mancher mit einem von einer Kanonenkugel zertrümmerten Bein vor Freude geweint, wenn sein Bein so glatt gebrochen gewesen wäre. Also hör auf zu jammern.«

»Ich werde später vor Freude weinen. Es wäre nicht halb so schlimm, wenn es mir bei einer anderen Arbeit passiert wäre.«

»Vielleicht wäre es dir nicht passiert, wenn du weniger an deine Wut und mehr an deine Arbeit gedacht hättest.«

»Jetzt streite nicht auch noch mit Lukas. Lass uns erst mal sein Bein versorgen«, sagte Katharina, die den Lärm gehört hatte und zusammen mit Siska in die Küche gelaufen war.

»Und wir müssen sehen, was wir jetzt mit der Ladung machen. Weißt du, wo Schäng ist?«, sagte Jan.

»Er muss nebenan beim alten Wirges sein. Siska, könntest du ihn rufen?«

»Ob ich das wohl darf? Nach dem Abendbrot darf ich doch nur zu meinem Vater allein gehen«, sagte Siska spitz, doch gleich schien sie ihre Worte zu bereuen. »Schon gut! Ich laufe ja schon!«, sagte sie und verließ die Küche.

Das Richten war eine Arbeit für drei. Katharina und Schäng hielten Lukas an den Oberarmen und Schultern fest, während Jan den Knochen seiner Bruders wieder in die richtige Lage drückte. Allen schien diese Arbeit nicht neu zu sein.

»Ich brauche keinen, der mich festhält«, hatte Lukas protestiert. »Ich weiß, dass es schmerzen wird. Ich werde das Bein schon nicht wegziehen.«

»Umso besser. Dann müssen Schäng und Katharina sich nicht so anstrengen. – Trink!«

Jan hielt Lukas einen großen Becher Selbstgebrannten hin. Als er leer war, schob er Lukas ein Stück Holz zwischen die Zähne. »Beiß drauf«, sagte er knapp und nickte Schäng und Katharina zu, die Lukas festhielten.

Jan stellte sich über Lukas' ausgestrecktes Bein, den Rücken zu seinem Bruder. Er klemmte den Oberschenkel zwischen seinen Beinen ein. Dann richtete er den Knochen. Lukas wurde bleich, aber er musste wirklich kaum festgehalten werden.

»Immerhin etwas Vernünftiges, was man im Krieg lernen kann«, sagte Jan, als er das Bein seines Bruders geschient und verbunden hatte.

Lukas saß auf der Bank in der Küche. Das verletzte Bein hatte er hochgelegt.

»Wer hilft dir jetzt, das Zeug hochzubringen?«, fragte er, und seine Stimme klang noch etwas zittrig.

»Das schaffe ich schon allein!«, sagte Jan.

»Und die großen Säcke, die wir gerade zu zweit auf den Wagen bekommen haben, die lädst du auch allein ab?«

»Die kann ich auch in ein paar kleinere umpacken.«

»Dazu ist es zu spät. Sieh doch mal raus, es fängt bald an zu dämmern. Außerdem ist es nicht so gut, wenn du allein auf den Berg fährst.«

»Ich glaube kaum, dass diese Bande jemanden, der ihnen ihren Tribut bringt, überfallen würde. Und wenn sie es doch wollten, dann würde sie ein zweiter Mann kaum davon abhalten.«

»Trotzdem muss noch jemand mitfahren, um beim Abladen zu helfen. Schäng, könntest du ... oder Josef«, überlegte Lukas.

Josef war gar nicht auf die Idee gekommen, dass er beim Abliefern der Ladung helfen könnte, aber er war stolz, dass er mitfahren sollte.

***

Schweigend luden sie den Wagen ab. Nur ab und zu murmelte Jan eine knappe Anweisung. Es war ein angespanntes Arbeiten, selbst das Pferd schien sich unwohl zu fühlen. Unruhig scharrte es mit den Vorderhufen auf dem lehmigen Weg.

Der Wagen stand an einer Wegkreuzung am Waldrand. Einer der Wege führte über die Rodung, wo die Layer ihre Felder hatten, in den Wald, der andere zu den Mühlen im Kondertal und weiter bis zur Mosel. Eine einsame Wegkreuzung galt als unheimlicher Ort, an dem der Teufel und die bösen Geister besondere Macht hatten. Vielleicht hatte man deshalb hier ein Basaltkreuz, das Konzenkreuz, errichtet. Seit Wochen wurde vor diesem Kreuz Sonntag für Sonntag Proviant für die Soldaten deponiert. Als Jan und Josef angekommen waren, hatten vier leere Krüge, ein kleiner Stapel zusammengefalteter Säcke und ein leerer Korb dort gestanden.

Zunächst vermied Josef es, zum Gebüsch am Waldrand hinzusehen. Doch mit der Zeit wurde er mutiger und schickte, wenn er einen Sack oder Korb vor dem Kreuz absetzte, manchen Blick ins Gehölz. Josef entging so schnell nichts. Schon immer war es seine Leidenschaft gewesen, Vögel und andere wilde Tiere zu beobachten. Doch am Waldrand schien sich nichts anderes zu regen als ein Eichhörnchen, das sich nach ihnen umsah, ehe es tiefer in den Wald huschte, und ein eiliger Baumläufer.

Zuletzt hoben Josef und Jan gemeinsam zwei schwere Säcke und das Fass vom Wagen. Während sie die leeren Säcke, Krüge und den Korb auf dem Wagen verstauten, prüfte Josef nochmals das lichte Gehölz am Waldrand. Alles war ruhig, nur ein Rotkehlchen flog herbei, setzte sich in die junge Buche über dem Kreuz und sah mit schwarzen, glänzenden Augen aufmerksam, aber ohne jede Angst zu ihnen herab. Josef war nun vollends überzeugt, dass niemand sie beobachtet hatte. Zumindest nicht aus der Nähe. Er wandte sich dem Wagen zu und wollte eben auf den Kutschbock steigen, als er merkte, dass Jan etwas anstarrte, das sich hinter Josefs Rücken befinden musste. Verwundert drehte er sich um.

Kaum drei Schritte hinter ihm stand ein Mann neben dem Steinkreuz, so ruhig und unbefangen, als wäre er dort schon die ganze Zeit gewesen und hätte ihnen zugesehen.

Als Josefs Blick ihn traf, lächelte der Mann. Unwillkürlich lächelte Josef zurück. Offensichtlich gehörte er zu den verhassten Soldaten, und doch: Josef fühlte keine Abneigung, sondern nur Erstaunen und etwas wie Bewunderung.

Der Soldat war noch jung, vielleicht zehn Jahre älter als Peter oder Lorenz, und sein Gesicht war so ebenmäßig, sein gelocktes Haar glänzte in einem so strahlenden Goldton, dass Josef dachte, so könne kein wirklicher Mensch, sondern höchstens ein Heiliger auf einem Kirchenbild aussehen.

Konnte das wirklich einer der Soldaten sein, die sich im Wald verschanzt hatten? Er trug nicht die abgetragenen, oft nur noch aus Lumpen bestehenden Kleider eines Soldaten, der sich am Ende des langen Krieges auf dem Weg in seine Heimat befindet. Aber er war auch keiner dieser Glücksritter, die ausstaffiert wie die Pfauen einherstolzierten. Der übermäßig herausgeputzte Landsknecht, dessen breitrandiger Hut vor bunten Federn überquoll, der die Ärmel seiner Jacke modisch geschlitzt trug, damit man den bunten Stoff des Futters sehen konnte, das vielleicht wiederum geschlitzt war, um weitere Schichten auffallender Stoffe zu zeigen, das war eine wohlbekannte und viel belachte Erscheinung.

Dieser Mann war kostspielig, aber keineswegs lächerlich gekleidet. Seine Jacke und seine Hose waren aus teurem, fein gewebtem Tuch, doch von schlichtem Schwarz. Ebenso schwarz waren seine weichen Stulpenstiefel und das ärmellose Lederwams. Auch die Schärpe aus Damast, an dem sein Degen befestigt war, war schwarz. Der Degen selbst hatte einen kunstvoll gearbeiteten Griff und sah so fein und zerbrechlich aus, dass er nicht wie die Waffe eines Offiziers oder gar eines Landsknechts, sondern wie der Zierdegen eines Höflings wirkte. Auf dem Kopf trug der Mann einen schwarzen Hut, der nur von einer einzelnen, hellrot leuchtenden Feder geschmückt war.

Dieser elegante Mann erschien Josef hier am Waldrand so unwirklich, dass er unwillkürlich die Augen zukniff, um die Sinnestäuschung zu verscheuchen. Doch das Trugbild war nicht verschwunden, als er sie wieder öffnete. Das Lächeln in dem ebenmäßigen Gesicht war nur noch strahlender.

»Du wunderst dich, mich hier zu sehen«, sagte der Mann zu Josef, als habe er seine Gedanken erraten. Die Stimme passte zu ihm: freundlich und gebildet, doch auch fremd. Josef glaubte, dass Deutsch nicht seine Muttersprache war, obwohl er ohne jeden benennbaren Akzent sprach.

»Und doch hoffe ich, dass ich euch«, er deutete mit einem Neigen des Kopfs eine Verbeugung vor Jan und Josef an, »nicht unwillkommen sein werde, wenn ich mein Anliegen vorgetragen habe.« Mit einem Lächeln wies er auf die Körbe und Säcke, die Jan und Josef gebracht hatten, und fuhr fort: »Ich habe auf euch gewartet. Aber ich darf, ohne unhöflich zu sein, sagen: Ich hoffte, ein anderer würde dies bringen.«

Je länger Josef in dieses ebenmäßige, schöne Gesicht schaute und den wohlgesetzten Worten zuhörte, umso verwirrter wurde er. Dieser Mann spielte den harmlosen, höflichen Plauderer. Aber dahinter stand etwas anderes. Ob etwas Besseres oder Schlimmeres, das konnte Josef nicht sagen. Wieder nahm ihn die erstaunliche Schönheit des Mannes gefangen. Ein seltsames, beunruhigendes Gefühl stieg in ihm auf. Es war die Ahnung, dass dieser Mensch durchaus große Macht über ihn gewinnen könnte, wenn er es darauf anlegte. Seine Augen, von sehr hellem Graublau mit übergroßen schwarzen Pupillen, richteten sich auf Josef, und in diesem Moment war er sich sicher, dass der Mann seine Gedanken gelesen hatte. Der Fremde nickte, und sein Nicken schien Josef eine Antwort zu sein. »Ja, das könnte ich«, sagte es.

Erschrocken wandte Josef sich ab und sah zu Jan hinüber. Auch der schaute den Fremden wie gebannt an. Dann machte Jan eine unwillige Kopfbewegung, als ob er ein lästiges Insekt verscheuchen wolle, und fragte barsch: »Wer seid Ihr?«

»Oh, wie unfreundlich von euch! Ihr habt noch nie von mir gehört«, sagte der Fremde lächelnd. »Aber ich werde euch verzeihen. Ich weiß dagegen sehr wohl, wer ihr seid. Bist du nicht Jan? Du warst doch Johann Weltershofs Pferdeknecht, als der noch bei den Dragonern war, nicht wahr? Und wie ich sehe, bist du immer noch in seinen Diensten.«

Dann sah er Josef an. »Und auch dich kenne ich bereits, wenn auch nicht von Angesicht. Du heißt Josef und bist noch nicht lange in Lay.«

Das Rotkehlchen auf der jungen Buche über dem Fremden hatte sich diesen Moment ausgesucht, um sein Lied zu beginnen, und Josef hob aus Gewohnheit die Augen. Der Fremde folgte seinem Blick.

»Ein hübsches Tier! Wie charmant von ihm, unser erstes Treffen mit einem Ständchen zu versüßen. – Ach, jetzt habe ich übers Plaudern fast vergessen, deine allzu berechtigte Frage zu beantworten und mich vorzustellen.« Der Mann zog seinen Hut, stellte einen Fuß einen Schritt zurück und sagte mit einer eleganten Verbeugung: »Ich bin ein alter Freund deines Herrn.«

Jan war weit davon entfernt, auf den spielerischen Tonfall des Mannes einzugehen oder dessen Lächeln zu erwidern.

»Und was wollt Ihr von uns?«, fragte er. »Ich meine: außer unserem Brot, unserem Wein, unserer Wurst, unserer Milch und unserem Getreide?«

Für einen kurzen Moment verdunkelte sich das schöne Gesicht des Fremden, und er erschien älter und bedrohlich. Oder war das eine Täuschung gewesen? War nur der Schatten eines Zweigs, den der Wind bewegt hatte, über sein Gesicht gefallen? Denn sofort kehrte sein Lächeln zurück, und mit der gleichen Leichtigkeit wie zuvor fuhr er fort:

»Nicht so rasch, *mes amis*. Eben dies alles will ich nicht. *Au contraire:* Ich will euch aus dieser misslichen Lage befreien. Und mich natürlich auch.« Dann wurde er ernst. »Ich kenne Johann, den ihr Schäng nennt, gut. Und habe einen Vorschlag für ihn, der euch allen helfen könnte.«

Jan antwortete nicht.

»Zweifelst du daran, dass ich Johann kenne?«, fragte der Fremde. »Du kannst mir glauben: Ich kenne ihn besser als du. Er ist ein alter Freund.«

Als er antwortete, lag eine Verachtung in Jans Stimme, die selbst Josef erstaunte: »Ich glaube nicht, dass Schäng jemals einen Freund hatte, der mit diesen Räubern gemeinsame Sache macht. Er ist ein Ehrenmann und hat mit solchen wie Euch nichts gemein. Plünderern und –«

Alles ging plötzlich so schnell, dass Josef zunächst nur ein Aufblitzen des Degens sehen konnte. Dann schrie auch schon grell ein Vogel auf, und etwas fiel zu Boden. Der Mann stand nun mit gezücktem Degen ein Stück näher als zuvor, war aber völlig entspannt, als habe er sich nicht von der Stelle bewegt. Ihm zu Füßen lag zuckend ein kleines Federbündel. Das Rotkehlchen flatterte hilflos mit dem Flügel, der ihm geblieben war, und drehte sich in dem erfolglosen Versuch zu flüchten im Staub. Der andere Flügel, exakt abgetrennt, lag ein Stück neben ihm. Dazwischen glänzten, rot wie die Hahnenfeder auf dem Hut des Fremden, zwei Tröpfchen Blut im Staub.

Josef spürte erst jetzt den harten Griff, mit dem Jan seinen Oberarm umfasst hatte. Mit der anderen Hand hatte er unter seine offene Jacke gegriffen, und Josef vermutete, dass sie dort den Griff einer Waffe, vielleicht einer Muskete, hielt. Jan war also nicht unbewaffnet. Doch was nützte ihnen das? Bei dieser nahezu übernatürlichen Schnelligkeit und Präzision hätten sie bei einem Angriff des Mannes kaum mehr Aussicht auf Gegenwehr als das Rotkehlchen. Der kleine Vogel lag nun bewegungslos da, nur sein Schnabel war geöffnet. Sein erbärmliches Schilpen ließ Josef vor Mitleid schlucken.

Der Fremde stand noch immer so unbewegt und ruhig, als habe er sich nicht gerührt. Sein Degen war wieder in der Scheide. Nun strich er ein unsichtbares Stäubchen von seinem Ärmel und lächelte verbindlich.

»Wie bedauerlich, dass ihr mich nicht anhören wolltet. Bedauerlich für euch«, sagte er. Dann zog er nochmals seinen Hut vor ihnen, drehte sich um und entfernte sich in den Wald. Während sie ihm nachsahen, verschwand der Mann, als würde er eins mit der Dunkelheit.

Schweigend standen Jan und Josef eine Zeit lang nebeneinander und sahen in die Düsternis des Waldes.

Jan sprach als Erster: »Komm, Junge, wir fahren heim.«

Doch Josef schüttelte den Kopf. Er wollte den kleinen Vogel nicht langsam und qualvoll verenden lassen. Wortlos machte er sich von Jan los und suchte sich am Wegrand einen großen Feldstein. Er holte weit aus und schmetterte den schweren Stein auf den kleinen Vogel. Dann hob er ihn von dem zerquetschten Knäuel aus Blut und Federn und legte ihn daneben.

***

Es war bereits dunkel, als Jan und Josef zum Mehringhof zurückkamen. Schweigend schirrten sie das Pferd ab und brachten es in den Stall.

»Komm mit«, sagte Jan dann knapp und eilte mit so langen Schritten ins Haus, dass Josef laufen musste, um ihm zu folgen.

Mit wenigen Worten erzählte Jan Schäng von dem Fremden.

»Er behauptete, dein Freund zu sein und uns helfen zu wollen. Als ich ihm meine Meinung zu dieser Freundschaft sagte, wurde er so wütend, dass er ging«, sagte Jan.

»Ich weiß nicht, wer er sein könnte.«

»Glaubst du, dass er uns wirklich helfen wollte?«

»Auch das weiß ich nicht. Aber es wäre nützlicher gewesen, es herauszufinden, anstatt mit ihm zu streiten. Du hast dich benommen, als wärst du Lukas. Wenn wir wenigstens wüssten, wer er war.«

»Ich könnte ihn zeichnen. Vielleicht erkennst du ihn dann«, sagte Josef.

Jan sah ihn ungläubig an, aber Schäng meinte: »Wir können es zumindest versuchen.«

Schäng holte einen Bogen Schreibpapier und eine Feder, legte beides auf den kleinen, runden Tisch, an dem Josef saß, und rückte das Tintenfässchen vor ihm zurecht.

Josef schloss für einen Moment die Augen, um sich die Züge des Fremden ins Gedächtnis zurückzurufen. Dann tauchte er die Feder ein und begann mit langsamen, aber sicheren Strichen zu zeichnen: die klaren und ebenmäßigen Linien des Gesichts, die prachtvollen Locken, den lächelnden Mund und die Augen, hell und voller seltsamer Kälte.

Nachdem er die ersten Linien gezogen hatte und erkennbar war, dass wirklich ein Gesicht auf dem Papier entstand, atmete Schäng mit einem Laut des Erstaunens aus. »Wunderbare Talente wachsen da bei euch in der Eifel«, sagte er.

Josef blickte auf und strahlte über das Lob. Schäng trat ans Fenster und sah hinaus in die Dunkelheit, während Josef weiterzeichnete. Aber Jan blieb neben Josef stehen und ließ verblüfft seinen Blick zwischen Josefs Gesicht und dem entstehenden Bild hin und her wandern. Er konnte offenbar nicht fassen, dass dieser Junge Kunststücke beherrschte, die ihm ebenso erstaunlich vorkamen wie die von Gauklern auf dem Jahrmarkt.

Bisher hatten Josefs Zeichnungen bestenfalls die Bewunderung seiner kleinen Geschwister, für die er Tiere in den Sand zeichnete, eingetragen. Vor Freude vergaß er fast, aus welchem Grund er das Bild anfertigte. Er bemühte sich, das Gesicht möglichst genau zu Papier zu bringen. Als es fertig war, empfand er es selbst als gut gelungen. Er stand auf und brachte es Schäng, der noch immer am Fenster stand, gespannt, was er davon halten würde.

Doch niemals hätte er erwartet, dass das Bild eine solche Wirkung haben könnte.

Kaum hatte Schäng einen Blick darauf geworfen, riss er es Josef aus der Hand. Das Blatt zitterte in seinen Fingern.

»Das kann nicht sein! Ihr müsst einen Geist gesehen haben!«, sagte er beinahe bittend.

»Du kennst den Mann?«, fragte Jan.

»Ja«, antwortete Schäng. »Das heißt, ich kannte ihn.« Er starrte weiter auf das Bild. Dann schüttelte er langsam den Kopf. »Aber er ist tot.« Sein Blick glitt immer wieder über die Zeichnung, als könne er selbst nicht glauben, was er da sah. »Ich habe ihn getötet.«

»Gilbert de la Rais. Gille wurde er genannt. Ein Kämpfer, wie es keinen zweiten gab. Er war mein Freund. Unsere Freundschaft begann vor fünf Jahren bei der Schlacht vor Freiburg, als er sein eigenes Leben aufs Spiel setzte, um meins zu retten.«

Schäng legte die Zeichnung auf den Tisch. Sehr leise und als spräche er zu sich selbst, fuhr er fort. »Wenige Monate später habe ich ihn erstochen. Es war in einer Scheune. Er kniete vor ihr und drehte mir den Rücken zu. Er hatte mich nicht bemerkt. Ich glaube nicht, dass es mir sonst gelungen wäre. An einem Pfosten hing eine alte Mistgabel mit zwei langen, spitzen Zinken. Ich habe sie ihm so hart in den Rücken gestoßen, dass die Zinken durch seinen Körper fuhren, sich in den Scheunenboden bohrten und ihn dort festnagelten.«

Schängs Hand hatte sich so hart zur Faust geballt, dass sich die Knöchel weiß unter der Haut abzeichneten. Er atmete tief durch. »Fünf Jahre ist das her, und das Kämpfen war mein Geschäft. Aber in diesen einen Stoß legte ich so viel Kraft, dass mich am Abend noch Arm und Schulter wie von einem Schlag schmerzten.

Er war stark, so schrecklich stark! Denn er lebte noch. Er schrie nicht. Nein, er drehte den Kopf zur Seite, und ich dachte, er fletsche im Todeskampf die Zähne. Aber es war ein Lächeln, das sein Gesicht verzerrte.«

Schäng hatte die Lippen zu einer dünnen blassen Linie zusammengepresst. Er schloss die Augen und schwieg so lange, dass Josef glaubte, er würde nicht mehr weiterreden. Aber dann fuhr er beschwörend fort, mit einer Stimme, die nun so schwach war, dass sie nicht zu ihm zu gehören schien. »Das kann er nicht überlebt haben!«

Wieder schwieg er lange und sah weder Josef noch Jan an. Als er endlich weitersprach, klang seine Stimme fester.

»Ich bin einfach weggelaufen und habe ihn nicht endgültig totgeschlagen. – Und ich habe sie nicht beerdigt, wie ich es hätte tun müssen. Ich habe, außer in der Beichte, nie darüber gesprochen. Aber jetzt, wo Gille anscheinend lebt, müsst ihr wohl alles wissen.

Jan, du kennst ihn nicht, weil er erst kurz nachdem du mit Katharina nach Köln abgereist warst, zu unserer Truppe kam. Man sprach damals viel vom Ende des Krieges. Friedensverhandlungen hatten begonnen – wieder einmal. Trotzdem brauchten die Armeen immer neue, frische Kämpfer.

In diesen Tagen sollte ein junger Leutnant zu unserem Regiment kommen. Bereits bevor er ankam, wurde viel über ihn gesprochen. Er sollte der jüngste Sohn aus einem verarmten, aber sehr alten französischen Grafengeschlecht sein. Trotzdem kämpfte er nicht auf französischer, sondern auf kaiserlich-bayrischer Seite. Einer seiner Vorfahren, ein legendärer Kämpfer an der Seite der Jungfrau von Orléans, den er bewunderte und dem er nacheiferte, war vom französischen Königshaus verraten und als Mörder hingerichtet worden. So fühlte er sich mehr der katholischen als der französischen Sache verpflichtet. Gille war Jan von Werth von einem befreundeten Offizier persönlich empfohlen worden. Obwohl er noch sehr jung war, sollte er sich durch überragende Tapferkeit und Waffengeschick bereits die Gunst seines Vorgesetzten und die Bewunderung seiner Kameraden verdient haben.

Da Gille einen Posten einnehmen sollte, auf den einige altgediente Soldaten aus unserer Truppe aufzusteigen gehofft hatten, wurde er mit wenig Wohlwollen erwartet. Ein verwöhntes, verweichlichtes Söhnchen aus adligem Haus mit Beziehungen und einem Spitzentüchlein sollte hier wieder einmal den alten Kämpfern vorgezogen werden. Das hatte man oft genug erlebt. Aber wir wollten ihm schon zeigen, was wir von ihm hielten. Als er dann schließlich mit Diener und großem Gepäck eintraf, da sahen wir, dass wir recht hatten – aber nur, was das Spitzentuch betraf. Denn verweichlicht war er nicht.

Er war ein junger, ungewöhnlich schöner Mann und mit der größten Sorgfalt gekleidet und frisiert. Doch selbst seine Konkurrenten mussten zugeben, nie einen Mann gesehen zu haben, der mit dem Degen schneller und geschickter oder im Kampf tapferer gewesen wäre. Er forderte die besten Fechter zum Duell mit gesicherten Degen und besiegte sie lachend und scheinbar ohne jede Anstrengung. Dabei war er sehr kameradschaftlich. Er übte mit den jungen Söldnern, zeigte ihnen Kniffe mit dem Degen. Er fragte die alten Kämpfer um Rat und freundete sich mit den erfahrensten Männern unseres Regiments an. Er schien keinen Fehler zu haben – außer vielleicht seinem übermäßigen Stolz. Wegen eines beleidigenden Wortes oder auch nur eines spottenden Blickes wäre er bereit gewesen, jedem, selbst einem General, entgegenzutreten. Doch das schadete seinem Ansehen nicht. Im Gegenteil: Er wurde deshalb nur noch mehr geachtet. Niemand konnte seinem Charme widerstehen.«

Schäng lächelte, aber es war kein glückliches Lächeln. »Auch ich nicht«, sagte er. »Er schien für mich eine unerklärliche Vorliebe zu haben, suchte das Gespräch, vielleicht sogar die Freundschaft mit mir. Doch obwohl ich ihn wie alle anderen bewunderte, war mir in seiner Nähe nicht besonders wohl. Vielleicht lag es daran, dass er so unberührt, scheinbar frei von Gefühlen durch diese schwere Zeit ging, anders als wir anderen keine Furcht, keine Trauer zu kennen schien – jedenfalls kam er mir fremd vor, und ich hielt Abstand zu ihm. Das änderte sich aber alles am Tag der Schlacht bei Freiburg.«

»Als du angeschossen wurdest?«, fragte Jan.

»Ja. Als mich jener Schuss in den Oberschenkel traf, scheute mein Pferd. Das und der Aufschlag der Kugel rissen mich aus dem Sattel. Unfähig aufzustehen, lag ich auf der Erde und erwartete den Tod, denn unsere Linie wurde zurückgezogen, und der Feind rückte vor. Ich war mir sicher, dass ich keine halbe Stunde mehr zu leben hätte. Selbst wenn mich keiner der feindlichen Soldaten erschlagen würde, den Blutverlust und den Schmerz würde ich sicher nicht länger überstehen.

In dem Getümmel und kaum noch bei Sinnen, hörte und spürte ich doch den Hufschlag eines Pferdes, das auf mich zugaloppierte und direkt neben mir hart durchpariert wurde. Dann der Aufprall eines aus dem Sattel springenden Mannes. Ich erwartete den tödlichen Degenhieb, doch dann packte mich jemand und hob mich hoch. Es war Gille. Er war eher zierlich, noch nicht einmal mittelgroß und schlank wie eine Degenklinge, doch er verfügte über mehr Kraft als die meisten schweren Männer. Er wuchtete mich vor seinen Sattel, ohne dass ich viel dazu beitragen konnte. Dann sprang er wieder auf und trieb sein Pferd an, mit der doppelten Last zurückzugaloppieren. Er hatte meinen Sturz beobachtet, und ohne auf den Befehl zum Rückzug zu achten, war er mitten zwischen die angreifenden Feinde geritten, um mich zu retten: Es war ein wahnsinniges Wagnis, auf dessen Gelingen niemand gewettet hätte. Und selbst wenn er mit mir zurückkehren würde, musste er doch damit rechnen, dass er wegen Befehlsverweigerung angeklagt würde.«

»Bei Gott, ich wollte, ich wäre dabei gewesen!«, sagte Jan. »Aber was ...« Dann verstummte er. Es war nur zu deutlich, was er fragen wollte: Was hatte Schäng nur dazu bringen können, jemanden zu töten, der so etwas für ihn getan hatte?

Schäng sah in Jans Richtung, aber sein Blick ging durch ihn hindurch in die Ferne.

»Von diesem Moment an waren alle meine Vorbehalte verschwunden. Ich war Gille nicht nur dankbar, sondern bewunderte seinen Mut und seine Selbstlosigkeit maßlos – ebenso wie alle es taten. Sein Heldenstück ging von Mund zu Mund. Das war der Stoff, aus dem Legenden gemacht werden. Und es war keine Rede davon, ihn für seine Befehlsverweigerung zu bestrafen. Die einfachen Soldaten, vor allem die jungen, bejubelten seine Tat. Die Obersten und Generäle wussten zu schätzen, wie dieses Beispiel an Tapferkeit den Kampfesmut stärkte. Gille war von diesem Moment an mein Freund und ein Held für alle in der Truppe.

Es gibt kaum etwas Abergläubigeres als den Söldner, dessen Leben täglich vom reinen Glück abhängt. Und nichts verkürzt die langen Abende besser als Geschichten, je unglaublicher, desto besser. Da war es nicht verwunderlich, dass von den einfachen Soldaten ein ganzes Netz von Gerüchten und Geschichten um ihren neuen Helden gesponnen wurden. So hieß es zum Beispiel bald, Gille sei unverwundbar. Aber auch, er habe einen Pakt mit dem Teufel geschlossen und müsse ihm regelmäßig in einem blutigen Ritual Opfer bringen. Gille selbst lachte über diese Gerüchte. Aus Scherz gab er sich noch geheimnisvoller und behauptete etwa, dass er auch im Finstern sehen und in die Zukunft blicken könne. Auch ich habe mit ihm zusammen über diese Ammenmärchen gelacht.«

Schäng zögerte einen Moment, bevor er fortfuhr. »Und genauso wenig Glauben habe ich den immer wieder aufkommenden Erzählungen geschenkt, dass er beim Plündern von Bauernhöfen die Bewohner aufs Grausamste gefoltert habe. Aber eines Morgens wurde auf einer Lichtung am Fluss, nicht weit vom Lager, Nellie, die fünfzehnjährige Tochter eines Obristen, sterbend aufgefunden. Man hatte sie erst am Morgen vermisst, als sie nicht in ihrem Bett lag. Sie musste das Lager in der Nacht heimlich verlassen haben, denn die alte Frau, die bei ihr im Zelt schlief, hatte nichts gehört. Das Mädchen war schrecklich zugerichtet. Sie war nackt, und vom Hals bis zu den Knöcheln waren seltsame Zeichen tief in ihre Haut eingeschnitten worden, sodass sie von Wunden und Blut bedeckt war.

Ihr Vater wurde fast verrückt vor Schmerz – und vor Hass auf ihren Mörder, von dem wir nicht mehr wussten, als dass es ihm gelungen sein musste, das Mädchen nachts aus ihrem Bett zu locken. Nellie soll aber in den Armen ihres Vaters sterbend ein Wort, das wie ›Gille‹ klang, ausgesprochen haben. Der Oberst konnte sich verhört haben, oder es konnte auf eine heimliche Liebe des Mädchens für Gille hindeuten. Doch Nellies Vater war von dessen Schuld überzeugt, und mit jedem Tag wurden es mehr, die ihn verdächtigten, der Mörder zu sein.

Einer wollte wissen, dass Gille genau auf diese Weise ein Bauernmädchen ermordet habe. Ein anderer behauptete, gesehen zu haben, wie Gille mit der Degenspitze vor der Schlacht die gleichen geheimnisvollen Zeichen, die in die Haut des Mädchens geritzt waren, in den Sand gezeichnet hatte. Manche sagten, dass Nellie schon lange in Gille verliebt gewesen sei und dass sie sich sicher mit niemandem sonst nachts getroffen habe. Es gab keine wirklichen Beweise gegen Gille, aber der Vater des Mädchens musste mit Gewalt davon abgehalten werden, sich mit gezogener Waffe auf ihn zu stürzen. Als keine Anklage gegen Gille erhoben wurde, nahm er voller Verbitterung seinen Abschied.

Und obwohl Gille nun von vielen mit noch mehr Scheu als zuvor betrachtet wurde, schien das finstre Gerücht ihm nichts von der Faszination zu nehmen, die er auf die einfachen Söldner ausübte. Nur war nun an die Seite der Bewunderung für seine Kampfkunst und Tapferkeit auch die Furcht getreten. Natürlich war ich von Gilles Unschuld überzeugt und empört über die Gerüchte.«

Schäng sah von Jan zu Josef. »Wie hätte ich auch so etwas von meinem Freund glauben können?«, sagte er fast bittend. »Einige

Wochen später waren wir gemeinsam in einem Zelt untergebracht. Eines Abends wollte ich eine Pfeife rauchen, aber mein Tabakvorrat war zur Neige gegangen. Gille war auf dem Übungsplatz und würde seine Rauchsachen kaum mitgenommen haben. Ohne zu überlegen, habe ich in seinen Sachen gesucht. Aber als ich ein Beutelchen, das tief in seiner Truhe lag, öffnete, war es nicht sein Tabaksbeutel, sondern es enthielt einige wertlose Schmuckstücke. Zunächst lächelte ich, weil ich sie für Erinnerungsstücke an eine Jugendliebe hielt, da dieser Tand kaum zu dem immer eleganten Gille passte. Doch als ich den Beutel wieder schließen wollte, fiel mein Blick auf ein kleines Silberkreuz. Es war unverziert, und es mochte Tausende wie dieses geben, doch der Silberschmied hatte nicht exakt gearbeitet, sodass eine Seite des Querbalkens etwas zu kurz geraten war. Ich hatte Nellie seit Jahren gekannt. Und ich war mir sicher, dass dies genau das Silberkreuz war, das sie stets um den Hals getragen hatte.

Ich wusste nicht, was ich denken sollte. Ich werde wohl eine Zeit lang so, die Schmuckstücke in der Hand, vor Gilles Truhe gehockt haben. Jedenfalls saß ich noch genauso da, als er ins Zelt trat. Wortlos hielt ich ihm die geöffnete Hand mit dem Schmuckstück entgegen. Er verstand mich sofort.

Aber er erklärte alles. Nellie hatte ihn tatsächlich schon lange mit der schwärmerischen Verliebtheit eines sehr jungen Mädchens betrachtet. Das war nichts Besonderes, denn sicher die Hälfte aller Frauen und Mädchen aus unserem Tross hatte eine Schwäche für Gille. Er hatte sich einmal mit ihr getroffen, um ihr klarzumachen, dass sie zu jung für ihn sei. Aber sie hatte seine Erklärungen nicht hören wollen und nur geweint. Nichts hatte sie trösten können. Schließlich hatte Gille ihr versprochen, dass er zumindest nie eine andere lieben werde. Ein Versprechen, das er ihr in der Sicherheit gab, dass sie sich in vier oder fünf Monaten nicht nur nicht mehr daran erinnern, sondern es ihr dann auch egal sein würde, weil dann ihr Auge längst auf einen passenderen jungen Bewerber gefallen wäre. Sie drängte ihm das Kreuzchen als Pfand dieses Versprechens auf. Er gab ihr, erleichtert, das Gespräch damit zu beenden, einen Festtagstaler als Gegenpfand.

Gille war einer der überzeugendsten Redner, denen ich je begegnet bin. Ich zweifelte keinen Moment an seiner Erklärung.«

Schäng griff nach dem Blatt mit Gilles Bild. Diesmal blieb seine Hand ruhig. Lange sah er es an, ehe er fortfuhr.

»Nur einige Tage später wachte ich aus einem Traum auf, in dem ich Nellie sah. Sie war nackt und blutüberströmt. In ihrer ausgestreckten Hand hielt sie mir das kleine Silberkreuz entgegen. Doch das war es nicht, was mich aus dem Traum auffahren ließ. Hinter ihr, halb von ihr verdeckt, konnte ich schemenhaft eine gesichtslose Reihe junger blutiger Frauen erkennen, die ebenfalls kleine Schmuckstücke in den Händen hielten. Ein Traum, nicht mehr als ein Traum, beruhigte ich mich. Doch es dauerte lange, ehe ich wieder einschlief.

Nicht viel später musste Gille eine Vorhut ausschicken, um das Gelände zu erkunden. Er entschied sich, selbst mitzureiten, obwohl dies keine Aufgabe für einen Offizier war. Aber er fand es nie unter seiner Würde, eine Sonderaufgabe zu übernehmen, wenn sie nur ein wenig Abenteuer versprach. Auch das war einer der Gründe, warum er so beliebt bei den jungen Soldaten war.

Doch am folgenden Tag trafen wir auf flüchtende Bauern, die berichteten, dass gerade in diesem Gebiet, in das Gille mit seinen Männern gezogen war, eine Seuche aufgetreten sei und schon viele Tote gefordert habe. Wir beschlossen, mit dem Gros unserer Truppe das Gebiet zu umgehen. Die Vorhut würde uns schon wieder erreichen. Ich hatte immer das größte Vertrauen in Gille. Im Kampf würde ihn kaum einer besiegen, aber er war gegen die Pest und andere Seuchen ebenso wenig gefeit wie jeder andere. Ich wusste, welchen Weg die Vorhut nehmen wollte, und ritt ihr allein hinterher, um Gille und die anderen vor der Seuche zu warnen. Aber ich war den ganzen Tag unterwegs, ohne eine Spur von ihnen zu finden. Der Abend dämmerte bereits, und – ich weiß es noch genau – ein rötlicher Vollmond war aufgegangen und stand übergroß am Himmel, als ich an eine alte Scheune am Waldrand kam. Ich beschloss, am Morgen weiterzusuchen und die Nacht dort zu verbringen. Ich band mein Pferd an einen Baum und schlich an die Scheune, um zu erkunden, ob dort vielleicht feindliche Soldaten Unterschlupf gesucht hatten. Meine Schritte waren auf dem weichen Boden unhörbar. Eine schmale Tür an der dem Wald zugewandten Rückseite ließ sich leise öffnen.

Da sah ich ihn: Gille, blutbeschmiert mit einem Messer in der

Hand neben der nackten Leiche einer jungen Frau. Der Körper der Frau war mit Schnitten übersät, die die gleichen Zeichen ergaben wie die auf Nellies Leiche.

Plötzlich gab es für mich keinen Zweifel mehr an Gilles Schuld. Und entsetzlicherweise auch keinen Zweifel daran, dass diese junge Frau sterben musste, weil ich nicht hatte glauben wollen, was auf der Hand lag. Ich hätte melden müssen, dass Gille Nellies Kreuz hatte. Ich weiß nicht, was größer war, mein Entsetzen bei diesem Anblick oder meine Scham und mein Schuldgefühl.

Es kann nur ein Augenblick gewesen sein, aber mir kam es wie eine Ewigkeit vor: Ich starrte auf Gilles Rücken und wusste, was er all diesen Frauen angetan hatte. Und ebenso klar war, dass es für ihn keinen Richter geben würde.«

»Warum nicht?«, fragte Josef.

»Für den Mord an der Tochter des Obristen gab es keine Zeugen. Und ganz gleich, was ein Offizier, vor allem ein adliger, wegen Tapferkeit ausgezeichneter Offizier, in diesen späten Kriegsjahren mit einem Bauernmädchen tat, niemand konnte ihm deswegen etwas anhaben. – Ich weiß nicht, warum ich nicht meinen Degen gezogen habe. Ich glaube nicht, dass es wegen des Märchens war, dass keine Waffe ihn verletzen könne. Jedenfalls fiel mein Blick auf die Heugabel ...« Schäng ließ den Satz unvollendet.

»Gilbert de la Rais war es, den wir im Wald trafen?« Jan deutete auf Josefs Zeichnung, die Schäng auf den Tisch gelegt hatte.

Schäng nickte zögernd. »Er ist es, aber er scheint nicht älter geworden zu sein«, sagte er dann zweifelnd. »Und er muss es doch sein!« Schäng, jetzt wieder ganz der planende Offizier, verschränkte die Hände auf dem Rücken und ging im Zimmer auf und ab. »Jetzt haben wir einen Vorteil. Wir werden Hilfe bekommen«, sagte er. »Jan, du musst losziehen, heute noch. Nach Köln. Ich schreibe an den Obristen Jungsdorf. Er wird uns Hilfe gegen die Soldaten schicken.«

»Dieser Obrist soll uns helfen?«, fragte Jan. »Wir haben uns doch schon an alle gewandt, um Hilfe gegen die Soldaten zu bekommen. Aber alle sagen uns, dass es überall im Land gleich aussieht, dass man uns jetzt nicht helfen könne – vielleicht später.«

»Er wird nicht kommen, um uns zu helfen, nicht weil er Mitleid mit uns hat. Er wird kommen, weil er Gille hasst. Ich bin sicher, dass er den Kaiser versetzen würde, um hierherzukommen. Er würde sogar kommen, wenn er wüsste, dass hier der sichere Tod auf ihn wartet. – Und er wird nicht allein kommen. Er wird seine Männer mitbringen. Da werden wir die richtige Truppe zusammenhaben, um die Bande zu vertreiben!«

Schäng drehte sich zu ihnen um. »Wir müssen uns auf den Kampf vorbereiten«, sagte er. »Josef, lauf schnell rüber zu Lorenz und sag ihm, er solle dringend zu mir kommen. Du brauchst ihm nicht zu erzählen, worum es geht.«

»Wie kann uns denn Lorenz helfen?«, fragte Jan.

»Vor allen Dingen müssen wir jetzt in Erfahrung bringen, wo das Soldatenlager ist. Wenn der Obrist mit seinen Männern kommt, werden wir schnell zuschlagen müssen. Der Angriff muss möglichst überraschend kommen.«

»Du glaubst, dass Lorenz weiß, wo das Lager ist?«

»Nein, aber Jäp könnte es wissen. Wenn er der Bande auch sicherlich aus dem Weg geht, so wird er zumindest ungefähr wissen, wo sie ihr Lager aufgeschlagen haben. Nur ist Jäp im Wald fast genauso schwer zu finden wie die Soldaten. Und wir haben keine Zeit zu warten, bis er mal wieder ins Dorf kommt.«

Jan nickte. »Ja, wenn überhaupt jemand weiß, wo man Jäp im Wald suchen muss, dann Lorenz.«

»Ist er denn ein Freund des Schmieds?«, fragte Josef.

»Lorenz züchtet Vieh. Deshalb hat er sich von Jäp heimlich einiges von dem alten Wissen über Kräuter beibringen lassen, mit dem man kranke Tiere heilen kann. Aber sprich besser mit niemandem darüber. Und jetzt geh endlich los.«

Josef lief aus dem Haus, durch den Hof und auf die Straße. Erst als er seine Schritte durch das bereits stille und dunkle Dorf hallen hörte, zwang er sich zu einem langsameren und leiseren Schritt.

Was hatte Schäng gesagt? Lorenz hatte von Jäp Zauberwissen gelernt? Von dem Sohn einer als Hexe verschrienen Frau? Plötzlich sah er Jäp wieder vor sich, wie er, ein vor Schweiß glänzender, halb nackter Riese, im Feuerschein etwas schmiedete und es besprach. War da doch Zauberei im Spiel gewesen? Und steckte etwa Lorenz, der nette, gutmütige Lorenz, mit ihm unter einer Decke? Doch das wollte Josef nicht glauben.

Als er bei Lorenz' Hof ankam, war das Haus dunkel, und alles schien schon zu schlafen. Josef pochte an die Haustür und versuchte sich eine Erklärung für die Magd oder Lorenz' Mutter zurechtzulegen, warum er die Nachtruhe störte. Aber glücklicherweise war es Lorenz selbst, der noch völlig angekleidet die Tür öffnete.

Ich muss so aussehen, wie ich mich fühle, dachte Josef, denn Lorenz erschrak sichtlich, als er ihn ansah. »Was ist los?«, fragte er. »Siska ...?«

»Nein«, sagte Josef schnell. »Siska geht es gut. Aber Schäng will dringend etwas mit dir besprechen. Du sollst so schnell wie möglich kommen.«

Ohne nochmals ins Haus zu gehen oder weiterzufragen, zog Lorenz die Tür hinter sich zu.

»Gehen wir!«, sagte er und griff nach Josefs Arm.

***

»Ein Schwert? – Ein Langschwert?«, fragte Schäng. »Er kann doch nicht einfach ein Schwert schmieden. Und für wen? Für sich selbst?«

Lorenz nickte. »Ja, das ist seltsam genug, aber es soll außerdem eine besondere Waffe sein, eine Waffe gegen das Böse. Er sagte, sein Großvater habe sie ihm vererbt, aber die Klinge sei von der Angel gebrochen und müsse neu angeschmiedet werden. Das müsse nach einem bestimmten Ritual geschehen mit alten Sprüchen, die er selbst zwar kennt, aber nicht versteht. Sein Großvater hat ihm beigebracht, so etwas zu machen. Von diesem Schwert seines Großvaters habe ich Geschichten gehört, als ich ein kleiner Junge war, aber nie geglaubt, dass es das Schwert wirklich gibt. Keiner aus Lay hat es je gesehen.«

Auch Lorenz war also beunruhigt gewesen, nachdem sie Jäp beim Schmieden des Schwertes überrascht hatten. Er war zurückgegangen, nachdem er sich von Josef getrennt und sein Pferd in den Stall gebracht hatte.

»Ich weiß, dass Jäp nichts Schlechtes tun würde«, sagte er. »Er geht zwar kaum in die Kirche, aber er ist fromm wie ein Kind.

Doch was er da tat, das sah zu sehr nach Zauberei aus. Du weißt, dass alle seine Mutter für eine Hexe hielten.« Lorenz grinste. »Ihr habt sie nicht mehr kennengelernt, aber ich habe sie gekannt. – Und *ich* würde nicht schwören, dass sie keine war.«

Dann wurde er wieder ernst. »Jedenfalls machen schon die Gerüchte um seine Familie Jäp verdächtig. Wenn irgendein anderer ihn beim Besprechen des Schwertes überrascht hätte, hätte ihn das leicht auf den Scheiterhaufen bringen können. Ich wollte ihn warnen. Er sollte die Tür verschließen, wenn er so etwas tut.«

»Und da hat er dir von dem Fremden erzählt?«, fragte Schäng.

»Ja. Er sagte, der Teufel sei im Wald.«

»Warum nannte er ihn den Teufel?«

»Jäp hat Tiere im Wald gefunden. Tote Tiere, die grausam verstümmelt waren. Zuletzt fand er ein junges Reh, das noch lebte. Er hat es aus Mitleid getötet.«

Josef schloss die Augen und dachte an das elend schilpende Rotkehlchen.

»Jäp lebt den größten Teil des Jahres im Wald. Sicher wird er wildern, und er wird schon manchen Hasen oder auch das ein oder andere Reh getötet haben. Aber dass ein Tier gefoltert wurde wie ein Verbrecher …! Derjenige, der das Reh so gequält hat, hat auf sein Fleisch verzichtet. Vielleicht weil er es nicht von seinen Qualen erlösen wollte?« Lorenz schüttelte den Kopf. »Mir wurde ganz mulmig, als Jäp berichtete, wie er sich auf die Suche nach demjenigen machte, der die Tiere verstümmelt hat. Er vermutete, dass es einer von den Soldaten gewesen war, und schlich sich nachts ans Lager.«

Schäng sah Lorenz fragend an.

»Ja, Jäp weiß, wo sie ihr Lager haben. Er wusste es schon lange, nur hatte er sich bisher immer davon ferngehalten. Nun schlich er nach Einbruch der Dunkelheit heran. Im Schein der Feuer konnte er die Männer in der Nähe gut erkennen. Dann kam *er* aus einer der Hütten. Jäp sagte, dass er denjenigen gesehen habe, der die Tiere verstümmelt hatte. Als ich ihn fragte, woher er das wisse, konnte er mir nicht antworten. Ja, er schien meine Frage noch nicht einmal richtig zu verstehen. Er wiederholte nur, dass es der Mann gewesen sei.« Lorenz zeigte auf Josefs Zeichnung. »Seine Beschreibung passt auf den Fremden.«

Schäng nickte. Seltsamerweise sah er erleichtert aus. »Was er mit den Tieren getan hat, ist ganz seine Handschrift. Er muss sich sehr elend fühlen.«

»Weil er so etwas tut?«, frage Lorenz.

»Nein – weil er auf Tiere zurückgreifen muss. Für Menschen wie ihn ist der Krieg die große Gelegenheit …«

»Du meinst …?« Lorenz' Hände ballten sich zu Fäusten, als er Schäng verstand. »So ein elender Feigling!«

»Nein, du kannst ihn alles schimpfen – aber feige ist er nicht.« Schäng lächelte bitter. »Er ist ein Mann, der immer in der ersten Reihe kämpft. Er liebt die Gefahr. Ich glaube, dass ich in all den Kriegsjahren keinen Kämpfer wie ihn gesehen habe. Er war mit dem Degen so schnell und genau, dass man kaum sah, dass er sich bewegte. Und das Glück, das Wichtigste für einen Krieger, schien immer auf seiner Seite zu sein. In den härtesten Kämpfen, wenn die Männer rechts und links von ihm fielen, trug er keinen Kratzer davon. Manche sagten, er habe dafür einen Pakt mit dem Teufel geschlossen. Aber ich glaube, dass er einfach ein ungewöhnlich mutiger und geschickter Krieger war.«

Lorenz sah Schäng erstaunt an. »Das hört sich an, als könne er kein so schlechter Mensch sein.«

»Ja, so hört es sich an.«

Josef und Lorenz warteten, dass Schäng fortfahren würde. Doch er schien seinen Gedanken nachzuhängen.

Als er nicht weitersprach, sagte Lorenz: »Jedenfalls hat mir Jäp gesagt, wo sich das befestigte Lager der Schweden, die Schwedenschanze, befindet. Sie liegt –«

»Hat er es sonst noch jemandem erzählt?«, fiel ihm Schäng ins Wort.

»Nein, er hat gesagt, dass nur er es wüsste.«

»Und du? Hast du mit jemandem darüber gesprochen?«

»Meinst du, dass ich meine Freunde in den Tod schicken will? Fred oder Paul, vielleicht sogar Peter, die würden doch keinen Tag warten, wenn sie wüssten, wo das Lager ist. Und ich glaube nicht, dass wir mit ausgebildeten Soldaten fertig würden. – Obwohl ich mir auch nichts mehr wünsche, als diese Hunde zu verjagen.«

Schäng legte Lorenz die Hand auf den Unterarm. »Dann kannst

du dich freuen. Ich bin sicher, dass uns das bald gelingen wird. Ich habe einen Brief geschrieben, mit dem Jan in Köln Hilfe besorgen wird. Wir müssen nur wenige Tage warten und dafür sorgen, dass bis dahin alles ruhig bleibt. Deshalb ist es besser, wenn niemand im Dorf erfährt, was wir vorhaben. Du solltest, bis es so weit ist, niemandem, noch nicht einmal uns hier, die Lage des Lagers verraten.«

»Ich werde meinen Mund halten. Ich habe niemandem außer Siska gesagt, dass ich es weiß. Und Siska kümmerte das erstens kaum und zweitens ...«, Lorenz grinste, »... zweitens hatte ich den Eindruck, sie denkt, ich will nur vor ihr angeben. – Wer weiß denn von dem Grafen?«

»Nur Jan und Josef. Und natürlich du und ich. Auch das sollte unter uns bleiben. Es ist nicht nötig, andere zu beunruhigen.«

Die Tür öffnete sich, und Jan trat ein. Er trug einen schweren braunen Mantel und Reitstiefel. Über seiner Schulter hing eine gefüllte Satteltasche.

Schäng reichte ihm ein gefaltetes Schreiben, das mit einem glänzenden roten Lacksiegel verschlossen war. Dann gab er ihm einen kleinen Beutel, der offenbar Münzen enthielt.

»Du musst sicher an einer Station das Pferd wechseln. Wenn der Obrist nicht in Köln ist, dann schick uns eine Nachricht. Bring in Erfahrung, wo er ist, und reise ihm nach. Er ist der Einzige, der uns helfen kann. Und ich versichere dir, er wird mit dir kommen, ganz gleich, wo er sich befindet! Ich rechne in spätestens vier Tagen mit euch oder mit einem Brief von dir.«

Als Jan nach dem Beutel griff, öffnete sich sein Mantel, und Josef sah, dass er eine Muskete trug. Jan steckte Brief und Geldbeutel in seine Tasche und reichte Schäng und Lorenz die Hand zum Abschied.

Als er zu Josef kam, streckte er auch ihm die Hand entgegen wie den anderen. Josef ergriff und drückte sie.

»Leb wohl, Jan«, sagte er, und es war ihm zumute, als müsse er sich von einem Freund trennen.

»Können wir etwas tun, bis Jan zurückkommt?«, fragte Lorenz.

»Auf jeden Fall müssen wir alle Waffen in Ordnung bringen. Einige Männer hier im Dorf sind auf Lanzen und Degen stolz, die so verrostet sind, dass sie sich schämen würden, wenn ihre Mistgabeln in solch einem Zustand wären.«

»Ja«, Lorenz grinste, »noch schlimmer ist es mit den Musketen, die ihnen irgendein entlaufener Soldat oder unehrlicher Händler angedreht hat. Mein Vetter hat so ein Ding. Damit hat er noch nie geschossen. Nach meiner Meinung kann man sie höchstens jemandem über den Schädel ziehen. Aber er tut, als wäre er damit in der Lage, eine Armee zu besiegen.«

»Wir sollten alle Waffen zusammentragen. Lukas und ich und vielleicht noch der Fährfranz könnten die Waffen dann prüfen, die schlechten aussortieren und sicher einige in Ordnung bringen«, sagte Schäng.

»Jäp kommt zum Johannisfest ins Dorf. Er will Esau Musik machen hören. Er kann sich dann um die Lanzen, Degen und Schwerter kümmern. Die sollten geschärft werden. Aber ich glaube kaum, dass der Fährfranz und seine Männer ihre Waffen in den Mehringhof bringen würden. Die denken doch womöglich, du würdest sie in der Mosel versenken, damit sie nicht kämpfen können.«

»Dann werden wir die Waffen eben im Fährhaus zusammentragen. Franz ist ja kein besonders vernünftiger Mann, aber von Waffen versteht er wirklich etwas.«

In dieser Nacht schlief Josef unruhig. Immer wieder wachte er mit einem Gefühl der Furcht auf. Als der Himmel endlich heller wurde und der erste Hahn krähte, war er froh, aufstehen zu können. Er konnte sich nicht erinnern, geträumt zu haben, doch sein Körper und das Bettlaken waren nass vor Schweiß, und sein erster Gedanke galt dem Grafen.

Im Haus war noch niemand außer ihm auf. Es musste sehr früh sein. Aber das war gut so, denn es gab für ihn heute viel Arbeit. Lukas konnte mit seinem gebrochenen Bein kaum etwas tun, und jetzt, wo Jan weg war, war Josef der einzige Knecht auf dem Hof.

Im Stall schauten die Kühe ihn mit ihren sanften Augen an, als wunderten sie sich, so früh am Morgen ihr Heu zu bekommen. Die Schweine dagegen stürzten sich auf das Futter, als sei er nicht zu früh, sondern zu spät gekommen. Lächelnd sah Josef den Ferkeln zu, wie sie quiekend durcheinanderliefen und sich gegenseitig vom Trog wegdrängelten, bis jedes einen Platz gefunden hatte.

Langsam schwand der Druck, unter dem er seit dem gestrigen Abend gestanden hatte.

Als er nach dem Füttern ins Haus kam, standen schon Brot und Käse auf dem Tisch. Ungewohnt missmutig schlurfte Wiena durch die Küche.

»Schon auf?«, fragte sie mürrisch.

»Guten Morgen, Wiena. Du doch auch! Soll ich dir helfen?«

»Wenn du mir helfen willst, dann steh mir nicht im Weg, sondern setz dich!«

Gehorsam setzte sich Josef und schaute Wiena schweigend zu, wie sie den Tisch deckte.

Nach einer Weile fragte sie, ohne ihn anzusehen: »Stimmt es, dass Schäng Jan nach Köln geschickt hat?«

»Ja, gestern Nacht. Ihr habt alle schon geschlafen. Woher weißt du das?«

»Lukas ist auch schon auf. Und er weiß es, weil er wach wurde, als Jan gestern Nacht seine Sachen in ihrer Kammer zusammensuchte. Aber ich habe gedacht, dass er das geträumt haben muss.« Sie stellte den Krug so hart auf den Tisch, dass die Milch überschwappte. Verärgert grummelte sie etwas Unverständliches, holte ein Tuch und wischte die verschüttete Milch auf.

»Schon wieder ein Schreiben um Beistand! Das hilft doch alles nichts. Die hohen Herren haben anderes im Sinn als unsere Not.« Wiena schüttelte den Kopf. »Und musste das unbedingt *jetzt* sein? Ausgerechnet einen Tag nachdem Lukas sich ein Bein gebrochen hat? Wer soll denn jetzt Wasser holen und mir mit den schweren Arbeiten zur Hand gehen?« Empört zog sie ihre runden Schultern hoch. »*Ich* weiß nicht, wie das gehen soll! Ich kann doch nicht alles machen. Und die Leni, das faule Ding, weigert sich, etwas Schweres zu tragen. – Die könnte schon, wenn sie wollte. Aber wenn ich die Wasser holen schicke, dann stöhnt sie, dass man sie bis runter an die Mosel hört. Und jeden zweiten Schritt setzt sie den Eimer ab, um erst mal ein Ave-Maria lang zu verschnaufen.«

Während Wiena vor sich hin schimpfte, hatte sie den Tisch fertig gedeckt.

»Na, iss schon«, forderte sie Josef auf. »Du wirst es brauchen können. Auf dich wartet auch ein Haufen Arbeit. Nach dem Frühstück fütterst du alle Tiere.«

»Hab ich schon gemacht!«, antwortete Josef kauend. »Gleich geh ich Wasser holen. Und wenn du jemand für die schweren Sachen brauchst, dann sag mir nur Bescheid.«

Wiena fuhr Josef mit der Hand durch seinen blonden Haarschopf. »Bist ein guter Junge. Hab ich gleich gewusst. Aber das wird nicht nötig sein.« Überraschend versicherte sie: »Schäng wird schon dafür sorgen, dass jemand die Arbeit von Jan und Lukas übernimmt und nicht alles an uns hängen bleibt.« Doch Josefs Angebot hatte ihre Laune merklich gebessert. »Wasser für die Küche kannst du mir aber gern holen.«

Die Tür schwang auf, und Katharina steckte den Kopf in die Küche, ohne einzutreten.

»Ach, da habe ich also richtig gehört: Du bist schon auf!«, sagte sie. Lächelnd blinzelte sie Josef zu und schloss die Tür wieder.

Josef sah Wiena überrascht an. Die hob abwehrend die Hände. »Frag mich nicht, was mit ihr los ist. Der eine bricht sich die Beine, der andere geht nachts auf Reisen – und nun Katharina …«

»Vielleicht hat sie nur etwas vergessen«, sagte Josef.

Und wirklich trat Katharina nun in die Küche. Sie strahlte, und in den Händen trug sie einen kleinen Stapel aus gefaltetem Stoff.

»Ich wünsche dir alles Gute zum Geburtstag!«, sagte sie und drückte Josef das Bündel in die Hände.

Josef hatte ganz vergessen, dass heute sein Geburtstag war. »Woher weißt du das?«

Katharinas Lächeln wurde noch breiter. »Da staunst du, nicht wahr? Hast du nicht Ellie erzählt, dass du drei Tage vor dem Johannistag geboren bist?«

»Geburtstag! Ha!«, schnaubte Wiena verächtlich.

Josef faltete den Stoff auseinander. Es waren eine Hose aus festem braunem Stoff und ein weißes Hemd aus feinem Leinen.

»Wiena, schau, wie schön!« Josef hielt das Hemd hoch, doch Wiena hatte sich einen Topf gegriffen und polierte ihn heftig mit einem Tuch. Sie schaute noch nicht einmal auf. Ärger löste bei ihr offenbar Arbeitswut aus.

»Geburtstagsgeschenke! Man könnte meinen, wir sind in einem Ketzerhaus! Als ob er keinen Schutzpatron hätte. Den heiligen Josef so zu missachten!«, murmelte sie beim Wienern.

Katharina nahm die Hose und ging zu ihr. »Dann ist es eben ein Namenstagsgeschenk! Am Josefstag war er noch nicht bei uns, darum bekommt er sein Geschenk nachträglich. Er braucht doch eine neue Hose für die Johannisfeier – um den heiligen Johannes zu ehren.«

Wiena warf einen schnellen Blick auf die neue Hose, die ihr Katharina hinhielt, und sah dann Josef an. »Na ja, seine Hosen sind wirklich ziemlich kurz.«

Josef sah an sich hinunter. Und tatsächlich schaute ein tüchtiges Stück Bein unter dem Hosensaum hervor. Vor kaum vier Wochen, bei seiner Abreise, war die Hose doch noch fast lang genug gewesen. Konnte er denn so schnell gewachsen sein? Aber das war ja nun nicht weiter schlimm! Er hatte jetzt eine Hose. Aus einem wunderbaren Stoff und richtig neu. Die hatte vor ihm noch keiner getragen! Als dritter Sohn einer armen Familie hatte er bisher nur die abgetragenen Sachen seiner Brüder bekommen. Das hatte ihn nicht weiter gestört, aber die Sachen von Katharina waren nicht nur neu, sondern auch so fein, dass er sich zum ersten Mal in seinem Leben darauf freute, ein Kleidungsstück zu tragen.

»Was hältst du von dem Stoff?«, fragte Katharina und reichte Wiena die Hose. »Ich war mir nicht so sicher, aber mir erschien er recht gut.«

Wiena rieb den Stoff prüfend zwischen den Fingern. Dann drehte sie ein Hosenbein am Saum auf die Innenseite. »Ja, ein guter Stoff – und recht anständige Nähte. Hast du das genäht?«, fragte sie zweifelnd.

»Ertappt!« Katharina lachte. »Ich habe geholfen, so gut ich konnte. Aber die Hauptarbeit hat Ellie gemacht. Das Geschenk ist also von uns beiden.« Sie wandte sich an Josef. »Aber das darfst du eigentlich nicht wissen. Ellie wollte auf keinen Fall zum Gratulieren mitkommen, und ich sollte ihren Anteil nicht verraten. Aber ich wusste gleich, dass mir niemand solche Nähte zutrauen würde.«

»Ja, unsere Ellie, die näht fast so feine Stiche wie Siska! Hoffentlich wird sie sich nicht durch die schwere Arbeit die Hände dafür verderben. Feine Säume sind keine Arbeit für die Hände einer Magd.« Wiena konnte ihre Freude an dem gut gearbeiteten Kleidungsstück und den Stolz auf ihren Liebling nicht verhehlen.

Sie legte die Hose vorsichtig neben das Hemd, um beides zusammen zu bewundern.

Weil Lukas und Jan ausfielen, kam auf sie alle eine Menge Arbeit zu. Letzte Woche hatten sie zwei große Wiesen gemäht. Das Heu musste bald gewendet werden, damit es gleichmäßig trocknete.

So stiegen Katharina und Siska früh am nächsten Morgen mit den anderen jungen Leuten, die an diesem Tag Heu machen wollten, den Weg zu den Feldern und Wiesen auf der Höhe hinauf. Es wurde ein wundervoller Tag. Schon auf dem Hinweg wurde gescherzt und geplaudert, und schließlich einigte man sich darauf, alle Arbeiten gemeinsam zu erledigen. So blieben die jungen Leute zusammen, und dieser Arbeitstag wurde fast zu einem Festtag. Das Heu auf den Wiesen des Mehringhofs war schnell gewendet.

»Jetzt mähen wir die Wiesen von Peter und vom Kauflerhof! Danach haben wir uns eine Pause verdient.«

Als Peter dicht hinter Katharina stand, seine rechte Hand auf ihrer rechten, die linke auf ihrer linken, und ihr zeigte, wie sie die Sense führen sollte, musste auch Josef bei sich zugeben, dass man sich kein hübscheres Paar denken konnte. Im Allgemeinen mähten nur Männer mit der Sense. Man brauchte dazu nicht nur viel Kraft, sondern auch eine gewisse Körpergröße. Im Krieg allerdings hatten häufig auch Frauen und Mädchen zur Sense gegriffen, denn auf vielen Höfen gab es keinen Mann mehr, der diese Arbeit erledigen konnte.

Katharina mähte das erste Mal, aber sie lernte schnell. Mit großen bogenförmigen Bewegungen zog sie die Sense bald so sicher und schnell durch das hohe Gras, dass die Halme kaum erzitterten, bevor sie umsanken.

»Wenn du willst, kannst du als Knecht zu mir kommen, ich kann noch einen guten Mäher gebrauchen«, neckte sie ein junger Mann.

»Ich werde es mir überlegen«, antwortete Katharina lachend.

Gegen Mittag kam Ellie mit einem Korb voller Brot, Butter und Käse. Auch andere hatten sich etwas zu essen mitgenommen. Man setzte sich im lockeren Kreis auf die Wiese und teilte, was vorhanden war. Die Pause zog sich länger hin als an anderen Arbeitstagen. Aber es gab auch so viel zu besprechen! Immer wieder kam die Rede auf die große Johannisfeier, die in vier Tagen erstmals seit Jahren stattfinden würde. Einige der jungen Männer hatten sich dafür offenbar etwas Besonderes ausgedacht.

»Das wird nicht allen Mädchen gefallen, dafür muss man schon Mut haben. Ein paar von euch werden sich gewiss fürchten«, sagte Lorenz.

»Wieso? – Willst du uns etwa vorsingen?«, entgegnete Siska in freundlichstem Tonfall.

Alle lachten, und einer versicherte, dass er jeden Sonntag nur deshalb früher zur Kirche ging, um einen der begehrten Plätze zu ergattern, die weit von Lorenz' Stammplatz entfernt waren, um so seinem ebenso frommen wie missklingenden Gesang zu entgehen.

»Aber ganz so schrecklich wird es nicht. Es wird euch keiner etwas vorsingen. – Eher etwas vortanzen«, gab Peter einen weiteren Hinweis, aber die Mädchen hatten keine Lust zum Raten.

»Na, ich hoffe, dass ihr uns nicht etwas vortanzt, sondern *mit* uns tanzt. Sonst werdet *ihr* etwas Schreckliches erleben!«, sagte Rosa und sah den fast doppelt so schweren Martin drohend von der Seite an.

Während die anderen beim Mittagessen plauderten und scherzten, ertappte sich Josef dabei, dass er, in Gedanken an den Fremden versunken, zum Steinkreuz am Waldrand hinübersah.

Dabei hatte er sich doch den Ratschlag Schängs zu Herzen nehmen wollen: »Nutzlose Sorgen und Ängste laugen einen Soldaten ebenso aus wie Hunger und Kälte! Es bringt nichts, auf das Unberechenbare zu spekulieren. Wir haben alles, was in unseren Kräften steht, in die Wege geleitet. Nun lasst uns die Rückkehr Jans abwarten.«

Josef blickte in die Runde, ob jemandem sein nachdenkliches Starren aufgefallen war. Da bemerkte er, dass auch Lorenz seine Gedanken nicht besser im Griff hatte als er. Er musterte mit besorgtem Blick den Waldrand.

Er musste wohl Josefs Blick auf sich gespürt haben, denn plötzlich sah er aufgeschreckt auf. Als er erkannte, dass es Josef war, der ihn beobachtete, grinste er ihn entschuldigend an und zuckte leicht mit den Schultern.

Während ihrer ausgedehnten Mittagspause änderte sich das Wetter rasch. Dicke schwarzgraue Wolken kamen von Westen gezogen und bedeckten mehr und mehr den Himmel. Immer wieder hatte einer von ihnen nach oben geblickt, doch alle genossen das Zusammensein so sehr, dass niemand es recht wahrhaben wollte, dass der schöne Tag schon sein Ende finden sollte. Noch während sie die Reste der Mahlzeit zusammenpackten, fielen die ersten Regentropfen. Fast sofort ging das Tröpfeln in einen wahren Wolkenbruch über. Jeder packte, was er zu fassen bekam, und suchte unter den Bäumen Schutz.

Josef flüchtete sich mit Katharina und Siska unter eine große Buche am Wegrand nicht allzu weit vom Steinkreuz. Die anderen waren über die Wiese zu einer näher gelegenen Stelle am Waldrand gelaufen. Sie sahen die Gruppe in etwa zweihundert Schritt Entfernung zusammengedrängt unter einer Eiche stehen. Eine kleine Gestalt, Ellie, hob die Hand und winkte ihnen zu.

»Ich bin nass bis auf die Haut!« Siska schüttelte sich und zupfte an dem Rock, der an ihren Beinen klebte. Tatsächlich hatte der Regen Katharina und Josef weniger anhaben können als ihr. Katharina hatte sich die Decke, auf der sie beim Essen gesessen hatte, gegriffen und sie bei der Flucht vor dem Wolkenbruch über sich gehalten. Und Josef hatte sich zumindest seine Jacke über den Kopf gezogen. Doch Siska sah wirklich aus wie eine nasse Katze. Ihr blondes Haar hing in tropfenden Strähnen herunter, und jedes Stückchen Stoff an ihrem Körper war durchnässt.

Katharina nahm die Decke von ihren Schultern, sah, dass ihre Innenseite noch trocken war, und legte sie um ihre Freundin. »Armes Mädchen!«, sagte sie halb scherzend und trocknete Siska mit der Decke ab.

»Was hast du denn da?«, fragte sie verwundert.

Josef hob den Blick. Der Regen hatte Siskas Bluse, die eine Handspanne breit über dem Ausschnitt ihres Kleides hervorschaute, durchweicht. Deutlich zeichnete sich eine Kette mit einem taubeneigroßen flachen Anhänger durch das Gewebe ab.

Siska drehte sich unwirsch weg. »Ach nichts! Das habe ich schon immer!«, sagte sie.

Katharina lachte. »Schlechte Lügner sind gute Leute!«, sagte sie. »Ich sehe dich doch jeden Abend im Hemd, schlafe in einem Bett mit dir. Das trägst du zumindest nachts nicht.«

Siska antwortete nicht.

»Nun, wenn du nicht willst«, versetzte Katharina etwas eingeschnappt, »dann musst du mir Lorenz' Geschenk nicht zeigen.«

Siska sah Katharina verlegen an. »Es ist nur, weil ich Lorenz versprochen habe, vor der Hochzeit keinem davon zu erzählen.«

»Aber mir kannst du es doch zeigen. Ich sag es auch niemandem. Und jetzt habe ich es ohnehin schon gesehen.«

Katharina bemerkte Siskas Blick zu Josef hin und versicherte: »Josef wird weggucken. Männer sind ja sowieso nicht an Schmuck interessiert.«

Josef war zwar durchaus daran interessiert, was für ein Schmuckstück Siska so verborgen trug, aber Katharina hatte »Männer« und nicht »Jungen« gesagt, was ihn stolz machte. Er drehte den Mädchen den Rücken zu.

»Oh, wie schön!«, sagte Katharina. »Ich glaube, dass ich schon mal so etwas Ähnliches gesehen habe. Man kann es bestimmt öffnen.«

»Nein, das hier nicht.«

»Doch, ich glaube, wenn man hier drückt ...«

»Ach!« Siska schien verblüfft. »Warum hat er mir das nicht gezeigt?«

»Weil Lorenz es auch nicht wusste, nehme ich an. Ich weiß das auch nur, weil ich ein Ähnliches vor Jahren einmal bei der Marketenderin, mit der ich im Wagen fuhr, gesehen habe.«

Jetzt wurde Josef doch zu neugierig. Vorsichtig drehte er den Kopf und sah über die Schulter.

Siska hatte die Kette abgenommen, und die beiden Mädchen beugten sich über den goldenen Anhänger, den Katharina in der Hand hielt. Er hatte sich wie ein flaches Döschen geöffnet und zeigte in seinem Inneren das fein kolorierte Bildnis einer jungen Frau. Josef reckte den Hals. Es war ein wundervolles Porträt. Trotz seiner Winzigkeit gab es die Frau so lebensnah wieder, als sähe sie den Betrachter an. Ihre großen dunklen Augen leuchteten aus dem bleichen Gesicht, das von glattem, fast schwarzem Haar umrahmt war. Ein Spitzenkragen und ein schmaler Goldreif im Haar zeigten, dass sie eine reiche, wahrscheinlich adlige Frau war.

Trotz ihrer Jugend und ihres Reichtums schien sie ein Kummer zu belasten.

In dieser Zeit der Plünderungen konnte es vorkommen, dass wertvolles Eigentum schnell und oft den Besitzer wechselte. Waren die Bauern auch meist die größten Leidtragenden des Krieges, so konnten sie für Nahrungsmittel manchmal auch Dinge erhandeln, auf die sie in Friedenszeiten noch nicht mal einen Blick hätten werfen können. War die Fremde mit den dunklen Augen die Besitzerin des Schmuckstücks gewesen oder hatte es ihr Liebster oder Ehemann getragen? Wie auch immer – sicher waren es keine angenehmen Umstände, durch die das Schmuckstück von seinem Besitzer getrennt worden war.

Josef wusste nicht, was ihn mehr begeisterte: die traurige Schönheit der Unbekannten oder die kunstvolle Ausführung des Bildes. Er seufzte, und die Mädchen merkten, dass er sie beobachtete.

»Josef! Du spionierst!«, schimpfte Siska, klappte das Medaillon schnell zu und steckte es samt der Kette in ihren Beutel.

»Wer das wohl war?«, fragte sich Katharina.

»Das ist doch gleich! Lass uns jetzt von etwas anderem reden. Sagt bitte keinem etwas von der Kette.«

»Warum sollst du es denn keinem sagen? Es ist doch nichts dabei, wenn Lorenz dir etwas schenkt. In zehn Tagen seid ihr ein Ehepaar.«

»Ja, und das wird schwer genug mit dieser Schwiegermutter im Haus! Ich glaube, dass Lorenz ziemlich viel für die Kette ausgegeben hat. Seine Mutter würde es mir ewig vorhalten.«

»Teuer war die Kette bestimmt. Wo hat er sie gekauft?«

»Beim Kannenfranz.«

»Dann hast du sie aber schon lange. Der war schon seit er Josef mitgebracht hat nicht mehr hier. So lange kannst du ein Geheimnis vor mir bewahren?«

»Lorenz hat sie mir erst später gegeben. Und jetzt lass uns endlich von etwas anderem reden. Ich glaube, der Regen lässt nach.«

Das war keineswegs der Fall, im Gegenteil, das Blätterdach konnte den Regen nicht mehr abhalten, und vereinzelte Tropfen fielen auf sie. Auf dem lehmigen, festgetretenen Boden des Wegs vor ihnen hatten sich große Pfützen gebildet, in denen der herabprasselnde Regen Blasen entstehen ließ.

23. und 24.6.1650, Johannistag und die Nacht davor

JOHANNISFEST

Fast das ganze Dorf war um das Feuer versammelt. Auf diesem Feld hatte vor dem Krieg in jedem Jahr das Johannisfeuer gebrannt. Es war eins der letzten Felder des Dorfes vor dem Waldrand, ein steiniges, unfruchtbares Hangstück mit mäßiger Steigung, von dem man über das Dorf und die Moselbiegung sehen konnte. Heute Abend war endlich der Auftakt und einer der Höhepunkte des lange erwarteten Festes zu Ehren des heiligen Johannes.

Sicher, auch in den letzten Jahren hatte der ein oder andere Bauer ein Johannisfeuer in der Nacht vor dem 24. Juni entzündet, doch ein großes gemeinschaftliches Feuer für das ganze Dorf hatte es so lange nicht mehr gegeben, dass viele der jungen Layer sich an keins erinnern konnten. In diesem Friedensjahr hatten die Burschen des Dorfes schon seit Langem Brennmaterial gesammelt. Sie waren in alle Häuser gegangen und hatten um Brennbares für das Johannisfeuer gebeten. Sie zogen angebrannte Balken aus den Ruinen, sie machten abgestorbene Bäume aus und schleppten die Reste zerbrochener Tische und Stühle herbei. Der Krieg hatte vieles hinterlassen, das verbrannt werden konnte. Manch einer schimpfte, dass man das gute Brennholz doch besser fürs Herdfeuer oder für den Winter aufgehoben hätte, doch im Grunde waren alle stolz, dass das Dorf ein prächtiges Johannisfeuer entzünden würde.

Nur der Pfarrer knurrte etwas von heidnischen Bräuchen. Die Ungläubigen, die sogar die Sonne anbeteten, hätten so den längsten Tag des Jahres, den Höhepunkt des Sommers, gefeiert. Aber das war, wie jeder wusste, Unsinn. Was konnte an einem Feuer zu Ehren Johannes des Täufers heidnisch sein?

Das Feuer brannte schon hoch, aber die jungen Männer warfen immer mehr in die Flammen. Es war ein lustiger Anblick, als Fred und Jakob einen schweren Stamm herbeischafften. Der massige Fred trug seine Seite mit Leichtigkeit, während Jakob mit gebeugten Knien mühsam ging und den Stamm kaum halten konnte.

»Jakob, warum trägst du das Ästchen nicht allein?«, neckte ihn Pauls kleiner Bruder Will. Einige lachten, und auch Fred musste grinsen, aber Jakob verzog keine Miene.

»Gib acht, Jakob«, rief Rosa, »wenn ihr den Stamm ins Feuer werft, musst du früh genug loslassen. Sonst fliegst du mit.«

Jetzt lachten viele. Und als Fred leise »Eins, zwei, *drei*!« zählte, um den Wurf mit Jakob abzustimmen, riefen etliche der jungen Leute »Loslassen, Jakob!« nach »drei!«.

Der Stamm flog ins Feuer und Jakob starrte darauf, als hätte er nichts von den Scherzen der anderen gehört. Nur an seinem Augenwinkel zuckte ein kleiner Muskel.

Minutenlang leckte das Feuer nur an einzelnen zerfaserten Holzspänen an den Enden des Stamms. Als der ganze Holzblock plötzlich mit einem heftigen Knall aufflammte und Flammen weit über die Köpfe der Umstehenden emporloderten, sprangen alle erschrocken zurück. Mütter zogen ihre Kinder vom Feuer weg, und Mädchen kreischten in einer Mischung aus Schrecken und Entzücken auf. Rosa nahm die Gelegenheit wahr, sich mit größtenteils gespieltem Erschrecken Martin in die Arme zu werfen, der sie nur zu gerne hielt. Die Flammen schlugen höher, als der größte Mann reichen konnte.

»Na, Fred, wenn du springen willst, dann ist jetzt eine gute Gelegenheit«, sagte Jakob laut.

Fred betrachtete die Feuersbrunst ohne allzu große Lust zu dem wahnwitzigen Sprung.

»Große Kerle brauchen wohl nicht so viel Mut? Vielleicht ginge es dir ja mit den Soldaten genauso. Immer redest du davon, dass wir sie verjagen sollen, dass wir uns nicht alles von ihnen gefallen lassen sollen. Jetzt sieht man, was aus dem Mut der großen Kämpfer wird, wenn Taten gefragt sind.«

Während Jakobs Spottrede hatte sich Freds Miene verfinstert.

»Nun halt aber dein Schandmaul!«, fauchte Katharina Jakob an.

»Das ist ja schön, Fred, dass dich ein Mädchen verteidigt! Und dazu die Nichte des großen Soldatenfreunds. Aber vielleicht hast du ja die Seiten gewechselt«, stichelte Jakob weiter, »ins Lager deines Vaters. – Der war doch Landsknecht, soviel ich weiß.«

Fred blickte vor sich auf den Boden und sagte kein Wort. Was Jakob da angedeutet hatte, war ein Gerücht, über das man besser nicht sprach. Freds Eltern waren aus einem von den Schweden besetzten Gebiet nach Lay gezogen, als er schon einige Jahre alt gewesen war, aber das Gerede über seine Abstammung hatte doch seinen Weg gefunden. Er war, obwohl ein besonders kräftiges Neugeborenes, nach einer sehr kurzen Schwangerschaft zur Welt gekommen und sah weder seiner zierlichen Mutter noch seinem drahtigen dunkelhaarigen Vater ähnlich.

Fred hob den Blick und sah Jakob an, blieb aber völlig ruhig.

»Gib mir die Hand, dann springen wir gemeinsam!«, sagte er gleichgültig und hielt Jakob seine Hand hin.

Nun wandte sich der Spott gegen Jakob. »Nur zu, Fred wird dich schon drüberziehen!« – »Na, Jakob, jetzt kannst *du* mal *deinen* Mut beweisen.«

Jakob schüttelte abwehrend den Kopf, aber Fred packte sein Handgelenk mit so festem Griff, dass ihm sein Sträuben nichts nutzte. Fred zog Jakob nah an das Feuer, das hoch wie eine Wand vor ihnen emporflammte. Die Hitze schlug ihnen ins Gesicht, aber Fred schien es nicht zu bemerken.

Plötzlich legte sich Peters Hand auf Freds Arm. »Es ist zu gefährlich«, hielt er ihn zurück.

Verblüffte Gesichter wandten sich Peter zu. So von Jakob herausgefordert und beleidigt, konnte Fred doch kaum von dem Sprung zurücktreten! Gönnte Peter seinem Freund den Ruhm nicht, als Erster über das hoch aufflammende Feuer zu springen? Auch Fred sah Peter an, und nun war es mit seiner Selbstbeherrschung vorbei. Wütend blitzten seine Augen, und mit einem Schulterzucken schüttelte er die Hand seines Freundes ab.

»Du weißt doch, was man sagt?«, fuhr Peter ruhig fort. »Wenn zwei sich beim Sprung über das Johannisfeuer an den Händen halten, dann«, er grinste Fred vielsagend an, »dann sind sie füreinander bestimmt, und es ist ihr Schicksal, ihr Leben miteinander zu verbringen.«

Gelächter wurde laut.

»Warum denn nicht, sie wären doch ein schönes Paar.« – »He, Jakob, wolltest du das von Fred, ja?« – »Fred, dann würde ich an deiner Stelle lieber gleich mitten ins Feuer springen.«

Fred blickte mit Widerwillen auf Jakobs Handgelenk, das er immer noch umfasst hielt, und ließ es fallen wie ein unappetitliches Ding. Dann musste auch er lächeln. »Ich glaube, ich warte lieber, bis das Feuer kleiner ist, und sehe, ob eins von den Mädchen mit mir den Sprung wagt.«

Die Lust auf Mutproben schien allen vergangen zu sein. Plaudernd und scherzend umstand man das Feuer, aus dem vereinzelte goldene Funken zum Nachthimmel emporstiegen.

Nur Lorenz beteiligte sich nicht an den Gesprächen. Er stand allein da und schaute sich immer wieder um. Als er Siska im Mehringhof hatte abholen wollen, hieß es, sie sei schon am Johannisfeuer, aber dort angekommen hielt er vergeblich nach ihr Ausschau. In einer Woche sollte ihre Hochzeit sein, und er merkte wohl, dass Siska immer nervöser wurde und sich mehr und mehr zurückzog. Er schrieb dies einer mädchenhaften Furcht vor der Ehe zu. Wenn sie in der Zeit bis dahin lieber allein war, so wollte er sich ihr nicht aufdrängen. Doch dass sie ihren Gedanken neuerdings gerne bei Spaziergängen nachhing, das war ihm nicht recht. Siska war kein ängstliches Mädchen, und sie spottete oft der Bedrohung, die andere in der Belagerung sahen. Lorenz war stolz auf ihren Mut, doch diese einsamen Spaziergänge bedeuteten, mit der Gefahr zu spielen. Er hatte ihr das Versprechen abgerungen, darauf zu verzichten, und doch spähte er immer wieder zu dem Weg, der nicht weit von dem Feld in den Wald führte, ob von dort nicht ihre schlanke Gestalt auftauchte.

Sie musste von ihm unbemerkt zum Johannisfeuer gekommen sein, denn plötzlich sah er sie in zweiter Reihe allein hinter einer fröhlichen Gruppe. Sie war sehr bleich und sah so ernst ins Feuer, als wolle sie aus dem Spiel der Flammen ihre Zukunft lesen.

Die ersten Sterne glitzerten schon, und das Johannisfeuer brannte ruhig und gleichmäßig, als Fred es mit einem gewaltigen Satz übersprang.

»Damit ist also mein Glück fürs nächste Jahr gesichert«, sagte er lachend.

Leichtfüßig, ohne sichtbare Anstrengung, tat Peter es ihm nach. Und auch die anderen Burschen, die den Holzstoß errichtet hatten, sprangen nacheinander.

»Ich will es auch versuchen«, sagte Katharina.

»Möchtest du nicht mit mir zusammen springen?«, fragte Peter.

»Du bist doch schon gesprungen und hast dir dein Glück verdient«, antwortete sie.

»Das war nicht das rechte Glück, weil ich ohne dich gesprungen bin.«

Katharina schaute ihn an und streckte ihm die Hand hin. »Dann lass es uns versuchen«, sagte sie ruhig.

Sanft nahm Peter ihre Hand, aber leise fragte er: »Sollen wir noch ein wenig warten, bis das Feuer weiter heruntergebrannt ist?«

Katharina lachte. »Das wäre nur der halbe Spaß. Keine Angst: Ich werde mir schon nicht die Füße verbrennen.«

Hand in Hand liefen sie auf das Feuer zu und sprangen im gleichen Augenblick los. Doch Peter hatte, vielleicht weil er nicht erwartete, dass Katharina so hoch springen könnte, nur zu einem flachen Sprung angesetzt. Katharina aber sprang aufwärts, dass es sie weit über das Feuer in die Höhe trug. Einen Moment hielten sie sich noch an den Händen. Dann glitten ihre Finger auseinander, und sie überflogen das Feuer getrennt.

»Das war wunderbar!«, rief Katharina, als sie hinter dem Feuer stand. »Lass uns das noch mal machen, Peter!«

Aber Peter hörte kaum, was sie sagte, und sah nur verwundert in seine leere geöffnete Hand.

Lorenz ging zu Siska und fragte: »Sollen wir es auch versuchen?«

Siska sah Lorenz nur kurz an, raffte entschlossen ihre Röcke, rannte los und übersprang das Feuer in einem entschiedenen Satz.

»Na, so habe ich das nicht gemeint.« Lorenz ging um das Feuer herum und legte Siska anerkennend den Arm um die Schulter. »Habe ich nicht eine furchtlose Braut?«, fragte er in die Runde.

»Ja, das war wirklich tapfer von ihr.« Josef spürte ein sanftes Zupfen an seinem Ärmel. Es war Ellie. »Obwohl Lorenz sich bestimmt gefreut hätte, wenn sie mit ihm gesprungen wäre«, fügte sie noch hinzu. »Ich wollte, ich wäre so mutig wie sie.« Sie seufzte und warf einen bewundernden Blick auf Siska. »Oder wie Katharina.«

»Soll ich mit dir übers Feuer springen?«, fragte Josef.

»Würdest du das tun?«, fragte Ellie, als hätte er ihr angeboten, für sie die Sterne vom Himmel zu holen.

Josef wusste, dass Ellie zwar klein und dünn war, aber auch flink und geschmeidig wie eine junge Katze. Der Sprung würde ihr nicht schwerfallen. Gemeinsam gingen sie zu der Stelle, von der die anderen losgelaufen waren. Als sie dort standen, spürte Josef, wie sich Ellies kleine Hand in seine schob.

Sie blickten sich kurz in die Augen, und ohne ein Kommando liefen sie los, sprangen im gleichen Augenblick ab und dann – dann schien sich die Zeit zu ändern.

Sie sprangen nicht über das Feuer, sondern sie flogen darüber, nein, sie schwebten über die Flammen.

Ganz leicht fühlte sich Josef und völlig losgelöst von allem, nur diese feste kleine Hand in seiner hielt ihn in der Welt. Er drehte den Kopf und sah zu Ellie. Auch sie hatte ihm im Sprung das Gesicht zugewandt. Einzelne Strähnen hatten sich aus ihren Flechten gelöst und leuchteten im Gegenlicht des Feuerscheins wie ein Heiligenschein. Doch noch heller leuchteten ihre Augen, hell und in einem strahlenden Goldton, wie er ihn noch nie gesehen hatte. Hinter ihr stand nur der Nachthimmel, tiefblau und voller funkelnder Sterne. Goldene Funken stiegen aus dem Feuer empor, um sie zu umtanzen und sich dann gen Himmel zu verlieren. Ein kleines Lächeln wanderte von Ellies Augen zu ihren Lippen.

Josef war es, als flögen sie eine sehr lange Zeit gemeinsam über das Feuer. Er sah nach vorne, um das Ende ihres Fluges abzuschätzen. In diesem Moment landeten sie. Gleichzeitig setzten beide fest und sicher hinter dem Feuer auf – die Hände immer noch ineinander.

Sie wurden mit Lachen und Glückwünschen begrüßt, aber den Zauber schien niemand bemerkt zu haben. Josef sah zu Ellie, die ihre Hand in seiner gelassen hatte. Als ihre Blicke sich trafen, wusste er, dass er den Zauber des Sprungs nicht nur in seiner Phantasie erlebt hatte.

***

Am folgenden Morgen war fast das ganze Dorf früh auf, obwohl kaum einer an Arbeit dachte. Natürlich musste das Vieh gefüttert und das Notwendigste in Haus und Hof getan werden, aber ansonsten war der ganze Tag dem heiligen Johannes gewidmet. Seit Jahren hatte man den Tag nicht mehr so groß gefeiert.

Als Josef frühmorgens in die Küche kam, wunderte er sich, Wiena dort bereits eifrig beschäftigt anzutreffen. Zwar trug sie schon ihr gutes Kleid für den Gottesdienst, aber darüber hatte sie eine Arbeitsschürze gebunden. Sie saß auf dem dreibeinigen niedrigen Holzschemel, zwischen ihren Knien hielt sie das schmale Butterfass und arbeitete heftig.

»Guten Morgen, Wiena. Ich dachte, ich wäre der Erste.«

Wiena ließ sich nicht stören, sondern bewegte den Stößel in dem Butterfass gleichmäßig auf und ab.

»Ich wollte damit fertig werden, bevor wir zur Kirche gehen.«

»Warum machst du das nicht morgen? Heute ist doch Feiertag!«, fragte Josef.

»Dummer Junge!« Sie lachte zufrieden. »Johannisbutter kann ich nur heute machen.«

»Johannisbutter?«

Wiena wechselte den Stößel in die andere Hand, ohne aus dem Rhythmus zu kommen.

»Macht man bei euch zu Hause keine? Butter, die am Johannistag gemacht wird, ist etwas ganz Besonderes. Die hilft bei vielen Krankheiten, und manche sagen auch«, Wiena bekreuzigte sich unwillkürlich, »gegen den bösen Blick. Ich habe in fast jedem Jahr, gleich, wie wenig Milch da war, etwas für Johannisbutter aufheben können.« Der Rahm schien sich bereits zu verfestigen, denn Wiena griff nun mit beiden Händen nach dem Stößel und fuhr kraftvoll mit ihrer Arbeit fort. »Aber nie konnte ich so viel Johannisbutter machen wie diesmal. Die bekommt ihr, wenn ihr mal krank seid. Und auch dem kranken Vieh wird sie ins Futter gemischt. Da verschwindet jede Krankheit im Nu!«

Josef zögerte und fragte dann doch: »Ist das Zauberei?«

Eine unwillige Falte erschien auf Wienas Stirn. »Wie kannst du so etwas Ungläubiges sagen? Das ist keine Zauberei! Das ist christlich! Unser heiliger Johannes schenkt uns zu seinem Feiertag einige besondere Gaben. Gute, fromme Christen sind dankbar und ehren den Tag, wie ich es von meiner Mutter gelernt habe! Und das war wirklich eine fromme Frau!«

Die Hoftür quietschte leise, und leichte Schritte kamen auf das Haus zu. Noch ehe sich die Küchentür öffnete, wusste Josef, dass es Ellie war. Sie hatte ihr bestes Tuch um ihre schmalen Schultern geschlungen, um sich gegen die Kühle des frühen Morgens zu schützen. Als sie Josef und Wiena sah, verbarg sie schnell ihre rechte Hand hinter dem Rücken. Trotzdem hatte Josef gesehen, dass sie einen Blumenstrauß in der Hand hielt.

Er lächelte ihr zu, aber Ellie sah ihn kaum an.

»Ich war im Stall«, sagte sie und trat einen Schritt zurück, sodass sie dicht vor der Wand stand. Die Hände hielt sie hinter dem Rücken. »Die trächtige Geiß ist sehr unruhig. Josef, kannst du mal nach ihr sehen?«, sagte sie verlegen. Josef setzte ein besorgtes Gesicht auf und verließ bereitwillig die Küche. Es überraschte ihn nicht, dass die Geiß zufrieden im Stall stand und an ihrem Heu kaute. Er setzte sich auf den Rand des Futtertrogs und wartete ein Weilchen.

Josef lächelte. Johannisbutter – die hatte er noch nicht gekannt. Aber auch in seiner Heimat pflückten die Mädchen am Johannismorgen Sträuße aus neunerlei Blumen, auf denen noch der Tau lag. Sie legten sie sich in der folgenden Nacht unter das Kopfkissen, damit sie von ihrem zukünftigen Mann träumten. Sanft klopfte Josef der Geiß den Hals und sah durch das Stallfenster zum Haus hin.

»Ich wüsste gerne, von wem sie träumen wird«, sagte er leise.

Als die Bewohner des Mehringhofs aus der Frühmesse zurückkamen, saß Kannenfranz auf der sonnenbeschienenen Bank neben der Eingangstür. Er hatte sich zurückgelehnt und die Beine weit von sich gestreckt. Mit halb geschlossenen Augen genoss er die Wärme der Sonne. Die Kiepe mit seiner Ware lehnte an der Hauswand. Wenn er aus Koblenz gekommen war, musste er sich in der ersten Morgendämmerung auf den Weg gemacht haben.

»Franz!«, rief Josef erfreut und stürzte auf ihn zu. Er hatte nur die wenigen Tage mit dem Händler verbracht, aber als Franz so überraschend vor ihm stand, kam es Josef vor, als sei er ein Teil seiner Heimat. »Dass du da bist! Und wie gut, dass du gerade heute kommst! – Wir feiern nämlich ein Fest, ein richtig großes Fest!«

Franz befreite seine Hand, die Josef gefasst hatte und heftig schüttelte. »Fein siehst du aus, Josef. Fast traue ich mich nicht mehr, das zu machen.« Er lachte ihn an und zauste ihm das dichte Blondhaar. »Hab ich es nicht gesagt? Der Mehringhof ist ein gutes Haus.« Er nickte den anderen zu. »Ich habe mich noch gar nicht nach einem Schlafplatz umgesehen. Zuerst wollte ich mich mal nach meinem jungen Reisegefährten erkundigen«, wandte er sich an Katharina.

»Du bleibst hoffentlich bei uns«, antwortete Katharina mit der erwarteten Einladung.

Franz wurde in die Küche gebeten und zum Sitzen genötigt. Katharina, Siska, Wiena und Josef setzten sich zu ihrem Besucher. Nein, er wollte auch nicht so unfreundlich sein, einen Begrüßungstrunk auszuschlagen.

»Ich bin froh, dass ihr das Johannisfest feiert. Sind die Soldaten mittlerweile weitergezogen?«, fragte er Katharina.

»Es ist noch nicht vorbei. Sie sind immer noch im Wald und erpressen Tribut von uns. Aber es ist auch nicht schlimmer geworden. Und wir haben einiges, worauf wir hoffen können: dass wir Hilfe vom Bischof bekommen oder dass es die Soldaten doch nach Hause oder zu anderen Kriegen zieht und wir die ganze Bande auf friedliche Art loswerden. Allerdings wollen wir auch auf einen Kampf nicht ganz unvorbereitet sein. Wir haben alle Waffen aus dem Dorf zusammengetragen, damit sie in Ordnung gebracht werden«, antwortete Katharina.

»Hierhin?«

»Nein, ins Fährhaus. Franz kennt sich am besten mit Waffen aus, und er soll nicht das Gefühl haben, dass wir um jeden Preis einem Kampf ausweichen wollen.«

Josef sah aus dem Fenster, als würde ihn dort etwas besonders interessieren. Ein wenig hatte er ein schlechtes Gewissen, dass er in dieser Angelegenheit mehr wusste als Katharina und dass er ein Geheimnis vor ihr bewahren musste.

»Na ja, es wird schon werden!« Franz lachte zuversichtlich, trank seinen Becher leer und schob ihn hoffnungsvoll in die Nähe des Krugs. »Heute ist ein Feiertag, und wir wollen uns nicht die Laune mit Sorgen verderben.«

Katharina schenke ihm nach. »Du wirst sicher gute Geschäfte machen.«

»Ich habe heute ein paar ganz besondere Sachen dabei.« Franz hob seine Kiepe, die er neben seinem Stuhl abgestellt hatte, an.

»Da scheint aber nicht viel drin zu sein, so leicht, wie du sie hebst«, sagte Wiena. »Lass doch mal sehen.« Sie ging zu der Kiepe und griff schon nach dem Tuch, das die Waren abdeckte, doch Franz beugte sich vor und legte abwehrend eine Hand darauf.

»Nein, nein, jetzt nicht. Das breite ich heute Nachmittag alles auf dem Platz aus. – Es wäre übrigens schön, wenn ihr mir einen Tisch leihen würdet.«

»Ja, sicher«, sagte Katharina. »Josef hilft dir sicher gerne, ihn auf den Platz zu bringen.«

Franz hob seinen Becher und lachte Wiena, die immer noch begehrlich zu der Kiepe sah, zu.

»Da sind heute andere Sächelchen drin als Kannen und Töpfe. Die richtigen Waren für einen Festtag. Wenn ich euch meine Schätze jetzt schon zeige, dann kauft ihr Hübschen hier im Haus mir die besten Stücke weg. Dann denken alle, dass der Kannenfranz wirklich nur Kannen verkaufen kann.«

Wiena schüttelte den Kopf und lachte, als Franz sie eine Hübsche nannte.

»Hast du auch solchen Schmuck dabei, wie du ihn Lorenz verkauft hast?«, fragte Katharina.

Siska fuhr sich mit der Hand an den Hals, wo sie das Amulett trug, und warf Katharina einen bösen Blick zu. Verärgert über ihre unbedachte Bemerkung, biss Katharina sich auf die Lippen. Aber Franz ging nicht auf ihre Frage ein.

»Ich habe die allerfeinste Ware dabei. Alles, was ihr wünscht: Schmuck, Bänder, Tücher und Stoffe. Nur beste Qualität – da wäre manche feine Dame froh, so etwas zu besitzen.«

Josef stand auf dem Dorfplatz. Er trug sein neues weißes Hemd und seine neue Hose und war davon überzeugt, dass jedem auffallen musste, wie prächtig er gekleidet war. Es war das erste große Fest, das er erlebte, und im Moment kam es ihm wichtiger vor als alles andere auf der Welt.

Franz hatte mit Josefs Hilfe seinen Tisch auf dem Dorfplatz aufgebaut. Dabei hatte er zu seinem Ärger festgestellt, dass schon ein anderer Händler das Gleiche tat. Der hatte zwar nur minderwertige Ware, wie Franz später jedem im Vertrauen versicherte, aber leider blieb dessen Stand an Größe und Farbenpracht nicht hinter dem seinen zurück.

Auf dem Platz herrschte ein fröhliches Kommen und Gehen. Wer in der Nähe wohnte, stellte für sich, seine Freunde und Verwandten Tische und Bänke auf. Wer etwas zu verkaufen hoffte, breitete seine Waren aus. Vorfreude zeigte sich in allen Gesichtern, strahlender als es ein einfaches Dorffest rechtfertigen könnte. Es war nicht nur der Namenstag des heiligen Johannes, der gefeiert wurde. Man feierte mehr noch den Frieden, jenen Frieden, von dem in all den Jahren so viel geträumt, auf den so viel gehofft worden war und an den man nun langsam zu glauben wagte.

Einige hatten schon ihre Plätze eingenommen und schauten den eifrig Vorbereitenden und den Ankommenden zu.

Lorenz' Mutter bot auf einem Tisch am Rand des Platzes süße Küchlein aus feinstem Weizenmehl an. Dabei bewachte sie ihr Gebäck wie einen Schatz. Diese Küchlein, davon war die Kuhlenbäuerin überzeugt, erweckten die diebischen Gelüste sämtlicher Dorfbewohner.

Nach dem Tod von Lorenz' Vater führte seine Mutter den Hof. Es war alles andere als angenehm, unter ihrem Regiment als Knecht oder Magd zu dienen. Immer wieder nahm sie junge Mädchen und halbwüchsige Jungen auf dem Hof auf, die für nicht mehr als ihr Essen und einen Schlafplatz dort arbeiteten. »Schließlich lernen sie, auf einem gut geführten Bauernhof zu arbeiten – ohne Lehrgeld zahlen zu müssen.« Das hätte ihr allerdings gut gepasst, wenn die Jungmägde und -knechte Lehrgeld gezahlt hätten.

Arbeiten lernten sie allerdings auf dem Kuhlenhof, denn die Bäuerin sah darauf, dass sie immer mehr als genug zu tun hatten. Da sie ihnen auch jeden Bissen vorrechnete, »Es ist unglaublich, die jungen Leute denken an nichts als ans Fressen und Saufen!«, und nie mit einer Arbeit zufrieden war, blieb keiner lange auf dem Hof, was die Kuhlenbäuerin nur in ihrem Glauben an den Undank der Jugend bestärkte. So musste sie derzeit ohne Magd auskommen. Und da sie sich nie einen möglichen Verdienst entgehen ließ, hatte sie eigenhändig aus Eiern, Honig, Butter und weißem Mehl unter ständigem Stöhnen über diese Verschwendung kostbarer Lebensmittel Küchlein für den Verkauf auf dem Johannisfest gebacken, die tatsächlich köstlich waren.

Eine riesige Fichte, deren Äste bis auf die obersten abgeschlagen waren, wurde von einigen Männern in einem ausgehobenen Loch aufgestellt und fest verkeilt. In der Baumkrone hing ein mit Blumen und bunten Bändern geschmückter Kranz. Am Fuß des Baums wurde ein Schwein angebunden. Alle, die sich trauten, durften später versuchen, den glatten Stamm der Fichte zu ersteigen. Das Schwein ging als Preis an denjenigen, dem es gelang, die Baumkrone zu erreichen und den Kranz herabzubringen.

Siskas Vater, ein lebhafter Mann von beträchtlichem Leibesumfang, ließ Tische und Bänke an einer Seite des Platzes aufstellen. Lautstark kommandierte er zwei junge Knechte, die davon kaum beeindruckt die Sitzgelegenheiten zurechtrückten, ein Weinfass auf den Platz rollten, es auf ein Gestell aufbockten und schließlich anschlugen.

Währenddessen schleppte Siska einen Korb mit Bechern und Krügen herbei, stellte alles auf einen Tisch neben dem Fass und machte sich auf den Weg zurück, noch mehr zu holen.

Die junge Bäuerin vom Lebernhof trug einen großen Korb voller frischem Schmalzgebackenem vorbei. Der Duft stieg Josef verlockend in die Nase. Er machte einen langen Hals und blickte dem Korb nach.

»Ich kauf dir eins, wenn du mir zur Hand gehst!« Josef drehte sich um. Siska stand vor ihm, auch sie schien in Festtagsstimmung zu sein.

»Komm schon, kleiner Vetter, wenn du mir hilfst, bin ich schneller fertig und brauche nur noch einmal zu gehen.« Ihre Augen leuchteten, und sogar die Bezeichnung »Vetter«, die sie von Katharina übernommen hatte, klang diesmal nicht geringschätzig, sondern freundschaftlich neckend.

»Sicher helfe ich dir«, antwortete Josef. »Aber du brauchst mir nichts zu kaufen.« Nicht ganz aufrichtig setzte er hinzu: »Ich bin noch ganz satt.«

Siska lachte und zog ihn mit sich. »Na, das wäre ja das erste Mal, dass ich dich mehr als zehn Minuten nach einer Mahlzeit sehe und du keinen Hunger hast.«

Josef begleitete Siska zu ihrem Elternhaus, wo sie weitere

Tonkrüge und Becher ausspülten und dann in zwei Körbe stapelten.

Siska hob den kleineren mit beiden Armen an und deutete mit dem Kinn auf den anderen. »Stolper nicht und lass ihn nicht fallen«, sagte sie und drehte sich um.

Das war nun wieder typisch Siska: Als müsse ihm das ausdrücklich gesagt werden. Josef stemmte den Korb hoch und folgte ihr zurück zum Dorfplatz.

Dort war es mittlerweile noch voller geworden. Einige Leute standen auch schon bei Siskas Vater und ließen sich Wein zapfen. Der Geldbeutel an seinem Gürtel schien bereits nicht mehr so leer zu sein wie zuvor. Josef stellte den Korb auf dem großen Tisch neben dem Fass ab und begann ihn auszuräumen.

»Ach, hast du tüchtige Hilfe gefunden?« Siskas Vater nahm einen Becher, füllte ihn zu zwei Dritteln mit Wein und goss dann Wasser hinzu.

»Ein Schluck für den jungen Verehrer meiner Siska. Auf die schöne Braut!« Er hielt Josef den Becher hin.

»Nein, Vater, er ist nicht *mein* junger Verehrer. Er wird sicher lieber auf Katharina trinken.« Siska warf Josef einen Seitenblick aus ihren grünen Augen zu. »Und wahrscheinlich hast du ebenso wenig Durst, wie du Hunger hast.«

»Selbst wenn ich keinen Durst hätte – ich trinke doch gern auf Lorenz' Braut«, antwortete Josef, ergriff den Becher und nahm einen tiefen Schluck.

»So ist's recht!« Eine Hand klopfte auf Josefs Schulter, dass Wein aus seinem Becher schwappte. Hinter ihm stand Lorenz und lachte übers ganze Gesicht. »Ja, meine schöne Braut, in noch nicht einmal einer Woche ist es so weit!« Er strahlte Siska an.

Siskas Vater füllte einen zweiten Becher und reichte ihn Lorenz. »Du möchtest sicher auch auf deine Braut trinken!«

»Auf Siska«, sagte Lorenz, sah ihr über den Rand hinweg kurz in die Augen und leerte den Becher auf einen Zug. Dann griff er nach seinem Beutel.

»Nein, nein!« Siskas Vater hob abwehrend die Hände. »Ich nehme doch kein Geld von meinem Schwiegersohn, der auf das Wohl meiner Tochter trinkt.«

»Dann danke für den Trunk.«

»Ich würde auch gerne auf die schöne Braut trinken.«

Mit Lorenz war eine ganze Gruppe von jungen Männern auf den Festplatz gekommen. Unter ihnen war auch Jakob, der nun an das Fass herangetreten war. Siskas Vater musterte ihn.

»Und bezahlen, Jakob?«, fragte er.

»Doch nicht, wenn ich auf das Wohl deiner Tochter trinke. Lorenz hat schließlich auch nichts bezahlt.«

»Lorenz ist in einer Woche mein Schwiegersohn.«

»Und was ist mit Josef? Der hat auch nichts bezahlt. Der ist wohl auch in einer Woche dein Schwiegersohn?«

»Nein, aber –«

»Lasst gut sein! Wenn Jakob auf meine Braut trinken will, dann bezahle ich gern einen Becher«, versuchte Lorenz die Streiterei zu beenden. Doch wie ein seinen Gegner anknurrender Hund jeden beißt, der plötzlich dazwischentritt, wandte sich Jakob nun gegen Lorenz.

»Ja, der großzügige Schwiegersohn, der glückliche, geliebte Wunschschwiegersohn!«, sagte er höhnisch. »Es fragt sich nur«, sein Blick wanderte zu Siska, »es fragt sich nur, ob er auch ein glücklicher, geliebter Wunsch*ehemann* ist. Oder ob die Braut nicht von einem anderen träumt.«

Siska, die schlagfertige Siska, musste über diese Beleidigung so erbost sein, dass ihr die Worte fehlten. Sie erbleichte bis auf zwei scharf begrenzte rote Flecken auf ihren Wangen und biss sich auf die Unterlippe. Mit einem langen Schritt war Lorenz bei Jakob. Er stand so dicht vor ihm, dass sie sich fast berührten. Jakob wollte sich umdrehen und die Flucht antreten, doch wie zufällig stand plötzlich Fred hinter ihm. Jakob prallte gegen dessen massigen Körper wie gegen eine Mauer.

Er drehte sich, um zur Seite zu entwischen, aber mit einem Schritt stand Lorenz wieder vor ihm, sodass er zwischen den beiden gefangen war. Jakob zog den Kopf zwischen die Schultern und hob die Hände vors Gesicht in Erwartung des ersten Schlags. Doch nichts geschah.

Erst als Jakob vorsichtig blinzelte, sagte Lorenz ganz leise: »Nein, ich werde dich nicht schlagen. Und ich werde dir sagen, warum ich es nicht tue.«

Jakob antwortete nicht. Er hatte den Kopf zur Seite gedreht

und gab sich den Anschein, etwas auf der anderen Seite des Platzes zu beobachten.

»Jakob, du kennst keine Freude als den Ärger und den Schmerz der anderen. Ich bin sicher, dass du dich noch nie mit jemandem gefreut hast. Was willst du über Liebe wissen? Was willst du über Siska und mich wissen?«

Lorenz schüttelte den Kopf. »Du hast erwartet, dass ich dir eine Tracht Prügel oder zumindest eine Ohrfeige verabreiche. Aber die wirst du nicht bekommen. Und zwar weil du mir und auch vielen anderen furchtbar leidtust. Ein Krüppel muss ohne Arme oder ohne Beine leben, aber du musst ohne Liebe und Freundschaft leben. Sag mir, wer mehr Mitleid verdient.«

Eine so lange und wohlgesetzte Rede hatte man von Lorenz noch nie zu hören bekommen.

Jakob sah Lorenz aus schmalen Augen an. »Liebe, Freundschaft! Du hättest Prediger werden sollen! Was sagst du? *Ihr* bemitleidet *mich*?« Er schnaubte verächtlich. »Ich sage euch was: *Ich* bemitleide *euch* – euch grobe, dumpfe Klötze. Ihr seht nichts! Noch nicht mal, was ihr vor der Nase habt.«

Die Wut ließ ihn seine Angst vergessen. Er trat einen Schritt vor und stieß Lorenz seinen Zeigefinger gegen die Brust. »Und du, Lorenz«, sagte er, »du mit deiner ach so schönen Braut und deinem Schwiegervater mit all seinem Wein. Ich sage dir, dass du noch an mich denken wirst, wenn dir jeder Schluck von diesem Wein in der Kehle zu Gift und Galle wird!«

Mit diesen Worten ging Jakob, ohne dass jemand versuchte, ihn zurückzuhalten.

Einen Moment lang schwiegen alle, keiner sah Siska oder Lorenz an. Dann lachte Paul.

»Jakob muss schon ein paar Becher Wein gehabt haben. Er war ja mutig wie ein Löwe.«

Ansonsten blieb der Vorfall in dem Festtrubel weitgehend unbeachtet. Was konnte weniger ungewöhnlich sein, als dass zwei junge Burschen beim Wein in Streit gerieten? Lorenz' Freunde tranken nun mit ihm auf die Braut und die Hochzeit. Doch bald zerstreute sich die Gruppe, denn es gab Wichtiges zu tun. Einige Burschen brachten vier leere, gleich hohe Fässer und stellten sie in einer Ecke des Platzes nebeneinander auf. Dann wurde eine große Scheunentür herbeigetragen und auf die Fässer gelegt, sodass ein Podest entstand.

Schließlich holten zwei das letzte Zubehör der behelfsmäßigen Bühne: den alten Esau. Einer der beiden Burschen stützte ihn, und der andere trug sein Instrument und einen bauchigen Krug. Esau, der auch »Esau der Säufer« genannt wurde, schien nicht sonderlich darauf erpicht zu sein, sich zur Bühne zu bewegen. Genauer gesagt, schien er sich überhaupt nicht bewegen zu wollen.

Er war ein kleines mageres Männchen, dessen Alter niemand genau angeben konnte. Viele sagten, sie könnten sich aus ihren Kindertagen an Esau erinnern, und damals sei er schon genauso alt gewesen wie heute. Esau trug trotz der Wärme zwei Hemden übereinander, aber beide hatten so viele Löcher, dass man an manchen Stellen durch beide hindurch bis auf seinen erbärmlich mageren, faltigen Leib sehen konnte. Die Hose war in besserem Zustand, aber sie war für einen wesentlich kräftigeren Mann gemacht. So hatte sie Esau bis unter die Achseln gezogen und hielt sie mit einem geknoteten Strick über den knochigen Hüften, sodass ihre obere Hälfte wie ein kurzer Rock herabhing. Beim Gehen schlappte sie ihm um die Beine. Das behinderte ihn aber weniger am Vorwärtskommen als seine Schuhe, kaum noch zu erkennende Reste von Stiefeln, deren Schäfte grob abgeschnitten waren. Auch die Schuhspitzen waren entfernt worden, sodass Esaus verhornte, gelbe Zehen hervorlugten. Der Grund für diese modische Aufarbeitung konnte nicht darin bestanden haben, dass ihm die Stiefel zu klein gewesen waren, denn bei fast jedem Schritt drohten sie ihm von den Füßen zu rutschen.

»Hast du denn keinen Durst?«, lockte der Bursche, der mit dem Instrument und dem Krug schon an der Bühne angekommen war, und winkte verheißungsvoll mit dem Krug. Das wirkte. Esau schlurfte so schnell es seine Schuhe zuließen zur Bühne und griff nach dem Krug. Er setzte ihn an die Lippen, legte den Kopf in den Nacken und nahm einen langen Schluck. Der Adamsapfel bewegte sich in seinem mageren Hals, als husche ein munteres Tierchen unter der faltigen Haut hinauf und hinab. Endlich setzte Esau den Krug ab, leckte sich die Lippen und wischte sich mit der gesamten Länge des Unterarms den Mund. Ein übermütiges Lächeln erschien überraschend auf dem zerfurchten Gesicht und ließ den Alten fröhlich und jung, fast kindlich aussehen. Er nickte den Burschen, die ihn hergebracht hatten, auffordernd zu. Sie griffen jeder an einer Seite unter seine Achseln und hoben ihn ohne Anstrengung auf das Podest. Den Krug stellten sie zu Esaus Füßen und reichten ihm seine Schalmei hinauf.

Esau nahm den Ledersack unter den Arm. Die beiden langen Pfeifen legte er gegen seine Schulter, sodass sie wie Orgelpfeifen nach oben standen. Dann steckte er das kürzeste Rohr zwischen die Lippen und fasste das vierte Rohr, das aus dem Sack herausführte, die Flöte. Seine Finger bewegten sich leicht, aber mit Schnelligkeit und Anmut auf den Flötenlöchern, ohne dass ein Ton zu hören war.

Esau nickte zufrieden und blies durch das kurze Rohr in den Sack, dass dieser sich aufblähte. Mit dem Arm drückte er die Luft durch die drei Pfeifen wieder hinaus, und die Schalmei erklang. Erst noch tastend und zögernd erschallten einzelne Töne, fanden sich dann zu einer Melodie zusammen, und Esau schien sich mit jedem Ton zu verjüngen. Er hatte sein Gewicht auf das linke Bein verlagert, das rechte hatte er nur leicht mit der Ferse aufgesetzt und schlug mit dem Fuß den Takt. Er wiegte sich zu seiner Musik, hüpfte und hopste, deutete Tanzschritte an und spielte dabei ebenso gut wie nur irgendein richtiger Stadtpfeifer.

Nach dem ersten Lied nahm er einen Schluck aus dem Krug, aber diesmal nur einen kleinen. Wenn Esau einmal angefangen hatte zu spielen, dann brauchte er den Wein kaum noch, dann hatte er die Musik und sein Publikum.

Bei Esaus erstem Lied war das Schwatzen weitgehend verstummt. Die Blicke richteten sich auf ihn, und man sah nicht zum ersten Mal, wie aus Esau, dem alten Säufer, Esau der Pfeifer wurde. Die Mädchen wippten und wiegten sich im Takt, dass ihre Festtagsröcke schwangen, die jungen Burschen sahen zu ihnen hinüber, und bald begaben sich die ersten Paare zum Tanzen auf den Platz.

Josef stand am Rand des Platzes und sah den Tanzenden und vor allem Katharina zu. Einige Strähnen hatten sich aus ihrem rotbraunen Haarkranz gelöst und umspielten ihr zart gerötetes Gesicht. Wenn sich ihre Blicke trafen, lachte sie ihm zu. Als ein neues Lied begann, trennte sie sich von Peter. Sie kam zu Josef und ergriff seine Hände, um ihn auf die Tanzfläche zu ziehen.

Nie war sie Josef schöner, strahlender erschienen, und der alte Esau blies seine Schalmei, dass es ihm in den Beinen zuckte. Trotzdem wand er sich aus ihrem Griff. »Du musst mit einem anderen tanzen. Ich kann es nicht.«

»Nein, heute musst auch du tanzen! Nach einer Runde mit mir lasse ich dich gerne zu dem Mädchen, mit dem du lieber tanzen willst.«

»Es ist nicht so, dass ich mit einer anderen tanzen will«, sagte Josef eilig. »Ich kann nicht tanzen. Ich habe es nie gelernt.«

Katharina schüttelte lachend den Kopf. »Ja, mein junger, dummer Vetter, wie willst du es denn lernen, wenn du es nicht tust? Meinst du, das kann man wie das Lesen zu Hause am Studiertisch lernen?«

Ohne auf sein Widerstreben zu achten, zog Katharina ihn zum Tanzplatz. Josef hatte das Gefühl, dass alle zu ihnen hinsahen, und sträubte sich nicht weiter, um nicht noch mehr Aufmerksamkeit auf sich zu ziehen. Es würde genug Gelächter auslösen, wenn alle sahen, dass er noch nicht einmal die einfachsten Figuren kannte und dass er Katharina, die sich mit Peter so anmutig gedreht hatte, höchstens zum Stolpern brachte.

»Leg deine Hände auf meine Schultern«, sagte Katharina und zog ihn näher an sich. Als er es tat, drehte sie sich mit ihm, erst langsam und dann schneller werdend, bis ihm alles vor den Augen verschwamm außer ihrem lachenden Gesicht dicht vor ihm. Und gerade als ihm schwindlig wurde, änderte sie die Richtung, und sie drehten sich links herum.

Das war ja genau so, wie er sich als Kind mit seinen Geschwistern spielend im Kreis gedreht hatte! Nein, das war viel, viel besser. Sie sahen sich in die Augen und drehten sich gemeinsam mal links herum, dann wieder rechts herum, mal schneller, mal langsamer, so, wie es die Musik vorgab. Dann, ganz plötzlich und viel zu schnell, war das Lied zu Ende.

Josef sah wie vom Schlaf erwacht auf, blickte um sich und dann zu der etwas atemlosen, aber lachenden Katharina.

»Und ob du tanzen kannst, kleiner Vetter!«, rief sie, fasste vergnügt seine Hände und drückte sie. Sie blieb bei Josef auf dem

Tanzplatz stehen. Auch andere Paare warteten auf das nächste Lied. Nur Lorenz verließ Hand in Hand mit Siska den Platz. Im Vorbeigehen zwinkerte er Josef zu und sagte in etwas kläglichem Ton: »Ich überlasse das Tanzen wohl besser den Jüngeren. Mir ist fast schlecht geworden von der Dreherei.«

»Fast ist noch angegeben, so wie du aussiehst«, antwortete Katharina. Und wirklich war Lorenz' Stirn schweißnass, und seine Augen glänzten gläsern.

Josef öffnete den Mund, um ihn zu necken, dass wohl nicht zu viel Tanz, sondern zu viel Wein für seinen Zustand verantwortlich wäre, doch Siskas Anblick hielt ihn zurück. Sie war bleich und sah Lorenz besorgt an.

»Du solltest dich einen Moment hinsetzen«, sagte sie. »Ich hole dir etwas zu trinken – Wasser, keinen Wein.«

Lorenz zuckte mit den Schultern. »Seht ihr, so geht es mir schon vor der Hochzeit.« Er lächelte Josef und Katharina trotz seiner Übelkeit mit kaum verborgener Zufriedenheit zu. »Ich stehe völlig unter dem Pantoffel.«

Josef schaute den beiden nach, wie sie zu den Bänken am Rande der Tanzfläche gingen, und sagte mit echter Verwunderung: »Siska kann ja richtig nett sein. Sie scheint Lorenz wirklich zu mögen.«

Die Musik setzte wieder ein. Und diesmal brauchte Katharina ihn nicht zu drängen. Er legte ihr wieder die Hände auf die Schultern, und sie begannen zu tanzen. Es war wunderbar, sich so vor allen Augen mit der schönen Katharina zu drehen. Aber zugleich suchte sein Blick unter den Gesichtern am Rand der Tanzfläche vergeblich nach Ellie. Er wollte unbedingt auch mit ihr tanzen.

Ach, diese Musik war herrlich! Er hätte nie gedacht, dass jemand so wunderbar die Schalmei blasen könnte. Noch während er dies dachte, änderte sich die Musik. Wie ein Echo schallte die gleiche Melodie erst leise, aber schnell lauter werdend in lieblichen Tönen über den Platz. Einen Moment lang verstummte die Schalmei, doch die wundersame Musik spielte weiter. Die Tänzer blieben stehen und blickten horchend zu der Gasse, aus der die betörenden Klänge kamen. Doch vom Tanzplatz aus konnte man das krumme Sträßchen nicht weiter einsehen, als das erste Haus breit war.

Auch Esau lauschte der fremden Musik, die Flöte noch zwischen den Lippen. Plötzlich öffnete sich sein faltiger Mund zu einem so breiten Lächeln, dass das Blasrohr herausfiel.

»Oh ja – ja!«, sagte er dann leise, griff wieder zur Flöte und fiel mit Begeisterung in die Melodie ein.

Doch keiner setzte den Tanz fort. Alle starrten auf die Gasse, horchten auf die näher kommende zauberhafte Musik und warteten darauf, die Quelle dieser Klänge zu sehen. Das, was schließlich aus dem Halbdunkel hervortrat, war nicht besonders aufsehenerregend: Ruhig kam ein kleiner mittelalter Mann mit schwarzem Haar und dunkler Kleidung um die Ecke.

In seiner linken Hand hielt er eine Fiedel, die er seitlich am Hals abstützte und der er mit dem Bogen in seiner rechten Hand die zauberhaften Töne entlockte.

Eine Fiedel war ein Instrument, das man nicht so oft zu hören bekam wie eine Schalmei. Josef hatte bisher keine je gesehen oder gehört. Aber es musste eine sein, denn seine Brüder hatten erzählt, dass sie auf dem Jahrmarkt eine Fiedel gehört hätten und dass die Musik süßer als jede andere sei. Vor allem die Zigeuner, oder Ägypter, wie sie meist genannt wurden, sollten in dieser schwierigen Kunst Meister sein. Bei diesem Gedanken sah sich Josef den unscheinbaren kleinen Mann genauer an. Als das Lied zu Ende war, nahm der Mann die Fiedel vom Hals und verbeugte sich anmutig in drei Richtungen vor seinen Zuhörern.

Flinker als jemand es für möglich gehalten hätte, kletterte der alte Esau von dem Podest und eilte, seine Schalmei schwingend, zu dem Musiker. Er rüttelte aufgeregt an der Schulter des Fremden und zeigte in einem breiten Lachen die Zähne, die ihm das Alter gelassen hatte.

»Das ist Musik!«, rief er. »Das wird ein Fest, mein Freund. Kannst du –«

Da ertönten erneut erstaunliche Geräusche aus der kleinen Gasse. Doch diesmal waren es keine lieblichen Töne, sondern ein befremdendes, tiefes Brummen. Ein zweiter Zigeuner trat aus der Gasse, bei sich führte er einen zotteligen braunen Bären, der auf den Hinterbeinen ging und seinen Führer um Haupteslänge überragte. Der Bär machte Anstalten, sich auf alle viere niederzulassen, doch der Mann bedeutete ihm mit einem Stock, dass er aufrecht bleiben solle. Es war ein beeindruckender Auftritt. Die Zuschauer, die sich nahe um den Geiger gruppiert hatten, machten dem furchterregenden Tier ehrfürchtig Platz, als es in ihre Mitte geführt wurde.

Eine solche Attraktion bei ihrem Dorffest! Ein Geiger, und zwar ein richtiger Zigeuner, und ein zahmer Bär! Das war ja wie ein Jahrmarkt im großen Koblenz. Peter und Lorenz, die diesen Auftritt mit den Zigeunern abgemacht und ihnen ein festes Handgeld als Mindesteinnahme versprochen hatten, grinsten sich an. Sie hatten eine Überraschung für das Johannisfest angekündigt – und niemand würde behaupten können, dass sie übertrieben hatten!

Der Bär ging auf alle viere und sah nun weniger beängstigend aus, aber dennoch hielten alle Abstand zu ihm. Ein Ledergeschirr lief um sein Maul, sodass er es zwar ein Stück öffnen, aber nicht richtig zubeißen konnte. Seine Krallen waren kurz gestutzt. Sein Führer bückte sich und steckte ihm ein Stück Brot ins Maul. Der Bär kaute und schluckte, doch die Augen in dem riesigen Gesicht blieben die eines großen, traurigen Hundes.

»Armes Vieh«, murmelte Josef leise vor sich hin. Er und Katharina standen dort, wo sie ihren Tanz unterbrochen hatten, etwas abseits von den anderen. So schreckte er leicht zusammen, als plötzlich neben ihm gedämpft, aber mit rauer Stimme »Ja!« geantwortet wurde.

Er drehte sich um, und unmittelbar neben ihm stand Jäp.

Die beiden Zigeuner hatten mit Lorenz und Peter ein paar Begrüßungsworte gewechselt. Nun griff der Geiger in einen großen Beutel, den er umgehängt hatte. Er zog eine kleine, mit Pergament bespannte Trommel hervor, an deren Seiten Schellen angebracht waren.

Der Bärenführer nahm das Instrument und schüttelte es, dass die Schellen hell erklangen. Er hielt nun das Seil des Bären locker in der Linken. Der Bär erhob sich auf die Hinterbeine. Als sein Führer mit dem Tamburin rhythmisch gegen den Handballen seiner linken Hand schlug, fing der Bär an, wie ein ungeschickter Mensch zu tanzen. Er hob abwechselnd mal das eine, mal das andere Hinterbein und drehte sich dabei hin und her. Die Zuschauer lachten entzückt. Der Geiger hob sein Instrument an den Hals und spielte zu diesem holprigen Tanz auf.

»… heiße Eisenplatten …«

Josef wandte den Kopf zu Jäp. »Hm? Hast du was gesagt?«

Doch Jäp sah nicht ihn an. Sein Blick war auf den Bären gerichtet. Leise und fast ohne jede Betonung sagte er: »Als sie noch jung war. Sie stellten sie auf eine Eisenplatte. Dann machten sie Feuer unter der Platte. Die Platte wird heiß. Ihre Füße brennen. Sie muss sie hochheben.«

Führte Jäp Selbstgespräche? Im gleichen monotonen Tonfall redete er weiter. »Und dann spielen sie ein Lied. Immer wieder dasselbe Lied. Das Lied, zu dem sie tanzt.«

Verwirrt warf Josef Katharina einen Seitenblick zu. Auch sie hatte Jäps seltsamen Vortrag gehört und sah ernst zu ihm hinüber. Dann blickte sie sich um, aber alle anderen waren zu sehr vom Tanz des Bären gefesselt, um Jäps Verhalten zu bemerken. Alle bis auf Jakob. Der starrte ihn mit freudiger Erwartung an. Er sah aus, als lauere er auf ein lange gejagtes Wild, das bald aus dem Dickicht treten würde.

Katharina machte einen raschen langen Schritt und wechselte an Josefs andere Seite. Jetzt stand sie zwischen ihm und Jäp. Sie sah zu Jäp auf und sagte leichthin: »Jäp, ich habe mir vorgenommen, heute mit allen Männern aus Lay zu tanzen. Ich hoffe, dass du mich nicht abweist.«

Zunächst bemerke er sie nicht einmal. Erst als Katharina ihre Hand auf seinen Unterarm legte, schaute er zu ihr hinab, als wäre er erstaunt, sie zu sehen. Sein Blick glitt zu dem Bären zurück.

»Und? Tanzt du mit mir?«, fragte sie noch einmal.

»Ich kann nicht«, antwortete er, ohne sie anzusehen. »Schwesterchen …«, sagte er dann fast zärtlich, »Schwesterchen, das Tanzen ist keine Freude.«

Doch er antwortete nicht, wie Josef im ersten Augenblick dachte, Katharina. Sein Blick war wieder fest auf den Bären gerichtet, und seine Worte galten ihm. Dann sah Josef, dass der Bär diesen Blick erwiderte. Wer dem Blick des tanzenden Bären folgte, musste merken, dass seine dunklen Augen auf Jäp gerichtet waren. Und es schien Josef, als ob das Brummen des Bären eine Antwort wäre, die nur für Jäp bestimmt war und die nur er verstand.

»Komm, heute lasse ich keine Entschuldigungen gelten.« Katharina fasste Jäps Hand, um ihn in Richtung Tanzfläche zu ziehen. Ebenso gut hätte sie versuchen können, den Festtagsbaum zu bewegen. Aber nun schien Jäp sie wirklich zu bemerken.

»Katharina?«, sagte er nun fragend und sah auf seine Hand, die sie gefasst hielt.

»Ich habe dich gefragt, ob du mit mir tanzen willst«, sagte Katharina.

»Ich kann nicht tanzen.«

»Aber –«

»Er meint, nicht mit Mädchen«, unterbrach Jakob Katharina. »So wie der Bär kann er sicher tanzen. Das liegt bei ihm in der Familie – in seinem Blut.«

»Wie meinst du das?«, fragte Katharina und sah Jakob ruhig in die Augen.

Jakob warf einen Blick auf Jäp, aber der beobachtete wieder den Bären und achtete nicht weiter auf ihn. »Na, seine Mutter, die Hexe, soll sich in eine Katze verwandelt haben«, wisperte er, »und sein Großvater streifte als Wolf durch den Wald. Auch Jäp schlägt nicht aus der Familie. Dass er mit Tieren wie mit Menschen sprechen kann, das weiß jeder!« Jakob war immer lauter geworden. In seinem Eifer fasste er Katharina am Arm. Aber sie streifte seine Hand ab.

»Seht doch nur, wie er den Bären anschaut!«, fuhr Jakob fort. »Und er spricht mit ihm. Dass mir das nicht früher aufgefallen ist! Er sieht ja selbst aus wie ein Bär. Er kann mit ihm sprechen, weil er sich in einen Bären verwandeln kann. Der Teufel hat ihm Gewalt über die Tiere gegeben.«

»Hast du heute nicht genug Ärger gemacht? Alle sehen sich den Bären an, nicht nur Jäp! Du hast zu viel Wein getrunken!« Katharina trat nah an Jakob heran, aber der ließ sich nicht einschüchtern.

»Willst du es abstreiten?« Er gab sich keine Mühe mehr, seine Stimme zu dämpfen. Auch andere hatten mittlerweile das seltsame Zwiegespräch zwischen Jäp und dem Bären bemerkt. Sie wandten ihren Blick nun von dem tanzenden Bären ab und den Streitenden zu. Ihnen war anzusehen, dass sie wussten, wovon Jakob sprach. Schon Jäps Mutter hatte in dem Ruf gestanden, eine Hexe zu sein. Sie wäre sicher auch verbrannt worden, als man vor acht Jahren sieben Hexen aus Lay den Prozess machte. Damals hatte man mit dem Laster der Zauberei in Lay und der Umgebung tüchtig abgerechnet. Eine Hütte am Dorfrand, das Drudenhaus, war damals als Gefängnis für die Layer Hexen gebaut worden. Alle, die man als Angeklagte dorthin gebracht hatte, waren schließlich verurteilt und verbrannt worden. Aber Jäps Mutter war damals schon lange krank und starb, bevor man sie verhaften konnte. Doch fast alle in Lay waren von ihrer Schuld überzeugt. Und wie jeder wusste, waren auch die Kinder von Hexen oft dem Teufel verfallen.

Diejenigen, die Jäp mochten, blickten verlegen zur Seite. Andere wisperten ihren Nachbarn zu, was sie beobachtet hatten.

»Er spricht mit ihm ...«, »›Schwesterchen‹ hat er den Bären genannt ...« und »Der Bär hat ihn genau verstanden, ich glaube, er antwortet ihm«, wurde geflüstert.

Aus dem Gemurmel drang, leise, aber deutlich verständlich, ein Wort zu Josef, das er nicht kannte, das er nie zuvor gehört hatte, das ihm aber unheimlich wie ein böser Fluch erschien.

»... Bersaker ...«, hatte eine Stimme hinter ihm geraunt. Was war das, ein Bersaker? Wer hatte das gesagt? Josef drehte sich schnell um, aber er konnte denjenigen nicht ausmachen.

Auch Lorenz war aufmerksam geworden und drängte sich nun zu Jäp durch. Wie zur Begrüßung, aber auffallend hart schlug er ihm auf die Schulter und sagte: »Na, da bist du ja! Ich wollte schon den ganzen Tag mit dir auf meine Braut trinken.«

Doch was eine muntere Aufforderung sein sollte, brachte er nur rau und heiser hervor. Es war deutlich zu merken, dass es Lorenz anstrengte, zu sprechen, ja dass ihm sogar das Stehen schwerfiel.

Wie elend er aussieht!, durchfuhr es Josef mit Schrecken. Aber Lorenz' Zustand bewirkte, was er mit einer fröhlichen Frage vielleicht nicht so schnell erreicht hätte: Jäp sah ihn an. Seine Aufmerksamkeit war von dem Bären abgelenkt.

»Was ist mit dir?«, fragte er.

»Ach, nur zu viel Wein«, antwortete Lorenz mit undeutlicher Stimme, und wie zur Bestätigung kam er ins Schwanken und wäre hingefallen, wenn Jäp ihn nicht am Ellbogen festgehalten hätte.

Jakob trat einen Schritt vor. »Der Bär«, sagte er zu Jäp, ohne auf Lorenz zu achten, den Jäp immer noch stützte, »hat er nicht ...«

Er kam nicht dazu, diesen Satz zu beenden. Lorenz, der an einem Arm von Jäp gehalten wurde, zuckte plötzlich krampfartig. Er hob die Hand zum Gesicht, ließ sie dann sinken und presste sie auf seinen Bauch. Jäh übergab er sich in einem weiten Schwall. Eine wahre Flut von Erbrochenem schoss aus seinem Mund und ergoss sich zum größten Teil über Jakob. Lorenz schwankte wieder, doch Jäp hatte seinen Arm fest gepackt und hielt ihn wie ein Kind seine Puppe. Dann trat er hinter Lorenz und legte ihm die Arme um den Körper. Nur noch von Jäp gehalten stand Lorenz, weit nach vorne gebeugt, und würgte, ohne sich weiter erbrechen zu können. Dennoch schien es ihm Erleichterung zu verschaffen, denn schließlich richtete er sich, wenn auch erschöpft, so doch aus eigener Kraft, wieder auf.

Erst jetzt bemerkte er Jakob, der von der Schulter abwärts mit säuerlich stinkendem Erbrochenem besudelt dastand. Jakob sah an sich hinab, auf seine Jacke, sein Hemd, seine Hose. Angeekelt schüttelte er die Hand und wischte sie an der noch sauberen Seite seiner Hose ab. »Das wirst du bereuen!«

Lorenz sah ihn an. Mit schwacher Stimme versuchte er, Jakob zu beruhigen: »Es tut mir so leid!«

Jakobs Stimme überschlug sich fast vor Zorn. »Das wird dir noch mehr leidtun. Ich werde –«

»Mir tut es auch leid«, unterbrach ihn eine tiefe, ruhige Stimme. Fred war hinzugetreten und sah ernst auf Jakob herab. »Es tut mir leid, dass Lorenz und nicht *mir* dieses Missgeschick passiert ist.«

Jakob sah erbärmlich aus, verdreckt und stinkend von fremdem Erbrochenem. Aber er hatte viele von denen, die um ihn standen, angegriffen und verletzt, wann immer er Gelegenheit dazu fand. Und nicht nur Fred hatte nicht vergessen, wie gehässig Jakob gestern über seine Herkunft gesprochen hatte. So grinste Josef ohne allzu schlechtes Gewissen und merkte, dass auch Katharina ein Lachen nur mit Mühe unterdrückte. Eine andere hatte weniger Erfolg damit und platzte mit hellem Mädchenlachen heraus. Jakob warf ihr einen rachsüchtigen Blick zu, aber ihr Lachen war ansteckend, und hinter ihr kicherte schon eine andere. Ein alter Mann lachte meckernd, und bald wurde überall gekichert und gelacht.

Jakob sah in den Kreis der Gesichter um sich und blickte dann zu Boden. Stumm die Lippen bewegend, ging er steifbeinig vom Platz. Als er dicht an Josef vorbeikam, hörte der, dass Jakob doch, wenn auch sehr leise, sprach.

»Das werdet ihr bereuen. Das werdet ihr bereuen.«

Es klang wie ein böses Gebet.

Die Musik hatte wieder eingesetzt, der Bär tanzte weiter. Man sah ihm zu oder unterhielt sich über Lorenz, ob er den Wein heute so schlecht vertrug oder ob er plötzlich krank geworden war. Oder darüber, dass Jakob endlich mal mehr abbekommen als ausgeteilt hatte. All das war interessanter als die Kuhlenbäuerin, die wieder einmal keifte. Ihr Geschimpfe war nichts Ungewöhnliches. Da drehte sich keiner mehr um.

Zumindest nicht, bis ihr Tonfall plötzlich mehr ängstlich als empört klang. »Zu Hilfe! So helft mir doch, ihr Dummköpfe! Die Sau-Schweden, sie stehlen meine Küchlein!«, schrie sie.

Diejenigen, die sich nach dem Geschrei der Kuhlenbäuerin umgedreht hatten, sahen bei ihr eine Gruppe von etwa zwanzig bewaffneten Männern stehen. Die Söldner standen dicht nebeneinander, und drei von ihnen hielten Musketen auf die Dorfbewohner gerichtet, die sich in der Mitte des Dorfplatzes um die Zigeuner versammelt hatten.

Einer der Soldaten, ein Mann mittleren Alters in abgetragener Landsknechttracht und mit einem in zwei Zöpfe geflochtenen gelblich blonden Kinnbart, hatte mit der Linken den Korb der Kuhlenbäuerin gepackt und zerrte kräftig daran. Die Bäuerin hielt den Griff mit törichter Tapferkeit fest und zog den Korb zurück, begleitet von heftigen Beschimpfungen und Drohungen. Nun war die Kuhlenbäuerin eine sehnige Frau, die zwar nicht mehr die Kraft der Jugend besaß, aber noch keineswegs hinfällig war. Trotzdem war jedem klar, dass einzig sie selbst glaubte, sie könne den Soldaten auch nur vorübergehend daran hindern, ihr den Korb abzunehmen. Der Mann spielte offensichtlich mit ihr, wie man mit einem jungen Hund spielt, dem man ein Ende eines Stocks hinhält, damit er daran zerrt.

Es war ein gefährliches Spiel. Wenn der Gelbbärtige es überhatte, sie zu verspotten, würde er ihr nur den Korb entreißen, oder würde er das Spiel mit dem Degen beenden? Warum nur ließ sie ihm den Korb nicht? Warum floh sie nicht? Niemand wagte, der Bäuerin zu Hilfe zu kommen oder ihr zumindest ein Wort zuzurufen, um sie zur Vernunft zu bringen. Die Angst, das Ende des Geplänkels könne auch ihr Ende bedeuten, hielt alle zurück und ließ sie wie gelähmt das zugleich lächerliche und furchterregende Schauspiel beobachten.

Der Soldat warf noch einen Blick auf die Dorfbewohner, die nun alle zu ihm hinsahen, dann hob er die rechte Hand, in der er einen armlangen, kräftigen Stock trug, und schlug der Kuhlenbäuerin mit einer fast beiläufigen Bewegung auf die Handgelenke, dass sie den Korb mit einem Schmerzensschrei fahren ließ. Sofort stieß der Soldat mit dem Ende des Stocks zu. Er traf die Kuhlenbäuerin so hart auf die Brust, dass sie zwei Schritte nach hinten stolperte, ehe sie rückwärts auf den Rücken fiel. Fast überschlug sie sich dabei, ihre Röcke flogen hoch, und wie zwei dürre Stangen wiesen ihre nackten Beine gen Himmel.

Als wäre dies das Kommando zu handeln, lösten sich die Dorfbewohner aus ihrer Starre. Das angespannte Schweigen wich einer Woge aus mehr oder weniger unterdrückten Schreckensrufen. Viele liefen eilig zu denen, die ihnen lieb waren. Mütter riefen nach ihren Kindern. Manche sahen sich nach möglichen Fluchtwegen um, andere griffen nach dem Nächstbesten, das ihnen als Waffe geeignet erschien. Ein furchtbares Grollen ertönte und verstärkte den Schrecken. Der Bär gab diesen erschreckenden Laut von sich und warf dabei unruhig seinen schweren Kopf hin und her. Nur mit Mühe konnte sein Führer ihn zu einer Mauer bringen und das Seil an den dort eingelassenen Eisenring binden.

»Alle zur Mosel!«, rief irgendwer. Aber niemand kam der Aufforderung zur Flucht nach. Würden die Soldaten nicht schießen, sobald man versuchte zu flüchten?

Plötzlich stand Peter neben Josef. »Nimm das!«, sagte er und drückte Josef ein Messer in die Hand. »Bleib hier bei Katharina.« Der Horngriff war warm und noch feucht von Peters Schweiß. Für Josef fühlte er sich so fremd an, als habe er noch nie ein Messer gehalten.

»Was soll ich …?«, begann er, aber Peter hörte ihm nicht zu, sondern sah zu einer Gruppe Männer, die sich um den Fährmann gebildet hatte. Schon machte Josef den ersten Schritt auf sie zu, als Katharina ihn fest am Arm fasste und zurückhielt.

Wie einem Kind nahm sie Josef das Messer weg und hielt es Peter hin. »Du wirst es brauchen, nicht ich. Du wirst zurückkommen. Und bis dahin komme ich allein zurecht. Ich weiß mehr von Soldaten und Schlachten als die meisten hier«, sagte sie.

Peter sah ihr einen Moment ernst in die Augen, dann nahm er das Messer. Während er sich umdrehte, schlug er Josef leicht auf die Schulter.

»Dann komm mit«, sagte er, und schon lief er los. Josef folgte ihm, ohne recht zu wissen, was er tat.

»Wir sind viele, mehr als doppelt so viele wie sie. Wir haben zwar außer ein paar Messern keine Waffen, aber wir werden uns wehren.« Der Fährmann stand in der Mitte eines Kreises von gut vierzig Männern und redete eindringlich auf sie ein.

»Wir müssen sie hier rausbringen!«, sagte einer der Männer gepresst, ohne auf die Worte des Fährmanns einzugehen. »Wir müssen sie hier rausbringen!«, wiederholte er. Beim Sprechen sah er sich wie ein aufgeregter Vogel ruckartig um, mal zu den Soldaten an der Dorfseite, mal zum Moselufer, dann wieder zu seiner Frau. Die stand ein paar Schritt entfernt und hatte ihren Blick fest auf ihren Mann gerichtet. Auf dem linken Arm hielt sie ein schreiendes Kleinkind, ihre andere Hand strich immer wieder über das Haar ihrer kleinen Tochter.

Die anderen Männer hatten sich um den Fährmann geschart und erwarteten seine Anweisungen. Nur Fred starrte zu den Soldaten und schien nichts anderes mehr wahrzunehmen. Eindringlich betrachtete er sie einen nach dem anderen, als versuche er, jemanden zu erkennen. Ein Mann, der neben Fred stand, zupfte ihn am Arm. Aber Fred bemerkte es kaum.

»Wir werden alle gleichzeitig angreifen«, sagte der Fährmann. »Aber nicht alle werden sich an dem Kampf beteiligen. Du, du«, er deutete auf den alten Pfeifer, einen anderen alten Mann und nach kurzem Zögern auch auf Siskas Vater, »und du, ihr bleibt hier.«

Siskas Vater entfuhr ein Seufzer der Erleichterung, und er

nickte so heftig in eilfertiger Zustimmung, dass sein Doppelkinn bebte.

»Am besten greifen zunächst –«

Ein tiefes, dunkles Seufzen, eher ein gequältes Stöhnen, unterbrach den Fährmann. Es war Fred, der immer noch zu den Soldaten hinstarrte, als wäre alles, was hier besprochen wurde, ohne Bedeutung für ihn.

Plötzlich setzte er sich in Bewegung. Er blickte sich nicht nach den anderen um, forderte niemanden auf, mit ihm gemeinsam anzugreifen, sondern er rannte wie auf ein unsichtbares Zeichen hin auf die Soldaten zu. Auf halber Strecke führte ihn sein Weg an einem Tisch vorbei, auf dem neben einem Laib Brot und einem großen angeschnittenen Käse ein Messer mit Horngriff und langer gebogener Klinge lag. Ohne seinen Lauf zu verlangsamen, griff Fred nach dem Messer und packte es so am Griff, dass die Klinge nach vorne zeigte. Als er nur noch wenige Schritte von den Soldaten entfernt war, holte er weit zum Stoß aus. Er ging auf die Soldaten los, als sei es ihm gleichgültig, was ihm passierte.

Der Gelbbärtige stand einen Schritt vor den anderen Soldaten und hielt den Stock immer noch locker in der Rechten. Gelassen schaute er Fred entgegen, der mit erhobenem Messer auf ihn zustürzte. Keiner von den anderen Soldaten machte Anstalten, ihm beizustehen; einer stützte sich sogar auf seinen Stock, als wolle er es sich für das Schauspiel des Kampfes bequem machen. Ein anderer stieß seinen Nachbarn an und sagte grinsend etwas Unverständliches.

Als Fred den Gelbbärtigen erreichte, ließ er das Messer mit all seiner Kraft auf ihn herabfahren. Aber der Schwede wich der Klinge so leichfüßig aus, als habe er genau gewusst, wo sie treffen sollte. Das Messer verfehlte ihn, und noch während er sich zur Seite bewegte, schwang er den schweren Stock und traf mit einem dumpfen Geräusch Freds Schläfe.

Fred sackte zusammen. Wie im Gebet versunken kniete er leicht nach vorne gebeugt für einen Augenblick auf der Erde. Fast erwartete Josef, dass er sich sammeln und wieder aufstehen und weiterkämpfen würde. Dann aber öffneten sich die kraftlosen Finger, und das Messer entglitt ihnen. Es war so still auf dem

Platz, dass jeder das helle Geräusch hörte, mit dem die Klinge auf einem Stein aufschlug. Noch einen Moment blieb Fred unbewegt. Dann, so plötzlich, als wäre ihm auf einen Schlag alle Kraft entzogen worden, sank er wie ein Lumpenbündel zu Boden.

Wie ein Lumpenbündel sah er auch aus, als er reglos auf dem Boden lag – ebenso tot.

Einige der Soldaten lachten und murmelten beifällig wie bei einer gelungenen Jahrmarktsvorführung. Es hätte Josef nicht gewundert, wenn sie Beifall gejohlt und dem Gelbbärtigen auf die Schulter geklopft hätten. Obwohl ihnen so viele Dorfbewohner gegenüberstanden, schienen sie an dem Ausgang der Auseinandersetzung nicht zu zweifeln. *Sie* hatten keine Angst. Angst, die Josef in sich wachsen fühlte. Was hatten sie für eine Chance gegen diese Soldaten, deren Geschäft das Kämpfen und Töten war? Die Schweden würden sie zusammentreiben und erledigen, sie einfach hinmetzeln wie eine Herde hilfloser Tiere. Wer sollte sie daran hindern?

Der Gelbbärtige grinste und winkte einladend mit seinem Eichenstock, als fordere er den Nächsten auf, ihn anzugreifen. Aber alle waren erstarrt vor Schrecken. Selbst die Kuhlenbäuerin verhielt sich ruhig und war, vielleicht das erste Mal in ihrem Leben, eingeschüchtert. Zusammengekauert hockte sie dort, wo sie hingefallen war. Zu Füßen des Schweden lag Fred, bewegungslos wie ein erlegtes Wild. Vom Kragen aus wuchs ein leuchtend roter Fleck auf seinem weißen Festtagshemd.

Auch die meisten der anderen Soldaten trugen außer ihren Waffen starke Eichenstöcke. Der Gelbbärtige hatte gezeigt, dass sie erschreckend gut damit umzugehen wussten.

Ob sie kein Pulver für ihre Musketen mehr haben? Aber warum benutzen sie dann nicht ihre Säbel und Degen? Vielleicht wollen sie uns zeigen, dass sie auch ohne Kriegswaffen mit uns fertig werden. Vielleicht sind ihnen ihre Waffen zu gut für uns, und sie wollen uns Dorftrottel mit Stöcken totschlagen, wie man es mit Stallhasen macht, dachte Josef.

Er blickte um sich, und zu seiner Bestürzung sah er in den Augen der anderen das, was er fühlte: Verzweiflung und hoffnungslose Angst.

Der Gelbbärtige hatte wohl lange genug auf einen neuen Gegner gewartet. Er hob seinen Stock und ging langsam vorwärts. Hinter ihm rückten auch die anderen Soldaten vor. Vor dieser Truppe wich die Menge von der Platzmitte zum Ufer hin zurück. Alle Pläne schienen mit einem Schlag vergessen. Wer sollte es wagen, die Schweden anzugreifen? Väter und Mütter rissen ihre Kinder an sich. Paare suchten sich voll Angst. Man lief, man drängte aneinander vorbei und stolperte. Vergeblich rief der Fährmann: »Zusammenbleiben! Zusammenbleiben!« Auch Josef wurde vom Gedränge mitgerissen, kehrte den Soldaten den Rücken und floh mit den anderen.

Nach ein paar Schritten schaute er über die Schulter zurück. Zu einem Viertel hatten die Soldaten schon den Platz überquert. Die Layer waren zurückgewichen, sodass der Abstand zwischen den beiden Gruppen derselbe blieb. Nur eine schmale Gestalt im hellbraunen Kleid stand allein da, lediglich wenige Schritt von den ersten Söldnern entfernt, und blickte unberührt von allem Geschrei wie in Träume versunken vor sich auf den Boden.

Ellie! Josef hatte sie bei dem Tanz nicht entdecken können. Aber jetzt war sie da. Was tat sie nur? Warum flüchtete sie nicht? Man konnte sie nicht da stehen lassen. Im nächsten Augenblick wären die Soldaten bei ihr. Doch was konnte er tun? Bis er bei ihr wäre, hätten auch die Söldner sie erreicht. Und er war sicher nicht der Mann, sich ihnen entgegenzustellen. Wenn er doch wenigstens das Messer behalten hätte! Josef sah auf seine nun leere Hand. Wie seltsam sich das Messer als Waffe in seiner Hand angefühlt hatte! Und wie er auf seine Hand blickte, erinnerte er sich plötzlich an ein anderes Gefühl. Nein, es war keine Erinnerung, sondern mehr als das: Er spürte die Hand Ellies, die warm und lebendig wie ein kleines Tier in seiner gelegen hatte. Erst gestern bei dem Sprung durchs Feuer hatte er sie gehalten.

Da lief Josef los. Er überlegte nicht weiter, was er tun konnte, er entschied nichts, sondern lief einfach los, hin zu ihr.

Doch noch bevor er bei ihr ankam, stand Ellie nicht länger allein dort.

***

Die Nacht schien immer finsterer zu werden, und obwohl Käthchen schon mehrmals Holz nachgelegt hatte, erhellte das Kaminfeuer das Zimmer nur wenig. Der Wind hatte neue Wolken gebracht, die den Mond und die Sterne verdunkelten. Nun hatte sein Heulen aufgehört, und eine fast greifbare Stille umgab das Haus. Es musste schon sehr spät sein.

Auf einem Tisch, seitlich vom Kamin, stand eine Kerze in einem Halter, doch niemand hatte sie angezündet. Magda hatte es stets für eine verschwenderische Eigenart des Vaters ihres ersten Mannes gehalten, Kerzen statt Kienspänen im Haus zu haben und sie abzubrennen, wenn er nachts über Büchern saß. Als sei dies das Haus eines reichen Kaufmanns! Aber jetzt fand sie die Vorstellung des warmen Lichts einer Kerzenflamme recht anheimelnd.

»Soll ich die Kerze anmachen?«, fragte sie mit ihrer klaren Stimme.

Doch als der Alte nickte, kam ihr Käthchen zuvor. »Ich mach es schon, Tante Magda.« Rasch stand sie auf, nahm einen der langen Holzspäne aus dem Kupferbecher auf dem Sims und steckte ihn am Feuer an. Sie lächelte Magda zu, während sie die Kerze auf dem Tisch neben ihrer Bank anzündete. Dann huschte sie zurück und nahm wieder ihren Platz zu Füßen ihres Großvaters ein.

»Und was passierte dann? Die Soldaten haben ihr doch nichts getan? Wer war denn bei ihr, bevor du sie erreichen konntest?«, fragte sie.

Josef lachte. »Katharina war bei ihr«, sagte er. »Und ich konnte es kaum glauben: Sie hielt einen dieser kleinen dreibeinigen Schemel in der Linken, als würde sie nur einen Platz suchen, um sich hinzusetzen.«

***

Mit der Rechten hatte Katharina Ellie am Arm gepackt und versuchte sie wegzuziehen. Aber so klein und schmal Ellie gegen Katharina aussah, so war sie doch nur schwer zu bewegen. Sie sah nicht auf, wehrte sich nicht, aber jeden Schritt musste sie gezogen werden, während die Soldaten schnell näher rückten.

Als der Gelbbärtige bis auf wenige Schritte herangekommen war, ließ Katharina Ellie los und trat vor sie. Die Sitzfläche so an die Brust gedrückt, dass die Stuhlbeine von ihr wegwiesen, hielt sie den Schemel als Schild vor sich. Kampfbereit wie eine Katze, die ihre Jungen vor einem wilden Hund beschützt, stand sie vor Ellie.

Hinter dem Gelbbärtigen rückten die Soldaten in lockeren Reihen gegen die Menschen auf dem Platz vor. Man sah, dass diese Männer ausgebildete Söldner waren mit jahrelanger Erfahrung in Gefechten. Die meisten von ihnen trugen Eichenstöcke in den Händen, zwei oder drei hielten Musketen im Anschlag, und einige hatten den Degen blankgezogen. Langsam, aber unaufhaltsam kamen sie näher.

Josef war noch einige Schritte von den Mädchen entfernt, als der Gelbbärtige die beiden erreichte und stehen blieb. Auch Josef hielt an in seinem Lauf. Sollte er dazwischengehen, oder würde das die Soldaten nur reizen?

Der Schwede grinste Katharina an. Dann hob er seinen Stock und stieß damit gegen den Schemel. Es war nur ein prüfendes Klopfen, mit dem er sich über diesen unzulänglichen Schutzschild lustig machte.

Katharinas Augen standen dunkel und unnatürlich groß in ihrem bleichen Gesicht. Sie starrte den Soldaten an, und Josef glaubte selbst aus der Entfernung erkennen zu können, was in ihr vorging. *Er wird sie jetzt töten! Und sie weiß es. Sein Gesicht wird das letzte sein, was sie in ihrem Leben sieht.*

Und wirklich hob der Schwede seinen schweren Stock in einer ausholenden Bewegung hoch über sich. Katharina folgte der Bewegung mit dem Schemel und hielt ihn zum Schutz über ihren Kopf. Doch ohne innezuhalten, änderte der Soldat die Schlagrichtung, und der Stock fuhr mit wuchtigem Schwung gegen die nun ungedeckte Seite ihres Kopfes, schneller, als sie den Schemel herunterreißen konnte, schneller, als sie ausweichen konnte.

Schon in dem Augenblick, bevor der Stock auftreffen konnte, wusste Josef, dass dieser ungeheure Schlag ihr den Schädel zertrümmern musste, dass dies das Ende für Katharina bedeutete. Doch so sehr er es wollte, er konnte den Blick nicht abwenden.

Der Stock sauste auf Katharinas Schläfe zu – und kurz bevor er sie zerschmetterte, wich er kaum merklich von seiner Bahn ab, nur so weit, dass er knapp an ihr vorbeistreifte, sie vielleicht sogar berührte. Oder war es der Luftzug, der eine lose Haarsträhne Katharinas bewegte?

Was war geschehen? Konnte es sein, dass er sie verfehlt hatte? Ein leichtes Beben schüttelte den Schweden. Er lachte! Kaum konnte Josef es glauben. Er hatte sie absichtlich verfehlt! Er will nur seine Geschicklichkeit vorführen, bevor er sie tötet, dachte Josef.

Doch statt in seinem grausamen Spiel fortzufahren, drehte der Gelbbärtige den Mädchen den Rücken zu und setzte an ihnen vorbei seinen Marsch über den Platz fort. Auch die anderen Soldaten widmeten Katharina und Ellie kaum mehr als einen kurzen Blick. Schon waren sie an den Mädchen vorbeigezogen, die nun hinter den Angreifern standen. Der rettende Weg hinein ins Dorf stand ihnen offen. Josef sah, wie Katharina den Schemel absetzte, sich bückte, Ellie die Arme um die Hüfte schlang und sie hochhob. Mit dieser Last in den Armen lief sie zur nahen Gasse.

Josef sah ihnen nach, und ein Gefühl der Erleichterung durchströmte ihn, als wären sie alle gerettet. Doch dem war nicht so.

Plötzlich ertönte ein entsetzliches Kreischen hinter ihm. Da wird jemand bestialisch abgeschlachtet!, war sich Josef sicher und fuhr herum. Doch es war nur das Schwein, dessen Todesschrei er gehört hatte. Ein Soldat hatte das Tier zwischen die Beine geklemmt, bei den Ohren gepackt und ihm den Kopf nach hinten gerissen. Ein anderer stand vor ihnen. Mit seinem Messer hatte er dem Schwein die Kehle durchgeschnitten. Blut spritzte aus der klaffenden Wunde, aber das Tier wehrte sich nicht mehr.

Nur ein Schwein, das früher oder später sowieso am Bratspieß geendet wäre. Aber der Anblick des blutbefleckten Messers in der Faust des Soldaten, die klaffende Wunde, das weit spritzende Blut … War das nicht die Vorwegnahme dessen, was ihnen allen bevorstand?

Fast alle Gesichter hatten sich der Schlachtszene zugewandt. In den meisten spiegelte sich die Angst, die auch Josef spürte. Doch nicht alle wurden von ihr beherrscht. Einige Männer standen in der vordersten Linie nebeneinander und erwarteten die heranrückenden Schweden. Sie hatten sich mit allem, was irgendwie brauchbar schien, bewaffnet. Es waren erstaunlich viele Messer zu sehen, meist einfache, die zum Schneiden von Schinken, Brot und Käse mitgebracht worden waren, aber auch blitzende Waffen mit schön verzierten Griffen. Wahrscheinlich trug mancher der Burschen sein Messer, auf das er stolz war, immer verborgen bei sich. Eine jugendliche Eitelkeit, die sich unerwartet bezahlt machte. Jemand musste auf der Suche nach Waffen auch Stühle zerbrochen haben, denn einige hielten Stuhlbeine, schon zum Schlag erhoben, in der Faust. Alle, die nicht in dieser ersten Verteidigungslinie standen, waren bei ihren Familien oder Freunden, trösteten weinende Kinder und sprachen sich gegenseitig Mut zu.

Nur Josef gehörte zu niemandem, nur er stand allein da. Außer ihm war niemand vom Mehringhof auf dem Platz. Doch, einen konnte er sehen, der trotz des Gedränges ebenso einsam wie er dastand. Wie ein Kirchturm über die Häuser eines Dorfes ragte Jäp über der dichten Menschenmenge empor. In seinem sonst eher ausdruckslosen Gesicht stand tiefe Ratlosigkeit. Sollte auch er Angst haben? Ohne nachzudenken, warum, drängte sich Josef bis zu Jäp.

»Hast du eine Waffe?«, fragte er ihn.

Jäp sah auf ihn herab, und seine Stirn legte sich in Falten. »Ich kann nicht kämpfen«, sagte er.

Fehlte es diesem Riesen an Selbstbewusstsein?

»Sicher kannst du kämpfen! Ein Mann wie du kann auch ohne alle Waffen kämpfen.«

Jäp sah ihn verständnislos an. »Ich würde alle töten. Darum nicht«, erklärte er dann. »Darum darf ich nicht kämpfen.«

»Aber sonst töten sie uns. Du musst dich doch verteidigen.«

»Ich bin nicht wie andere. Ich darf niemanden schlagen. Sie sterben dann. Mein Großvater hat es mir gesagt.« Jäp dachte angestrengt nach. »Du sollst nicht töten«, deklamierte er dann langsam. »Das sagt Gott«, fügte er leise hinzu und betonte dabei das Wort Gott so ehrfürchtig, dass Josef wusste, jeder Einwand wäre sinnlos.

Mittlerweile waren die Soldaten immer näher gekommen, bis sie auf einmal stehen blieben, nur noch wenige Schritte von den Dorfbewohnern entfernt. – Worauf warteten sie? Die Zeit verstrich, und beide Parteien belauerten sich in der angespannten Stille.

Nur der Bär lief gereizt brummend hin und her, so weit es sein Seil zuließ. Auf seinem Weg kam er immer wieder an einem jungen Soldaten vorbei, der nur knapp außer Reichweite seiner Pranken war. Jedes zweite oder dritte Mal richtete er sich auf und schlug knurrend nach dem Soldaten, der anfangs noch sichtlich zusammenzuckte. Doch zunehmend brachte ihn der immer wieder gleiche sinnlose Angriff auf. Er hatte einen blankgezogenen Säbel in der Hand, und als der Bär das nächste Mal nach ihm schlug, stach er damit nach ihm. Sein Stich war eher ärgerlich als angreifend und zielte mehr darauf, das Tier zu vertreiben, als es zu verletzen. Doch der Bär richtete sich brüllend zu seiner vollen Größe auf und zerrte an dem Seil. Der erschrockene Soldat schlug mit dem Säbel nach dem Kopf des Bären. Der wich zur Seite aus, sodass der Hieb vorbeifuhr und die Klinge nur eine Handbreit von seiner Schnauze entfernt das Seil durchtrennte. Als wolle er sich seiner wiedergewonnenen Freiheit vergewissern, schüttelte der Bär seinen mächtigen Kopf und brüllte. Der junge Soldat holte zu einem zweiten Schlag aus, als ein so lautes und verzweifeltes »Nein!« über den Platz hallte, dass er einen Moment zögerte.

Auch der Bär reagierte auf den Ruf. Er ließ sich auf alle viere nieder und trottete zu seinem Führer.

Er war noch nicht weit gekommen, als mit lautem Krachen ein Schuss fiel. Einer der Soldaten hielt eine Muskete in den Händen, aus deren Lauf der Qualm von verbranntem Pulver aufstieg; die Waffe zielte auf den Bären, doch der Schuss hatte ihn verfehlt und nur dazu geführt, dass das Tier jetzt flüchtend über den Platz hetzte. Galoppierend wie ein Pferd und sicher auch nicht viel langsamer, raste es auf das Moselufer zu. Kaum war der Schuss auf den Bären abgefeuert, als schon der Gelbbärtige bei dem Schützen stand und ihm mit dem Stock einen so harten Hieb auf die Hand gab, dass er die Waffe fallen ließ.

»Wer hat dir gesagt, dass du schießen darfst?«, herrschte er den Mann an, der vor Schmerz keuchte.

»Ich hab doch auf keinen geschossen«, brachte er zwischen zusammengebissenen Zähnen hervor. »Nur auf den Bären. Von dem war doch nicht die Rede.«

Verächtlich schnaubte der Gelbbärtige. »Mich interessieren deine Entschuldigungen nicht«, sagte er und zuckte in offensichtlich gespielter Gleichgültigkeit mit den Schultern. Ehe er sich wegdrehte, setzte er wie drohend hinzu: »Aber vielleicht interessieren sie *ihn*.«

In diesem Moment schrie ein Eichelhäher schrill in den Obstwiesen oberhalb des Dorfs. Erst einmal, dann noch zweimal kurz hintereinander.

Josef hob den Kopf und lauschte. Wenn ich das nicht ebenso gut könnte, Vogel, würde ich dir Glauben schenken, dachte er.

Alles war so schnell vorbei, dass nachher kaum einer sagen konnte, was genau geschehen war.

Der Gelbbärtige hob die Hand und schwenkte seinen Stock in einer winkenden Bewegung, worauf nur noch die mit Musketen bewaffneten Soldaten ihre Waffen auf die zusammengetriebenen Dorfbewohner gerichtet hielten. Die anderen wandten sich ab und rafften von den Tischen, was immer an Schinken, Brot oder Käse dort lag. Nur der Tisch aus dem Mehringhof, auf dem Kannenfranz seine Waren so sorgfältig ausgebreitet gehabt hatte, war völlig leer. Auch seine Kiepe war nirgends zu sehen. Er musste beim Auftauchen der Soldaten alles blitzschnell eingepackt haben. Ein Mann lud sich das abgestochene Schwein auf die Schultern. Aus der klaffenden Kehlwunde tröpfelte immer noch Blut und hinterließ dunkle Flecken auf der Lederweste des Mannes.

Zwei Soldaten versuchten, das Weinfass hochzuheben, das sich aber als zu schwer erwies. Da öffnete einer den Zapfhahn und hielt einen der größten Krüge zum Füllen darunter. Doch ein Kommando des Gelbbärtigen unterbrach ihn.

»Zurück!«, rief er seinen Männern zu.

Die Plündernden machten sich an den Rückzug. Enttäuscht sah der zapfende Soldat in seinen erst halb vollen Krug, dann schloss er sich den Abziehenden an. Die Musketiere hielten die Layer in Schach, bis die anderen den Platz verlassen hatten. Dann, auf einen weiteren kurzen Befehl hin, drehten sie sich um und folgten ihren Kameraden zusammen mit dem Gelbbärtigen.

Dicht zusammengedrängt blieben die Dorfbewohner zurück. Alle starrten in die Richtung, in der die Angreifer so plötzlich verschwunden waren. War der böse Traum vorbei? Eine dünne weißhaarige Frau löste sich als Erste aus der Regungslosigkeit. Hinkend eilte sie zu dem leblosen Körper Freds. Sie gab keinen Ton von sich, aber über ihr zerfurchtes Gesicht liefen Tränen. Sie hatte nicht aufgehört, still zu weinen, seit ihn der fürchterliche Schlag niedergestreckt hatte, nun kniete sie sich neben seinen großen Körper, bettete seinen Kopf in ihrem Schoß und beugte sich über ihn, als könne sie ihm noch Schutz bieten.

Dann hob sie den Kopf. Sie sah zu den anderen hinüber und öffnete den Mund, versuchte, etwas zu rufen, aber die Stimme versagte ihr. Als Peter und Josef bei ihr ankamen, liefen der alten Frau noch immer Tränen über das Gesicht. Aber sie lächelte zu ihnen hinauf und sagte mit zitternder Stimme: »Er lebt. Fred lebt.«

Fred war sehr blass, und vom Ohr über Wange und Hals lief ein handbreiter Streifen Blut bis zu seiner Schulter, wo es sein Hemd hellrot färbte. Peter ging neben Fred in die Hocke und berührte vorsichtig sein Gesicht. Es stimmte, Fred lebte. Seine Augenlider flatterten, öffneten sich dann, und Fred sah mit erstaunlich wachen Augen zu Peter auf.

»Kannst du …«, begann Peter, als harte, sich schnell nähernde Schritte aus dem Gässchen erklangen. Peter griff nach seinem Messer, und auch Josef sah erschreckt zu der kleinen Straße, durch die die Soldaten abgezogen waren. Und wirklich kamen wieder bewaffnete Männer um die Ecke. Doch diesmal waren es keine Soldaten: Schäng und der alte Wirges mit seinem Knecht Ferdinand traten auf den Platz. In den Händen hielt Wirges eine Mistgabel, die noch deutliche Spuren kürzlichen Gebrauchs zeigte. Ferdinand, der schon seit mindestens einer Generation zu alt zum Dreschen war, hatte einen Dreschflegel umklammert. Schäng trug eine Muskete in der Hand und einen Degen umgeschnallt.

Kaum hatte Josef sie erkannt, als er ihnen schon entgegenlief. »Die Schweden, die Soldaten, sie waren hier!«, rief er, noch ehe er sie erreicht hatte.

»Ja, Katharina und Ellie haben uns alarmiert«, antwortete Schäng. »Wir haben die Soldaten noch gesehen. Wir waren schon auf dem Weg, als wir sie durch die Gasse stürmen hörten. Zwanzig laufende Männer in Soldatenstiefeln sind nicht zu überhören. Wir haben uns in der Ruine des alten Lückenhofs versteckt und gesehen, wie sie vorbeizogen. Der Mann, den du gezeichnet hast, der war nicht dabei?«, fragte Schäng leiser.

»Nein ...« Erst jetzt fiel es Josef auf: Offensichtlich hatten nicht alle Soldaten an dem Überfall teilgenommen. »Nein, er fehlte. Warum war er nicht dabei?«

Während ihres Gesprächs war es auf dem Platz immer lauter geworden. Jeder wollte mit jedem über das Vorgefallene sprechen, alle sich gegenseitig versichern, dass der Schrecken wirklich vorbei war, hören, wie es der Familie, den Freunden ging. Schließlich redeten und riefen alle durcheinander. Plötzlich übertönte ein lautes Rufen das Stimmengewirr.

»Sie sind weg! Die Waffen sind weg!«

Unschwer konnte Josef die Stimme Wills, eines Jungen in seinem Alter, erkennen. Als er sich umdrehte, sah er, wie Will auf den Platz und zu seinem Onkel, dem Fährmann, lief.

»Was sagst du?«, fragte der. »Was ist mit den Waffen?«

»Die Soldaten, sie sind ins Fährhaus gekommen. Ich hab gerade die Säbel poliert. Sie haben mich festgehalten und alle Waffen mitgenommen. Ich konnte nichts tun.«

»Eine Falle! Das hier war nur ein Ablenkungsmanöver. Sie wollten nur die Waffen. Und sie wussten genau, wo sie sie finden würden.«

Josef, Schäng und die anderen waren in den Kreis um den Fährmann getreten. Der ließ seine hellen, scharfen Augen über die Reihe seiner Zuhörer schweifen.

»Unter uns ist ein Verräter«, sagte er hart. Und sein Blick war bei diesen Worten auf Schäng gerichtet.

***

Als Josef am folgenden Morgen sehr früh in die Küche kam, saß Jan mit Schäng und Lukas am Frühstückstisch. Er nickte Josef kurz zu, als wäre er nie weg gewesen. Aber Josef wusste sofort, dass Jan nicht einfach seinen Auftrag erledigt hatte und zurückgekommen war, dass nicht alles in Ordnung war. Schon im ersten Morgenlicht saß er hier, und sein fahles Gesicht und die bläulichen Ringe unter den Augen zeigten, dass er nicht nur in dieser Nacht zu wenig Schlaf bekommen hatte. Und wirklich war er mitten in der Nacht mit schlechten Nachrichten aus Köln zurückgekommen. Der Obrist lebte nicht mehr. Vor drei Wochen war er von seiner jungen Magd, die glaubte, ihm heimlich einen Liebestrank zu geben, vergiftet worden. Jan war am Tag nach ihrer Hinrichtung in Köln angekommen.

Lukas hatte sein geschientes Bein weit von sich gestreckt. Er hielt eine Pfeife in der Hand und schien sich endlich etwas beruhigt zu haben. Die Empörung darüber, dass er gestern wegen seiner Verletzung zurückbleiben musste, als Schäng nach der Heimkehr von Katharina und Ellie zum Dorfplatz gestürmt war, hatte ihn zu nachträglichen leidenschaftlichen Protesten veranlasst. Nun hörte er schweigend zu, wie Josef ihnen von dem Überfall berichtete.

»Du hast gesagt, dass sie auf ein Zeichen hin aufbrachen?«, fragte Schäng.

»Ja. Jemand machte einen Eichelhäher nach. Dreimal schrie er, erst einmal und dann zweimal kurz hintereinander, und dann zogen sich die Soldaten zurück.«

»Und wenn es ein echter Vogel gewesen ist? Kann es kein Zufall gewesen sein?«

Josef schüttelte den Kopf. »Nein. Jemand hat ihn wirklich gut nachgemacht, aber es war bestimmt kein richtiger Eichelhäher.«

»Das Ganze war also wirklich nur ein Ablenkungsmanöver, damit sie die Waffen aus dem Fährhaus wegschaffen konnten. Und der Vogelschrei bedeutete, dass sie fertig waren«, sagte Jan.

Lukas legte seine Pfeife, die ihm schon wieder ausgegangen war, auf den Tisch. Es fehlte ihm wohl doch die Ruhe zum Rauchen. »Verdammt noch mal! Woher wussten sie, dass fast alle Waffen aus dem Dorf im Fährhaus waren?«

»Ja, das hat sich der Fährmann auch gefragt. Und mittlerweile wird es jeder in Lay tun«, sagte Schäng. »Leider ist die Antwort denkbar einfach: Es hat ihnen jemand gesagt.«

»Das kann ich nicht glauben! Warum sollte jemand das tun?«

»Kann es nicht sein, dass sie das Dorf beobachten und gesehen haben, wie die Waffen ins Fährhaus getragen wurden?«, unterstützte Jan die Zweifel seines Bruders.

»Das wäre eine angenehme Erklärung«, sagte Schäng, aber der

besorgte Ausdruck in seinen Augen blieb. »Nein, ich fürchte, bald wird jeder jeden verdächtigen, uns verraten zu haben.«

Die Tür öffnete sich, und Katharina sah in die Küche. »Josef, da ist Besuch für dich! Will wartet im Hof. Er wollte nicht reinkommen«, sagte sie.

Erstaunt folgte Josef ihr nach draußen, wo der rothaarige Will neben der Bank am Hauseingang stand. Nervös schnitzte er mit seinem Messer an einem Weidenstock herum, dass Rindenstückchen zu Boden fielen. Als Katharina fragend ihre dunklen Augenbrauen hob, steckte Will verlegen sein Messer in die Tasche und versuchte, die Schnitzel mit dem Fuß unter die Bank zu schieben.

Katharina lachte und sagte: »Das stört hier nicht. Der Hof wird heute Mittag ohnehin gekehrt. Komm doch mit in die Küche, dann können wir schauen, ob Wiena etwas Gutes für dich findet.«

Doch Will schüttelte nur stumm den Kopf, ohne von seiner Schuhspitze aufzusehen.

»Gut. Wenn du keinen Hunger hast. Ich habe noch im Haus zu tun«, sagte Katharina und drehte sich um.

»Josef, du musst mitkommen. Sofort!«, sagte Will, kaum dass sie allein waren.

»Was ist denn los?«

»Die Männer, sie wollen in den Wald – die Soldaten suchen. Wir können uns das nicht gefallen lassen. Meint Onkel Franz.«

»Wann?«

»Jetzt gleich! Alle sind nach Hause, um Messer und Mistgabeln oder so was mitzunehmen.«

»Woher weißt du das?«

»Wir haben uns heute Morgen getroffen. Im Fährhaus. Onkel Franz und mein Bruder Paul waren in jedem Haus und haben alle Männer zusammengerufen.«

»Bei uns war keiner!«

Will schaute wieder auf seine Schuhspitze. »Ja, ich weiß.« Dann sah er zu Josef auf. »Aber ich bin zu dir gekommen! Ich weiß, dass du kein Verräter bist. Du warst ja auch auf dem Platz.«

»Sie sind nicht zu uns gekommen, weil sie mich für einen Verräter halten?«, fragte Josef.

»Nicht unbedingt dich, aber Schäng oder Lukas oder … Über

den ganzen Mehringhof wird geredet. Nicht nur über die Männer. Warum haben die Schweden Katharina und Ellie verschont?«

Josef übermannte der Zorn mit einer Gewalt, dass er die Augen schließen musste, um sich zu beherrschen. Er schluckte, bevor er antworten konnte.

»Will, glaubst du das?«, fragte er dann, so ruhig er konnte.

»Ich, ich ...« Will stockte. »Deshalb bin ich ja gekommen«, platzte er dann heraus. »Du musst mitkommen, dann wissen alle, dass *du* zu uns gehörst!«

»Und was ist mit Schäng, Jan und Lukas?«, fragte Josef. Und mit Katharina und Ellie?, setzte er in Gedanken hinzu.

»Ich glaube nicht, dass Onkel Franz die dabeihaben will. Und vielleicht ist es auch besser, wenn die nichts davon wissen, dass wir in den Wald ziehen. Jetzt lass uns gehen, die anderen warten nicht ewig auf mich.«

Josef sah Will an, der verlegen vor ihm stand, und musste wieder daran denken, was Schäng gesagt hatte: »Bald wird jeder jeden verdächtigen.« Es war nicht Wills Schuld, dass er den Leuten vom Mehringhof nicht mehr traute, aber es war ein Freundschaftsbeweis, dass er, sicher gegen den Willen seines Onkels und seines Bruders, zu ihm gekommen war.

»Nein, geh mal ohne mich. Ich bin dir dankbar, dass du mich holen wolltest. Aber ich kann nicht hinter dem Rücken der andern mit dir gehen.«

Etwa fünfzig Männer, vom Jungen bis zum Greis, standen vor dem Fährhaus auf der Uferstraße. Da mehr gekommen waren, als in dem Häuschen Platz fanden, war man auf die Straße ausgewichen.

Mehr und mehr redete man sich in Hitze und Vergeltungslust, und bald war klar, dass man noch heute mit den räuberischen Hunden abrechnen wollte, ob mit oder ohne Musketen und Säbel.

Der Fährmann war der richtige Mann, um die Layer auf den Kampf einzustimmen. Er fragte nicht, wer nun noch gegen die Soldaten ziehen wolle, sondern plante den Feldzug, als sei er unwiderrufbar.

»Wir bleiben bei der Suche in Rufweite voneinander«, erklärte er. »Es kann für uns nicht allzu schwer sein, ihr Lager zu finden.

Es ist unsere Heimat und nicht ihre. Und aus dieser unserer Heimat werden wir sie vertreiben. Sie werden sich wünschen, Lay nie gesehen zu haben.«

Paul hob seinen Dreschflegel in die Höhe und ließ ihn kreisen, dass das Schlagholz durch die Luft zischte. »Richtig! Wir werden ihnen zeigen, dass Bauern keine Musketen und Schwerter brauchen, um mit ihnen fertig zu werden«, rief er.

»Ja, wir haben lange genug stillgehalten. Ihr seht, was wir davon haben. Sie kommen am Tag in unser Dorf, als wären sie die Herren und wir Leibeigene, und nehmen sich, was sie wollen. Aber wir sind Männer, freie Bauern. Es wird Zeit, dass wir uns auch so benehmen«, fuhr Franz fort. »Sie halten uns für Feiglinge.« Er schaute von Gesicht zu Gesicht. »Heute werden wir ihnen das Gegenteil beweisen«, sagte er, und viele nickten. Doch immer noch schienen einige zu zögern.

Der Fährmann ließ seinen Blick erneut vom einen zum anderen wandern, während er langsam und eindringlich weitersprach. »Aber es hat nur dann Sinn, wenn wir zusammenhalten! Einer muss der Schutz des anderen sein. Keiner darf zurückbleiben. Jeder, der hierbleibt, muss damit rechnen, dass sein Nachbar, sein Vetter oder sein Bruder ohne seinen Beistand getötet wird.« Er machte eine Pause, und es wurde sehr still in der Runde. Dann fuhr Franz mit ruhiger Stimme fort: »Doch das muss jeder für sich selbst entscheiden. Ich jedenfalls werde heute unsere Feinde aufspüren und vertreiben. Wer wie ich denkt, der kommt mit mir.«

Er trat einen Schritt zurück. Paul und mit ihm mehrere junge Männer stellten sich sofort zu ihm. Dann wechselte auch Peter mit drei langen Schritten zur Seite des Fährmanns, und fast alle jungen Männer taten es ihm nach. Es waren nur noch drei, unter ihnen Will, die vor dem Fährhaus standen. Will stieß den Jungen neben sich auffordernd mit dem Ellbogen an, und gemeinsam traten sie zu der kampfbereiten Gruppe. Da ging auch der letzte der Männer zu den übrigen.

»Jetzt werden wir uns zurückholen, was uns gehört«, sagte Fährfranz.

»Ja, jetzt könnt ihr es euch zurückholen«, erklang da eine Stimme hinter der Gruppe. Schäng war unbemerkt zu der Versammlung getreten. Schräg hinter ihm stand Josef.

»Schließ dich uns ruhig an. Wir können jeden gebrauchen, der Erfahrung im Kämpfen und Führen hat.« Peter schien ernsthaft erfreut, Schäng zu sehen, doch die meisten anderen Gesichter zeigten Ablehnung oder Verlegenheit.

»Niemand hat dich gerufen und um deine Meinung gefragt«, sagte der Fährmann hart.

»Ich war nicht zu der Versammlung eingeladen. Du sagst es. Doch warum war ich nicht eingeladen?«

Der Fährmann setzte zu einer Antwort an, doch Schäng unterbrach ihn. »Komm mir nicht mit der lächerlichen Verdächtigung, ich könnte Lay an die Soldaten verraten haben! Sagt mir, warum ich das tun sollte. Nein – ich wurde nicht zu der Versammlung gerufen, weil du den Kampf erzwingen willst. Du wolltest nicht hören, dass es besser, klüger wäre zu warten.«

»Warten, warten!«, höhnte der Fährmann. »Haben wir nicht lange genug gewartet? Wie Feiglinge haben wir gewartet und uns erpressen lassen. Wie Feiglinge! Und so wurden wir auch behandelt. Sie kamen und nahmen mit, was sie wollten. Doch das ist vorbei! Wir lassen es uns nicht mehr länger gefallen! Wir holen uns zurück, was sie gestohlen haben.«

»Ja, holt es euch zurück, das halb gefressene Schwein. Dafür lohnt es sich sicher, sein Leben einzusetzen.«

»Es geht nicht um ein Schwein, es geht um unsere Ehre, um unser Recht. Dafür wollen wir kämpfen.« Zustimmungfordernd suchte Franz den Blick der anderen Männer.

»Ehre und Recht«, sagte Schäng. »Große Worte, schöne Worte. Dafür wollt ihr kämpfen und vielleicht sterben? Dreißig Jahre lang wurde gekämpft, überall im ganzen Land. Für Gott und für die Freiheit. Gott und Freiheit – das sind auch große, schöne Worte. Hat sich der Kampf dafür gelohnt? Ich war dabei. Auch ich habe gekämpft. Das einzig Gute, das ich über diesen Krieg sagen kann, ist, dass er vorbei ist und dass wir ihn überlebt haben. Und ich wünsche mir, dass das Kämpfen nicht wieder beginnt.«

»Aber wir können uns doch nicht alles gefallen lassen«, sagte Paul trotzig.

Karl strich sich mit der flachen Hand über seine schweißfeuchte Stirn und zog die Schultern hoch. »Was bleibt uns denn übrig?«, fragte er Schäng. »Ich will ja nicht den Krieg weiterführen.

Ich will nur, dass die Soldaten vertrieben werden. Meine Kinder sollen keine Angst mehr haben müssen.«

»Das verstehe ich gut«, sagte Schäng. »Aber wenn ihr jetzt mit eurem Ackergerät diese erfahrenen Soldaten aufstöbert, dann wirst du nicht mehr viel für deine Familie tun können. Du wirst wahrscheinlich getötet werden – für Ehre und Recht. Vielleicht lohnt es sich, dafür zu sterben. Aber besser wäre es, wenn du für deine Familie leben würdest.«

»Aber es hat sich doch gezeigt, dass wir sie nicht schützen können. Sie hätten uns alle gestern auf dem Dorfplatz erschlagen können.«

Es verging ein Augenblick, ehe Schäng antwortete.

»Ja«, antwortete er dann. »Das hat alles verändert. Ich wollte glauben, dass wir uns nie wieder mit dem Kampf beschäftigen müssen, dass wir unsere Waffen in der Rumpelkammer verrosten lassen können. Aber sie haben uns angegriffen und könnten es wieder tun. Deshalb bin ich jetzt hierhergekommen. Ihr wisst, dass ich zehn Jahre lang Offizier war. Ich habe in Festungen gelegen, die Belagerungen standhielten. Ich habe Soldaten in die Schlacht geführt. Ich glaube, dass ich euch für einen Angriff vorbereiten kann. Und das biete ich euch an.«

Bisher hatte der Fährmann stumm zugehört. Nun erhob er seine Stimme.

»Du glaubst, dass wir dich brauchen? Nur weil du Offizier warst? Ich hätte genauso gut wie du Offizier sein können. Wir brauchen dich nicht! *Ich* kann die Männer führen.«

»Umso besser. Wenn ihr beide zusammenarbeitet, dann müssen wir nichts fürchten.« Die fröhliche Zuversicht in Peters Stimme wirkte etwas aufgesetzt, aber seine Worte riefen doch beifälliges Gemurmel hervor.

Der Fährmann ging rasch einige Schritte die Straße aufwärts und sah auf die Männer, die noch immer vor seinem Haus versammelt waren, herab. »Ich werde jetzt tun, was wir geplant haben. Allein oder nicht, das ist mir gleich. Wer wie ich denkt, der folgt mir.« Er drehte sich um, ohne auf eine Reaktion zu warten, und begann die Straße in Richtung Wald hinaufzusteigen. Schweigend sahen ihm die Männer hinterher. Nur Paul stieß seinen Freund Hannes mit dem Ellbogen an.

»Komm!«, sagte er und wies mit dem Kopf in Richtung Fährfranz.

Hannes war ein grobknochiger Mann, der fast immer in Pauls Gesellschaft zu finden war. Wenn er sich an Gesprächen beteiligte, dann bestätigte er meistens nur das, was sein Freund Paul von sich gab, mit einem knappen »Mein ich auch«, »So ist es« oder »Da hat er recht«.

Jeder erwartete, dass Hannes Pauls Aufforderung sofort folgen würde, aber er sah sich unschlüssig um.

Ohne auf eine Entscheidung von Hannes zu warten, drehte Paul sich um und lief Franz hinterher. Der war bereits einige Schritte die Straße aufwärtsgestiegen. Hannes zögerte noch einen Moment, sah seinem Freund nach und suchte dann den Blick der anderen Männer, doch sie wichen ihm aus. Da stapfte auch er die Straße hinauf.

Plötzlich wurde Josef angestoßen. Jemand drängte sich an ihm vorbei. Er erkannte Will und streckte, ohne zu überlegen, den Arm aus, um ihn zurückzuhalten. Er bekam nur noch einen Zipfel seines Ärmels zu fassen, der ihm durch die Finger glitt. Aber Will hatte die Berührung bemerkt und sah über die Schulter zurück.

»Bleib!«, sagte Josef so leise, dass er selbst nicht glaubte, dass Will ihn verstehen könnte. Aber Will sah ihn nur vorwurfsvoll an und lief den Männern hinterher. Als er sie eingeholt hatte, schlug ihm sein Bruder Paul auf die Schulter. Zu viert stiegen sie die Straße hinauf, dem Wald entgegen.

»Sollen wir nicht versuchen, sie aufzuhalten?«, sagte Peter zu Schäng. »Sie können doch nicht zu viert das Lager ausheben!«

»Nein«, antwortete Schäng. »Und das werden sie auch nicht versuchen. Franz ist ein leidenschaftlicher und unvernünftiger Mann. Aber er ist nicht dumm und auch nicht lebensmüde. Sie werden durch den Wald streifen und darauf achten, dass sie das Lager nicht zufällig finden.«

»Aber wenn die Soldaten sie gefangen nehmen und töten?«

»Bisher haben sie noch keinen von uns getötet, obwohl sie Gelegenheit dazu hatten.«

»Ich dachte lange, dass wir uns mehr oder weniger friedlich mit ihnen einigen könnten, bis sie weiterziehen«, sagte Peter und sah hinauf zu den bewaldeten Höhen über dem Dorf. »Aber nun habe ich, immer wenn ich zum Wald sehe, das Gefühl, dass etwas Schlimmeres als entlassene Soldaten uns von dort oben belauert. Ich hatte bisher keine rechte Angst vor ihnen, doch jetzt, jetzt ...« Peter zog die Schultern hoch, als friere er, und ließ den Satz unbeendet. Sein Blick wanderte suchend an der Linie der Baumkronen auf der Berghöhe entlang, die sich dunkel von dem Frühsommerhimmel abhoben. Schließlich wandte er sich ab und sagte mit einer wegwerfenden Handbewegung: »Ach, ich weiß auch nicht. Das alles macht mich noch ganz verrückt.«

Er grinste Josef an. »Was meinst du, sollen wir mal einen Besuch bei unserem Freund im Brautstand machen? Ob Lorenz den Wein seines zukünftigen Schwiegervaters mittlerweile verdaut hat? Auf der Hochzeit muss er uns doch wieder zutrinken können!«

»Ja, lass uns hingehen. Siska macht sich Sorgen um ihn. Es war wohl doch nicht der Wein, sondern der Anfang einer Krankheit. Sie hat heute Morgen erzählt, dass es Lorenz schlechter ging, nachdem sie ihn heimgebracht hatte. Die ganze Nacht hat sie an seinem Bett gewacht und sogar der Kuhlenbäuerin getrotzt, als die sie heimschicken wollte, weil sich so etwas nicht für eine Braut gehört. Wahrscheinlich fürchtet Siska, dass die Hochzeit verschoben werden muss.«

»Ich glaube, dass Lorenz sich gar nicht trauen würde, die Hochzeit zu verschieben.« Peter zog eine theatralische Grimasse. »Ich würde jedenfalls lieber unbewaffnet ins Soldatenlager gehen, als Siska so etwas zu sagen.«

25. bis 28.6.1650, die vier Tage nach dem Johannistag

ZWEI TOTE

Draußen war ein heller, strahlender Sommertag, aber in dem stillen Zimmer war es dämmrig wie in einer Höhle. Die Fensterläden waren fest geschlossen, und nur zwei Kerzen erhellten den Raum mit stillen Flammen. Sie standen auf einer Truhe aus dunklem Eichenholz zu beiden Seiten eines Kreuzes. Ein seltsamer Geruch, würzig und rauchig wie von verbrannten Kräutern, hing in der Luft.

Mit der Kopfseite zur Wand stand ein Bett. Auf ihm türmten sich Decken so hoch, dass man von der Tür aus nicht sehen konnte, ob jemand darin lag. Doch es musste so sein, denn neben dem Kopfende stand eine Frau, die sich niederbeugte und offenbar jemandem etwas zuflüsterte. Josef hatte sie noch nie zuvor gesehen. Schräg hinter ihr standen die Kuhlenbäuerin und, wie Josef erstaunt bemerkte, Wiena, die eine Schüssel in den Händen hielt.

Die Kuhlenbäuerin hatte ihre Finger ineinander verschränkt, als wolle sie beten, doch sie hielt sie nicht ruhig, sondern öffnete und faltete sie ohne Unterlass. Im Gegensatz zu ihren rastlosen Händen wirkte ihr Gesicht versteinert. Sie wandte sich nicht zu den Besuchern um, sondern starrte auf das Kopfende des Bettes. Wiena hatte kurz zur Tür geblickt, als Peter und Josef eintraten, doch ohne die beiden weiter zu beachten, hatte sie ihre Aufmerksamkeit sofort wieder der Fremden zugewandt.

Josef reckte den Hals und trat einen Schritt vor. Nun sah er ein Gesicht, in dem er mit Mühe Lorenz erkennen konnte, weiß und glänzend hinter dem Deckenberg. Die Fremde strich mit einem Tuch dreimal über die bleiche Stirn, wobei sie leise vor sich hin sprach. Dann hob sie die Decken etwas an, steckte das Tuch unter Lorenz' Hemd und ließ es auf seiner Brust liegen. Sie drehte sich zur Kuhlenbäuerin um.

»Wenn sie es war, dann wird das Tuch das Böse aus seinem Herzen herausziehen. Es sei denn, sie hat dem Trank ein Haar von dem Schwarzen beigemischt. Dann ist dein Sohn verloren.«

Die Kuhlenbäuerin stöhnte bei diesen Worten auf, und die Fremde setzte tröstend hinzu: »Das geschieht nur sehr selten.«

Wiena war unterdessen zu Peter und Josef getreten und flüsterte ihnen zu: »Das ist Dorothea Wirges.«

Ihr Tonfall war bedeutungsschwer, als würde sie ungläubige Begeisterung auf diese Mitteilung erwarten. Josef sagte der Name nichts. In ein flüsterndes Gespräch vertieft, verließen die Fremde und die Kuhlenbäuerin das Zimmer, ohne ihnen einen Blick zu gönnen.

»Eine Verwandte vom alten Wirges?«, fragte Josef.

Peter lachte leise, was in der bedrückenden Atmosphäre des Krankenzimmers seltsam unpassend wirkte. Wiena antwortete entrüstet: »Natürlich nicht! Es ist *die* Dorothea Wirges. Aus Winningen!« Sie sah Josef erwartungsvoll an.

»Eine Hexe«, sagte Peter beiläufig zu Josef und trat an Lorenz' Bett.

»Ach, hör nicht auf ihn«, sagte Wiena. Sie schien Peters Bemerkung für nicht mehr als einen respektlosen Scherz zu halten. »Sie ist eine Heilerin. Wenn jemand Lorenz helfen kann, dann sie. Wer hätte je gehört, dass eine Hexe Weihwasser berührt!«, wandte sie sich an Peter mit der Überzeugung eines Lehrers, der einem Kind erklärt, dass Kühe keine Eier legen.

»War das Tuch damit getränkt?«, fragte Josef, aber ein Blick auf Peter lenkte ihn von seiner Frage ab.

Peter hatte sich über Lorenz gebeugt und starrte erschrocken auf ihn hinab. Schnell trat Josef neben ihn und verstand: Lorenz sah aus, als sei er nicht krank, sondern bereits aufgebahrt. Aus seinem Gesicht war jede Farbe gewichen, seine Lippen waren ebenso bleich wie Stirn und Wangen. Mit der Farbe schien das Fleisch auch seine Substanz verloren zu haben. Wie durch helles Wachs schien man halb hindurchsehen zu können. Und ebenso unbelebt wie Wachs wirkte auch dieses Gesicht mit seinen geschlossenen Augen und dem halb geöffneten Mund. Josef hatte schon einige Tote zu Gesicht bekommen – und genau so hatten sie ausgesehen.

»Ist er …?«, stammelte Josef.

Schweigend wies Peter mit dem Kinn auf die Decke über Lorenz' Brust. Mit einer kaum merklichen, schrecklich langsamen

Bewegung hob und senkte sich der Deckenberg. Josef presste die Faust an den Mund in dem vergeblichen Versuch, ein Schluchzen zu unterdrücken. Dann spürte er, dass Peter den Arm um ihn legte, und er barg den Kopf an dessen Schulter und ließ seinen Tränen freien Lauf.

Ich heule wie ein kleines Mädchen, dachte Josef beschämt, aber trotzdem milderte das Weinen seinen Kummer. Und als er sich von Peter löste und ihn halb trotzig, halb verlegen ansah, merkte er, dass auch Peters Augen feucht von Tränen waren.

Sie waren mit dem Kranken allein im Zimmer. Wiena musste den Raum unbemerkt verlassen haben. Die Zimmertür stand einen Spaltbreit offen, und aufgeregte Stimmen drangen aus dem Flur herein.

»Du kannst ruhig wieder gehen! Ich weiß, was ich weiß. Bevor er mit dir zusammen war, sein Leben lang, immer war er gesund!«, war die wütende Stimme der Kuhlenbäuerin zu hören.

»Wenn hier jemand eine Hexe ist, dann du!«

Josef erkannte Siskas Stimme. Hier trafen zwei aufeinander, die sich kein Wort schuldig bleiben würden.

Die Stimmen kamen näher, die Tür wurde heftig aufgestoßen. Siska schob die Kuhlenbäuerin, die ihr den Weg verstellte, zur Seite, und mit raschen Schritten trat sie neben das Bett. Doch da verflog ihr Schwung mit einem Schlag. Ungläubig riss sie die schönen grünen Augen auf.

»Es geht ihm schlechter.«

Eine Frage schwang mit in diesem Satz, die Wiena, die hinter ihr eingetreten war, antworten ließ: »Ja, seit heute Morgen steht es immer schlimmer um ihn.«

Siska streckte die Hand aus und berührte mit den Fingerspitzen Lorenz' Wange. »Nein! Das kann nicht sein«, sagte sie leise. Sie zog die Augenbrauen zusammen und drehte sich zu den anderen um. »Es sollte ihm besser gehen. Warum ist es so schlimm?«, fragte sie, als könne ihr jemand eine Antwort geben.

»Das musst du wissen. Was war das für ein Schadenszauber? Was hast du ihm angetan?« Die Kuhlenbäuerin ging langsam auf Siska zu. »Nimm ihn zurück! Nimm ihn zurück!«, stieß sie hervor, während sie ihr näher kam.

Doch Siska beachtete sie kaum. Sie sah noch einmal auf Lorenz. »Er wird wieder gesund werden! Dafür sorge ich«, sagte sie und stürzte aus dem Raum.

Sie sahen ihr nach, dann sagte Peter zu Lorenz' Mutter: »Wie kannst du nur behaupten, dass Siska ihn verhext hat? Sie wollten übermorgen Hochzeit feiern! Siehst du nicht, wie verzweifelt sie ist?«

Der Zorn der Kuhlenbäuerin hatte sich noch nicht gelegt. »Vielleicht hat sie dich ja auch verhext. Fast hättest du selbst sie ja geheiratet.« Sie sah ihn scharf an. »Die Wirges hat gesagt, es hätte jeder sein können. Vielleicht warst du es, hast ihm die Krankheit angehext – aus Eifersucht.«

»Aus dir reden die Sorge und das Unglück. Es ist besser, wenn wir dich allein lassen.« Peter drehte sich um, und Josef folgte ihm zur Tür.

Sie waren schon auf dem Flur, als sie die alte Bäuerin hörten, wie sie ihnen hinterherrief: »Ja, geht nur! Geht! Es ist besser, wenn keiner von euch bei ihm ist. Es wäre besser, er hätte nie einen von euch gesehen!«

Ihre zornige Stimme verlor mehr und mehr an Kraft und ging in ein krampfhaftes Schluchzen über. Die Kuhlenbäuerin weinte!

Das Unglück dieser hartherzigen Frau, die sich und anderen nie eine Schwäche zugestand und die nun hilflos der Sorge um den Einzigen, den sie liebte, ausgeliefert war, rührte Josef noch mehr als Siskas Kummer.

Als sie aus der Haustür traten und wieder im hellen Sonnenlicht standen, fühlte sich Josef, als sei er selbst vom Krankenbett aufgestanden. Peter und er hatten ein Stück gemeinsamen Wegs, und so gingen sie langsam nebeneinanderher.

»Glaubt die Kuhlenbäuerin wirklich, dass Lorenz verhext wurde?«, fragte Josef nach einer Weile.

»Ich denke schon. Es ist ja auch erstaunlich, wie er von einem auf den anderen Tag krank wurde.«

»Aber wer soll das getan haben? Siska ist zwar oft ein Biest, aber sicher keine Hexe. Sie könnte niemanden verzaubern. Außerdem hast du selbst gesagt: Warum sollte sie wollen, dass er … krank wird?« Fast hätte Josef »dass er stirbt« gesagt, aber im letzten Moment änderte er seine Worte, als könne er damit das Unheil von Lorenz abwenden.

»Nein, Siska macht sich wirklich Sorgen um Lorenz. Ich habe manchmal gedacht, dass sie ihn nicht so sehr liebt wie er sie, aber als ich sie heute an seinem Bett gesehen habe … Keine Braut hätte besorgter um ihren kranken Bräutigam sein können. Wie blass sie war!«

»Sie hat wohl die ganze Nacht an seinem Bett gewacht. Heute Morgen kam sie erst zurück. Sie kann nicht mehr als drei Stunden geschlafen haben.«

»Ich glaube, ich komme mit zum Mehringhof. Vielleicht sollte ich mit ihr reden.«

»Vielleicht ist sie auch zu sich nach Hause gegangen. Sollen wir auf dem Weg da vorbeigehen?«

Sie trafen Siska weder in ihrem Elternhaus noch im Mehringhof an.

»Ob sie wieder in den Kuhlenhof zurück ist?«, fragte Peter.

»Oder sie macht wieder einen ihrer einsamen Spaziergänge.«

»Siska? Einsame Spaziergänge? Der Brautstand scheint doch jedes Mädchen zu verändern.« Das brachte Peter auf eine Idee. »Ist Katharina auch nicht zu Hause?«

»Doch. Ich glaube, sie wollte im Garten arbeiten.«

»Na, dann werde ich mal nachsehen, ob ich sie finde.«

Josef blieb allein in der Küche zurück. Überhaupt schien außer ihm niemand im Haus zu sein. Alles war still. Er sah aus dem Fenster in den Hof, aber auch die Türen zu Stall und Scheune waren fest verschlossen. Auf die Felder auf der Anhöhe würde nach dem gestrigen Vorfall heute sicher niemand gehen.

Da öffnete sich das schwere Tor, und Schäng und Jan kamen auf den Hof. Jan hielt das Tor weiter auf, und auf zwei Krücken gestützt folgte ihnen Lukas. Dahinter betraten zwei Männer den Hof, die Josef nicht erwartet hatte. Es waren die Zigeuner, die gestern auf dem Fest aufgespielt hatten. Doch wie verändert waren die Spielleute heute! Beide wirkten übermüdet und niedergedrückt. Der Kleinere von beiden, der Bärenführer, schwankte, als könne er sich kaum noch auf den Beinen halten.

Schäng ging vor und öffnete die Haustür, aber der Bärenführer sagte etwas in bittendem Ton, was Josef nicht verstehen konnte, und ließ sich, als Schäng nickte, auf der Bank neben der Haustür nieder. Der andere Zigeuner lehnte sich an die Hauswand, legte den Kopf in den Nacken und sah in den Himmel.

»Wiena! Leni!«, rief Schäng, und Josef ging nach draußen.

»Es ist außer mir keiner im Haus«, sagte er.

»Dann bring uns Wasser und Wein, Brot und Käse und was sonst noch da ist. Die Männer sind hungrig und wollen nicht ins Haus kommen.«

Als Josef alles Verlangte nach draußen gebracht und auf dem kleinen Tisch abgestellt hatte, blieb er bei den Männern stehen. Die Zigeuner tranken Wasser und auch Wein, aßen aber kaum etwas.

»Ihr habt den Bären also nicht wieder einfangen können?«, fragte Jan.

»Nein, die ganze Nacht haben wir sie gesucht. Immer wieder haben wir sie gerufen. Aber sie ist nicht gekommen«, sagte der Zigeuner, der auf dem Fest die Fiedel gespielt hatte.

Der Bärenführer wiegte den Kopf. »Sie kommt sonst immer.« Auch er blickte zum Himmel, ehe er erschöpft den Kopf sinken ließ und so leise, dass es kaum zu verstehen war, sagte: »Was sollen wir jetzt machen?«

Dann richtete er seine Augen wieder auf seine Zuhörer. »Ursa, sie ist alles, was ich habe. Sie kann nicht im Wald überleben. Mit dem Geschirr ums Maul sowieso nicht. Sie wird verhungern.«

»Habt ihr denn gar keine Spur von dem Bären gefunden?«, fragte Jan.

»Doch, zuerst schon. Aber da, wo die hohen Bäume stehen, haben wir sie wieder verloren. Die ganze Nacht sind wir durch den Wald gelaufen. Nichts! Dann, gegen Morgen, fanden wir in einer Kuhle zwischen dem Wurzelwerk einen Körper. Er rührte sich nicht. Zuerst hielten wir ihn für einen Toten, aber er war nur betrunken. Es war einer der Soldaten. Im Arm hielt er den Krug, den er auf dem Fest geraubt hatte. Und es war kein Tröpfchen mehr in ihm.«

»Habt ihr ihn geweckt?«, fragte Jan.

»Wir wollten es. Vielleicht hatte er Ursa in der Nacht gesehen. Wir haben ihn geschüttelt und gerüttelt. Doch er wachte nicht auf.«

»Heute Morgen sind wir dann drei Männern und einem Jungen begegnet. Sie hielten uns an. Sie haben zwei Mistgabeln auf uns gerichtet, als wollten sie uns damit aufspießen. Dann haben sie sich an uns erinnert. Trotzdem sahen sie uns so misstrauisch an, dass wir froh waren, als sie uns weiterziehen ließen.«

»Das waren Männer aus dem Dorf, die das Lager der Soldaten auskundschaften wollten«, erklärte Lukas.

Die beiden Zigeuner wechselten einen Blick, der deutlich machte, was sie von diesem Plan hielten.

»Ja, wir hoffen alle, dass sie nicht darüber stolpern«, stimmte Lukas ihren unausgesprochenen Worten zu.

»Aber das sind nicht die Einzigen aus eurem Dorf mit mehr Mut als Verstand. Auf dem Rückweg dachten wir kurz, Ursa käme zu uns gelaufen. Etwas brach durch das Unterholz und lief bergaufwärts in unsere Richtung. Doch es war nicht Ursa.« Der Bärenführer schüttelte missbilligend den Kopf. »Nein, es war eine junge Frau oder ein Mädchen. Sie rannte durch das Dickicht, ohne darauf zu achten, ob jemand sie sah oder hörte.«

»Eine sehr hübsche junge Frau. Ich habe sie auf dem Fest gesehen. Ihr Mann war so betrunken, dass sie ihn heimbrachte«, sagte der zweite Zigeuner.

»Siska!«, stöhnte Schäng auf. »Was will sie nur im Wald?«

Plötzlich wusste Josef, was Siska gemeint hatte, als sie sagte, sie würde dafür sorgen, dass Lorenz wieder gesund würde. Und er wusste auch, wohin sie wollte, als sie aus Lorenz' Zimmer gelaufen war. Sie wollte Jäp suchen!

Josef hatte viel über Jäps Fähigkeiten gehört, ein krankes Tier, das schon als verloren galt, wieder zu heilen. Er weigerte sich zwar, auch Menschen mit seinen Tränken, Umschlägen und Salben zu behandeln, aber Lorenz war sein Freund. Vielleicht der einzige Freund, den er hatte. Siska hoffte bestimmt, dass Jäp ihm helfen würde.

»Sie sucht Jäp im Wald«, sagte Josef und erzählte davon, in welchem Zustand er und Peter Lorenz an diesem Morgen vorgefunden hatten, und auch von der Frau aus Winningen, die Kräuter verbrannt und Lorenz mit Weihwasser abgerieben hatte. Und er berichtete von Siska, wie sie erschüttert über Lorenz' Krankheit weggelaufen war.

»Es kann nur Jäp sein, den sie sucht«, schloss er seinen Bericht.

»Ja, so wird es sein«, stimmte ihm Schäng zu. »Aber es ist mehr als dumm von ihr. Sie wird Jäp bestimmt nicht finden. Viel wahrscheinlicher ist es, dass die Soldaten sie finden.«

»Sollen wir sie suchen?«, fragte Jan.

»Ich glaube nicht, dass wir sie finden können. Wir wissen nicht, wo sie suchen will. Wir können nur warten und hoffen, dass sie Vernunft annimmt und zurückkommt, ehe sie auf die Soldaten trifft. Hat sie euch gesehen?«, fragte Schäng die Zigeuner.

»Ja, aber es war seltsam: Sie hat uns nicht beachtet. Sie hat sich noch nicht einmal erschrocken, im Wald jemandem zu begegnen.«

»Ja«, sagte Josef, »sie war wegen Lorenz völlig außer sich.«

An diesem Morgen sprach im Mehringhof niemand mehr über Siska und das, was ihr im Wald zustoßen könnte. Aber alle sahen immer wieder zur Hoftür, und je mehr Zeit verfloss, umso unruhiger wurden alle.

Als Siska schließlich zwei Stunden später in den Hof trat, sah Josef sie als Erster. »Siska!«, rief er und lief ihr entgegen. Doch ihr Anblick ließ ihn stehen bleiben.

Man sah Siska an, dass sie mehr als einen Spaziergang hinter sich hatte. Ihre blonden Zöpfe, die sie sonst in kunstvollen Kränzen um den Kopf geschlungen trug, hatten sich gelöst. Eine Flechte hing ihr halb geöffnet bis zur Taille, Blätter und Zweigstückchen steckten darin. Ihre Kleider waren zerknittert und schmutzig. Mehrere Kratzer und eine lange, blutige Schramme zeigten, wie achtlos sie durch Dornenhecken gebrochen war. Ihre Arme und ihr Gesicht waren grau vor Schmutz. Nur unter ihren Augen liefen helle Spuren über die von Staub bedeckten Wangen. Sie musste geweint haben. Viel geweint, denn ihre sonst so übermütig leuchtenden Augen waren rot und verquollen.

»Du hast ihn nicht gefunden?«, fragte Josef und fühlte sich nun ebenso hoffnungslos, wie Siska aussah.

Verstört sah Siska Josef an. »Was?«, fragte sie fast erschreckt. »Wen? Woher weißt du?«

»Jäp. Du hast die Köhlermine nicht gefunden?«

Immer noch schien sie zu verwirrt, um zu verstehen, was er meinte. »Jäps Köhlermine?«

»Du hast doch versucht, ihn zu finden, damit er Lorenz heilt?«
Da stiegen Siska wieder die Tränen in die Augen. Sie presste die Lippen zusammen, und ihr Gesicht verzog sich, als müsse sie einen großen körperlichen Schmerz ertragen. Josef bedauerte, sie gefragt zu haben.

»Lorenz muss von allein wieder gesund werden. Es gibt kein Mittel für ihn«, sagte Siska.

»Hat Jäp das gesagt?«, fragte Schäng, der zu ihnen getreten war.

»Nein, ich habe Jäp nicht gesehen.« Siska schlug die Hände vors Gesicht. Für einen Moment schwieg sie. Dann stieß sie gepresst hervor: »Ich war vergebens im Wald. Ich kann nichts, *nichts* für Lorenz tun. – Niemand kann das.«

»Vielleicht doch«, sagte Schäng. »Und ich denke nicht an diese Kräuterfrau aus Winningen.« Er fasste sanft nach ihren Händen, die sie immer noch vor ihr Gesicht presste, aber Siska drehte sich von ihm weg.

»Siska, du darfst nicht verzweifeln«, sagte Schäng zu ihr. »Warum bist du nicht zu mir gekommen? Oder zu Katharina? Ich wusste nicht, wie schlecht es um Lorenz steht, sonst hätte ich mich um Hilfe bemüht. Ich werde jetzt nach Koblenz fahren, und vielleicht werde ich jemanden mitbringen, der Lorenz helfen kann.«

Langsam nahm Siska ihre Hände vom Gesicht und blickte Schäng an. Plötzlich sah sie wie ein kleines Mädchen aus, das nur darauf wartet, getröstet zu werden.

»Meinst … meinst du?«, stammelte sie und wischte sich die Tränen weg.

Und wie zu einem Kind sprach Schäng zu ihr: »Geh jetzt in eure Kammer und schlafe ein wenig. Und du wirst sehen: Wenn du wieder aufwachst, sieht alles viel, viel besser aus.«

Eine blonde Strähne hing Siska vor dem linken Auge. Mit einer sanften Bewegung strich Schäng sie ihr aus dem Gesicht. »Alles wird gut«, murmelte er. »Alles wird gut.«

Währenddessen war auch Katharina in den Hof gekommen. Ohne etwas zu fragen, schlang sie den Arm um ihre Freundin und zog sie an sich. Siska legte ihren Kopf an Katharinas Schulter und fing nun wieder an zu weinen. Doch ihr Schluchzen klang nicht mehr verzweifelt, sondern eher erschöpft. Und noch während Katharina sie ins Haus führte, wurde ihre schlanke Gestalt schlaff, als schlafe sie schon halb.

»Sieht es mit Lorenz wirklich so schlecht aus?«

Schäng hoffte wohl, dass Siskas Sorgen übertrieben seien. Doch Josef nickte traurig.

»Ich glaube …«, Josef schluckte, »ich glaube, er stirbt.«

»Dann muss ich sofort los.«

»Meinst du, ein Bader könnte ihm helfen?«, fragte Jan.

»Nein, die meisten sind nicht mehr und nicht weniger hilfreich als diese Dorothea Wirges. Ich hole einen Arzt für Lorenz. Es gibt da einen Juden. Wenn jemand ihm helfen kann, dann er. Ihn muss ich finden.«

»Was?« Jan sah Schäng an, als würde er an seinem Verstand zweifeln. »Ein Arzt? Wie denkst du dir das? Er wird nicht kommen. Nicht zu einfachen Bauern.« Allein die Vorstellung ließ ihn ungläubig den Kopf schütteln.

»Ich hoffe, dass er mitkommt, wenn ich ihn darum bitte.« Schäng zögerte. »Wir kennen uns«, sagte er dann knapp.

»Und selbst wenn er käme, würde ihn die Kuhlenbäuerin nicht wollen. Ich glaube, eher würde sie ihren Hof abfackeln, als einen Juden an Lorenz ranzulassen.«

»Ich muss es dennoch versuchen.« Schäng sah zum Himmel auf. »Ich habe schon so viele Freunde sterben sehen. Und ich konnte keinem helfen«, sagte er leise. »Komm, Jan, mach den Wagen zurecht. Ich fahre sofort los«, sagte er dann. »Und du, Josef, kommst mit.«

***

»An diesem Tag kam ich zum ersten Mal nach Koblenz«, sagte der alte Mann. Dann schüttelte er lächelnd den Kopf. »Ich freute mich so sehr auf diese große Stadt!

Lorenz, mein Freund, den ich liebte und bewunderte wie keinen meiner Brüder, war todkrank. Noch an diesem Morgen hatte die Sorge um ihn schwer wie ein Mühlstein auf mir gelastet. Und wenige Stunden später saß ich neben Schäng auf dem Kutschbock und dachte kaum noch an ihn. Ich war aufgeregt und erwartungsfroh.

Neben uns glitzerte die Mosel in der Nachmittagssonne, und die Hänge der Weinberge spiegelten sich in ihrem Wasser. Wir folgten dem Fluss auf der Uferstraße. Ich wusste, dass in nur einer Stunde Wegs, dort, wo die Mosel in den Rhein mündet, Koblenz auf mich wartete. Ich war glücklich in diesem Augenblick.«

***

Josef reckte den Hals. Er spähte dorthin, wo die Mosel hinter einer Biegung verschwand. Da, zwischen den Bäumen, war die oberste Spitze eines Kirchturms zu sehen. Doch als schließlich auch einige Häuser auftauchten, wurde ihm klar, dass es nicht Koblenz, sondern nur ein weiteres Moseldorf war. Natürlich, das war Moselweiß. Von dem Ort zwischen Lay und Koblenz hatte er schon gehört. Josef hatte kaum Augen für das Dorf, so anmutig es auch an der Flussbiegung lag. Aber Moseldörfer hatte er auf seiner Reise nach Lay viele gesehen. Bald würde er zum ersten Mal eine richtige Stadt sehen.

»Stimmt es, dass Koblenz noch schöner ist als Trier?«, fragte er.

Schäng hatte auf der Fahrt bisher geschwiegen. Er war offensichtlich in trübe Gedanken versunken, und es dauerte einen Moment, ehe er antwortete.

»Kennst du denn Trier?«

»Nein. Aber ein Händler, der schon in Koblenz und Trier war, hat es zu meinem Vater gesagt.«

»Ich war noch nie in Trier«, sagte Schäng. »Aber ich habe Köln gesehen. Köln ist größer und prachtvoller als Koblenz. Trotzdem gefällt mir Koblenz besser. – Vielleicht weil es meine Vaterstadt ist. Trier würde mir bestimmt auch nicht besser gefallen.«

»Aber Trier ist doch die Stadt des Erzbischofs.«

»Der Erzbischof ist ebenso oft in Koblenz wie in Trier. Dabei wäre es besser gewesen, er hätte die Stadt nie betreten«, sagte Schäng mit Bestimmtheit. »Er hat Koblenz nur Unglück gebracht. Mit unseren Feinden hat er sich gegen den Kaiser verbündet. Ihre Besatzung hat er uns aufgezwungen. Die Koblenzer Bürger haben dagegen gekämpft, aber vergebens. Nachdem der

Widerstand gebrochen war, hat der Erzbischof grausam Gericht gehalten. Er ist in Trier nicht beliebt, aber in Koblenz ist er verhasst. Belagerungen und Eroberungen hat seine Politik für uns gebracht. Du hättest Koblenz vor zwanzig, fünfundzwanzig Jahren erleben sollen!«, sagte Schäng. »Damals lebten viermal so viele Menschen dort. Jedes zweite Haus ist jetzt zerstört. Aber du wirst sehen: Es ist immer noch eine wunderbare Stadt. Und wir bauen sie wieder auf. Sie wird ebenso prächtig werden wie vor dem Krieg.«

Es fiel Josef auf, dass Schäng »wir« gesagt hatte. Schäng war als Sohn eines Koblenzer Händlers groß geworden. Irgendwann musste er seine Vaterstadt verlassen haben, um Soldat zu werden. Warum kehrte er nun, nach dem Krieg, nicht nach Koblenz zurück, wenn die Stadt ihm so gut gefiel? Der Mehringhof war Katharinas mütterliches Erbe, aber sie hätten ihn ebenso gut verpachten und in Koblenz leben können. Doch es gab im Moment wichtigere Fragen für Josef.

»Der Händler hat auch erzählt, dass in Koblenz eine feste Brücke aus Steinen über die ganze breite Mosel geht. Stimmt das?«

Nun lächelte Schäng. »Ja, das stimmt. Diese Brücke wird von allen, die sie sehen, bewundert. Sie ist schon dreihundert Jahre alt und steht fest wie gewachsener Fels. Sie hält sogar jedem Eisgang stand. Balduin, ein Erzbischof, der es besser mit Koblenz meinte als der, den wir jetzt haben, hat sie damals erbauen lassen. Ein frommes Werk: Er wollte den Pilgern, die auf dem Weg nach Rom aus dem Norden kamen, einen Weg über die Mosel bieten.« Ernster fuhr er fort: »Viele Pilger haben diesen Weg genommen. Aber noch mehr Soldaten haben so die Mosel überquert. Und nicht zuletzt ihretwegen war Koblenz so hart umkämpft.«

»Eine Steinbrücke über diesen breiten Fluss? Wie kann das gehen?«, fragte Josef und maß die Strecke von einem Ufer der Mosel zum anderen mit den Augen.

Jetzt lächelte Schäng wieder. »Ja, das haben sich viele gefragt. Sicher nur mit Gottes Hilfe. – Ich glaube, es gibt sogar eine Geschichte darüber.«

Er sah in das Blau des Himmels und suchte in seinen Erinnerungen.

»Es war damals schwierig, sichere Pfeiler in der Strömung des

Flusses zu errichten. Der Teufel nutzte das, um den Erzbischof Balduin in Versuchung zu führen. Er erschien ihm und bot ihm an, für ihn eine feste Brücke zu bauen. Balduin widerstand der Versuchung, und Gott zeigte ihm in der gleichen Nacht im Traum, wie er die Brücke bauen sollte.« Schäng zwinkerte Josef zu. »Ich habe die Geschichte gehört, als ich noch ein Kind war. Jetzt kann ich mich nicht mehr an alle Einzelheiten erinnern. Wenn du es genauer wissen willst, dann frag Wiena danach, wenn wir wieder zu Hause sind. Die kennt alle Teufels- und Geistergeschichten.«

Josef hatte noch viele Fragen zu Koblenz, während das Pferd sie ihrem Ziel entgegenzog. Erst als die mächtigen Festungsmauern in Sicht kamen, verstummte er.

Die Stadtmauern mit ihren Wachtürmen waren so hoch, dass man von draußen kaum die Dächer der Häuser sehen konnte. Vor der Mauer war ein Schutzgraben, so breit und tief wie ein Flüsschen. Die Moselstraße endete hier auf einer Holzbrücke, die zu dem Torturm führte, der dreimal so hoch wie der Mehringhof war. Den Turmraum mussten alle, Fußgänger, Reiter oder Wagen, durchqueren, um in die Stadt zu gelangen. Die Flügel des Tors, größer als jedes Tor, das sich Josef zuvor hatte vorstellen können, standen offen. Schäng lenkte den Wagen in den Torraum. Die Tritte des Pferdes und das Knirschen der eisenbereiften Räder hallten in dem haushohen Durchgang.

Sie verließen den Torraum und waren plötzlich in der Stadt. Dicht an dicht standen rechts und links der Straße hohe Steinhäuser mit glänzenden Glasfenstern. Sie fuhren an einer Kirche vorbei, aber wenn Josef den Kopf drehte, konnte er noch andere Kirchtürme an wenigstens drei Stellen über den Hausdächern aufragen sehen. Und an der ersten Kreuzung führte die Querstraße zu einem anderen Stadttor, und dahinter – Josef hielt vor Aufregung den Atem an – dahinter führte die Brücke aus Stein, fest und breit wie eine Prachtstraße, über den Fluss. Welch ein Wunderwerk!

Sie fuhren weiter und ließen die Kreuzung und den Ausblick auf die Moselbrücke hinter sich. Gerne hätte Josef Schäng gebeten, mit ihm die Brücke anzusehen, aber dann fiel ihm wieder ein, dass sie hier waren, um Hilfe für Lorenz zu suchen, und nicht um Wunderbauten zu begaffen.

»Hier rechts um die Ecke stand mein Elternhaus«, sagte Schäng. Aber er fuhr weiter geradeaus. »Wir müssen in die Judengasse.«

Je weiter sie in die Stadt vordrangen, desto voller wurden die Straßen. Es herrschte eine solche Betriebsamkeit, dass Josef zunächst dachte, dass Schäng scherze, als er sagte: »Ich nehme dich das nächste Mal mit, wenn Markttag ist. Dann ist mehr los.«

Sie kamen mit ihrem Wagen nur langsam voran. Andere Fahrzeuge und Reiter behinderten sie in den engen Straßen, und die Fußgänger wichen den Wagen und Pferden kaum aus. Viele waren wohl Koblenzer Bürger, Händler oder Handwerker. Natürlich waren immer noch viele Soldaten in der Stadt. Und mancher Bauer aus dem Umland war mit Körben auf dem Weg zu einem Haushalt, der seine Ware bestellt hatte. Dazwischen hoben immer wieder Bettler die geöffnete Hand. An ihren Lumpen war gut sichtbar das Abzeichen angebracht, das ihr Recht bezeugte, in Koblenz betteln zu dürfen. Doch auch eine Frau ohne dieses Zeichen streckte einem vorbeieilenden Mönch unauffällig und zögerlich die Hand hin. Die Bettelnde hatte einen Säugling in den Armen, und beide, Mutter und Kind, waren erbärmlich mager. Der Mönch hatte ihre bittende Geste nicht bemerkt oder wollte sie nicht bemerken. Aber das war vielleicht auch gut so. Wer ohne Erlaubnis bettelte, wurde der Stadt verwiesen und im Wiederholungsfall hart bestraft. Eine Bettelerlaubnis in einer großen Stadt war für viele im Land Umherirrende, die alles verloren hatten, ein Traum, der sich nie erfüllen würde. Eine solche Erlaubnis bedeutete, dem Hungertod entgehen zu können. Aber die Städte konnten die Flut der Krüppel, Heimatlosen, Witwen und der verwaisten Kinder, die der Krieg überall im Land geschaffen hatte, nicht aufnehmen. Nur den eigenen Armen war es gestattet, um Mildtätigkeit zu bitten.

Ein fülliger Mann mit einem reich gefältelten schwarzen Tuchumhang kam aus einem Haustor. Er trug einen Degen, war aber offensichtlich kein Soldat. Auf dem Kopf hatte er einen hohen Hut mit schmaler Krempe. Er sah ungeheuer reich und gewichtig aus. Schon setzte Josef an, Schäng zu fragen, ob das wohl ein reicher Kaufherr sei, als eine andere Gestalt seine Aufmerksamkeit erregte. Ein alter Mann war zur Seite getreten, um dem Fülligen den Weg frei zu machen. Er hatte eine sehr flache Kappe auf dem weißen Haar und trug eine Art Gestell mit zwei Gläsern vor den Augen. Das war etwas, wovon Josef schon gehört hatte, wobei er aber nicht recht gewusst hatte, ob es solch ein Ding wirklich gab: eine Brille. Doch noch etwas anderes ließ ihn den alten Mann anstarren. Auf seiner linken Brust war in leuchtend gelbem Stoff ein Ring in der Größe einer Pflaume aufgenäht. Das Abzeichen eines Juden.

Josef drehte sich nach dem Mann um, aber zwei Frauen, die sie mit dem Wagen überholten, versperrten ihm die Sicht. Die jüngere, fast noch ein Mädchen, trug ein Kleid aus dunkelblauem schimmerndem Stoff. Die weiten Ärmel waren vielfach geschlitzt und mit Bändern gebunden, sodass man darunter den hellgelben Stoff eines anderen, eng anliegenden Ärmels sehen konnte. Das bestickte Oberteil lief in einer langen, steifen Spitze unterhalb der Taille aus. Darunter bauschte sich ein weiter, kunstvoll gefältelter Rock. Ein Kragen aus feiner weißer Spitze ragte über die Schultern der jungen Frau hinaus. In der Hand hielt sie eine Perlenkette mit einem goldenen Kreuz, so viel größer und prächtiger als der Rosenkranz, den ihm seine Mutter zum Abschied geschenkt hatte, dass Josef zweifelte, ob dies überhaupt ein Rosenkranz sein konnte. Die junge Frau ging gemessenen Schrittes neben ihrer älteren, schlicht und dunkel gekleideten Begleiterin. Den Blick hatte sie zu Boden gesenkt.

Für einen Moment glaubte er, dass die junge Frau ihn aus den Augenwinkeln musterte und dass die Spur eines Lächelns um ihren Mundwinkel zuckte. Ihr Wagen überholte die Frauen, und Josef drehte sich auf seinem Sitz um und starrte sie an, bis ihm eine Straßenbiegung den Blick versperrte.

»Na, mein Junge«, sagte Schäng mit kaum unterdrücktem Lachen. »Auch wenn es für die junge Dame sicher schmeichelhaft ist, dass sie dich so beeindruckt, solltest du etwas zurückhaltender sein.«

»War sie eine Prinzessin?«, fragte Josef, der keine andere Erklärung für solch eine Pracht hatte.

»Nein, eine Prinzessin war sie wohl nicht. Aber eine junge Adlige wird sie gewesen sein, die mit einer Verwandten zur Messe ging …« Mit einem Grinsen fügte Schäng hinzu: »… die hoffentlich nicht zu empört ist, weil ihr ein Bauernlümmel so unverschämt nachgestarrt hat. Hat sie dir so sehr gefallen?«

»Ja. Das heißt – ich weiß nicht«, stammelte Josef. »Hast du ihr Kleid gesehen? Wie der Stoff im Sonnenlicht glänzte und welch prächtige Falten er warf? Solche Falten würde ich gerne einmal malen. Ich habe ähnliche Falten auf einem Bild in unserer Kirche daheim gesehen. Aber sie waren nicht ganz richtig gemalt.« Josef zog die Augenbrauen zusammen. »Die Falten hier sahen weicher aus.« Noch immer in Gedanken, setzte er hinzu: »Wie ihr Gesicht aussah, weiß ich gar nicht so genau. Wir waren so schnell vorbei.«

Jetzt lachte Schäng wirklich. »Wenn sie vielleicht nicht über den Bauernlümmel empört ist, der so auffällig ihrer Schönheit hinterher gaffte – über den Bauernlümmel, der mehr das Licht auf ihren Rockfalten bewunderte als die Schönheit ihres Gesichts, wäre sie sicher empört.«

Josef wäre wahrscheinlich wieder verlegen geworden, wenn ihn nicht erneut etwas abgelenkt hätte. Doch diesmal war es keine junge Frau, sondern eine Häusergruppe, die seine Aufmerksamkeit fesselte. An einer Straßenkreuzung standen vier prächtige, mehrstöckige Stadthäuser, je eins an jeder Ecke. Jedes der Eckhäuser hatte zur Kreuzung hin einen turmbekrönten Erker über mehrere Stockwerke. Überall auf ihrem Weg durch die Stadt hatte Josef Ruinen gesehen. Manche noch unberührt, als hätten sie erst gestern gebrannt, die meisten im Wiederaufbau. Die Straßen hallten wider vom Klopfen der Steinmetze, vom Rufen der Maurer und Zimmerleute. Hier wurden keine Scheunen und Hütten wieder errichtet, keine zerstörten Mauern wieder zusammengemörtelt, sondern eine Stadt wurde neu erbaut.

An dieser Straßenkreuzung, an den vier prächtigen Stadthäusern, sah er, wie herrlich Koblenz vor dem Krieg gewesen sein musste und wie es wieder werden sollte.

***

»Damals hätte ich nicht geglaubt, dass ich einmal sehen müsste, wie diese Stadt wieder in Schutt und Trümmern liegen würde, wie die neuen prächtigen Steinhäuser, die Jahrhunderte bestehen sollten, wieder zu Ruinen würden.«

Der Alte beugte sich zu Käthchen und strich über ihr Haar, das sie noch nach Kinderart offen trug. »Du warst noch zu klein, Käthchen, um dich zu erinnern. Zwölf Jahre ist es jetzt her. Tagelang lag Koblenz bei der Belagerung durch das französische Heer unter Bombardement. Dreihundert feste Häuser standen innerhalb der Stadtmauern, die meisten von ihnen noch keine dreißig Jahre alt. Nach wenigen Tagen waren es keine fünfzig mehr. Viele Menschen kamen um, aber auch die Stadt selbst lag wie tot in ihren Festungsmauern. Und wieder bauten die Koblenzer ihre Stadt auf. Neu und schöner und besser. Fest gefügte Häuser für Jahrhunderte.«

Sanft streichelte er Käthchen noch einmal über das Haar, bevor er leise weitersprach.

»Wie lange werden sie diesmal stehen?«

***

Als ihr Wagen um eine Ecke bog, kam ein weiteres Stadttor in Sicht. Durch seine offenen Torflügel bot es einen so beeindruckenden Ausblick, dass sich Josef vom Kutschbock aufrichtete, um besser sehen zu können. Hinter dem Tor lag eine breite Straße und direkt dahinter, glitzernd und unglaublich breit, ein Fluss, der nur der Rhein sein konnte. An seinem gegenüberliegenden Ufer erhob sich das prächtigste Schloss, das Josef sich vorstellen konnte. Seine hohen, von Türmen gekrönten Mauern leuchteten hell, und es schien tausend Fenster zu haben, die in der Sonne glänzten. Josef sah zu Schäng hinüber in der Hoffnung, dass er ihm etwas zu dem Schloss erzählen würde. Auch Schängs Blick ging über den breiten Fluss zu dem in der Sonne leuchtenden Gebäude, aber er sah es mit so großem Widerwillen an, dass Josef nicht danach zu fragen wagte.

Schließlich bogen sie in ein engeres Sträßchen ein. Hier waren die Häuser bei Weitem nicht mehr so prächtig. Zwar waren auch sie mehrere Stockwerke hoch, doch schmal und weitgehend schmucklos, einige wirkten geradezu ärmlich. Außerdem war die Straße so schmal, dass sie selbst an diesem hellen Sommernachmittag dämmrig war.

Vor einem unauffälligen Haus hielt Schäng den Wagen an.

»Warte«, sagte er zu Josef, drückte ihm die Zügel in die Hand und schwang sich vom Kutschbock.

Schäng klopfte an die Haustür. Lange geschah nichts. Nur hinter einem Fenster im ersten Stock sah Josef die Bewegung eines Schattens. Jemand hatte heimlich nach dem Besucher hinausgespäht. Aber noch immer kam niemand zur Tür. Erst als Schäng ein zweites Mal klopfte, öffnete sich die Tür nach einiger Zeit einen Spalt weit. Ein kleiner, alter Mann in Hauskleidung stand auf der Schwelle. Er beachtete Schäng nicht, sondern streckte den Kopf aus der Tür und schaute die Straße auf und ab.

Anstelle einer Begrüßung wisperte er dann Schäng zu: »Sie haben versprochen, nicht mehr zu kommen!«

»Bitte! Es geht um einen Freund. Ohne Hilfe wird er sterben.« Auch Schäng hatte seine Stimme gesenkt.

»Ich behandle keine Christen«, sagte der alte Mann mit erhobener Stimme.

»Es ist ein Pferd«, sagte Schäng jetzt fest. »Mein bestes Pferd hat die Kolik. Kann ich reinkommen?«

Es war kühler geworden. Die Schatten der Hunsrückhöhen fielen schon über das rechte Moselufer bis über die Mitte des Flusses. Trotzdem konnte es noch nicht allzu spät sein, denn die gegenüberliegende Moselseite lag noch im hellen Sonnenlicht.

Wenn er innerhalb der nächsten zwei Stunden kommt, dann wird er noch heute zurückfahren können. Sonst muss er halt die Einladung Schängs annehmen. Alles wird gut werden, sicher wird alles gut werden!, dachte Josef.

Er wusste nicht, wie Schäng den Arzt dazu überredet hatte, aber das war auch nicht so wichtig. Es zählte nur, dass er versprochen hatte, noch heute nach Lay zu kommen und Lorenz zu untersuchen. Am liebsten wäre Josef vom Wagen gesprungen und mit dieser ermutigenden Nachricht zu Lorenz' Haus gerannt. Es ging ihm einfach nicht schnell genug. Zwar konnte er an der nächsten Flussbiegung zwischen dem Grün der Obstbäume schon einige graue Schieferdächer und den Kirchturm Lays sehen, doch sie kamen nur langsam näher. Der Braune war müde und trottete mit hängendem Kopf voran. Erst als sie die ersten Häuser Lays erreichten, zog er an und lief dem Stall entgegen. Am

Fährhaus verließen sie die Moselstraße und bogen in die Bachstraße ein.

»Ob sie schon zurück sind?«, fragte Josef, als sie an dem Häuschen vorbeifuhren.

»Ich denke schon. Sie ...«, begann Schäng, als die Haustür aufgerissen wurde.

Peter trat heraus und rief ihnen »Wartet!« hinterher. Er lief zu ihrem Wagen, und leise sagte er: »Schäng, du musst mitkommen. Ins Fährhaus. Es ist etwas passiert.«

Peter sah über die Schulter zu dem krummen Fährhäuschen zurück, und Josef folgte seinem Blick.

Schief und altersgrau stand das Fachwerkhäuschen da. Das Gebälk hatte nachgegeben, und das Dach beugte sich deutlich zum Dorf hin. Nur zwei Stockwerke hoch, sah das Haus mit seinem emporragenden spitzen Schieferdach dennoch zu schmal für seine Größe aus. Es konnte für kaum mehr als zwei Kammern je Stock Platz bieten. Die Wände waren wohl früher zwischen den dunklen Eichenbalken weiß getüncht gewesen, doch die Jahre, und vor allem das Hochwasser, das fast alljährlich dieses Häuschen umströmte, hatten die Außenmauern mit einer graubraunen Schmutzschicht überzogen. Offensichtlich hatte sich keiner je die Mühe gemacht, mehr als die winzigen Fenster davon zu säubern.

Wortlos zog Schäng die Bremse fest an, band den Zügel an den Kutschbock und stieg ab. Josef wollte aufstehen, um ihm zu folgen, doch Peter legte ihm die Hand auf die Schulter. »Du solltest besser den Wagen nach Hause fahren.«

»Ich kann nicht kutschieren«, antwortete Josef nicht ganz aufrichtig und hoffte, dass Peter ihm nicht sagen würde, er solle draußen warten. Doch der murmelte: »Na ja, Will ist ja auch kaum älter«, und ging voran zum Fährhaus.

Das balkendicke Eichenholz der Eingangstür schien viel zu schwer für den kleinen Eingang. Mit ihren Eisenbeschlägen sah sie weniger aus wie die Tür zu einem krummen Häuschen, sondern eher wie die Tür zu einer Schatzkammer – oder zu einem Kerker. Peter drückte die Tür auf, und sie folgten ihm durch einen für das kleine Haus erstaunlich langen, aber engen und dunklen Gang in den Wohnraum.

Er wurde nur von einem einzigen, winzigen Fenster zur Moselstraße hin erhellt, durch das kaum Licht in den Raum fiel. An der Wand neben dem Fensterchen stand Franz, der Fährmann. Ohne jedes Wort blickte er Josef und Schäng an. Auch zwischen den Deckenbalken war der Raum noch so niedrig, dass er nicht ganz aufrecht stehen konnte, sondern den Kopf leicht gesenkt hielt. War es nur das, was ihm den Ausdruck kaum beherrschter Wut verlieh?

Josef zwinkerte zwei-, dreimal, um seine Augen an das Dämmerlicht zu gewöhnen, und sah sich um. Nach und nach gelang es ihm, die anderen Personen im Raum auszumachen. Da waren sie alle, die in den Wald gezogen waren: Paul und Hannes saßen auf Stühlen am Tisch. Sie hatten sich nicht nach den Eintretenden umgedreht, sondern sahen sie nur über die Schulter an. Ihnen gegenüber auf der Bank, direkt unter dem Kreuz in der Ecke, erkannte Josef Will.

Josef nickte ihm zu, doch Will schaute nur trotzig zurück, ohne seinen Gruß zu erwidern. Auch die anderen schienen Josef und Schäng mit Misstrauen, ja fast mit Angst anzusehen.

»Was ist los?«, fragte Schäng.

Keiner der Männer machte Anstalten, ihm zu antworten.

Nach einer Weile sagte Peter: »Ihr solltet mit Schäng sprechen. Es ist so, wie ich gesagt habe: So etwas völlig zu verheimlichen, gelingt meistens sowieso nicht. Und wenn –«

»Ich würde es bestimmt keinem verraten. Ich habe ja nicht gedacht, dass Josef Schäng von der Versammlung erzählt. Diesmal würde ich es keinem sagen«, unterbrach ihn Will.

»Das habe ich doch nicht gesagt. Durch irgendeinen von uns, durch wen auch immer«, Peter nickte Will beschwichtigend zu, »könnten andere davon erfahren. Wenn auch Schäng Bescheid wüsste, dann wäre das eine Versicherung vor bösen Verdächtigungen.«

»Niemand könnte so etwas denken!«, wurde Peter ein zweites Mal, nun vom Fährmann, unterbrochen. »Der Mann war ein gottloser Lügner. Noch im Tod hat er gelogen! Er wollte Misstrauen zwischen uns bringen.«

»Genau das ist es, was ich auch denke. Und das sollten wir nicht zulassen. Erzähl es Schäng«, sagte Peter ruhig.

Der Fährmann sah von Peter zu Schäng und schwieg. Es war so ruhig im Raum, dass Josef sein eigenes Atmen überlaut vorkam. Unwillkürlich zählte er seine Atemzüge mit. Der Fährmann schien schließlich einen Entschluss gefasst zu haben. Er ging quer durch den Raum zu einer schmalen Tür. Mit den Worten »Hier ist er!« öffnete er sie. Die Tür führte in einen kleinen Raum, vielleicht die Vorratskammer des Fährhäuschens. Durch eine schmale, unverglaste Öffnung in der Mauer, mehr eine Schießscharte als ein Fenster, fiel spärliches Licht.

Schäng trat auf die Schwelle, um in den Raum zu sehen. Zischend atmete er ein und stieß dann ein leises »Verdammt!« aus. Mit leisen Schritten trat Josef hinter ihn und sah an ihm vorbei in das dämmrige Räumchen. Zunächst bemerkte er nichts Ungewöhnliches: Kornkisten, zwei Mehlsäcke, ein großer Steinguttopf, ein angeschnittener Schinken, Werkzeug neben leeren Körben, dazwischen ein Lumpenhaufen auf dem Boden. Dann sah er es: Eine Hand lugte weiß und starr aus diesem Haufen hervor. Und jetzt erkannte er auch, dass das, was er für Lumpen gehalten hatte, eine zugedeckte menschliche Gestalt war. Jemand hatte eine alte Decke über das Gesicht und den größten Teil der Gestalt gebreitet, doch sie reichte nicht bis über die Füße und ließ die Stiefel frei.

Während Josef klar wurde, was er da sah, bückte sich Schäng und schlug das Tuch zurück.

Josef hatte schon öfter Leichen gesehen – bei Beerdigungen und Leichenwachen. Und einmal hatten er und sein Bruder eine tote Frau neben der großen Straße gefunden. Sie war in Lumpen gekleidet, und ihre unbedeckten Arme waren so mager gewesen, dass man die Knochen und Sehnen deutlich hatte sehen können. Und doch, nicht nur die aufgebahrten hergerichteten Toten, sondern auch diese Frau hatten friedlich und erlöst ausgesehen. Die Leiche, die hier auf dem staubigen Boden vor ihm lag, erzählte von einem anderen Tod. Von einem gewaltsamen, qualvollen Tod von fremder Hand.

Josef kannte den Mann nicht. Nach seiner Kleidung – er trug abgewetzte hohe Lederstiefel, enge Hosen und eine Weste über einem hellen Hemd – war er kein Bauer, sondern eher ein Söldner. Er bot einen erbärmlichen Anblick: Zwischen Brust und Schulter klaffte eine Wunde, Weste und Hemd waren dort durchstoßen und getränkt von schwarz verkrustetem Blut. Sein linker Arm war so unnatürlich verbogen, dass er gebrochen sein musste. An beiden Unterarmen zeigten sich dunkle Verfärbungen. Doch das war nicht das Schlimmste: Sein Kopf war seitlich zur Tür gedreht, sodass er ihnen das Gesicht zuwandte. Die rechte Gesichtshälfte ließ einen Mann Ende seiner Zwanziger erkennen. Das helle, weit geöffnete Auge schimmerte im Halbdunkel und schien voller Furcht und Schmerz auf seine Betrachter gerichtet zu sein.

Die linke Gesichtshälfte war völlig zerstört. Dort, wo sich Schläfe und Auge des Mannes befinden sollten, war nur noch eine tiefe Höhle. Josef sah getrocknetes Blut und weiße Knochensplitter, dazwischen eine graue Masse, die feucht glänzte. Plötzlich krampfte sich sein Magen zusammen, und er musste sich beherrschen, um sich nicht zu übergeben.

»Er ist einer von den Soldaten?« Schängs Frage klang mehr wie eine Feststellung, und es antwortete ihm auch niemand.

»Ihr habt ihn getötet?«, fuhr Schäng im gleichen nüchternen Tonfall fort.

»Wir hatten es nicht vor«, sagte Paul mit leiser Stimme. Dann räusperte er sich und fuhr fester fort: »Aber es ist nicht schade um den fremden Hund.« Nach einem Blick auf seinen Onkel setzte er hart hinzu: »Seine Lügen, wir haben sie ihm ins Maul zurückgeschlagen, dass er dran erstickt ist.«

Schängs helle Augen wanderten von Pauls Gesicht zu dem des Fährmanns und zurück, aber er sagte nichts.

Nach einem Moment des Schweigens sagte Paul: »Er hat es nicht anders verdient. Ich hätte es selbst getan, wenn –«

»Nein.« Die tragende Stimme des Fährmanns füllte den Raum. »Nein. Es war ein Fehler. Ich wollte, ich hätte ihn nicht getötet.« Er sah hinab auf den entstellten Leichnam. »Oder ihn nicht so schnell getötet.«

»Was ist geschehen?«, fragte Schäng ruhig.

»Wir haben ihn im Wald aufgestöbert. Voll gesoffen lag er in einer Bodensenke. Ich dachte, wir könnten ihn zwingen, uns den Verräter zu nennen.«

Josef sah noch einmal auf den Erschlagenen herab. Ja, das konnte durchaus der Soldat sein, der sich beim Überfall mit dem

Wein davongemacht hatte. Anscheinend war er nicht mit den anderen ins Lager zurückgekehrt, sondern hatte sich mit seiner Beute in die Büsche geschlagen, um sich allein zu betrinken. Die Zigeuner waren auf ihn gestoßen, hatten ihn aber in seinem Rausch nicht wecken können. Schließlich hatten ihn der Fährmann und seine Begleiter gefunden. Und nun lag er hier: tot und verstümmelt.

»Wollte er nicht reden, oder wusste er nichts?«, fragte Schäng.

»Er kannte den Verräter«, antwortete nun Paul. »Aber er wollte es uns nicht sagen. Er hatte vor irgendwem furchtbare Angst.«

»Deshalb habt ihr ihn geschlagen, bis er euch alles sagte?«

»Nein ...« Paul stockte. Er sah zu Boden und schwieg. Zögernd fuhr er dann fort: »Wir wollten natürlich wissen, wer der Verräter ist. Aber ... Er ist gestorben, bevor er ausreden konnte.«

»Das stimmt nicht«, sagte der Fährmann ruhig. Er war einen Schritt vorgetreten. »Wir schlugen ihn, bis er es nicht mehr ertrug und anfing zu reden.« Franz hob das Kinn: »Dann sagte er, ich sei der Verräter.«

Er sprach nicht weiter, und es wurde wieder sehr still in dem Raum.

»Und dann?«, fragte Schäng.

»Diese elende Verleumdung, sie brachte mich in Wut. Ich hatte noch die Axt in der Hand, und ehe ich nachdenken konnte, schlug ich zu. Er war auf der Stelle tot.« Franz sah Schäng in die Augen. »Er nannte meinen Namen.«

»Man konnte ihn nicht so gut verstehen«, warf Paul ein. »Vielleicht klang es auch nur so ähnlich wie Franz.«

»Was hat er denn genau gesagt?«, fragte Schäng nach.

Es war wieder Paul, der antwortete. »Er lag auf dem Boden und bettelte, dass wir ihn nicht mehr schlagen sollten. Er würde uns alles erzählen, wenn wir ihn laufen ließen. Er würde nicht zu dem Haufen zurückgehen. Ihr Anführer würde ihn töten, wenn er nur ahne, dass er mit uns geredet hat. Und dann sagte er, er habe sie vor drei Tagen gehört, den Anführer und den Verräter aus dem Dorf. Er habe Hasenschlingen im Wald kontrolliert und sei wegen der Hitze unter einem Busch eingeschlafen. Von ihren Stimmen wurde er dann wach.« Paul sah geringschätzig auf den Toten herab. »Der Mann war ein Schwätzer und kam nicht zur Sache.

Dabei redete er immer undeutlicher. Ich hatte Angst, er würde ohnmächtig. Darum stieß ich ihn mit dem Fuß an und fragte, wer uns denn nun verraten hat. Da sagte er, dass der Anführer den Verräter beim Namen genannt hat. Er würgte und stammelte: ›Der Name war Franz …‹ Da hob Franz das Beil und …«

»Glaubst du, dass ich der Verräter bin?« Aufrecht stand der Fährmann Schäng gegenüber.

Einen Augenblick lang sah Schäng ihn an. »Nein«, sagte er dann. »Nein, das glaube ich nicht.«

»Trotzdem sagte er, dass ihr Anführer den Verräter ›Franz‹ genannt hat. Und doch heißt außer mir keiner Franz in Lay.«

»Vielleicht nennt sich der Verräter Franz, um seinen wahren Namen vor den Schweden geheim zu halten. Oder der Tote hat gelogen. Oder er hat den Namen beim Lauschen falsch verstanden. Oder ihr habt ihn nicht richtig verstanden. Es könnte viele Erklärungen geben.« Schäng hob die Schultern. »Ich wüsste aber keinen Grund, weshalb du Lay an die Soldaten verraten solltest.«

»Seht ihr. Das habe ich doch gesagt.« Peter trat in die Mitte der Gruppe. Er klang so erleichtert, fast froh, während er hier neben dem grausam Erschlagenen stand, dass er Josef fast unheimlich war. »Darum habe ich euch geraten, Schäng alles zu berichten«, fuhr er fort. »Keiner kann sagen, Franz habe den Soldaten erschlagen, weil er ihn als Verräter genannt hat. Dann hätte er nicht gerade Schäng davon erzählt.«

»Trotzdem sollten wir den Tod des Soldaten für uns behalten«, sagte Schäng.

»Wir hatten nicht vor, ihn ausrufen zu lassen. Von den Bauern hier im Dorf würde uns sicher keiner Vorwürfe machen. Aber wer weiß, was die Schöffen dazu sagen würden.« Paul kratzte sich am Kopf. »Und es ist besser, wenn die Soldaten nicht wissen, dass wir einen von ihnen erschlagen haben.«

»Vermuten werden sie das bestimmt, wenn er nicht ins Lager zurückkehrt. Aber sicher können sie sich nicht sein. Es könnte ihm ja auch etwas anderes geschehen sein. Er könnte im Rausch an Erbrochenem erstickt sein, oder der ausgebrochene Bär könnte über ihn hergefallen sein, oder er könnte einfach das Lager verlassen haben«, sagte Schäng.

»Sie werden ihn aber suchen.«

»Vielleicht – aber nicht wahrscheinlich. Er hatte vermutlich keine Freunde in der Bande und wird nicht sehr beliebt gewesen sein.«

»Warum nicht?«

»Wenn er Freunde gehabt hätte, hätte er den Krug Wein sicher nicht allein geleert. Er scheint nicht gerne geteilt zu haben. Und das macht nicht besonders beliebt.«

»Du denkst, sie werden sich nicht an uns rächen wollen?«

»Nicht solange sie nicht sicher sind, dass wir ihn getötet haben. Aber ihr wisst, dass es wirklich einen Verräter im Dorf gibt. Ihr solltet verschwiegen sein.«

»Wir können alle ein Geheimnis für uns behalten«, sagte Paul und sah dabei streng zu Will.

»Ich habe es nur Josef erzählt, dass sich alle Männer am Fährhaus treffen. Sonst niemandem. Ich wusste nicht, dass er es Schäng weitersagt.« Er sah wütend von Josef zu Paul. »Und warum hackst du immer darauf rum? Jetzt hast du doch selbst Schäng alles erzählt.«

»Das war mein Vorschlag«, sagte Peter. Er wandte sich an Schäng. »Als ich am Waldweg Holz machte, bin ich auf die vier mit ihrer Last getroffen.«

»Wir wollten die Leiche im Gestrüpp am Dorfrand verstecken und nachts ins Fährhaus bringen, damit die Soldaten sie nicht im Wald finden«, sagte Paul.

»Weil ich sie gesehen hatte, mussten sie mich einweihen. Wir haben den Toten dann auf meinem Handwagen unter Reisig versteckt ins Fährhaus gebracht. Heute Nacht will Franz ihn in der Mosel versenken.«

»Hatte er irgendetwas bei sich, woran man erkennt, wer er war?«

»Nichts, keine einzige Münze, noch nicht einmal einen Tabaksbeutel. Wir haben nur dies bei ihm gefunden.« Paul nahm ein Stoffbeutelchen, ähnlich dem, in dem Josef den Rosenkranz seiner Mutter bei sich trug, vom Regal und gab es Schäng. Der Stoff war abgegriffen, als sei der Beutel schon lange im Besitz des Toten und oft gebraucht worden. Schäng öffnete ihn und zog einen geflochtenen Ring aus rot glänzendem Haar hervor.

»Es ist nicht aus seinem Haar. Er trug den Beutel um den Hals«, sagte Paul. »Ich glaube nicht, dass es wichtig ist.«

Nicht für dich, nicht für uns, dachte Josef. Aber für ihn. Und für diejenige, die es ihm, vielleicht zum Abschied, geschenkt hat. Zu ihr wird er nie wieder zurückkehren.

»Du solltest ihm den Beutel wieder umhängen, bevor du ihn im Fluss versenkst«, sagte Schäng. Er schob den Haarkranz sorgsam wieder in den Beutel und gab ihn Franz.

»Weil es dann niemand findet?«

»Nein. Weil dem Mann genug genommen wurde.«

***

»Kann nicht Siska hingehen?«, fragte Josef, aber Schäng winkte ab.

»Die Kuhlenbäuerin misstraut ihr. Du hast mir doch selbst von dem Streit zwischen den beiden erzählt. Und ich will Siska nicht wecken lassen. Sie hat seit vorgestern Nacht kaum geschlafen.« Schäng lächelte Josef an. »Lass sie einfach schimpfen, die Kuhlenbäuerin. Sag ihr nur, dass es ein tüchtiger Arzt ist und dass sein Vetter Leibarzt des Erzbischofs ist. Dass er Jude ist, erwähnst du nicht. Ich würde ja selbst gehen, aber er könnte in der Zwischenzeit eintreffen, und es ist besser, wenn wir nicht ohne Vorwarnung mit ihm zum Kuhlenhof gehen.«

Josef stand schon in der Tür, als Schäng ihm nachrief: »Und sage ihr auch, dass ich den Arzt bezahle.«

Aber Josefs Angst vor einer Auseinandersetzung mit Lorenz' Mutter war ebenso überflüssig gewesen wie Schängs Ratschläge.

Im Kuhlenhof schien niemand zu sein. Er rief im Flur, aber keiner antwortete ihm. Er sah in die Küche. Sie war leer. Das Feuer unter dem Topf qualmte erlöschend. Josef horchte, doch im ganzen Haus war kein Laut zu hören.

Sie können doch Lorenz nicht allein gelassen haben, dachte er. Die völlige Stille im Haus war bedrückend. Als er die Treppe zu Lorenz' Krankenzimmer hinaufstieg, bemühte er sich unwillkürlich, leise aufzutreten. Vorsichtig öffnete er die Tür, um den Kranken nicht zu stören. Doch Lorenz war nicht allein. Auf einem Stuhl am Kopfende des Betts saß seine Mutter. Fast hätte Josef die Kuhlenbäuerin nicht erkannt. Zusammengesunken und mager saß sie da. Ihr Blick ruhte auf ihren Händen, die sie im Schoß gefaltet hielt. Langsam hob sie den Kopf, als Josef eintrat.

»Lorenz«, wandte sie sich mit dünner Stimme an ihren Sohn, der unter einem Berg von Decken verborgen lag, »sieh doch, der Josef ist da.«

Er ist wieder zu sich gekommen. Es geht ihm besser. Wenn heute noch der Arzt nach ihm sieht, dann ist er bald wieder gesund, dachte Josef.

Doch dem war nicht so: Lorenz hatte die Augen geschlossen. Sein Gesicht war sehr blass, aber es glänzte nicht mehr vor Schweiß. Jemand hatte es gewaschen und abgetrocknet. Es würde nie wieder schweißnass sein. Lorenz war tot.

Wiena wollte Josef fast nicht glauben, als er mit der schrecklichen Nachricht aus dem Kuhlenhof zurückkam. Noch hatte niemand im Dorf von Lorenz' Tod gehört. Vielleicht hatte sich Josef getäuscht. Hatte Lorenz vielleicht nur wie tot ausgesehen?

Während Wiena ihn noch ausfragte und ungläubig den Kopf wiegte, traf der Arzt ein. Schäng erzählte ihm von Josefs Besuch im Kuhlenhof.

»Und die Kuhlenbäuerin soll nicht gemerkt haben, dass Lorenz tot ist?«, fragte Schäng anschließend und zog die Stirn zweifelnd in Falten.

»Doch, sie hat es natürlich gemerkt. Sie weiß es ... es ist nur ...« Josef suchte nach Worten. »Es ist, als ob sie spielt, dass er noch lebt.«

Schäng wandte sich an den Arzt. »Ich weiß nicht, ob Sie noch helfen können. Aber es wäre sicher gut, wenn Sie mit auf den Kuhlenhof kämen.«

Als sie dort ankamen, fand Josef alles genauso vor, wie er es verlassen hatte: das stille Haus und die Kuhlenbäuerin fast teilnahmslos am Bett ihres Sohns. Beinahe hatte Josef selbst geglaubt, dass er sich getäuscht hatte. Aber es war offensichtlich: Sein Freund war tot. Wiena war nach einem Blick auf Lorenz zur Kuhlenbäuerin gelaufen und hatte sie leise schluchzend in die Arme genommen. Doch der Trost war vergeblich. Die Alte machte sich los und beugte sich über das Bett, um die Decke zurechtzuzupfen.

Zumindest war die sonst so streitsüchtige Frau einverstanden, ja sie schien sogar erfreut, als der Arzt sagte: »Mein Name ist Isaak Coon. Ich bin Arzt. Ich möchte Ihren Sohn untersuchen.«

»Gut, gut«, murmelte sie. »Sie hat ihm nicht geholfen, diese Winninger Hexe.« Sie schüttelte den Kopf, dann griff sie hart nach dem Arm des Arztes. Etwas ihrer alten Kraft war in ihrer Stimme, als sie sagte: »Aber Sie, Sie werden ihn doch wieder gesund machen?«

Der Arzt löste sanft den Griff. »Ich werde ihn untersuchen«, sagte er, und Lorenz' Mutter ließ sich ruhig auf den Stuhl nieder.

Warum will er einen Toten untersuchen? Ob er es tut, um die Alte zu beruhigen und zu trösten?, fragte sich Josef. Die Untersuchung des Arztes faszinierte ihn. Vorsichtig, beinahe zärtlich berührte er den Toten. Er legte ihm die Hand auf die Stirn, prüfte mit den Fingerspitzen die Festigkeit des Fleisches an seinen Wangen, öffnete sanft den geschlossenen Mund und betrachtete eingehend die Mundhöhle, die Zunge und die Innenseite der Lippen. Dann zog er eine Hand Lorenz' unter dem Deckenberg hervor. Er drehte sie und sah sich vor allem die Fingerspitzen genau an.

Mit einem Finger schob er das Lid eines Auges nach oben. Nur das Weiß des Augapfels war zu sehen. Es war der zweite Mensch, dem Josef an diesem Tag in sein totes Auge blickte. Der eine ein Feind, der andere ein Freund; der eine geschlagen und getreten, bevor er mit einem Beil ermordet wurde, der andere in seinem Bett gestorben, von seiner Mutter und seinen Freunden beweint. Einer ebenso tot wie der andere – endgültig.

Der Arzt schloss das Lid wieder und zog die Decke so zurecht, wie sie vor seiner Untersuchung gelegen hatte, bevor er sich zu Lorenz' Mutter umdrehte.

Er sprach schlicht, als wisse er nichts von ihrer Weigerung, Lorenz' Tod hinzunehmen.

»Ihr Sohn ist tot. Ich kann ihm nicht mehr helfen. Keiner kann das.«

Mit aufgerissenen Augen starrte die Kuhlenbäuerin ihn an. Josef erwartete, dass sie es einfach leugnen und zornige Proteste ausstoßen würde. Doch nichts davon geschah. Sie schlug einfach ihre Hände vors Gesicht und begann zu schluchzen.

»Das war einfühlsam von Ihnen.« Bisher hatten Schäng, Josef und der Arzt auf ihrem Heimweg durch die dämmrigen Gassen geschwiegen.

Der Arzt sah überrascht zu Schäng hinüber. »Was meinen Sie?«

»Es hat der Mutter geholfen, dass Sie ihren Sohn untersuchten, ehe Sie von seinem Tod sprachen.«

Der Arzt führte eine seltsam wiegende Bewegung mit dem Kopf aus, halb ein Nicken, halb ein Kopfschütteln. »Es ist beschämend, für eine gute Tat gelobt zu werden, die man nicht begangen hat.«

»Sie waren sich nicht sicher, dass er tot ist?«

Der Arzt schnalzte tadelnd mit der Zunge. Dann lächelte er Schäng entschuldigend an. »Ich muss Sie um Nachsicht bitten für dieses Geräusch. Es hat nichts zu bedeuten. Nur eine dumme Angewohnheit von mir. Und eine unhöfliche dazu. Ich habe zwei Schüler, müssen Sie wissen, beides kluge Jungen mit den Fehlern der Eifrigen. Sie neigen beide dazu, zu früh Schlüsse zu ziehen. Mit diesem Schnalzen mache ich sie auf voreilige Fehlschlüsse aufmerksam. – Nun, eben eine dumme Angewohnheit. Und leider rutscht es mir auch bei anderen manchmal heraus.«

»Dann ist mir wohl gerade ein voreiliger Fehlschluss unterlaufen?« Der Ansatz eines Lächelns erschien um Schängs Mundwinkel. Doch gleich gewann wieder die Bedrückung die Oberhand. »Sie wussten also sofort, dass er tot war. Warum haben Sie ihn dann untersucht?«

Der Arzt schwieg einen Moment. Als er dann sprach, antwortete er nicht auf die Frage, sondern fragte seinerseits: »Die Erkrankung trat plötzlich auf? Und vor Kurzem?«

»Ja, ich selbst war nicht dabei, doch man hat mir erzählt, dass Lorenz sich gestern Abend auf dem Fest plötzlich übergab. Josef, du warst doch bei ihm. Fing es so an?«

»Nun ja, Lorenz hatte ziemlich viel getrunken. Wir dachten natürlich alle, dass ihm deshalb schlecht geworden sei«, sagte Josef langsam. »Er trank ja nicht immer so viel. Es war nur, weil er in ein paar Tagen heiraten wollte. Da haben ihm schon viele zugetrunken. Das macht man bei uns so, vor Hochzeiten«, nahm er die Trunkenheit seines toten Freundes in Schutz.

»Ja, das ist bei unseren Hochzeiten genauso«, antwortete ihm der Arzt ernst. »Er hat dann also gebrochen. Und das war genauso wie bei anderen Betrunkenen?«

Josef sah ihn fragend an. »Ja, wie sonst?«

»Er hat keine Krämpfe gehabt oder die Augen verdreht und aufgeschrien?«

»Nein.«

»Hat er andere Krankheitszeichen gehabt? War ihm schwindelig? Konnte er noch allein gehen?«

»Er torkelte, bevor er brechen musste.« Josef rieb sich die Stirn. »Ich erinnere mich, dass Jäp ihn festhielt. Sonst wäre Lorenz sicher gefallen. Und nachher musste Siska ihn stützen, als sie ihn nach Hause brachte. Wir dachten, er ist nur betrunken. Sonst hätten wir doch nie darüber gelacht.«

Sie hatten unterdessen den Mehringhof erreicht.

»Ich werde mal sehen, wer eine Kammer für Sie herrichten kann«, sagte Schäng, während sie durch den Hof zum Haus gingen. »Wir sind zurzeit recht knapp mit Leuten hier auf dem Hof. Unser Knecht Lukas hat sich das Bein gebrochen. Wiena wird diese Nacht bei der Kuhlenbäuerin verbringen. Und ich glaube, dass Ellie den Mädchen beim Weinen helfen wird, wenn wir mit dieser Nachricht kommen.«

Der Arzt blieb vor der Haustür stehen und sah sich in dem dämmrigen Hof um. »Ich möchte Ihnen keine Mühe machen«, sagte er hastig. »Ich kann heute noch zurückreiten. Mein Pferd finde ich wohl noch in dem Stall dort vorne?« Noch während er sprach, wandte er sich zu dem Stall um, in den Josef sein Pferd geführt hatte.

Schäng öffnete die Tür und wies mit einer einladenden Geste ins Haus. »Bitte, kommen Sie herein. Ich wollte nicht ungastlich sein. Sie machen mir und meinem Haus keine Mühe, sondern ich freue mich, dass Sie mein Gast sind. Ich wollte mich nur im Voraus dafür entschuldigen, wenn wir Ihnen nicht alles so bereiten können, wie Sie es erwarten.«

Die klugen dunklen Augen des Arztes forschten in Schängs Gesicht, als müsse er auch hier nach den Symptomen einer Krankheit suchen, aber er machte keine Anstalten, einzutreten.

Warum will er nur zurückreiten? Es ist viel zu gefährlich

nachts auf der Moseluferstraße. Es kann doch nicht sein, dass er es nur tut, um den Leuten vom Mehringhof keine Mühe zu machen, dachte Josef.

»Ich mache Ihnen ein Bett in der leeren Kammer neben meiner zurecht. Da liegt ein gutes Federbett«, bot er dem Arzt an.

»Sie sehen, wie herzlich Sie gebeten werden. Da sollten Sie nicht Nein sagen«, sagte Schäng lächelnd.

Der Arzt lächelte nicht zurück, aber nach kurzem Zögern trat er langsam über die Türschwelle ins Haus.

Nach dem Essen hatte der Arzt noch etliche Fragen zu Lorenz' Krankheit gestellt: Wie viele Stunden genau zwischen dem Erbrechen und seinem Tod vergangen seien, was er vor dem Erbrechen gegessen oder getrunken habe, ob er über Brennen im Mund oder irgendeinen unangenehmen Geschmack geklagt habe, ob er, als er schon auf dem Krankenlager lag, Krämpfe gehabt und ob er eher schnell und keuchend oder flach und langsam geatmet habe. Josef antwortete, so gut er konnte, aber zu vielen der Fragen konnte er nichts sagen.

Schließlich siegte seine Neugier über Josef. »Warum fragen Sie all das? Sie können ihm ja doch nicht mehr helfen.«

»Nein«, sagte der Arzt, und Josef glaubte, eine Nachdenklichkeit aus seiner Stimme herauszuhören, die ihn verwunderte. »Nein, das kann ich nicht mehr. Vielleicht hätte ich das auch dann nicht gekonnt, wenn ich ihn noch lebend vorgefunden hätte. Aber es bleibt die Hoffnung, dass man den nächsten Kranken retten kann. Darum, mein Junge, muss ich immer weiterlernen. Der Tod ist der Feind des Arztes. Und je besser man seinen Feind kennt, umso besser kann man ihn bekämpfen.«

Die bereitwillige Antwort des Arztes ermutigte Josef weiterzufragen: »Glauben Sie, dass er verhext wurde?«

Plötzlich erschien ein Ausdruck von Wachsamkeit in den Augen des Arztes. »Hat das jemand behauptet?«, fragte er.

»Da war eine Frau aus Winningen bei Lorenz. Die Kuhlenbäuerin hat sie rufen lassen. Wiena hat gesagt, dass sie Dorothea Wirges heißt und viel über Zauberei weiß. Die Frau hat gesagt, dass jemand ihn verzaubert habe.«

Der Arzt seufzte.

»Sie haben recht zu seufzen«, sagte Schäng. »Es ist schlimm, was diese sogenannten ›weisen Frauen‹ anrichten. Sie verteilen Tränke, die oft mehr schaden als nutzen, und verbreiten die Angst vor Hexen und der Zauberei.«

»Ich glaube, da haben Sie mich, oder besser mein Seufzen falsch verstanden. Diese Frauen haben erstaunlich oft recht.«

»Sie glauben also auch, dass er verzaubert wurde!«, platzte Josef heraus.

»Hast du denn gehört, was diese Frau gesagt hat?«, fragte der Arzt.

»Nein, nicht alles. Oder besser: fast nichts.« Josef schloss die Augen und überlegte einen Moment lang. Dann antwortete er: »Ich erinnere mich nur noch, dass sie sagte, dass ihr Gegenzauber nicht helfen könne, wenn dem Zaubertrank ein Haar des Schwarzen beigemischt war.«

»Sie sprach von einem Zaubertrank?«, fragte der Arzt nach.

»Sie redete jedenfalls von einem Trank.«

Der Arzt nickte. »Vielleicht wusste sie mehr, als sie sagte«, murmelte er leise.

Danach schien sein Interesse gestillt zu sein. Er erkundigte sich nach Katharina, die er gekannt haben musste, als sie als Kind in Koblenz lebte. Auch Schängs Bruder hatte er gekannt und sprach mit großer Hochachtung von ihm.

Er und Schäng unterhielten sich über den Krieg und Politik. Sie redeten über den Streit des Erzbischofs mit der Koblenzer Bürgerschaft, von seiner Absetzung, die das Trierer Domkapitel zu erreichen suchte, und was das für die Juden von Koblenz bedeuten würde. Josef verstand kaum etwas von dem, was die beiden Männer besprachen. Bald ließ er sie allein und ging zu Bett, ohne sich allzu viel Hoffnung auf Schlaf zu machen.

***

Stille und Trauer lagen über dem ganzen Haus. Wiena war seit den frühen Morgenstunden im Kuhlenhof bei Lorenz' Mutter. Der Verstorbene – es gab Josef einen Stich, dass nun so von Lorenz gesprochen wurde – musste gewaschen und aufgebahrt werden. Katharina hatte nur kurz in die Küche geschaut und war mit etwas

Brot, Milch und Käse zurück in ihre Kammer gegangen, um Siska zu überreden, etwas zu essen.

Siska hatte sich gestern Abend bei der Nachricht von Lorenz' Tod wie wahnsinnig benommen. Sie hatte geweint und geschrien und sich selbst Vorwürfe gemacht, ihm Unglück gebracht zu haben. Als sie aus dem Haus stürzen wollte, hielten Jan und Josef sie mit Gewalt zurück, weil sie fürchteten, dass sie ins Wasser gehen könnte.

Nach einem schweigsamen Frühstück verabschiedete sich der Arzt. Josef ging in den Stall, sattelte das Pferd des Gastes und führte es in den Hof, wo er es an einem Mauerring anband. Als er zurück ins Haus kam, fand er den Arzt mit Schäng im Gespräch. Er verstummte, als Josef eintrat.

»Sprechen Sie ruhig weiter«, sagte Schäng.

Der Arzt zögerte. »Der Junge …«

»Was mich betrifft, so darf er alles hören.«

Der Arzt ließ seinen Blick zwischen Schäng und Josef hin und her wandern. »Ich vertraue Ihnen. Ihnen und auch Josef«, sagte er leise, aber bestimmt. »Und das ist die Voraussetzung für das, was ich Ihnen sagen will.«

Er beugte sich vor und sprach nun noch leiser, fast flüsternd. »Ich habe heute Nacht wenig geschlafen. Denn ich habe überlegt, was ich tun soll. Ich bin Jude. Man sagt, wenn ein Jude ein Unrecht beklagt, so muss er dafür bezahlen. Deshalb helfe ich den Kranken und schweige gegenüber Christen.« Ein leichtes Lächeln erschien um seine Mundwinkel, aber es war ein Lächeln ohne Fröhlichkeit. Er zögerte, als müsse er das, was er sagen wollte, nochmals überdenken. Dann sah er Schäng in die Augen. »Doch zwischen uns besteht ein besonderes Band. Ich konnte vor vielen Jahren Ihrer Familie einen Dienst erweisen, und Ihr Bruder hat mich drei Jahre später gerettet. Ich möchte nicht, dass Ihnen oder dem Mädchen ein Unheil geschieht, wenn eine Warnung von mir es vielleicht verhindern könnte.

Dieser Freund von Ihnen, er ist nicht an einer Krankheit gestorben. In gewisser Weise hatte die Frau aus Winningen recht, als sie sagte, dass ein Trank an seinem Zustand schuld war. Irgendjemand hat ihm etwas eingegeben, wahrscheinlich einen Trank oder vielleicht auch etwas in seinem Essen. Sicher ist: Der Mann wurde vergiftet.« Er legte eine Hand, so schön und weiß wie die einer vornehmen Frau, auf Schängs Unterarm. »Sie müssen vorsichtig sein«, sagte er. »Achten Sie auf sich, und achten Sie auch auf das Mädchen. In diesem Dorf, unter Ihren Freunden, Ihren Nachbarn, gibt es einen Giftmischer. Und der Mörder hatte Erfolg: Sein Opfer ist tot, und er ist unentdeckt. Es ist gut möglich, dass es nicht sein letzter Mord bleibt.«

***

Der größte Teil der Bewohner des Mehringhofs war in Schängs Arbeitszimmer versammelt.

»Wenn ich jetzt mit euch spreche, dann breche ich beinahe ein Versprechen, das ich erst vor Kurzem gegeben habe«, sagte Schäng. »Deshalb muss es unter uns bleiben.« Er berichtete knapp von dem Verdacht des Arztes, dass Lorenz vergiftet worden sei.

»Das kann ich nicht glauben! Er muss sich irren!«, sagte Lukas.

»Er ist ein erfahrener Arzt. Und er würde es nicht gesagt haben, wenn er sich nicht sicher gewesen wäre. Für ihn war es schon ein Wagnis, einen Christen zu behandeln.«

»Warum hat er es dann getan?«, fragte Lukas.

»Weil ich ihn dazu gedrängt habe.«

»Das genügte ihm, um zu kommen? Wir wissen nichts über ihn. Warum sollten wir ihm trauen?«

»Nun«, sagte Schäng zögernd, »wenn ich euch von seinem Verdacht erzähle, so wird es nicht schaden, wenn ihr auch dies erfahrt.«

Schäng sah ernst in die Runde. Als sein Blick auf den Katharinas traf, lächelte er wehmütig.

»Ich war schon zwei Jahre bei der Truppe Jan von Werths, als mich ein langer Brief von meinem Bruder erreichte. Er hatte ein Kind, eine Tochter, bekommen, die sie nach unserer Mutter Katharina nannten. Mutter und Kind waren wohlauf, und mein Bruder war mehr als glücklich. Aber dieses Glück stand in der Nacht der Geburt auf Messers Schneide. Die Wehen dauerten eine Nacht und den ganzen folgenden Tag. Die Hebamme, eine erfahrene

Frau, tat alles, was sie nur konnte, aber Katharinas Mutter wurde immer schwächer. Es war bereits wieder Nacht, als man sich kaum noch Hoffnung machte, die Mutter oder das Kind zu retten. Man rief den Priester, damit die junge Frau nicht ohne die Letzte Ölung sterben müsse. Und als dies geschehen und er gegangen war, gab es nichts mehr, was irgendwer für sie tun konnte. Alle im Haus beteten, weinten und warteten, dass sie von ihrem Leiden erlöst würde.

Eine Magd, die schon seit unseren Kindertagen bei uns war, sprach schließlich meinen Bruder an. Er solle nicht zornig werden, aber eine junge Verwandte von ihr, die manchmal im Haus eines Juden arbeitete, habe ihr etwas erzählt. Dieser Jude sei Arzt. Und als bei einer adligen Dame, die zum Hofstaat des Erzbischofs gehörte, die Geburt ihres Kindes bevorstand, da habe sie nach diesem Arzt geschickt. Er wohne in der Judengasse und heiße Isaak Coon.

Mein Bruder war alles andere als zornig und hat sofort einen Knecht ausgesandt, den jüdischen Arzt zu holen. Aber der Knecht kam allein zurück. Der Jude habe ihm versichert, das Ganze müsse eine Verwechslung sein. Er sei nie bei der Geburt von christlichen Kindern auch nur anwesend gewesen, und niemals habe ein christliches Mädchen in seinem Haus als Magd gedient, was ja auch beides verboten sei. Da ist mein Bruder durch die stürmische Nacht zum Haus des Juden gelaufen. Er hat den Arzt unter Tränen angefleht, seiner Frau zu helfen. Und dessen Mitleid, Gott sei es gedankt, war größer als seine Angst.

Er erklärte meinem Bruder, dass es Todesgefahr für ihn bedeuten könne, wenn das ungetaufte Kind in seinen Händen sterbe. Die Christen könnten glauben, er habe als Jude das Kind vor der Taufe ermordet, um seine Seele zu verderben. Er könne nur dann versuchen, der Frau zu helfen, wenn niemand davon erfahre.«

Schäng nickte Katharina zu. »So schickte dein Vater alle aus dem Krankenzimmer und brachte den Arzt heimlich ins Haus. Und ihm gelang das Wunder, dich und deine Mutter zu retten.

Am nächsten Tag ging mein Bruder erneut zu dem Arzt, um ihm zu danken und ihm als Lohn zu bringen, was immer er verlange. Doch mehr als das Geld interessierte diesen, ob mein Bruder jemandem davon erzählt habe. Er hielt seine gute Tat für eine

Gefahr für sich und seine Familie. Deshalb vertraute mein Bruder niemandem außer mir diese Geschichte an. Ich solle wissen, was unsere Familie diesem Mann schuldet.«

»Dieser Arzt, der gestern da war, das war derselbe Mann?«, fragte Katharina.

»Ja. Ich habe gehofft, dass er auch bei Lorenz ein Wunder vollbringen könne. Aber es war zu spät.«

»Du hättest es mir sagen müssen. Er hat mir das Leben gerettet, mir und meiner Mutter. Und ich habe ihm nicht einmal gedankt«, sagte Katharina bewegt.

»Vielleicht wirst du das noch können«, antwortete Schäng und lächelte. »Und einen Teil der Dankesschuld konnte ihm dein Vater abzahlen.«

»Ich meine nicht danken mit Geld.«

»Nein, das meine ich auch nicht. Als du etwas über zwei Jahre alt warst, wurde Trier von kaisertreuen Truppen erobert und der abtrünnige Erzbischof Philipp von Sötern gefangen gesetzt. In dieser Situation, in der der Bischof keine Macht mehr hatte, war auch der Schutz der Koblenzer Juden aufgehoben. An ihnen ließen nun manche Einwohner den lange unterdrückten Zorn auf ihren verhassten Landesherren aus. Als sich die Nachricht der Gefangennahme verbreitete, wurden in Koblenz Judenhäuser geplündert und ihren Bewohnern Schlimmeres angedroht. Da stellte sich dein Vater vor das Haus des Arztes, fest entschlossen, es gegen jeden Eindringling notfalls mit Waffengewalt zu verteidigen. Ich hoffe, dass dies dich tröstet, bis du Isaak Coon selbst danken kannst.«

»Auch für seine Warnung müssen wir ihm danken«, sagte Jan.

»Die ein noch größeres Wagnis war.« Schäng nickte. »Wenn ein Jude in einen Mordfall hineingezogen wird, so kann sich alles schnell gegen ihn wenden. Das weiß Isaak Coon genau. Das Gerücht, dass er selbst das Gift gemischt habe oder dass er unschuldige Christen eines Mordes bezichtigen will, kann ihn mehr als Geld und Freiheit kosten. Deshalb dürfen wir seinen Verdacht nicht weitertragen.«

»Ich kann es immer noch nicht glauben. Wer sollte so etwas tun? Jeder, wirklich jeder mochte Lorenz. Das kann keiner aus dem Dorf gewesen sein!«, sagte Lukas.

»Aber trotzdem muss es so gewesen sein. Lorenz' Krankheit hat auf dem Fest angefangen. Nicht allzu lang davor muss ihm jemand das Gift verabreicht haben. Versucht, euch zu erinnern, was Lorenz während des Fests gegessen und getrunken hat. – Und wer es ihm gegeben hat. Du warst doch bei ihm, Siska?«

Alle Blicke richteten sich auf Siska, doch sie bemerkte es nicht. Mit gesenkten Lidern saß sie so still neben Katharina auf der Bank, als hörte sie gar nicht zu. Ihr blondes, in der Mitte gescheiteltes Haar lag glatt an ihrem hübschen Kopf und glänzte in blassem Gold. Die sonst so lebhafte Siska sah aus wie ein Madonnenbild.

»Lorenz wurde doch schon beim Tanzen schlecht«, wandte sich Josef halb fragend an Katharina.

Katharina überlegte einen Moment, dann erinnerte sie sich. »Ja, er sagte so etwas, als er an uns vorbei von der Tanzfläche ging, und er sah auch sehr leidend aus. Wer kann nur so ein Gift besitzen?«, überlegte sie weiter.

»Jemand wie Jäp?«, sagte Jan bedächtig. »Er kennt Pflanzen, die heilen – und Pflanzen, die töten.«

»Wie kannst du so etwas sagen?«, fragte Katharina. »Lorenz war sein Freund, vielleicht sein einziger. Jäp so etwas zuzutrauen!«

Doch Katharinas Empörung störte Jans Ruhe nicht. »Ihm so etwas zuzutrauen? Das ist allerdings eine ganz andere Frage. Du fragst, wer sich mit Gift auskennt. Und das tut in Lay keiner besser als Jäp. Du weißt doch noch, wie im letzten Winter unser alter Tasso kaum noch fressen und nicht mehr laufen konnte, sondern nur noch kriechen.«

»Das ist etwas ganz anderes. Das war kein Mord, sondern eine Gnade für den alten Hund.«

»Das weiß ich auch. Ich hatte schon am Tag zuvor die Muskete geladen, und wenn Tasso mir nicht so ans Herz gewachsen wäre, hätte er an diesem Tag schon nicht mehr gelebt. Aber ich konnte es einfach nicht tun, und so lag er noch in einer Ecke des Stalls, als Jäp wegen der trächtigen Gescheckten kam. Er sah den armen Hund und hat mit ihm gesprochen. Du weißt, wie er mit Tieren ist. Jäp hat mich vorwurfsvoll angesehen und nur gesagt: ›Dein Hund hat große Schmerzen.‹ Ich wusste, was er sagen wollte, und ich erzählte ihm, dass ich es nicht übers Herz brächte, dem Tier den Gnadenschuss zu geben. Da gab er mir die getrockneten Kräuter und sagte, ich solle einen Sud daraus zubereiten und dem Tier zu trinken geben. Der Tod kam ganz schnell und friedlich.«

Jan sah Katharina an. »Jäp hatte die getrockneten Kräuter einfach so dabei. In einem kleinen Stoffsäckchen in dem Beutel, den er immer bei sich trägt.«

»Er hat immer seine Kräuter dabei, um die Tiere zu heilen«, sagte Katharina.

»Pflanzen, die heilen, und Pflanzen, die töten«, wiederholte Jan leise, aber mit Nachdruck.

Nachdenklich senkte Katharina den Blick, doch dann machte sie eine kleine, unwillige Kopfbewegung. »Jäp mag ja Gifte kennen, aber Lorenz wurde sicher durch ein anderes Gift getötet als dein Hund. Er ist nicht friedlich eingeschlafen. Es muss ein anderes Mittel gewesen sein. Da ist Jäp nicht verdächtiger als viele andere im Dorf. Es gibt genug Pflanzen im Wald, deren Wirkung fast jeder hier kennt und mit denen man jemanden töten könnte. Seidelbast, Schierling und Fingerhut kenne ich selbst. Bin ich deshalb verdächtig? Und unsere Wiena ist eine halbe Kräuterfrau und verteilt ihre Weisheiten gern. Und sie …«

Siska hatte bisher schweigend auf ihre Hände gestarrt, die sie, die Finger wie im Gebet verschränkt, im Schoß hielt. Doch plötzlich hob sie den Kopf und sagte so heftig, dass alle überrascht zu ihr hinsahen: »Wie kann dieser Arzt das überhaupt wissen? Vielleicht ist Lorenz auch an einer Krankheit gestorben. Vielleicht hat der Jude nur gesagt, dass es Mord war, um uns zu erschrecken, um sich aufzuspielen, um … um …« Während sie sprach, war sie immer aufgeregter, ihre Stimme immer unsicherer geworden. Schließlich brach sie mit einem heftigen Schluchzen ab und schlug die Hände vors Gesicht. Katharina legte den Arm um ihre Schultern und zog sie an sich.

»Komm, ich bringe dich zu Bett, und morgen sehen wir weiter«, sagte sie sanft zu Siska, wie man zu einen verängstigten Kind spricht.

»Sie ist völlig erschöpft«, sagte Katharina, als sie zurückkam.

»Sie musste dabei sein«, antwortete Schäng auf den unausgesprochenen Vorwurf. »Auch wenn es hart für sie war. Nicht nur weil sie bei dem Fest viel mit ihm zusammen war. Es geht um einen Mord. Und Siska ist in Gefahr, das nächste Opfer zu sein.«

Katharina richtete ihre dunklen Augen voll Bestürzung auf Schäng. »Wie kommst du darauf?«

»Hast du dich nicht gefragt, warum Lorenz ermordet wurde?«

Nein, das hatte sie wohl nicht, so offensichtlich die Frage auch auf der Hand lag. Der Schreck, als Schäng von Giftmord sprach, die Empörung, als Jan Jäp verdächtigte, und dann Siskas Zusammenbruch, das alles hatte dieser Frage keinen Raum gelassen.

Doch jetzt, als Schäng es aussprach, sprang es sie an, wie unsinnig der Gedanke war, dass irgendjemand Lorenz, ausgerechnet den guten Lorenz, ermorden sollte.

»Nein, alle mochten ihn«, sagte Katharina leise.

»Wohl nicht alle«, sagte Josef. »Erinnerst du dich an seinen Streit mit Jakob?«

»Meinst du, als Lorenz sich auf ihn übergab?«

»Nein, es gab vorher schon Streit zwischen ihnen.«

Katharina sah ihn an und schüttelte leicht den Kopf.

»Richtig, da warst du nicht dabei.« Josef nickte. Dann erzählte er von Jakobs bösartigen Anspielungen, dass Siska Lorenz nicht liebe, und von Lorenz' Erwiderung.

»Jakob war so wütend, wie ich ihn noch nie gesehen habe. Obwohl er sich ständig von irgendwem beleidigt fühlt.« Plötzlich fiel Josef noch eine Einzelheit ein. »Jakob war es bestimmt! Er hat es sogar angekündigt!«

»Was hat er angekündigt?«

»Jakob sagte zu Lorenz, er wünsche, dass sein Wein zu Gift würde. Er hat wirklich Gift gesagt!«

»Hatte er denn danach eine Gelegenheit, Lorenz zu vergiften?«, fragte Schäng.

»Ich glaube nicht«, gab Josef zu.

Jakob war Lorenz nach dem Streit eher ausgewichen, bis er ihm bei dem Tanzbären auf für ihn so unerfreuliche Weise wieder begegnete.

»Aber er muss es gewesen sein«, verteidigte Josef seinen Verdacht. »Niemand sonst hätte Lorenz so etwas angetan.«

»Ich glaube, dass es einen anderen Grund gab«, sagte Schäng.

»Lorenz wusste, wo das Lager der Schweden ist. Außer ihm wusste das nur noch Jäp, der die meiste Zeit unauffindbar im Wald ist und der es uns wahrscheinlich nicht gesagt hätte. Ich glaube, jemand wollte, dass dieses Wissen mit Lorenz stirbt.«

»Der Verräter wäre dann auch noch zum Mörder geworden«, sagte Jan. »Nur hilft uns das nicht weiter, solange wir nicht wissen, wer uns verraten haben könnte. Wir haben nicht den kleinsten Hinweis.«

Josef sah zu Schäng hinüber. Anscheinend hatte der noch nicht einmal Jan etwas von dem erschlagenen Soldaten im Fährhaus erzählt und von dem Namen, den er vor seinem Tod noch genannt hatte.

Schäng bemerkte den Blick und auch die Frage, die darin gelegen hatte. Er schüttelte den Kopf. »Franz würde nie mit Soldaten zusammenarbeiten. Dazu ist seine Abneigung gegen sie zu groß. Er hasst alle Soldaten.«

»Er war doch selbst Soldat«, sagte Jan.

Schäng nickte. »Ja, das stimmt. Aber er hat die Truppen voll Wut verlassen, als ihm immer wieder andere bei Beförderungen vorgezogen wurden. Er ist für mich nicht verdächtiger als jeder andere. Wir haben keine Anhaltspunkte.«

»Das heißt, dass wir nichts tun können, als abzuwarten«, sagte Jan.

»Was abwarten?«, fragte Josef.

»Abwarten, was der Mörder als Nächstes tut.«

***

Am folgenden Morgen kamen einige Layer Männer in den Mehringhof, um darüber zu reden, was gegen die Soldatenbande zu tun sei. Es wurde beschlossen, zunächst noch einmal in Koblenz um Beistand zu bitten. Sollte das zu keinem Ergebnis führen, wollte man neue Waffen besorgen und gemeinsam den Wald nach dem Soldatenlager durchkämmen. Schäng und Franz sollten zusammen einen Angriffsplan erarbeiten. Die Abgaben an die Soldaten würden natürlich ausgesetzt, und nachts sollte wieder eine Wache durchs Dorf gehen.

Aber nur im Ort bleiben, wie einer vorschlug, konnte man trotz aller Vorsicht nicht, denn der größte Teil der Wiesen lag auf der Anhöhe des Layer Bergs. Wenn man im Winter nicht das Vieh in den Ställen verhungern lassen wollte, musste das Heu schnell eingebracht werden. Es war seit Tagen drückend heiß gewesen, und die Nächte brachten kaum Abkühlung. Alle rechneten jeden Tag mit einem Gewitter. So musste jeder so viel Heu wie möglich machen, ehe der harte Regen das Gras zu Boden warf. In größeren Gruppen hoffte man sicher auf den Feldern arbeiten zu können.

Eine bedrückte Stimmung lag an den folgenden Tagen über dem Mehringhof, die nicht nur durch die Trauer um Lorenz zu erklären war. Es war kein Scherz und nur selten ein Gespräch im Haus zu hören. Jeder war mit sich und seinen Gedanken beschäftigt.

Auch Wiena, die von dem Mordverdacht nichts wusste, spürte die Spannung.

»Es ist die Hitze, die macht die Leute ganz verrückt«, sagte sie. »Die Milch wird sauer, kaum ist sie gemolken. Und den Gemütern der Leute geht's genauso. Dass Siska um ihren Verlobten trauert, das ist ja ganz richtig so. Das gehört sich. Aber dass alle anderen kaum noch ein Wort über die Lippen bringen – das ist doch närrisch. Hier ist doch schließlich nicht das Trauerhaus!«

Siska, die sich nun nicht mehr auf die Arbeit als Bäuerin vorbereiten musste, war dennoch nicht in ihr Elternhaus zurückgekehrt. Die Trauer hatte sie völlig verändert. Still und nachdenklich war sie geworden. Stundenlang saß sie auf einem Stuhl am Fenster. Doch sie sah nicht hinaus, sondern betrachtete nur ihre Hände, die reglos in ihrem Schoß lagen. Sie war so versunken in ihre Gedanken, dass sie noch nicht einmal aufblickte, wenn jemand in den Raum trat. Sprach man sie an, so bemerkte sie es oft nicht, und man musste sie schon berühren, um ihre Aufmerksamkeit zu erlangen. Die wenigen häuslichen Arbeiten, die zuvor ihre Pflicht gewesen waren, hatte sie aufgegeben, ohne ein Wort darüber zu verlieren. Wiena beschwerte sich bei Katharina über Siskas Faulheit und meinte, dass man ebenso gut beim Arbeiten trauern könne wie beim Rumsitzen. Schließlich sei Siska ja keine vornehme Dame, obwohl Wiena manchmal glaube, dass sie sich genau dafür halte.

»Lass sie auf ihre Art trauern. Ihre Arbeiten kann ich leicht übernehmen.«

»Das stimmt schon. Eine besondere Hilfe war sie auch vorher nicht.«

Aber am vierten Tag trat Katharina gegen Mittag an Siskas Stuhl.

»Kannst du mir helfen?«, fragte sie leichthin. »Ich bin spät dran. Ich soll für Wiena Bohnen aus dem Garten holen. Sie steht schon am Kochtopf und wartet.«

Schweigend stand Siska auf und folgte ihr in den Garten. Katharina zog unter der Steinbank neben der Gartentür den kleinen Korb hervor, nickte Siska zu und ging zu den Bohnenstöcken. Doch Siska blieb auf der Türschwelle stehen. Die Augen wegen der blendenden Sonne zusammengekniffen, sah sie sich im Garten um, als hätte sie ihn noch nie zuvor gesehen.

Wie seit Tagen schon war es schön, ja sogar hochsommerlich heiß. Es war die Stunde vor Mittag, und der Himmel spannte sich wolkenlos in hellem Sommerblau über den Garten. Das Gemüsebeet am Haus lag im strahlendsten Sonnenlicht. Durch die Kronen der Obstbäume fiel die Sonne in einem Muster aus goldenen Lichtflecken auf das grüne Gras und den Bienenkorb. Die Bienen flogen ein und aus, und die Luft war erfüllt von ihrem freundlichen Summen.

Langsam ging Siska zu Katharina, die mit geschickten Fingern die Bohnenblätter auf der Suche nach reifen Bohnen teilte. Siska stellte sich an den Stock, ergriff eine zum Pflücken eigentlich noch zu kleine Bohnenschote, riss sie aber nicht ab. Nochmals wanderte ihr Blick über den Garten, während sie die Schote zwischen Daumen und Zeigefinger hielt.

»Ich muss hier weg«, sagte sie dann fest, riss die Schote mit einer entschiedenen Bewegung ab und warf sie in den Korb.

Was Siska mit diesem Satz gemeint hatte, ob sie aus dem Meringhof zurück in ihr Elternhaus wollte oder ob sie nur weg aus dem Garten wollte, Katharina fragte sie nicht danach.

Am Abend machte Siska einen Besuch bei ihrem Vater und kehrte erst spät zurück. Katharina nahm dies als ein gutes Zeichen. Sie hoffte, dass Siska, die jedem Gespräch über Lorenz und ihre Trauer auswich, ihrem Vater ihr Herz geöffnet hatte. Und wirklich war Siska lebhafter, ja sogar fast aufgeregt, als sie zurückkam. Sie bestand darauf, am nächsten Tag beim Heumachen zu helfen. Nein, sie wolle sich nicht schonen, und die Arbeit werde ihr guttun, versicherte sie.

»Ich muss unbedingt aus dem Tal heraus. Ich will endlich wieder einen weiten Himmel über mir haben«, sagte sie. »Mir ist noch nie aufgefallen, wie eng es hier ist. Oben auf der Höhe wird es bestimmt nicht so drückend sein.«

Plötzlich umarmte sie Katharina heftig und nannte sie mit Tränen in den Augen ihre liebste Freundin.

»Nie, nie werde ich dich vergessen. Mein ganzes Leben lang nicht«, sagte sie und hielt Katharina so fest, dass die nach Luft schnappte.

»Das wirst du auch kaum können, weil wir uns wahrscheinlich für den Rest unseres Lebens an fast jedem Tag sehen werden«, sagte Katharina lächelnd.

29.6.1650, Peter und Paul

DIE ENTFÜHRUNG

Wegen der Hitze machten sie sich bereits in den frühen Morgenstunden auf den Weg. Fred, der sich erstaunlich schnell von dem Stockschlag erholt hatte, sollte an diesem Tag mithelfen.

Als sie den Bergweg hinaufgingen, stieg die Sonne rot über die Anhöhe empor. Unten im Tal verwandelte das Morgenlicht das silbrige Grau der Mosel mehr und mehr in durchscheinendes Blau. Der Fluss führte nur wenig Wasser und floss sehr still. Er war so klar wie selten. Selbst von dort oben konnte man große weiße Kiesel im Flussbett ausmachen.

Doch keiner blieb stehen, um die Aussicht zu genießen. Man musste die Kühle des Morgens nutzen. In der Mittagssonne würde die Arbeit auf dem freien, schattenlosen Feld zu erschöpfend sein.

Siska schien über die Arbeit ihren Kummer zu vergessen und rechte so eifrig das Gras zusammen, dass der Rücken ihres Kleides schon nach einer halben Stunde dunkel vor Schweiß war. Sie hatte wie so häufig ein Kleid an, das eigentlich viel zu gut für die Feldarbeit war. Um die Schultern trug sie sogar ihr bestes Tuch. Aber heute neckte sie niemand wegen ihrer Eitelkeit. Es war schön, dass sie aus ihrer Betäubung wieder zu ihren alten Gewohnheiten zurückgefunden hatte, so nichtig diese auch waren.

Es war noch lange nicht Mittag, als eine kleine Gestalt den Weg zwischen den Feldern entlangkam. Noch ehe Josef ihr Gesicht sah, wusste er, dass es Ellie war, obwohl ihre Gestalt seltsam unförmig aussah, fast als hätte sie einen mächtigen Buckel. Halb hüpfend, halb tänzelnd kam sie den Weg entlang und rief ihnen von Weitem »Da bin ich!« entgegen. Ihre helle Stimme klang über die Wiesen und Felder so fröhlich wie das Zwitschern der Lerche, das sie am Morgen gehört hatten. »Ich habe Wiena überredet, dass ich früher losdurfte«, rief sie herüber.

Josef lief über die Wiese, lehnte seinen Rechen an den Baum am Wegrand und ging Ellie entgegen. Ein braunes Bündel war schräg über ihren Rücken gebunden und vor der Brust verknotet. Es wirkte riesig auf ihren schmalen Schultern. Josef wusste, dass es das Mittagessen für fünf hungrige Feldarbeiter enthielt und sicher nicht leicht war. Wieder verblüffte ihn Ellie mit einer Kraft, die in dem zierlichen Körper nicht zu vermuten war. Ihr Gang war so unbeschwert; niemand hätte vermutet, dass dieses Mädchen mit seiner Last aus dem Moseltal bis auf die Höhe gestiegen war.

»Soll ich dir das Bündel abnehmen?«, fragte Josef.

»Ach was!«, sagte sie wegwerfend. »Das ist doch leicht.« Als sie an die Wiese kamen, winkte Ellie zu Katharina hinüber, ging aber nicht zu ihr, sondern blieb auf dem Weg.

»Ich soll das Essen bis Mittag an die Quelle legen, hat Wiena gesagt. Damit es frisch bleibt. Ich bin gleich zurück.«

Die kleine Quelle lag am Anfang eines schmalen Seitentals der Mosel, nur einige Minuten von den Feldern entfernt. Das Tal war dort eng und der Wald dicht; so blieb es in der Nähe des Wassers auch im Hochsommer kühl.

Ellie nickte Josef zu und ging eilig weiter. Nur einige Schritte weiter zweigte ein kleiner Trampelpfad vom Weg ab und führte durch eine Wiese zum Waldrand. Josef sah der kleinen Gestalt hinterher, die auf die Bäume, die dunkel gegen den hellen Himmel standen, zulief.

»Warte!«, rief er und wusste selbst nicht, warum. Ellie drehte sich um und schaute fragend zu ihm zurück. Josef lief zu ihr. »Ich komme mit«, sagte er.

Was ist mit mir los?, dachte Josef. Ich bin doch sonst nicht so ängstlich. Gut, irgendwo im Wald hatten die Soldaten ihr Lager. Aber bisher hatten sie noch niemandem im Wald aufgelauert. Kein Grund, hinter jedem Baum einen Söldner zu vermuten. Die Quelle lag nicht tief im Wald, und auch Ellie machte nicht den Anschein, als fürchte sie sich. Warum kam ihm der Wald nur so bedrohlich vor?

Als sie an die Stelle kamen, wo der kleine Pfad die Wiese verließ und zwischen Büschen und Bäumen in den Wald führte, zögerte Josef einen Moment. Gegen die helle, von Insektensummen erfüllte Blumenwiese war es dort, zwischen den mächtigen Säulen der Baumstämme, dämmrig und still wie in einer lange verlassenen Kirche. Die alten dickstämmigen Bäume standen nicht sehr dicht beieinander, aber ihre ausladenden Kronen bildeten trotzdem ein geschlossenes Blätterdach. Nur an einzelnen Stellen drangen die Strahlen der Sonne hindurch und leuchteten wie Streben aus vergoldetem Glas. Das war alles andere als ein beängstigender Anblick, aber Josefs Blick folgte dem kleinen Pfad, der einige Schritte weiter eine Biegung machte und hinter dichtem Buschwerk verschwand.

»Komm schon«, sagte Ellie und nahm seine Hand. So traten sie Hand in Hand in den Wald. Sie waren noch nicht weit gegangen, als Schritte hinter ihnen erklangen. Es waren schwere Schritte, die sich ihnen schnell näherten.

Erst als Ellie mit einem halb erstaunten, halb unwilligen »Autsch« ihre Hand aus seiner zog, merkte Josef, wie fest er ihre Finger zusammengepresst hatte. In diesem Moment bog Fred um die Ecke, etwas außer Atem, aber grinsend.

»Da seid ihr ja. Katharina schickt mich hinter euch her. Als Leibwache sozusagen«, sagte er.

Fred schien die Idee recht belustigend zu finden, aber Josef war erleichtert.

An der Quelle nahm Ellie ihr Bündel ab und knotete es auf. Der Geruch von Käse und frischem Brot stieg Josef in die Nase und ließ ihn wünschen, es wäre schon Mittagszeit. Doch Ellie nahm nur einen leeren Krug aus dem Bündel und verknotete es dann wieder fest. In einem Strahl, nur so breit wie zwei Finger, sprudelte hier das Wasser zwischen den Steinen hervor, fiel in eine kleine Mulde und setzte dann seinen Lauf als Bächlein fort. Ellie stellte den Krug in die Mulde unter den Wasserstrahl und füllte ihn aus der Quelle. Als er voll war, kniete Josef sich auf den feuchten Boden. Er beugte sich vor und ließ das Wasser in seine Hände laufen; es war herrlich kalt. Josef tauchte sein Gesicht in das frische Wasser, trank und kühlte sein Gesicht. Jetzt kamen ihm seine Ängste lächerlich vor.

Sie banden das Bündel an einen Ast, der in Hüfthöhe über das Bächlein ragte. Da mochte das Essen die Zeit bis Mittag von allen Käfern und kleinen Tieren unbeschadet überstehen.

Auf dem Rückweg lief und hüpfte Ellie so übermütig wie ein junges Zicklein zwischen Fred und Josef, dass der Krug immer wieder überschwappte und ihr Kleid nass wurde. Ellie lachte nur darüber und erzählte fröhlich, wie sie Wiena überredet hatte, schon so früh zu den anderen gehen zu dürfen. Als der Ruf eines Kuckucks durch den Wald schallte, sprach sie halb, halb sang sie die zwei Zeilen:

»Lieber Kuckuck, sag mir doch,
wie viel' Jahre leb' ich noch.«

Während sie weitergingen, zählte sie halblaut die Kuckucksrufe, die immer weiter und weiter erschallten, mit. Irgendwann hörte sie auf zu zählen. »So viele!«, lachte sie. »Ich weiß nicht, ob ich so viele Jahre überhaupt möchte.«

»Ja, und er ruft immer noch. Du wirst sicher die älteste Frau im ganzen Erzbistum Trier werden und mich und alle anderen beerdigen«, sagte Josef lächelnd.

Aber Ellie sah ihn ernst an. »Dann möchte ich lieber früh sterben«, antwortete sie leise.

Der Kuckuck war schließlich verstummt.

»Wenn er noch mal ruft, dann fragst du ihn«, bat Ellie Josef.

»Nein, da glaube ich nicht dran«, sagte Josef und fügte nicht sehr schlüssig hinzu: »Ich möchte auch gar nicht wissen, wie lange ich noch lebe. Außerdem wird er wahrscheinlich nicht mehr rufen. Es ist eigentlich viel zu spät im Jahr für Kuckucksrufe.«

Aber genau da erschallte laut und ganz nah erneut der Vogelruf.

»Ich werde ihn fragen«, sagte Fred und wiederholte mit gespielter Ernsthaftigkeit den Reim. Aber Josef hatte recht. Der Vogel verstummte, noch während Fred das kleine Gedicht aufsagte.

Sie hatten schon den Wald verlassen und folgten dem Pfad durch die Blumenwiese, als ein anderes Geräusch sie anhalten und lauschen ließ.

»Glockenläuten!«, sagte Fred verblüfft. Das war kein einfaches Mittagsläuten. Es war nicht nur zu früh, sondern das Läuten klang auch ganz anders: heftig und wild.

»Kommt das aus Lay? Oder von Winningen?«, fragte Josef.

»Aus Lay«, sagte Fred. Er hatte die Augenbrauen zusammengezogen und lauschte so konzentriert, als könne ihm das überraschende Läuten irgendetwas über seinen Anlass verraten. »Das ist die Layer Glocke. Irgendjemand läutet Sturm.«

Dann, plötzlich und ohne jede weitere Erklärung, rannte Fred in Richtung der Felder los. Jeder Schritt seiner langen Beine war wie ein weiter Sprung, und schnell ließ er Josef und Ellie, die ihm nur nachsahen, hinter sich.

Fred hatte schon fast den Weg erreicht, als Ellie den vollen Wasserkrug mit beiden Händen packte. Auch sie lief los. Den Krug in Brusthöhe vor sich haltend, bemühte sie sich, so rasch wie möglich vorwärtszukommen, ohne allzu viel zu verschütten. Josef holte sie mit wenigen Schritten ein, nahm ihr ungeduldig den Krug aus den Händen, leerte ihn mit einer schnellen Drehung in die Wiese, fasste nach Ellies Hand, und gemeinsam rannten sie weiter.

Als sie die Steigung hinter sich hatten und die Ebene der Anhöhe überblicken konnten, sahen sie, dass alle, die auf den Wiesen und Feldern gearbeitet hatten, nun dicht beieinanderstanden.

Von hier oben war nichts vom Dorf, noch nicht einmal etwas vom Moseltal zu sehen. Trotzdem blickten alle in die gleiche Richtung, in die Richtung des Tals, in dem Lay lag, in die Richtung des anhaltenden, erschreckenden Geläuts. Keiner beachtete die beiden, als sie zu der Gruppe stießen. Kurz darauf hörte das Läuten auf. Noch einige vereinzelte, kraftlose Glockenschläge klangen aus dem Tal, dann herrschte Stille.

Es war Fred, der als Erster sprach.

»Kein Rauch«, sagte er, aber es war keine Erleichterung in seiner Stimme. Der Rauch eines Feuers wäre so schnell nicht bis zur Anhöhe gestiegen. Und vielleicht bedeutete das Geläut auch etwas anderes, etwas Schlimmeres als eine Küche, die sich an einem unbeaufsichtigten Herdfeuer entzündet hatte.

»Es hat so plötzlich aufgehört«, sagte Katharina leise.

Ja, das hatten alle gehört. Das scheppernde Läuten der kleinen Kirchenglocke hatte sie alle in Schrecken versetzt. Doch noch erschreckender war das plötzliche Ende des Läutens gewesen. Wer hatte das Glockenseil gezogen, und wer oder was hatte ihn dazu gebracht, so plötzlich damit aufzuhören? Selbst wenn man den Berg hinabrannte, dass die Lungen schmerzten, es war ein Weg von fast einer Viertelstunde bis hinunter nach Lay. Was mochte dort vor sich gehen? Ein Feuer, selbst ein großes, wurde mehr und mehr zu einer Hoffnung, mit der man schlimmere Bilder zurückzutreiben versuchte. Die Soldaten! Der Krieg mit all seinen Schrecken, er war keinem von ihnen fremd. Das Plündern und Niederbrennen ganzer Orte, Mord, Folter und Vergewaltigung – hatten sie tatsächlich geglaubt, dass dies mit dem Frieden, der in der fernen Stadt Münster geschlossen worden war, ein Ende haben würde? Hatten sie tatsächlich geglaubt, dass sie sich mit den Soldaten, die sich im Wald verschanzt hatten, friedlich einigen könnten? Wie hatten sie nur so blind sein können!

Karl, der noch eine Harke in der Hand hielt, warf sie hart auf den Boden. »Los!«, rief er. »Wir müssen runter.« Ohne auf eine Reaktion zu warten, lief er los, doch Jan packte ihn mit harter Faust gerade noch am Hemd. Der brüchige Stoff riss.

»Lass mich los! Maria! Die Kinder! Ich muss ins Dorf!«, rief Karl.

»Ja, aber lass uns alle zusammen gehen.«

»Dann kommt endlich!«, brüllte Karl und wollte wieder losrennen, aber Jan hielt ihn am Arm gefasst.

»Hier gibt es auch Frauen«, sagte er.

»Dann sollen sie doch hierbleiben«, sagte Karl mit einem halbherzigen Versuch, sich aus Jans Griff zu befreien.

»Wir warten hier. Geht ruhig«, sagte Siska. Außer ihr, Katharina und Ellie waren noch zwei Frauen, die lustige Rosa und Ännchen, zur Arbeit auf den Feldern gekommen. Ännchens Mann Mattes hatte im Krieg beide Beine verloren, sodass Ännchen die Feldarbeit übernehmen musste.

»Aber sie bleiben nicht allein.« Jan sah sich schnell um. »Fred und Josef, bleibt ihr hier?«, fragte er.

Obwohl es eher ein Befehl als eine Frage war, nickten Josef und Fred. Noch ehe Josef alles recht verstand, war Karl losgerannt. Jan und die anderen Männer folgten ihm.

Die sieben Zurückgebliebenen sahen ihnen hinterher, wie sie über den ausgetrockneten Lehm des Feldwegs liefen. Josef zählte elf Männer. Rhythmisch schlugen ihre Füße auf den harten Boden, dass er dröhnte wie eine dumpfe Trommel. Manche von ihnen trugen noch ihre Harke oder Sense in der Hand. Armselige Waffen gegen die Musketen, Degen und Lanzen der Soldaten. Aber es war alles, was sie hatten. Am Ende der Rodung folgte die Gruppe der Biegung des Wegs in den Wald und entschwand ihren Blicken.

Katharina hatte mit beiden Händen in den schweren Stoff ihres Arbeitsrocks gegriffen, als müsse sie sich daran festhalten. Sie fühlte sich wie damals, als sie noch ein kleines Mädchen gewesen war, wie in der Zeit, als sie und Schäng noch unterwegs gewesen waren. Unterwegs mit dem Heer. Immer blieben ihr nur das Warten, das Horchen – und die Angst. Fast hatte sie dieses Gefühl in den Jahren in Köln und auf dem Mehringhof vergessen. Doch nun war mit einem Mal alles wieder da: Dort unten im Tal spielte sich vielleicht ein Kampf ab. Und Menschen, die sie liebte, töteten oder wurden getötet. Sie konnte wieder nichts tun, als in der Ferne zu warten, zu horchen, ob das Kampfgetöse herüberklang, und sich einzureden, dass ihr Onkel und die anderen noch lebten.

Das alltägliche Leben im Tross war nicht unangenehm gewesen. Nein, es war für ein lebhaftes Kind eher eine immerwährende Reihe von Vergnügungen: das Reisen im Wagen und das Schlafen in Zelten, die vielen Menschen, Soldaten, die unglaubliche Dinge erlebt hatten oder zumindest davon erzählten. Es gab viele Kinder im Tross, mit denen Katharina spielen konnte. Und sie wurde behandelt wie eine Prinzessin. Johann war ein erfolgreicher Offizier gewesen, und er zahlte gut dafür, dass für seine Nichte gesorgt wurde. Kläre, eine Marketenderin, die mit einem Pikenier verheiratet war und selbst keine Kinder hatte, kümmerte sich um sie.

Alles war für die kleine Katharina wie ein Spiel, wie ein Abenteuer gewesen. Nur die Schlachten nicht. Bei der ersten Schlacht hatte Katharina Kläres Augen gesehen, die sich ausdruckslos immer wieder auf den Horizont richteten, wo es doch nichts zu sehen gab, von wo nur das Grollen der Kanonen herüberklang. Katharina war damals erst fünf Jahre alt gewesen und wusste nichts vom Krieg. Die Soldaten hatten stets spannende Geschichten von ihren Heldentaten im Kampf erzählt. Warum machte Kläre nur solche Augen? Doch Angst ist ansteckend, und mehr und mehr packte der Schrecken auch die kleine Katharina, bis sie sich unter dem Wagen verkroch und sich die Ohren zuhielt, um die Kanonen nicht mehr zu hören.

Wenig später wusste sie dann mehr. Ihr Heer, die kaiserlichen Truppen, hatten gesiegt. Doch was bedeutete so ein Sieg? Tote wurden ins Lager getragen. Und, vielleicht noch schlimmer, Verwundete, stöhnend, schreiend vor Schmerz – oder ohnmächtig, manche unkenntlich vor Wunden, manche verstümmelt.

Johann war unverwundet, ebenso wie Kläres Mann. Ja, er hatte sogar einen Offizier aus dem feindlichen Heer gefangen genommen und konnte auf eine hohe Belohnung aus dem Lösegeld rechnen. Er drückte Kläre an sich, lachte und versprach ihr ein Kleid mit roten Bändern. Aber nur langsam verschwand die Angst aus Kläres Augen.

Von diesem Tag an kannte Katharina den Krieg. Sie kam nicht auf die Idee, dass ihr Onkel etwas anderes sein könnte als Offizier. Sie wusste noch nicht einmal, dass es ein Leben ohne den Krieg geben konnte. Doch wenn nun Geschichten von Gefechten erzählt wurden, dann ging sie weg. Und wenn die Truppe eine Schlacht ausfocht, so tat sie dieses und jenes, nur bewegt von dem Wunsch, nicht an die Schlacht zu denken.

Eine Hand, die sich zaghaft auf ihren Arm legte, riss Katharina aus ihren Gedanken.

»Wir hätten nicht zurückbleiben sollen«, sagte Ännchen. Sie kämpfte offensichtlich mit den Tränen. »Ich kann doch nicht einfach hier stehen und warten. Ich sollte bei Mattes und den Kindern sein.«

»Genau!«, sagte Rosa aufgebracht. »Wenn wirklich die Soldaten im Dorf sind, werden wir schon mit ihnen fertig. Je mehr dabei auf unserer Seite kämpfen, umso besser. Wir sollten mitkämpfen. Ich kann ebenso gut mit einer Mistgabel umgehen wie irgendeiner von den Burschen. Den Schweden würden wir schon heimleuchten.«

Es lag so viel siegesgewisse Leichtigkeit in ihren Worten, dass Katharina Rosa fast beneidete. Doch was wusste Rosa vom Kämpfen? Katharina sah zu Josef und wusste, dass auch er noch nicht die Schrecken eines Kampfes kannte.

Und doch hatten Ännchen und Rosa vielleicht recht. Warum sollten sie hier warten? Diesmal gab es kein geordnetes Heer. Wer wollte es ihnen verwehren, bei denen zu kämpfen und vielleicht zu sterben, die sie liebten?

»Ja, warum sollen wir nicht hinterher?« Aber noch während Katharina die Frage aussprach, wusste sie, dass es mehr als genug gute Gründe gab, weshalb sie hier warten sollten. Es wäre gar nicht nötig gewesen, dass Siska ihren Blick auffing und stumm auf Ellie deutete. Das Mädchen stand bewegungslos da, die Augen auf den Boden gerichtet. Nicht mehr Leben schien in ihr zu sein als in einer Strohpuppe. Es war fast wie auf dem Johannisfest. Nun hatte schon der bloße Gedanke, dass die Soldaten in Lay eingefallen waren, ausgereicht, sie in diesen Zustand zu versetzen. Plötzlich kam sich Katharina dumm und unerfahren vor. Sie hatte sich innerlich über Rosas Äußerung lustig gemacht, sie hatte leicht verächtlich auf sie und Josef herabgesehen, die den Krieg kaum kannten. Doch was hatte sie selbst schon gesehen? Von ihrem sicheren Platz im Lager hatte sie das Leid des Schlachtfeldes aus zweiter Hand erlebt. Was war das gegen das, was der Krieg diesem Kind angetan hatte? Ellie hatte überlebt. Und es gelang ihr, weiterzuleben, zu lachen und sogar einige Menschen zu lieben. Was konnte wichtiger sein, als sie von dem vielleicht letzten Kampf des großen Krieges fernzuhalten?

»Andererseits: Es könnte vielleicht nur alles durcheinanderbringen, wenn wir hinterherlaufen«, fuhr Katharina fort.

Ausgerechnet Siska zeigte sich nun hilfreich.

»Ach, vielleicht ist nur ein Schuppen abgebrannt«, sagte sie leichthin. »Und wenn wir schon hier warten, dann können wir auch die Zeit nützlich verbringen.« Dabei bückte sie sich nach der Harke, die Karl zu Boden geworfen hatte, und drückte sie Ellie in die Hand. Deren Finger schlossen sich um das Holz des Stiels. Ihr Blick hob sich, und sie sah sich wie erwachend um.

Tatsächlich war Siskas Idee vernünftig. Ohne sich abzusprechen, kehrten die anderen nicht zu der Arbeit auf ihren eigenen Feldern zurück, sondern blieben auf der Wiese, auf der sie standen. Dort hatte an diesem Morgen der alte Wirges mit seinem Knecht Ferdinand gearbeitet. Eine Hälfte hatten sie schon vor einigen Tagen gemäht, sodass das trockene Heu nun zusammengerecht werden konnte. Die ganze Wiese auf einmal zu mähen war wohl zu viel für die beiden alten Männer gewesen. Der zweite Teil der Arbeit sollte heute erledigt werden. Waren der alte Wirges und Ferdinand mit den Männern zurück zum Dorf gelaufen? Katharina hatte nicht auf sie geachtet, aber es musste wohl so sein. Zwei Sensen, zwei Rechen und eine Sichel lagen am Wegrand, und die beiden waren nirgends zu sehen. Etwas zwischen Grauen und Belustigung bewegte Katharina bei dem Gedanken, dass die beiden alten Männer versuchten, mit der Truppe Schritt zu halten, dass sie, die nur schwer noch das Gras mähen und zusammenrechen konnten, in den Kampf gezogen waren.

Katharina griff sich eine der Sensen und begann mit kraftvollen Zügen die Wiese zu mähen. Es war nicht viel, was sie für die beiden Alten tun konnte, aber es gab ihr das Gefühl, nicht völlig nutzlos zu sein. Den anderen schien es ähnlich zu gehen. Fred nahm sich die zweite Sense, Siska griff zu einem Rechen, und auch Ellie tauschte die Harke, die sie immer noch hielt, gegen einen Rechen aus. Katharina arbeitete schnell, ohne darauf zu achten, dass ihr nach kurzer Zeit bereits der Schweiß den Nacken und Rücken hinablief. Sie schwang die Sense und sah auf nichts als das kniehohe Gras, das unter ihren Schnitten niedersank. Schnell war sie so außer Atem, dass sie keuchend einen Moment innehielt. Als sie sich nach den anderen umsah, merkte sie, dass alle in der Nähe arbeiteten. Doch die anderen waren nur halbherzig bei der Sache. Immer wieder unterbrachen sie ihre Arbeit und wandten sich lauschend dem Moseltal zu.

Ännchen bemerkte sie zuerst. Vielleicht fünfzehn Minuten waren seit dem Ende des Läutens vergangen, als eine Gestalt dort am Waldrand auftauchte, wo der Feldweg zum Dorf führte.

»Es kommt einer zurück«, rief sie über das Feld und hob die Hand über die Augen, um ihren Blick vor der blendenden Sonne zu schützen. Doch ihre Hand sank wieder herab. Sie hatte sich getäuscht: Keiner von den Layer Männern war zurückgekommen. Es war einer der Soldaten, der dort am Weg nach Lay aufgetaucht war und zu dem sich nun ein zweiter gesellte.

Katharina wusste sofort, was das bedeutete. Sie blickte über die Schulter. Wie sie befürchtet hatte, waren noch andere Soldaten zu sehen. Auf der gegenüberliegenden Seite der Rodung, dort, wo der Weg wieder im Wald verschwand, stand nicht weit vom Wegkreuz eine Gruppe von fünf Männern. Es war wie bei dem Überfall am Johannisfest: Plötzlich waren sie von Soldaten umstellt, waren die Fluchtwege abgeschnitten. Zum zweiten Mal waren sie auf den gleichen Trick hereingefallen. Die Schweden würden nicht gleichzeitig das Dorf und ihre Gruppe auf den Feldern überfallen. Der Angriff auf das Dorf war also nur ein Ablenkungsmanöver gewesen. Wie sehr mussten diese Soldaten sie verachten, dass sie noch nicht einmal einen neuen Plan für nötig hielten?

Katharina wusste, dass eine Flucht über den Weg oder quer über die Felder nur vor den Waffen der Angreifer enden konnte. Ein Entkommen aus dieser Umzingelung war nicht möglich.

Sie packte ihre Sense mit beiden Händen und hob sie in Hüfthöhe vor sich, als wolle sie von dem hohen Weizen nur die Ähren abschlagen. So stand sie und sah den Angreifern entgegen.

Die Soldaten rückten rasch vor.

Katharina sah sich nach den anderen um. Rechts von ihr war Ännchen, die ungläubig auf die näher kommenden Soldaten starrte. Schnell warf Katharina einen Blick nach hinten. Knapp zwei Schritte hinter ihr standen Josef und Ellie Seite an Seite. Josef hielt in der Rechten eine Sichel, den linken Arm hatte er um Ellies Schulter gelegt. Hinter ihnen sah Katharina die Soldaten, die den Weg nach Lay absicherten. Sie rückten nicht näher, sondern ihre Aufgabe schien nur darin zu liegen, den Fluchtweg zu blockieren.

Auf Katharinas linker Seite, nicht weit von ihr entfernt, waren Siska, Rosa und Fred.

Fred sah blass aus. Mit dem Kämpfer, der beim Johannisfest ohne jedes Zögern auf die Soldaten losgestürmt war, hatte er nicht mehr viel Ähnlichkeit. Selbst aus der Entfernung konnte Katharina die Angst in seinen Augen sehen. Trotzdem stellte er sich den Angreifern entgegen.

Mittlerweile waren die Schweden weiter vorgerückt. Ein junger Soldat machte einen Schritt vor Fred halt. Er war nicht älter als Fred. Nur seine Augen, die sahen älter aus. Er stand vor Fred, der ihn um einen Kopf überragte, und musterte ihn.

»Ist das nicht dein Freund?«, fragte er über die Schulter, ohne Fred aus den Augen zu lassen. Und wirklich stand einige Schritte hinter ihm der Gelbbärtige, der Fred auf dem Fest niedergeschlagen hatte. Wieder hielt er den kurzen Stock, mit dem er so meisterhaft umgehen konnte, in der Hand.

»Ja, schnell hat er sich erholt«, antwortete er. Seine Stimme war betont gleichgültig. »Und jetzt kommt er und fragt nach mehr.«

»Diesmal endgültig«, sagte Freds Gegenüber fast beiläufig. Noch während er sprach, hob er die Hand und schoss seine Muskete ab. Fred taumelte zwei Schritte zurück, und auf seiner Weste war plötzlich ein erschreckend großer dunkler Fleck. Er sah darauf herab und sackte dann in sich zusammen.

Er hat ihn getötet. Diesmal haben sie ihn wirklich ermordet. Ohne jeden Kampf. Katharina konnte es nicht glauben.

»Nein!«, schrie Siska, rannte zu Fred und ließ sich neben ihm auf die Knie fallen. Vorsichtig drehte sie seinen Kopf, um in sein Gesicht zu sehen. Dann richtete sie sich auf und schrie den Schützen an: »Er ist tot! Warum hast du das getan? Das wirst du bereuen! Das wird dir leidtun!«

In ihrer Wut schien sie keine Angst zu kennen. Wenn ihre Reaktion auch unklug war, so bewunderte Katharina doch ihre Tapferkeit. Aber bei dem Soldaten erregte sie keine Bewunderung.

»Werde ich das?«, höhnte er. Dabei trat er auf sie zu, fasste ihr Handgelenk und zog sie gewaltsam hoch.

»Lass mich sofort los! Fass mich nicht an!« Siskas Stimme wurde schrill vor Zorn, aber noch immer war keine Angst in ihr zu hören. Mit einer schnellen Bewegung drehte der Soldat ihren Arm, dass Siska der Bewegung folgen musste und ihm nun den Rücken zuwandte, den Arm hinter sich weit nach oben gebogen. Der Soldat schob mit seiner freien Hand eine Schlinge über das Handgelenk und zog sie zu. Die so gebundene Hand drückte er hinter Siskas Rücken noch weiter nach oben, packte hart ihre andere Hand und zog sie über ihre Schulter nach hinten. Er zog, bis sich Siskas Hände zwischen ihren Schulterblättern befanden und sich berührten. Siska stöhnte vor Schmerz und streckte sich, um dem Zug zu entgehen, doch sie konnte dem Griff nichts entgegensetzen. Der Soldat schlang das andere Ende des Seils um Siskas freies Handgelenk, sodass ihre Hände hinter ihrem Rücken aneinandergefesselt waren. Siskas Stimme klang nun gepresst und schmerzverzerrt, aber sie hörte nicht auf, dem Soldaten zu drohen und ihn zu beschimpfen.

Die ganze Gefangennahme dauerte kürzer als ein Ave-Maria, aber diese Zeit nutzten auch die anderen Soldaten. Der Gelbbärtige bewegte sich in Katharinas Richtung. Sie packte die Sense fester, aber er lief links an ihr vorbei. Sein Angriff zielte nicht auf sie, sondern auf Josef und Ellie. Er verlangsamte seinen Schritt, hob seinen Stock in Kopfhöhe und trat so lässig auf die beiden zu, als gelte es nur, zwei Gänse zu schlachten. Neben sich hörte Katharina Siska grell aufschreien, aber sie hatte keine Zeit, sich nach ihr umzusehen. Ein junger Soldat stand plötzlich direkt vor ihr, gerade noch außer Reichweite ihrer Sense, und starrte sie an.

Sie haben sich aufgeteilt. Und er soll mich gefangen nehmen oder töten, dachte Katharina.

Siskas wütendes Geschrei brach plötzlich ab. Wie aus großer Ferne hörte Katharina eine Frau, wahrscheinlich Ännchen, weinen. Eine Männerstimme fluchte und lachte dann hart auf. All das drang gedämpft, wie durch dichten Nebel, zu Katharina und berührte sie kaum. Ihr Kampf war hier. Es zählte nur noch dieser Mann vor ihr. Er und die Sense in ihrer Hand. Sie spürte das harte Holz in ihren Händen, das Gewicht, und sie wusste, dass sie eine Waffe hielt, die es diesem Mann nicht leicht machen würde. Ihr Blick ging kurz zu der langen, gebogenen Klinge. Die gut geschärfte Schneide blitzte in der Mittagssonne, und Katharina sah wieder zu dem Gesicht des Soldaten auf.

Er war noch sehr jung. Jung und schön. Nur mittelgroß, von eher zierlichem Körperbau, wirkte er trotzdem kraftvoll. Sein Gesicht wäre selbst für eine Frau zart gewesen. Seine Haut war makellos und blass, fast weiß, nur an den Wangen zart gerötet und mit einem blauen Schimmer um die Augen. Seine Blässe wurde durch sein dunkles Haar noch betont. Es fiel ihm leicht gelockt bis über die Schultern, und sein fast mädchenhafter Mund war von einem schwarzen Schnurrbart und einem kleinen Kinnbart umrahmt. Seine Lippen waren so klar gezeichnet und von so vollkommenem Rot, als habe er sie mit Farbe bestrichen, wie es die käuflichen Liebchen, die dem Heer folgten, taten. Doch am auffallendsten waren seine Augen, große, dunkelbraune Augen mit den dichten schwarzen Wimpern eines Kindes.

Obwohl sie sich sicher war, ihm nie begegnet zu sein, kam er Katharina bekannt vor.

Vielleicht ist das so, wenn man seinem Mörder gegenübersteht, dachte sie, ohne dass sie der Gedanke schreckte. Oder demjenigen, den man töten wird.

Der Soldat machte einen Schritt zur Seite, aber Katharina drehte sich, sodass die Sensenklinge zwischen ihnen blieb. Er würde nicht ohne Hilfe an sie herankommen, zumindest nicht unverletzt. Sicher, es war nur eine Frage der Zeit, bis mehrere Soldaten sie gleichzeitig angreifen würden. Sie hatte keine Aussichten, ihr Leben zu retten. Aber das lag in der Zukunft.

»Es wird dir nichts geschehen.« Die Stimme des Fremden war angenehm wie sein Aussehen. Etwas in der Aussprache verriet, dass Deutsch nicht seine Muttersprache war. Doch Schwede war er sicher auch nicht.

Vielleicht ist das der Soldat, den Siska beim Holzsammeln getroffen hat, dachte Katharina bitter. Mit seinen schönen Augen kann er sie genug beeindruckt haben. Denkt er, dass jetzt auch ich darauf hereinfalle?

Die Hand in einer beschwörenden Geste erhoben, beugte sich der junge Soldat ihr entgegen. Sanft sagte er: »Komm mit. Keiner wird dir wehtun.«

Mir so wenig wie Fred, dachte Katharina. Dann merkte sie, dass sie diesen Gedanken herausschrie und dabei mit der Sense ausholte und mit wuchtigem Schwung nach dem Soldaten schlug.

Nicht viel mehr als einen kleinen Ruck, einen Widerstand, wie man ihn beim Mähen spürt, wenn man einen jungen Baumsprössling, der in einem Sommer zwischen den Halmen der Wiese emporgeschossen ist, niedermäht, mehr spürte Katharina nicht. Die Sensenklinge bewegte sich auf ihrer bogenförmigen Bahn durch die Luft. Aber direkt hinter der bittend ausgestreckten Hand des jungen Mannes durchfuhr sie sein Handgelenk.

Katharina würde dieses Bild nie vergessen: Wie ein reifer Apfel vom Ast, so fiel die Hand vom Arm. Sie folgte diesem Fallen, das ihr unnatürlich langsam erschien, mit den Augen. Mit einem leisen, dumpfen Laut schlug die Hand auf dem Boden auf. Dort lag sie auf dem frisch gemähten grünen Gras: weiß, schön und leblos wie ein Kunstwerk aus Marmor. Als Katharina den Blick wieder hob, sah sie die frische Wunde des Armstumpfs kaum einen Schritt vor sich. In diesem Moment schoss ihr ein Strahl Blut entgegen und ergoss sich über ihren Rock und ihre Schuhe.

Der Soldat sah sie nur an, ohne zu schreien, ohne ein Wort zu sagen. Er bückte sich und hob seine Hand vom Boden auf. So stand er vor Katharina. Wie einen fremden Gegenstand hielt er seine abgeschlagene rechte Hand in der linken und sah Katharina aus einem totenbleichen Gesicht mit dunklen Augen an.

Katharina warf die Sense weit von sich ins noch ungemähte tiefe Gras. Sie drehte sich um, hob ihre Röcke mit beiden Händen und lief los. Sie lief, ohne zu wissen, wohin sie wollte. Ihr war klar, dass die Soldaten alle Fluchtwege verstellt hatten. Sie lief vor den dunklen Augen des jungen Soldaten davon.

Kaum hatte sie ihre Flucht begonnen, als ein lautes Kommando vom Waldrand herüberklang.

»Lasst sie nicht entkommen. Wir müssen sie haben! Hinterher! Lasst die anderen«, rief eine befehlsgewohnte Stimme.

Katharina war auf dem lehmigen Feldweg angelangt und hatte unbewusst die Richtung nach Lay eingeschlagen. Die Anstrengung des schnellen Laufens, das gleichmäßige Geräusch ihrer Schritte auf dem harten Boden, der Wind in ihrem Gesicht, all das ließ ihre Gedanken klarer werden. Der Weg selbst wurde am Ende der Rodung immer noch von den beiden Soldaten bewacht. Hinter sich hörte sie schwere, schnelle Schritte und das keuchende Atmen von mindestens zwei Verfolgern. Weiter vorne machte der Pfad einen Bogen nach links, dort konnte man ihr den Weg abschneiden. Sie musste einen anderen Fluchtweg finden.

Rechts von ihr, höher als der Weg, lag ein abgeerntetes Getreidefeld. Aber auf den nächsten zweihundert Schritten des Wegs war dieser durch eine steile, fast doppelt mannshohe Böschung von dem Feld getrennt. Katharina versuchte, noch etwas schneller zu laufen. Den stechenden Schmerz in ihrer linken Seite beachtete sie nicht. Wenn sie über das höher gelegene Feld entkommen wollte, musste sie die Böschung im Lauf überwinden. Sie hatte nicht den Vorsprung, der es ihr erlaubt hätte, den Hang hinaufzuklettern. Die Schritte hinter ihr schienen ihr so nah, dass jedes Zögern sie in die Hände ihrer Verfolger fallen ließe. Während sie die Böschung entlanglief, hielt sie nach einer geeigneten Stelle Ausschau. Aber der Bewuchs wurde eher dichter, die Steigung noch steiler. Sie durfte nicht länger warten. Sie musste es einfach wagen.

Katharina lief schräg auf den Hang zu. Die ersten drei Schritte waren noch einfach. Sie hatte so viel Schwung, dass ihre Füße kaum Halt suchen mussten. Nur kurz berührten sie den Boden, und schon wurde sie in den nächsten Schritt weitergetragen. Doch die Steigung drosselte ihre Geschwindigkeit. Sie hatte den größten Teil des Hangs hinter sich, als ihr Tritt auf eine lockere Stelle traf. Sie kam ins Rutschen.

Wenn ich falle, bin ich verloren, dachte sie. Obwohl Katharina oft über Wienas Mischung aus Frömmigkeit und Aberglauben gelacht hatte, wiederholte sie nun in Gedanken den Ausruf, den Wiena bei jeder Gelegenheit von sich gab: »Maria und alle Heiligen, steht mir bei!«

Katharina versuchte, zumindest das Gleichgewicht zu bewahren. Es kam ihr vor, als rutschte sie so tief, dass sie schon wieder auf dem Weg angekommen sein müsste. Doch so plötzlich, dass sie beinah stürzte, fand ihr Fuß Halt. Sie sah nach unten. An der Schräge der Böschung wuchsen vereinzelte Johanniskrautpflanzen. Gegen einen dieser kräftigen, zähen Stängel war ihr Fuß gerutscht. Ein Blick zum Weg zeigte ihr, dass sie immer noch auf der Hälfte des Hangs war.

»Pack sie!« Der Rufer musste noch einige Schritte weit weg sein, aber der, an den der Ruf gerichtet war, war sicher in ihrer Reichweite. Es drängte Katharina, sich nach ihren Verfolgern umzusehen, doch das hätte kostbare Zeit gekostet. Über ihr, auf der Kuppe des Hangs, wuchs ebenfalls Johanniskraut. Sie packte die Stängel mit beiden Händen, dann stieß sie sich mit aller Kraft ab und zog sich hoch. Und die Pflanzen hielten ihr Gewicht! Für einen Moment glaubte sie, dass etwas, vielleicht die Hand eines ihrer Verfolger, ihr Fußgelenk streifte. Dann fasste ihr anderer Fuß Tritt, und mit drei weiten Schritten war sie oberhalb der Böschung, am Rand des Feldes.

Nun wagte Katharina einen Blick. Ein Mann stand auf dem Weg unmittelbar unter ihr. Es war der Gelbbärtige. Zwei andere Soldaten liefen auf ihn zu. Obwohl der Gelbbärtige älter war als die beiden, hatte er sie bei der Verfolgung hinter sich gelassen. Doch auch er hatte Katharina nicht erreicht. Sie musste die Böschung viel schneller überwunden haben, als es ihr in ihrer Angst vorgekommen war.

Der Mann unter ihr sah ihr ins Gesicht. In seinen Augen standen Zorn und Empörung, als ob sie ihm durch ihre Flucht etwas Böses angetan hätte.

»Komm runter, und es geschieht dir nichts«, sagte er bemüht

sanft, aber mit nicht zu verbergender Wut in der Stimme. Katharina trat einen Schritt zurück.

»Wenn du nicht stehen bleibst, wird es dir leidtun.« Behände begann der Gelbbärtige den Abhang hinaufzuklettern. Er griff nach oben und packte das Johanniskraut, an dem sich Katharina hochgezogen hatte. Katharina wusste, dass sie wegrennen musste, aber sie starrte nur auf diesen Mann, der sich zu ihr hinaufzog. Die beiden anderen hatten ihn jetzt erreicht. Gerade griff der Erste nach seinem Bein, um ihn beim Aufstieg zu unterstützen, als die Wurzeln der Johannispflanze sich plötzlich aus der Erde lösten. Der Gelbbärtige verlor den Halt. Er fiel, prallte auf seinen Kameraden, und gemeinsam stürzten sie hart auf den Weg.

Wenn ich in Lay bin, werde ich dem heiligen Johannes eine große Kerze aufstellen. Und nie wieder über Wienas Heiligenverehrung lachen, dachte Katharina, während sie loslief. Sie fühlte sich leicht und frei, als wäre ihre Flucht schon geglückt. Sie rannte quer über das sonnenhelle Stoppelfeld, dass ihre Füße nur so flogen. Der Schmerz in der Seite war vergangen. Fast hätte sie aufgelacht.

***

Als Fred von dem Soldaten niedergeschossen wurde, erkannte Josef zwei Dinge: Erstens meinten es die Schweden diesmal ernst, und zweitens konnte weder er noch sonst einer von ihnen sich Hoffnung machen, diesem Schlachtfest zu entgehen.

Es war mehr Trauer als Angst, was er fühlte. Die wenigen Wochen in seiner neuen Heimat waren glücklich gewesen. Jetzt wurde ihm klar, dass er zufriedener gewesen war als je zuvor in seinem Leben. Und er hatte mit Freude in die Zukunft geblickt. In eine Zukunft auf dem Mehringhof mit seinen Verwandten und Freunden, mit Katharina, Schäng, Jan und all den anderen – und mit Ellie. Er legte den Arm um sie und spürte, dass sie zitterte.

»Wir machen das schon, wir zwei«, sagte Josef leise, ohne dass er selbst wusste, was er mit diesen unsinnigen Worten meinen könnte. Doch sie schienen zu wirken. Ellie lehnte sich schwer gegen ihn, und das Zittern ebbte ab. Trotz allem tröstete es Josef ein wenig, Ellie beistehen zu können.

Der Gelbbärtige lief an Katharina vorbei auf ihn und Ellie zu, den Stock halb erhoben. Mit seiner freien Hand griff er einfach nach Ellies Arm und versuchte, sie von Josef wegzuziehen. Aber Josef hielt sie fest, und Ellie klammerte sich mit jener erstaunlichen Kraft an ihn, die Josef schon häufig verblüfft hatte.

Warum schlägt der Schwede nicht zu? Er könnte uns einfach niedermachen. Und warum will er Ellie von mir wegziehen?, fragte sich Josef. Da fiel ihm ein, wie der andere Soldat Siska gefesselt hatte. Und es wurde ihm der Zweck des Überfalls klar: Der Gelbbärtige schlug nicht zu, weil er Angst hatte, Ellie zu treffen. Sie wollten die Frauen lebend.

Josef zog Ellie noch fester an sich. In der anderen Hand hielt er immer noch die Sichel. Er hob sie, um den Schweden abzuwehren. Nun war die Sichel zwar scharf wie ein Messer, doch als Waffe nicht besonders geeignet. Schneiden konnte sie nur mit ihrer geschliffenen Innenseite, die Außenseite war stumpf wie ein Messerrücken. Etwas unschlüssig holte Josef aus, da schlug der Stock auf sein Handgelenk.

Josef schrie auf vor Schmerz und ließ die Sichel fallen. Der Schwede hatte seine Hand nur mit einer knappen Bewegung hin- und zurückgedreht. Dies hatte genügt. Der Schmerz trieb Josef die Tränen in die Augen, aber er unterdrückte den Impuls, Ellie loszulassen.

Seine Beherrschung war jedoch vergebens: Der Soldat nutzte den Augenblick des Schrecks. Blitzschnell drehte er den Stock und stieß ihn Josef knapp unterhalb der Brust in den Bauch. Josef fühlte, wie die Luft aus ihm herausgepresst wurde, und rang nach Atem. Seine Beine gaben nach, er sackte in sich zusammen und sank auf die Knie. Als er nach vorne fiel, versuchte er sich mit den Händen abzustützen, doch sein rechtes Handgelenk knickte kraftlos ein. Er prallte mit der Schulter und dem Gesicht auf den Boden.

Josefs Kraft reichte gerade aus, nicht ohnmächtig zu werden und sich mühsam mit dem linken Arm wieder hochzustemmen.

Er drehte den Kopf und sah auf. Der Schwede hatte Ellie zur Seite gerissen und zu Boden gestoßen. Ohne sich sonderlich zu beeilen, ging er nun wieder zu Josef zurück. Beim Gehen ließ er den Stock kreisen: eine spielerische Bewegung, die so schnell war, dass der Stock ein surrendes Geräusch in der Luft machte. Josef versuchte aufzustehen, aber vergebens. Der Gelbbärtige stand nun über ihm und betrachtete seine Bemühungen.

Ich sollte wenigstens nicht auf den Knien vor ihm sterben, dachte Josef verzweifelt und sammelte nochmals seine Kraft. Fast gelangweilt sah ihm der Gelbbärtige dabei zu. Er hob seinen Stock bis über die Schulter, und Josef rechnete damit, dass er ihn nur so weit aufstehen lassen würde, um ihn mit dem endgültigen, dem tödlichen Schlag zu treffen. Doch dazu kam es nicht. Etwas hinter Josefs Rücken nahm den Blick des Schweden gefangen. Er starrte an ihm vorbei, erst Unglauben und dann Empörung im Gesicht. Mühsam drehte Josef den Kopf und folgte dem Blick seines Gegners. Er sah Katharina mit dem Rücken zu ihnen stehen, die Sense in der Hand. Ihr gegenüber stand ein Soldat. Dort, wo seine rechte Hand sein sollte, war nur mehr ein blutiger Stumpf, aus dem in diesem Moment eine Fontäne Blut über Katharinas Rock spritzte.

Als Josef wieder zu seinem Angreifer sah, hatte dieser den Stock gesenkt. Sein Blick irrte zwischen Josef und Katharina hin und her. Er zögerte, offenbar unschlüssig, ob er erst mit Josef zu einem Ende kommen oder seinen verwundeten Kameraden rächen sollte. Doch plötzlich hetzte Katharina an ihnen vorbei, und jemand rief vom Waldrand, dass sie unbedingt aufgehalten werden müsse. Der Gelbbärtige warf mit etwas wie Bedauern in den Augen noch einen Blick auf Josef und rannte ihr dann hinterher.

Josef wusste, dass dies nicht seine Rettung, noch nicht einmal einen allzu langen Aufschub bedeutete, aber ein Gefühl von Erleichterung, fast des Glücks, durchströmte ihn in diesem Moment. Er hatte nicht erwartet, diesen Augenblick noch zu erleben. Er legte den Kopf in den Nacken. Der Himmel über ihm erstreckte sich ebenso strahlend blau wie am Morgen, so als könnte an diesem schönen Tag nichts Schlimmes geschehen.

»Du lächelst?«

Noch ehe Josef sich umsah, wusste er, wer da sprach. Er hatte ihn nur einmal getroffen, nur einmal seine Stimme gehört, doch er hätte diese Stimme, diesen gezierten Tonfall, immer wiedererkannt. Es war der Mann, den Schäng Gille nannte.

Er musste ganz dicht hinter ihm stehen, obwohl Josef ihn nicht herankommen gehört hatte. Wie ein Geist war er hinter ihm aufgetaucht. Josef kniete halb abgewandt vor ihm wie ein Hinzurichtender vor dem Henker. Aber er drehte sich nicht um. Seine Erleichterung war einer Furcht gewichen, die so völlig anders als die vor dem Gelbbärtigen war. Fast zweifelte er daran, dass er die elegante Gestalt sehen würde, wenn er sich jetzt umdrehte.

Eine Hand griff Josef zart ins Haar und wickelte spielerisch eine Strähne um den Finger. »Hat es dir gefallen? Dem Tod ins Gesicht zu sehen und ihm im letzten Moment zu entkommen? Hast du deshalb gelächelt? Oder war es das, was deine Freundin mit dem armen Jungen da angestellt hat? Freut es dich, das schöne rote Blut zu sehen?« Der Graf ließ Josefs Haar los und strich ihm mit den Fingerspitzen sanft am Hals entlang. »Nein, das wäre ein zu exquisiter Geschmack für einen Bauernjungen. Selbst für einen so hübschen.«

Erleichtert merkte Josef, wie die Finger sich von seinem Hals lösten.

»Solltest du aber doch an Gefahr und Tod Gefallen finden, dann erwartet dich ein unermessliches Vergnügen.«

Plötzlich schlang sich etwas Raues um Josefs Hals, legte sich eng um seine Kehle, würgte ihn und zog ihn gleichzeitig nach oben. Josef musste dem Zug folgen.

Der Graf stand hinter ihm. Den rechten Arm hatte er in die Luft gereckt. In der Hand hielt er ein einfaches Hanfseil, das in der Schlinge um Josefs Hals endete. Er hielt die Hand so hoch und das Seil so kurz gefasst, dass Josef sich strecken musste, bis er auf den Zehen stand, um nicht erwürgt zu werden. Gleichzeitig bewegte sich der Graf vorwärts. Josef musste ihm folgen wie ein angeseiltes Kalb. Trotzdem schnitt ihm das Seil ins Fleisch und nahm ihm mehr und mehr die Luft. Josef hob die Hände an den Hals und versuchte, das Seil zu fassen. Aber nur die linke Hand gehorchte ihm noch. Es gelang ihm, zwei Finger unter das Seil zu schieben, das ihm den Kehlkopf einzudrücken drohte. Zu jeder anderen Gegenwehr fehlten ihm die Kraft und vor allem die Luft.

Nach einigen Schritten blieb der Graf stehen. Sie standen jetzt unter dem alten Birnbaum. So geschickt, als hätte er das schon hundertmal getan, warf der Graf das aufgewickelte Seilende mit der linken Hand über einen starken Ast und fing es mit der gleichen Hand wieder auf, ohne Josef aus seinem Griff zu entlassen. Dann fasste er mit beiden Händen das herabhängende Seilende und zog, bis Josef halb auf den Fußballen, halb an dem Ast hängend vor ihm stand.

Immer noch waren Josefs Finger in der Schlinge an seinem Hals, das straffe Seil presste die Knöchel gegen seine Kehle. Der Graf band das Seil an einen tiefen Ast nahe am Stamm und ließ es dann los. Einen Moment stand er da und beobachtete interessiert Josefs Versuche, der Strangulierung zu entkommen. Schließlich löste er den Knoten an dem Ast und knüpfte ihn erneut. Er musste dem Seil dabei ein kleines Stück nachgelassen haben, denn Josef fühlte, wie der Zug etwas nachgab. Er zog die Finger aus der Schlinge und spürte das Seil an seinem Hals, aber auch etwas Luft, frisch und kühl wie Quellwasser. Er musste immer noch gestreckt dastehen, um sich nicht selbst zu erwürgen, aber er konnte zumindest einen Fuß mit der ganzen Sohle, den anderen halb aufsetzen. Verschwommen sah er den Grafen, mit einer Hand leicht abgestützt, am Baum stehen.

Er erwiderte Josefs Blick und sagte entschuldigend: »Da sieht man wieder, dass man seine Übungen nicht vernachlässigen soll. Fast wäre mir eine nicht mehr zu korrigierende Ungenauigkeit unterlaufen. Ich rechne auf deine Nachsicht für diese kleine Ungeschicklichkeit.«

Er hob eine Augenbraue. Eine lächerliche, gezierte Mimik, die Josef erschaudern ließ.

»Und du kannst mir glauben: Ich übertreibe nicht, wenn ich sage, dass ich zu meiner Zeit ein Meister in diesem amüsanten Spiel für zwei Personen war. Damals war ich natürlich auch fleißiger, man könnte sogar sagen unermüdlich. Ich bin, wann immer ich konnte, meinen Studien nachgegangen. Es würde dich wundern, wie lange es dauern kann, bis diese Art von Experiment zu seinem unvermeidlichen Ergebnis führt. Und es ist meistens nicht der Durst oder der Hunger, ja, noch nicht einmal die Atemnot, die schließlich zum Ende führt. Du wirst lachen: Es ist der Schlaf, der gute, erholsame Schlaf, der den Kampf beendet.

Aber wie gesagt, ich bin jetzt in diesen neuen öden Zeiten etwas aus der Übung gekommen. Obwohl …«, der Graf lächelte, »obwohl ich gerade einen besonders vielversprechenden Versuch unternehme.« Er hob seine Hände in einer abwehrenden Geste, dass die Spitzenmanschetten zurückfielen. »Nein, nein«, rief er, als wolle er Josef daran hindern, ihn zu unterbrechen. »Nein, ich spreche nicht von dir. Im Moment ist mir noch jemand anderes behilflich.« Er sah zum Wald hin. »Ein erstaunlicher Mann. Schon drei Tage. Ich bin gespannt auf meinen nächsten Besuch«, sagte er nachdenklich. Dann lachte er leise auf und sah wieder zu Josef.

»Wie unhöflich von mir, von anderen zu sprechen. Aber du musst das verstehen. Ich rechne damit, dass *unser* kleines Experiment noch vor seinem Ende abgebrochen wird. Es soll nur eine kleine Aufmerksamkeit, eine Erinnerung für einen Freund sein.«

Langsam kam er auf Josef zu. Er fasste fast zärtlich seine linke Hand am Handgelenk. Als er auch das verletzte Handgelenk Josefs ergriff, zuckte der im Schmerz zurück. Sofort wurde der Griff des Grafen eisern wie der einer Schmiedezange. Er zog ihm die Hände hinter den Rücken und band sie zusammen.

Dann trat er nahe an Josef heran und sah ihn an, bis der ihm in die Augen blickte. In diese Augen von hellstem Graublau mit den unnatürlich geweiteten schwarzen Pupillen. Nein, sie waren nicht eigentlich schwarz, dachte Josef, sondern nur ohne jedes Licht und jede Farbe wie ein Fenster ins Nichts. Josef konnte nicht anders, als in diese leeren, kalten Augen zu starren.

»Du wirst mein Bote sein«, sagte der Graf. »Ich bin mir sicher, dass meine Männer die spröde Katharina in Kürze überreden können, sich uns anzuschließen. Aber wie es auch sei. Ich will und werde Johann wiedersehen. Allein. Nur er und ich.«

Ein Lächeln flackerte in den Augen des Grafen auf. Er zwinkerte Josef zu, als habe er einen Scherz gemacht.

»Sag das den Leuten im Dorf: Wenn Johann in vier Tagen, am Sonntag beim Mittagsläuten, allein hier am Steinkreuz mit dreitausend Reichstalern steht, dann werden alle Frauen ins Dorf zurückkehren.«

***

Für die Soldaten war es trotz des Sturzes keine Schwierigkeit, die Böschung zu überwinden. Aus Katharinas Lauf über das Stoppelfeld wurde schnell eine Hetzjagd mit ihr als gejagtem Wild. Es war nicht einfach, auf dem unebenen Boden zu rennen. Immer wieder strauchelte Katharina über Getreidestoppeln, oder sie drohte in einer Ackerfurche umzuknicken.

Sie hatte das Feld und mit ihm die Anhöhe überquert. Vor ihr lag der lichte Laubwald, der sich über den Berghang hinab bis zu den Obstwiesen und Weingärten in der Nähe Lays erstreckte.

Katharina konnte die Schritte ihrer Verfolger nicht mehr hören, zu laut pochte ihr der eigene, rasende Pulsschlag in den Ohren. Das Stechen in ihrer Seite war wieder da und nun fast unerträglich. Es schwindelte ihr, und schwarze Punkte tanzten vor ihren Augen. Sie würde diese Geschwindigkeit nicht mehr lange durchhalten. Ihr Körper würde sie im Stich lassen, wenn sie nicht einen Augenblick stehen bleiben und Atem schöpfen konnte. Im Wald kannte sie sich recht gut aus, hier hatte sie im letzten Jahr mit Ellie mehrere Tage lang Eicheln für die Mast gesammelt. Das Unterholz wurde dichter. Katharina schlüpfte zwischen zwei Haselnusssträuchern hindurch und kam auf die schmale lang gestreckte Lichtung.

Wenn ich es über die Lichtung schaffe … Katharinas Gedanken wurden jäh unterbrochen. Jemand hatte sie am Rock gepackt und hielt sie so fest, dass der Stoff knirschte. Doch das derbe Leinen ihres Arbeitsrocks riss nicht, und sie wurde im vollen Lauf so plötzlich gestoppt, dass sie das Gleichgewicht verlor und hart auf die Knie stürzte.

Katharina drehte langsam den Kopf, doch hinter ihr, dort, wo sie einen triumphierenden Soldaten erwartet hatte, stand niemand. So weit sie sehen konnte, war sie allein in diesem Waldstück. Ihr Rock hatte sich in den Dornen eines starken Weißdornbuschs verfangen. Mit zitternden Fingern löste Katharina die Dornen aus dem Stoff. Hatte sie die Männer abgeschüttelt? Sie hielt den Atem an und horchte in die Richtung, aus der sie gekommen war. Nichts. Jetzt, wo sie auf dem Boden kauerte, hatte sie das Gefühl, dass sie keine zehn Schritte mehr laufen könnte. Ihr war so übel, dass sie sich am liebsten übergeben hätte. Ihre Beine fühlten sich taub an, nur ihre Knie schmerzten. Sie schloss die Augen.

Der Duft des blühenden Weißdorns umhüllte sie wie eine Decke. Sie wünschte sich nichts in der Welt so sehr, als dass sie einfach hier hocken bleiben könnte. Nur für kurze Zeit. Nur für einen Augenblick. Aber da hörte sie ein Geräusch aus dem Waldstück: das scharfe Knacken eines brechenden Zweiges. Die Männer hatten sie aus den Augen verloren, aber die Suche nicht aufgegeben. Katharina stand mühsam auf. Aber ihre Beine schienen kaum die Kraft zu haben, sie zu tragen. Wie sollte sie laufen können?

Der Weißdornbusch bauschte sich wie ein riesiges Federbett. Katharina ließ sich auf den Bauch fallen und kroch wie eine Schlange unter ihn. Die langen Dornen streiften ihre Kleider, fuhren durch ihre Haare, ritzten ihre Haut. Sie kroch blind, die Augen fest zugekniffen, um sie vor den Dornen zu schützen, weiter und weiter. Und diesmal nahm der Weißdorn sie nicht gefangen. Ein langer Riss in ihrer Bluse, ein paar abgebrochene Dornen, einige Kratzer an den Armen und im Gesicht, dann lag sie auf der kühlen Erde im weißen Dämmerlicht tief unter dem Busch. Sie drehte sich vorsichtig, bis sie zwischen den tief hängenden Zweigen ein Stück von der Lichtung sehen konnte. Nun konnte sie nichts mehr tun, als zu warten.

Aber wie sehr sie auch in den Wald hineinhorchte, sie hörte keinen Menschen. Nichts als das Summen und Brummen der Bienen in den Blüten und das Singen der Vögel. So friedliche Geräusche. Schon erlaubte sich Katharina die Hoffnung, die Soldaten hätten die Suche aufgegeben, als sie Stimmen hörte. Zunächst konnte sie nicht verstehen, was sie sagten, aber schon der erste Satz, den sie verstand, nahm ihr jede Hoffnung, lange unentdeckt zu bleiben.

»Nein, sie kann nicht allzu weit sein. Ihr habt sie doch gesehen, die war am Ende ihrer Kräfte. Lasst uns wetten: Die hat sich hier irgendwo verkrochen. Ich setze einen Albus, dass wir sie unter einem Busch oder in einer Erdmulde versteckt finden.«

Es musste der Gelbbärtige sein, der das gesagt hatte. Die Stimme, die ihm antwortete, kannte Katharina nicht.

»Und selbst wenn das stimmt: Wir können doch nicht den ganzen Wald absuchen.«

»Ach? Du willst jetzt also zurück zum Grafen? Und ihm sagen, wir hätten die Suche aufgegeben, weil wir ja nicht den ganzen Wald absuchen können?«

Eine dritte Stimme lachte, ehe sie sagte: »Na, dann geh mal schön!«

Die Stimmen waren näher gekommen. Sehr nahe. Katharina glaubte, dass die Männer die Lichtung betreten hatten.

Der Gelbbärtige sagte: »Ihr habt ihn doch gehört. Wir brauchen sie. Das Mädchen ist wichtiger als alle anderen. Aber macht euch keine Sorgen: Wir werden sie finden und dazu nicht den ganzen Wald durchsuchen. Die Hecken hier sehen mir schon sehr vielversprechend aus.«

Bei seinem letzten Satz war Rascheln von Blättern und das Brechen kleiner Zweige zu hören. Katharina wusste, was das bedeutete: Der Gelbbärtige stocherte mit seinem Stock unter den Büschen am Rand der Lichtung.

Der Weißdorn bot ihr ein Versteck vor jedem Vorübergehenden, aber so würde sie entdeckt werden. Die Landsknechte kamen immer näher, jetzt konnte Katharina schon ihre Schritte auf dem grasbewachsenen Boden hören. Immer wieder stocherte der Stock in einem der Büsche. Was konnte sie nur tun? Wenn sie in ihrem Versteck blieb, würden sie sie unweigerlich finden, und wenn sie hervorkroch, blieb ihr sicher nicht die Zeit, aufzustehen und loszurennen, ehe sie gepackt würde. In ihrer Angst kroch Katharina unwillkürlich rückwärts, noch tiefer unter den Busch, weiter weg von der Lichtung. Wieder spürte sie die Dornen, die ihre Haut ritzten und an ihren Kleidern zerrten. Doch nach und nach schien sie mehr Bewegungsfreiheit zu haben. Sie war an dem Stamm des Buschs vorbeigekrochen, und hier, zum Wald hin, war sein Wuchs weniger dicht. Der Rock war ihr bis über die Hüften hochgerutscht, und die Haut ihrer nackten Beine scheuerte über die raue Erde. Aber das bemerkte Katharina kaum. Sie konzentrierte sich nur noch darauf, so schnell und dabei so leise wie möglich rückwärtszukriechen. Schon das Brechen eines Zweigs konnte die Aufmerksamkeit der Männer auf sie lenken. Wenn sie vorsichtig genug war, konnte sie ihnen vielleicht ungesehen zum Wald hin entschlüpfen, ehe sie zu ihrem Busch kamen.

Das Gesicht zur Lichtung gewandt, schob sie sich mit den Unterarmen und den Fußspitzen rückwärts.

Zuerst sah sie nur die Stiefel. Katharina erstarrte, aber schon erschien sein Gesicht unter den Zweigen: der Gelbbärtige.

»Hier! Ich hab sie!«, rief er und stocherte mit seinem Stock nach ihr. Doch sie war schon so weit weg, dass er nur ihren Unterarm traf. Katharina kroch weiter zurück. Jetzt warf sich der Gelbbärtige auch zu Boden und schob sich in ihre Richtung. Aber wo sie gerade hindurchgepasst hatte, war kein Weg für ihn. Die Dornen zerkratzten ihm das Gesicht, was ihn nicht zu stören schien, aber es verfingen sich auch so viele in seiner Kleidung, dass er sich nicht mehr losreißen konnte. Er musste vorsichtig den Rückzug antreten, um sich zu lösen.

Jetzt nur nicht zu früh aufstehen!, redete sich Katharina zu. Ganz ruhig weiterkriechen, bis du sicher draußen bist.

Die Gefährten des Gelbbärtigen waren jetzt bei ihm. Einer packte seine Beine und zog, um ihn aus dem stacheligen Gestrüpp zu befreien. Aber das stieß auf wenig Dankbarkeit.

»Lass mich los, du Schwachkopf!«, brüllte der Gelbbärtige. »Schneidet ihr den Weg ab. Sie entkommt.«

Katharina hörte, wie der andere neben dem Weißdorn durch das weniger wehrhafte Gebüsch brach. Sie stieß sich im Liegen noch einmal nach hinten, dann sprang sie auf. Und sie hatte Glück: Sie hatte den Weißdorn größtenteils hinter sich gelassen. Nur einzelne Zweige streiften sie beim Aufrichten, ohne sie zu verletzen und vor allem ohne sie mit ihren Dornen zu halten. Sie lief los. Die Verfolgung ging weiter.

***

Langsam begann Josef zu glauben, dass er doch nicht sterben müsste. Nicht an diesem Mittag.

Er war allein. Die Soldaten waren abgezogen, mit ihrem verwundeten Kameraden und mit den Frauen. Sie hatten alles, was noch auf den Feldern lag und ihnen brauchbar erschien, mitgenommen: ein Messer, einen Korb mit Brot und etwas Schinken. Was sie nicht gebrauchen konnten, hatten sie ins Gras geworfen und zurückgelassen. So wie die Hand des jungen Soldaten.

Josef konnte den Kopf nicht bewegen. Hochgereckt hing er halb an dem Strick, halb stand er. Er hatte nicht sehen können, was die Soldaten unternommen hatten, um die Blutung des Verwundeten zu stillen. Aber was immer sie getan hatten, es musste sehr schmerzhaft für den Verletzten gewesen sein, denn Josef hatte ihn schreien gehört, bis er anscheinend das Bewusstsein verloren hatte und plötzlich verstummt war.

»Die wird er wohl nicht als Erinnerung behalten wollen«, hatte jemand lachend gesagt. Dann war etwas Weißes an Josef vorbeigeflogen und ein Stück vor ihm im Gras gelandet.

Wie lange mochte das jetzt her sein? Wie lange hielt er das Würgen des Seils schon aus? Er atmete vorsichtig, mit Bedacht. Kurz nachdem die Soldaten abgezogen waren, war es ihm gewesen, als würde sich die Schlinge immer enger zuziehen, ihm mehr und mehr den Atem abschnüren. Sein Körper schrie nach Luft, und je heftiger er versuchte einzuatmen, umso enger wurde ihm die Kehle, umso mehr überwältigte ihn seine Angst zu ersticken. Ihm wurde schwarz vor Augen, und er spürte, dass seine Beine jeden Moment unter ihm nachgeben würden. Das wäre sein Tod. Er würde sich selbst erhängen. Josef versuchte, die Angst weit von sich zu schieben.

Nur noch ein wenig. Es kann nicht lange dauern. Sie werden schnell kommen. Jan und Schäng und die anderen, redete er sich ein. Er konzentrierte sich darauf, langsam und ruhig zu atmen, zählte seine Atemzüge.

Drei Tage, hatte der Graf gesagt. Seit drei Tagen hing ein Mann so hier im Wald. Und er lebt noch, dachte Josef voll Grauen.

***

Ihre Kraft ließ diesmal schneller nach, und sie hörte, dass sich der Abstand zu ihren Verfolgern verringerte. Doch Katharina war nicht verzweifelt. Sie hatte eine Idee, wie sie entkommen könnte. Es war eine gewagte Idee, aber sie verlieh ihr neuen Mut.

Der Boden hier in diesem Waldstück am Berghang war steinig. Die Bäume waren nicht so kräftig und hoch wie auf der anderen Seite der Lichtung. Nicht weit von hier wuchsen die Krüppeleichen. Uralte, aber kleinwüchsige Bäume, die nie die Höhe normaler Eichen erreichten und die sonderbarsten verdrehten Formen hatten. Das lag an dem felsigen, nur dünn mit Mutterboden bedeckten Untergrund, in den sie ihre Wurzeln trieben. Wie so vieles in Lay und Umgebung hatte ihr Ellie irgendwann diese seltsamen Bäume gezeigt. Und noch etwas hatte sie ihr an jenem Nachmittag, als sie Katharina zu den Krüppeleichen führte, gezeigt: den alten Steinbruch.

Vor dem Krieg, als noch neue Häuser gebaut wurden und nicht überall die Ruinen mehr Steine als benötigt zur Verfügung stellten, waren Steine an einem steilen Felshang unterhalb der Krüppeleichen geschlagen worden. Dieser Steinbruch, gut acht Mann hoch und sehr steil, lag jetzt fast vergessen im Wald.

Nun setzte Katharina all ihre Hoffnung auf ein Entkommen in diesen Steinbruch. Vielleicht gab es für sie eine kleine Hoffnung, dass sie den steilen Abhang hinablaufen könne. Diesen schweren Männern würde es kaum gelingen.

Sieh nicht hinunter, befahl sie sich, als sie auf den Rand des Steinbruchs zulief. Denk nur an den nächsten Schritt.

Ohne zu zögern, sprang sie über den Rand des Abgrunds und setzte ihren Fuß auf einen der lockeren Felsbrocken des schroffen Abhangs, um sich sofort für den nächsten Sprung abwärts abzustoßen.

Bei jedem Tritt merkte Katharina, wie der Untergrund unter ihrem Fuß ins Rutschen geriet. Sie hörte das Poltern der aneinanderschlagenden Steine hinter sich. In weiten Sätzen sprang sie hinab. Aber sie musste trotzdem zu langsam sein. Einige Steine flogen an ihr vorbei, ein kleines, scharfkantiges Felsstück schlug hart gegen ihren Fußknöchel. Scharf wie der Stich einer langen Nadel durchfuhr der Schmerz ihr Bein, aber Katharina lief einfach weiter. Sie sah immer nur auf das Hangstück direkt vor sich, suchte einen Platz für ihren nächsten Tritt, immer nur den nächsten Tritt. Viel schneller, als sie es für möglich gehalten hätte, endete der Hang in dem halbrunden ebenen Platz. Der überraschende Schlusspunkt ihres fliegenden Laufs ließ sie straucheln. Sie stolperte ein paar Schritte vorwärts, knickte mit dem Fuß um und fiel nach vorne. Lang hingestreckt landete sie auf dem steinigen Boden. Schon hörte sie die ersten Steine hinter sich aufschlagen und schlang schützend ihre Arme um ihren Kopf. Sie spürte die Erschütterung, als ein schwerer Stein dicht neben ihr auftraf. Ihr Rücken verkrampfte sich in Erwartung eines Treffers. Aber nichts geschah. Das Poltern hörte auf.

Katharina drehte sich auf den Rücken und richtete sich auf. Nur zwei Handbreit von der Stelle, wo ihr Kopf gewesen war, lag auf zerdrückten Pflanzen ein Felsstück, so groß wie ein prächtiger Kürbis, groß genug, um ihren Kopf zu zerschmettern. Aber er hatte sie nicht getroffen! Sie hatte es geschafft!

Die drei Soldaten standen am Rand des Abgrunds, gut zwanzig Schritt über ihr, und sahen zu ihr herab. Katharina konnte die Wut im Gesicht des Gelbbärtigen sehen. Doch sie fühlte sich so sicher, als ob schützende Gitterstäbe zwischen ihnen wären. Trotzdem waren die Männer nahe genug, dass Katharina jedes Wort, das sie sprachen, verstehen konnte.

»Warum soll ich es nicht können, wenn die es geschafft hat?« Der junge Soldat, der Fred erschossen hatte, war aufgebracht. Anscheinend wollte der Gelbbärtige ihn davon abhalten, Katharina in den Steinbruch zu folgen.

»Was hast du mir überhaupt zu befehlen?« Seine Stimme bekam einen hämischen Unterton. »Wir werden ja sehen, was *er* dazu sagt, wenn ich ihm berichte, dass du mich zurückgehalten hast. Till kann es bestätigen.«

Der Gelbbärtige trat einen Schritt zurück und machte eine einladende Handbewegung in Richtung Abgrund.

»Oh, ich wollte dich nicht zurückhalten. Ich wollte dir nur den Vortritt lassen.«

Der andere blickte den Hang hinab und dann wieder auf den Gelbbärtigen.

»Wenn du die Verfolgung nun aufgeben willst, kann Till das sicher auch bestätigen«, sagte dieser und ahmte dabei den hämischen Tonfall nach.

Der junge Soldat atmete tief ein, dann setzte er einen Fuß auf einen Stein knapp unterhalb des Rands. Er belastete ihn versuchsweise, und der Stein schien zu halten. Langsam tastete er mit dem anderen Fuß etwas tiefer nach einer weiteren sicheren Stelle. Da gab der Grund unter dem ersten Fuß nach.

Erst rutschte der Soldat noch langsam, aufrecht stehend und mit den Armen rudernd, um sein Gleichgewicht zu wahren. Dann verlor er den Halt, fiel zwischen die rollenden Steine und wurde ein Teil der Steinlawine. Sich immer wieder mitten in einem Steinschlag überschlagend, stürzte er schreiend hinab.

Katharina drehte sich weg und lief, dem fast zugewachsenen alten Weg folgend, so rasch sie konnte den Berg hinunter. Es machte ihr keine Angst, dass der Soldat jeden Augenblick unten bei ihr ankommen würde. Das, was sie von seinem Sturz gesehen hatte, reichte, um sie davon zu überzeugen, dass er tot war, wenn er unten ankäme. Oder zumindest so schwer verletzt, dass von ihm keine Gefahr ausginge.

***

Josef atmete flach und vorsichtig. Jeder Atemzug war kostbar, und er durfte es nicht riskieren, in Panik zu geraten. Bei einem krampfartigen Einatmen hatte er unwillkürlich eine leichte Bewegung mit dem Kopf gemacht, und das Seil hatte sich noch enger zugezogen. Jede weitere Bewegung konnte die Schlinge um jene Kleinigkeit verengen, die ihm die Luft endgültig abschnitt. Josef versuchte, sich nur aufs Atmen zu konzentrieren: einatmen, ein langer, sanfter Atemzug, nur nicht zu gierig! Ruhig den Atem einen Moment halten, nicht hecheln. Und dann ausatmen, ganz leicht, ohne gleich wieder nach Luft zu schnappen. An nichts anderes durfte er denken. Josef war schwindelig, und er wusste, dass eine Ohnmacht sein Tod sein würde. Doch daran würde er nicht denken, sondern immer nur an den nächsten Atemzug.

Aber Josef starb nicht. Er hörte die Männer schon lange, bevor er sie sehen konnte und auch bevor sie ihn sahen. Ihre Schritte und ihre Stimmen schienen sich unendlich langsam zu nähern. Dann, endlich, hatte der Erste ihn erblickt.

»Da hängt einer. Die Schweine, sie haben den Jungen erhängt«, rief jemand.

Josef wagte nicht, sich zu rühren, ihnen ein Zeichen zu geben, dass er noch lebte. Er hoffte nur, dass sie sich beeilen würden, zu ihm zu kommen. Auf einmal hatte er das Gefühl, er könne keinen Augenblick länger überleben. Er hörte schnelle Schritte näher kommen, und dann sah er Will vor sich.

»Bei Gott, du lebst!«, stieß Will aus. »Er lebt noch!«, schrie er den anderen zu und ließ die Mistgabel, die er in der Hand gehalten hatte, fallen. Dankbar spürte Josef, wie Will in die Knie ging, seine Arme fest um seine Taille schlang, sich aufrichtete und ihn dabei eine Handbreit vom Boden hochhob. Der Zug der Schlinge ließ nach.

Josef sah ein Messer blitzen. Ein schneller Schnitt durchtrennte das Seil. Hilfreiche Hände lösten die Schlinge von seinem Hals und die Fessel von seinen Handgelenken. Will wollte ihn wieder absetzen, doch plötzlich trugen Josefs Beine ihn nicht mehr. Er sank in Wills Armen zusammen, der ihn vorsichtig ins Gras legte.

Josef blickte in einen dichten Kreis von Gesichtern über sich, die auf ihn herabsahen.

»Wo –?«, sagte Peter. »Kannst du sprechen?«, unterbrach er sich dann und ging neben Josef in die Hocke.

Josef nickte. Aber als er den Mund öffnete, kam nur ein leises Krächzen aus seiner Kehle.

»Gebt ihm Wasser«, sagte Peter.

Josef richtete sich auf. Er schluckte, obwohl sich sein Hals dabei anfühlte, als ob er voller Sand wäre. Er wollte von allem erzählen, von dem Mord an Fred, von der Entführung der Frauen und von der Forderung des Grafen.

Ein Schrei unterbrach sein Ringen um Worte. Will hatte Fred gefunden, der im kniehohen Gras verborgen lag.

»Hier liegt noch jemand. Es ist Fred. Er ist tot!«

Der enge Kreis um Josef lichtete sich mit einem Schlag. Der schreckliche Fund ließ jeden fürchten, dass noch mehr Tote im Gras lagen. Den Blick zur Erde gerichtet, streiften die Männer durch die Wiese.

»Hier, eine Hand. Ich habe eine Hand gefunden. Eine Frauenhand«, rief Karl bestürzt. Er hielt etwas hoch, und die Männer liefen zusammen.

»Nein, das ist keine Frauenhand. Jedenfalls keine von unseren Frauen. Diese Hand hat noch nie einen Rechen oder eine Mistgabel angefasst.«

»Sie ist auch zu groß für eine Frauenhand. Die muss von einem der Soldaten sein.«

Peter nahm Karl die Hand ab und gab sie an Will weiter. »Hier, Junge. Wirf das in den Wald, wenn du Wasser holst. Der Fuchs oder die Wildschweine werden es schon fressen.«

Als Peter zu Josef zurückkam, hatte der seine Stimme so weit wiedergefunden, dass er mit Unterbrechungen und flüsternd von der Entführung berichten konnte.

»Verschleppt, alle verschleppt?«, fragte der Fährfranz. »Wie konnten die Männer nur so töricht sein? Wenn ich dabei gewesen wäre, dann ... Niemand wäre ins Dorf gelaufen. Wir hätten die Frauen nicht allein gelassen.«

»Sei doch still«, sagte Peter. »Selbst wir im Dorf wussten zunächst nicht, was das bedeutete. Drei junge Soldaten, die sich bewaffnet in die Kirche schleichen, dort die Glocke läuten, nur um dann schnell wieder zu verschwinden. Das klingt doch eher nach einer Wette im Rausch. Lass Josef weiterreden.«

Doch Josef musste sich anstrengen, um auch nur einzelne Worte hervorzubringen.

»Katharina ... ist geflohen ... Ich weiß nicht, ob ...« Josef musste sich anstrengen, um auch nur einzelne Worte hervorzubringen.

»Ist schon gut.« Peter lächelte Josef an. »Sie hat es geschafft. Wir haben sie am Dorfrand getroffen. Aber sie wusste nicht, was mit euch geschehen ist. Jan hat sie nach Hause gebracht.« Er richtete sich auf. »Und dahin sollten wir ihn jetzt auch bringen.«

»Und die Soldatenhunde entkommen lassen?« Fährfranz ließ seine hellen Augen blitzen.

»Das sind sie bereits«, entgegnete Peter ruhig. »Josef, wie lange sind sie schon weg?«

Josef zögerte. Er hatte so zwischen Leben und Tod am Strick hängend das Gefühl für die Zeit verloren.

»Lange«, krächzte er schließlich.

»Einholen können wir sie nicht mehr. Lasst uns ins Dorf gehen und beraten, was wir tun können.«

Josef zupfte Peter am Ärmel. »Lösegeld«, sagte er, als er ihn ansah. »Am Sonntag.«

Martin packte Josefs Hemd, zog ihn näher zu sich und schrie ihn an: »Sonntag! Sollen wir die Frauen vier Tage bei ihnen lassen?«

Peter fasste sachte Martins Hand. »Bleib ruhig«, sagte er. »Der Junge kann nichts dafür. Er soll uns doch nur etwas ausrichten. Dafür haben sie ihn lebend zurückgelassen.«

Martin ließ Josefs Hemd los. Verlegen strich er über den zerknitterten Stoff. »Es ist nur … Rosa, du weißt …« Er sah Josef in die Augen. Dem gelang fast ein Lächeln, und er nickte Martin zu.

Er verstand ihn nur zu gut. Der Gedanke an Ellie brachte auch ihn fast dazu, loszuschreien, obwohl er kaum flüstern konnte.

***

Katharina wechselte vom Schlaf in jenen Dämmerzustand, in dem man nicht recht weiß, ob man träumt oder wacht. Noch bevor sie die Augen öffnete, spürte sie, dass sie in ihrer Kammer in ihrem Bett lag. Sie musste etwas Verworrenes und Schreckliches geträumt haben, doch alles, woran sie sich erinnern konnte, war ein einziges Bild. Sie sah das Gesicht eines jungen Mannes vor sich. Er sagte nichts, sondern sah sie aus ebenso schönen wie traurigen dunklen Augen bittend an.

Sie hielt die Lider geschlossen, um das Bild festzuhalten, denn sie wusste, wie schnell das Wissen um Träume beim Erwachen entschlüpft. Was konnte sie an diesem Traum so erschreckt haben? Was war nur mit diesem jungen Mann?

Und da, plötzlich, fiel es ihr wieder ein. Es war nicht nur ein Traum gewesen, es war alles wirklich geschehen. Der junge Soldat, der Überfall auf den Feldern, Freds Tod und ihre Flucht … Aber was war genau geschehen? Katharina konnte sich nur an Bruchstücke erinnern. Sie wusste noch, dass sie geweint hatte. Sie hatte geweint, als sie am Dorfrand auf Jan und die anderen getroffen war. Sie hatte geweint, als er sie nach Hause brachte, und auch noch, als Wiena sie einfach ins Bett steckte und zudeckte. Erst der Schlaf hatte ihre Tränen getrocknet.

Katharina öffnete die Augen. Schräge Lichtbalken fielen durchs Fenster und durchkreuzten den kleinen vertrauten Raum. Es musste spät am Nachmittag sein. Sie hatte vielleicht zwei Stunden geschlafen. Sie war zu Hause, in ihrer Kammer, in Sicherheit.

Die grausame Angst war der Ermattung gewichen. Sie fühlte die angenehme Schwere der Decken, das glatte Leinen des Betttuchs auf ihrer Haut. Ein dumpfer Schmerz pochte an ihrem Fußgelenk, und ihre Beine waren schwer. Doch es tat gut, einfach ruhig zu liegen. Ihr Blick folgte träge den Stäubchen, die in den

Sonnenstrahlen tanzten, auf ihrem Weg durch den Raum. Ihre Lider wurden schwerer und senkten sich langsam.

»Nein!«, rief sie plötzlich und richtete sich mit einem Ruck auf.

Wie hatte sie das vergessen können? Im Einschlafen war ihr Blick auf das zweite Bett in der Kammer gefallen. Auf Siskas unberührtes Bett. *»Siska!«* Als Katharina sie das letzte Mal gesehen hatte, hatte Freds Mörder sie überwältigt und gefesselt.

Katharina schwang die Beine über die Bettkante und wollte aufstehen. Für einen Moment gaben die Beine unter ihr nach. Sie wäre hingefallen, wenn sie sich nicht am Rahmen ihres hohen Holzbetts festgehalten hätte. Vorsichtig setzte sie sich zurück auf das Bett.

Das Kleid, das sie getragen hatte, war nirgends zu sehen. Aber sie hätte es auch kaum angezogen. Sie wusste, dass es nicht viel mehr als ein zerfetzter Lumpen sein konnte. Sie war offenbar ungewaschen zu Bett gegangen. Ihre Hände, Arme und auch ihre Beine waren schmutziger als nach einem Tag Feldarbeit und mit Kratzern und blauen Flecken übersät. Selbst ihr Hemd wies Risse auf und einen seltsamen, kopfgroßen rotbraunen Fleck in Oberschenkelhöhe. Vorsichtig berührte sie mit dem Zeigefinger die Stelle. Der Stoff war dort steif wie ein gestärkter Festtagskragen. Plötzlich kehrte ein weiteres Bruchstück ihrer Erinnerung zurück: ein roter Schwall, der sich über ihr Kleid ergoss. Katharina riss die Hand zurück, als hätte sie sich verbrannt. Dort musste das Blut des jungen Soldaten durch ihr Kleid bis auf ihr Hemd gedrungen sein. Hastig zog sie das Hemd über den Kopf und ließ es zu Boden fallen. Mühsam stand sie auf, dann hinkte sie nackt zu ihrer Truhe und kramte ein anderes Hemd und ein Kleid hervor. Zum Waschen hatte sie jetzt keine Zeit. Sie musste sofort erfahren, was mit Siska war. Sie zog das Hemd und das Kleid über und zwang sich, an das zu denken, was geschehen war. Langsam kehrten immer mehr Bilder in ihre Erinnerung zurück und machten den Schrecken und die Angst nur noch größer: Erst jetzt fielen ihr die anderen ein, die mit Siska auf der Höhe zurückgeblieben waren.

Ellie und Josef! Und Ännchen und Rosa! Oh Gott, lass sie alle gerettet sein!, betete Katharina, während sie mit zitternden Fingern die Bänder ihres Mieders zuzog.

Sie hatte keine Schuhe in ihrer Kammer gefunden. Auf den glatten Eichenbrettern des Flurs machten ihre nackten Füße kaum ein Geräusch. Sie horchte beim Gehen, ob sie irgendwen im Haus hörte, aber es war seltsam still. Am Treppenabgang schaute sie durch das kleine Fenster hinaus in den Hof, niemand war zu sehen. Auch die Türen zum Stall und zur Scheune waren geschlossen. In der Küche, das hoffte sie, würde sie sicher jemanden finden. Doch als sie vor der Küchentür stand, die Hand auf dem Türgriff, zögerte sie. Welche Nachrichten würden sie dort erwarten? War sie die einzige Überlebende?

Langsam drückte sie den Griff hinunter, öffnete die Tür und schaute in den Raum.

Mitten in der Küche stand ein Stuhl, und so steif, als habe ihn jemand dort abgesetzt und ihm befohlen, er solle genau so bleiben, saß Josef darauf. Er hatte die Augen geschlossen und nicht bemerkt, dass jemand in die Küche gekommen war. Er schien gesund, nur sein rechtes Handgelenk war mit einem festen Verband umwickelt. Katharina blieb einen Moment in der Türöffnung stehen. Sie sah Josef an, und ein Lächeln trat in ihr Gesicht. Ein Teil ihrer Furcht fiel von ihr ab. Josef war hier, in Sicherheit! Bestimmt waren auch die anderen gerettet.

Sie lief zu ihm und kniete sich neben seinen Stuhl. »Josef, Josef!«, stammelte sie und schlang die Arme um ihn.

Josef zuckte zusammen und verzog das Gesicht. Doch dann drehte er vorsichtig den Kopf und sah Katharina an. Etwas ungelenk erwiderte er ihre Umarmung.

»Endlich aufgewacht?« Josefs Stimme klang seltsam rau. Um seinen Hals war ein Wolltuch geschlungen. Daraus stieg Katharina der Geruch von warmem Öl entgegen.

»Bist du verletzt?«, fragte sie und ließ ihn los. »Habe ich dir wehgetan?«

»Nein, du hast mir nicht wehgetan.« Das Sprechen schien Josef schwerzufallen. Trotzdem fuhr er fort: »Und ich bin auch kaum verletzt.«

»Ach Josef!« Katharina sah ihn mit Tränen in den Augen an. Immer noch neben seinem Stuhl kniend, legte sie vorsichtig die Stirn an seine Schulter. »Ich bin so glücklich«, sagte sie leise. »Du kannst dir gar nicht vorstellen, was ich alles befürchtet habe.«

Josef antwortete nicht.
»Aber jetzt ist alles gut.« Katharina sagte es im Ton einer Feststellung, doch eine Frage und auch die wiederkehrende Angst klangen mit.
Immer noch schwieg Josef. Da hob Katharina ihr Gesicht und sah ihm in die Augen.
»Die anderen …« Sie stockte. Sie forschte in seinen Augen, und was sie da sah, ließ ihre Hoffnung schwinden. Sie schluckte, bevor sie weitersprach.
»Alle? Sind sie alle tot?«, fragte sie tonlos.
Nun standen auch Josef die Tränen in den Augen. »Nein … oder vielleicht …« Er schüttelte den Kopf, aber mehr als wolle er einen schlimmen Gedanken verscheuchen als die Frage verneinen.
»Ach Katharina … Es war furchtbar. Sie haben alle mitgenommen. Ellie und Siska und …« Josef bedeckte die Augen mit seiner gesunden Hand.
»Dich haben sie freigelassen? Oder konntest du auch fliehen?«
»Mich haben sie gefesselt und mit einem Strick um den Hals zurückgelassen.«
»Mit einem Strick um den Hals?« Katharina öffnete vorsichtig das ölgetränkte Tuch. Blaurot leuchtend wie ein Schmuckband zog sich ein drei Finger breiter Streifen um Josefs Hals. Die Haut war zum Teil abgeschürft, aber das Schlimmste war wohl die Quetschung. Behutsam verschloss Katharina das Tuch wieder.
»Sie wollten dich erdrosseln?«
»Nein. Er wusste genau, was er tat.«
»Er? Der Soldat, der dich mit dem Strick stranguliert hat?«
»Der Graf …« Josef unterbrach sich. Katharina konnte ja nicht wissen, wen er meinte. »Er kam erst, nachdem du weggelaufen warst. Du hast ihn nicht mehr gesehen.« Josef sprach rau und stockend. »Jan und ich haben ihn am Sonntag vor einer Woche getroffen, als wir die Abgaben zum Wegkreuz brachten. Schäng kennt ihn aus seiner Soldatenzeit. Sie waren damals in der gleichen Truppe. Er soll ein sehr gefährlicher Mann sein und hat mit Schäng noch eine Rechnung offen. Du warst damals nicht mehr im Tross, sondern in Köln. Aber er scheint auch dich zu kennen. Er hat etwas über dich gesagt.«

Bei all den Schrecken, der Todesangst, die er ausgestanden hatte, und der brennenden Sorge um Ellie und die anderen verschleppten Frauen hatte Josef nicht mehr daran gedacht, doch nun fiel es ihm wieder ein. Und es kam ihm plötzlich sehr wichtig vor. Josef umfasste Katharinas Handgelenk und sah sie eindringlich an. »Vielleicht hast du ihn noch gehört. Als du geflüchtet bist, hat er den anderen vom Waldrand aus etwas zugerufen: Sie sollen dich nicht entkommen lassen. Du wärst wichtiger als alle anderen zusammen. Erinnerst du dich?«

Katharina zog ihre dunklen Augenbrauen zusammen. »Ja ... Ja, ich erinnere mich.« Sie stand auf und sah nachdenklich aus dem Fenster. »Was kann er damit gemeint haben?«, sagte sie langsam.

Während Josef sie so hochaufgerichtet und wohlbehalten hier in der Küche des Mehringhofs stehen sah, fühlte er plötzlich und unerwartet Zorn in sich aufsteigen. Er wusste sofort, dass es ungerecht war, aber das änderte an seinen Gefühlen nichts. Noch während er an dem Seil hing und die Soldaten mit den gefangenen Frauen abzogen, hatte er bei aller Angst auch Scham empfunden und sich Vorwürfe gemacht. Wie konnte es sein, dass Ellie und die anderen Frauen verschleppt wurden und er nichts tun konnte, als dabei zuzusehen? Und als er gerettet und zurück im Mehringhof war, hatten die Selbstvorwürfe nur noch stärker in ihm getobt. Es war gar nicht notwendig gewesen, dass Wiena ihn weinend fragte, was er denn gemacht habe, als die Männer ihren Liebling verschleppt hatten. Er wusste selbst, dass er es sich niemals verzeihen würde, wenn Ellie etwas geschah. Seine eigene Freiheit, sie war ihm fast wie ein Vorwurf.

Nun, als er Katharina hier stehen sah, trat ihm wieder das Bild der schreckensstarren Ellie vor Augen. Warum war die starke Katharina entkommen und nicht sie? Hatte der Graf nicht gerufen, dass es vor allem um sie ging? So wie zuvor auf sich selbst, so richtete sein Zorn sich nun auf Katharina. Vielleicht waren sie und ihr Onkel sowieso an alldem schuld. Vielleicht war dieser seltsame Graf nur deshalb hierhergekommen, um sich an Schäng zu rächen. Und nun war Fred tot, und Ellie und die anderen Frauen mussten leiden, während Schäng und Katharina, die doch die Ursache für all das waren, nichts geschehen war. Katharina war sogar die einzige der Frauen, die bei dem Überfall flüchten konnte.

»Wie bist du ihnen eigentlich entkommen?«, fragte er. Seine raue Stimme rührte nun nicht nur von der Halsverletzung her.

Katharina drehte sich um. »Durch ein halsbrecherisches Wagnis. Ich bin einen alten Steinbruch runtergelaufen.«

Josef erwiderte ihren Blick.

Sie sahen sich zwei Atemzüge lang schweigend an. Josef sagte nichts. Aber das war auch nicht notwendig. Seine Gedanken waren in seinem Gesicht zu lesen.

»Ich kann nichts für das, was geschehen ist. Genauso wenig wie du«, sagte Katharina, sichtbar bemüht, ruhig zu bleiben.

Doch Josef platzte heraus: »Aber von dir redete er, dieser Graf. Dich wollte er. Und Schäng will er wiedersehen. Ohne euch wäre das alles vielleicht nie passiert. Schäng und du, ihr seid doch Kriegsleute, genauso wie diese Bande. Ihr zieht den Krieg und anderes Kriegsvolk an.« Während er redete, war er immer lauter geworden, bis sich seine Stimme schließlich überschlug und er in kläglichem Ton endete: »Es wäre besser für alle gewesen, ihr wärt nicht nach Lay zurückgekommen.«

Er bereute seine Worte, kaum dass er sie ausgesprochen hatte. Ein Blick in Katharinas Gesicht nahm ihm die Hoffnung, dass seine schwache und kratzige Stimme manches unverständlich gemacht hatte. Zu gerne hätte er alles zurückgenommen oder etwas Entschuldigendes hinzugefügt, doch so wenig er zuvor seine Worte zurückhalten konnte, so wenig konnte er jetzt welche finden. Beschämt sah er zu Boden. Da hörte er, wie die Küchentür geschlossen wurde. Josef drehte den Kopf und sah Schäng. Er musste schon eine Zeit lang dort gestanden haben und hatte sicher alles gehört, was Josef über ihn und Katharina gesagt hatte.

Schängs Gesicht war völlig unbewegt, aber er sah grau und erschöpft aus. Er durchquerte die Küche bis zum Wasserbottich in der Ecke. Dort schöpfte er Wasser und trank es durstig aus der Kelle. Noch einmal füllte und leerte er die Kelle, ehe er sich wieder zu ihnen umdrehte.

Josef wich Schängs Blick aus. Er erwartete, dass Schäng ihn zumindest zurechtweisen würde. Vielleicht würde er ihn vom Mehringhof schicken. Und Josef könnte das sogar verstehen. Wie konnte er nur so undankbar sein! Wie konnte er nur so etwas Böses über Katharina und Schäng, die immer nur freundlich zu ihm gewesen waren, sagen. An einem auch für Katharina so schrecklichen Tag hatte er sie beschimpft, statt sie zu trösten.

Plötzlich hörte Josef laute Schritte im Hausflur. Sie kamen rasch näher, und Peter trat ein. Ihm folgten Martin und zwei andere Männer aus dem Dorf.

»Was sollen wir jetzt machen?«, fragte Martin ohne weitere Einleitung.

Ehe Schäng antworten konnte, waren wieder Stimmen zu hören. Jan kam zurück. Bei ihm waren außer dem alten Wirges und seinem Knecht Ferdinand noch drei andere Männer. Auch sie wollten mit Schäng über den Überfall sprechen.

»Vor allem anderen müssen wir ein gemeinsames Vorgehen planen. Wir sollten alle Männer zu einer Versammlung zusammenrufen, vielleicht auf dem Marktplatz«, war Schängs erster Rat.

»Ist jemand zu Hause?«, rief jemand vom Hof aus.

Peter nickte ernst. »Du hast recht. Aber wir brauchen keine Versammlung zusammenzutrommeln. Die findet wohl hier und jetzt statt.«

29.6.1650, am Abend von Peter und Paul

DER GEHÄNGTE

Katharina stand im ersten Stock seitlich hinter dem Fenster und schaute hinab in den Hof. Obwohl das trübe, gewölbte Glas alles leicht verschwommen machte, erkannte sie fast jeden der Anwesenden. Über fünfzig Menschen standen nun dicht gedrängt im Hof. Aus der unabgesprochenen Zusammenkunft in Schängs Arbeitszimmer war eine Dorfversammlung geworden. Als immer mehr Leute gekommen waren, hatte man das Treffen in den Hof verlegt und diejenigen dazugerufen, die man bei der Besprechung vermisste.

Schäng stand etwas erhöht auf der obersten der drei Stufen, die zum Hauseingang führten. Direkt neben ihm war Peter. Noch vor Kurzem hätten sicher noch zwei Freunde bei ihnen gestanden: Lorenz und Fred. Katharina rieb sich über Stirn und Augen. Sie konnte noch immer nicht fassen, dass die beiden tot waren.

Es waren vor allem Männer, aber auch einige Frauen, die sich im Hof versammelt hatten. Katharina war irgendwann gegangen. Dort unten wurde entschieden, wie man die gefangenen Frauen befreien sollte, aber sie würde nicht dabei helfen dürfen. Ihr würde man ebenso wenig wie irgendeiner anderen Frau erlauben, sich an dem Kampf zu beteiligen.

Heute Morgen, da hätte ich kämpfen müssen, dachte sie. Da hätte ich für Ellie und Siska eintreten können. Aber ich bin geflohen. Das kann ich nie wiedergutmachen.

»Dreitausend Reichstaler wollen sie? Das können wir niemals aufbringen!«, rief eine Frauenstimme.

»Und selbst wenn es ginge, wenn wir alles, was wir haben, verpfänden, um das Geld zu leihen: Sollen wir etwa die Frauen bis Sonntag bei ihnen lassen?«

Mattes sah in die Runde. Sein Ännchen war die einzige verheiratete Frau unter den Entführten. Und Mattes würde noch nicht einmal für ihre Befreiung kämpfen können. Sein Freund Martin hatte den beinlosen Mann abgeholt und auf einem Handwägelchen zum Mehringhof gezogen. Dort hatte man ihn auf eine kleine Mauer gehoben, damit er sich auf einer Höhe mit den anderen befand. Martin legte ihm beruhigend die Hand auf die Schulter, aber auch seine Stimme bebte.

»Wir ziehen los, noch heute Nacht. Wir bringen sie zurück. Sie und Rosa. Und die anderen.«

»Aber wie?«, fragte Mattes bitter. »Solange wir nicht wissen, wo sie sich verstecken?«

»Es gibt jemanden, der weiß, wo das Lager der Schweden ist«, antwortete Schäng ruhig.

Für einen Moment wurde es ganz still im Hof. Dann trat der Fährmann einen Schritt vor.

»Warum erfahren wir das jetzt erst?«, rief er aufgebracht. »Warum hast du so lange geschwiegen? Wenn wir das Nest früher ausgeräuchert hätten, dann wären unsere Frauen und Töchter noch bei uns, und Fred könnte noch leben.«

»Ich sagte nicht, dass ich weiß, wo das Lager ist. Ich habe nur gesagt, dass jemand es weiß.«

Die Stimme Schängs klang gepresst, aber selbst Katharina konnte nicht sagen, ob aus Schuldgefühl oder aus Zorn über den Vorwurf.

»Nur Jäp weiß, wo es liegt«, fuhr Schäng fort. »Und ihr wisst doch alle, wie er zum Kämpfen steht. Er wollte mir nicht sagen, wo die Schweden ihr Lager haben.«

»Wir hätten ihn schon dazu gebracht, den Mund aufzumachen!«

»Ja. Und deshalb habe ich bisher keinem gesagt, was Jäp weiß. Außerdem habe ich gehofft, dass wir mehr oder weniger friedlich erreichen, dass die Soldaten abziehen. Aber jetzt ist natürlich alles anders. Ich bin sicher, dass Jäp uns nun sofort zu ihnen führen würde.«

»Bestimmt!« Peter nickte. »Nur hilft uns das nicht weiter. Seit dem Johannisfest hat ihn keiner mehr gesehen. Es kann Tage dauern, bis er wieder ins Dorf kommt, und es hat keinen Sinn, nach ihm zu suchen. Jäps Lager ist ebenso schwer zu finden wie das der Schweden. Vielleicht noch schwerer.« Lauter fragte er: »Oder weiß jemand, wo im Wald Jäp sein könnte?«

Niemand antwortete.

Katharina war bisher nicht bewusst gewesen, wie versteckt der einsiedlerische Köhler im Wald lebte – so verborgen, dass offenbar niemand aus dem Dorf genau wusste, wo er sich aufhielt. Sie raffte ihre Röcke, lief die Treppe hinunter und stürzte in den Hof.

»Ich kann Jäps Lager finden«, rief sie.

Alle Augen richteten sich auf sie. Sie atmete durch und fuhr ruhiger fort: »Ich kann sein Lager im Wald finden. Ich war im letzten Herbst mit Ellie Pilze sammeln. Damals, bevor die Soldaten auftauchten. Wir waren in einem Eichenstück über dem Konterthal, da hat sie gesagt, dass wir hier nicht mehr weitergehen könnten, weil wir sonst auf Jäps Lager stoßen würden, das nur ein paar Schritte weiter läge. Ellie war schon im Sommer beim Beerensammeln darauf gestoßen und hatte sich unbemerkt fortgeschlichen, um ihn nicht zu stören. Ich glaube, dass ich die Stelle wiederfinden könnte.«

»Kannst du beschreiben, wo es ist?«, fragte Schäng.

»Nein, dafür kenne ich mich dort nicht gut genug aus. Aber ich bin mir recht sicher, dass ich mich erinnern kann, wenn ich den gleichen Weg wieder abgehe.«

»Du willst wieder zurück in den Wald?«

Katharina nickte, obwohl Schängs Worte mehr nach einem erstaunten Vorwurf als nach einer Frage geklungen hatten.

»Du bist erst vor wenigen Stunden diesen Mördern entkommen. Meinst du, ich lasse zu, dass du wieder in den Wald gehst? In ihren Wald? Nur weil du es für möglich hältst, dass du dich vielleicht an den Weg zu Jäps Lager erinnerst? Das kommt nicht in Frage!«

»Ich würde den Weg bestimmt wiedererkennen, und ich wäre nicht ungeschützt im Wald. Ihr wärt ja alle dabei!«

Schäng schaute sie ablehnend, fast böse an.

»Es geht wirklich nicht«, sagte Peter ruhig. »Obwohl es sehr mutig von dir ist. Aber wahrscheinlich würdest du Jäps Lager sowieso nicht finden. Du hast ja nur Ellies Wort, dass es irgendwo dort in der Nähe lag. Und es ist ein Dreivierteljahr her. Damals war Herbst, jetzt haben wir Sommer. Der Wald sieht nun ganz anders aus. Und wenn du es doch finden könntest: Jäp hat sein Lager in dieser langen Zeit wahrscheinlich schon verlegt.«

Peter sprach sanft und tröstend und wollte den Arm um sie legen, aber Katharina entzog sich ihm. Bevor jemand den verräterischen Glanz in ihren Augen bemerken konnte, ging sie rasch und so aufrecht sie konnte ins Haus zurück. Erst als sie wieder an ihrem uneinsehbaren Platz hinter dem Hoffenster stand, ließ sie ihren zornigen Tränen freien Lauf.

»Also müssen wir versuchen, das Lager auch ohne Jäps Hilfe zu finden.« Schäng schwieg einen Moment, dann sagte er mit Nachdruck: »Doch über eins solltet ihr euch alle klar sein: Die Schweden verstehen zu töten. Das ist ihr Beruf. Ihr müsst auf das Schlimmste gefasst sein.«

»Was willst du denn?«, rief Martin aufgebracht. »Sollen wir vor Angst zitternd zu Hause bleiben? Sollen wir Rosa diesen Hunden überlassen? Und Ännchen, Siska und die kleine Ellie?«

Martins Stimme war immer lauter geworden, und schließlich schrie er fast. Aber Schäng antwortete ruhig: »Nein, Martin, das sollen wir nicht. Ich werde auf jeden Fall in diesen Kampf ziehen. Aber *ich* weiß, worauf ich mich einlasse. Und ich meine, dass jeder Mann, der sein Leben aufs Spiel setzt, auch wissen sollte, dass er dies tut.«

»Du wirst nicht allein gehen.« Der alte Wirges ballte seine abgearbeitete Hand zur Faust und hob sie in die Höhe. »Ich hätte gerne noch ein paar Jahre gelebt«, sagte er trocken. »Hatte nie viel übrig fürs Kämpfen. Gar nichts für den Heldentod. Aber lieber tot als ewig in Not!«

»Ich bin dabei: Lieber tot als ewig in Not!« Sein Knecht Ferdinand trat neben ihn, und auch er hob die Faust.

Die beiden alten Männer standen nah zusammen. Knochige, alte Landleute, alle beide. Dreißig Jahre Krieg hatten sie ertragen, ohne zu kämpfen. Immer wieder waren ihre Felder verwüstet, ihre Scheune geplündert worden. Wenn Heere am Dorf vorbeizogen, hatten sie sich wie alle anderen versteckt. Immer hatten sie nur auf den Frieden gewartet und gehofft. Doch als der Frieden kam, blieben die Soldaten und pressten ihnen einen Teil ihrer hart erarbeiteten Ernte ab, und wieder wehrten sie sich nicht. Aber nun waren die beiden alten Männer bereit, noch in dieser Nacht zu kämpfen und zu sterben. Immer noch hielten sie ihre Fäuste zum Himmel emporgereckt. Da hob Martin ebenfalls seine Faust.

»Lieber tot als ewig in Not«, rief auch er.

Der kleine Will tat es ihm mit geröteten Wangen und leuchtenden Augen nach. Mehr und mehr Männer hoben ihre Fäuste in die Luft, und jeder wiederholte den Satz wie einen Schwur. »Lieber tot als ewig in Not!«

Josef hatte kaum bemerkt, dass auch er die linke, unverletzte Faust gehoben hatte. Wie die anderen hatte er den Satz des alten Wirges wiederholt. Aber innerlich leistete er noch einen anderen Eid. »Ich werde dich nicht bei ihnen lassen, Ellie, gleich, was mit mir geschieht.«

Katharina sah von ihrem Fenster aus herab auf einen Wald von emporgereckten Fäusten. Auch sie flüsterte ihn, den gemeinsamen Schwur. Doch ihr Schwur war einsam und schmeckte bitter. *Sie* würde nicht mit ihnen ziehen dürfen. *Sie* durfte nicht ihr Leben einsetzen, um die zu befreien, an denen ihr Herz hing.

***

Wann würde es endlich dunkel werden? Lange konnte es nicht mehr dauern. Vielleicht wäre es wirklich besser, wenn er ein wenig schlafen würde. Aber er brauchte es gar nicht erst zu versuchen. Josef war sicher: Er würde nicht schlafen können. Er war zu aufgeregt. Und er hatte zu viel Angst, wie er sich leise eingestand. Angst vor dem Kampf, Angst vor dem Grafen, aber vor allem Angst um sie. Er musste sich in jedem Moment zwingen, nicht daran zu denken, was Ellie vielleicht gerade durchmachte. Er konnte ihr nicht helfen, noch nicht.

Josef hatte sich hinter das Haus in einen entlegenen Winkel des Gartens zurückgezogen. Er hatte ein Stück Holz und das Messer, das ihm Jan geschenkt hatte, mitgenommen. Aber mit seiner verletzten Hand konnte er nur schwer schnitzen, und es fehlte ihm auch die Ruhe dazu. So sah er nur in den Abendhimmel. Langsam wie ein blaues Kleid, das im Laufe der Jahre ausbleicht, verlor der Himmel seine Farbe und kündigte den Abend an. Am Horizont, dem Saum des Kleides, färbte er sich mehr und mehr gelblich. Dort im Westen, über dem großen Birnbaum, würde der erste Stern erscheinen, der Abendstern. Oft war er schon bei hellem Tageslicht zu sehen, aber heute ließ er auf sich warten.

»Du solltest besser nicht mitkommen«, hatte Schäng zu ihm

gesagt. »Du bist heute fast gestorben. Ein Kampf in der gleichen Nacht, ich glaube nicht, dass du das durchstehen kannst. Und mit deinem gebrochenen Handgelenk würdest du uns ohnehin kaum eine Hilfe sein.«

Heftig hatte Josef widersprochen, obwohl sich ihm bei jedem Gedanken an ein erneutes Zusammentreffen mit dem Grafen der Magen vor Angst verkrampfte.

»Ich kann Ellie nicht bei ihm lassen und warten«, platzte er heraus.

Schäng sah ihn fragend an, und Josef fügte etwas verworren hinzu: »Die anderen drei natürlich auch nicht.«

»Ellie«, sagte Schäng nachdenklich. Dann nickte er. »Sie ist noch sehr jung. Aber ...« Er sah Josef in die Augen. »Du kennst ihre Geschichte?«

»Ja. Sie ist Waise und lebte bis vor zwei Jahren bei ihrer Großmutter. Als die dann gestorben ist, hatte sie niemanden und nichts mehr. Ihr habt sie dann als Magd aufgenommen.«

»Das ist nur ein Teil der Geschichte.« Schäng räusperte sich. »Ich denke, dass du alles wissen solltest. Jeder im Dorf weiß davon. Es ist eine furchtbare Geschichte, doch leider in diesen Jahren nichts Ungewöhnliches. Ellie ist das Kind eines fremden Soldaten. Ihre Mutter war selbst noch ein Mädchen, als das Dorf geplündert wurde. Als die Schweden anrückten, flohen alle in den Wald. Doch Ellies Mutter verließ als Letzte das Haus, rutschte wahrscheinlich in der Eile aus und stürzte schwer, was in der allgemeinen Panik niemand bemerkte. Erst als die Bewohner nach zwei Tagen in das geplünderte Dorf zurückkehrten, fanden sie das Mädchen. Sie lag noch immer im Haus, reglos in einer Ecke zusammengerollt wie ein kleines totes Tier. Sie war völlig nackt. Ihr rechtes Bein war gebrochen, wahrscheinlich von dem Sturz. Aber die anderen Verletzungen stammten nicht von dem Sturz: Würgemale am Hals, Quetschungen an Hand- und Fußgelenken, Schürfwunden und blaue Flecken am ganzen Körper. Man hat nie erfahren, was genau mit ihr geschehen war, denn sie hat nach diesem Tag nie wieder gesprochen. Aber es war nicht sehr schwer zu erraten. Ein Dreivierteljahr später bekam sie eine Tochter, Ellie. Als man ihr das Neugeborene in die Arme legen wollte, hat sie sich weggedreht. Sie hat Ellie nie berührt.

Es war Winter, die Zeit kurz nach Weihnachten. Eisschollen trieben auf der Mosel, und das Wasser stieg beständig. Man sah Ellies Mutter wenige Tage nach der Geburt abends, wie sie am Fluss stand und dem immer schneller strömenden dunklen Wasser, das die Eisschollen mitriss, hinterhersah. Sie kam in dieser Nacht nicht nach Hause, und man konnte sie nirgends finden. Am nächsten Tag fand man ihre Leiche flussabwärts. Sie hatte sich in den Ästen einer Weide verfangen.«

»Weiß Ellie ... Ich meine: Kennt sie die Geschichte?«

»Ja. Sie weiß alles. Und es wurde ihr nicht freundlich beigebracht. Sie ist ein Bastard und das Kind eines Feindes. Die anderen Kinder waren nicht besonders rücksichtsvoll zu ihr.«

»Aber sie ist immer so lustig«, sagte Josef. Doch während er das sagte, erinnerte er sich an eine andere Seite von Ellie. An die stille und unergründliche Ellie. Dann dachte er an ihre Reaktion auf den ersten Überfall der Schweden beim Dorffest. Ellie war wie versteinert gewesen. Und war sie bei dem Überfall auf dem Berg nicht ähnlich erstarrt?

Josef konnte seit diesem Gespräch an nichts anderes mehr denken. Die Schrecken, die Ellies Mutter erleiden musste, mischten sich in die Vorstellungen von dem, was er für Ellie befürchtete. Nur mühsam konnte er die Bilder, die ihn quälten, zurückdrängen.

Ein leises Quietschen der Gartentür ließ Josef aufblicken. Zwischen ihm und dem Haus stand eine Reihe von Himbeersträuchern, so grün und dicht, dass er nur schemenhaft erkennen konnte, wie die Tür langsam geöffnet wurde und jemand aus dem Haus trat. Wer es war, konnte Josef nicht sehen. Gleich hinter dem Haus führte ein Weg zu einer kleinen, selten benutzten Tür in der Gartenmauer, durch die man hinaus auf eine kleine Gasse gelangte. Josef sah zwar nicht viel, aber es war offensichtlich, dass die Person bewusst leise auftrat und zu diesem Türchen schlich. Die Gestalt verschwand durch die kleine Tür, und Josef glaubte einen braunen Umhang wehen zu sehen. Oder war es ein Rock? Ohne lange zu überlegen, sprang er auf, steckte sein Messer ein und lief hinterher. Auch er öffnete behutsam das Türchen und schaute vorsichtig hinaus. Aber auf der Gasse war niemand zu sehen. Das

Sträßchen verlief hier in einem Bogen, sodass es in beide Richtungen nur auf wenige Schritte zu übersehen war. Die Gestalt konnte ebenso gut bergab zur Dorfmitte oder bergauf zum Wald hin gelaufen sein. Und wieder handelte Josef, ohne dass er sich Rechenschaft darüber ablegen konnte, was ihn zu der Entscheidung bewegte. Er lief schnell und dabei so leise, wie er konnte, in Richtung Wald.

***

»Das sind wahrscheinlich die einzigen brauchbaren Musketen im Dorf, und du willst sie einfach hierlassen!« Jan hielt Schäng den länglichen Holzkasten entgegen. Er war mit Stoff ausgeschlagen und enthielt zwei matt schimmernde Musketen. Vor Jan auf dem Tisch lagen bereits zwei breite Lederschärpen, an denen je zwölf Pulverhülsen befestigt waren, die sogenannten zwölf Apostel. Der Musketier trug diese Schärpen beim Kampf quer über der Brust und hatte so das Pulver für zwölf Schuss griffbereit.

»Das wird kein Kampf für Musketen werden. Sie werden uns wohl kaum in Formation gegenüberstehen, und wir werden keine Zeit zum Zielen haben. Willst du einen laufenden Mann treffen? Wenn wir sie nicht in ihrem Lager überraschen können, hilft uns nichts als die Flucht – und auch die wahrscheinlich nicht. Ansonsten wird es zu einem Nahkampf kommen. Wie willst du da eine Muskete einsetzen? Da werden Säbel, Degen und Schwerter nützlicher sein.«

»Mit Stich- und Schlagwaffen sind wir aber genauso schlecht ausgestattet«, sagte Jan nüchtern. »Schließlich haben sie uns alle Waffen abgejagt.« Er warf noch einen bedauernden Blick auf die Waffen, bevor er den Kasten schloss und in den Schrank zurückstellte. Er hatte Schäng den Rücken zugewandt. Ohne sich umzudrehen, fragte er mit belegter Stimme: »Glaubst du, dass wir nur mit Mistgabeln und Ähnlichem auch nur irgendwelche Aussichten gegen sie haben?«

Schäng nickte, obwohl Jan ihn nicht sehen konnte. »Ja«, sagte er dann nachdenklich. »Diese Frage habe ich mir selbst auch gestellt. Mehr als einmal, seit wir unsere Waffen endgültig verloren geben mussten. Und je öfter ich darüber nachdenke, umso sicherer werde ich mir: Das ist weniger unser Verhängnis als ein Vorteil für unsere Seite.«

Jetzt drehte sich Jan um. »Ein Vorteil?«, wiederholte er.

»Ja. Die Soldaten glauben uns jetzt hilflos. Aber die Männer von Lay können zum größten Teil nicht mit den Waffen umgehen. Ihnen hätten die Musketen so gut wie nichts und die alten Degen und Säbel nicht viel mehr geholfen. Der Raub der Waffen hat uns kaum geschwächt. Aber von seinem Gegner unterschätzt zu werden – das kann entscheidend sein, vor allem bei einem überraschenden Schlag.«

Nun nickte Jan, wenn er auch nicht völlig überzeugt schien.

»Und sie unterschätzen uns wirklich«, fuhr Schäng fort. »Denk daran, was heute auf dem Berg geschehen ist.«

»Das war alles andere als ein entscheidender Sieg für uns: die Frauen entführt, Fred tot und Josef fast erhängt.«

»Nicht alle Frauen.«

»Du meinst …« Verstehen leuchtete in Jans Augen auf, und Schäng nickte ihm zu.

»Ja, Katharina. Wenn sie ein Schwert statt einer Sense gehalten hätte, dann wäre es ihr nicht gelungen, zu entkommen. Der Soldat hat seine Hand verloren, weil er sie und die Sense, die sie hielt, unterschätzte. Und ich glaube, dass mancher Mann hier im Dorf eine Mistgabel, einen Dreschflegel, eine Sichel oder Sense so handhaben kann, dass viele Soldaten mit ihren Waffen schwerfällig dagegen wirken. Dazu kommt noch, dass ein Krieger alle Arten kennt, einen Angriff mit einem Schwert abzuwehren, aber eine Parade gegen eine Sense wird er kaum geübt haben.«

»Johann, diese Rede hättest du den Männern heute Nachmittag halten sollen. Sie sind voller Zorn auf diese Räuber und Mörder und wollen endlich gegen sie antreten. Aber viele von ihnen werden kämpfen ohne jede Hoffnung zu siegen. Ein wenig Angst vor dem Kampf zu haben ist nicht schlecht. Aber die Hoffnung noch vor dem Kampf aufzugeben, das ist das Schlechteste, was man tun kann. Was du sagst, hat mir Mut gemacht. Und auch ihnen hätte es Mut gemacht.«

»Ich weiß, Jan. Aber Mut, den man nur aus einer Rede zieht, ist wie der künstliche Blumenduft, mit dem sich manche Frauen schmücken. Er verfliegt rasch. Ich werde heute Nacht zu den Männern sprechen, bevor wir in den Kampf ziehen.«

***

Josef hatte das Dorf hinter sich gelassen. Noch lagen Wiesen und Gärten unterhalb des Wegs, aber bergaufwärts war er schon vom dichten Gebüsch des Waldrandes begrenzt. Nur wenige Schritte, dann würden den immer schmaler und steiler werdenden Weg zu beiden Seiten Bäume und Büsche umschließen. Hier verließ man endgültig den Schutz des Dorfes.

Er blieb stehen. Dämmrig wie der Eingang einer Höhle sah der Weg nun aus. Man konnte ihn nur einige Schritte weit einsehen, bis er im Unterholz verschwand.

Seit Josef der Gestalt aus dem Garten gefolgt war, hatte er nichts mehr von ihr gesehen oder gehört. Wahrscheinlich ist er doch dorfeinwärts gegangen, dachte er. Ich sollte umkehren.

Da hörte er ein Geräusch, das entfernte Kollern eines rollenden Steins. Es wird nichts gewesen sein. Nur ein Tier, ein Hase oder Eichhörnchen, hat einen Stein ins Rollen gebracht – mehr nicht, sagte sich Josef. Aber er wusste selbst, dass es nicht so war. Er suchte nur einen Grund, seine Verfolgung abzubrechen. Das Halbdunkel des Waldes schien ihm bedrohlicher als je zuvor. Hier, am Waldrand, begann sein Reich, das Reich des Grafen. Josef fühlte: Wenn er diese Grenze überschritt, konnte er ihm jederzeit gegenüberstehen.

Am besten gehe ich zurück. Es kann keiner auf dem Weg sein. Wenn jemand den Bergweg hinaufginge, müssten Schritte zu hören sein, sagte sich Josef. Aber so sehr er sich auch wünschte, umzukehren, er blieb doch stehen und lauschte. Und wirklich: Ganz leise drang das Geräusch von vorsichtigen Schritten zu ihm.

Josef atmete tief ein und trat in den Wald.

Nur der Gesang einer einzelnen späten Amsel erklang irgendwo in den dichten Baumwipfeln, sonst war es völlig still. Dann verstummte auch sie. Während des Tages, vor allem in den Morgenstunden, war die Luft hier erfüllt von einem Konzert der Vogelstimmen. Eichelhäher schrien, Meisen zwitscherten, dazwischen der Gesang der Amseln, Rotkehlchen und all der anderen Vögel.

Jetzt, wo sich Josefs Augen an das durch das Blätterdach gedämpfte Licht gewöhnt hatten, ängstigte ihn die Abenddämmerung weniger, aber die ungewohnte Stille hatte etwas Beklemmendes. Der abendliche Wald wirkte so einsam. Josef wurde sich mehr und mehr bewusst, dass er hier ganz allein war, allein mit irgendwem, den er verfolgte. Und wer immer das sein konnte, er hatte etwas zu verbergen. Warum hätte er sich sonst durch den Garten aus dem Mehringhof geschlichen? Seit Josef der Gestalt durch das Pförtchen gefolgt war, hatte er immer wieder überlegt, wen er verfolgte. In den letzten Stunden waren viele Leute im Mehringhof ein- und ausgegangen. Manche waren vorbeigekommen, um Schängs Rat als Soldat zu suchen, ob zum Beispiel ein Kettenhemd, eher zu eng und etwas rostig, oder das bequemere, aber weniger schützende Lederwams als leichte Rüstung, die Schäng empfohlen hatte, geeigneter war. Oder ob man nicht doch lieber das Schwert ohne Griff mitnehmen sollte als eine Harke. Doch man kam nicht nur, um Schäng etwas zu fragen. Man wollte darüber sprechen, was heute Nacht geschehen sollte, und hier fand man sich dazu zusammen.

Es war ein Ein- und Ausgehen im Mehringhof, bei dem keiner wusste, wer sich dort gerade aufhielt. Irgendwer hatte die Gelegenheit ergriffen, sich von dort aus in den Wald zu schleichen. Und es konnte eigentlich nur einen Grund geben, warum jemand heute Abend heimlich in den Wald gehen sollte: Er musste der Verräter sein. Er wollte die Soldaten warnen, dass heute Nacht ihr Lager überfallen werden sollte.

Und wenn er der Verräter ist, dann ist er auch Lorenz' Mörder, dachte Josef. Er wird nicht vor einem zweiten Mord zurückschrecken, wenn er merkt, dass ich ihn entdeckt habe. Aber vielleicht führt er mich zu dem Lager. Oder wenn ich ihn unbemerkt sehen kann, dann wissen wir zumindest, wer der Verräter ist.

Josef hatte nicht viel von der Person gesehen, nur schemenhafte Umrisse und ein flatterndes braunes Kleidungsstück. Aber ihm war es so vorgekommen, als wäre es eine recht große Gestalt gewesen. Zu groß für eine Frau? Und als hätte die Gestalt sich eher wie ein junger Mensch bewegt. Aber sicher war er sich nicht.

Josef war weiter leise dem Bergweg gefolgt. Das Unterholz war nun zu Dickicht verwachsen. Er blieb stehen und horchte.

Nichts als sein eigener Herzschlag und das leise Säuseln des Abendwindes. Vorsichtig ging er weiter.

Plötzlich hörte er es, unmittelbar hinter sich: das heftige Ausatmen eines Menschen. Etwas Schweres fiel mit einem gedämpften Laut auf den Waldboden. Nein!, dachte Josef und spürte, wie sich seine Schultern und Nackenmuskeln in Erwartung des unvermeidlichen Schlags verkrampften.

***

Es war still geworden im Mehringhof. Die Zeit des Wartens hatte begonnen. Es würde noch Stunden dauern, bis sie aufbrachen. Jan, Lukas und Schäng saßen beisammen und rauchten schweigend. Eine Angewohnheit, die sie aus ihrer Soldatenzeit mitgebracht hatten. Wein und Essen, das war nicht gut vor einer Schlacht. Aber eine Pfeife, die vertrieb die Zeit des Wartens und beruhigte.

»Ob der Junge schläft?«, fragte Lukas.

»Ich glaube schon. Ich habe seit der Versammlung nichts mehr von ihm gehört«, antwortete Schäng.

»Willst du ihn wirklich wecken, wenn wir losziehen?«

»Wir? Was heißt denn *wir*? Willst du mit deinem gebrochenen Bein mitkommen?«

»Ja, ich dachte …«, sagte Lukas. »Ich komme ja jetzt ganz gut mit dem Stock zurecht und –«

»Das ist so dumm, dass ich es kaum glauben kann«, unterbrach ihn Jan aufgebracht. »Du kannst nicht mit. Dein Bein würde sich entzünden, wenn du damit die ganze Nacht durch den Wald läufst.«

Lukas wurde bleich. »Das ist nicht deine Entscheidung. Ich würde beide Beine dafür geben, wenn ich mitkönnte! Du weißt ja nicht –«

Noch lauter fiel ihm Jan ins Wort: »Du wärst uns eine Last, mehr –«

Schäng nahm seine Pfeife aus dem Mund und klopfte sie so heftig aus, dass beide verstummten und ihn ansahen. Während Schäng seine Pfeife wieder stopfte, wandte er sich an Lukas.

»Ich hasse es, dass es so weit gekommen ist«, sagte er. »Ich wollte den Kampf nicht, aber nun ist er nicht mehr zu vermeiden. Doch was noch schlimmer ist, als in den Kampf zu ziehen, das ist, zurückbleiben zu müssen. Für dich ist es hart, Lukas.«

Er zündete seine Pfeife an. Erst als sie brannte, sprach er weiter: »Es tut mir leid für dich, und trotzdem bin ich auch froh darüber. Als ich heute mit den Männern redete, war mancher wütend, weil ich nicht vom Sieg, sondern von der Möglichkeit des Todes sprach. Aber ich denke, dass jeder die Stunden vor unserem Aufbruch auch dazu nutzen soll, seine Angelegenheiten entsprechend zu ordnen. Das trifft auch auf mich zu.« Ein warmes Lächeln, das in seltsamem Widerspruch zu seinen Worten stand, erschien in Schängs Augen. »Ich habe dich nicht darum gebeten, weil ich weiß, dass es nicht notwendig ist. Ich kenne dich und weiß, dass ich mich auf dich verlassen kann.«

Schäng sprach nicht weiter. Aber das war auch nicht notwendig. Lukas nickte. Er hatte verstanden.

»Ich würde mich um sie kümmern«, sagte er.

Schäng schob Lukas seine Tabaksbeutel zu. »Deine Pfeife ist ausgegangen.«

»Danke, aber wir Amsterdamer mögen ihn etwas stärker.« Lukas grinste seinen Bruder an. Der reichte ihm seinen Beutel.

»Stimmt. Was Schäng da raucht, das wäre in Amsterdam selbst den Frauen und Kindern zu schwach.«

***

Josef stand wie erstarrt, aber kein Schlag traf ihn. Er war sich sicher, dass der Graf mit kaltem Lächeln hinter ihm stand. Er spielt mit mir. Wie eine satte Katze mit der Maus.

Langsam drehte Josef den Kopf und sah über die Schulter. Doch einen Schritt hinter ihm stand Katharina und starrte ihn mit einer Mischung aus Verblüffung und Erleichterung an. Als sich ihre Augen trafen, schüttelte Katharina leicht den Kopf, als wolle sie ihre Verwirrung abstreifen, und sagte: »Josef, ich bin so froh.«

Josefs Anspannung löste sich etwas. Er drehte sich zu ihr um. »Was machst du hier?«

»Was *ich* hier mache? Was machst *du* hier? Ich hätte dich beinahe erschlagen«, sagte sie vorwurfsvoll. Sie wies mit dem Kinn zu Boden, und Josef sah zu ihren Füßen einen gut armdicken, drei Ellen langen Ast liegen. Den hatte er also eben fallen gehört. »Ich hatte solche Angst, als ich merkte, dass noch jemand im Wald war und dass er hinter mir herschlich. Als ich den Ast fand, habe ich ihn aufgehoben und mich versteckt, um meinem Verfolger aufzulauern.«

»Und um ihn mit einem Ast niederzuschlagen?«

»Nun, es wäre mir auch gelungen. Du bist an meinem Versteck vorbeigegangen, ohne mich zu bemerken. Aber warum verfolgst du mich?«

»Ich sah jemanden durch den Garten wegschleichen und konnte nicht erkennen, wer es war. Da bin ich hinterhergelaufen. Als ich merkte, dass derjenige in den Wald wollte, dachte ich ...« Josef brach ab und sah zu Boden.

»Und jetzt – denkst du jetzt, dass ich die Verräterin bin?«

»Nein, natürlich nicht«, sagte Josef.

»Du hast es heute Nachmittag gehört: Ich bin die Einzige, die Jäp finden kann. Und alle wollen verhindern, dass ich es auch nur versuche. Dabei kann ich mir kaum verzeihen, dass ich euch heute im Stich gelassen habe. Deshalb laufe ich durch diesen furchtbaren Wald ...«, Katharina sah Josef mit einem schiefen Lächeln an, »... obwohl ich mehr Angst habe, als ich dir sagen kann.«

Josef antwortete nicht.

»Josef! Bitte komm mit mir.« Sie zögerte, ehe sie weitersprach. »Ich bin den Soldaten heute Mittag entkommen. Jetzt fühle ich mich, als würde ich ihnen freiwillig in die Arme laufen. Eben musste ich mich zu jedem Schritt zwingen. Und ich muss es einfach versuchen! Ich muss Ellie, Siska und den anderen helfen.«

»Du willst zu Jäp?«

»Ja, ich glaube, dass ich den Weg zu seinem Lager wiederfinden kann. Aber ich schaffe es nicht allein.«

Josef sah den Weg entlang, der sich zwischen den Bäumen bergauf schlängelte. Mittlerweile war die Dämmerung hereingebrochen. Bevor sie die Anhöhe erreicht hätten, würde es dunkel sein. Angst nahm ihm den Atem. Plötzlich schmerzte seine Kehle wieder, und es fühlte sich an, als ob das Seil immer noch um seinen Hals läge.

Er umfasste mit seiner unverletzten Hand die Katharinas. »Lass uns losgehen«, sagte er.

Der Tag war heiß und wolkenverhangen gewesen, und auch jetzt war es noch schwül. Der Wald war an dieser Stelle lichter, doch am Himmel waren nur einige matte Sterne und die blasse, verschwommene Mondsichel wie durch einen Nebelschleier zu sehen.

Josef und Katharina waren stehen geblieben.

»Ich glaube, wir haben uns verlaufen. An der umgefallenen Buche sind wir schon mal vorbeigekommen«, sagte Josef.

Katharina betrachtete den Baum und nickte. »Es kommt mir auch so vor. Ich habe schon länger das Gefühl, nicht mehr zu wissen, wo es langgeht. Wir sind wohl im Kreis gegangen.« Sie setzte sich auf den Baumstamm und rieb sich den verletzten Knöchel. Er hatte sie während des Umherirrens mehr und mehr geschmerzt. Jetzt fühlte sie das Pochen ihres Blutes vom Fußgelenk bis in die Wade. »Peter hat recht gehabt. Ich kann Jäps Lager nicht wiederfinden. Es sieht alles so anders aus, als ich es in Erinnerung habe.«

»Weil damals Herbst war?«

»Ja, vielleicht. Und weil es dunkel ist. Möglicherweise würde ich es bei Tag finden. Aber bis dahin ist es zu spät.«

»Ja, bis dahin ist es zu spät«, wiederholte Josef leise.

Er klang wohl so hoffnungslos, dass Katharina sich aufrichtete. Betont munter sagte sie: »Ich habe nicht gesagt, dass ich aufgeben will. Lass mich nur einen Moment hier sitzen, dann gehen wir weiter. Ich habe zwar den Weg vergessen, aber wir sind nicht weit weg von Jäps Lager. Vielleicht hört er uns sogar.«

Josef sah in das dunkle Gehölz. Viel konnte man nicht sehen. Aber es war so still, dass ihre Schritte sicher noch weit zu hören waren. Ob da draußen in der Finsternis Jäp war? Jäp oder …

»Vielleicht hört uns auch jemand anderes«, sagte Josef mit gedämpfter Stimme.

»Daran denke ich schon genug. Trotzdem …« Katharina stand auf und ging weiter. Vorher war es Josef nicht aufgefallen, aber jetzt war deutlich zu sehen, wie sehr sie hinkte.

»Lass uns noch einen Versuch machen, dem Weg von dort an zu folgen, wo ich mir noch sicher war. Wir gehen zu den Feldern zurück. Sie müssten in dieser Richtung liegen.« Sie zeigte nach Osten, und Josef nickte. Von der Rodung aus hatten sie versucht, dem Weg, den Katharina im Herbst mit Ellie gegangen war, zu folgen. Katharina lächelte Josef an, und es sah nicht einmal allzu verzweifelt aus.

Sie machten sich wieder auf den Weg. Es war für beide nicht fremd, abseits aller Wege durch den Wald zu streifen, doch in der Dunkelheit wurden Wurzeln und Steine zu Stolperfallen. Ein Stein lockerte sich unter Katharinas Tritt, und ihr verletztes Fußgelenk knickte um. Sie stöhnte auf und wäre gefallen, wenn Josef sie nicht aufgefangen hätte. Er hielt sie in den Armen und spürte, wie ein leichtes Zittern durch ihren Körper ging. Da wurde ihm klar, wie erschöpft und verängstigt sie war und dass nur ihr Wille sie zwang, weiterzusuchen. Er ließ seinen Arm um ihre Taille geschlungen, legte ihren Arm über seine Schulter und führte sie so gestützt weiter.

Er hatte keinen Schritt, kein Knacken eines Zweigs, überhaupt nichts gehört, als Katharina plötzlich stehen blieb.

»Jäp! Hier, hier sind wir«, rief sie gedämpft in den Wald.

Josef folgte ihrem Blick. Kaum zehn Schritte von ihnen entfernt zeichnete sich die schwarze Silhouette eines hünenhaften Mannes gegen das nur wenig hellere Dunkel des Waldes ab. Erleichtert atmete Josef aus. Das musste Jäp sein. Er war der größte Mann, den Josef je gesehen hatte, da war jede Verwechslung ausgeschlossen. Jetzt, hier im Dunkel des Waldes, kam ihm seine Gestalt sogar noch gewaltiger vor. Aber warum blieb er so bewegungslos stehen? Warum antwortete er Katharina nicht?

»Jäp?«, rief nun auch Josef. Er spürte, wie sich Katharinas Hand in seine Schulter krallte.

»Komm, schnell. Weg hier«, flüsterte sie und versuchte ihn weiterzuziehen. Doch in diesem Moment begann sich die Gestalt zu bewegen. Sie sackte in sich zusammen, als ginge sie eilig in die Hocke. Dann brach sie krachend durch das Gebüsch und entfernte sich von ihnen.

»Der Bär«, sagte Katharina. »Das muss der Bär der Zigeuner gewesen sein. Ob er uns angreifen wollte?«

»Nein. Ich glaube, dass er Menschen sucht. Er ist gewohnt, dass Menschen für ihn sorgen. Aber uns kennt er nicht. Da hat er Angst bekommen und ist vor uns geflüchtet. Er ist wahrscheinlich nicht gefährlich.«

Das klang einleuchtend, und Josef hoffte nur, dass er recht hatte.

Als sie am Waldrand ankamen, und sich vor ihnen die weite, offene Rodung ausdehnte, war Josef so erleichtert, das Dunkel des Waldes hinter sich gelassen zu haben, dass er nur ungern daran dachte, dass sie dorthin zurückwollten.

Er stützte Katharina, während sie sich auf der grasbewachsenen Böschung niederließ, und setzte sich dann daneben. Obwohl die Nacht etwas kühler geworden war, war die Luft noch feucht, und sein Hemd klebte ihm schweißnass am Oberkörper. Sie saßen mit dem Rücken zum Wald und sahen über die freien Felder. Nach der Enge und Finsternis des Waldes war dies ein beruhigender Anblick, obwohl sich hier vor nur wenigen Stunden der Überfall abgespielt hatte.

»Jäps Lager kann gar nicht so weit von hier sein«, sagte Katharina.

»Wenn er dort war, müsste er doch etwas von dem Überfall mitbekommen haben. Wahrscheinlich hat er sich jetzt weiter in den Wald zurückgezogen.«

»Aber den Schuss, den müsste er durch den halben Wald gehört haben. Gleich, wo sein neues Lager jetzt ist.« Katharina strich sich die Haarsträhnen, die sich aus ihrem geflochtenen Kranz gelöst hatten, aus dem Gesicht und sah Josef an. »Er wäre uns doch sicher zu Hilfe gekommen, wenn er ihn gehört hätte?«

»Sicher.«

Heute war so viel geschehen, dass Josef noch keine Zeit gehabt hatte, darüber nachzudenken, warum Jäp nach dem Überfall nicht aufgetaucht war, aber Katharina hatte recht.

»Er muss es auch gehört haben, als die Glocken Sturm läuteten«, sagte er. »Warum ist er nicht ins Dorf gekommen?«

»Ich kann mir das auch nicht erklären. Wenn er auch meistens im Wald lebt, er ist doch ein Layer. Wenn im Dorf ein Feuer ausgebrochen wäre, dann wäre er sicher herbeigestürzt, um zu helfen.«

Das stimmt, dachte Josef. So haben sie ja auch die Männer von den Feldern herab ins Dorf gelockt. Die Sturmglocken rufen alle herbei, die helfen oder kämpfen können.

Jäp konnte nicht mehr im Wald sein, sonst wäre er auf jeden Fall ins Dorf gelaufen. Ihn hätten Tod und Teufel nicht abhalten können, dachte Josef. Kaum war ihm der Gedanke gekommen, da überfiel ihn eine schreckliche Idee. Tod und Teufel …, dachte er. Der Tod oder der Teufel oder beides in einer Person, das hätte ihn sehr wohl abhalten können.

Was hatte der Graf gesagt, während er Josef mit dem Strick halb aufhängte, halb strangulierte? Er mache gerade noch einen anderen »Versuch« dieser Art. Er hatte sich darüber gewundert, dass sein Opfer dies schon seit drei Tagen überlebe. Josef hatte vermutet, dass er einen seiner Männer so bestrafte, und er hatte Mitleid mit dem Mann gehabt, der so langsam und qualvoll sterben sollte. Doch jetzt war er fast sicher, dass der Graf von Jäp gesprochen hatte.

»Was hast du?« Katharina riss ihn aus seinen Gedanken. »Ist dir schlecht?« Sie hatte seinen Arm gefasst und sah ihm erschrocken ins Gesicht.

»Nein, es ist schon gut.«

Aber das war es ganz und gar nicht. Josef merkte, dass er vor Grauen fast vergessen hatte zu atmen. Er fühlte sich benommen und mit einem Mal auch furchtbar erschöpft. So musste er auch aussehen, wenn Katharina ihn so besorgt anblickte.

Trotzdem wiederholte er: »Mir geht es gut. Aber Jäp …« Josef zögerte. Vielleicht bildete er sich das alles nur ein. Vielleicht hatte der Graf nicht von Jäp gesprochen. So einen großen Kerl würde er doch nicht ohne Weiteres überwinden können. Er hoffte, dass nur die Dunkelheit und die Furcht ihm den Gedanken so überzeugend erscheinen ließen, wusste es aber besser.

»Ich fürchte, ich weiß, was Jäp abgehalten hat«, sagte er. »Du weißt, wie der Graf mich am Strick hängen ließ. Fast genauso schlimm wie das Seil um meinen Hals war seine Art, mit mir zu reden. Süß und doch krank machend, wie vergiftete Honigmilch. Er hat mir davon erzählt, dass gerade noch ein Mann auf diese Art von ihm langsam getötet würde.« Josef sprach nicht weiter.

Katharina sah ihn mit aufgerissenen Augen an. »Das würde es erklären. Was für ein grausamer Mensch! Dem sanften Jäp so etwas anzutun!« Sie sprang auf. »Wir müssen ihn finden. Wenn er noch lebt, können wir ihn retten!«

»Glaubst du, dass du diesmal den Weg findest?«

»Ich denke, dass ich schon an der falschen Stelle in den Wald hereingegangen bin. Lass uns am Waldrand entlanglaufen. Vielleicht erkenne ich den richtigen Punkt wieder.«

Schon ging sie hinkend, aber zielstrebig los, die Augen immer auf den Waldrand gerichtet. »Wenn ich nur irgendeinen Anhaltspunkt hätte. Ich habe damals wenig auf die Bäume geachtet. Ich erinnere mich nur an die Pilze, die wir ein paar Schritte vorher fanden.« Katharina ging leicht vorgebeugt, als würde sie den Waldboden auch jetzt nach diesen Pilzen absuchen. Damit würde sie jetzt allerdings wenig Erfolg haben.

Doch plötzlich atmete sie heftig ein.

»Da!«, sagte sie und zeigte auf etwas auf dem Waldboden, wenige Schritte vom Weg entfernt. Josef konnte zunächst nichts erkennen. Erst als er sich dicht neben Katharina stellte, sah er es weiß unter einem Farnbusch hervorleuchten: das Skelett einer menschlichen Hand. Wie gemalt lag es auf der dunklen Erde. Der Daumen und drei Finger waren leicht gekrümmt, und nur der Zeigefinger streckte sich zum Wald hin, als würde er auf etwas deuten.

***

Jan verzog das Gesicht. »Wenn die Soldaten das Dorf beobachten, dann wissen sie genau, dass wir heute Nacht gegen sie ziehen.«

Von der Straße klangen von Zeit zu Zeit Stimmen bis ins Haus, als wäre es nicht mitten in der Nacht, sondern der Nachmittag eines geschäftigen Arbeitstages. Das ganze Dorf war auf den Beinen.

Schäng hatte sich Stiefel angezogen und band sich nun den Degen um. Mit einem Blick nach oben sagte er: »Von Josef ist nichts zu hören. Wahrscheinlich ist er nach allem, was ihm heute zugestoßen ist, erschöpft eingeschlafen.«

»Wenn er von diesem Lärm nicht wach wird, muss er völlig erledigt sein.«

»In seinem Alter konnte ich auch auf einem fahrenden Rübenwagen schlafen. Wir sollten ihn hierlassen. Ich habe ihn ohnehin nicht gerne dabei. Er ist noch so jung.«

»Er wird morgen wütend sein, dass wir ihn nicht mitgenommen haben. Und Will wird sicher mitkommen. Er ist auch nicht älter als Josef.«

»Ich hoffe, dass er Gelegenheit hat, sich bei uns und möglichst vielen anderen darüber zu beschweren. Josef hat heute schon genug mitgemacht, außerdem ist er verletzt. Und ich möchte seinen Eltern nicht schreiben müssen, dass er erschlagen wurde.«

»Dann lass uns gehen, bevor die anderen mit einem lauten Schlachtlied ohne uns in den Wald ziehen.«

***

Einen Moment lang packte Josef das Grauen. Die skelettierte Hand lag da wie eine Warnung, wie ein Zeichen des Todes. Aber Katharina hatte ihren ersten Schrecken überwunden. Sie hob die Röcke an, stieg zwischen den Farnkräutern hindurch zu der Hand und ging in die Hocke. Josef folgte ihr zögernd.

Ohne den Blick von der knöchernen Hand zu heben, sagte Katharina leise: »Es ist seine Hand.«

»Wessen Hand?«

»Seine Hand. Die Hand, die ich dem jungen Soldaten abgeschlagen habe.«

»Das kann nicht sein. Das ist kaum länger als einen halben Tag her. Sie kann noch nicht bis auf die Knochen verfault sein.«

»Das ist sie auch nicht.«

Katharina knotete das Tuch, das sie um den Hals gebunden trug, auf. Dann breitete sie es neben der Hand auf dem Waldboden aus.

»Fass sie nicht an«, rief Josef schaudernd, als sie nach der Hand griff. Aber Katharina hörte nicht auf ihn. Sie nahm die Hand und legte sie vorsichtig auf das Tuch.

»Sieh«, sagte Katharina und hob ihm die Hand auf dem Tuch entgegen. »Sie ist noch frisch, und es ist noch nicht alles Fleisch weg. Es sah nur im Dunkeln so aus, weil die Knochen freiliegen. Ein Tier muss sie abgenagt haben. Seltsam, dass die Knochen so unberührt sind.«

Zögernd beugte sich Josef darüber. Tatsächlich war die Hand zum größten Teil, aber nicht restlos vom Fleisch befreit. Vielleicht hatte eine Elster oder eine Krähe von dem Fleisch gefressen, aber welches Tier könnte die feinen Knochen so sauber abgenagt haben, ohne sie zu verletzen, ja sogar ohne ihre natürliche Anordnung zu zerstören? Da konnte es nur eine Antwort geben.

»Nicht ein Tier«, sagte er. »Es waren Hunderte – eher noch Tausende.« Josef richtete sich auf und sah sich um. Und keine vier Schritte weiter, nahe am Waldrand, sah er, wonach er Ausschau hielt: einen Hügel, der ihm bis zur Taille reichte.

»Dort hinten, hinter dem Tannenstamm, ist ein Ameisenhaufen. Die haben schnell und gründlich gearbeitet.«

»Ein Ameisenhügel?« Katharina reckte den Hals. »Wie lange gibt es ihn schon? Ich meine: War er letzten Herbst schon dort?«

Obwohl Katharina viele Arbeiten wie ein Bauernmädchen verrichten konnte und sogar so gut mähte wie mancher Knecht, wurde Josef bei solchen Fragen klar, dass sie aus einer anderen Welt kam. Katharina hatte ihre Kindheit nicht auf Feldern und Wiesen verbracht wie er und alle anderen, die er kannte.

»Solch einen großen Hügel haben sie nicht erst in diesem Jahr gebaut. Der war letztes Jahr auch schon hier. Warum?«

»Ich erinnere mich, dass Ellie mich warnte, als wir in den Wald kamen. Sie zeigte mir einen Hügel und sagte, ich solle nicht hineintreten. Es würde brennen, wenn einen die Ameisen beißen.«

»Und du meinst, dass es dieser Ameisenhügel war?«

»Es war hier in der Nähe, und ich sehe keinen anderen.«

Vorsichtig faltete Katharina das Tuch über der Hand und knotete seine Ecken zusammen.

»Du willst sie doch nicht mitnehmen?«

Aber genau das hatte Katharina anscheinend vor. Sie hielt das kleine Bündel in ihrer Hand.

»Ich glaube, da sind wir langgegangen«, sagte sie, ohne Josef zu antworten, und ging los.

Josef folgte ihr. »Was willst du denn mit der Hand? Das ist nicht gut, sie dabeizuhaben«, sagte er.

Katharina ging zügig weiter und antwortete nicht.

»Lass sie hier! Weißt du denn nicht, dass Hexen die Hand eines Menschen für ihren bösen Zauber benutzen? – Vor allem die Hand eines Mörders, die soll –«

»Es ist nicht die Hand eines Mörders.«

»Wie kannst du das wissen? Er zieht mit Räubern und Mördern umher. Er wird kein Heiliger sein.«

»Kein Heiliger …«, wiederholte Katharina und blieb stehen. Sie wartete, bis Josef sie eingeholt hatte.

»Ich weiß selbst nicht so genau, warum ich die Hand mitgenommen habe«, sagte sie. »Es kam mir so grausam vor, dass die Hand eines Menschen, der noch lebt, im Wald liegen soll, den Tieren zum Fraß. Und ich habe sie ihm abgeschlagen. Ich bin schuld.« Katharina sah auf das zusammengebundene Tuch, nach einem kurzen Zögern fuhr sie fort: »Aber da ist noch etwas anderes. Ist dir nicht aufgefallen, wie die Hand dalag? Sie deutete in den Wald, genau in die Richtung, in die wir gehen müssen.«

»Das ist ein Zufall.«

»Ja, ich weiß. Das klingt wie eine der Zaubereigeschichten von Wiena. Ich wollte auch gar nicht mit dir darüber reden. Aber mir war so, als würde uns die Hand den Weg weisen. Das kam mir selbst ziemlich dumm vor. Doch jetzt hast du gesagt, dass er sicher kein Heiliger ist, und ich musste an die Reliquien denken, die ich in Köln gesehen habe. – Du weißt doch, was Reliquien sind?«

»Natürlich. Das ist etwas von Heiligen, Kleider oder …«, Josef zögerte, »… oder Knochen.«

»Ich war als Mädchen zwei Jahre lang in Köln, im heiligen Köln. Schäng hat Jan mit mir dorthin geschickt, als ich zu alt war, um mit dem Tross zu ziehen, weil Köln als besonders sichere Stadt galt. Sie wurde nicht erobert. Viele sagen, weil sie unter dem Schutz der Heiligen Drei Könige steht. Aber in Köln ist nicht nur der Schrein der Heiligen Drei Könige, dort gibt es auch viele andere Reliquien. Und zu besonderen Feiertagen werden sie den Gläubigen gezeigt. Ich habe eine Hand von einer der elftausend Jungfrauen gesehen. Die Knöchelchen waren so fein und so weiß wie aus Elfenbein geschnitzte Schmuckstücke. Sie waren mit Silberdraht auf einem Kissen aus rotem Samt befestigt. Unsere Wirtin hat mir erzählt, dass man der Heiligen einen Ring verehren müsse, dann werde sie einen vor jedem Fehlweg bewahren. Ich war noch ein halbes Kind, und die Geschichte hat mich damals tief beeindruckt.

Bevor wir auf die Hand stießen, war ich so unsicher, in welche Richtung wir gehen sollten. Ich kann nicht anders, ich muss daran glauben, dass wir dem Weg folgen sollen, den sie uns gezeigt hat.« Katharina sah Josef mit großen Augen an. In dem blassen Mondlicht, hier am Waldrand, sah sie sehr jung aus. Josef wusste plötzlich, dass sie ihm dies alles erzählt hatte, obwohl sie fürchtete, dass er sie auslachen würde.

»Dann sollten wir uns beeilen«, sagte er.

Als sie die riesige Gestalt hinter dem Gestrüpp sahen, erschraken sie. Sie konnten nur einen regungslosen schwarzen Umriss vor dem kaum helleren Hintergrund des Waldes ausmachen. Ruhig, wie ein überlebensgroßes Steinbild, stand sie dort. Einmal hatte sie das verängstigte Tier verschont. Aber sie wollten ihr Glück kein zweites Mal herausfordern.

»Der Bär«, flüsterte Josef, halb warnend, halb fragend.

Es dauerte einen Moment, bevor Katharina antwortete.

»Nein«, sagte Katharina plötzlich und lief heftig hinkend los. »Nein, diesmal ist es Jäp.«

Als Josef kurz nach ihr bei ihm ankam, wusste er, dass sie zu spät gekommen waren. Jäp hing leblos an einem Strick. Katharina hatte keinen Augenblick gezögert und den hünenhaften Mann umfasst, um ihn anzuheben, damit sich der Strick um seinen Hals lockerte.

Genau das hat Will bei mir gemacht, dachte Josef. Wie viel später hätten sie kommen müssen, dass auch ich tot an dem Seil gehangen hätte?

»Hilf mir!«, keuchte Katharina. »Mach schon!«

Katharinas Kraft hatte nicht ausgereicht, um Jäps Gewicht zu stemmen. Alles, was sie erreicht hatte, war, dass sich der massige Körper schlaff gegen sie lehnte und sie fast umdrückte. Keine Eile würde Jäp mehr helfen können. Trotzdem musste er Katharina beistehen. Aber sie würden ihn auch zu zweit nicht so weit heben können, dass sie die Schlinge lösen könnten. Josef zog mit links das Messer aus der Scheide und presste den rechten Unterarm unter Jäps Achselhöhle, um seinen Fall so weit zu bremsen, dass sein Körper Katharina nicht umriss.

Er kann noch nicht lange tot sein, dachte er. Da ist noch Wärme in ihm.

Er setzte das Messer an, und mit einem schnellen Schnitt

durchtrennte er das noch immer leicht gespannte Seil. Schwer fiel der tote Körper auf seinen Arm, und der Stoß durchfuhr sein verletztes Handgelenk wie ein Schlag. Auch Katharina konnte Jäps Leiche nicht halten, aber es gelang ihnen, seinen Aufprall sanfter werden zu lassen. Trotzdem schlug Jäp mit der Seite hart auf den Boden. Wie ein großes verendetes Tier lag er zusammengekrümmt vor ihren Füßen.

Es tat weh, Jäp so zu sehen.

»Er ist tot?« Katharinas Stimme zitterte, und hinter ihrer Frage stand bereits die hässliche Gewissheit. Josef brauchte nicht zu antworten.

»Was tun wir jetzt?«, fragte er stattdessen.

»Ich weiß es nicht.«

Es mochte nur eine kurze Zeit gewesen sein, die sie zu spät gekommen waren. Vielleicht, wenn sie nicht gerastet hätten, wenn … Nein, es half nichts, darüber nachzudenken.

»Wir können jetzt nichts für ihn tun. Und er kann uns nichts mehr sagen. Wir werden ihn morgen holen. Lass uns zurückgehen«, sagte Josef.

»So lasse ich ihn nicht liegen. Nicht mit diesem Strick um den Hals.« Katharina kniete sich neben Jäps Körper. Sie tastete nach dem Seil, das Jäps Hals einschnürte, und versuchte, den Knoten zu lösen. Aber er hatte sich zu fest zugezogen.

»Gib mir das Messer«, sagte sie und streckte Josef die Hand entgegen, ohne aufzusehen.

Vorsichtig drückte ihr Josef den Messergriff in die Hand und ging dann neben ihr in die Hocke.

Katharina presste mit zwei Fingern das geschwollene Fleisch an Jäps Hals zurück und schob dann das flache Messer unter den Strick.

Plötzlich atmete sie laut ein und hielt einen Moment inne. Ohne den Strick zu durchtrennen, blieb sie völlig regungslos, den Blick fest auf einen unsichtbaren Punkt irgendwo in der Finsternis gerichtet, so als ob sie lausche. Dann trennte sie den Strick mit einem raschen Schnitt durch und warf ihn achtlos zur Seite. Erneut legte sie ihre Hand auf Jäps Hals.

Josef sah ihr stumm zu und wagte nicht zu fragen, ja noch nicht einmal zu hoffen.

Katharina schien eine Ewigkeit in dieser Stellung zu verharren. Dann beugte sie sich vor und hielt ihre Wange so dicht an Jäps Mund, als erwarte sie einen Kuss von ihm.

Endlich richtete sie sich auf und sah Josef an. »Er lebt …!«, sagte sie. Ein kleines Lächeln zwischen Glück und Angst zuckte kurz um ihre Lippen.

Sie sahen sich wortlos an. Unten im Dorf machten sich die Männer zum Kampf bereit. Katharinas Plan war gescheitert. Sie konnten nicht mehr hoffen, ihnen Jäp oder die Nachricht über das Soldatenlager zu bringen. Sie konnten dort nicht mehr helfen, aber sie hatten ihren eigenen Kampf gefunden: Sie würden um Jäps Leben kämpfen. Und wenn sein Mörder wiederkäme, wären sie da, um Jäps Schlaf zu bewachen.

Jäps großer Körper lag so verdreht, wie er gefallen war, auf dem Waldboden. Sein Gesicht sah in dem schwachen Nachtlicht grau und leblos aus wie verwitterter Stein. Trotz des Bartes war deutlich zu sehen, dass seine Wangen eingefallen waren. Sein Mund war halb geöffnet, die Lippen waren aufgesprungen und mit weißem Schorf verkrustet. Selbst hier im Schatten der Bäume musste es in den letzten Tagen sehr heiß gewesen sein. Allein drei Tage ohne Wasser hätten eigentlich jeden Menschen töten müssen.

»Einer von uns muss Wasser holen«, sagte Katharina, als hätte sie Josefs Gedanken gelesen.

»Das mache ich. Es wird aber etwas dauern. Oder kennst du eine nähere Quelle als die hinter den Feldern?«

»Sein Lager!« Katharina fasste Josefs Arm. »Es ist ganz hier in der Nähe. Da wird er irgendeinen Behälter mit Wasser haben. Warte hier!«

Sie richtete sich rasch auf und machte einen Schritt. Aber sofort sackte sie mit einem leisen Stöhnen in die Knie. »Es ist wohl doch besser, wenn du gehst. Ich kann dir den Weg beschreiben.«

Ohne Katharinas Anweisungen hätte Josef einen Schritt neben Jäps Lager vorbeigehen können, ohne es zu bemerken. Es glich eher einer Bärenhöhle als einer Hütte. Hinter dichtem Brombeergestrüpp befand sich eine natürliche, etwa mannstiefe Mulde, die mit Büschen bewachsen war. Dort hatte sich Jäp eingerichtet. Selbst als Josef hinter den Brombeerbüschen stand und die Mulde überblickte, glaubte er zunächst, Jäp müsse sein Lager verlegt haben, so gut verborgen und der Umgebung angepasst war sein Unterschlupf. Er war aus Ästen und Zweigen errichtet und vielleicht drei Schritt breit und vier lang. Als Unterstand konnte er kaum bezeichnet werden, weil er höchstens kindshoch war. Die umstehenden Büsche überragten ihn, breiteten ihre Zweige über ihm aus und machten ihn so fast unsichtbar.

Josef kletterte hinab. Es war noch nicht einmal ein Trampelpfad zu erkennen, der zum Eingang führte. Jäp hatte sein Lager wirklich sorgfältig versteckt. Behutsam schlüpfte Josef zwischen den Büschen durch und achtete darauf, möglichst keine Zweige zu knicken. Der Ast eines Haselnussbuschs wuchs über den Eingang des Tunnels und bedeckte ihn. Josef hob ihn an und schaute hinein. Die seltsame Behausung sah karg, aber anheimelnd aus. Der Boden war mit trockenem Laub bedeckt. Darauf waren zwei Decken so einladend ausgebreitet, dass Josef sich plötzlich sehr müde fühlte. An den Wänden waren verschiedene Gerätschaften ordentlich aufgereiht. Gleich am Eingang fand Josef, was er suchte: einen kleinen Lederbeutel, der mit Wasser gefüllt zu sein schien. Doch als Josef ihn öffnete und daran roch, merkte er, dass er weder Wasser noch Wein enthielt, sondern eine bittere, aber nicht unangenehm riechende Flüssigkeit. Schon wollte er sie ausgießen, um den Beutel zum Wasserholen zu benutzen, als er weiter hinten noch einen größeren Lederbeutel liegen sah. Josef zog ihn hervor. Der Beutel war halb gefüllt. Josef roch an dem Inhalt und kostete ihn dann vorsichtig: reines, klares Wasser.

Josef pfiff leise wie ein Rotkehlchen, als er in Katharinas Hörweite war. Sie hielt Jäps Kopf in ihrem Schoß und sah suchend in seine Richtung. Als sie Josef bemerkte, lächelte sie.

»Er hat vorhin die Augen geöffnet«, rief sie ihm leise entgegen.

Josef hockte sich neben die beiden und öffnete den Lederschlauch. Aber wie sollte er dem bewusstlosen Jäp das Wasser einflößen?

»Hast du ein Tuch?«, fragte Katharina.

»Nein, wozu?«

Statt zu antworten, befahl sie: »Reiß ein Stück von deinem Hemd ab.«

Josef nahm das Messer, schnitt einen handbreiten Streifen vom Saum seines Hemdes ab und reichte ihn ihr.

»Gib mir das Wasser«, sagte sie.

Katharina befeuchtete den Stoffstreifen und wischte vorsichtig über Jäps Mund. Dann tränkte die den Stoff erneut mit Wasser und betupfte langsam seine Lippen. Kaum merklich begann sich Jäps Mund zu bewegen. Katharina nahm den Wasserschlauch, tränkte den Stoff nochmals und presste ihn direkt über Jäps Mund aus, sodass einzelne Tropfen auf und zwischen seine Lippen fielen.

Jäp schluckte, und Katharina lachte leise auf.

Sie griff nach dem Wasserschlauch und setzte ihn sehr flach an Jäps Lippen. Vorsichtig goss sie einen winzigen Schluck in seinen Mund. Und wieder schluckte Jäp. Noch dreimal wiederholte sie das. Jäp schluckte das Wasser, öffnete jedoch nicht die Augen. Dann setzte sie den Schlauch neben sich ab.

»Gib ihm mehr«, sagte Josef. »Er wird den ganzen Beutel leer trinken können.«

»Es ist gefährlich. Wenn man Menschen zu trinken gibt, die die Besinnung verloren haben, können sie leicht ersticken.«

Josef wunderte sich, woher Katharina so genau wusste, wie sie Jäp behandeln musste. Aber dann fiel ihm ein, dass sie nicht immer als Erbin auf einem Bauernhof gelebt hatte. Jahrelang war sie mit dem Tross eines großen Heeres durch das Land gezogen. Sie kannte Verletzte und Sterbende. Ihre Pflege war ihr so selbstverständlich wie ihm das Kaninchenfüttern.

Und wirklich schien Jäp von der winzigen Menge Wasser, die er zu sich genommen hatte, etwas gestärkt zu sein. Sein Mund bewegte sich wieder. Dann bebten seine Augenlider, bevor sie sich zitternd öffneten. Er sah direkt in das Gesicht Katharinas, die sich lächelnd über ihn beugte.

»Still«, sagte sie sanft, als er mühsam zu sprechen versuchte. Wieder nahm sie den Schlauch und hielt ihn ihm an die Lippen. Nun ließ sie ihn mehrere Schlucke trinken. Das Trinken strengte ihn an, und er atmete schwer, als sie den Schlauch wieder wegnahm. Katharina wartete, bis sich sein Atem beruhigt hatte, bevor sie ihn nochmals trinken ließ.

»Du solltest nicht zu viel auf einmal trinken«, sagte sie dann. Die ganze Zeit hatte sie den Blick nicht von seinem Gesicht abgewandt. »Jetzt wird alles gut«, sagte sie im Tonfall einer Mutter, die zu ihrem kranken Kind spricht. Jäp schloss die Augen.

Katharina sah strahlend zu Josef hin. Die Freude über Jäps Rettung schien für einen Moment all ihre Sorgen verdrängt zu haben. Dann beugte sie sich wieder über Jäp und strich ihm zart über die Stirn.

»Hör mir zu«, sagte sie ruhig, fast einschläfernd, und ihre Stimme wollte so gar nicht zu dem passen, was sie erzählte. »Heute wurden Frauen aus Lay von den Soldaten entführt.« Als Jäp versuchte, den Kopf zu heben, legte sie ihm die Hand auf die Stirn. »Lass die Augen zu und bleib liegen. Sie halten die Frauen in ihrem Lager gefangen. Wenn du sprechen kannst, dann sag uns, wo das Lager ist.«

Jäp bewegte seinen Kopf. Ein kaum merkliches Nicken.

Zunächst hatte Jäp fast keine Gewalt über seine Stimme, doch dann, heiser und stockend, brachte er nach und nach verständliche Worte hervor.

»Lauf ins Dorf, Josef. Vielleicht schaffst du es noch!«, sagte Katharina, als Jäp geendet hatte.

»Aber du … Was wird mit dir? Ich kann dich und Jäp doch nicht allein lassen.«

Katharina lächelte halbherzig. »Es geht nicht anders. Renn so schnell du kannst, damit hilfst du uns am meisten.«

Jäp gab ein hässliches, trockenes Räuspern von sich.

»Katharina … gib mir … Trank.«

Er sprach jetzt lauter und drängender, aber seine Stimme klang gequält. Das Sprechen musste ihm große Schmerzen bereiten. Katharina griff nach dem Wasserschlauch, doch Jäp machte eine matte verneinende Bewegung.

»Lager … Trank«, sagte Jäp noch einmal eindringlich und schloss dann erschöpft die Augen.

»Ein Trank aus dem Schwedenlager?« Katharina sah Josef verwirrt an.

»Nein, in seinem Lager habe ich noch einen anderen Schlauch gesehen, einen kleineren. Darin war irgendeine bittere Flüssigkeit. Vielleicht ist das ein Mittel gegen Krankheit oder Erschöpfung. Du weißt ja, dass Jäp sich mit so etwas auskennt. Sicher will er das.«

Sie sahen beide in Jäps Gesicht, um darin ein Zeichen der Zustimmung zu lesen, aber er war wieder in tiefen, ohnmächtigen Schlaf gesunken.

»Soll ich das Mittel holen?«, fragte Josef.

»Nein.« Katharina hob Jäps Kopf an und bettete ihn vorsichtig von ihrem Schoß auf den weichen Waldboden um. »Wir haben nicht die Zeit dazu. Lauf du zurück ins Dorf. Ich werde es schon bis in Jäps Lager schaffen. Gib mir deine Hand.«

Josef half ihr, aufzustehen. Er musterte sie zweifelnd, wie sie, nur das rechte Bein belastend, vor ihm stand.

»Hab keine Angst, es geht schon. Du musst dich beeilen! Und sag niemandem, dass ich im Wald bin. Schäng würde lieber alles abblasen, als mich allein hierzulassen.« Dann beugte sie sich vor, bis ihre Lippen zart seine berührten, und hauchte einen Kuss auf Josefs Mund.

»Pass gut auf dich auf heute Nacht«, sagte sie ernst.

Josef wollte antworten, aber so sacht die Berührung ihres Mundes auch gewesen war, er glaubte immer noch ihre Lippen auf den seinen zu spüren, weich wie Rosenblätter. Ungläubig berührte er sie mit den Fingerspitzen, während er zusah, wie Katharina sich umdrehte und hinkend ihren Weg antrat.

Josef rannte den Bergweg hinab, wie er noch nie zuvor in seinem Leben gerannt war.

Quer durch den Wald hatte er noch auf seinen Weg achten müssen, um nicht in der Dunkelheit zu stolpern. Das war ihm schmerzhaft klar geworden, als sich sein Fuß nur wenige Schritte, nachdem er losgelaufen war, in einer Wurzel verfangen hatte. Er war von seiner eigenen Geschwindigkeit nach vorne geschleudert worden und lang gestreckt auf die Erde geprallt. Doch er hatte Glück gehabt: Die Wurzel hatte seinen Fuß bei dem Sturz freigegeben, und er hatte nur ein paar Schürfwunden abbekommen. Von da an lief Josef vorsichtiger durch den Wald und zwang sich, auf den Weg zu achten.

Doch als er schließlich aus dem Wald und zum Bergweg kam, da ließ er seiner Hast freien Lauf. Er rannte, wie vielleicht nur ein fünfzehnjähriger Junge rennen kann: Er stürzte den Weg ins Tal hinab, ohne Pause, ohne anzuhalten, ohne seine Geschwindigkeit auch nur zu verlangsamen, bis er die ersten Häuser des Dorfs erreicht hatte. Erst da bremste Josef seinen Lauf und ging keuchend weiter.

Waren die Männer schon aufgebrochen? Drei Stunden nach Einbruch der Dunkelheit sollte es losgehen, hatte Fährfranz gesagt. Josef kam es vor, als wäre eine Ewigkeit vergangen, seit es dunkel geworden war. Es war so viel geschehen, dass es ihn nicht gewundert hätte, wenn die Sonne schon aufgegangen wäre. Unwillkürlich trat er leise auf und ging lauschend durch das nächtliche Dorf. Aber es war so still, dass seine Hoffnung sank.

Er war noch eine Straße weit vom Fährhaus entfernt, als er erkannte, dass er noch rechtzeitig gekommen war. Gedämpftes Stimmengewirr klang durch die Nacht. Vor dem Fährhaus stand ein Pulk von etwa zwanzig Männern und Frauen, die sich um die offene Tür drängten. Das Häuschen selbst war so überfüllt, dass sie nicht mehr hineinkonnten.

Mit entschiedenem »Ich muss durch, Schäng wartet auf mich« gelang es Josef, sich durch das Gedränge vor dem Haus und in dem engen Flur zu schieben, bis er vor Schäng und Jan stand.

»Na, Junge, bist du doch aufgewacht? Du hättest ...«, sagte Jan. Aber als er Josefs Gesicht sah, stockte er und fragte: »Was ist los?«

Da erzählte Josef von seiner Suche nach Jäp und dass er nun wusste, wo das Soldatenlager lag. Ohne direkt zu lügen, vermied er, Katharina zu erwähnen. Während er sprach, hörten ihm immer mehr der Umstehenden zu, bis schließlich alle schwiegen und lauschten.

»Ich weiß genau, wo das ist! Wir brauchen nicht lange bis zu dem Lager«, sagte der Fährmann, nachdem Josef die Beschreibung Jäps möglichst wortgetreu wiederholt hatte. »Schon in einer Stunde werden wir diese Hunde in die Hölle geschickt haben!«

Er reckte eine geballte Faust in die Luft, so hoch, wie es in dem niedrigen Raum möglich war, und andere folgten seinem Beispiel. Kämpferische Rufe und zuversichtliches Lachen wurden laut.

Lukas drängte unter nicht allzu rücksichtsvoller Handhabung seiner Krücke bis zu Josef vor und klopfte ihm mit seiner freien Hand auf die Schulter.

»Junge, du bist mir ein Teufelskerl! Wenn ich dieses Ding hier los wäre, ich schwöre bei allen elftausend Jungfrauen des heiligen Kölns, wir beide allein würden der Bande einen Schrecken einjagen, dass sich von ihnen nie wieder einer an der Mosel sehen ließe!« Er schüttelte den Kopf. »Ein richtiger Teufelskerl«, wiederholte er. »Ganz allein mitten in der Nacht in den Wald zu gehen.«

Auch Will hatte sich zu Josef durchgekämpft. Mit einer Mischung aus Bewunderung und Neid sagte er: »Du hättest mich mitnehmen sollen. Ich wäre mit dir gegangen. Ich hätte auch keine Angst gehabt.«

29. auf 30.6.1650, die Nacht nach Peter und Paul

ALTE FEINDE

Selbst jetzt, mitten in der Nacht, war die Luft noch immer drückend warm und wurde immer feuchter.

Dicht an dicht stiegen sie, eine lange Reihe von über vierzig Männern, den Ankerpfad hinauf. Sie gingen langsam und schweigend. Fast lautlos bewegten sie sich. Von der anderen Seite der Mosel würde der Zug, der tief in der Nacht den Berg hinaufkroch, wie eine Prozession aussehen, die in nächtlicher Buße einen Kreuzweg abschritt. Doch statt Kreuzen und Fahnen wurden in dieser Prozession scharf geschliffene Sensen, spitz zugefeilte Mistgabeln und grobe Dreschflegel getragen.

Der Ankerpfad war ein schmaler Fußweg, der nicht weit von Lay an der Moselstraße begann. Die sanft ansteigende Senke, in der das Dorf lag, war hier den steilen, felsigen Hängen gewichen, in denen der Hunsrück zur Mosel hin abfiel. Schräg diesen Hang durchquerend, führte der Pfad durch Weinberge bis zum Waldrand und weiter über die Höhe bis zur Kartause oberhalb der Stadt Koblenz hinauf. Es war ein steiniger und streckenweise atemberaubend steiler Pfad. Trotzdem war er früher häufig benutzt worden, denn er war für jeden, der ohne Pferd oder Wagen unterwegs war, der schnellste Weg von Lay nach Koblenz. Durch das Überqueren des Höhenzugs konnte man die weite Moselschleife abschneiden.

Doch in den Kriegsjahren und auch in den unsicheren Zeiten danach mieden die Layer den Weg und zogen die weitere, aber sicherere Strecke an der Mosel entlang vor. So war der Pfad jetzt von Wegerich und Gras überwachsen, und vom Regen ausgewaschene Steine lagen lose herum.

Aus diesem Grund hatten die Männer wie demütige Mönche die Blicke zu Boden gesenkt. Denn als sie bereits ein Stück des Wegs hinaufgestiegen waren, hatte sich ein Stein unter einem Tritt gelöst, war zunächst den Weg entlanggerollt, um dann den steilen Weinberg hinabzupoltern, schneller und immer schneller, bis er endlich am Fuß eines Rebstocks zum Halten gekommen war. Es war kein sehr großer Stein gewesen, und tagsüber wäre sein Fallen kaum bemerkt worden, doch nun schien sein Aufschlagen durch die stille Nacht zu dröhnen wie ein Trommelsignal. Der ganze Zug hielt beim ersten Geräusch wie auf ein Kommando hin an, und alle lauschten dem krachenden Sturz des Steines. Keiner rührte sich. Und als der Stein, endlich, liegen blieb, da lauschten sie weiter und tauschten schweigend besorgte Blicke. War etwas aus dem Wald zu hören? Hatte der Lärm ihren Anmarsch verraten? Auf der linken, zur Mosel hin abfallenden Seite des Weges lagen die offenen Terrassen der Weinberge, aber rechts, zum Berg hin, reichte schon das dunkle Unterholz bis an den Pfad. Wer konnte wissen, ob sie nicht von dort aus beobachtet wurden?

Doch alles blieb still. Die Nacht war so ruhig, dass man aus dem Tal das leise Anschlagen der Moselwellen ans Ufer hören konnte. Irgendwo in der Ferne zirpte eine späte Grille.

Franz, an der Spitze des Zugs, winkte mit einer weit ausholenden Armbewegung, und die schweigende Prozession setzte sich wieder in Bewegung. Von nun an achtete jeder genau darauf, wohin er den Fuß setzte.

Sie hatten beinahe den Waldrand erreicht und das Gebiet der Weingärten mit dem freien Blick auf den Fluss hinter sich gelassen, als Will heftig an Josefs Ärmel zupfte.

»Da!«

Sein Ausruf war nur ein atemloses Flüstern gewesen, aber er war in dieser angespannten Stille doch laut und eindringlich genug, um nicht nur Josef aufzuschrecken. Immer noch hielt Will Josefs Ärmel gefasst, während er mit der anderen Hand bergwärts zeigte.

»Da!«, flüsterte Will noch einmal.

Nun konnte es auch Josef erkennen. Auch die anderen mussten, wenn ihre Blicke Wills Finger folgten, den mächtigen Schatten eines sehr großen Mannes im Halbdunkel des Dickichts sehen. Still stand er da, nur ein leichtes Schwanken verriet, dass es sich nicht um einen mannshohen Felsbrocken handelte. Doch Josef war sich sicher, dass nur er sofort wusste, was da vor ihnen stand.

Ein matter Lichtstrahl ließ plötzlich ein Auge unheimlich aus dem Dunkel aufleuchten. Josef sah aus dem Augenwinkel, wie

Paul unter seine Jacke griff und eine Muskete hervorzog. Offenbar hatte er seine Waffen nicht bei dem Überfall auf das Fährhaus verloren.

Schon hatte Paul ein Papiertütchen voll Pulver in der anderen Hand. Sicher, wenn sie wirklich entdeckt wären, wenn ihr Angriff nicht mehr geheim wäre, dann konnte auch ein Schuss, der durch den Wald hallte, nicht schaden und vielleicht schon den ersten ihrer Feinde erledigen. Aber so war es nicht! Ungeduldig befreite sich Josef von Will, der ihn immer noch am Ärmel festhielt, und glitt, so schnell und lautlos er konnte, zu Paul.

»Lass das Pulver«, sagte er leise. »Es ist nur der Bär.«

Paul sah zu der dunklen Silhouette im Gestrüpp, die wie zur Bestätigung plump hin und her schwankte.

»Wird er uns angreifen?«, flüsterte Paul.

Josef schüttelte den Kopf. »Nicht wenn wir ihn in Ruhe lassen. Ich habe ihn vorhin schon im Wald gesehen. Er hat mir nichts getan.«

Paul schien es nun erst aufzufallen, dass er einen Jungen, dazu noch den Neffen Schängs, um Rat gefragt hatte. Ohne auf Josefs Antwort zu reagieren, sah er fragend zu Fährfranz. Der zuckte nur mit den Schultern und bedeutete mit einem Kopfnicken, dass der Trupp weiterziehen solle.

Doch Josef hatte sich getäuscht. Kaum hatten sich die Männer wieder in Bewegung gesetzt, stieß der Bär ein Brummen aus, richtete sich zu seiner vollen Größe auf und hob eine Pranke. Auf den Hinterbeinen machte er einen Schritt auf die Gruppe zu.

Im dämmrigen Licht sah er riesig und bedrohlich aus.

»Ganz friedlich, wie?«, zischte Paul Josef zu und zog seine Muskete wieder hervor.

»Nicht!« Erstaunlicherweise konnte der Fährmann auch flüstern. Aber selbst dann klang seine Stimme so bestimmt, dass Paul recht kleinlaut zurückraunte: »Er wird uns angreifen.«

»Kein Lärm! Ein Schuss, und die Schweden erwarten uns.«

Der Bär machte zwei weitere Schritte auf sie zu. Er war jetzt aus dem Dickicht in das matte Sternenlicht getreten. Wie anders er aussah als bei dem Fest! Wild und zornig! Und er war verwundet. Sein linkes Auge war zugeschwollen, das Fell darunter war schwarz von getrocknetem Blut. Das Lederband, das seine Schnauze als

Beißschutz umspannt hatte, hing durchgerissen an dem Band um seinen Hals. Als der Bär wieder knurrte, zog er die Lefzen zurück und zeigte erschreckend lange, gelbbraune Zähne.

Der Fährmann trug seine Hellebarde mit sich, eine lange Lanze, an deren oberen Ende sich eine beilartige Klinge mit Reißhaken befand. Mit dieser schon seit vielen Jahren veralteten Waffe, die durch den Spieß und die Pike verdrängt worden war, hatte ihn Josef auch in seiner ersten Nacht in Lay gesehen.

Ganz langsam senkte er die Hellebarde, sodass die Spitze auf den Bären gerichtet war. Er packte sie fest mit beiden Händen, die linke vor der rechten, und presste das Ende zwischen den rechten Oberarm und seinen Körper. Er stemmte die Beine auf den Boden und beugte sich leicht nach vorne. Widerwillig bewunderte Josef den Mut des Fährmanns. Er war ein starker Mann, aber einem Angriff des Bären würde er kaum standhalten können.

Ein leises, metallisches Geräusch ließ Josef sich umsehen: Jan hatte seinen Degen aus der Scheide gezogen. Auch in vielen anderen Fäusten sah er blanke Klingen. Franz würde den Bären nicht allein erlegen müssen.

Auch Schäng hatte seinen Degen gezogen, aber er sah nicht sehr zuversichtlich aus.

»Der Kampf darf nicht laut werden«, flüsterte er.

»Wir werden ihn schnell töten«, antwortete Franz ebenso leise.

»Es ist gefährlich. Wenn der Bär brüllt ...«

»Dann überrede doch den Bären, uns in Ruhe zu lassen, wenn du das kannst«, zischte Paul.

Und eben das geschah: Doch nicht Schäng war es, der mit dem Bären sprach. Wie durch einen Zauber schwebte plötzlich ein lieblicher Ton durch die Nacht. Es war, als ob eine Nachtigall erwacht wäre. Aber das war kein Nachtigallengesang, das wusste Josef. Er schaute sich nach der Quelle des silberhellen Tons um.

Dort, am Wegrand, stand der alte Esau. Er hielt eine kleine Flöte an die Lippen. Ruhig, als bliese er ein Liedchen auf einer Sommerwiese, spielte er sein Instrument. Der Ton ging in eine leichte und flüsterleise Melodie über. Weit würde sie nicht zu hören sein, und in einiger Entfernung musste sie wirklich wie das ferne Zwitschern eines erwachten Vogels klingen.

Doch das Tier erkannte die Melodie wohl: Es war die zauberhafte Musik, die die Zigeuner gespielt hatten. Seit einer Woche irrte der Bär allein, ohne die Menschen, die sich immer um ihn gekümmert hatten, durch den Wald. Irgendwer oder irgendetwas hatte ihn verletzt. Er hatte Schmerzen, war hungrig, verängstigt und zornig, doch nun hörte er Töne, die er gut kannte. Wenn sie erklangen, musste er tanzen, dann wurde er gelobt und auch belohnt. Der Bär glich nun mehr dem Tier, das sie auf dem Fest gesehen hatten. Er blieb auf den Hinterbeinen stehen, aber er kam nicht angreifend auf sie zu, sondern schwankte zunächst und begann dann, sich langsam zu der Musik zu drehen.

»Kommt, weiter«, flüsterte Schäng drängend.

Vorsichtig setzte sich der Zug wieder in Bewegung. Die Männer gingen langsam, traten leise auf und belauerten den Bären, bis sie ihn passiert hatten. Immer noch spielte Esau die magische Weise, die das Tier im Tanz versinken ließ. Schäng blieb bei ihm stehen, bis der letzte Mann vorüber war.

»Kannst du ihn noch etwas hinhalten, ehe du nachkommst?«, flüsterte er dann.

Der Alte nickte, ohne sein Spiel zu unterbrechen.

Der Zug folgte immer weiter dem Pfad, der vorbei an verwilderten Gärten und durch die Weinberge bis in den Wald führte. Plötzlich verlangsamte er sich. Weiter vorne blieben die Ersten stehen. Die anderen rückten auf, bis alle dicht gedrängt auf dem engen Pfad standen. Links neben dem Weg, auf einem Felsen, der steil über die bis zur Mosel hin abfallenden Weinberge aufragte, stand ein aus Basalt gehauenes mannshohes Kreuz. Die in den grauschwarzen Stein eingemeißelte Inschrift war im kargen Licht nur schwer zu lesen. Tonlos bewegte Josef die Lippen, als er sie stockend entzifferte.

»HEILIGER SANKT NICKLAS, BITT GOTT FÜR UNS OHN UNTERLASS«, war in den Stein geschlagen.

Ein Kreuz für den heiligen Nikolaus, den Schutzpatron der Schiffer.

Josef stellte sich auf die Zehenspitzen und sah an dem Kreuz vorbei in die Tiefe des Tals. Dort unten, wie in dunkles Silber gegossen, lag sie glatt und ruhig, die Mosel. Jetzt, mitten im Sommer, führte sie nur wenig Wasser und schien so leicht befahrbar zu sein wie ein Ententeich. Aber man konnte es von hier aus sehen: Etwas stromaufwärts, an dem Lay gegenüberliegenden Ufer, da ragte steil und massiv ein Fels, groß wie eine Bergflanke, weit hinein in den Fluss. Dort schimmerte das Silber des Wassers nur etwas heller, dort glänzte von Zeit zu Zeit ein sanfter Lichtschein auf. Jeder Moselschiffer wusste: An dieser Stelle strömte das Wasser unberechenbarer als irgendwo sonst. Es umfloss die steinerne Barriere, bildete Strudel und einen unheimlichen Sog bis hinab zum Grund. Genau hier sollte die Mosel am tiefsten sein, hatte man Josef erzählt. Am tiefsten und am gefährlichsten. Schon manches Schiff war an dieser Stelle gekentert. Das steinerne Kreuz blickte herab auf diese Stelle und war den Schiffern, die es gestiftet hatten, ein ständiges Flehen um die Hilfe ihres Schutzpatrons.

Einen Fürbitter bei Gott, den könnten auch wir in dieser Nacht brauchen, dachte Josef. Und so schloss er die Augen und schickte die in den Stein gehauenen Worte als stummes Gebet gen Himmel, für sich und die Männer und auch für die Mädchen und Frauen, die dort irgendwo im Wald gefangen waren.

Als er die Augen öffnete und sich umsah, merkte er, dass sich jeder einzelne der Männer dem Steinkreuz zugewandt hatte. Viele bewegten stumm die Lippen, manche hatten die Augen geschlossen. Martin kniete auf dem steinigen Weg, die Hände im Gebet gefaltet.

Nach und nach lösten die Männer ihren Blick von dem Kreuz. Auch Martin erhob sich, bekreuzigte sich und wandte sich dem Weg zu, ging aber noch nicht los. Wie auf Absprache wartete der ganze Zug, bis der Letzte sein Gebet beendet hatte. Erst dann setzten sie stumm ihren Weg fort. Auch Esau hatte sich wieder dem Zug angeschlossen. Der Bär war so plötzlich, wie er aufgetaucht war, wieder im Gebüsch verschwunden.

Durch den dichter werdenden Wolkenschleier waren Mond und Sterne nun kaum noch zu sehen. Aber den Layern konnte es nur recht sein, wenn die Nacht dunkler wurde und das Rauschen des aufkommenden Windes ihre Schritte übertönte.

Bald wurde die Steigung flacher, die Bäume wurden kräftiger. Sie hatten die bewaldete Höhe erreicht. An einer Stelle, die sich durch nichts vom Rest des Wegs zu unterscheiden schien, hob

Franz die Hand und wies in den Wald, dann schlüpfte er zwischen dem Buschwerk hindurch.

Die Männer folgten ihm schweigend. Nun, nachdem sie den Weg verlassen hatten, kamen sie langsamer voran, und Josef wusste immer weniger, wo sie sich befanden. Er hatte, so wie die anderen, den Blick zu Boden gerichtet, genau darauf achtend, keinen trockenen Ast zu zerbrechen. Er sah nur die Fersen seines Vordermannes, denen er Schritt für Schritt folgte.

Plötzlich ebbte auch das leise Geräusch der vorsichtigen Schritte vor ihm ab, und sein Vordermann blieb stehen. Josef blickte überrascht auf. Die Kette der Männer vor ihm stand still. Franz hatte sich zu ihnen umgedreht und die geöffneten Hände erhoben, als wolle er sie überflüssigerweise zum Schweigen ermahnen. Dann wies er nach vorne, irgendwohin in die Dunkelheit des Waldes.

Da, weit hinten, zwischen den Baumstämmen, glomm ein Glühwürmchen, aber darauf wollte Franz sie sicher nicht aufmerksam machen.

Und da – da war ein fernes, seltsames, doch irgendwie vertrautes Geräusch, mal kaum zu hören, dann wieder anschwellend, aber immer entfernt und leise.

Plötzlich durchfuhr es Josef in einer sonderbaren Mischung aus Schrecken und Freude: Da schnarchte ein Mensch! Und das Glimmen des Glühwürmchens – das war die Glut eines fast erloschenen Feuers.

Sie hatten das Lager gefunden.

Keiner hatte, nachdem Josef die Wegbeschreibung überbracht hatte, daran gezweifelt, dass sie das Lager in dieser Nacht finden würden. Und doch machte sich so etwas wie Überraschung breit, als es so plötzlich vor ihnen lag. In den letzten Wochen hatten viele davon geträumt, der Erpressung der Soldaten nicht mehr einfach ausgeliefert zu sein, zurückschlagen zu können. Nun war es so weit.

Sie schlichen auf den Lichtschein zu. In einer flachen, länglichen Mulde, vielleicht einem ehemaligen Bachbett, hatten die Soldaten ihr Lager aufgeschlagen.

Es war keine beeindruckende Anlage. Die Mulde war mit jungen Laubbäumen locker bewachsen. Ein paar dieser Stämmchen hatten die Söldner gefällt, sodass eine Lichtung von etwa dreißig Schritt Durchmesser entstanden war. Aus den Stämmen und Ästen hatten sie am Rand dieses Platzes zwei niedrige Verschläge grob zusammengezimmert. Daneben war mit dem Bau eines dritten begonnen worden. Angespitzte Pfähle waren als Eckpfeiler in den Boden gerammt, ein unordentlicher Haufen von Ästen lag in dem Geviert, weiter war der Bau noch nicht gediehen. An den dunklen Schnittstellen des Holzes war zu erkennen, dass man die Arbeit schon vor einiger Zeit abgebrochen hatte.

In der Mitte der Lichtung, an der tiefsten Stelle der Mulde, glühte der Rest eines Lagerfeuers. Es war Zufall gewesen, dass sie das Glimmen schon vom Wald aus gesehen hatten. Die niedrige Lage des Feuers machte es nur von wenigen erhöhten Positionen aus sichtbar. Aber das schien die einzige Vorsichtsmaßnahme zu sein, die die Soldaten getroffen hatten. Der Platz war nach allen Seiten hin offen. Es waren keine Schutzwälle angelegt worden. Die Männer lagen auf Laubhaufen und Decken wie hingeworfene Lumpenbündel da und dort auf dem Platz. Ein Schläfer hatte sich direkt vor den Eingang der rechten Hütte gelegt. Er lag auf der Seite mit dem Gesicht zur Hütte, aber an seiner Statur, der Lederweste und den hellen Haaren, die in langen Strähnen über seinen Kragen fielen, glaubte Josef den Gelbbärtigen zu erkennen. Der Schnarcher schlief am nächsten bei ihnen. Er lag auf dem bloßen Boden unter einem löchrigen Mantel. Sein Atem ging unregelmäßig.

Von Ellie, Siska, Ännchen und Rosa war nichts zu sehen. Wahrscheinlich hielt man sie in einer der beiden Hütten gefangen. Wohl in der, vor deren Eingang der Gelbbärtige schlief.

Nichts deutete darauf hin, dass die Söldner irgendeinen Angriff aus Lay erwartet hatten. Hatten sie denn noch nicht einmal eine Wache aufgestellt? Oder täuschten sie die Sorglosigkeit nur vor? War es dem Verräter doch gelungen, sie zu warnen, und war das alles eine Falle, die sie in Sicherheit wiegen sollte? War das Schnarchen nicht unnatürlich laut? Vielleicht lauerten die Söldner mit gezückten Waffen wach unter ihren Decken, warteten nur auf ein Zeichen, um sie alle niederzumetzeln.

Josef sah sich nach den anderen um und suchte in ihren Gesichtern eine Bestätigung seines Verdachts. Gleich neben ihm stand Will. Er schaute mit weit aufgerissenen Augen zum Lager hinüber und sah etwas ängstlich, aber mehr noch aufgeregt aus, als habe er ein nicht ungefährliches, doch spannendes Abenteuer vor sich. *Er* erwartete sicher keine Falle. In den anderen Gesichtern glaubte Josef vor allem Entschlossenheit und Erleichterung zu lesen. Die Unachtsamkeit der Söldner ließ alle hoffen, dass der Kampf leichter werden würde, als sie erwartet hatten. Und Franz, der Fährmann, sah sogar zufrieden, fast triumphierend aus. Nur Schäng machte ein besorgtes Gesicht. Mit harten, schmalen Augen musterte er den Waldrand rund um die Lichtung.

Der Fährmann sah zu Schäng hinüber und suchte seinen Blick. Aber es dauerte eine Weile, bis Schäng seine Augen vom Dunkel des Waldes löste und Franz ansah.

Tonlos formten Franz' Lippen die Worte: »Keine Wache.«

Es war keine Frage, sondern eine Feststellung. Zustimmung fordernd, die Augen voller Ungeduld, sah er Schäng an. Der blickte noch einmal forschend zum Waldrand, dann nickte er kaum merklich.

Franz hob den Arm, aber noch bevor er das Zeichen zum Angriff geben konnte, stürzte Paul nach vorn wie ein nervöses Pferd. Im Lauf hob er den Dreschflegel, den er mit beiden Händen gepackt hatte, weit über den Kopf.

»WAAAHH!«, schrie er, und in der Stille des nächtlichen Waldes klang seine Stimme laut und dröhnend wie die Trompeten des Jüngsten Gerichts. Franz ließ den Arm sinken. Ein Angriffsignal musste er nicht mehr geben.

»Alle zusammen angreifen. Wir haben nur wenige Vorteile auf unserer Seite. Einer der größten davon ist die Überraschung.« Das hatte Schäng vor wenigen Stunden gesagt, und alle hatten genickt.

Paul erreichte den schnarchenden Mann, bevor der völlig wach war. Er hatte kaum den Kopf gehoben, da sauste der Dreschflegel auf ihn herab. Es musste seine jahrelange Erfahrung im Kampf gewesen sein, die den Mann so schnell die gekreuzten Arme gegen den Angriff heben ließ. Und doch konnte es ihn nicht retten: Laut knackend brach ein Armknochen. Der Schmerzensschrei des Mannes verstummte jäh mit einem zweiten, furchtbareren Knacken.

Der zweite Schwung des schweren Schlagholzes hatte seinen Schädel zertrümmert. Paul schien nicht zu merken, dass der Mann bereits tot war. Er setzte einen Fuß um, sodass er breitbeinig wie beim Dreschen in der Scheune über ihm stand, und ließ den Dreschflegel immer wieder und wieder auf den leblosen Körper hinabfahren.

Das alles war so schnell gegangen, dass man kaum Zeit gehabt hätte, sich zweimal zu bekreuzigen, aber doch war das schlafende Lager erwacht.

Der alte Ruf »*À l'arme!*« – zu den Waffen – erschallte überall, kaum war Paul schreiend losgestürmt. Doch der Warnruf war kaum notwendig. Jeder in diesem Lager war ein erfahrener Soldat und entfernte sich nie weit von seinen Waffen. Jeder wusste, dass sein Leben davon abhing, schnell kampfbereit zu sein. Die Soldaten kamen schnell auf die Beine. Sie hatten zwar nicht mit gezückten Waffen auf den Angriff gewartet, wie Josef befürchtet hatte, aber der Schreck hatte sie auch ganz und gar nicht gelähmt. Zwischen den beiden Hütten sah Josef eine dunkle Gestalt. Noch während sie die Decke abschüttelte, blitzte in ihrer Hand schon eine lange Klinge auf. Dieser Söldner musste seinen Degen wirklich im Schlaf neben sich gebettet haben.

»Vorwärts!«, brüllte Franz und rannte selbst voran. Mit langen Schritten stürmte er auf einen von seinem Schlafplatz aufspringenden Soldaten zu. Dabei hielt er seine altertümliche Hellebarde starr auf sein Ziel gerichtet. Die anderen folgten ihm wie die Meute dem Leithund. Auch Josef packte fest das Handbeil, das er als Waffe mitgenommen hatte. Er machte den ersten Schritt vorwärts, da schloss sich ein fester Griff um seinen Arm und hielt ihn zurück.

»Bleib«, sagte Schäng knapp, ohne ihn anzusehen. Sein Blick wanderte unruhig durch das Lager und das umliegende Dickicht. Er hatte Josefs Arm mit solcher Kraft gefasst, dass der vor Schmerz leise aufstöhnte.

»Bleib«, wiederholte Schäng leiser und ließ seinen Arm los. »Das ist nicht mein Kampf. Und dich werde ich hier brauchen.«

Nicht Schängs Kampf? Josef konnte sich nicht erklären, was Schäng meinte, aber etwas in seinem Tonfall ließ ihn gehorchen.

Wie viele Männer waren es, die in diesem Kampf aufeinandertrafen? Vielleicht siebzig oder achtzig? Josef kam es vor, als wären es Hunderte. So vieles geschah gleichzeitig, und alle schrien durcheinander: Schmerzensschreie, Kommandos oder Rufe um Beistand, vielleicht auch Todesschreie. Wohin Josef auch blickte, er sah Schreckliches.

Noch immer stand Paul über dem Soldaten und schlug mit dem Dreschflegel auf ihn ein, da stürzte sich Franz mit seiner Hellebarde auf den nächsten Söldner und rammte sie ihm in den Körper. Die breite Klinge fuhr in dessen Bauch wie in einen Sack voll Korn. Der Stich tötete den Mann nicht sofort. Schreiend klappte er über der Klinge zusammen, bis sein Oberkörper auf dem Schaft zu liegen schien. Er wäre gestürzt, wenn Franz die Hellebarde nicht festgehalten hätte. Aufgespießt wie ein erjagtes Wild, versuchte der Verwundete, von der Waffe loszukommen. Er griff mit beiden Händen an den Schaft und zog, schreckliche Schmerzenslaute ausstoßend. Doch die Klinge, die so leicht in seinen Körper eingedrungen war, ließ sich nicht herausziehen. Da sah Josef das Gesicht des Fährmanns, und er erschrak über die Befriedigung und den Hass, mit dem er sein Opfer betrachtete. Und trotz der Schreie, trotz des Kampflärms drang seine tragende Stimme bis zu Josef, voll Hohn und Kälte.

»Soll ich sie für dich rausziehen? Das kannst du haben.«

Er drückte die Hellebarde nach unten und zwang sein Opfer so vor sich zu Boden. Hart setzte er ihm einen Fuß auf die Brust und packte den Schaft fester. Als der Fährmann mit aller Kraft die Waffe zurückriss, durchfuhr Josef der Gedanke: *Der Widerhaken!* Wenn er später daran dachte, wünschte er sich, er hätte seinen Blick schneller abgewandt und nicht sehen müssen, wie der Söldner den Tod fand.

Sie waren hier, um die Soldaten zu vertreiben, um sie zu töten, um sie dafür zu bestrafen, was sie Ellie und den anderen angetan hatten, sagte sich Josef. Warum spürte er dann Mitleid mit diesem Mann?

Im schwachen Mondlicht konnte Josef nur schwer erkennen, wer mit wem kämpfte. Doch dann sah er ganz deutlich Will.

Er hatte seine Waffe verloren. Ein Mann, nicht sehr groß und eher dicklich als kräftig, hatte ihn mit beiden Händen am Hals gepackt und schüttelte ihn. Der Mann schien ebenfalls keine Waffe zu haben. Aber die brauchte er auch nicht. Mit Leichtigkeit zog er den Jungen einige Schritte mit sich bis zum Stamm einer Tanne. Jetzt hielt er sich mit einem Arm an dem Baum fest und schlug mit der anderen Wills Kopf dagegen.

Erst als sich Schängs Hand wieder um seinen Arm schloss, merkte Josef, dass er sich in Bewegung gesetzt hatte, um Will beizustehen. Doch er wäre zu spät gekommen. Der Soldat ließ Wills leblosen Körper fallen, ging zwei Schritte zurück und bückte sich nach etwas. Es war Wills Messer mit dem Hirschhorngriff. Es musste ihm beim Kampf aus der Hand gefallen sein.

Der Soldat wusste besser davon Gebrauch zu machen. Er lief zu zwei Männern, die in erbittertem Ringen verschlungen am Boden lagen. Josef versuchte zu erkennen, wer von den beiden Gestalten aus Lay und wer einer der Söldner war. Die Frage wurde ihm auf erschreckende Art beantwortet: Der dickliche Soldat beugte sich über die Kämpfenden, holte weit aus und stieß das Messer einem der Männer in den Rücken.

Für einen Augenblick schloss Josef die Augen. Er hatte den Kampf heute Nacht gefürchtet, aber er hatte ihn sich anders vorgestellt. In seinen schlimmsten Ahnungen waren sie von den Soldaten besiegt und getötet worden. Nun stand er am Rand des Kampfplatzes und tat nichts, als zuzusehen. Er wusste nicht, ob er wegrennen oder sich in den Kampf stürzen sollte, um seinen Freunden beizustehen. Hier zu stehen und untätig zuzusehen, das schien ihm das Schwerste. Auf was nur, *auf was* wartete Schäng?

»Wie schön, dich wiederzusehen.« Die Stimme war wohlklingend und freundlich, aber für Josef erschreckend wie keine andere.

Hastig drehte er sich um. Erneut war der Graf so plötzlich wie ein Geist gekommen. Und nicht nur sein Auftauchen aus dem Nichts, sondern seine ganze Erscheinung hatte wieder etwas Unwirkliches. Seine Kleidung, seine Haltung, ja sogar sein Gesichtsausdruck, nichts von dem passte zu der rauen Söldnerbande, die sich hier im Wald zusammengefunden hatte. Seine Weste und die Stulpenstiefel glänzten wie frisch poliert, und seine Locken fielen so kunstvoll über den Spitzenkragen, wie es niemals von Natur aus gelingen konnte. Als würde ihn der wütende Kampf, der direkt vor ihnen tobte, nichts angehen, hatte er seine Augen mit einem sanften, fast demütigen Blick auf Schäng gerichtet.

Wie jung er aussieht!, dachte Josef. Und dieser Mann sollte wirklich schon vor so vielen Jahren Soldat gewesen sein? Schäng musste sich getäuscht haben. Es konnte sich nicht um den Mann handeln, den er Gille nannte.

Aber Schäng schien ihn zu erkennen.

»Ich wusste, dass man dich nicht einfach im Schlaf überraschen kann«, sagte er statt jeder Begrüßung.

»Ja, ich habe auf dich gewartet. Auf dich und die anderen.«

»Ihr habt uns erwartet?«

»Nicht wir, *ich* habe euch erwartet. Ich habe die Wache übernommen. Ich habe das Dorf beobachtet und euch losgehen sehen.«

»Und du hast deine Kameraden nicht gewarnt?«

»Ich hoffe doch, dass du scherzt, wenn du die da«, der Graf deutete mit einer Kopfbewegung zu den Kämpfenden, »meine *Kameraden* nennst. Früher, da hatte ich Kameraden, die man wirklich so nennen konnte«, sagte er, und Josef konnte Traurigkeit in seinen hellen Augen sehen. »Aber die Lüge ist der Feind der Freundschaft.«

»Ja, mit Lügen kennst du dich aus.«

Der Graf trat beinahe schüchtern einen halben Schritt auf Schäng zu und sah ihm in die Augen.

»Hör mich an«, sagte er. »Ich bitte dich nicht, mir zu glauben. Ich bitte dich nur, mir zuzuhören. Ich bin weit gereist, um dich zu finden. Schick mich nicht weg. Dein Urteil über mich ist falsch. Man hat mich verleumdet, um unsere Freundschaft zu zerstören. Hör mir erst zu. Und dann«, Gille hob in einer rührenden Geste der Resignation die Hände, »dann tu mit mir, was immer du willst. Mir ist es recht.«

Er senkte wieder den Kopf, und seine blonden Locken fielen ihm über das Gesicht. Aber dennoch, und obwohl Gille die Hand vor das Gesicht hob, um seine Gefühle zu verbergen, sah Josef, dass seine Augen feucht waren.

Das muss alles ein Irrtum sein. Dieser Mann kann nicht schlecht sein. Das kann nicht derjenige sein, der am Wegkreuz auf uns wartete, nicht der, der gestern bei dem Überfall auf den Feldern dabei war, dachte Josef.

»Du sagst, dass es nicht deine Kameraden sind. Doch du hast mit ihnen gemeinsame Sache gemacht. Und heute Nacht hast du sie mitleidlos an uns ausgeliefert. Das passt sehr gut zu meinem Urteil über dich«, sagte Schäng.

»Du willst mir vorwerfen, dass ich sie nicht vor euch gewarnt habe? Ich habe doch auf euch gewartet. Ihr seid ebenso gut meine Retter wie die der armen Frauen.«

»Du willst sagen, dass du ein Gefangener in diesem Lager warst?«

Der Hohn in Schängs Stimme ließ den Grafen die Augen niederschlagen.

»Wie kannst du nur so reden?«, sagte er leise. »Natürlich war ich ihr Gefangener. Auch wenn ich den Jungen und deinen Knecht am Wegkreuz scheinbar allein traf: Heimlich haben sie mich bewacht. Du magst mich für einen fürchterlichen Verbrecher halten, aber doch nicht für eins dieser elenden Geschöpfe! Sie hielten mich nicht in Ketten, aber ich war bis heute Nacht nie unbeobachtet. Ich hatte keine Gelegenheit, mich gegen sie zu stellen oder zu entkommen. Ich war auf dem Weg zu dir und nur noch eine halbe Stunde entfernt von Lay, als mich sechs von ihnen aufgegriffen haben.«

Er lächelte Schäng an. »Sie wollten mich töten. Doch ich kenne die Sorte gut. Es gelang mir, sie glauben zu lassen, dass ich von gleichem Schlag wäre wie sie. Ich tat es nicht nur, um mein Leben zu retten, sondern auch, um Schlimmeres zu verhindern. Ich habe natürlich versucht, sie von dem Entführungsplan abzubringen. Doch so weit reichte mein Einfluss nicht. Ich durfte den Bogen nicht überspannen. Bei dem geringsten Verdacht, ich stünde nicht auf ihrer Seite, hätten sie mich sofort getötet.«

»Und deshalb hast du das Kommando bei dem Überfall auf die Frauen geführt?« Schäng griff mit beiden Händen fest nach Josefs Schultern und schob ihn vor sich, als wolle er ihn als eine Art Schutzschild zwischen sich und seinen früheren Freund bringen. »Und deshalb hast du ihn, diesen Jungen hier, gefesselt und fast ermordet?«

»Ich war nie ihr Führer. Und was glaubst du, was diese Kerle mit dem Jungen gemacht hätten, wenn ich mich nicht wilder und grausamer als sie gegeben hätte? Sie hatten vor, kein männliches Wesen auf diesen Feldern überleben zu lassen. Sie wollten dem Jungen die Kehle durchschneiden. Und als ich, um ihn zu schützen, vorschlug, dass sie ihn lebend mit einer Botschaft für dich zurücklassen sollten, da wollten sie ihm die Sehnen an den Fersen durchtrennen, damit er nicht ins Dorf laufen könne.«

Diese Vorstellung ließ Josef frösteln. Die sanften Augen des Grafen richteten sich jetzt auf ihn.

»Verzeih mir, mein Junge, was ich dir antat«, sagte er. »Ich wusste, dass es schrecklich ist. Aber ich wusste auch, dass du es heil überstehen würdest. Was ich tat, mein Schauspiel, es hat dir das Leben gerettet – und die Fähigkeit zu gehen.«

Josef war sich gestern Nachmittag, als er halb erwürgt an dem Seil hing, ganz und gar nicht sicher gewesen, dass er diese Tortur heil oder auch nur lebend überstehen würde. Doch tatsächlich: Bis auf seine Halsschmerzen und das geschiente Handgelenk stand er jetzt unversehrt hier. Und sicher hätten die anderen Söldner ihn nicht einfach gehen lassen. Es konnte sein, dass der Graf die Wahrheit sagte, obwohl sich immer noch irgendetwas in Josef dagegen sträubte, ihm zu glauben. Plötzlich fiel ihm ein, dass er vor wenigen Stunden noch um das Leben eines anderen Opfers dieses Mannes gekämpft hatte.

»Aber Jäp, dem Köhler, warum hast du ihm das angetan?«

Verständnislos richteten sich die so hellen Augen auf ihn. »Was angetan?«, fragte der Graf.

»Du hast ihn im Wald halb aufgehängt zum langsamen Sterben zurückgelassen, so wie du es mit mir gemacht hast.«

»Was sagst du da? Ich habe nie …«, begann der Graf zögernd und verwirrt. Dann trat gleichzeitig mit dem Verstehen Ekel in seine Augen. »Gustav – dieses Tier!«, stieß er leise hervor.

»Mein Junge«, wandte er sich an Josef, »was ich mit dir tat, was ich zu dir sagte, das war alles nur Theater. Wenn ich dich retten wollte, musste ich diese grausamen Männer davon überzeugen, dass ich dir Böses will und genauso verroht bin wie sie. Ich habe nach dem erstbesten Einfall gegriffen. Aber das war nicht mein Einfall. Am Abend zuvor haben einige der Soldaten übers Plündern und von versteckten Schätzen gesprochen. Einer hat damit geprahlt, wie er, ohne dass er sich anstrengen müsse, jeden dazu bringen könne, ein Geheimnis zu verraten. Er erzählte, dass er bei Plünderungen Menschen halb aufhängte und schmausend und trinkend wartete, bis sie ihm nur zu gerne sagten, wo alle Wertsachen des Hauses versteckt waren. Dabei hat er angedeutet, dass ihm vor Kurzem noch ein Opfer für diese Folter in die Hände gefallen sei. Ich hielt es für eine gefühllose Art, anzugeben. Aber er muss deinen Freund gemeint haben.«

Der Graf sah Josef um Vertrauen flehend an. Aber Josef wich seinem Blick aus.

»Ich verstehe, dass du zweifelst. Ihr habt nicht mehr als meine Worte. Aber lasst uns gemeinsam gegen sie kämpfen. Ich werde diesen Mann, er ist ein blonder Schwede mit einem geflochtenen Bart, nicht töten, sondern ihn gefangen nehmen. Er wird dir und Schäng bestätigen müssen, was er getan hat. Dann wirst auch du mir vertrauen, mein Junge.«

Josef wusste nicht, was er glauben sollte. Konnten sie ihm vertrauen? Sie hatten Jäp nicht gefragt, wer ihm das angetan hatte. Der Graf konnte die Wahrheit sagen. Hilfesuchend sah Josef zu Schäng, aber der war nicht weniger verwirrt.

»Aber … aber Jungsdorf …? Er hat mir gesagt …«, sagte er, und sein Blick glitt suchend über das Gesicht seines früheren Freundes, als könne er dort die Antwort auf seine Fragen finden.

Der Graf drehte die Handflächen in einer bittenden Geste nach oben. »Wie gut kanntest du Jungsdorf?«, fragte er leise. »Wie gut?«

Schäng antwortete nicht.

»Und wie gut kanntest du mich?«, fragte Gille. »Hat *er* dir das Leben gerettet? Hat *er* alles mit dir geteilt, als wärt ihr Brüder? Warum hast du nicht mit mir gesprochen? Warum hast du an ihn mehr geglaubt als an mich?« Seine Fragen waren immer nachdrücklicher geworden, immer eindringlicher seine Stimme. Im Kampf um seine Fassung blickte er weg und schluckte. Trotzdem zitterte seine Stimme, als er weitersprach: »Warum hast du versucht, mich zu ermorden? Nur auf sein Wort hin.«

»Nicht nur auf sein Wort hin.«

»Wie konntest du nur glauben, dass ich das Mädchen ermordet hätte? Ich fand sie tot in dieser Scheune. Ich hoffte, dass sie noch lebte.«

Schäng sah Gille schweigend an, bevor er zögernd sagte: »Kann es sein …?« Er unterbrach sich selbst. »Jungsdorf sagte, Nellie habe noch gelebt, als er sie fand. – Und mit ihren letzten Worte soll sie dich beschuldigt haben.«

»Das heißt wohl, dass sie mit meinem Namen auf den Lippen gestorben ist. Jungsdorf muss das falsch gedeutet haben.«

Der Graf hob bittend die Hände. »Johann«, sagte er. »Ich habe dich gesucht, trotz allem, was du mir angetan hast. Monatelang lag ich mit der Verletzung auf dem Krankenlager. Ich glaubte, nie wieder gesund zu werden. Aber nie, *niemals* hasste ich dich. Ich trauerte wegen deines Verrats. Ich will nur eins: dein Vertrauen wiedergewinnen. Ich habe seit Nellies Tod nicht mit Jungsdorf gesprochen. Ich habe seine Trauer respektiert. Jetzt möchte ich ihn von meiner Unschuld überzeugen, damit auch du wieder an mich glaubst. Darum bin ich gekommen, um dich zu bitten: Du schuldest mir dein Leben. Ich fordere dafür nur eins: Geh mit mir nach Köln. Lass uns mit Jungsdorf sprechen. Dann werde ich alle deine Zweifel an meiner Unschuld ausräumen.«

»Jungsdorf ist tot«, sagte Schäng hart.

»Tot?« Gille stieß dieses Wort fassungslos hervor, dann sah er zu Boden und schwieg. Leise und wie zu sich selbst sagte er schließlich: »Tot? Dann kann er nichts mehr zurücknehmen.«

Der Wind hatte während des Gesprächs zugenommen und immer lauter im Wald gerauscht. Doch für einen Augenblick flaute er völlig ab, und der Kampflärm klang herüber. Mit sichtlicher Anstrengung richtete Gille sich auf.

»Aber das betrifft nur mich«, sagte er. »Und hier geht es um mehr als nur mein Leben. Sag ein Wort, und wir können dem hier«, mit einer Handbewegung deutete er zur Lichtung auf das Kampfgetümmel, »ein Ende machen. Wie immer deine Entscheidung ausfällt, ich bin bereit, auf deiner Seite zu kämpfen, wenn du mich nur lässt.«

Nur kurze Zeit war verstrichen, seit das Lager aus dem Schlaf gerissen worden war. Aber für die Soldaten hatte sie gereicht, um die Oberhand zu gewinnen. Einen erbärmlichen Haufen hatte Gille diese Söldner genannt. Sicher, sie waren keine Gardetruppe, aber sie waren doch ausgebildete Soldaten mit jahrelanger Kampferfahrung, die hier Bauern und Knechten gegenüberstanden.

Langsam, aber unaufhaltsam rückten die Söldner gegen die Bauern vor.

»Ich glaube, deine Freunde brauchen Hilfe«, sagte der Graf zu Schäng.

Josef sah, dass die Lage der Layer bedrohlich war. Er hoffte, dass Schäng seinem alten Freund schnell die Hand reichen würde, damit die beiden ihnen zu Hilfe kommen konnten. Warum zögerte Schäng noch? Gille hatte doch alles erklärt.

Aber trotzdem: Irgendetwas störte auch Josef. Irgendetwas passte nicht ins Bild.

Josef sah zu Schäng und Gille, die kaum einen Schritt voneinander entfernt standen. Schäng sah zu Boden, aber er hatte den Griff seines Degens losgelassen, die Spannung um seinen Mund war verschwunden. Auch Gille sah zu ihm, und ein leichtes Lächeln, fast nur eine Andeutung, erschien für einen Moment um seine Mundwinkel. Niemand außer Josef konnte es bemerkt haben, doch er war sich sicher, dass er Triumph und Verachtung darin gesehen hatte. Und plötzlich fiel ihm wieder ein, was ihn gestört hatte: der Vogel, das kleine Rotkehlchen! Für alles andere hatte Gille eine Erklärung geliefert.

»Das Rotkehlchen«, rief Josef. »Warum hast du es getötet?«

Ohne Josef zu antworten, wandte sich Gille an Schäng.

»Ich weiß nicht, wovon der Junge redet. Deinen Leuten bleibt nicht viel Zeit. Jeder Augenblick, den wir hier stehen, kann einen von ihnen das Leben kosten. Lass uns erst ihnen helfen und dann reden«, sagte er drängend. Er warf seinen Hut auf einen Busch und fasste nach dem Griff seines Degens, während er einen Schritt auf die Lichtung zuging.

»Nein!« Josef hielt Schäng an der Weste fest, obwohl der sich nicht gerührt hatte. »Geh nicht mit ihm.«

Der Graf sah über die Schulter zurück. »Liegt dir so wenig an deinen Freunden, dass du lieber zuhörst, wenn dieses Kind von irgendwelchen Vögeln erzählt, anstatt ihr Leben zu retten?«

Hastig, aus Furcht, dass Schäng dem Grafen folgen würde, stieß Josef verworren hervor, wie der Graf den kleinen Vogel verstümmelt hatte. Noch während er es herausstammelte, kam er sich mehr und mehr lächerlich vor. Der Graf war ein Soldat, der sicherlich viele Menschen getötet hatte. Er war beschuldigt worden, ein junges Mädchen und andere gefoltert und ermordet zu haben. Was bedeutete da ein Vogel? Wie albern musste seine Anklage klingen.

Und wirklich lachte der junge Graf.

»Ach das! Nur ein Kind kann sich darüber so aufregen. Das war ein Versehen. Ich wollte einen Zweig, der mir die Sicht nahm, abschlagen und traf das arme Tier.«

Langsam setzte Schäng einen Fuß zurück und zog dabei seinen Degen aus der Scheide. Er war jetzt völlig ruhig.

»Fast hätte ich dir geglaubt. Doch das war eine schlechte Lüge: Noch nie hat dein Degen etwas getroffen, was du nicht treffen wolltest.«

Der Graf lächelte wieder. Aber seine Freundlichkeit war verschwunden.

»Zu schade! Sonst lüge ich besser«, sagte er mit einem Schulterzucken. »Dass ich dich fast wieder auf meine Seite gebracht hätte, ist allerdings schon ein großer Erfolg. Durch Zufall bin ich auf dem Weg nach Lay, auf dem Weg zu dir und meiner Rache, auf diese Soldaten gestoßen. Ich wusste sofort, dass mir mein Glück ein Werkzeug in die Hand gegeben hat. Es war ein köstliches Spiel, dich und deine neuen Freunde dort unten im Tal zu beobachten, jeden eurer Schritte zu kennen.«

»... zu kennen? Dann hattest du wirklich einen Spion im Dorf?«

»Oh ja. Ich wusste alles: die unwichtigen Dinge ebenso wie die wichtigen. Von dem Namen deiner Magd – Wiena, nicht wahr? – bis zu der Tatsache, dass du den Kampf vermeiden wolltest. Aber wie du siehst: Ich konnte dich doch überzeugen.

Ich habe mich heute selbst als Wache bestimmt und allen versichert, dass ihr niemals in der ersten Nacht nach der Entführung das Lager finden könntet. Davon war ich auch tatsächlich überzeugt. Dann habe ich das Dorf beobachtet. Ich hatte vor, euch bei der Suche im Wald zu begegnen. Wie dankbar ihr mir gewesen wärt, wenn ich euch zu dem Lager geführt und beim Töten dieser Tölpel geholfen hätte! Aber ihr habt mich verblüfft: Ihr seid geradewegs zum Lager gezogen. Ich dachte, ich hätte dafür gesorgt, dass die beiden, die seinen Ort kennen, tot sind.«

»Musste Lorenz deshalb sterben? Wen hast du bestochen, um ihn vergiften zu lassen?«

»Aber mein lieber Johannes! Ich müsste fast gekränkt sein. Denkst du wirklich, dass ich Bestechung nötig habe? Mein Helfer hat nur aus Hochschätzung für meine reizende Person deinem Freund den letzten Becher gereicht.

Nun, auf welche Art ihr das Lager auch gefunden haben mögt, ihr seid geradewegs hierhergekommen und habt damit etwas Verwirrung in mein geplantes Schauspiel gebracht. Aber ich weiß Überraschungen durchaus zu schätzen. Und wie gesagt: Fast hätte ich dich überzeugt.

Wir hätten heute Nacht zusammen gekämpft und gesiegt. Aber kein Zeuge, keiner der Soldaten und keine der entführten Frauen, hätte den Kampf überlebt. Ich hätte mit dir um eure Toten getrauert. Und ich wäre bei dir, meinem alten Freund, geblieben. Meine Rache wäre langsam und köstlich gewesen.«

Der Graf zog am Saum seines Handschuhs aus geschmeidigem schwarzem Leder und straffte ihn über eine erstaunlich zierliche Hand. Dann tat er das Gleiche mit dem anderen. Anschließend verschränkte er die Finger ineinander und dehnte seine Hände. Nachdenklich sagte er dabei: »Ich bin sicher, sie hätte mich gemocht – deine Nichte.«

Kaum hatte Gille diesen Satz vollendet, da stand Schäng schon in Angriffsposition. Die Spitze des Degens war kaum eine Elle weit von der Brust des Grafen entfernt. Gille wich nicht zurück. Er zuckte noch nicht einmal. Er machte auch keine Anstalten, seine Waffe zu ziehen.

»Ach«, sagte er erheitert, »du willst mit mir kämpfen?« Mit einer beiläufigen Geste zog er seinen Degen aus der Scheide. Er trat einen Schritt zurück, sodass zwei Degenlängen Abstand zwischen ihm und Schäng waren, aber er hob seine Waffe nicht.

»Hast du denn Unterricht genommen?« Der Graf hob seine schön geschwungenen Brauen um eine Spur, ohne dass sein Lächeln verschwand. »Oder hoffst du auf einen schnellen Tod?«

Schäng änderte seine Position nicht. Er griff nicht an. Der Zorn, der ihn bei der Erwähnung von Katharina überwältigt hatte, war offenbar abgeflaut. Aber seine ganze Haltung drückte gespannte Aufmerksamkeit aus. Den Blick starr auf Gille geheftet, bewegte kein Zucken sein Gesicht.

Gille dagegen wirkte völlig entspannt. Den Degen hielt er mit der Spitze nach unten so locker in der Hand, dass Josef fast hoffte, er gleite ihm aus den Fingern. Doch dann fasste er ihn etwas fester und ritzte wie im Spiel Zeichen vor sich in den sandigen Boden.

»Natürlich hattest du recht«, sagte er. »Nellie, weißt du, sie war sehr entgegenkommend. Es stimmte, dass wir sozusagen heimlich verlobt waren. Ich hatte ihr eingeschärft, niemandem von uns zu erzählen. Sie war ein dummes, liebes Mädchen.«

Im Dämmerlicht konnte Josef die fremden Symbole, die der Graf auf den Boden zeichnete, nicht genau erkennen. Er sah einen in einem Zug gezeichneten fünfzackigen Stern. Die anderen Zeichen waren komplizierter und schwerer zu deuten. Aber sie ängstigten ihn. Schäng hatte gesagt, dass es von dem Grafen hieß, er stehe mit dem Teufel im Bunde. Beschwor er jetzt dessen Hilfe? Oder schlimmer noch: Rief er ihn herbei?

»Sie lebte lange genug, um Jungsdorf meinen Namen zu nennen. Damit hat sie den Tod ihres Vaters besiegelt. Er ließ nach mir suchen. Und er war ein einflussreicher Mann. Ich habe dafür gesorgt, dass er mir niemals wieder schaden konnte.«

»Du kannst ihn nicht ermordet haben. Er wurde von seiner Magd vergiftet.«

»Oh ja: Klärchen. Ein nettes, dralles Ding. Das fand Jungsdorf wohl auch. Ich habe sie in Köln nach der Morgenandacht in der Apostelkirche angesprochen. – Ist es nicht erstaunlich, wie schnell Frauen jemandem trauen, den sie in einer Kirche treffen? Nach zwei Tagen erzählte sie mir von ihrer Angst, von Jungsdorf verlassen zu werden. Ich gab ihr ein Zaubermittel. Sie sollte es ihm heimlich eingeben, dann würde er nie eine andere lieben.«

Gille schlug die Augen mit einem treuherzigen Blick zu Schäng auf. »Ich habe sie nicht belogen. Er wird nie wieder eine andere lieben.«

»Das Mädchen, sie wurde auf dem Scheiterhaufen verbrannt!«

Der Graf hob die Schultern. »Was willst du? Das ist Gerechtigkeit: Sie hat schließlich ihren Herrn vergiftet.«

Gille hatte mit dem Zeichnen aufgehört. Er ging nun auf und ab und schien nicht zu beachten, dass Schäng ihm mit gezogenem Degen gegenüberstand. Lässig wie einen Kavaliersstock hielt er seine eigene Waffe in der Hand, während Schäng sich, seinen Bewegungen folgend, drehte, sodass die Spitze seines Degens stets auf den Grafen wies.

Es war nun so dunkel und der Wind des aufkommenden Unwetters brauste so laut in den Bäumen, dass die nur wenige Schritte von ihnen entfernt Kämpfenden nur schemenhaft zu erkennen und kaum zu hören waren. Aber Schäng und Gille hätten sie auch sonst nicht bemerkt. Für sie war nur noch ihr Kampf wichtig.

Im Plauderton fuhr Gille fort: »Dass du mich damals in der Scheune überwältigen konntest ... Du hast mich ohne Vorwarnung von hinten angegriffen. Für so klug habe ich dich nicht gehalten. Weißt du eigentlich, wie viel Glück du dabei hattest? Das musst du zugeben, alter Freund! Du weißt, dass du einen Kampf gegen mich kaum gewinnen kannst. Aber jetzt verrate ich dir ein Geheimnis: Niemand könnte das. Ich bin unbesiegbar. Schon von Geburt an.

Ich habe dir von meinem berühmten Vorfahren, Gille de Rais, erzählt. Meine Mutter, sie stammt in direkter Linie von diesem ebenso edlen wie tapferen Mann ab, einem Marschall von Frankreich, der vor über zweihundert Jahren an der Seite Johannas von Orléans kämpfte und die Engländer aus unserem Vaterland vertrieb.«

Gille hatte den Kopf in den Nacken gelegt, und seine Augen glänzten. Wenn alles andere, Tod, Folter und alle Gefühle, böse wie gute, für ihn nur ein Spiel waren, so schien dieses Thema, sein berühmter Vorfahre, ihn doch zu bewegen.

»Er war ein Mann wie kein anderer: tapfer, schön, mächtig und gebildet. Doch er wurde ebenso wie seine Kampfgefährtin von seinem Land und seinem König verraten. Er hat sein Leben eingesetzt und sein Land und damit Tausende von Franzosen gerettet. – Man dankte es ihm, indem man ihn öffentlich anklagte, verurteilte, ihn schließlich henkte und seinen Körper verbrannte – wegen ein paar überflüssiger Bauernbastarde.

Als ich zur Welt kam, war meine arme Mutter schon seit drei Monaten Witwe. Eine alte Dienerin ihrer Familie, die bereits bei ihr gewesen war, als meine Mutter noch ein Kind war, stand ihr bei der Geburt bei. Ich war ein sehr schwaches Kind, und meine Mutter fürchtete, mich zu verlieren. Am gleichen Tag gebar eine Küchenmagd in unserem Haus einen Jungen. Einen Bastard, von dem sie nicht einmal den Vater nennen konnte.

Da tröstete die Dienerin meine Mutter. Sie verriet ihr ein Geheimnis, wie ein Neugeborenes für sein ganzes Leben geschützt werden könne. Man zeichnet ein anderes, am gleichen Tag geborenes und noch nicht getauftes Kind mit unauslöschlichen magischen Zeichen, die man in seine Haut einritzt, und salbt das erwählte Kind mit dem Blut des Opfers. Dann übergibt man das gezeichnete Kind dem Herrn des Bösen, indem man es ihm weiht und es dann tötet. War es nicht Fügung, dass ein zweites Neugeborenes am Tag meiner Geburt in unserem Haus war? Und nun hört genau zu: Keine von Menschen geschmiedete Waffe kann mir etwas anhaben. Und kein Mensch kann mich töten.«

Der Graf lächelte Schäng an. »Du stehst da, mit deinem lächerlichen Degen aus Stahl. Und wenn der Junge an deiner Seite kein Engel oder Teufel ist, dann werdet ihr bald tot sein. Erst du und dann er.«

»Du glaubst das?«, fragte Schäng. »Du bist ein guter Kämpfer mit dem Degen. Aber wie viele Männer sahen wir fallen, die als kugelsicher galten und die es von sich selbst glaubten?«

»Das waren Dummköpfe, um die es nicht schade war. Aber du weißt selbst, dass es bei mir etwas anderes ist. Ich habe in keiner Schlacht die vorderste Reihe gemieden. Wenn die Männer rechts und links von mir tödlich getroffen zu Boden stürzten, dann hatte mich noch nicht einmal eine Kugel gestreift. Sicher, ich bin ein besserer Fechter als jeder andere.« Gille sagte das mit der größten Selbstverständlichkeit, als wäre das eine unbestrittene, von jeder Eitelkeit unabhängige Tatsache. »Doch das konnte mich nicht vor dem Kugelhagel schützen.«

»Aber ich habe dich verletzt. Du sagst selbst, dass du wochenlang wie zu Tode getroffen auf dem Krankenlager lagst.«

»Das zeigt nur, dass alles wahr ist. Vergiss nicht: Es war keine Waffe aus Metall, mit der du mich verwundet hast. Die Zargen, die mich durchbohrten, waren aus Holz. Jeder andere wäre an der Verletzung gestorben. Nur mich kann kein Mensch töten.«

Josef wusste, dass manchem Soldaten der Ruf anhing, kugelsicher oder hieb- und stichfest zu sein. Durch einen Bund mit dem Teufel konnte diese unschätzbare Eigenschaft errungen werden. Aber dass man ein Neugeborenes für sein zukünftiges Leben unverletzlich machen konnte, hatte er noch nie gehört. Was für eine Frau musste die Mutter des Grafen gewesen sein, wenn sie dafür ein ungetauftes Kind ermorden ließ?

Der Graf schien sich sicher zu sein, dass der Schutz dieses schwarzen Zaubers noch immer an ihm haftete. Wenn er recht hatte, dann war jeder Kampf gegen ihn sinnlos.

Josef blickte in Schängs Gesicht. Aber er sah darin weder Hoffnung noch Verzweiflung. Nur Konzentration und eine Ruhe, die ihn erstaunte.

Als Schäng sprach, war seine Stimme ebenso unbewegt wie seine Miene.

»Du hast mir vor Jahren das Leben gerettet, und du wurdest mein Freund, als ich fast meine ganze Familie verloren hatte und einen Freund mehr als jemals brauchte«, sagte er. »Ich habe dich geliebt wie meinen Bruder. Dann erkannte ich dein wahres Gesicht, und es kamen der Hass und die Abscheu.« Schäng schwieg einen Moment, ehe er fortfuhr. »Dennoch bin ich froh, dass wir uns heute wieder begegnet sind. Ich habe geglaubt, dich getötet zu haben. Viele Nächte hat mich das Bild deines durchbohrten Körpers verfolgt. Dieses Bild und der furchtbare Zweifel, dass der Augenschein mich getäuscht haben könnte. Es war meine alte Freundschaft zu dir, die mich zweifeln ließ.

Vielleicht hat sich Jungsdorf getäuscht, dachte ich. Kann es sein, dass Gille nicht der Mörder des armen Kindes in der Scheune war?

Immer wieder bewies ich mir selbst, dass du schuldig warst, schuldig sein musstest. Aber immer wieder begann sich der Reigen von Zweifeln und Selbstvorwürfen zu drehen, brachte mich um den Schlaf in der Nacht und meine Seelenruhe bei Tag.

Darum bin ich froh, dich heute getroffen zu haben. Du hast mir eine übergroße Schuld genommen. Du hast es verdient, zu sterben. Es wäre besser für dich gewesen, mit einem Mühlstein um den Hals in einem See versenkt zu werden, wie es in der Bibel steht. Das ist sicher.«

Der Graf lächelte spöttisch. »Der brave Johannes. Noch immer der alte Moralapostel«, sagte er. »Er zitiert aus der Bibel. Er glaubt, Gott sei auf seiner Seite. Welcher Gott? Der Gott der Katholischen oder der Gott der Reformierten? Gewiss jedoch ein Gott, in dessen Namen Hunderttausende erschossen, verbrannt und weit grausamer ermordet wurden, als ich es jemals getan habe. Und im Namen dieses Gottes verdiene ich es, zu sterben? Willst du in seinem Auftrag mein Richter und mein Henker sein?«

»Ich habe gesagt, dass du es verdienst, zu sterben. Aber ich werde dich nicht töten. Du hast recht. Dreißig Jahre Krieg haben das Böse in die Menschen fahren lassen wie die Dämonen, die Jesus austrieb, in die Schweine.

Als ich jung war, dachte ich, es sei meine Aufgabe, gegen das Böse zu kämpfen, es zu vernichten, wo ich es antreffe. Doch nun sehe ich vieles anders. Ja«, sagte Schäng ruhig, »du hast es verdient, zu sterben. Aber es ist nicht meine Aufgabe, dich zu töten. Geh, wenn du willst.« Schäng wies mit dem Kopf auf die Söldner, die die Männer Lays eingekreist hatten. »Du hast nichts mit ihnen zu schaffen. Und wir wollen sie nur vertreiben und die Frauen befreien. Also: Geh jetzt! Und lass uns hoffen, dass wir uns nie wieder sehen.«

Für einen Moment starrte der Graf Schäng ungläubig an. Dann trat Wut in seine Augen.

»*Du* willst *mir* das Leben schenken?«, sagte er. »Für wen hältst du dich? Glaubst du auch nur die geringste Hoffnung zu haben, *mich* zu besiegen? Hat dich das Leben mit diesen Tölpeln wahnsinnig gemacht?«

»Ich glaube nicht, dass ich dir das Leben schenken kann. Es ist nur nicht meine Aufgabe, gegen dich zu kämpfen.«

»Fürchtest du den Tod so sehr? Ist es das? Willst du mich überreden, dich zu schonen und kampflos abzuziehen? Hat dich das Alter feige gemacht?«

»Ja, wahrscheinlich kannst du mich töten, wenn wir gegeneinander kämpfen. Wenn du willst, dann werden wir es tun. Aber ich dränge nicht darauf«, sagte Schäng gleichmütig. »Ich habe genug Kämpfe in meinem Leben ausgefochten. Es sollte andere, wichtigere Dinge geben.«

Gille sah mit einem Mal gar nicht mehr so jung aus. Seine Züge erschlafften, das Blut wich ihm aus dem Gesicht und ließ es grau wirken. Als würde er gegen einen plötzlichen Schwächeanfall ankämpfen, presste er die Lippen hart zusammen.

Es ist Schängs Gleichgültigkeit, die er nicht ertragen kann, erkannte Josef. Er will bewundert oder gefürchtet werden. Gleichgültigkeit ist ihm unerträglich.

Als der Graf jetzt sprach, hatte seine Stimme alle überlegene Ironie verloren.

»Du glaubst, mit mir fertig zu sein? Dann habe ich eine Neuigkeit für dich. Ich wollte mir die Überraschung aufheben. Als kleines Präsent zum Abschied, wenn ich dich von dieser Welt in eine andere schicke.«

Er lächelte fast zärtlich. »Dein Vater, dein Bruder und deine Schwägerin, sie starben alle in einer Nacht – und von einer Hand. Meiner Hand.«

Schäng starrte ihn an, rührte sich aber nicht, sagte kein Wort. Das Lächeln des Grafen wurde strahlend.

»Wie oft hast du diese Hand geschüttelt, wie oft den, dem diese Hand gehört, Freund genannt?«

»Du lügst!«

»Ich kann dir alles schildern, was in dieser Nacht geschah.«

»Ich habe dir selbst erzählt, wie ich meine Familie verloren habe.«

»Ja. Es ist amüsant, die eigenen Taten erzählt zu bekommen.« Der Graf zupfte die Spitzenmanschette seines Hemdes zurecht.

»Auch mit dieser Lüge kannst du mich nicht zwingen, dich anzugreifen«, sagte Schäng.

»Warum, glaubst du, habe ich wohl damals deine Freundschaft gesucht? Hätte nicht jeder in unserer Truppe, vielleicht im ganzen Heer, sich gerne mein Freund genannt? Es war leicht, dein Herz zu gewinnen. Wem, glaubst du, hast du deine Verletzung zu verdanken? Ich selbst habe in jener Schlacht auf dich geschossen, um dich anschließend retten zu können. Mein Plan ging auf: Du warst mir von da an ergeben. Ich habe dich gewählt, weil unser Zusammensein mir so süße Erinnerungen an jene Nacht in Koblenz bescherte«, sagte Gille. »Aber dann wurdest du wirklich mein Freund. Niemand zuvor konnte sich preisen, mein Freund gewesen zu sein. Allerdings wusstest du es nicht zu schätzen. Du hast *mich* verraten für ein paar bedeutungslose Dirnen. Ein paar mehr oder weniger – wen kümmert es?«

»Du bringst mich nicht dazu, dir zu glauben, dass du der Mörder meiner Familie bist.«

»Nein?«, fragte der Graf. »Dann lass mich mal überlegen. Was kann nur der Mörder deiner Familie wissen? Wie dein Bruder um sein Leben bettelte? Nun, das könnte ich erraten haben. Und du kannst das nicht wissen.«

»Das sagt mir nur, dass du meinen Bruder nie getroffen hast.«

»Oh doch! Ich habe ihn sogar *gut* getroffen.« Der Graf hob seinen Degen, dass die Klinge matt glänzte. »Nicht mit diesem, aber einem ebenso guten. – Ich habe immer darauf geachtet, dass meine Waffen zu den besten gehören. – Nur ein einziger Stich, ins Herz. Du hast allerdings recht. Er hatte keine Gelegenheit zu betteln. Das war nur ein Scherz von mir. Ich tötete ihn im Schlaf. Das Ziel meines Besuchs war auch nicht dein Bruder, sondern deine schöne, ach so lustige Schwägerin, die glaubte, *mich* abweisen zu können. Aber schließlich hat sie nicht mehr gelacht.«

»Auch das glaube ich dir nicht. Schöne Frauen gab es für dich immer mehr als genug, eine Abfuhr machte dich nicht zum Mörder.«

»Nein, ich hätte mir deshalb kaum die Mühe gemacht. Ich hätte die kleine Koblenzerin schnell vergessen. Aber sie hat mich nicht nur abgewiesen. Sie hat mich verhöhnt. Sie, eine Kaufmannsfrau!« Gilles Stimme zitterte. »Sie hätte stolz sein sollen, als ich sie nach der Messe vor der Kirche ansprach, aber sie drehte sich nur wortlos weg. Das Kind, es stand ein Stück weit weg bei der Magd, sah, wie ich seine Mutter ansprach. ›Was will der hübsche Mann von dir?‹ Ganz laut über den Platz hat es das gerufen, und alle haben zu uns herübergesehen. ›Er will mit mir spielen. Aber er sucht sich besser ein Mädchen in seinem Alter‹, hat deine Schwägerin geantwortet, so als wäre ich irgendein hergelaufener Bäckerjunge. Es standen so viele auf dem Platz vor der Kastorkirche, Offiziere, Soldaten und Koblenzer Bürger. Und alle – alle haben sie gelacht! Über mich gelacht!

Und es hörte nicht auf. Noch Tage später erzählte es einer dem anderen. Plumpe, einfache Söldner sagten jetzt ›der hübsche Mann‹, wenn sie von mir redeten.«

Josef konnte es kaum glauben. Nach all diesen Jahren, nach dem, was er verbrochen hatte, war dieser Mann noch erbittert über einen Scherz, eine Neckerei.

Als überaus stolz hatte Schäng Gille beschrieben. Aber er war mehr als das. Vor Jahren hatte der Pfarrer in Josefs Heimatgemeinde gegen den Stolz gepredigt. Er hatte gesagt, dass Stolz die erste Sünde gegen Gott, die Sünde Luzifers, gewesen sei, und damit der Ursprung aller Sünden. Das hatte Josef nicht verstanden. Wie konnte ein so alltäglicher Fehler wie Stolz so schlimm sein? Doch nun verstand er: Für Gille zählte nichts außer ihm, auch nicht das Leben und das Leiden anderer. Josef glaubte ihm nicht nur die Morde, mit denen er prahlte. Diesem Mann würde jede Grausamkeit, die er anderen antat, nur beweisen, wie weit er über allen stand.

Doch Schäng schien noch immer an Gilles Worten zu zweifeln. Nach wie vor stand er ihm angespannt, aber tatenlos gegenüber. Da ging Gille einen Schritt zurück, hob seinen Degen und führte eine elegante Parade in der Luft aus, als wolle er sich für eine Übungsstunde lockern. Er hob die Waffe leicht vor seinen Körper, bevor er weitersprach.

»Die Truhe«, sagte er und belauerte Schäng bei diesen Worten wie ein Jäger einen angriffsbereiten Eber. »Es gelang ihr, das Kind in der Truhe in Sicherheit zu bringen und den Schlüssel aus dem Fenster zu werfen. Ich hätte nicht versuchen sollen, das Schloss aufzubrechen. Die Scharniere waren weniger stark. Das eine hatte ich schon halb aufgebogen, als die Nachbarsfrau alles verdarb.«

Vor den nächsten Worten hob der Graf seinen Degen kaum merklich an: »Scharniere und Schloss waren in Lilienform.«

Etwas bewegte sich so rasch und nah an Josef vorbei, dass er erschrocken zusammenfuhr und die Augen zukniff. Das Erste, was er dann wahrnahm, war der helle Klang von Stahl, der auf Stahl traf. Als er, kaum einen Moment später, die Augen wieder öffnete, standen die beiden Männer so nah beieinander, dass sie sich fast berührten, die Gesichter keine Elle weit voneinander entfernt. Die beiden Klingen waren knapp über den Panieren hart gekreuzt. Wer wen pariert hatte, konnte Josef nicht erkennen. In dieser Stellung hielten sie sich gegenseitig bewegungslos in Schach.

Josef wagte kaum zu atmen. Schäng erwiderte den Druck des

anderen Degens mit sichtlicher Anstrengung. Seine Züge waren in einem Ausdruck eiskalter Wut und Konzentration erstarrt. Der Graf dagegen schien jede Sekunde zu genießen. Seine Lippen waren leicht geöffnet zu einem erregten Lächeln. Obwohl er kleiner und zierlicher als Schäng war, schien es ihm keinerlei Mühe abzuverlangen, seinem Gegner standzuhalten.

Als wolle er diese Überlegenheit demonstrieren, löste der Graf mit einer tänzerischen Bewegung, so schnell und leicht wie der Flügelschlag eines Vogels, seine Waffe aus der Überkreuzung und wich einen Schritt zurück. Sein Manöver kam so ansatzlos und überraschend, dass Schäng für einen winzigen Augenblick um sein Gleichgewicht kämpfen musste. In diesem Moment wäre es Gille ein Leichtes gewesen, ihn zu treffen. Aber er stand nur da und suchte Schängs Blick.

»Wer könnte hier wem das Leben schenken?«, fragte er spöttisch. »Tut es dir jetzt nicht leid, dass du nicht an meine Unschuld geglaubt hast? Dann hätte ich dich nicht getötet. Zumindest nicht heute Nacht.«

Er hatte seinen Satz kaum beendet, als er so unvermittelt und blitzartig wie eine Schlange angriff. Aber auch Schäng zeigte, dass er das Kriegshandwerk nicht verlernt hatte. Er parierte den Schlag. Seine Klinge glitt an der des Grafen entlang, und er setzte zu einem Gegenstoß an. Er bewegte sich schneller, als Josef es je für möglich gehalten hätte, doch der Graf schien seinen Konter erwartet zu haben. Es war, als könne er Schängs Gedanken lesen. Er wich der Klinge um Haaresbreite aus und traf stattdessen Schäng am Unterarm. Sofort färbte Blut das Hemd dunkel. Aber es schien keine tiefe Wunde zu sein, denn Schäng hielt den Degen immer noch fest in der Hand.

»Du weißt, ich hätte deine Sehne durchtrennen können«, sagte der Graf. »Ebenso leicht und genau wie ein Feldscher die eines festgeschnallten Verwundeten.«

Schäng erwiderte nichts.

»Und weißt du auch, dass du heute nicht nur dein Leben vergeudet hast? Alle werden sterben, weil du nicht auf mein Angebot eingegangen bist. Brennt dir nicht dein ach so starkes Gewissen? Alle deine bedauernswerten Bauernfreunde, jeder einzelne wird sterben – nur deinetwegen.«

Der Graf deutete mit dem Degen zum Platz hinüber, und unwillkürlich folgte Josefs Blick der Bewegung.

Er erschrak, als er sah, wie sich die Lage für die Männer aus Lay entwickelt hatte. Gedrängt wie eine von Wölfen bedrohte Schafsherde standen sie in einer dichten Gruppe mitten auf dem Platz. Der Ring der Söldner hatte sich enger um sie geschlossen. Jeder der Soldaten war mittlerweile bewaffnet, viele von ihnen mit Musketen.

Sie dürfen auf keinen Fall in diesem Ring bleiben. Sonst sind sie verloren. Alles andere wäre besser als das!, dachte Josef.

Dann bemerkte er Franz, den Fährmann, in der Gruppe. Er hatte ihm den Rücken zugekehrt und wurde von Paul gestützt. Offenbar war er verletzt und konnte nicht mehr allein stehen. Als Franz den Kopf drehte, konnte Josef sein Gesicht sehen. Hätte er ihn nicht schon von hinten erkannt, so hätte er nicht gewusst, wer dort stand. Sein Gesicht war blutverschmiert, als habe er es darin gewaschen. Trotzdem konnte man deutlich den Schnitt erkennen. Quer über seine Stirn, durch sein linkes Auge bis hinunter zum Kinnknochen verlief er, so dunkel und breit, dass Josef sich entsetzt fragte, wie ein Mann mit einer solchen Kopfwunde noch stehen konnte. Die linke Schulter und die Brust von Franz' Hemd bis hinunter zum Bund glänzten schwarz, und seine Hände waren ebenso blutbedeckt wie sein Gesicht.

Als sich einige Männer zur Seite bewegten, sah Josef am Rand der Gruppe eine leblose Gestalt auf dem Boden liegen. Er konnte in der Dunkelheit nicht erkennen, wer es war. Hastig suchte er die Reihe der Männer ab: Da waren Peter, Hannes, Paul, Martin … Wo war Jan? Josef sah wieder auf die am Boden liegende Gestalt, und Hoffnungslosigkeit kam über ihn: Der Mann, der dort reglos lag, musste Jan sein.

Trauer und Verzweiflung nahmen Josef fast den Atem. Sein Freund war gefallen, ohne dass Schäng oder Josef es auch nur bemerkt hatten. Blieb den eingeschlossenen Männern noch irgendeine Möglichkeit, lebend aus der Umzingelung zu entkommen? Josef konnte es sich kaum vorstellen.

Nach allem, was Josef von der Kampfkunst des Grafen gesehen hatte, würde er in den nächsten Augenblicken Schäng töten. Und viel länger würden auch die anderen nicht leben. Es war nur verwunderlich, dass die Soldaten die Eingeschlossenen noch nicht niedergemacht hatten. Die Situation war aussichtslos. Sie würden alle sterben.

Du könntest entkommen, sagte eine leise Stimme in Josef. Er befand sich außerhalb der Umzingelung, und der Graf war in den Kampf mit Schäng verwickelt. Wenn er die wenigen Schritte zum Waldrand liefe, um zwischen den Fichtenstämmen zu verschwinden, würde ihn dann jemand verfolgen? Vielleicht würde es noch nicht einmal jemand bemerken. Josef wusste: Mit seiner Flucht würde er einen feigen Verrat an den anderen begehen. Aber es konnte ihnen auch nicht helfen, wenn er mit ihnen starb. Was ihn wirklich an diesem schrecklichen Ort hielt, was es ihm unmöglich machte, in den Wald zu fliehen, war der Anblick der kleinen Hütte auf der anderen Seite der Rodung. Dort, wo der Gelbhaarige vor dem Eingang geschlafen hatte, dort wurden wahrscheinlich die Frauen gefangen gehalten. In dieser Hütte würde auch Ellie sein. Und wenn Josef vielleicht hätte fliehen und alle anderen zurücklassen können, so war es ihm nicht möglich, Ellie im Stich zu lassen. Er konnte nicht ohne sie diesen Ort verlassen.

Ein Lachen, so leicht und fröhlich wie das eines Kindes, riss ihn aus seinen Gedanken. Der Graf hatte Schäng wieder angegriffen. Hell klingend trafen ihre Degen in einer rasenden Folge von Angriff und Abwehr aufeinander. Wie Tänzer umkreisten sich die beiden, trafen aufeinander und trennten sich wieder, jeder auf die Bewegung des anderen reagierend, als handele es sich um einen einstudierten Tanz. Funken leuchteten wie winzige blaue Sternschnuppen auf, wenn klirrend Klinge auf Klinge traf. Jetzt konnte Josef sehen, dass auch Schäng trotz seiner alten Hüftverletzung ein Meister mit dieser Waffe war. Josef hatte schon manches Mal Übungs- und Schaukämpfen durchreisender Söldner zugesehen. Viele prahlten gerne mit ihrer Geschicklichkeit vor den staunenden Bauernburschen. Dabei wurden meist stumpfe Waffen benutzt, und sie führten manche imponierende Stich- und Schlagkombination vor, die im Kampf kaum angewandt werden konnte. Aber gegen den Kampf, den Josef hier sah, war das alles nur ein plumpes Herumgestolpere gewesen.

Der Graf schien den Kampf zu genießen wie ein berauschendes Spiel. Die Haut seiner Wangen, so glatt und hell wie Porzellan, war nun zart gerötet, seine Lippen halb geöffnet. Mit immer verwegeneren Angriffen rief er immer schnellere Konter auf Schängs Seite hervor.

Schließlich trat er einen Schritt zurück, warf den Kopf in den Nacken, lachte und rief: »Ah! Wie ich das vermisst habe! Es tut mir fast leid, dich töten zu müssen. So einen Gegner findet man nicht einen unter tausend.«

Er lächelte Schäng zu und hob seinen Degen zum Gruß. Aber der erwiderte die Geste nicht, schien sie noch nicht einmal zu bemerken.

Der nächste Angriff des Grafen kam ansatzlos und schnell, und Schäng reagierte sofort. Für Josef waren nur verschwommene Bewegungen zu erkennen. Er konnte weder sagen, wie der Graf angegriffen hatte noch ob es Schäng gelungen war, den Angriff abzuwehren oder ihm auszuweichen. Es war nicht mehr Zeit als für ein Händeklatschen vergangen, als der Graf wieder in seine Ausgangsposition zurückschnellte. Und auch Schäng stand wieder unbewegt, als wäre nichts geschehen. Josef atmete erleichtert aus, als er einen unscheinbaren Punkt auf Schängs Brust bemerkte, der zuvor noch nicht da gewesen war.

Es wird nichts sein, nur ein Blutspritzer von der Verletzung am Arm. Noch während Josef dies dachte, sah er, wie der Punkt wuchs, und mit ihm wuchs seine Verzweiflung.

»Es war nicht dein Herz, aber ich hätte es ebenso leicht treffen können«, sagte der Graf. »Vielleicht wird es mein nächstes Ziel sein.«

Wieder griff er an. Doch er zielte nicht auf Schängs Herz. Er schlug tief zu, und als sich die Fechter diesmal trennten, stand Schäng schwankend. Sein ganzes Gewicht lag nun auf seinem linken Bein, das rechte hatte er nahe herangezogen. Ein gerader Schnitt hatte seine Hose an der Außenseite in Kniehöhe durchtrennt und war in sein Fleisch gefahren. Dabei mussten die Sehnen durchtrennt worden sein, denn sein Unterschenkel hing leblos an dem erhobenen Knie. Schängs Atem klang unnatürlich laut. Auf einem Bein stehend, konnte er nichts anderes mehr tun, als den Todesstoß zu erwarten. Doch den brachte auch der nächste Angriff Gilles noch nicht. Zwar ging Schäng, nun auch am anderen Bein verletzt, zu Boden, aber tot war er nicht. Auf dem Bauch liegend, hatte er immer noch seinen Degen in der Hand. Er stützte den anderen Arm auf die Erde und richtete sich auf.

»Ja, so habe ich dich oft vor mir gesehen. Auf dem Bauch im Staub liegend und um Erbarmen flehend«, sagte Gille.

»In deinen Träumen?« Schäng sprach nun keuchend und abgehackt.

»In meinen Vorahnungen. Und jetzt liegst du wirklich so da. Flehst du nun um dein Leben?«

»Nicht um meins. Du weißt, wie es um mich steht. Aber wenn du es willst, dann flehe ich dich um das Leben des Jungen an. Um seins und um das der Frauen und Männer aus Lay. Du hast keinen Grund, ihren Tod zu wünschen.«

Der Graf trat näher an Schäng heran. »Nein, das habe ich nicht«, sagte er sanft. »Oder ich hatte es bisher nicht. Jetzt wird es meine Rache vollkommen machen, dich bei ihrem Tod zusehen zu lassen.«

Er drehte sich zu den Söldnern um. »Gustav!«, rief er, und der Gelbbärtige schaute zu ihm herüber.

»Ihr könnt jetzt ein Ende machen«, sagte er.

Darum haben die Söldner also gezögert. Sie warten nur auf den Befehl, dachte Josef. Und jetzt, genau jetzt, werden wir sterben.

Der Graf richtete seine Augen auf Josef. Langsam ging er auf ihn zu. Josef sah in diese Augen, sah sie immer näher kommen. Sie waren so hell, dass ihm ihre Pupillen dunkler erschienen als alles, was er bisher gesehen hatte. Schwarz wie der Schacht eines endlos tiefen Brunnens. Und schrecklich leer wie der Himmel in einer mond- und sternenlosen Nacht.

Ich muss wegrennen, dachte Josef. Aber es war wie ein Vorsatz, den man in einem Traum fasst: deutlich, doch ohne Wirkung auf das Handeln. Er konnte sich nicht bewegen, nichts tun. Er sah nur in diese Augen, deren Blick seinen festhielt und die ihm näher und näher kamen.

Doch mit einem Mal löste sich der Blick von ihm und fixierte etwas über Josefs Schultern hinweg.

»Ah!«, sagte der Graf, und ungespielte Überraschung und Freude klangen in seiner Stimme mit. »Heute müssen die Sterne besonders günstig für mich stehen.«

Josef hatte sich wie befreit gefühlt, als der Graf ihn nicht mehr anstarrte, aber bei seinem freudigen Ausruf drehte er sich mit einer bedrückenden Ahnung um.

Am Rand der Lichtung, fast genau an der ihm gegenüberliegenden Seite, stand eine schlanke Gestalt. Im ersten Moment glaubte Josef, dass er sich täuschen müsse, dass die Angst und die Todesnähe ihm Trugbilder schickten. Aber dann sah sie ihn an und hob kaum merklich die Hand. Nun war er sich sicher, dass sie wirklich da stand, obwohl er sich auch jetzt nicht erklären konnte, wie sie hierhergekommen war. Aber irgendwie musste es ihr gelungen sein.

Dort drüben, bleich und sichtlich erschöpft, aber aufrecht, stand sie: Katharina.

Der Graf drehte sich zu Schäng um. Dieser hatte die Hände auf den Boden gestützt und seinen Oberkörper so weit hochgestemmt, dass er dem Blick seines Feindes folgen konnte. Mit aufgerissenen Augen starrte er zu seiner Nichte hinüber.

»Hast du sie mitgebracht?«, fragte Gille. Dann, nach einem Blick auf Schäng entsetztes Gesicht, sagte er: »Nein, sie muss euch gefolgt sein. Heimlich, nehme ich an.« Er betrachtete Katharina ruhig. »Ein mutiges Mädchen. – Ein dummes Mädchen. Aber nicht so dumm, das versichere ich dir, dass sie ihren Mut nicht noch heute bereuen wird.«

Auch die anderen Soldaten hatten Katharina nun entdeckt. Obwohl sie dichter bei ihr standen als der Graf, versuchte keiner, sich ihr zu nähern. Der Gelbbärtige, den Gille Gustav gerufen hatte, sah zu ihm hinüber. Als er merkte, dass der Graf Katharina gesehen hatte, wandte er seine Aufmerksamkeit wieder den umzingelten Bauern zu.

»Wie schön sie ist. Und wie ähnlich sie ihrer Mutter sieht«, sagte der Graf. »Vielleicht ist es doch gut, dass ich damals die Truhe nicht öffnen konnte. Es ist manchmal klug, sich etwas für später aufzuheben.«

Lächelnd sah er zu Schäng zurück. Der lag auf der Erde, das Gesicht in den verschränkten Armen vergraben.

»Keine Angst, auch wenn du sie nicht sehen kannst, hören wirst du sie. Das versichere ich dir«, sagte der Graf und ging in Katharinas Richtung. Als er an Josef vorbeikam, deutete er eine höfliche Verbeugung an.

»Ich erbitte deine Entschuldigung, mein Junge, aber ich muss unser Treffen ein wenig verschieben. Du weißt: Damen haben immer Vorrang«, sagte er, bevor er heiter und ungeduldig, als ginge er zu einem Rendezvous, davonschritt.

Der Graf musste auf seinem Weg zu Katharina den Kreis der Söldner umgehen. Diese schenkten ihm ebenso wenig Aufmerksamkeit wie er ihnen. Sie kannten ihre Aufgabe. Das große Töten würde gleich beginnen. Degen und Säbel in den Händen, rückten sie von allen Seiten langsam vor. Musketen waren nicht mehr zu sehen. Es war zu gefährlich, auf eine eingekreiste Gruppe von Feinden zu schießen. Eine Kugel konnte leicht ihr Ziel verfehlen und auf der anderen Seite einen der eigenen Männer treffen.

Auch die Layer hatten ihre Waffen gehoben. Doch welche Waffen waren das! Nur wenige hatten Schwerter oder andere Stichwaffen, und an der Art, wie sie diese hielten, war deutlich zu sehen, wie ungewohnt ihnen die Handhabung war. Die anderen hatten ihre Sensen, Dreschflegel und Mistgabeln zwar fest und sicher gepackt, aber die Zuversicht war aus den Mienen der Layer Männer verschwunden.

Es war, als hätte sich ein Schatten über jeden Einzelnen gelegt. Und dies lag nicht nur daran, dass die Nacht noch dunkler geworden war. Der Himmel war jetzt tiefschwarz, und für alle Blicke undurchdringlich umstand der Wald die enge Lichtung. Der Wind war angeschwollen und ließ den Wald mit tausend Stimmen flüstern. Ein noch entfernter Blitz erhellte die Szene, und gedämpft hallte Donnergrollen herüber.

Nach dem kurzen Aufleuchten war es nun so finster, dass Josef einzelne Gesichter kaum mehr erkennen konnte. Doch die Verzweiflung der eingeschlossenen Männer spürte er nur zu deutlich.

Er versuchte, Fährfranz in der Gruppe zu erkennen. Er, zumindest *er,* konnte doch seinen Mut nicht verloren haben. Er würde die Männer bei ihrer Verteidigung anführen. Aber Franz war kaum noch bei Bewusstsein. Paul hatte nun beide Arme um die Brust seines Onkels geschlungen, nur mit Mühe konnte er ihn aufrecht halten. Franz hatte die Augen bloß noch halb geöffnet.

Sein Arm war von Pauls Schulter heruntergerutscht, seine Beine wollten den Körper nicht mehr tragen. Von ihm war ebenso wenig Führung und Unterstützung zu erwarten wie von Schäng. Keine Hoffnung schien für Josef und die Layer zu bleiben. Der zufriedene Gesichtsausdruck des gelbbärtigen Söldners sagte, dass auch er mit wenig Widerstand rechnete.

Dann geschah etwas, was in dieser Situation so seltsam und befremdend wirkte, dass Josef zunächst dachte, der Verstand des alten Esau habe der Todesangst nicht standgehalten. Esau zog die kleine Flöte aus der Tasche und begann, ein Lied zu spielen. Josef wusste, dass Esau vor vielen Jahren als Pfeifer mit den Truppen des Kaisers gezogen war. Aber er spielte kein Kampflied, kein Soldatenlied, sondern ein lustiges Tanzlied, das wohl jeder Bauer kannte. Seltsam fröhlich klang die einfache Weise über den Kampfplatz.

Josef musste plötzlich an das Dorffest vor kaum einer Woche denken, als Katharina ihm das Tanzen beigebracht hatte. Ein ganzes Leben schien damals vor ihnen allen zu liegen. Ein Leben voller Arbeit, aber auch voller Glück. Das alles würde es nun nicht geben – für ihn nicht, für sie alle nicht.

Und Ellie und ich haben noch nicht einmal miteinander getanzt, dachte Josef. Er selbst fand den Gedanken einfältig, wo sie doch beide bald sterben würden. Aber dennoch machte er Josef traurig und zornig.

Warum mussten sie nach Lay kommen?, dachte er und sah wütend zu den Soldaten hinüber. Warum konnten sie uns nicht in Ruhe lassen?

Die Söldner hatten ihr Vorrücken abgebrochen und sahen verblüfft zu Esau, manche von ihnen mit einem Grinsen im Gesicht.

»Der Alte wollte ein Trauerlied spielen und hat sich vertan«, rief ein junger Soldat. Viele lachten, und der junge Söldner hob auffordernd seinen Degen.

»Jedenfalls haben wir jetzt Musik bei unserer Arbeit«, sagte er und ging einen Schritt vor.

Aber harsch kam der Befehl des Gelbbärtigen: »Tötet den Pfeifer zuerst – sofort.«

Josef sah erstaunt zu ihm hinüber. Seltsamerweise sah er nun weniger zufrieden, ja, sogar fast beunruhigt aus. Josef folgte seinem Blick. Die Layer standen zusammengedrängt da wie zuvor.

Doch etwas hatte sich geändert. Ja, die Lage war noch genauso bedrohlich, vielleicht sogar verzweifelt. Aber trotzdem: Die Hoffnungslosigkeit war nicht mehr so greifbar. Zwischen ihnen stand der alte Esau, einer aus ihrem Dorf, einer von ihnen, und blies ein Lied, das sie alle bei gemeinsamen Feiern, bei Taufen und Hochzeiten gehört hatten. Wie bei Josef rief es auch bei ihnen Bilder des friedlichen Lebens hervor, ihres gemeinsamen Lebens. Ihr Zusammengehörigkeitsgefühl war erwacht.

Der Wind war unterdessen noch stürmischer geworden. Er rauschte durch den Wald, heulte auf, schwoll an und ab. Der ganze Wald um sie herum schien lebendig geworden zu sein. Die Baumwipfel schwankten schwarz vor dem kaum helleren Himmel. Äste bogen sich, Schatten schienen sich durch das Gehölz zu bewegen, und da und dort brachen dürre Zweige wie unter schweren Schritten. Aber hell und klar klang die Flötenmelodie durch das Getöse.

»Tötet ihn!«, wiederholte der Gelbbärtige.

Da knackte es laut im Gebüsch am Waldrand. Zunächst war nur ein kalbshoher schwarzer Schemen zwischen den düsteren Stämmen auszumachen. Dann wuchs er empor und bildete dabei die Umrisse eines riesigen Mannes.

Erst als er einen Schritt aus der Finsternis heraustrat, war er als Bär zu erkennen. Die Layer waren nicht weiter verwundert, dass Esaus Flöte den Bären herbeigelockt hatte, doch durch die Reihen der Söldner ging ein abergläubiges Murmeln.

»Ein Geist.« – »Nein, ein Bär.« – »Das ist kein echter Bär. Das ist ein Höllengeist. Der Alte hat ihn herbeigerufen. Aus der Hölle.« – »Er hat ihn mit seiner Zauberflöte erschaffen.« – »Der alte Mann ist ein Hexer. Das habe ich gleich gedacht.«

Mehr als es Gefahr konnte, erschreckte die Furcht vor Zauberei diese erfahrenen Krieger. Der Vormarsch auf die Umstellten war vorerst gebremst, und viele sahen bestürzt zu dem Bären. Es war nur ein kleiner Aufschub, aber es war mehr, als Josef noch vor wenigen Augenblicken erhofft hatte.

»Das ist nur der auf dem Dorffest entlaufene Tanzbär.« Kühl und klar klang die Stimme des Grafen. »Seht hin: Er hat nur ein Auge. Eine kleine Erinnerung daran, dass ich ihm im Wald schon einmal begegnet bin. Jetzt werde ich es beenden.«

Furchtlos ging der Graf auf das Tier zu. Der Bär brüllte und hob seine Tatzen. Aber der Graf blieb außerhalb ihrer Reichweite stehen.

»Ich werde euch beweisen, dass dies kein Geist ist. Ich werde ihn erst blenden und dann erlegen«, sagte er ruhig, die Augen fest auf den Bären gerichtet. Kaum hatte er es ausgesprochen, da schnellte er vor, streckte sich in einer einzigen Bewegung, stieß die Spitze seines Degens in das verbliebene Auge des Bären und sprang zurück. Der Bär brüllte vor Schmerz auf und taumelte, blieb aber aufgerichtet stehen.

»Ihr seht, was für ein blödes hilfloses Vieh euer Geist aus der Hölle ist.« Der Graf hatte sich, während er sprach, halb zu den Soldaten umgewandt. Jetzt drehte er sich wieder dem Bären zu.

»Und nun«, sagte er immer noch lächelnd, »zurück mit dir in die Hölle.«

Doch in dem Moment, als er dem nun blinden Tier den Todesstoß versetzte, schlug dessen Tatze nach seinem Arm. Der Bär musste die Bewegung geahnt haben. Der Graf reagierte mit der ihm eigenen erstaunlichen Schnelligkeit. Noch in der Stoßbewegung wich sein Arm der Tatze aus, ohne die Kraft des Stichs zu mindern. Aber trotz seiner Blendung folgte der Bär dem Arm, und seine Krallen zerrissen den Hemdsärmel, ehe er unter dem Stich zusammenbrach. Das Lächeln stand immer noch auf den Lippen des Grafen, als er die Klinge aus dem Körper des Bären zog.

Doch eine leise Stimme sagte verwundert: »Er blutet. Der Graf blutet.«

Gille sah auf seinen Arm herab. Drei Risse, kaum mehr als Schrammen, hatten die Krallen des Bären in seinem Arm hinterlassen. Dunkel zeichneten sie sich auf der weißen Haut seines Arms ab.

»Er ist gar nicht unverwundbar.« Wieder begann das Flüstern unter den Söldnern. – »Ein Geist kann jeden verwunden.« – »Nicht, wenn er der Teufel wäre.« – »Was, wenn der Alte noch mehr Geister herbeiflötet?«

Langsam schwand das Lächeln des Grafen. Er wandte den Kopf wieder nach den Söldnern um, die sofort verstummten. Niemand erwiderte seinen Blick. Wenn der Graf auch offenbar nicht gänzlich unverwundbar war, *sie* wollten sich lieber auf keine Auseinandersetzung mit ihm einlassen.

Währenddessen hatte Esau nicht aufgehört, sein Lied zu spielen. Für einen Moment sah es so aus, als wolle der Graf etwas zu den Soldaten sagen. Doch dann ging er mit langen Schritten durch den Ring, den sie um die Bauern bildeten. Er eilte auf die Layer Männer zu, als wäre es nicht eine Gruppe von über vierzig bewaffneten Feinden, sondern nur eine Herde Schafe. Alle waren zu entsetzt, um anders zu reagieren, als ihre Waffen fester zu packen. Ohne einen Moment innezuhalten, hob der Graf seine Waffe, als er noch zwei Schritt von den Ersten der Gruppe entfernt war. Josef hätte nie geglaubt, dass Gille irgendwen damit erreichen könnte. Aber in einer fließenden Bewegung schoss er vor, versenkte seine Klinge in Esaus Hals und zog sie in der gleichen Bewegung wieder zurück. Rückwärts ebenso schnell gehend wie vorwärts, erreichte er beinahe im selben Augenblick wieder den Ring der Söldner. Peter hatte als Erster erfasst, was geschah, und den Dreschflegel nach dem Grafen geschwungen. Doch da war der schon drei Schritte entfernt. Ein letzter, kreischender Ton durchschnitt die Nacht, dann war die Flöte still, und nur noch das Brausen des Winds war zu hören. Esau lag auf dem Boden. Blut spritzte aus seinem Hals auf die Männer, die zu ihm eilten.

»Ich hoffe, das hat eure Fragen beantwortet«, sagte der Graf. »Nun tut eure Arbeit. Ich«, er drehte sich zu Katharina, und jetzt war sein strahlendes Lächeln wieder da, »ich habe noch etwas vor.«

Katharina klammerte sich an den rauen Fichtenstamm und hielt sich mühsam aufrecht.

Josef wusste nicht, was er tun sollte. Es zog ihn zu der Hütte, in der er Ellie und die anderen Frauen vermutete. Vielleicht konnte er zumindest sie im Kampftumult unbemerkt retten. Aber irgendwer musste auch Katharina zu Hilfe kommen. Und sollte er nicht an der Seite der Männer kämpfen, mit denen er vor wenigen Stunden aufgebrochen war? Er sah von der Hütte zu den eingekesselten Männern, als ein Schrei Katharinas seinem Zögern ein Ende machte. Er stürzte in ihre Richtung, ohne zu überlegen, was er mit seinem lächerlichen Handbeil gegen einen Meister der Fechtkunst ausrichten sollte.

Der Graf hatte seinen Degen eingesteckt und hielt nun einen schlanken Dolch in der Hand. Die Spitze des Dolchs hatte er unter Katharinas Kinn gesetzt und sie so gezwungen, ihm ihr Gesicht entgegenzuheben. Seine andere Hand hatte er um ihren Hals gelegt. Aber Katharina hatte weniger aus Schmerz denn aus Schreck und Empörung geschrien. Ihr Mieder war von der Taille aufwärts zerschnitten, und eine feine rote Line zog sich von ihrem Bauch zwischen ihren Brüsten entlang bis zum Hals.

Josef war noch fünf Schritte von ihnen entfernt, als Gille, ohne zu ihm hinzusehen, kalt sagte: »Bleib stehen, sonst stirbt sie auf der Stelle.«

Josef wusste sofort, dass es dem Grafen ernst war, und er erstarrte, wieder einmal zur Untätigkeit verdammt.

»Tant pis!«, sagte der Graf. Josef verstand den französischen Ausdruck nicht, aber das höhnische Bedauern in seiner Stimme war nicht misszuverstehen. »Welch eine reizende kleine Szene wäre das: Der dumme Bauernlümmel verschuldet den Tod der angebeteten, aber unerreichbaren Schönen. Wirklich zu schade! Willst du mich nicht doch angreifen?«

Bei allem Schreck spürte Josef auch Verwunderung. Wie konnte der Graf wissen, wie gern er Katharina hatte? Wer konnte ihm das gesagt haben? Gefühle konnte keiner erkennen, der das Dorf beobachtete. Und würde ein Verräter aus dem Dorf etwas so Unwichtiges berichten?

»Aber auch so können wir einige Freude miteinander haben, wir drei«, sagte der Graf. »Ich liebe es, wenn ich Publikum habe bei der Ausübung meiner Kunst.« Er drückte bedächtig den Dolch empor. Katharina wich vor der Spitze zurück, so weit es ihr möglich war. Sie streckte sich, bis sie auf Zehenspitzen stand, das Kinn emporgereckt. Langsam schob sich der Dolch nach oben, seine Spitze bohrte sich in ihre Haut. Wenn der Graf jetzt zustieß oder Katharina strauchelte, würde ihr die Klinge durch Kinn, Zunge und Rachen bis in den Gaumen fahren.

Der Sturm toste mittlerweile und übertönte fast den Kampflärm, der hinter Josef losgebrochen war. Jetzt waren Söldner und Bauern aufeinandergetroffen. Aber Josef drehte sich nicht um. Er konnte sich nicht von Katharina und dem Grafen abwenden. Ein Blitz warf helles Licht auf das Bild vor ihm. Die Klinge des Dolchs leuchtete in blassem Silber, nur ein roter Tropfen lief an ihrer Schneide herab.

Der Donner folgte dem Blitz, und plötzlich fielen schwere Regentropfen. Wie Tränen liefen sie Josef über das Gesicht. Hilflos ließ er die Hand mit dem Beil sinken. Er konnte Katharina nicht helfen. Er konnte nur zusehen und warten. Aber irgendwer musste doch etwas tun können. Verzweifelt drehte er sich um. Schäng lag reglos mit dem Gesicht auf der Erde, wahrscheinlich lebte er nicht mehr. Die anderen wehrten sich verzweifelt gegen die Söldner.

Das Gewitter war nun direkt über ihnen. Ein weiterer Blitz, diesmal ganz nah, erleuchtete wieder für einen Augenblick die Lichtung. Selbst das Buschwerk am Waldrand wechselte für diesen Moment von völliger Finsternis in trübes Dämmerlicht. Da sah Josef nicht weit von der Stelle, wo der Bär aus dem Wald getreten war, wieder die schwarze Silhouette des Tiers zwischen den Baumstämmen. Aber das konnte nicht sein. Er drehte schnell den Kopf. Ja, er konnte immer noch seinen schweren toten Körper einige Schritte entfernt auf dem Boden liegen sehen.

»Der Bär!«, schrie einer der Soldaten. Seine Stimme kippte wie die eines Jungen, und er deutete auf den Waldrand. »Da! Sein Geist!« Und erst jetzt war sich Josef sicher, dass er seinen Sinnen trauen konnte.

Der Soldat starrte zu dem geisterhaften Bären, doch niemand außer Josef beachtete seinen Ausruf. Der Kampf war in vollem Gange. Die Männer kämpften um ihr Leben. Waffen schlugen aufeinander, Schreie gellten, und über allem tobte das Unwetter.

Der Bär trat mit schweren Schritten aus dem Gebüsch, das Unterholz brach knackend unter seinem Tritt. Er ging aufrecht, fast wie ein Mensch. Nein, es war kein Bär, es war ein Mensch! Für einen Moment glaubte Josef ganz sicher, Jäp zu erkennen, dann schien ihm die Gestalt wieder völlig fremd. Nicht fremd wie ein unbekannter Mensch oder ein noch nie gesehenes Tier, sondern fremd wie ein Wesen, das nicht hierhin gehörte. Wie ein Wesen aus der Hölle.

Das Geschöpf legte den Kopf in den Nacken und schickte einen grollenden Schrei zum Himmel. Es war nicht das Brüllen eines Bären, aber sicher konnte auch kein Mensch solch einen wütend knurrenden Schrei ausstoßen. Jetzt wandten sich doch einige Köpfe nach dem schrecklichen Geräusch um. Aber das Bärenwesen griff schon an. Es bahnte sich seinen Weg mitten durch das Kampfgetümmel, als kenne es keine Gefahr und keinen Schmerz. Zunächst traf es auf den Söldner, der es entdeckt hatte. Er hatte sich seither nicht gerührt und starrte den Bärenmenschen nur an. Der wischte ihn mit einer einzigen Armbewegung aus dem Weg. Er traf ihn mit solcher Kraft gegen den Kopf, dass der Mann von den Füßen gerissen wurde, zur Seite flog und drei Schritt weit entfernt auf den Boden prallte. Er rührte sich nicht mehr, und sein Kopf lag in einem unnatürlichen Winkel auf seiner rechten Schulter.

Ein zweiter Söldner überließ den Kampf mit Peter seinem Kameraden. Sein Degen zielte auf das Herz des neuen unheimlichen Gegners, traf aber etwas höher in seine Schulter. Die Klinge fuhr tief ins Fleisch, aber sie bremste den Tiermenschen nicht. Dessen Faust knallte auf den Kopf des Söldners. Das Krachen der Schädelknochen war bis zu Josef zu hören. Der Soldat war tot, ehe sein zerschmetterter Kopf den Boden berührte, doch sein Degen war so tief eingedrungen, dass er immer noch in der getroffenen Schulter festsaß. Der Bärenmensch packte die Klinge, riss sie aus der Wunde und warf sie zu Boden. Unbeirrt setzte er seinen Weg durch das Handgemenge fort. Nun wendeten sich die Soldaten von allen Seiten gegen ihn. Ein zögerlicher Schwerthieb ritzte seine Rippen. Er brach dem Angreifer mit einem fast beiläufigen Schlag den Arm. Jemand feuerte eine Muskete auf ihn ab. Die Kugel streifte seine Stirn, ohne dass er sie auch nur beachtete.

Unaufhaltsam stapfte er voran. Die Layer wichen ihm aus wie einem wütenden Stier. Von ihnen hatte er noch keinen verletzt. Aber es sah nicht so aus, als ob er in seiner Kampfeswut irgendwelche Unterscheidungen treffen würde. Mittlerweile hatte er den Doppelkreis der Kämpfenden fast durchquert. Josef konnte bei der Dunkelheit und dem dichten Regen nur wenig sehen, aber ihm schien, dass es sich doch um einen Menschen handeln musste. Ein riesiger Mann mit nacktem Oberkörper und Hosen aus grobem Leder. Quer über seine Brust, die behaart war wie die eines Tieres, verlief ein breites Lederband, an dem der Mann einen langen, breiten Stab auf dem Rücken trug. Blut vermischt mit Regenwasser lief über sein Gesicht und ließ es wie eine grausige Maske aussehen. Trotzdem glich er im Licht eines Blitzes plötzlich wieder Jäp. Josef hatte in der Kirche eine Predigt über einen Mann gehört, in den Dämonen gefahren waren. War das mit Jäp geschehen? Mit verzerrten Lippen, gefletschten Zähnen und Augen, die nichts Menschliches hatten, kam er direkt auf Josef zu.

Jetzt erst fiel Josef auf, dass dieses Wesen mit Jäps Körper vom ersten Moment an, als es am Waldrand aufgetaucht war, unbeirrt auf ihn zuhielt. Keiner, der sich ihm in den Weg gestellt hatte, kein Angriff hatte ihn von dieser Richtung abgebracht.

Josef wollte fliehen, als er merkte, dass Jäp nicht ihn ansah, sondern über seine Schulter hinweg etwas hinter ihm anstarrte. Josef sah sich um. Einige Schritte hinter ihm stand der Graf. Er hatte sich von Katharina abgewandt, die neben der Fichte in die Knie gesunken war. Statt des Dolchs hielt er nun wieder seinen Degen in der Hand. Mit einem leichten Lächeln um die Lippen sah er Jäp entgegen. Ihn allein schien dieses Wesen, halb Mensch, halb Bär, nicht zu schrecken. Jäp ging an Josef vorbei, ohne ihn zu beachten. Er war jetzt nur noch wenige Schritte vom Grafen entfernt. Im Gehen griff er über seine Schulter nach dem Stab auf seinem Rücken und löste ihn von dem Gurt. Doch das, was wie ein Stock ausgesehen hatte, war aus der Nähe als eine übergroße Schwertscheide aus dunklem Leder zu erkennen. Mit einer einzigen kraftvollen Bewegung zog Jäp ein langes Schwert daraus hervor und ließ die Scheide zu Boden fallen. Josef erkannte die Waffe sofort. Es war das Langschwert, an dem Jäp heimlich geschmiedet hatte. Jäp blieb vier Schritt von dem Grafen entfernt stehen und sah dumpf zu ihm hinüber.

»Oh«, sagte der Graf im Tonfall höflicher Verwunderung. »Ich dachte, du wärst mittlerweile tot. – Nun, eigentlich siehst du auch recht tot aus, mein Freund. Aber glaubst du tatsächlich, dass du mich mit diesem …«, er zögerte, als müsse er nach einem passenden Wort suchen, »… mit diesem Alteisen erschlagen kannst?«

Das Schwert in Jäps Hand sah wirklich uralt aus. Es war eine riesige Waffe, so lang wie ein großer Mann. Der Griff aus einfachem Eisen passte nicht zu der matt schimmernden Klinge, auf der schemenhaft Zeichen zu erkennen waren.

Der Kampf zwischen den Layern und den Soldaten war, ohne

dass irgendwer ein Kommando zum Abbruch gegeben hatte, zum Erliegen gekommen. Alle sahen zu Jäp und dem Grafen, die sich gegenüberstanden. Auf sie und auf das Langschwert.

»Das Schwert! Es ist Jäp. Und er hat das Schwert seines Großvaters! *Das* Schwert!«, sagte ein junger Mann aus Lay fast andächtig.

Die anderen Layer reckten verwundert die Hälse nach der legendären Waffe.

»Ich habe nie geglaubt, dass es dieses Schwert wirklich gibt. Sein Großvater hat so viele Märchen erzählt. Keiner hat es je gesehen«, sagte einer.

»Doch, der Bruder meines Großvaters, der hat es einmal gesehen. Als er selbst noch ein Kind war. Aber der Griff war damals abgebrochen«, antwortete ein anderer.

»Irgendein Urahn von ihm soll es von den Zwergen bekommen haben. Weil er noch kein Christ war und sie die Christen hassten.«

»Das habe ich auch gehört, aber nie geglaubt. Jedenfalls muss es uralt sein.«

»Ob das Schwert Jäp verzaubert hat? Er sieht furchtbar aus. Als wäre er kein Mensch.«

Der Graf unterbrach das Stimmengewirr. »Nun denn, mein großer, hässlicher Freund, in welcher Rumpelkammer auch immer du dieses Ding gefunden hast, heb es gegen mich, damit dieses lächerliche Zwischenspiel ein Ende hat. Wie du siehst, habe ich noch anderes vor. Und ich lasse junge hübsche Frauen nicht gerne warten.«

Er sagte es mit seiner üblichen Gleichgültigkeit, aber etwas schien ihn zu beunruhigen.

»Gustav, was tun wir, wenn der Graf getötet wird?«, fragte ein junger Soldat den Gelbbärtigen.

»Keine Waffe kann ihn verletzen, kein Mensch töten«, antwortete Gustav beschwichtigend, ohne den jungen Soldaten anzusehen. All seine Konzentration war auf Jäp und den Grafen gerichtet.

»Aber Gustav, wenn Zwerge das Schwert geschmiedet haben, dann kann es ihn doch verwunden?«, fragte der junge Soldat weiter.

»Es wird schon nicht von Zwergen geschmiedet sein.« Gustav

antwortete ihm abwesend, aber andere Söldner nahmen seine Besorgnis ernst.

»Und der ihm da gegenübersteht ist bestimmt kein Mensch. Er hat Sven erschlagen wie eine Fliege«, sagte einer voller Grauen. Das Gemurmel ging weiter.

»Nein, er sieht aus wie ein Tier. Und ein Tier könnte den Grafen töten.«

»Ich sage: Das ist der Geist des Bären.«

»Haltet das Maul! Alle!« Der Gelbbärtige hatte die Stimme kaum erhoben, aber sein barscher Befehl schnitt doch allen das Wort ab.

»Aber Gustav! Sei nicht so unfreundlich zu den Männern. Ich beantworte gerne ihre Fragen.« Der Graf lächelte unbeschwert, aber in seinen Augen stand Wachsamkeit. »*Dieses* Ding, man nennt eine solche Missgestalt von Schwert Beidhänder«, er deutete mit dem Degen auf das Schwert, »ist sicher vor vielen Jahren von irgendeinem Schmied hergestellt worden und dann irgendwann in die Hände der Vorfahren von *diesem* Ding«, er deutete nun auf Jäp, »gelangt. Das ist die ganze Wahrheit.« Er ging einen Schritt auf Jäp zu, der sich nicht bewegte. »Und was ihn betrifft, so ist er, so leid mir das für die Menschheit auch tut, doch ein echtes menschliches Wesen. Ich werde es euch beweisen, wie menschlich – wie sterblich – er ist.«

Dumpf und schwerfällig hatte Jäp dagestanden und so unbewegt die Worte des Grafen angehört, als sei er wirklich ein Bär und könne ihren Sinn nicht verstehen. Der Graf hatte, während er sprach, anmutig mit dem Degen gestikuliert. Auch bei seinem letzten Satz hatte er scheinbar unwillkürlich mit dem Degen auf Jäp gewiesen. Aber bei seinem letzten Wort war er vorgeschnellt, um zuzustoßen. So schnell, dass man seiner Bewegung kaum folgen konnte. Dagegen schien Jäp sich unendlich langsam zu bewegen. Er hob das Schwert mit beiden Händen und drehte dabei seinen schweren Körper. Der Degen des Grafen stieß an ihm vorbei. Für einen Moment konnte Josef die Augen des Grafen sehen, in denen nichts als übergroßes Erstaunen stand. Dann fuhr der Beidhänder auf ihn herab und traf seinen Kopf genau am Scheitel.

Jäp musste das Schwert gut geschärft haben. Es spaltete den Grafen fast bis zum Gürtel.

Für einen Augenblick standen alle wie versteinert. Sie starrten auf die Leiche. Einige Söldner ließen ihre Waffen sinken, als wäre der Kampf nun beendet. Aber die Layer hatten neuen Mut gefasst und griffen an.

»Josef! Josef, hilf mir!«, rief Katharina. Sie hatte sich an der Fichte hochgezogen. Mit einer Hand hielt sie sich an ihr fest, und mit der anderen raffte sie ihr zerschnittenes Hemd über den Brüsten zusammen. Sie konnte nur ein Bein richtig belasten, aber sie ließ den Baumstamm los und hinkte so schnell sie konnte auf Josef zu.

»Weißt du, wo die Frauen sind?«, fragte sie.

Josef zog wortlos sein tropfnasses Hemd aus und half ihr, es über ihr zerschnittenes Mieder zu ziehen.

»Ich glaube, dass sie drüben in der ersten Hütte sind. Sie war bewacht.«

»Wenn du mir hilfst, schaffe ich es bis dahin.«

Josef schlang den Arm um Katharinas Taille, und sie stützte sich auf seine Schulter.

Die Hütte hatte eine Tür aus Weidenflechtwerk, die von außen zugebunden war. Josef ließ Katharina los und öffnete die Tür mit einem bangen Gefühl. Er wollte die Bilder, die sich ihm aufdrängten, nicht zulassen. Bilder von einem zierlichen, toten Mädchenkörper.

Doch dann durchströmte ihn das warme Gefühl tiefer Erleichterung. Das Erste, was ihm aus dem Dunkel der Hütte entgegenleuchtete, war das helle Haar Ellies. Sie saß an der gegenüberliegenden Wand zusammengekauert auf dem Boden und hielt den Kopf gesenkt. Ihr Haar war offen und fiel ihr über Gesicht und Brust. Sie saß ganz still da und sah nicht auf, als Josef die Tür öffnete. Josef stürzte zu ihr, wurde aber heftig gepackt, kaum dass er den ersten Schritt getan hatte.

»Josef!«, schrie Siska und schlang die Arme noch fester um ihn.

Wie dumm von mir, einfach in diese Hütte zu stürmen, als wäre es die Küche im Mehringhof. Jeder hätte mich greifen können. Es hätte auch eine Wache bei den Frauen sein können, dachte Josef.

Über Siskas Schulter hinweg sah er nun auch Rosa und Ännchen, die dicht beieinander auf dem Hüttenboden knieten. Auch sie schienen unverletzt zu sein. Beide hatten die Hände zum Gebet gefaltet. Rosa sah zu Josef hinüber, nickte ihm zu und brachte fast ein Lächeln zustande, ehe sie sich wieder dem Gebet zuwandte. Draußen hatte der Kampf erneut eingesetzt, und die Männer aus Lay konnten jede Fürsprache bei Gott brauchen.

Ansonsten war die Hütte leer bis auf ein Lager aus Reisig und Laub in der Ecke. Darauf lag schwer atmend ein junger dunkelhaariger Mann. Sein rechter Arm hing über den Rand des Lagers. Dort, wo seine Hand sein sollte, endete der Arm in einem mit fleckigen Tüchern verbundenen Stumpf. Der Mund des Mannes stand offen, sein Gesicht glänzte schweißnass. Sein Atem ging unregelmäßig und keuchend. Er war keine Gefahr. Es war offensichtlich, warum er nicht mit den anderen draußen kämpfte: Dieser Mann lag im Sterben.

Vorsichtig versuchte Josef, sich von Siska frei zu machen, aber sie klammerte sich an ihn. Doch ebenso plötzlich, wie sie ihn gepackt hatte, ließ Siska Josef wieder los. Sie hatte Katharina gesehen, die hinter Josef durch den Eingang trat. Schluchzend und Unverständliches stammelnd, fiel sie nun ihr um den Hals.

Josef ging zu Ellie, die trotz Siskas Geschrei noch nicht aufgesehen hatte.

»Ellie«, sagte er leise und hockte sich neben sie. Da erst sah er, dass ihr Mieder und Hemd auf die gleiche Weise wie bei Katharina zerschnitten waren. Ihr Hemd klaffte auf und zeigte ihre jungen Brüste. Dazwischen war in die Haut zart wie eine Federzeichnung ein Zeichen eingeritzt. Ein fünfzackiger Stern. Zwei seiner Zacken wiesen nach oben, einer nach unten.

Ellie sah unbewegt zu Boden und antwortete nicht.

»Ich hätte heute zwei Hemden anziehen sollen«, versuchte Josef seine eiskalte Angst wegzuscherzen und griff nach Ellies Hand, die in ihrem Schoß lag. Dabei beugte er sich vor, um in ihr Gesicht zu sehen. Ihre Finger, die so gleichgültig und leblos wie die einer Toten in seinen lagen, und ihr ausdrucksloses Gesicht erschreckten ihn so sehr, dass er sich auf die Lippen beißen musste, um einen Schreckensruf zu unterdrücken. Er streichelte die kleine kalte Hand in seiner und murmelte: »Alles wird wieder gut, alles wird wieder gut«, während ihm vor Zorn und Mitleid Tränen in die Augen traten.

Als er ihre Hand losließ, blieb sie in der Luft, dort, wohin er sie gehoben hatte, als gehöre sie zu keinem lebendigen Menschen. Josef fasste Ellies Hand wieder und bettete sie in ihren Schoß.

»Warte ein wenig«, sagte er heiter, als würde er ein Gespräch kurz unterbrechen. »Ich bin gleich wieder da.«

Siska stand noch immer fest an Katharina geschmiegt am Eingang. Sie weinte und redete auf Katharina ein, erzählte davon, wie schlimm alles war, dass alles ihre Schuld sei und wie leid es ihr tue und was sie gelitten habe.

Wie immer dreht sich alles in Siskas Welt um Siska, dachte Josef. Um ihre Schultern lag noch das schöne Tuch, das sie bei ihrer Entführung auf dem Feld getragen hatte.

»Gib mir dein Tuch«, sagte er barsch zu Siska. Sie hob ihr verweintes Gesicht von Katharinas Schulter.

»Ach, Josef! Dass du da bist! Ich bin so froh ...«

»Gib mir dein Tuch!« Josef fasste nach Siskas Schultertuch und zog daran. Unwillkürlich stieß sie seine Hand weg.

»Warum hast du dich nicht um Ellie gekümmert?«, fauchte Josef sie an. »Gib mir das Tuch. Sie braucht es.«

»Ich ... Ich dachte nicht ...«

Nun sah auch Katharina zu Ellie hinüber. Sie verstand sofort.

»Ich helfe dir, es abzulegen«, sagte sie sanft zu Siska, während sie das Tuch löste.

Josef nahm es und legte es, so gut er konnte, über Ellies Brust und Schultern. Es war, als würde er eine Puppe anziehen. Dann strich er ihr die Haare aus dem Gesicht, murmelte ein paar freundliche, beruhigende Worte, ohne zu wissen, ob sie ihn verstand oder auch nur hörte.

»Vielleicht können wir Ellie und die anderen hier rausschaffen, während der Kampf die Soldaten ablenkt«, sagte Josef zu Katharina. »Ellie kann nicht laufen. Aber ich könnte sie tragen. Du müsstest dich von Siska, Rosa und Ännchen stützen lassen.«

Ohne zu antworten, hinkte Katharina zu dem sterbenden Mann hinüber, den sie bisher nicht weiter beachtet hatten. Sie beugte sich über ihn, und Josef fürchtete für einen Moment, sie könnte ihre Wut über die Söldner an dem Hilflosen auslassen.

Doch dann sagte sie: »Ich kenne ihn. Ich habe das getan.« Ihre Stimme zitterte. »Ich habe ihm die Hand abgeschlagen.«

»Er ist keine Gefahr für uns«, sagte Josef. »Er wird nicht mehr lange leben.« Er war in die Türöffnung getreten und sah nach draußen. »Ich glaube, wir müssen nicht fliehen. Wir können hierbleiben«, sagte er. »Es sieht so aus, als würden wir gewinnen.«

Katharina trat neben ihn. Der Kampf hatte sich weitgehend entschieden. Jäps Auftauchen und vor allem der Tod des Grafen hatte die Söldner tief verunsichert. Einige mussten geflohen sein, der Rest von ihnen stand jetzt einer Übermacht der Layer gegenüber. Die Bauern hatten keine Gnade für sie. Mit Mistgabeln und Dreschflegeln fielen sie in Gruppen über jeden her, den sie an der Flucht hindern konnten.

Dazwischen stampfte Jäp in rasender Wut und kämpfte mit bloßen Händen. Er erschlug die Söldner mit der Faust wie mit einem Schmiedehammer. Doch wo er hinkam, wichen ihm nicht nur die Soldaten aus, sondern auch die Layer. Als sich ein Soldat umdrehte, um seine Rettung im Wald zu suchen, packte ihn Jäp von hinten. Er fasste ihn am Nacken und am Hosenbund, hob ihn über den Kopf und blieb einen Moment so stehen. Der harte Griff im Nacken ließ den Mann erstarren. Ein tiefes, grollendes Brüllen brach aus Jäps Kehle hervor. Dann warf er den Mann zwei Schritt weit, dass er gegen einen Baumstamm schmetterte und tot liegen blieb.

Josef erschauderte. Er war Jäp aus tiefstem Herzen dankbar. Jäp hatte den Grafen getötet und sie alle gerettet. Aber Josef würde ihn nie wieder für einen gutherzigen Riesen halten. Er würde sich immer vor ihm fürchten. Und er hoffte, dass er ihm nie wieder allzu nahe kommen würde.

Katharina huschte an ihm vorbei aus der Hütte, ehe er recht bemerkte, was geschah. So schnell sie mit ihrem verletzten Bein konnte, hinkte sie auf die Lichtung, direkt auf Jäp zu, mitten in den Kampf. Josef hielt den Atem an. Warum tat sie das nur? Josef war sich nicht sicher, ob Jäp in dem Zustand, in dem er sich jetzt befand, zwischen Freund und Feind unterscheiden konnte. Ob er überhaupt jemanden erkannte. Doch Katharina schien keine Angst zu haben. Sie trat geradewegs auf ihn zu.

Als sie in seine Reichweite kam, wich Jäp einen Schritt vor ihr zurück, aber Katharina folgte ihm. Sie trat ganz nah an ihn heran.

»Jäp«, sagte sie und sah ihm in die Augen. »Hör mich an.«

Er wich ihrem Blick aus und schüttelte seinen schweren Kopf, als wolle er eine Fliege verscheuchen. Wieder wich er einen Schritt zurück, aber Katharina folgte ihm. Ganz nah stand sie jetzt vor ihm. Sie sah sehr klein und verletzlich aus. Ihr Gesicht, um das ihr gelöstes dunkles Haar nass und wirr herabfiel, war kaum in seiner Brusthöhe. Sie legte ihm eine Hand auf die Brust, und Jäp zuckte zusammen.

»Hör mich an«, sagte sie noch einmal. »Du musst etwas für mich tun. Da ist ein Mann, drüben in der Hütte, ein sehr kranker Mann.« Sie machte eine Pause und hielt Jäp mit ihrem Blick fest. »Hörst du mir zu?«, fragte sie.

Hatte sich sein Kopf etwas bewegt? Hatte er genickt?

»Ich habe ihn schlimm verwundet. Er wird wahrscheinlich sterben. Aber wenn er in der Hütte bleibt, dann stirbt er sicher. Noch heute, noch in dieser Stunde. Sie werden ihn erschlagen. Keiner wird auf mich hören. *Ich* kann ihn nicht tragen. Du musst ihn hier rausbringen.«

Jäp legte den Kopf schief.

»Er liegt drüben in der Hütte. Er ist einer der Soldaten«, fuhr Katharina fort.

Bei ihren letzten Worten wandte ihr Jäp den Rücken zu, als wolle er gehen. Sie fasste seinen Arm und hielt ihn fest. Mit Leichtigkeit hätte er sich losmachen können, doch es war ihre Stimme, die ihn hielt.

»Ich habe dein Leben gerettet«, sagte sie eindringlich. »Jetzt rette du mich. Ich will nicht seinen Tod verschulden.« Mit dem Rücken zu ihr verharrte der Riese.

»Ich habe dein Leben gerettet. Jetzt rette du mich«, wiederholte Katharina.

Da machte er sich los und ging auf die Hütte zu. Eilig trat Josef aus dem Weg. Jäp musste sich tief bücken, um durch die Türöffnung zu treten. Kurz darauf füllte sein massiger Leib wieder den Eingang. Über seinen Schultern lag der Körper des jungen Mannes. Er trug ihn wie ein Schäfer sein Lamm. Ohne einen weiteren Blick für irgendwen verschwand Jäp mit ihm zwischen den Fichten ins Dunkel des Waldes. Fast alle sahen ihm hinterher. Aber niemand wagte es, ihn aufzuhalten oder auch nur anzusprechen.

Die Schlacht fand erst ihr Ende, als auf der Seite der Söldner niemand mehr übrig geblieben war, um zu kämpfen. Keinem war die Möglichkeit gegeben worden, sich zu ergeben. Als die Masse der Söldner geflohen war, hatten die Bauern erschlagen, wen auch immer sie von ihren Feinden zu fassen bekamen, die Verletzten ebenso wie die Standhaften. Nun war es still geworden auf der kleinen Lichtung. Der Kampf war gewonnen, aber Siegesfreude wollte nicht aufkommen.

Der Regen hatte fast aufgehört. Man trug die eigenen Toten zusammen und kümmerte sich um die Verwundeten. Paul bückte sich nach einem Soldatenumhang, hob ihn auf und ging langsam über den Platz zu Will. Er wickelte den toten Körper in den Umhang und schlug das Tuch vorsichtig um den zerschmetterten Kopf. Pauls Gesicht war reglos, aber Tränen liefen ihm die Wangen hinab.

Katharina war zu Schängs bewegungslosem Körper gelaufen. Sie beugte sich hinab und setzte sich dann neben ihn auf den Boden. Seinen Kopf legte sie in ihren Schoß. Still weinend streichelte sie sein Gesicht. Peter war ihr gefolgt, aber einen Schritt entfernt blieb er stehen und betrachtete hilflos die Szene.

Josef warf noch einen Blick auf Ellie. Er hatte sie aus ihrem Gefängnis hinaustragen müssen. Nichts hatte sie dazu bringen können, eine Bewegung eigenständig auszuführen. Jetzt stand sie starr neben der Hütte, dort, wo er sie abgesetzt hatte, im tröpfelnden Regen.

Noch einmal strich Josef ihr das wirre Haar aus dem Gesicht. Ihre Augen waren blicklos in die Ferne gerichtet. Dann riss er sich von ihr los und lief hinüber zu Katharina und Schäng. Seine Erleichterung, Ellie lebend gefunden zu haben, war von der Sorge um ihre Gesundheit verdrängt worden. Was war mit ihr geschehen? Was hatte ihre Seele aus ihrem Körper wie aus einem verwüsteten Heim vertrieben? Würde sie wieder zurückfinden? Und nicht nur der Gedanke an Ellie bedrückte ihn. Nun, da die unmittelbare Gefahr vorüber war, packte ihn die Trauer um die Toten. Dass Will, der freche Will, der nicht älter als er gewesen war, tot sein sollte, wie konnte das wahr sein? Und Jan, mit dem er noch vor wenigen Stunden geredet hatte, wie konnte er tot sein? Während Josef auf Katharina zuging, hoffte er, dass er nicht auch Schäng zu den Toten zählen musste.

Aber so still er auch dalag, Schängs Brust hob und senkte sich. Er atmete.

»Wir müssen ihn vorsichtig heimbringen. Wir sollten eine Trage bauen«, sagte Peter zu Katharina. »Ich werde mich darum kümmern.«

Katharina sah so dankbar zu ihm auf, als habe er sich erboten, für sie ein Schloss zu errichten.

Josef sah Schäng ins Gesicht, das nun alt und hager aussah, und hörte das Rasseln in seinem Atem.

»Ich werde diesen Arzt aus Koblenz holen. Der wird ihm helfen.« Katharina fasste Josefs Hand. Ihre Finger waren kalt, ihr Griff hart. Beschwörend sah sie ihm in die Augen. »Das wird er doch?«, fragte sie.

»Ja, das wird er«, sagte Josef und wusste, dass sie es beide nicht glaubten.

Er ging zu der Stelle, wo Jan liegen musste. Irgendwer hatte ihm schon die Augen geschlossen und ihn mit gefalteten Händen auf dem nassen Boden aufgebahrt.

»Wir werden unsere Toten sofort mitnehmen«, sagte der Fährfranz. Auf Paul gestützt, hatte er ein wenig von seiner Kraft zurückgewonnen. Seine Stimme war bei Weitem nicht so kräftig wie sonst, aber es gelang ihm doch, sich Gehör zu verschaffen. »Ich will nicht, dass einer von den Soldaten zurückkommt und sich an ihnen zu schaffen macht. Die anderen werden wir später begraben.«

»Warum begraben? Wegen mir können sie liegen bleiben. Sollen die Krähen oder Wildschweine sie fressen«, sagte einer.

»Und wenn sie ein Fremder findet? Es war unser Recht, uns gegen sie zu wehren. Aber willst du vor den Richtern des Bischofs dieses Recht verteidigen? Bist du sicher, dass man es uns zugesteht? Nein, niemand hat uns geholfen, und vor niemandem werden wir uns rechtfertigen. Wir verscharren die fremden Hunde morgen Nachmittag im Wald und reißen ihr Lager ein. Nichts soll von ihnen zurückbleiben.«

***

Der Einzug ins Dorf hatte wenig von einer sieghaften Heimkehr.

Die Wolkendecke war stellenweise aufgebrochen, und das erste graue Morgenlicht kündete davon, dass die Nacht vorüber war. Dort, wo die Sonne über dem Höhenzug des Hunsrücks bald aufgehen würde, war der Himmel fahl.

Klein und staubig sahen die Häuser Lays in diesem Licht aus, die Gassen eng. Still, mit übernächtigten Gesichtern traten überall ihre Bewohner vor die Tür. In dieser Nacht hatte außer den kleinsten Kindern niemand im Dorf Schlaf gefunden. Viele waren angekleidet geblieben und hatten versucht, ihre Anspannung zu beruhigen, indem sie Arbeiten verrichteten, die sonst nur den kurzen Abendstunden vorbehalten waren. Die Frauen hatten gesponnen, die Männer geschnitzt. Nur wenige hatten sich hingelegt, doch ohne Schlaf zu finden. Alle warteten. Warteten und horchten. Wann würden sie wiederkommen? Würden sie wiederkommen?

Und in jedem Haus gab es wenigstens einen, um dessen Leben man besonders bangte, für dessen Schutz man betete. Wenn nicht alle zurückkämen, dann sollte doch *er*, zumindest *er*, gesund heimkehren.

Doch tiefer und unausgesprochen lauerte noch eine andere Angst. Die Angst, dass es nicht die heimkehrenden Männer aus Lay wären, die man in den Gassen hören würde, sondern die anderen, die Fremden, die ihre Angreifer niedergemetzelt hatten und die nun gekommen waren, um sich an dem hilflosen Dorf zu rächen.

Es war eine lange Nacht, und das Hoffen fiel immer schwerer. Als nun endlich Schritte durch die Gassen hallten, die langsamen, schweren Schritte erschöpfter Menschen, nicht die energischen Schritte von Angreifern, jubelte dennoch niemand. Alle ahnten, welch ein Kampf es gewesen war.

Der Zug der Heimkehrenden war so still wie eine Beerdigungsprozession. An der Spitze ging Franz, der Fährmann. Er stützte sich mit einer Hand auf Hannes. Ein Verband aus einem Hemdsärmel verhüllte sein linkes Auge und fast die Hälfte seines Gesichts, mittlerweile braun verkrustetes Blut bedeckte die andere Hälfte. Direkt hinter Franz und Hannes folgte Paul. Er hatte einen in ein Tuch gewickelten, kleinen schmalen Körper über eine Schulter gelegt und hielt ihn umschlossen wie ein krankes Kind.

Paul weinte nicht mehr, doch der trostlose Ausdruck in seinen Augen ließ niemanden daran zweifeln, dass der Tote in seinen Armen sein kleiner Bruder Will sein musste.

Auf notdürftig angefertigten Bahren wurden die anderen Toten oder Schwerverletzten mitgeführt. Die Daheimgebliebenen, die noch nicht ihre Verwandten und Freunde in dem Zug entdeckt hatten, blickten angsterfüllt auf die, die dort getragen wurden.

Die Leiche des alten Esau lag auf der ersten Bahre. Hinter ihm trugen zwei Männer den toten Jan. Auch der Mann, dem der fleischige Söldner Wills Messer in den Rücken gestoßen hatte, wurde auf einer Leichenbahre heimgebracht. Der junge Mann auf der nächsten Bahre, lebte, aber er stöhnte leise bei jedem noch so vorsichtigen Schritt seiner Träger. Auf der letzten Bahre lag Schäng. Ob er tot war oder lebte, war für die am Wegrand nicht zu erkennen.

Niemand wagte seine Freude über einen gesund heimkehrenden Freund oder Verwandten zu zeigen. Man schloss diejenigen, um die man besonders gebangt hatte, in die Arme und brachte sie ins Haus wie einen Schatz, um erst dort die Erleichterung zu zeigen. Selbst Mattes, der sich schon vor Stunden aus dem Haus geschleppt hatte, um auf der Straße zu warten, erwiderte nur still die Umarmung von Ännchen, die neben ihm auf die Knie gefallen war.

7.7.1650, der Tag des heiligen Willibald

DIE HEXE

Sobald sie Schäng nach Hause gebracht und notdürftig versorgt hatten, hatte Katharina einen Boten nach Koblenz zu Isaak Coon geschickt. Der Arzt war sofort gekommen, aber helfen konnte er nicht.

»Er weiß es selbst. Er wusste es schon, bevor ich ihn untersuchte. Er war lange genug Soldat, um solch eine Verletzung, einen so tiefen Stich in die Brust, einschätzen zu können«, hatte er gesagt. »Er wird daran sterben. Es kann bereits morgen so weit sein. Sicher wird es nicht länger als drei Tage dauern.«

Doch er hatte sich getäuscht. Schängs Todeskampf dauerte jetzt schon sieben Tage. Und so musste er auch noch das erleben, was Katharina ihm so gerne verheimlicht hätte: das Getuschel, die bösen Gerüchte und die Beschuldigungen, die im Dorf aufkamen und die immer lauter und bedrohlicher wurden.

Es fing harmlos an. Josef wunderte sich nicht, dass alle immer wieder von jener Nacht redeten. War es nicht verständlich, dass in den Tagen nach der großen Schlacht über kaum etwas anderes gesprochen wurde? Und natürlich ging es immer wieder um Jäp.

Josef gab zu, dass Jäps plötzliches Eingreifen und sein fürchterliches Wüten während des Kampfes auch ihm wie etwas Unwirkliches, wie ein Traum, vorgekommen waren. Ja, auch er hatte den Eindruck gehabt, dass da ein Bär kämpfte. Aber dass Katharina, die alle in dieser Nacht schlafend in ihrer Kammer vermuteten, unverhofft auf dem Schlachtfeld erschienen war, das konnte er erklären.

»Sie hatte mir das Versprechen abgenommen, es keinem zu sagen, aber sie ist mit mir im Wald gewesen. Als ich in der Nacht ins Dorf zurückkam, da war sie immer noch bei Jäp. Sie konnte nicht mit mir zurück ins Dorf laufen, weil ihr Bein verletzt war. Außerdem wollten wir Jäp nicht allein und halb tot im Wald zurücklassen. Ich musste das verheimlichen, weil Schäng sonst nie in den Kampf gezogen wäre. Er hätte alles zurückgelassen, um Katharina aus dem Wald zu holen.«

Josef lächelte noch über die Verblüffung, die Katharinas Auftauchen ausgelöst hatte, und freute sich, die Lösung des Rätsels vorbringen zu können. Aber er musste feststellen, dass man der Erklärung mit Zweifel begegnete. Es konnte doch nicht sein, dass Jäp wirklich zu geschwächt gewesen war, um allein zu bleiben. Wie hatte er nur ein paar Stunden später so kämpfen können? Und wenn Katharinas Bein zu sehr verletzt war, um damit ins Dorf zu laufen, wie konnte sie dann quer durch den Wald bis zum Söldnerlager marschieren?

»Ich konnte es auch kaum glauben, als ich sie sah«, sagte Josef. »Aber Katharina hat es mir erklärt. Sie hat Jäp aus seinem Lager Medizin geholt. Er hat sich mit einem seiner Tränke schnell erholt und ist durch den Wald zum Soldatenlager gelaufen. Katharina hat er getragen.«

»Vielleicht hat sie dir ja vorgespielt, dass sie mit Jäp gekommen ist. Gunner hat genau gesehen, dass sie über den Baumwipfel herbeigeflogen kam«, sagte die alte Bernadette mit Bestimmtheit.

Josef schüttelte grinsend den Kopf. »Gunner macht Witze. Wie soll sie denn …« Er verstummte.

Wie soll sie denn fliegen können?, hatte er fragen wollen. Aber als ihm klar wurde, welche Anschuldigung hinter dieser Behauptung steckte, verschlug es ihm die Sprache. Hexen! Hexen konnten fliegen. Aber das konnte doch niemand von Katharina denken! Er sah in die Gesichter der drei Männer und der Frau, die bei ihm auf der Straße standen. Alle Augen waren mit einer Mischung aus Sensationslust und Mitleid auf ihn gerichtet. Sie hielten ihn offensichtlich für ein Opfer Katharinas, dem sie mit Zaubermacht vorspiegelte, sie sei unschuldig.

»Oh … oh, ihr … ihr undankbaren Strohköpfe!« Josef stammelte vor Empörung. »Sie hat für euch gekämpft! Und Jäp auch. Er lag zu Tode erschöpft im Wald. Aber als Katharina ihm von der Entführung erzählte, hat er ein Mittel genommen, das ihm die Stärke von zehn Männern gab. Er hat Katharina bis zu dem Soldatenlager getragen und sich in den Kampf gestürzt. Das Mittel ist gefährlich. Aber er hat es genommen, um *uns* beistehen, um für *uns* alle kämpfen zu können. Und so dankt ihr es ihm.« Ohne ein weiteres Wort, einen weiteren Blick ließ er sie wütend stehen.

Josef war auf dem Weg zu Peter gewesen. Aber nun lief er sofort zurück zum Mehringhof. Keiner von diesen Schwätzern war bei der Schlacht dabei gewesen. Diejenigen, die dort waren, würden ihnen schon widersprechen, ihnen die Wahnideen ausreden. Und Gunner, der angeblich behauptet hatte, gesehen zu haben, wie Katharina herbeiflog? Das musste ein Missverständnis sein. Gunner war ein ruhiger, freundlicher Mann. Er konnte so eine dumme Lüge unmöglich verbreiten. Während Josef nach Hause lief, legte sich sein Zorn ein wenig. Er musste sogar etwas lächeln bei dem Gedanken, wie Katharina über die Wipfel geflogen sein sollte. Trotzdem blieb ein ungutes Gefühl zurück, das schlimmer war als sein Ärger. Es regte sich eine erste Angst in ihm. Das, was da halb ausgesprochen, halb angedeutet worden war, das war nichts, worüber man lächeln sollte. Hinter der offensichtlichen Torheit lauerte eine Gefahr, die nicht unterschätzt werden durfte.

Als Josef die Haustür hinter sich zugezogen hatte und im dämmrigen Flur stand, wusste er nicht mehr, wohin er nun wollte. Er war verwirrt und wütend nach Hause gelaufen, um über die bösen Gerüchte zu sprechen. Aber an wen sollte er sich nun wenden? Der Mehringhof war in den letzten Tagen ein stiller, trauriger Ort geworden. Von keinem anderen Haus in Lay hatte die Schlacht so viele Opfer gefordert. Lukas war seit Jans Tod völlig verstört.

Ellie sprach noch immer nicht. Sie schlief, zog sich an und aß, wenn man es von ihr verlangte. Aber aus eigenem Antrieb tat sie nichts. Wiena verhätschelte sie wie ein Neugeborenes und wollte sonst niemanden für sie sorgen lassen. Sie glaubte, dass jemand Ellies Seele gebannt hätte. Sie wollte mit Ellie nach Winningen zur Dorothea Wirges, die für solche Fälle, das hatte Wiena aus sicherer Quelle, einen Gegenzauber kannte, der schon vielen geholfen hatte.

Oben, in seiner Schlafkammer im ersten Stock, lag Schäng und kämpfte eine hoffnungslose Schlacht gegen den Tod. Mit rot geränderten Augen saß Katharina auf einem Stuhl neben seinem Bett. Sie pflegte ihn und wachte fast ständig bei ihm. Schlaf schien sie keinen mehr zu brauchen. Nur wenn Schäng die Augen aufschlug, lächelte sie. Sonst schien sie in einer eigenen traurigen Welt wie unter einer Glocke aus Glas zu leben. Wenn Lukas oder Josef sie baten, sich doch etwas auszuruhen oder sie in Schängs Pflege ablösen wollten, reagierte sie kaum.

»Ja ... nein ... ist schon gut«, antwortete sie, ohne den Blick von Schäng zu lösen.

Peter war in den ersten Tagen häufig im Mehringhof gewesen, um sich nach Schäng zu erkundigen und mit Katharina zu sprechen. Aber nach dem vierten Besuch hatte Katharina ihm ausrichten lassen, dass sie Schäng nicht allein lassen wolle und kein Besucher ins Krankenzimmer dürfe.

Zu wem konnte Josef in diesem Haus gehen mit seinen Befürchtungen?

Noch während er zögernd im Flur stand, öffnete sich die Haustür hinter ihm und Wiena trat ein.

»Junge, was stehst du denn hier im Weg rum?«, fragte sie, während sie ihren fülligen Körper an ihm vorbeischob. »Es gibt genug zu tun.« Als er nicht antwortete, fuhr sie nach einem Blick in sein ratloses Gesicht besorgter fort: »Oder ist was passiert? – Ist was mit Ellie?«

»Ellie geht's gut«, beruhigte sie Josef. »Das glaube ich zumindest. Ich habe sie seit heute Morgen nicht gesehen. Aber etwas anderes ...« Er hielt Wiena zurück, die weitergehen wollte. Sie war zwar nicht diejenige, die Josef sich ausgesucht hätte, um über seine Sorgen zu reden, aber er hatte wohl keine Wahl.

»Wiena«, sagte er, »hast du gehört, was man im Dorf über die Schlacht erzählt? Dass nicht alles mit rechten Dingen zugegangen sei?«

Jetzt, wo er Wiena darauf angesprochen hatte, wusste Josef, dass er sich genau an die Richtige gewandt hatte. Sie verstand sofort, wovon er sprach. Sie fragte nicht nach, und ein forschender Ausdruck erschien in ihren Augen.

»Weshalb fragst du? Du warst doch dabei. Ist dir in den letzten Tagen etwas zugestoßen?«

»Was soll mir zugestoßen sein?« Josef sah sie verständnislos an. Dann kam er auf seine Frage zurück. »Was reden die Leute, die nicht bei der Schlacht dabei waren?« Er zögerte. Dann fragte er genauer: »Was sagen sie über Jäp und Katharina?«

Wienas Gesicht wurde abweisend. »Das Gleiche, was die sagen, die dabei waren«, antwortete sie knapp und wollte sich abwenden. Aber Josef hielt sie am Ärmel fest. Es war offensichtlich, dass auch Wiena die Gerüchte gehört hatte und darüber ebenso wütend und fassungslos wie er sein musste. Doch auch wenn sie nicht darüber reden wollte: Es brachte nichts, das Gerede einfach nicht zu beachten.

»Nein, warte! Ich weiß, wie dumm das alles ist. Und am liebsten würde ich auch nichts darauf geben. Aber ich muss wissen, wie viele im Dorf denken, dass Jäp und Katharina in dieser Nacht gezaubert haben.«

»Dumm? Dumm findest du das?« Wiena befreite ihren Ärmel aus Josefs Griff, aber sie machte keine Anstalten, wegzugehen. Stattdessen richtete sie sich vor ihm auf, soweit das bei ihrer kleinen gedrungenen Statur möglich war.

»Und was ist mit meiner Kleinen, was ist mit Ellie? Was, denkst du, hat ihr die Sprache und die Seele geraubt?«, sagte sie.

»Niemand hat Ellies Seele geraubt. Sie ist krank. Aber sie wird wieder gesund werden.«

»Ja, ich weiß, dass du sie gerne hast«, sagte Wiena etwas besänftigt. »Aber eine gewöhnliche Krankheit ist das nicht.« Sie schüttelte den Kopf. »Nein, nein. Krankheiten kenne ich. Hier ist der Böse im Spiel. Ich habe sein Zeichen gesehen, als ich sie auszog.«

Josef dachte an den eingeritzten Stern auf Ellies Brust und nickte ernst. Wie gut konnte er Wienas Zorn verstehen.

»Ja, da hast du recht. Aber angetan hat es ihr ein böser Mensch. – Und Jäp hat ihn mit dem alten Schwert getötet.« Die Erinnerung daran war erschreckend und befriedigend zugleich.

Wiena schien keinen Trost aus dem verdienten Tod des Grafen ziehen zu können.

»Der Böse hat ihre Seele geraubt«, wisperte sie schaudernd, wobei sie sich unwillkürlich bekreuzigte.

»Er wird in der Hölle sein«, stimmte Josef ihr zu und hoffte, dass Wiena nichts anderes als den Grafen gemeint hatte.

Aber Wiena beugte sich vor und flüsterte verschwörerisch: »Der Böse ist in Jäp gefahren – der Teufel. Alle haben es gesehen. Seitdem lässt Jäp sich nicht mehr im Dorf blicken. Er weiß genau, dass wir jetzt wissen, was er immer im Wald treibt.«

»Wie kannst du das sagen! Jäp hat uns gerettet! Ohne ihn wären vielleicht alle tot, die in dieser Nacht dabei waren.«

Wiena presste die Lippen zusammen und hob das Kinn. »Es ist tausendmal besser, wenn der Leib stirbt, als wenn die Seele Schaden erleidet. So steht es in der Bibel«, sagte sie streng.

Plötzlich sah sie ganz anders aus, als Josef sie kannte. An die Stelle der überfürsorglichen Mütterlichkeit, die alle stets an ihr belächelten, war Unerbittlichkeit getreten. Wiena hatte ihr Urteil über Jäp gefällt: ohne Richter, ohne ihn anzuhören, nur aufgrund von Gerüchten.

Sprachlos vor Empörung starrte Josef sie an.

Da lächelte Wiena wieder und tätschelte seinen Oberarm. »Ja, ja, mein Junge«, sagte sie tröstend, »das muss dich erschrecken. Wenn man so wie du aus der Eifel kommt, vielleicht aus einer rückständigen Gegend, wo noch nicht gegen die Hexen angekämpft wird, dann weiß man wenig darüber. Aber du musst keine Angst haben. Hier in Lay haben wir Erfahrung damit. Hier kommen Hexen mit ihren Schandtaten nicht davon. Schon vor Jahren haben wir hier Hexen verbrannt. Und ich sage dir«, sie nickte, ihre Worte unterstreichend, »es wird nicht lange dauern, bis in Lay wieder Scheiterhaufen brennen.«

Wiena sah Josef aufmunternd an, als müssten ihre Worte ihm die Angst nehmen. Josef konnte es kaum fassen. Er war nach Hause gelaufen, um sich über das Getratsche im Dorf auszusprechen. Und jetzt dies! Schlimmer könnte es gar nicht sein, dachte er, und wollte zu einer Erwiderung ansetzen, da unterbrach ihn Wiena.

»Pst!«, sagte sie und hob bedeutungsvoll die Augen zur Decke. Über ihnen lag die Schlafkammer Schängs. Vielleicht fürchtete Wiena, der Kranke könnte ihr Gespräch hören und es würde ihn aufregen, vermutete Josef. Wiena fasste seinen Arm, öffnete die Tür zur Stube und zog ihn hinein.

»Du musst dich nicht fürchten, mein Junge«, wisperte sie ihm zu, nachdem sie die Tür hinter ihnen geschlossen hatte. »Aber du solltest vorsichtig sein. Die da oben …«, sie hob wieder die Augen zur Decke, und jetzt wusste Josef, dass sie von Katharina sprach, »… die ist noch schlimmer als der im Wald. Alle wissen jetzt, dass sie Peter verzaubert hat, damit er Siska vergisst und sich nur nach ihr verzehrt. Aber es gibt etwas, was ich noch keinem erzählt habe: Sie hat eine Hand – eine richtige

Menschenhand! – in ihrer Truhe. Jeder weiß, wofür man so etwas braucht. Und wenn sie angeklagt wird, dann werde ich es nicht für mich behalten.«

»Das ist die Hand, die sie dem Schweden abgeschlagen hat. Wir haben sie am Waldrand gefunden.«

»Leise, sprich leise!«, zischte Wiena. Nachdenklich fuhr sie fort: »So hat sie sich also die Hand verschafft.«

»Sie hat sie sich nicht *verschafft*, sie …«, begann Josef. Aber dann begriff er, dass es keinen Sinn hatte, mit Wiena zu reden. Sie hatte ihm seine Frage schon beantwortet. Nun wusste er, was im Dorf geredet wurde. Es stand schlechter, sehr viel schlechter, als er befürchtet hatte. Katharina und Jäp waren in großer Gefahr. Wiena hätte ihm nie so viel erzählt, wenn sie es für möglich hielte, dass er auf Katharinas Seite stünde. Wenn er weiterhin von Wiena die Vorgänge im Dorf erfahren wollte, war es besser, wenn er ihr nicht widersprach und damit ihren Verdacht weckte.

Aus Angst, dass ihm seine Empörung ins Gesicht geschrieben stünde, wagte Josef kaum, Wiena anzusehen. Alles, was er tun konnte, war, nicht zu antworten und mit gesenktem Blick die Stube zu verlassen. Er hoffte nur, dass Wiena dieses Verhalten seiner Angst und Betroffenheit zurechnen würde.

Am liebsten wäre Josef sofort hinauf in Schängs Zimmer gestürzt, um mit Katharina zu sprechen. Aber er verbot es sich. Das würde Wiena zeigen, dass er sie warnen wollte. So ging Josef in den Stall und mistete bei dem Braunen aus, eine Arbeit, die er sich eigentlich erst für morgen vorgenommen hatte. Als er fertig war, ging er so ruhig wie möglich zurück ins Haus und stieg die Treppe hoch. Er öffnete die Tür zu Schängs Zimmer einen Spalt weit. Katharina saß mit gesenktem Kopf und geschlossenen Augen neben dem Bett. Man hätte denken können, dass sie schliefe, aber das leise Geräusch der sich langsam öffnenden Tür ließ sie den Kopf wenden.

Josef winkte ihr schweigend, zu ihm auf den Flur zu kommen.

Sie verließ Schängs Krankenlager nur noch selten, und Josef hatte halb erwartet, dass sie versuchen würde, ihn mit einem Kopfschütteln wegzuschicken. Doch sie folgte ihm sofort. Er zog sie vom Flur in ihr Zimmer, das neben dem Schängs lag.

»Was ist passiert?«, fragte Katharina leise. Sie schien beunruhigt, aber nicht verwundert über sein verschwörerisches Gehabe zu sein.

»Das ganze Dorf ist verrückt geworden. Sie sagen, dass du eine Hexe bist. Du und Jäp«, sagte Josef schnell. Er hatte gefürchtet, die furchtbare Anschuldigung vor Katharina nicht aussprechen zu können, aber es war aus ihm herausgeplatzt. Er sah Katharina an und wartete auf ihre Reaktion, auf Zorn und Empörung oder Angst.

Doch nur ein kleines, halb trauriges, halb resigniertes Lächeln erschien auf ihren Lippen.

»Ich weiß, Josef«, sagte sie ruhig. »Ich weiß es schon seit Tagen.«

»Aber Katharina! Hast du nicht verstanden, was das heißt? Wiena spricht schon vom Scheiterhaufen! Du musst weg! Und Jäp auch!«

Katharina hob die Hand und rieb sich Stirn und Augen. »Ich weiß, ich weiß«, wiederholte sie. Sie sah so erschöpft aus. »Aber ich kann doch nicht gehen. Jetzt nicht.«

Josef brauchte nicht zu fragen. Schäng konnte jeden Tag, jede Stunde sterben. Und Katharina setzte ihre Freiheit und ihr Leben aufs Spiel, um bis zu seinem Ende bei ihm sein zu können. Er machte sich keine Hoffnung, Katharina zur Flucht überreden zu können. Fast wünschte Josef, Schäng wäre schon tot.

»Aber wenn du angeklagt wirst, dann ist es für ihn noch schlimmer, als wenn du jetzt fliehst.«

»So schnell geht das nicht. Erst muss ein Hexenausschuss einberufen werden.« Katharina zögerte. »Vielleicht kann ich vorher gehen«, sagte sie dann mit dem schlechten Gewissen desjenigen, der mit dem Tod des Menschen, den er liebt, rechnet.

»Weißt du denn, wie viel Zeit noch bleibt?«, fragte Josef. »Und woher hast du eigentlich davon erfahren? Wer hat es dir erzählt?«

»Lukas hat mir davon berichtet. Er meint auch, dass ich fliehen muss. Die Leute reden. Und vorgestern hat sogar irgendwer Amica erschlagen und über die Mauer in unseren Hof geworfen.«

»Amica? Deine Katze?«, fragte Josef verständnislos.

Katharina zog nur niedergeschlagen die Schultern hoch. »Ja, du weißt doch, was man von Katzen sagt – sie seien Hexenbegleiter …«

Josef sah Katharina bestürzt an. Wie konnte er das alles nicht bemerkt haben? Er hatte sich wohl mit Ellie viel weiter in ihre stille Welt zurückgezogen, als er es selbst empfunden hatte.

»Und Peter war hier. Schon vor zwei Tagen«, sagte Katharina nun.

Josef atmete auf. »Zumindest glauben noch nicht alle, dass du eine Hexe bist. Du hast noch Freunde. Vielleicht ist es noch nicht ganz so schlimm.«

Aber Katharina lächelte nur traurig. »Er glaubt es auch«, sagte sie. »Oder er hält es zumindest für möglich. Er hat mich gefragt, ob ich ihn mit einem Liebeszauber belegt habe. Aber wenn ich dem Bund mit dem Bösen abschwöre, dann will er mir verzeihen und mich sogar heiraten.«

»Das kann er unmöglich gesagt haben!«

»Doch. Aber er war sich zumindest nicht sicher. Und als ich ihn auslachte, schien er etwas mehr an meine Unschuld zu glauben. Ich wollte ihn danach nicht mehr sehen. Ich habe im Augenblick nicht die Kraft, mit ihm solchen Unsinn zu bereden. Was er jetzt denkt, das weiß ich nicht.«

»Ich werde mit ihm reden. Mit ihm und deinen Freunden. Wir müssen den bösen Gerüchten ein Ende machen.«

»Nein! Josef, das darfst du nicht. Versprich mir, das nicht zu tun.« Katharina sah ihn beschwörend an und fuhr erst fort, als Josef nickte. »Wenn du dich jetzt so für mich einsetzt, dann denken die Leute bestenfalls, dass ich dich verzaubert habe. Schlimmstenfalls, dass auch du im Bund mit dem Bösen stehst. Du müsstest dann mit mir fliehen. Doch helfen würde es mir nicht.«

»Aber was können wir jetzt tun?«

»Beten«, sagte Katharina und drückte Josefs Hand.

***

Das Beten hatte nicht geholfen.

Unversehens waren sie gekommen und hatten Katharina ins Drudenhaus am Rand des Dorfs gebracht.

Josef war an der Mosel gewesen und hatte Leni vom Waschen abgeholt. Der Korb mit der nassen Wäsche war zu schwer, als dass sie ihn allein tragen konnte. Als sie zurückkamen, fanden sie Wiena in der Küche. Sie, die sich sonst den ganzen Tag nicht hinsetzte, saß still auf der Bank. Klein und schmal saß Ellie neben ihr. Schützend hatte Wiena beide Arme um das Mädchen gelegt und blickte kaum auf, als Josef und Leni den Raum betraten. In den letzten Tagen hatte sich Ellies Zustand gebessert. Sie sprach noch immer nicht, aber ihr Blick erfasste nun von Zeit zu Zeit einen Gegenstand oder blieb sogar für einen Moment an dem Menschen hängen, der mit ihr sprach. Vor allem wenn Josef bei ihr war, ließ ihre Anspannung merklich nach. Er erzählte ihr fröhliche Märchen und lustige Schelmengeschichten. Erzählungen, an die er seit Jahren nicht mehr gedacht hatte, tauchten in seiner Erinnerung auf und waren ihre gemeinsame Heimat in den stillen Abendstunden. Es kam ihm vor, als führten seine Geschichten Ellie zurück ins Leben. Wenn sie auch weiter schwieg, so zeigten doch ihre Augen, dass sie zuhörte und verstand. Vielleicht fehlte nur ein Schritt, um sie zurück in diese Welt zu bringen.

Aber als Josef an diesem Nachmittag in die Küche trat, hatte Ellie sich so weit in sich zurückgezogen wie schon seit Tagen nicht mehr. Blicklos starrte sie vor sich hin.

»Was ist passiert?«, fragte Josef.

»Diese rücksichtslosen Trottel!«, schimpfte Wiena mit blitzenden Augen, aber mit gedämpfter Stimme, um Ellie nicht noch mehr zu beunruhigen. »Mit voller Bewaffnung kamen sie hier reingestapft, als ginge es darum, eine Räuberhöhle auszuräuchern. In meine Küche! Ich war gerade im Garten, sonst hätte ich ihnen schon heimgeleuchtet. Mein Mädchen war ganz allein.« Sie zog Ellie noch näher an sich und streichelte ihre Schulter. »Als ich reinkam, haben sie sie angeschrien, sie solle ihnen endlich verraten, wo die Hexe ist. Ich –«

»Was?«, schrie Josef, und als Ellie sich zusammenkrümmte wie ein getretener Hund, fuhr er mühsam beherrscht leiser fort. »Was war hier los? Erzähl schon! War es wegen Katharina?«

»Sie haben sie geholt. Das war auch Zeit. Sie hätte uns alle verfluchen können. Aber dafür müssen sie nicht meine Kleine erschrecken.«

»Wo ist sie? Wo haben sie sie hingebracht?«

Wiena zuckte die Schultern. »Wo soll sie sein? Im Drudenhaus.

Morgen fängt die Befragung an. Der Hexenkommissar ist heute Morgen angekommen.«

Bei dem Wort »Hexenkommissar« durchzuckte Josef die Erinnerung an etwas, das ihn heute Mittag erschreckt hatte. Er war kurz in seiner Kammer gewesen, um etwas zu holen, als sein Blick durch das Fenster auf die Straße gefallen war. Er hatte gerade noch einen Blick auf eine hagere, dunkel gekleidete Gestalt erhascht, die hastig ihres Wegs ging. Obwohl er die Person nicht erkannte, wurde Josef von einem angstvollen Gefühl erfasst, das er sich nicht erklären konnte. Aber er war in Eile, runzelte nur die Stirn über die seltsamen Ahnungen, die ihn so unvermittelt überkamen, als wäre er eine alte Betschwester, und machte sich keine weiteren Gedanken. Jetzt wusste er plötzlich, wer auf der Straße vorbeigegangen war: Das musste der Hexenkommissar gewesen sein. Und obwohl er ihn kaum gesehen hatte, war er sich sicher, dass es derselbe Mann war, der ihm in Winningen gegenübergesessen hatte.

Wenn er sich heute Mittag doch nur Zeit genommen hätte nachzudenken, vielleicht wäre es ihm da schon eingefallen, vielleicht hätte sich Katharina von ihm warnen lassen, vielleicht wäre sie geflohen, vielleicht ... – Aber das waren jetzt unnütze Gedanken. Er musste etwas tun, um sie zu retten! Die Erinnerung an das gemarterte Kind in Winningen ließ ihn erschaudern. Doch noch schlimmere Bilder musste er zurückdrängen: Katharina, so wie dieses Mädchen gequält, hilflos und zum qualvollen Tod verdammt.

»Ich hol sie da raus ...« Josef sah sich um, als könne ihm etwas aus dieser Küche dabei helfen. »Wir holen sie da raus. Sie hat so viele Freunde. Sie können sie nicht hier, in ihrem eigenen Dorf, gefangen halten.«

»Niemand kann mit einer Hexe befreundet sein. Und ihr zu helfen ist eine Sünde an Gott. Pass auf, dass du nicht in Sünde fällst«, sagte Wiena.

Aber Josef hörte kaum hin. Wer konnte ihm helfen?

»Wenn nur Lorenz noch lebte. Er wüsste Rat«, überlegte er laut.

»Sie war es doch selbst, die ihn vergiftet hat.«

»Was?«

»Es gibt genug Zeugen. Sie hat ihm ein Pulver in den Trank getan auf dem Fest. Davon ist er krank geworden und gestorben.«

»Warum hätte sie das tun sollen?«

Wiena sah ihn erstaunt an, als wolle sie sagen: Wie kann ein halbwegs erwachsener Mensch nur so wenig Einsicht zeigen? Aber andererseits kann er ja nichts dafür. Die aus der Eifel haben nun mal einen schwerfälligen Verstand.

»Nun ja«, sagte sie langsam, damit Josef ihr folgen konnte. »Das beweist eben, dass sie eine Hexe ist. Die tun so was nur aus der Bosheit der Hexen heraus. Sie haben sich beim Teufel verpflichtet, Böses zu tun.«

Josef schüttelte den Kopf. Es war sinnlos, mit Wiena zu reden. Jetzt musste schnell etwas für Katharina getan werden.

»Peter! Er wird mir helfen. Wenn er erfährt, was mit Katharina geschehen ist, dann tut er was.«

»Er wird es schon wissen. Einer von denen, die sie abholten, war Paul. Ich hätte mich nicht gewundert, wenn Peter auch dabei gewesen wäre.«

Josef wusste nicht weiter. Es war, als sei das ganze Dorf plötzlich verrückt geworden. Gab es denn niemanden außer ihm, der an Katharina glaubte? Schäng hätte ihr beigestanden. Aber der lag auf dem Sterbebett. Seine Kraft hatte seit dem Kampf beständig abgenommen, und es war erstaunlich, dass er überhaupt noch am Leben war. Wahrscheinlich würde es seinen Tod bedeuten, wenn er jetzt von Katharinas Festnahme erführe.

»Weiß Schäng es schon?«, fragte er.

»Ja, Lukas ist zu ihm raufgegangen, um mit ihm darüber zu reden. Aber so, wie diese Kerle sich aufgeführt haben, muss Schäng sie sowieso bis oben gehört haben.«

Lukas! Ihn hatte Josef ganz vergessen. In den letzten Tagen hatte er ihn kaum gesprochen. Der Tod seines Bruders hatte Lukas schwer getroffen. Er sprach mit niemandem über seine Trauer, aber er hatte sich von einem Tag auf den anderen in einen stillen Mann verwandelt. Wiena hatte erzählt, dass er nicht auf dem Mehringhof bleiben wolle. Er werde zurück nach Amsterdam gehen.

»Ist Lukas noch bei Schäng?«, fragte Josef.

»Nein, Schäng hat ihn zum Schultheiß geschickt. Er will sein

Testament ändern. Es ist klug und gottgefällig von dem Mann, daran zu denken. Er kann doch jeden Augenblick sterben, und dann würde die Hexe Haus und Hof erben. Wenn sie dann brennt, wird alles eingezogen. Was würde dann aus uns?« Wiena nickte zufrieden bei dem Gedanken an Schängs Vorsorge. Fromm setzte sie hinzu: »Und natürlich will er nicht vor Gottes Thron treten und beichten, dass er alles einer Hexe vermacht hat. Ich bin neugierig, wem er alles vererbt.«

Josef sah von Wiena zu der reglos vor sich hin starrenden Ellie und zurück. Er wusste nicht, was er sagen sollte. Das musste Wiena falsch verstanden haben. So etwas war einfach unmöglich. Niemals würde sich Schäng gegen Katharina wenden. Am besten suchte er Lukas. Er konnte unmöglich beim Schultheiß sein.

Aber da hörte er Schritte und Stimmen im Hof, und Lukas kam auf das Haus zu. Bei ihm waren der Schultheiß und zwei der sieben Layer Schöffen.

Josef lief ihnen entgegen.

»Lukas, ist das wahr?«, fragte er, sobald er bei ihnen war. »Das, was mir Wiena von Katharina erzählt hat?«

»Ja, sie haben sie vor einer Stunde abgeholt.«

»Und jetzt? Was tun wir jetzt?«

Lukas warf einen Seitenblick auf die drei Männer, die ihn begleitet hatten. »Na ja«, sagte er ruhig, »ist schon gut, dass du jetzt da bist. Schäng will dir den Hof und alles vererben. Es muss alles sehr schnell gehen. Die Urkunde ist schon ausgefertigt.«

Da sah Josef, dass der Schultheiß eine dünne Pergamentrolle in der Hand hielt, an der bereits das Schöffensiegel Lays mit dem Bildnis des heiligen Martins, der seinen Mantel mit dem Schwert teilt, hing.

»Lukas!« Josef keuchte. »Das kann er nicht tun.«

Lukas lächelte Josef an, lehnte seine Krücke an die Wand und legte Josef die Hand auf die Schulter. Aber seine Finger bohrten sich so fest in sein Fleisch, dass der Schmerz Josef heiß durchfuhr und sein Arm bis zum Ellbogen hinab wie von tausend Ameisenbissen brannte.

Immer noch breit lächelnd sagte Lukas zu dem Schultheiß: »Ich hab es dir doch gesagt: Der Junge kann sein Glück nicht fassen.«

Er wandte sich wieder Josef zu, und sein Griff ließ etwas nach.

»Mein Junge«, sagte er. Das Lächeln stand starr in seinem Gesicht, aber seine ernsten Augen waren beschwörend auf Josef gerichtet. »Mein Junge, das kommt jetzt alles überraschend für dich, aber du musst glauben, dass Schäng weiß, was jetzt das Beste ist. Seine Pläne waren immer gut. Er ist ein alter Soldat.«

Bei den Worten »seine Pläne waren immer gut« hatten sich die Finger wieder schmerzhaft in Josefs Schulter gebohrt, doch nun hatte Josef verstanden, was Lukas ihm sagen wollte: Schäng hatte Pläne, Pläne zu Katharinas Rettung. Und was immer Josef dazu beitragen konnte, das würde er tun. Auch wenn es etwas scheinbar so Verrücktes war, wie als Schängs Erbe aufzutreten. Josef wusste nicht genau, was von ihm erwartet wurde, also nickte er nur und schwieg.

Sie gingen hinauf in Schängs Zimmer. Im ersten Moment glaubte Josef, dass es Schäng besser ginge. Er lag nicht mehr flach auf dem Rücken, stattdessen waren am Kopfende mehrere Kissen aufgeschichtet, sodass er sich in einer sitzenden Position befand. Auch schlug er, sobald sie den Raum betraten, die Augen auf.

In den letzten Tagen hatte er fast die ganze Zeit geschlafen, und alle hatten geglaubt, dass dieser Schlaf irgendwann in den Tod übergehen würde. Jetzt war er hellwach. Doch als Josef ihm in die Augen sah, wusste er, dass der Tod noch immer dicht neben Schängs Bett stand. Es war nur sein überaus starker Wille, der ihn noch am Leben hielt. In seinen Augen brannte dieser Wille. Schäng wollte nicht mehr ruhig in ein anderes Leben hinübergleiten. Er würde nicht eher sterben, bis er sein Ziel erreicht hatte. Eine magere, blutleere Hand winkte sie heran.

»Ich habe keine Zeit.« Schäng flüsterte abgehackt. Es war, als würde eine unsichtbare Schlinge seine Kehle zudrücken und ihm kaum die Luft zum Sprechen lassen. »Ich vererbe alles Josef. Sofort. Hab es Lukas erklärt.«

Er forderte Lukas mit einem Blick auf, weiterzusprechen, und sagte nur noch das Notwendigste, bis das Testament abgefasst und die Schöffen gegangen waren.

»Holt Siska«, keuchte Schäng, sobald er mit Lukas und Josef allein war.

»Siska? Wieso ...?«, begann Josef.

Eine matte Handbewegung Schängs genügte, ihn zu unterbrechen.

Seine Augen fest auf Josef gerichtet, sagte er stockend: »Sag ihr: Ich weiß es … Ich weiß, was sie getan hat.«

Zu gerne hätte Josef gefragt, was er damit meinte. Aber die Zeit verstrich, und Josef wusste, dass Schäng nur noch sehr wenig davon blieb.

Er rannte zu Siskas Elternhaus. Jetzt erst wurde ihm bewusst, dass er Siska seit der Befreiung der Frauen nicht mehr gesehen hatte. Sie war in all diesen Tagen nie in den Mehringhof gekommen.

Die Magd, die ihm im Hof begegnete, ein Junge, der sich dazugesellte und schließlich auch Siskas Vater, alle gaben Josef dieselbe Auskunft. Siska wolle niemanden sehen, sie würde kaum essen oder schlafen und sei weder durch gute Worte noch durch Schimpfen dazu zu bringen, das Haus zu verlassen. Aber Josef ließ sich nicht wegschicken. Es sei wichtig, Schäng schicke ihn, und der liege im Sterben.

Schließlich stieß die Magd Siskas Vater mit dem Ellbogen an.

»Dann lass ihn doch zu ihr«, sagte sie mürrisch. »Er wird sich schon seine Abfuhr holen. Oder sie redet vielleicht wenigstens mit ihm.« Offensichtlich erregte Siskas Verhalten bei ihr mehr Ungeduld als Mitleid. Josef, der wusste, wie schwierig Siska sein konnte, wunderte das kaum.

»Na ja, schaden kann es ihr ja nicht«, meinte dann auch Siskas Vater achselzuckend und warf Josef einen abschätzenden Blick zu. »Sie wird sich aber nicht über deinen Besuch freuen«, sagte er warnend.

Früher hätte Josef lieber einen kampflustigen Geißbock eingefangen, als die übellaunige Siska zu etwas zu überreden, was sie nicht wollte. Aber jetzt war es ihm einfach gleichgültig, was sie ihm an den Kopf werfen würde. Er war fest entschlossen, sie in den Mehringhof zu bringen, und wenn es mit Gewalt war.

Während die Magd Josef die Treppe hinaufführte, sagte sie: »Es fehlt ihr nichts, aber sie bleibt den ganzen Tag in ihrer Kammer wie ein krankes Fräulein. Die Rosa war ja auch entführt und machte am nächsten Tag wieder alle Arbeiten. Ich glaube, Siska spielt sich mal wieder auf.«

Vor einer Kammertür blieb sie stehen.

»Siska?«, rief sie.

»Lasst mich doch in Ruhe!«, kam es sofort von drinnen. Aber die Magd drückte die Klinke runter und öffnete die Tür einen Spalt.

»Viel Glück!«, flüsterte sie Josef zu, bevor sie ging.

Nur für einen Moment zeigte sich Erstaunen in Siskas Augen, als nicht die Magd, sondern Josef eintrat. Dann drehte sie den Kopf weg. »Was willst du denn bei mir?«, fragte sie böse.

Aber Josef hatte doch ihre verweinten unglücklichen Augen gesehen. Er trat zu ihr und legte ihr vorsichtig die Hand auf die Schulter. Sie zuckte zusammen, aber sie stieß die Hand nicht weg.

»Komm bitte mit mir«, sagte er sanft. »Sie haben Katharina im Drudenhaus eingesperrt, und Schäng liegt im Sterben. Er schickt nach dir.«

Ohne sich umzudrehen, löste sich Siska mit einem Schritt nach vorne von Josefs Hand.

»Geh heim!«, fauchte sie. »Es ist genug – genug! Was soll denn noch alles kommen?« Dann wurde ihre Stimme leise und brüchig. »Ich kann jetzt sowieso nichts mehr tun.«

Josef fasste wieder Siskas Schulter, nun nicht mehr besonders sanft, und drehte sie zu sich um.

»Du musst kommen. Schäng kann kaum sprechen und hat mich, weiß Gott, weshalb, zu dir geschickt. Ich werde nicht ohne dich zu ihm zurückgehen.« Dann fiel ihm sein unverständlicher Auftrag ein. »Er lässt dir sagen: Er weiß es. Er weiß, was du getan hast.«

Siskas Körper spannte sich an. Bisher war sie Josefs Blick ausgewichen. Jetzt drehte sie sich um.

»Was hat er gesagt?«, fragte sie. »Was?«

»Nur, dass er es weiß. Jetzt komm schon! Dann kannst du ihn selbst fragen.«

»Er kann es nicht … oder vielleicht …«

»Mach schon!« Josef packte Siskas Hand und zog sie zur Tür. »Komm, wenn du ihn noch lebend sehen willst.«

Kaum noch widerstrebend ließ sich Siska von ihm zum Mehringhof bringen.

»Lass uns allein«, sagte Schäng nur.

Josef verließ das Zimmer und lief im Flur auf und ab, aber die Zeit verging, und niemand rief ihn zurück. Schließlich öffnete er vorsichtig die Tür und schaute hinein.

Siska kniete am Kopfende neben Schängs Bett, ihr Gesicht war in den Decken vergraben. Nur an dem Beben ihres schmalen Rückens war zu sehen, dass sie leise, aber verzweifelt weinte.

Langsam wie ein müdes Tier kroch Schängs Hand über die Bettdecke, bis sie den blonden Kopf erreichte. Ganz sanft streichelte er ihr kurz über das Haar.

»Es wird wieder gut.« Schäng sprach leise und mühsam.

»Nein. Nie ... nie wieder wird es gut werden.« Siska stieß die Worte zwischen Schluchzern hervor. »Ich bin so dumm gewesen! So schlecht! Lorenz hat mich geliebt. Und dann ... dann ...« Ein neuer Weinkrampf nahm ihr den Atem.

»Tust du es?« Trotz des mühsamen Flüsterns klang Schäng drängend.

Aber Siska antwortete nicht, sondern schluchzte weiter.

Schäng keuchte vor Anstrengung, Siskas Schluchzen zu durchdringen. »Es kann dein Leben kosten.«

»Das ... das ist mir gleich«, stammelte Siska und sah auf. Sie fasste die jetzt so hagere Hand Schängs und legte ihre Stirn auf den Handrücken. »Es ist mir gleich, was mit mir passiert. Ich mache, was du willst.«

»Gut«, war alles, was Schäng sagte.

Anscheinend hatte er schon längst bemerkt, dass Josef in der Tür stand. Er winkte ihn heran, ohne herüberzusehen.

»Ruf Lukas«, flüsterte er erschöpft. »Er wird alles erklären.«

Schäng schloss die Augen. Nur das Rasseln seines Atems bewies, dass er noch lebte.

Lukas übernahm für Schäng das Sprechen und gab Siska den Auftrag, bei Peter vorbeizugehen.

»Es wäre gut, wenn er uns hilft. Aber bevor du weißt, wie Peter zu Katharina steht, darf er auf keinen Fall merken, was du von ihm willst«, endete Lukas. »Meinst du, dass du das schaffst?«

Siskas noch vom Weinen rote Augen blitzten wie in alten Zeiten auf. »Wenn ich es will, wird er glauben, dass ich nur seinetwegen gekommen bin«, sagte sie.

Auch Josef bekam einen Auftrag, aber er war sich seines Erfolgs nicht so sicher wie Siska.

»Du weißt, wo Jäp sein Lager hat«, sagte Lukas zu ihm. »Vielleicht ist er da. Du musst ihn warnen. Er ist ebenso in Gefahr wie Katharina. Sag ihm, dass er heute Nacht zum Mehringhof kommen soll. Aber erst spät, wenn es dunkel ist und alle anderen im Dorf schlafen. Er soll durch das kleine Tor in den Garten kommen und leise an das Fenster von Schängs Arbeitszimmer klopfen.« Lukas sah Josef eindringlich an. »Und vergiss nicht, ihm einzuprägen, dass niemand im Dorf ihn sehen darf. Niemand! Er soll nicht glauben, dass er irgendwem trauen kann.«

Josef war sich nicht sicher, ob Jäp sein Lager noch an derselben Stelle hatte. Aber selbst wenn: Jäp würde sich kaum dauernd dort aufhalten, und Josef hatte keine Zeit, lange auf ihn zu warten. Er musste unbedingt vor der Dämmerung zurück sein. Wenn Siska Peter nicht trauen, ihn nicht in den Plan einweihen konnte, musste Josef rechtzeitig an dessen Stelle bereitstehen.

Wie in der Nacht des Kampfes lief Josef wieder abseits der Pfade quer durch den Wald, aber diesmal war er sich sicher, dass er auf dem richtigen Weg war. Bald hörte er auch schon undeutlich die tiefe Stimme des Köhlers. Jäp, der schweigsame Einsiedler, schien Selbstgespräche zu führen. Josef wollte sich gerade durch Rufen bemerkbar machen, da hörte er eine zweite Männerstimme antworten. Eine leisere, hellere Stimme.

»Das ist Zauberei! Ich kann es kaum glauben, was du bewirkt hast.«

Josef konnte Jäps Antwort nicht verstehen. Wie seltsam, dass er gerade jetzt mit jemandem über Zauberei spricht, dachte er. Hoffentlich hat ihn keiner aus dem Dorf aufgestöbert. Aber Josef war sich so gut wie sicher, diese Stimme noch nie zuvor gehört zu haben.

Vorsichtig schlich er sich an den Rand des Gebüschs, bis er durch das Geäst in die Mulde sehen konnte.

Neben seinem Unterschlupf hockte Jäp auf dem Boden, vor sich ein kleines Bündel frisch gepflückter Pflanzen. Konnte dieser freundliche Riese wirklich derjenige sein, der vor wenigen Tagen wie ein Wesen aus einer anderen Welt gekämpft und getötet hatte?

Jäp gegenüber saß im Schneidersitz ein Josef unbekannter junger Mann mit dunklem Haar und schmalem, sehr blassem Gesicht. Er trug sein Hemd offen, und die Lichtflecken, die die Sonne durch das Blätterdach warf, leuchteten weiß auf seiner Brust.

Jäp hielt dem jungen Mann eine Pflanze mit behaarten grünen Blättern, gelbgrünen kleinen Blüten und etwa zwei Spannen langen Stängeln hin, die ihm dieser abnahm und aufmerksam betrachtete.

»Weiß nicht, wie man es bei euch nennt«, sagte Jäp, während der junge Mann die Pflanze zwischen seinen Fingern drehte. »Frauenmantel, so heißt es hier. Gut für Wunden. Steht am Bach. Oder da, wo ein Graben ist. Als Trank. Oder die Wunde waschen.«

Jäp beugte sich vor und zog eine andere Pflanze aus dem Bündel vor sich.

»Johanniskraut«, sagte er und gab dem jungen Mann die Pflanze mit den gelben Blüten. »Sehr, sehr gut!«, sagte Jäp mit Nachdruck. Er nahm die Pflanze wieder zurück, zupfte einige Blüten und Blätter ab und zerbröselte sie zwischen den Fingern der einen Hand in die Handfläche der anderen. »Das«, Jäp hielt dem jungen Mann seine offene Hand hin, »in einen Krug mit Öl. Drei Tage offen lassen. Dann zumachen. Es ist fertig, wenn es rot ist. Johannisöl. Hat dich gesund gemacht. Das und Frauenmantel und Taubnessel.«

»Wie lange dauert das, bis das Öl rot wird und fertig ist?«, fragte der junge Mann.

»Mach es am Johannistag. Es ist fertig, wenn die Birnen reif sind«, antwortete Jäp.

Er zupfte einen anderen Stängel aus dem Häufchen vor sich. Josef erkannte sie, ehe Jäp ihren Namen nannte. Es war die aromatisch riechende Schafgarbe mit ihren weißen Blütendolden, die jetzt im Sommer auf allen Wiesen leuchtete. Wieder nannte Jäp den Namen, unter dem er die Pflanze kannte, und erklärte knapp, wo man sie fand und wie sie zur Wundbehandlung anzuwenden war.

»Dein Umschlag auf dem Arm ist aus den Blättern«, sagte er

zum Schluss. »Hab frische Blätter gerieben – zwischen zwei Steinen.«

Gerne hätte Josef diesem seltsamen Unterricht länger zugehört, aber er wollte nicht heimlich horchen und hatte auch dringendere Aufgaben.

Ein Zweig brach krachend, als Josef aus dem Gestrüpp trat und zum Rand der Mulde vorging. Jäp und der Fremde sahen beide aufgeschreckt zu ihm hinauf. Der junge Mann machte eine Bewegung, als wolle er aufspringen, aber blieb dann doch sitzen. Seine Augen, fast so dunkel wie sein Haar, zeigten mehr Wachsamkeit, als es der Anblick eines fünfzehnjährigen Jungen rechtfertigen konnte. Auch Jäp sah nicht aus, als sei er über Josefs Anblick erfreut.

»Guten Tag«, sagte Josef unbeholfen. »Ich muss mit dir allein reden«, wandte er sich an Jäp.

Jäp stand auf und nickte so traurig, als wisse er schon, was Josef ihm zu sagen habe.

»Ich kann gehen«, sagte der junge Mann und stand langsam auf. Jetzt sah Josef, dass sein rechter Arm, der bisher von seinem Körper verdeckt gewesen war, dort, wo die Hand sein sollte, in einem Verband endete.

»Du bist der verletzte Soldat«, sagte Josef.

»Ja«, antwortete er. »Und du bist aus dem Dorf. – Aus Lay.«

Das klang betreten. Und Josef fand, dass der Soldat jeden Grund hatte, so zu klingen. Er hatte seit der Nacht des Kampfes nicht mehr an den verletzten Soldaten gedacht. Aber er hatte schon damals nicht verstanden, warum ihn Katharina vor der Wut der Bauern in Sicherheit bringen ließ. Dabei hatte er in jener Nacht sowieso nicht so ausgesehen, als würde er die nächsten Stunden überleben. Jetzt war er zwar bleich und mager, aber bis auf seine Verstümmelung weitgehend wiederhergestellt.

Seine Schritte waren allerdings etwas unsicher, als er die sanfte Böschung hinaufstieg, um Jäp und Josef allein zu lassen.

»Du kannst bleiben, wenn du willst«, sagte Josef barsch. Er konnte ruhig hören, in welcher Gefahr Katharina und Jäp waren.

Josef erzählte alles: wie sich die Hexenangst in den wenigen Tagen seit dem Kampf hochgeschaukelt hatte und dass Katharina jetzt im Drudenhaus gefangen gehalten wurde.

»Sie werden sie mit Folter zum Geständnis zwingen. Wir wollen sie heute Abend befreien. Schäng meint, dass –«

»Er lebt?«, fragte Jäp.

»Ja, aber der Tod hat ihn bei der Hand gefasst. Nur der Wille, Katharina zu retten, hält ihn noch hier. Er sorgt sich auch um dich. Von dir reden die Leute in Lay nicht besser als von Katharina. Schäng meint, dass du in Lay nicht mehr sicher bist.«

Wieder nickte Jäp traurig. Aber er schien keineswegs erstaunt zu sein.

»Sie sind dir noch nicht einmal dankbar, dass du für uns alle gekämpft hast. Sie sagen, dass es dabei nicht mit rechten Dingen zuging«, sagte Josef.

Jäp sah zu Boden und wiegte seinen großen Kopf. »Es war nicht richtig«, murmelte er.

»Was – nicht richtig? Sie hätten uns alle getötet.«

Ohne den Kopf zu heben, fragte Jäp leise: »Hast du ihn gesehen – den Bären?«

»Den Bären der Zigeuner?«, fragte Josef, obwohl er es besser wusste.

»Nein. Mich als Bär.«

»Du warst kein …«, begann er. Aber dann traf sein Blick Jäps bittende Augen.

So gerne er Jäp beruhigt hätte, er musste ihm die Wahrheit sagen. Jäp musste wissen, wie es um ihn stand.

»Es war sehr dunkel in der Nacht. Und dann dieses Gewitter. Die Blitze und der Sturm. Man konnte nichts deutlich erkennen. Aber als du aus dem Wald kamst, glaubte ich, einen Bären zu sehen. Später habe ich dich erkannt, aber in dem Licht sahst du auch dann noch fast wie ein Bär aus. Und gekämpft hast du auch so.«

»Wie sieht er aus, der Bär?«

Josef schluckte. »Groß«, sagte er. »Größer als ein Mensch. Größer als du. Und gefährlich. Er war viel wilder als der richtige Bär, der Tanzbär. Alle, nicht nur die Soldaten, wir alle hatten Angst vor ihm. Ich fürchtete ihn fast mehr als den Grafen.«

Jäp stand aufgerichtet vor Josef und sah durch das Blätterdach der Baumkronen in den Himmel.

»Ja«, sagte er, als habe er genau diese Beschreibung erwartet.

Dann sah er auf Josef hinab. »Keiner weiß es. Es ist ein Geheimnis.«

»Kannst … kannst du dich wirklich in einen Bären verwandeln?«

»Verwandeln? Nein. Manchmal, manchmal kommt er, der Bär. Kommt in mich.« Jäp sprach stockend. »Wenn die Zeit dafür ist. Ich kann nicht gegen ihn kämpfen. Ich tue, was er will.« Er senkte seine Stimme. »Aber ich kann ihn auch rufen. Das habe ich getan. Wenn ich den einen Trank trinke, dann werde ich stark. Wenn ich ihn dann rufe – dann kommt er, der Bär.«

»Aber wie …« Josef verstummte. Er hatte fragen wollen, wie Jäp den Bären rief. Doch er wollte es nicht wissen. Selbst jetzt, auf dieser sonnenbeschienenen Waldlichtung, grauste ihm vor Jäps Geheimnis. Er wollte seine Nächte nicht mit Träumen beschweren, in denen sich Menschen in Bären verwandelten.

»Mein Großvater hat zu mir gesagt: Niemand darf es wissen. Sie werden dich jagen, hat er gesagt. Jetzt wissen sie es. Ich kann nicht mehr nach Lay.« Der große Mann blickte so traurig wie ein verstoßenes Kind auf Josef.

»Deshalb bin ich gekommen. Wir wollen Katharina befreien. Wenn es uns gelingt, muss sie das Dorf noch heute Nacht verlassen. Du kannst sie begleiten. Sie wird Geld haben. Und du kannst sie beschützen.«

»Das geht nicht. Zu gefährlich.«

»Es ist nicht gefährlicher, als wenn jeder von euch allein flieht.«

»Nein, nicht die Flucht. Der Bär. Es stimmt: Der Bär ist böse. Er tötet jeden.«

»Du hast niemanden aus dem Dorf getötet. Und als Katharina dich bat, den Kranken zu retten, hast du es getan.«

»Katharina ist mutig.«

»Sie hat es getan, um mich zu retten«, sagte der junge Soldat.

»Das war nun wirklich dumm«, sagte Josef mit einem grimmigen Seitenblick.

»Ich wollte ihr nichts Böses tun. Der Graf hat gesagt, dass ihr Onkel ihm Geld vorenthält, das ihm gehört. Er wollte ihn nur zwingen, es auszuzahlen. Ihr sollte nichts geschehen.«

»Das hast du geglaubt? Und die Bauern, die ihr erpresst habt, haben die euch auch Geld geschuldet? Und was haben euch Rosa,

Siska und Ännchen getan?« Josef war immer lauter geworden. Schritt für Schritt war er auf den Soldaten zugegangen. Jetzt stand er, die Fäuste geballt, direkt vor ihm.

»Und was hat dir Ellie getan?«, schrie er ihm ins Gesicht.

Der junge Mann wich nicht zurück und verteidigte sich nicht. Er schloss die Augen in Erwartung des ersten Schlags.

»Christian hat ihnen nichts getan – den Frauen.« Jäps tiefe, ruhige Stimme brachte Josef wieder zu sich.

»Lass ihn, Jäp. Er hat recht«, sagte Christian. »Ich hätte dem Grafen nicht glauben sollen. Und eigentlich tat ich es auch schon nicht mehr. Ich wollte es nur. Ich wollte ihm glauben. Ich hoffte so sehr, dass er die Wahrheit sagte.«

Er sah Josef an. »Meine Geschichte als Soldat ist nicht sehr ruhmreich. Ich bin in die schwedischen Truppen eingetreten, als der Krieg schon fast zu Ende war. Keine einzige Schlacht habe ich in elf Monaten mitgemacht. Aber auch so habe ich schnell genug gelernt, dass Krieg nicht der Platz ist, um Heldenmut zu beweisen. Es waren nicht so sehr die Kämpfe, die wir fürchteten, sondern der Hunger und die Krankheiten. So viele starben im Lager, ohne je gekämpft zu haben.

Als es dann hieß, dass der Krieg vorüber sei, blieben viele im Lager. Wir hatten kein Geld zum Reisen. Es war schon lange kein Sold mehr ausgezahlt worden. Die Städte und Fürsten sollten die Auflösung der Heere teuer bezahlen. Aber dazu mussten sie erst Steuern erheben. Das konnte Monate dauern.

Ich beschloss wie manch anderer, dass ich auf meinen Sold verzichten und weiterziehen wollte. Viele wollten in den Osten. Dort wurden neue Kämpfe erwartet, und man erzählte, dass dort wieder Heere ausgehoben wurden. Aber ich hatte genug vom Krieg und wollte nur noch zurück in meine Heimat. Die Mosel überquerte ich bei Koblenz. Ich hatte nichts mehr. Nach und nach hatte ich alles verkauft bis auf ein Medaillon mit dem Bild meiner Mutter. Dann versuchte ich zu betteln. Entlang der großen Heerstraßen war natürlich niemand bereit, einem Soldaten Essen zu schenken. Jemand erzählte mir, dass es abseits der großen Straßen besser sei. Deshalb wollte ich meinen Weg weiter durch den Hunsrück fortsetzen.« Christian lachte spöttisch. »Ich war erst wenige Stunden unterwegs, als einige aus der

Soldatenbande mich aufgriffen. Sie nahmen mir alles, was ich noch hatte, sogar meine Kleider, aber eine gewisse Kameradschaft brachte sie dazu, mir nichts zu tun und mich sogar in ihre Gruppe aufzunehmen.«

»Die Geschichte kenne ich«, sagte Josef. »Du hast Siska beim Holzsammeln getroffen. Sie hat von dem schönen adligen Offizier erzählt. Nachdem ihr sie verschleppt habt, wird sie dich sicher nicht mehr für so freundlich und harmlos halten.«

»Ich habe keine Frau und kein Mädchen aus dem Dorf getroffen. Das muss ein anderer gewesen sein.«

»Das glaube ich dir nicht. Ich denke nicht, dass einer von den Soldaten, die ich auf der Schwedenschanze gesehen habe, Siska gefallen hätte«, sagte Josef zweifelnd.

»Doch – einer hätte jeder Frau gefallen können.«

»Du meinst ... ihn?«, fragte Josef.

»Ja. Er hat mir mein Medaillon gestohlen. Er wird mir auch meine Geschichte gestohlen haben.«

Christian ging zu Jäps Unterstand, zog ein goldenes Medaillon aus einer Jacke und zeigte es Josef.

»Ein Jugendbild meiner Mutter«, sagte er.

Josef erkannte es sofort. »Ich habe das schon mal gesehen. Siska trug es unter ihrer Bluse. Aber sie sagte, Lorenz, ihr Verlobter habe es ihr geschenkt.«

»Der Graf muss es ihr gegeben haben.«

»Und wie kommt es dann, dass du es jetzt wiederhast?«

»Von mir hat er es«, sagte Jäp. »Ich habe Christian hierher getragen. Dann bin ich zurück zum Schwedenlager. Aber alle waren weg. Nur tote Soldaten lagen da. Das da hatte der Teufel umhängen, unterm Hemd. Die Kette war kaputt, aber das Bild nicht. Die Frau darauf, sie sieht aus wie Christian. Hab es ihm gezeigt. Er sagt, sie ist seine Mutter und es ist seins.«

Josef beugte sich vor und blickte noch mal auf das geöffnete Medaillon. Ja, es war nicht zu bestreiten: Die junge Frau sah aus wie eine Schwester Christians – oder wie das Jugendbildnis seiner Mutter.

»Der Graf muss es dem Mädchen wieder abgenommen haben«, sagte Christian. »Ist sie eine Freundin von der, die mich gerettet hat?«

»Ja, Siska ist eine Freundin von ihr. Und Katharina hat dich nicht nur gerettet. Sie hat dir auch die Hand abgeschlagen«, sagte Josef mit einer gewissen Befriedigung.

»Ja, ich weiß«, sagte Christian. »Und jetzt ist sie als Hexe im Drudenhaus gefangen?«

Josef nickte nur.

»Ich werde sie da rausholen. Das bin ich ihr schuldig. Selbst wenn ich dabei umkomme …«, sagte Christian.

»Was denkst du denn, was *wir* vorhaben?«, fuhr Josef ihn an. »Sie dort zu lassen? Und zuzusehen, wie sie gefoltert und verbrannt wird?«

»Dann will ich helfen. Wenn ihr mich brauchen könnt.«

»Das glaube ich kaum«, sagte Josef barsch.

Aber er musste sich eingestehen, dass er das nicht beurteilen konnte. »Vielleicht kannst du ja irgendwie von Nutzen sein. Schäng möchte, dass Jäp nach Einbruch der Dunkelheit zum Mehringhof kommt. Niemand darf ihn sehen. Du könntest mitkommen. Obwohl ich nicht weiß, wie sie dich da empfangen. Vor allem Lukas könnte dir was antun. Jan, sein Bruder, wurde bei dem Kampf von euch erschlagen.«

»Ich werde kommen.«

»Und du, Jäp, wirst du auch kommen?«

»Ich soll mit Katharina fliehen?«

»Ja. Ihr könnt beide nicht in Lay bleiben.«

»Nein. Das nicht. Aber du hast ihn gesehen. Den Bären. Ich bin verflucht. Das sind viele von uns, von unserer Familie. Mein Großvater war es auch. Er hat mir davon erzählt, als ich klein war. Er wusste, dass ich es habe. Ich bin der Letzte von uns.«

In Jäps Blick lag eine seltsame Mischung aus Scham und Stolz. »Bersaker«, sagte er, das fremde Wort sorgfältig aussprechend, »hat er gesagt. Große Krieger waren es damals. *Große Krieger!* So hat er gesagt. Damals, ehe wir an Christus, unseren Herrn, gesegnet sei sein Name, glaubten.« Jäp bekreuzigte sich. »Damals waren die Leute wild. Wir waren noch wilder. Wir konnten als Bären kämpfen. Aber das war, bevor Christus uns bekehrte. Jetzt darf man so etwas nicht mehr. Nur in mich kommt noch der Bär. Dann muss ich kämpfen und alles zerschlagen. Alles. Deshalb kann ich nicht mit Katharina weggehen.«

Josef beschloss, dass keine Zeit blieb, noch lange darüber zu reden.

»Komm heute, wenn es dunkel ist, durch den Garten zum Mehringhof und klopf an Schängs Fenster. Dann kannst du mit ihm und Lukas darüber sprechen.«

»Und ich, ich kann mitkommen?«, fragte Christian.

»Meinetwegen. Aber ich habe dich gewarnt. Ich weiß nicht, wie du da empfangen wirst.«

7. auf 8.7.1650, die Nacht vor Sankt Kilian

BEFREIUNG UND ABSCHIED

»Es wäre mir lieber, wenn ich nicht freundlich zu Jakob sein müsste. Vielleicht sollte ich das gar nicht tun. An seiner Stelle würde mich das misstrauisch machen.«

Lukas schüttelte den Kopf. »Das glaube ich nicht. Er wird genau das von dir erwarten. Jeder weiß, dass du mit Katharina so gut wie verlobt warst. Das könnte auch dich in den Verdacht der Hexerei bringen. Jakob wird denken, dass du dich jetzt mit Siska zeigst, um von Katharina abzurücken. Und dass du ihm schmeichelst, weil er als Wächter mit dem Hexenausschuss zu tun hat.«

Lukas lächelte Peter zu. »Und irgendwer muss ihn schließlich zum Trinken bringen. Ich hoffe, dass du ihn zu zwei oder drei Bechern Wein überreden kannst. Hoffentlich genug, um seine Sinne etwas zu benebeln. Es wäre vielleicht besser, es mit Branntwein zu versuchen, aber vielleicht würde er dann wirklich denken, dass du ihn betrunken machen willst.«

»Was ist …«, begann Peter. Doch in diesem Moment klopfte es leise, fast als würde der Wind einen Zweig dagegenschlagen, ans Fenster. Durch das bunte Glas waren die Umrisse eines großen Mannes zu erkennen.

»Jäp«, stellte Josef fest. »Ich habe ihm doch gesagt, dass er erst kommen soll, wenn es richtig dunkel ist. Hoffentlich hat ihn keiner gesehen.«

Lukas stand auf und ging, um Jäp ins Haus zu lassen.

Jäp musste sich bücken, um durch die Tür zu treten, und auch im Zimmer stand er leicht gebeugt, als fürchte er, mit dem Kopf an die Decke zu stoßen. Er hatte ein großes Bündel in der einen und einen langen, schweren Eichenstock, fast so dick wie der Unterarm eines Mannes, in der anderen Hand.

»Ich bin früher gekommen«, sagte er. Ungelenk drehte er sich um auf der Suche nach einem Platz für sein Bündel. »Ich habe gedacht, vielleicht könnt ihr es brauchen.« Er musterte den Tisch und die Kommode kritisch und legte sein Bündel schließlich auf dem Boden ab. Dann bückte er sich, schnürte es auf und kramte darin herum, bis er endlich eine sehr kleine Phiole daraus hervorzog.

»Nicht mehr als drei Tropfen. Ist wie Branntwein.«

Alle blickten auf das kleine Glasfläschchen, das Jäp vorsichtig zwischen Daumen und Zeigefinger hielt.

»Woher hast du das?«

»Gemacht«, kam die reichlich unbefriedigende Antwort.

»Und es macht betrunken wie Branntwein?«, fragte Lukas und richtete sich hoffnungsvoll auf.

»Nein …«, sagte Jäp.

Lukas sank wieder in sich zusammen. »Ja, gut. Aber vielleicht sollten wir statt des Weins wirklich Branntwein mitnehmen.«

»… viel, viel stärker«, setzte Jäp seinen Satz unbeirrt fort.

Lukas stand auf und hielt Jäp die geöffnete Hand hin. »Kann ich es haben? Das könnte die Antwort auf unsere Gebete sein«, sagte er, als Jäp ihm das Fläschchen in die Hand legte. »Was ist darin?«

Jäp antwortete nicht.

»Willst du es nicht sagen?«

»Es ist geheim. Ich weiß von meinem Großvater, wie man es macht.«

»Wenn wir dieses Fläschchen in einen Becher mit Wein gießen, dann …«

»Nein!« Jäps Stimme dröhnte durch den Raum, dass alle zusammenfuhren. »Nicht alles. Nie, *niemals* mehr als drei Tropfen für einen Mann. Er stirbt sonst. Bekommt keine Luft mehr. Ist nicht schön anzusehen.«

»Aber ich werde auch davon trinken müssen.« Peter musterte besorgt das kleine Fläschchen. »Wenn wir es in den Wein mischen, dann bin ich ebenso berauscht wie Jakob.«

»Drei Tropfen nur?«, fragte Siska.

Jäp nickte eifrig.

»Nun, dann müssen wir es doch nicht mit dem Wein mischen.«

***

Jakob begann es allmählich langweilig zu werden. Während des Tages waren genug Leute vorbeigekommen, um wenigstens von außen das Haus zu sehen, in dem die Hexe festsaß. Einige hatten ein paar Worte mit ihm gewechselt, aber jeder hatte ihn mit Vorsicht und das Drudenhaus mit Scheu betrachtet. Das Drudenhaus war nichts anderes als eine kleine, fensterlose Hütte mit fester Tür, in der sich ein kaum handtellergroßes Guckloch befand. Der Verschlag war vor acht Jahren errichtet worden, als in Lay wieder gegen das schreckliche Laster der Hexerei angegangen wurde. Es war bekannterweise gefährlich, wenn eine Hexe sich mitten im Dorf befand, deshalb hatte man die Hütte am Dorfrand, einen Steinwurf vom letzten Haus entfernt, errichtet.

Jakob war überaus zufrieden damit, dass man ihm die wichtige Aufgabe der ersten Wache anvertraut hatte. Und gut bezahlt wurde sie auch noch! Im tiefsten Herzen war er allerdings etwas darüber verwundert, dass man ihn gefragt hatte. Er hegte den heimlichen Verdacht, dass viele, denen man das Amt zunächst angetragen hatte, Ausflüchte gebraucht hatten, um abzulehnen.

Vielleicht hatten sie aber auch sehr gute Gründe dafür, dachte er. Er war sich nahezu sicher, dass es in Lay mehr als nur eine Hexe gab. Und konnte es etwas Verdächtigeres geben als das Zögern, bei der Ausrottung des furchtbaren Frevels der Hexerei mithelfen zu wollen? In Gedanken ging Jakob diejenigen durch, die sich in seinen Augen verdächtig gemacht hatten. Er würde dafür sorgen, dass Katharina bei der peinlichen Befragung, dem Verhör unter Folter, Fragen nach der Mitschuld dieser Personen vorgelegt würden.

Der Hexenausschuss würde mächtig, sehr mächtig werden. Und er, Jakob, würde für ihn arbeiten. Alle, die über ihn gelacht hatten, die ihn verachtet hatten, sie würden ihn nun fürchten. Dieser Gedanke und die Blicke der Vorbeigehenden hatten Jakob den Tag versüßt. Aber nun war die Dämmerung hereingebrochen, und er saß allein vor der Hütte. Aus dem Inneren des Drudenhauses war nichts mehr zu hören. Katharina hatte sich wahrscheinlich auf das Strohlager zum Schlafen niedergelegt. Auf Jakob wartete eine endlose Nachtwache.

Da hörte er ein unterdrücktes Kichern hinter der Wegbiegung und griff nach der geladenen Muskete. Natürlich konnte er einfach laut um Hilfe rufen, falls irgendwer so dumm wäre, einen Befreiungsversuch zu unternehmen. Man würde ihn bis ins Dorf hören, und es würden genug Leute herbeieilen, um die Flucht der Hexe zu verhindern. Aber es wäre viel eindrucksvoller, durch einen Musketenschuss auf die Untat aufmerksam zu machen. Fast hoffte Jakob, dass wirklich jemand versuchen würde, Katharina zu befreien. Doch damit war nicht zu rechnen. Sie hatte ja noch nicht einmal richtige Verwandte im Dorf außer ihrem Onkel. Und der war so gut wie tot.

Jakob spähte zur Wegbiegung. Wieder kicherte eine junge Frau. Dann tauchten zwei Gestalten im Dämmerlicht auf. Jakob erkannte an ihren Umrissen, dass es ein Mann und eine Frau waren, die Hand in Hand den Weg entlangschlenderten. Ihre Hände lösten sich, als sie näher kamen und Jakob sahen. Und jetzt erkannte Jakob auch Peter und Siska.

Na, die haben sich ja beide schnell getröstet. Sie denken wohl, ich hätte nicht gesehen, dass sie sich an den Händen halten, dachte er. Und wieder einmal eine schöne Erbin für Peter, gerade mal einen halben Tag, nachdem die andere für ihn verloren ist.

Er nickte den beiden grüßend zu. Peter grüßte zurück, aber Siska beachtete ihn kaum, sondern sah mit einem reizenden Lächeln zu Peter auf.

Würde mich aber nicht wundern, wenn er mit dieser genauso wenig Glück hätte. Könnte gut sein, dass Katharina bald gestehen muss, dass auch Siska im Pakt mit dem Bösen steht. Es sind ja oft die besonders stolzen und hübschen Frauen, die ins Feuer müssen. Beschwingt von diesem Gedanken, lächelte er Siska und Peter freundlich an und sagte herablassend: »Na, ihr beiden? Wollt wohl den Nachtigallen lauschen?«

Peter grinste ihm zu. »Nicht unbedingt den Nachtigallen. Es hat sich ja viel getan heute. Eigentlich wollten wir zu dir.«

Siska trug ein Körbchen am Arm, aus dem Peter einen Krug hob. Er schwenkte ihn, dass sein Inhalt verführerisch gluckerte.

»Damit dir die Nacht nicht lang wird, haben wir dir eine kleine Aufmunterung mitgebracht.«

Und jetzt verstand Jakob: Es fing wirklich an. Das, was er erhofft hatte, geschah. Sie suchten seine Freundschaft. Alle wussten nun, dass sie es sich mit ihm nicht verderben durften.

Auch zwei Becher wurden aus dem Korb genommen. Einen drückte ihm Peter in die Hand und schenkte gleich ein.

»Gerechtigkeit«, sagte Peter.
»Wie?«, fragte Jakob verwirrt.
»Ein Trinkspruch. Darauf, dass die Gerechtigkeit siegt.«
»Ja, ja.«
Sie hoben die Becher und leerten sie auf einen Zug. Der Wein war gut. Sicher stammte er aus den besonderen Vorräten von Siskas Vater. Er hatte allerdings einen etwas bitteren Nachgeschmack. Peter schenkte ihm sofort wieder ein, und diesmal fiel Jakob der Nachgeschmack weniger auf. Aber es schien der stärkste Wein zu sein, den er je getrunken hatte. Schon begann sich sein Blick zu trüben.
»Den trinkt dein Vater wohl sonst selbst«, sagte er mit schwerer Zunge zu Siska.
Die Bemerkung musste witziger sein, als er selbst gedacht hatte, denn Siska lachte hell auf.
»Macht ihn nur für sich allein«, versuchte Jakob den gelungenen Scherz auszubauen.
Siska lächelte ihn an. »Jakob«, sagte sie schmeichlerisch, »ich würde so gerne das Drudenhaus einmal von innen sehen.«
»Geht nich … nicht. Kannst durchs Guckloch sehn.« Jakob wischte sich über die Augen, aber seine verschwommene Sicht wurde nicht klarer. »Rein darfst du nich …«
»Nur ganz kurz. Ich sag es auch keinem. Niemand erfährt es.«
»Lass doch das Mädchen. Wir wissen doch, wie die Weiber sind.« Peter zwinkerte ihm zu.
»Die Ge… Gefangene … darf nicht …« Jakob fiel es immer schwerer, Worte zu finden.
»Sie kann doch nicht flüchten. Wir zwei Mannsleute werden doch kein Mädchen entkommen lassen«, fiel ihm Peter ins Wort. »Ach, jetzt verstehe ich«, fuhr er dann fort. »Du hast keinen Schlüssel. Sie haben ihn dir nicht anvertraut.«
»Ich hab einen Schlüssel!«, protestierte Jakob gegen diesen Zweifel an seiner Macht und zog zum Beweis den Schlüssel hervor.
»Du bist wunderbar«, sagte Siska. Sie beugte sich vor, sodass sie sich einen Moment an Jakob lehnte, und nahm den Schlüssel. Offenbar hatte sie gedacht, dass Jakob ihn ihr hinhielt. Von dem Wein, dem ungewohnten Kompliment und dem sanften Druck

ihres warmen Körpers verwirrt, widersprach Jakob nur halbherzig.

Siska schien ihn gar nicht zu hören. Schaudernd zog sie den Umhang, den sie trotz des warmen Abends trug, über Schulter und Kopf, schloss die Tür auf und huschte hinein.

»Das geht nich!« Jakob versuchte aufzustehen, um Siska zu folgen, aber Peter klopfte ihm lachend auf die Schulter, dass er das Gleichgewicht verlor und wieder auf seinen Schemel zurücksank.

»So lass sie doch. Die ist schneller wieder draußen, als wir beide noch einen Becher leeren können. Mädchen sind neugierig wie Katzen, aber sie fürchten sich wie Mäuschen.«

Aber Jakob war entschlossen, Siska aus dem Drudenhaus zu holen und den Schlüssel wieder in seinen Besitz zu bringen.

»Lass mich!«, lallte er undeutlich, aber erbost.

»Ist ja schon gut, wenn du drauf bestehst.«

Peter wollte ihm umständlich aufhelfen, aber während er sich noch über ihn beugte, um ihn am Ellbogen zu fassen, öffnete sich die Tür wieder und Siska huschte heraus. Das Drudenhaus schien doch zu unheimlich gewesen zu sein. Sie hatte sich ganz in ihr Schultertuch eingewickelt. Peter ging auf sie zu, schloss sie für einen Moment beruhigend in die Arme und nahm ihr den Schlüssel aus der Hand.

»Wir sollten gehen«, sagte er. »Ich glaube, dass wir Jakob verärgert haben.«

Während sich Siska ohne ein Wort des Abschieds abwandte und langsam aufs Dorf zuging, schloss Peter schnell die Tür ab.

»Hier«, sagte er zu Jakob und drückte ihm den Schlüssel in die Hand. »Ich glaube, ich muss Siska beruhigen.« Dann lief er der schlanken Mädchengestalt, die in der Dämmerung verschwand, hinterher.

Jakob stand auf und brummte dabei undeutlich vor sich hin. Er rüttelte an der Tür, um zu prüfen, ob sie auch wirklich verschlossen war, und sah durch das Guckloch. In der Dunkelheit der fensterlosen Hütte konnte er nicht viel erkennen, aber die Hexe lag mit dem Rücken zur Tür auf dem Strohlager, den Kopf zum Schutz in ihr Tuch gehüllt. Erschöpft ließ Jakob sich wieder auf dem Schemel nieder. Er schenkte sich den Rest aus dem Krug ein.

»Guter Wein – trink ich jetzt immer«, murmelte er, dann fielen ihm die Augen zu, seine Hand sank herab, und der Becher entglitt ihm. Bald erklang sein rhythmisches Schnarchen.

***

Katharina schloss die Tür hinter sich, und Peter wickelte sie aus dem weiten Tuch. Unruhig blickte sie sich im Raum um und nickte Josef, Lukas und Jäp knapp zu.

»Was geschieht jetzt mit Siska?«, fragte sie atemlos. »Wie bekommen wir *sie* wieder raus?«

»Gar nicht«, sagte Lukas. »Sie wird morgen früh schlafend im Drudenhaus gefunden werden.«

»Aber – aber das geht nicht. Dann werden alle wissen, dass sie bei meiner Befreiung geholfen hat. Sie werden sie hinrichten. Was habt ihr euch gedacht?«

»Bleib ruhig. Das Ganze war Schängs Plan. Du solltest mit ihm reden.«

Die Nennung seines Namens ließ Katharina alles andere vergessen. »Schäng …«, sagte sie. »Wie geht es ihm?«

»Geh rauf zu ihm. Ich habe ihm versprochen, dass er dich noch einmal sieht, bevor …« Lukas brach ab.

Katharina öffnete die Tür zu Schängs Zimmer und hörte sein flaches, rasselndes Atmen. Wie konnte er nur einen Plan zu ihrer Befreiung entworfen haben? Er hatte heute Mittag kaum noch gelebt. Leise trat sie an sein Bett.

Schäng hatte die Augen geschlossen. Katharina nahm sanft seine Hand, die auf der Decke lag. Da schlug er die Augen auf. Sein Blick war völlig klar, und als er sie erkannte, entspannten sich seine Züge zu einem Lächeln, so froh und leicht wie das eines Kindes.

»Du«, flüsterte er zufrieden. »Du bist ihm entkommen. Dem fahlen Pferd entkommen. Gille und ich, wir gehörten zu ihm. Du nicht.«

Katharina konnte keinen Sinn in seinen gemurmelten Worten finden, aber sie sah, dass Schäng glücklich war. Sie lächelte ihn an.

»Sprich jetzt nicht. Ruh dich aus.«

Gehorsam sah Schäng sie an und schwieg, aber das Lächeln schwand nicht von seinen Lippen.

Katharina strich ihm über die Stirn. »Alles wird jetzt gut«, sagte sie.

Schäng hauchte nur: »Ja.« Dann schloss er die Augen. Kurze Zeit später hörte das rasselnde Atmen auf, und es wurde völlig still in dem Zimmer. Nochmals strich ihm Katharina über die Stirn, beugte sich vor und küsste ihn auf die Wange.

Dann verließ sie den Raum.

Noch ehe Katharina aus Schängs Zimmer zurückkam, hatte Peter widerwillig den Mehringhof verlassen. Er hatte Lukas erklärt, dass er Katharina auf ihrer Flucht begleiten werde. Aber der widersprach heftig.

»Nein, das geht auf keinen Fall«, sagte er. »Es darf nicht so aussehen, als hätte ihr irgendwer geholfen. Sie muss scheinbar durch Zauberei einfach verschwinden. Wenn man einen Beweis hat, dass jemand aus dem Dorf mit der Hexe verschworen war, beginnen die Verhaftungen und Verhöre. Unter der Folter belastet einer den anderen. Das würde kein Ende nehmen. Und was soll aus Siska werden? Wenn auf dich ein Verdacht fällt, ist auch sie verloren. – Nein, nein, du hast Siska nach eurem Spaziergang nach Hause gebracht und bist dann selbst heimgegangen. Dabei muss es bleiben.«

Lukas legte seine Hand auf Peters Arm. »Ich kann dich ja verstehen. Ich würde Katharina selbst gerne begleiten«, sagte er. »Ich will sowieso zurück nach Amsterdam, und da komme ich fast an Oudewater vorbei. Aber es geht einfach nicht. Wir müssen morgen genauso erstaunt über ihr Verschwinden und Siskas Auftauchen in dem Drudenhaus sein wie alle anderen. Es wäre auch besser gewesen, du hättest Katharina gar nicht hierhin begleitet. Und jetzt solltest du wirklich gehen.«

»Kann ich mich nicht einmal von ihr verabschieden?«

»Du hilfst ihr am meisten, wenn du schnell nach Hause gehst. Wir können nur darauf hoffen, dass Katharina bald mit einer Urkunde aus Oudewater zurückkehrt.«

Katharina wischte sich die Augen, aber sie weinte nicht.

»Schäng ist tot«, sagte sie.

Lukas nickte. »Er hat nur noch auf dich gewartet«, sagte er einfach.

»Was wird nun mit Siska geschehen? Spätestens morgen früh wird man sie im Drudenhaus finden.«

»Ja, und niemand wird darüber bestürzter sein als Siska selbst. Sie sei am Abend zuvor in ihrem Bett eingeschlafen und morgens auf dem Strohlager im Drudenhaus aufgewacht, wird sie sagen. Dann wird sie sich erinnern, dass du damit geprahlt hast, der Teufel habe dich gelehrt, mit jemandem den Platz zu tauschen. Du hättest ihr aus Eifersucht gedroht, dass du sie ins Verderben stürzen könntest, wenn sie sich wieder an Peter heranmacht. Und genau das hat sie gestern Abend gemacht. Peter wird alle ihre Aussagen bestätigen. Du hast sie also aus eifersüchtiger Rache ins Drudenhaus gezaubert.«

»Und wird Jakob nicht verraten, dass sie geholfen hat, mich zu befreien? Und Peter, muss er nicht fliehen?«

»Oh nein, Jakob wird sich nach seinem Rausch wahrscheinlich nur undeutlich an den Besuch erinnern. Und er wäre nicht Jakob, wenn er nicht lügen würde, wenn es um seinen Vorteil geht. Er wird verheimlichen, dass er während seiner Wache völlig betrunken war und dass er jemanden ins Drudenhaus hineingelassen hat. Das allein könnte ihn schon mehr kosten als nur seinen Posten als Wache. Vielleicht würde auch der Verdacht aufkommen, er habe bei deiner Befreiung mitgeholfen.

Wahrscheinlich glaubt er Siskas Geschichte sogar und schöpft selbst keinen Verdacht. Er hat Siska zwar in das Drudenhaus hineingehen sehen, aber er hat sie genauso gut kurze Zeit später wieder herauskommen sehen. Ansonsten war die Tür immer verschlossen. Er wird glauben, dass du in deiner Eifersucht Siska nachts an deinen Platz gezaubert hast.«

Trotz ihres Kummers und der Anspannung musste Katharina lächeln. »Ich bin ja ein richtiges Biest von einer Hexe«, sagte sie.

»Ja, aber das ist auch notwendig. Es wird viel Wut hier im Dorf geben. Irgendein Ziel muss diese sich suchen. Das harmloseste bist du, weil du nicht greifbar bist. Wir werden alle gegen dich aussagen.«

Jetzt war jedes Lächeln aus Katharinas Gesicht verschwunden. »Ich kann nie wieder zurückkommen?«, fragte sie.

»Doch, Schäng hoffte, dass auch das möglich ist. Du fliehst nach Oudewater. Zur Hexenwaage.«

»Würde das helfen?«

»Ja, das Privileg der Stadtwaage von Oudewater wurde noch nie angezweifelt. Wenn du dort gewogen wirst und dein Gewicht deiner Statur entspricht, ist bewiesen, dass du keine Hexe bist. Unsere Aussagen waren dann nur Irrtümer. In Münster kannte ich eine Magd, die eine Urkunde von dort hatte und nun als erwiesen unschuldig galt. Auch sie ist geflohen, als die Häscher sie schon festsetzen wollten.«

»Aber wenn ich fliehe, wird man mich hier in Abwesenheit verurteilen.«

»Vielleicht. Aber wenn du die Urkunde hast, dann giltst du trotzdem als unschuldig und kannst zurück in den Mehringhof.«

»Nur gehört der Mehringhof uns dann nicht mehr. Wenn man mich verurteilt, wird mein Besitz eingezogen. Ich glaube nicht, dass der Erzbischof ihn mir zurückgibt, Urkunde oder nicht.«

Jetzt musste Lukas, wenn auch ein wenig traurig, grinsen. »Da merkt man doch, dass du die Nichte Schängs und Enkelin eines Kaufmanns bist«, sagte er. »Ich hätte nie daran gedacht. Aber Schäng hat auch das im Voraus bedacht: Du erbst nichts! Also kann auch nichts eingezogen werden«, sagte er zufrieden.

»Aber ich bin seine nächste Verwandte.«

»Oh nein. Auf dem Sterbebett hat das Gewissen deinen Onkel geplagt. So hat er seinen natürlichen Sohn«, bei diesen Worten legte Lukas Josef die Hände auf die Schultern, »den er unter falschem Namen hier im Haus leben ließ, anerkannt und in seine Rechte als Erbe eingesetzt. – Und möge Josefs ehrbare Mutter diese Lüge nie erfahren.«

Auch Katharina lächelte jetzt, wischte sich jedoch gleichzeitig eine Träne aus dem Augenwinkel. »Ja, an alles zu denken, sogar daran, so ist Schäng.«

»Ich bin natürlich nur der Erbe, bis du wiederkommst«, sagte Josef.

»Mir ist ganz gleich, ob der Mehringhof dir oder mir gehört, solange er nur weiter unser Zuhause ist. – Wo liegt Oudewater überhaupt?« Katharina bemühte sich, so unbeschwert wie möglich zu scheinen.

»In den Niederlanden, in der Nähe von Utrecht. Schäng hat gehofft, dass du nicht allein reisen musst. Vielleicht können wir Jäp überzeugen, dass es für euch beide das Beste ist, zusammen nach Oudewater zu ziehen.« Bei den letzten Worten hatte sich Lukas Jäp zugewandt.

Der schüttelte den Kopf. »Es geht nicht«, sagte er unglücklich. »Wenn ihr meint, gehe ich auch hin. Aber allein. Ich war nie weit weg. Nur in Lay – und draußen, im Wald.«

»Dann wäre es besser, wenn du dich nicht allein auf den Weg nach Oudewater machen würdest. Ich würde gerne mit dir zusammen reisen«, sagte Katharina.

»Ich kann nicht. – Wegen dem Bären.« Jäp sprach stockend. »Du warst doch dabei.« Es war ihm sichtlich unangenehm, darüber sprechen zu müssen.

Josef erbarmte sich und wiederholte knapp, was ihm Jäp über seine Verwandlung gesagt hatte.

Katharina lächelte Jäp tröstend an. »Du denkst, dass du mir gefährlich werden könntest, wenn du dich wieder wie ein Bär aufführst?«, fragte sie.

Jäp nickte.

»Und es gibt keine Vorzeichen?«

Jäp sah sie verwirrt an.

»Weißt du vorher, dass du bald zum Bären wirst? Oder kommt es ganz plötzlich?«

»Oh, ich weiß es schon. Es steigt in mir auf. Die Wut – die Wut des Bären. Wenn ich sehr zornig werde. Oder den Trank nehme. Im Frühjahr oft auch nur so. Dann steigt sie, die Wut. Wie Wasser in einem Fluss.«

Das war für Jäp eine lange Rede.

»Aber wenn du es vorher merkst, könntest du doch für die Zeit von mir weggehen«, sagte Katharina. »Bitte, komm doch mit mir! Sonst muss ich ganz allein gehen.«

»Du bist nicht allein. Er bleibt bei dir. Passt auf dich auf. Hat er versprochen«, sagte Jäp und machte eine Kopfbewegung zu dem bunten Glasfenster hin.

Katharina sah zu dem Fenster mit den Heiligenbildern. »Wer? Der heilige Martin?«, fragte sie.

»Nein, Christian.«

»Welcher Christian?«

»Christian«, sagte Jäp nun mit mehr Nachdruck, als könne das ihre Frage beantworten. Als Katharina ihn immer noch fragend ansah, fügte er mit Nachsicht für ihre Begriffsstutzigkeit hinzu: »Hab ihn für dich rausgeholt. Du hast ihm die Hand abgeschlagen.«

Katharinas Wangen wurden bleich. »Wo ist er?«, fragte sie.

Wieder wies Jäp mit dem Kopf zum Fenster. »Draußen«, sagte er. »Im Garten. Versteckt sich.«

»Ich hol ihn rein«, sagte Lukas.

Josef wunderte sich. Jan, Lukas' Bruder, war bei dem Kampf getötet worden, und schon zuvor war Lukas voller Hass auf die fremden Soldaten gewesen. Josef hatte erwartet, dass er jeden von ihnen erschlagen würde. Jetzt schien er Christian noch nicht einmal wegjagen zu wollen.

Als Lukas mit ihm ins Zimmer zurückkehrte, wandten sich ihm alle Gesichter zu.

»Ich habe gehofft, dass du überlebst, aber ich glaubte es kaum«, sagte Katharina statt einer Begrüßung.

»Jäp hat mich geheilt. Er ist ein Zauberer«, antwortete der junge Mann, um sofort erschrocken zu verstummen. Es war mehr als dumm, einen Mann, dessen Leben durch den Vorwurf der Hexerei in Gefahr war, als Zauberer zu bezeichnen. Schon weniger als solch ein Wort hatte manchen auf den Scheiterhaufen gebracht. Eilig fuhr er fort: »Ich meine: Er weiß mehr über Wunden und Heilkräuter als der Leibarzt eines Fürsten.«

»Das ist auch ein Grund, weshalb Jäp mit uns reisen sollte. Deine Wunde braucht sicher noch seine Kunst.«

Katharina hatte also beschlossen, dass der fremde Soldat sie begleiten durfte. Josef wusste, dass er froh sein sollte, weil sie nun nicht ohne Schutz reisen musste. Und zum Teil war er das auch, doch daneben gab es auch eine Stimme, die warnte, dass man diesem Mann nicht trauen sollte. Er war Soldat, und man hatte nichts als sein Wort, dass er durch Zufall in die Gesellschaft der räuberischen Bande gekommen war. Hatte nicht auch Gille fast die gleiche Geschichte erzählt? Gut, dieser Christian sah jung und unschuldig, fast wie ein Junge aus. Doch auch Gille hatte die Menschen mit seinem Aussehen getäuscht.

Josef fasste Jäps massigen Unterarm mit beiden Händen und presste ihn beschwörend, als könne er seinen Worten so Nachdruck verleihen: »Bitte, Jäp, bleib bei Katharina. Ihr müsst beide nach Oudewater. Ich schwöre dir, dass du ihr nichts tun wirst.«

Jäp sah auf ihn herab. »Wenn Christian mitgeht, dann gehe ich auch mit. Er kann Katharina vor dem Bären schützen«, sagte er.

Und du – oder der Bär – sie vor ihm, dachte Josef.

So war es also beschlossene Sache, dass Katharina, Jäp und Christian sich kurz vor dem Morgengrauen auf den Weg machen sollten.

***

Einen Moment lang war es still in dem Zimmer. Josef sah zum Fenster. Lichte Punkte sanken hinter dem Glasbild der Heiligen herab und ließen die Farben sanft leuchten. Es hatte nun doch angefangen zu schneien, und die Schneedecke erhellte die Nacht. Wieder war das Feuer fast heruntergebrannt, doch niemand legte Holz nach.

Käthchen zog fröstelnd die Schultern hoch. Die Müdigkeit ließ ihre Lider sinken, aber sie riss die Augen wieder auf.

»Katharina, hast du sie wiedergesehen?«, fragte sie.

Magda faltete ihren Wollschal auseinander und wickelte ihn ihrer Nichte um die Schultern und den Oberkörper. Wie ein kleines Kind ließ sich Käthchen schläfrig einhüllen.

»Nein. Aber in all den Jahren habe ich nie vergessen, dass der Mehringhof ihr Erbe ist, und wenn ich betete, dann betete ich auch darum, dass sie hierhin zurückkehrt. Deshalb kann ich den Hof nicht vererben, als wenn er mein Eigentum wäre. Ihr Recht soll nicht mit meinem Tod erlöschen.«

»Ich würde ihr den Hof zurückgeben«, sagte Käthchen mit großem Ernst, um gleich darauf wie eine junge Katze zu gähnen.

Josef sah zu Magda und ihrem zweiten Mann.

»Ja, sie hätte wohl ein Anrecht darauf. Obwohl auch Käthchen Rechte am Hof hat. Man müsste sich einigen«, sagte Magda bestimmt. Josef nickte zufrieden.

»Würde ihr denn nichts geschehen, wenn sie zurückkäme?«, fragte Käthchen.

»Heute ist sie eine alte Frau, niemand mehr würde sie erkennen. Aber sie hätte mit einer Urkunde von der Hexenwaage in Oudewater auch früher zurückkehren können. Außerdem hat das Hexenbrennen in unserer Gegend jetzt so gut wie aufgehört.«

»Aber wer hat diesen Lorenz vergiftet?«, fragte Käthchen.

»Weißt du denn nicht, wer es war?«

Das Mädchen schüttelte den Kopf.

»Der betrunkene Soldat, der den Grafen mit dem Verräter belauscht hatte, welchen Namen hat der gestammelt, als ihn der Fährmann erschlug?«

»Er hat den Fährmann beschuldigt. War der es?«

»Nein. Er war es nicht. Und er wurde auch nicht von dem Soldaten beschuldigt. ›Franz‹ hatte der Soldat gesagt. Und wenn er die Zeit gehabt hätte, das Wort zu beenden, dann hätte er sicher ›Franziska‹ gesagt.«

»Franziska? Siska? Warum hätte sie das tun sollen? Und der Mord! Sie konnte doch nicht ihren eigenen Verlobten ein paar Tage vor der Hochzeit vergiften!«

»Genau das hat sie getan. Doch ohne es zu wollen. Sie war einfach ein junges Mädchen kurz vor der Hochzeit, das nicht mehr genau wusste, ob es diese Heirat wollte. Als sie beim Holzsammeln diesen jungen hübschen Offizier traf, glaubte sie ihm jedes Wort. Dass er aus vornehmer, reicher Familie sei, dass ihm nur das Geld fehle, um nach Hause zu reisen, und dass er nur notgedrungen bei diesem Soldatenhaufen hause. Und vor allem glaubte sie ihm, dass er sich auf den ersten Blick in sie verliebt habe.«

»War das Gille?«, fragte Käthchen.

»Ja, er war es. Für Siska war er einfach nur ein schöner und vornehmer Soldat. Katharina hatte ihrer Freundin viel von ihrem Leben im Tross, von fremden Gegenden und prächtigen Städten erzählt. Warum sollte sie für immer Bäuerin bleiben, warum keine Abenteuer erleben, nicht einen eleganten, weit gereisten Mann haben? Dieser junge Offizier schien ihr all das bieten zu können. Siska traf ihn heimlich wieder. Und bei ihren Treffen plauderte sie von allem Möglichen, was im Dorf geschah. Zum Beispiel von dem Johannisfest, das geplant wurde, und davon, dass alle Waffen ins Fährhaus geschafft würden.«

»Dann muss sie seinen Verrat doch bemerkt haben, als die Waffen aus dem Fährhaus geraubt wurden.«

»Er hatte dafür eine Erklärung. Er hatte einen der Soldaten, der ihm weniger roh als die anderen vorkam, warnen wollen. Der hätte es den anderen verraten. Ihn hätten sie gefesselt im Lager zurückgelassen, als sie das Dorf am Johannistag überfielen. Das überzeugte Siska, die ja gesehen hatte, dass ihr Verehrer nicht bei dem Überfall dabei gewesen war. Außerdem hatte sie andere Sorgen: Lorenz' plötzliche Erkrankung hatte am Tag des Überfalls begonnen.«

»Sie hat ihn doch selbst vergiftet.«

»Ja, das hat sie, aber sie hat es nicht beabsichtigt, wenigstens nicht so. Die Hochzeit mit Lorenz stand kurz bevor. Die wollte sie unbedingt verhindern, denn sie hatte ja längst geplant, mit Gille zu fliehen und ihn zu heiraten. Gille klagte, dass er noch auf einen Boten warten müsse, der ihm Geld bringen sollte. Erst dann könne er sie als seine Braut heimführen. Aber bis dahin habe seine geliebte Siska einen anderen geheiratet. Natürlich sagte Siska: ›Wenn man nur die geplante Hochzeit hinausschieben könnte.‹ Da erzählte ihr Gille von einem ungefährlichen Trank, der sich zufällig in seinem Besitz befinde. Es würde Lorenz nicht schaden, sondern ihn nur für einige Tage so matt machen, dass er das Bett nicht verlassen könne. Siska gab Lorenz auf dem Johannisfest ein mit dem Mittel vermischtes Glas Wein.«

»Ich wäre nicht auf diesen Grafen hereingefallen«, erklärte Käthchen bestimmt.

Josef lächelte. »Das hoffe ich. Aber auch Siska war nicht dumm. Du darfst nicht vergessen: Es ist etwas ganz anderes, wenn ein alter Mann mit trockenen Worten von irgendwelchen Liebeserklärungen erzählt, als wenn ein schöner junger Mann mit glühendem Blick und beredten Worten ewige Liebe schwört.«

»Warum wollte denn dieser Gille Lorenz vergiften?«

»Siska hatte ihm erzählt, dass Lorenz als Einziger im Dorf wusste, wo das Soldatenlager lag. Darum musste er sterben. Nach Lorenz' Tod behauptete der Graf, er hätte selbst das Mittel für harmlos gehalten und wäre ebenso entsetzt wie sie.«

»Pah! Das glaubte sie?«

»Das mag dir sehr dumm erscheinen, aber glaube mir: Siska

wurde sehr dafür gestraft. Als Lorenz starb, war sie verzweifelt. Sie fühlte sich – nicht ganz zu Unrecht – als seine Mörderin. Sie machte sich und auch ihrem Geliebten, der ihr das Mittel gegeben hatte, die heftigsten Vorwürfe und kündigte an, alles zu gestehen. Aber davon wollte er nichts wissen. Er überredete sie, am Plan der gemeinsamen Flucht festzuhalten.

Siska hätte bei ihrer Hochzeit mit Lorenz eine gute Mitgift erhalten. Auf dieses Geld glaubte Siska ein Anrecht als ihr Erbteil zu haben. Natürlich wäre ihr Vater nie einverstanden gewesen, dass sie einen hergelaufenen Soldaten heiratet und mit ihm in die Ferne zieht. Der Graf schlug vor, dass sie Siskas Entführung vortäuschen sollten, um so ihren Vater zur Zahlung eines Lösegeldes in Höhe der Mitgift zu bewegen. Gemeinsam planten sie den Überfall auf den Bergfeldern. Allerdings glaubte Siska, dass niemand verletzt werden sollte und sie als einzige der Frauen entführt werden würde. Es muss schrecklich für sie gewesen sein, als sie merkte, wie sehr sie getäuscht worden war.«

Der alte Mann sah in eine unsichtbare Ferne, als könne er dort die Bilder der Vergangenheit sehen, die er in dieser Nacht heraufbeschworen hatte.

»Schäng hat nach der Schlacht alles erraten. Vielleicht war sein Plan für Katharinas Befreiung auch die Rettung für Siska. Als ich sie an jenem Tag an Schängs Sterbebett rief, hatte sie sich schon tagelang mit nichts als ihrem Selbsthass als Gesellschaft eingeschlossen.

Dadurch, dass Schäng ihr Geheimnis kannte und ihr dennoch Katharinas Rettung anvertraute, wurde ihr ein gefährlicher, aber doch erlösender Weg aus ihrer Verzweiflung geöffnet. Sie nahm die Gefahr von Folter und Tod auf sich, um einen Teil des Unglücks, das sie über andere gebracht hatte, gutzumachen.«

»Das war sehr mutig von ihr.«

»Ja. Glücklicherweise lief alles so, wie Schäng es halb gehofft und halb vorausgesehen hatte. Als Jakob mitten in der Nacht noch halb berauscht von seinem Stuhl fiel und aufwachte, befürchtete er nur, jemand könnte gesehen haben, wie er während der Wache geschlafen hatte. Von da an blieb er wach und beobachtete das Drudenhaus, bis Siska wie verabredet beim Morgengrauen Alarm schlug. Sie zeigte sich völlig verwirrt und entsetzt, weil sie im Dru-

denhaus erwachte, wo sie doch am Abend in ihrem Bett in einen besonders tiefen Schlaf gefallen sei.

Sie wurde verhört, und ihre Aussage wurde von ihrem Vater und der Magd, an denen sie sich unbemerkt vorbeigeschlichen hatte, bestätigt. Jakob gab an, die ganze Nacht den einzigen Zugang zu dem Drudenhaus bewacht zu haben. Von dem Besuch von Siska und Peter berichtete er nichts, weil er dann auch von seinem Rausch hätte erzählen müssen. So wurde der Verdacht immer lauter, dass Katharina durch ihre Zauberkunst mit der schlafenden Siska den Platz getauscht habe, um sich zu befreien und Siska zu schaden.

Aber es hätte noch alles scheitern können, wenn uns nicht das Glück zu Hilfe gekommen wäre. Genau gesagt, war es die große Politik, die uns in unserem kleinen Dorf half.

Als ich noch als Junge in der Eifel lebte, dachte ich, es wäre für uns kleine Leute gleich, wer Erzbischof ist. Aber dem ist nicht so. Schwerer als der Verrat am Kaiser und alles, was dem Erzbischof Sötern vorgeworfen werden kann, wiegt für mich, dass er ein Verfechter der grausamsten Hexenverfolgung war. Doch genau in dieser Zeit wurde er zwar nicht zur Abdankung gezwungen, aber dazu, sich mit seinem späteren Nachfolger die Herrschaft zu teilen. Der hatte eine ganz andere Einstellung zur Hexenverfolgung. Als er zwei Jahre später, nach Söterns Tod, der neue Erzbischof von Trier wurde, stellte er die Prozesse fast völlig ein. Er ließ sogar alte Akten, die immer wieder zu neuen Anklagen und Verurteilungen führten, vernichten. Sein Einfluss wirkte sich schon in dem Prozess gegen Katharina aus. Weitere Nachforschungen wurden jetzt, da die Hexe geflohen war, als überflüssig erklärt. Der Hexenkommissar wurde abberufen.«

»Und Siska? Sie wurde nicht als Hexe verbrannt?«

Die hellblauen Augen des alten Mannes blitzten, als er lachte. »Oh nein, wie könnte sie verbrannt worden sein? Sie lebt immer noch. – Und du kennst sie gut.«

»Wen? Siska? Nein, die kenne ich nicht.«

»Nun, die Kuhlenbäuerin, die kennst du doch?«

»Die Kuhlenbäuerin. Ja, die kenne ich. Außer dir mag sie niemanden, und alle Kinder haben Angst vor ihr.«

»Nicht nur die Kinder.« Josef grinste bei dieser Beschreibung.

»Das ist Siska. Nur nennt sie heute keiner mehr so, schon seit vielen Jahren nicht mehr. Nur noch Kuhlenbäuerin. Sie hat einen Vetter von Lorenz, der den Kuhlenhof erbte, geheiratet.«

»Das kann nicht sein! Dieses alte, hässliche Weib soll die schöne Siska sein?«

»Nun, das macht das Alter mit uns. Sie war lange eine schöne Frau. Aber ich war auch mal ein hübscher Junge.« Das Lächeln des alten Mannes ließ Fältchen wie Strahlen an seinen Augenwinkeln erscheinen.

»Du bist nicht wie sie. Du bist nicht hässlich und eigentlich auch nicht alt. Und böse wie sie bist du schon gar nicht«, protestierte das Mädchen leidenschaftlich.

»Auch Siska ist nicht böse«, sagte Josef. »Sie ist ungeduldig, und es ist ihr gleich, was die anderen von ihr denken. Aber zu mir war sie immer gut. Zu mir und auch zu Ellie, deiner Großmutter.«

»Ja, wenn sie Katharina damals so tapfer gerettet hat, dann muss sie auch gut gewesen sein«, gab das Mädchen zu, aber ihre Zweifel waren hörbar.

»Vielleicht hat sie später auch uns das Leben gerettet. Als das schlimme Hungerjahr war, haben wir im Winter wie viele andere das Saatgut vermahlen und zu Brot backen müssen, um nicht zu verhungern. Im Frühjahr wussten wir nicht, womit wir unsere Felder bestellen sollten. Saatgut war für Bitten oder Geld nirgends zu bekommen. Damals war Siskas Sohn schon der Bauer auf dem Kuhlenhof und behauptete, was sie noch hätten, würde nicht einmal für ihre eigenen Felder reichen. Aber Siska hat einfach die Hälfte ihrer Kornsäcke aufladen lassen und uns gebracht. ›Gebt es uns nach der Ernte im Herbst zurück‹, hat sie gesagt. Und das war ein kostbares Geschenk in dieser Zeit, als Saatkorn fast mit Gold aufgewogen wurde.«

Käthchen kicherte. »Maria hat gesagt, ihr, die Kuhlenbäuerin und du, ihr wärt sicher ein Paar gewesen, als ihr jung wart. Deshalb hättet ihr euch heute noch gern. Da hat sie sich aber getäuscht.«

»Ja, das hat sie. Es gibt Dinge, die verbinden mehr als eine alte Liebesgeschichte. Siska, sie hätte mich auf diese Art noch nicht einmal angesehen. Und mir hat seit dem Tag, als Ellie mir versprach, bei mir zu bleiben, keine andere mehr gefallen.«

»Wann hat sie das?«, fragte Käthchen.

»Wer hat was?«

»Großmutter. Wann hat sie dir versprochen, dass sie bei dir bleibt?«

»Oh, das meinst du.« Josef sah zu Käthchen und dann in die letzte Glut des niedergebrannten Feuers. Er lächelte. »Heute Nacht habe ich mich so oft über den jungen Josef lustig gemacht. Und er war wirklich kein besonders kluger Junge. Doch eines habe ich damals wirklich gut gemacht«, sagte er.

***

Als am Morgen statt Katharina Siska im Drudenhaus entdeckt wurde, war das ganze Dorf in Aufruhr. Jeder wusste etwas anderes zu erzählen: Jemand wollte gesehen haben, wie Katharina als riesige schwarze Katze durchs Dorf gestreift sei, ein anderer, dass Katharina am Morgen vor Jakobs Augen durch Zauberei mit Siska den Platz getauscht habe, wieder eine andere, dass der Teufel die schlafende Siska durch die Luft und durch die verschlossene Tür ins Drudenhaus gebracht habe.

Was auch immer es an Hexengeschichten gab, hier wurde es als Tatsache vorgebracht.

Doch etwas anderes beunruhigte alle im Mehringhof: Ellie war nirgends zu finden. Wiena lief aufgeregt durch das Haus, den Garten und die Nebengebäude und suchte überall. Endlich sank sie auf die Bank und schlug weinend die Hände vors Gesicht. Josef, der ihr wegen der Beschuldigungen, die sie gegen Katharina vorgebracht hatte, sehr böse war, verzieh ihr fast, als er ihre verzweifelte Sorge sah.

»Wenn die Hexe sie nur nicht mitgenommen hat«, drang es zwischen ihren Fingern hervor. »Und wenn sie meine Kleine ihrem Herrn, dem Gottseibeiuns, zuführt?«

Josef hörte ihr kaum zu. Auch ihn packte mehr und mehr die Angst um Ellie. Sie hatten überall gesucht. Es stand fest, dass Ellie nicht mehr im Mehringhof war. Als gestern die Häscher gekommen waren, um Katharina wegzuführen, hatte sich Ellies Verstörtheit wieder bis zur Erstarrung gesteigert. Es passte gar nicht dazu, dass sie heute Nacht das Haus verlassen haben sollte. Es sei denn … Josef wagte es kaum, den Gedanken zu Ende zu denken. Es sei denn, Ellie hatte den Weg gewählt, den auch schon ihre Mutter in ihrer Verzweiflung gegangen war: den Weg ins Wasser der Mosel.

Hatte Ellie etwas von Katharinas Flucht und Schängs Tod in dieser Nacht bemerkt? Hatte sie sich ohne die beiden einsam und verlassen gefühlt? Aber in den Tagen zuvor war sie Josef trotz ihres Schweigens so vertraut und nah gewesen. Er war sich sicher gewesen, dass es ihr genauso ging.

Plötzlich wusste Josef, wo er Ellie finden würde. Er sagte kein Wort, sondern lief ohne Zögern und Zweifel los und hielt nicht an, bis er auf Ellies kleiner Lichtung hinter dem Gebüsch am Bergweg stand.

Sie saß, wie er geahnt hatte, wieder bei dem Rosenstock, der nun in voller Blüte stand. Schwer von kleinen roten Blüten bogen sich seine langen Zweige über sie. Ellie hatte sich nicht angekleidet, als sie in der Nacht das Haus verlassen hatte. Sie war barfuß und trug nur ihr weißes Hemd. Ihr helles Haar fiel ihr ungeflochten über die Schultern. Aber sie sah Josef ruhig und mit wachen Augen entgegen.

Josef ging langsam auf sie zu. »Da bist du ja, Ellie«, sagte er freundlich. »Wir haben dich gesucht.«

Er setzte sich neben sie ins Gras. Das sonnenbeschienene Tal mit dem glitzernden Fluss und dem so friedlich aussehenden Dorf lag unter ihnen. Es war so viel geschehen, seit er das letzte Mal mit Ellie hier gesessen hatte: schlimme Dinge, Tod und Verrat, aber auch Schönes. Josef dachte an den Tanz mit Katharina, an seinen Leseunterricht und vor allem an den Sprung über das Johannisfeuer mit Ellie.

Er sah zu Ellie hinüber, die seinen Blick ruhig erwiderte.

»Weißt du, dass Schäng tot ist?«, fragte er. Ellie senkte langsam die Lider über ihre bernsteinfarbenen Augen, und Josef nahm es als Bejahung.

»Und auch, dass Katharina weggegangen ist?«

Wieder antwortete Ellie mit einem Senken der Lider.

»Ich habe mir gedacht, dass du es heute Nacht gehört hast. Vielleicht kommt Katharina irgendwann zurück, aber bis dahin werden wir hier ohne sie leben müssen.«

Josef stockte. Er wusste genau, was er ihr sagen wollte, aber gleichzeitig ganz und gar nicht, wie er es sagen könnte.

»Willst du bei mir bleiben?«, fragte er rau und zu Boden. Ehe er den Blick zu Ellie hob, setzte er leiser »für immer?« hinzu.

Als er aufsah, waren ihm Ellies Augen sehr nah. Er sah das Lächeln in ihren Augen, ehe es ihre Lippen erreichte.

Er konnte es kaum glauben. Seit der Entführung hatte Ellie nicht mehr gelächelt. Und sie hatte seither auch nicht mehr gesprochen. Nun sagte sie ruhig und fest: »Ja, Josef. Das will ich.«

***

»Ich konnte es kaum fassen, dass sie sprach – mit mir sprach!«, sagte der alte Mann. »Und in den sechzehn Jahren, die wir zusammen leben durften, bis die große Pest sie mir nahm, hörten wir nicht auf, miteinander zu sprechen – selbst dann nicht, wenn wir schwiegen.«

Er schüttelte lächelnd den Kopf, als könne er nach all den Jahren das Wunder immer noch nicht fassen. Und jeder seiner drei Zuhörer teilte sein Lächeln. Einen Moment war es still im Raum.

»Ich wusste nie, was wirklich geschehen war«, sagte Magda. Dann fragte sie: »Und Katharina? Du hast sie nie wiedergesehen?«

»Nein, nie … Aber wenn ich die Augen schließe, kann ich sie und die anderen noch heute vor mir sehen. Lukas und ich schlichen mit ihnen durch das schlafende Dorf bis zur Moselstraße, wo ihr Weg begann. Keiner von ihnen hat sich nochmals nach uns umgedreht. Wir standen am Ufer und sahen ihnen hinterher: drei Gestalten, die sich langsam von uns entfernten.«

***

Katharina, schlank und hochgewachsen, ging zwischen den beiden Männern. Christian, rechts von ihr, ebenso schlank wie sie und kaum größer, sah man selbst von hinten den Soldaten an.

Ein ausgemusterter Soldat mit seiner jungen Frau auf dem Weg zurück in seine Heimat. Das war alltäglich genug und konnte durchaus Glauben finden. Katharina kannte sich mit dem Leben im Tross aus und konnte ohne Weiteres als Soldatenfrau durchgehen. Jäp als Pferdeknecht auszugeben, der sich ihnen angeschlossen hatte, war jedoch nicht unbedingt glaubwürdig. Mit seiner Größe und der ungeschlachten Gestalt sah er in jeder Umgebung außer im Wald oder an seinem Schmiedefeuer befremdend aus. Sein rotes, buschiges Haar hing ihm lang und wirr in den Nacken.

Wir hätten sein Haar schneiden sollen, dachte Josef, Jäp sieht aus wie der wilde Mann. Aber vermutlich hätte auch ein Haarschnitt daran wenig geändert.

Für Jäp würde die Reise vielleicht am schwersten werden. Nie hatte er das Dorf und seinen geliebten Wald verlassen. Er hatte die Einsamkeit gesucht und war sie gewohnt. Selbst in einem kleinen Dorf wie Lay hatte er es kaum ausgehalten. In knapp einer Stunde würden sie das Stadttor von Koblenz erreichen, die Stadt betreten, um die Moselbrücke zu überqueren und ihren Weg in Richtung Norden zu beginnen. Wie würde die morgendliche Stadt mit ihrem Trubel auf Jäp wirken?

Die drei kleiner werdenden Gestalten waren bald nur noch verschwommen zu sehen. Gerade konnte Josef noch erkennen, dass sich Jäp zu Katharina hinabbeugte und etwas sagte. Dann gab sie ihm ihr Bündel, das er zu seinem auf die Schulter nahm.

Sie wird ihm helfen, dachte Josef. Sie wird ihm helfen, alles zu überstehen, indem sie sich von ihm beschützen lässt.

Dann waren die drei in der Dunkelheit verschwunden, und Josef und Lukas standen allein am stillen Moselufer. Noch lange blickten sie dorthin, wo die Moselstraße sich im Dunkel verlor. Die Wellen schwappten leise ans Ufer, und dann, noch ehe die Morgendämmerung sichtbar war, erklang der Gesang einer Amsel. So süß, hoffnungsvoll und froh, wie nur der erste Vogelgesang nach einer dunklen Nacht sein kann.

GESCHICHTE UND GESCHICHTEN
oder Was wirklich geschah

»Katharinas Erbe« ist ein Roman, aber nicht alles ist reine Erfindung.

In Koblenz ist vielen die Geschichte bekannt, wie sich in den letzten Jahren des Dreißigjährigen Krieges drei Dörfer gegen eine Bande marodierender Söldner wehrten. Hilflos hatte man sich von diesen überlegenen Feinden terrorisieren und ausplündern lassen. Als aber zwei Layer Frauen beim Holzsammeln entführt wurden, schworen die Männer der Dörfer »Lieber tot als ewig in Not« und zogen gemeinsam in eine verzweifelte Schlacht. Sie lauerten den Söldnern nachts auf und besiegten sie schließlich nach einem stundenlangen verlustreichen Kampf.

Diese überlieferte Begebenheit habe ich zum Anlass meiner Erzählung genommen. Gegen die Söldnerbande gekämpft haben damals drei Dörfer, die heute schon lange Koblenzer Stadtteile sind: Güls, Moselweiß und Lay. Die Bewohner der beiden anderen Stadtteile mögen mir verzeihen, dass ich die Geschichte nur in Lay spielen lasse.

Ich wollte die damaligen Ereignisse nicht einfach nacherzählen, sondern eine Geschichte über Menschen in der ersten Friedenszeit nach diesem schrecklichen Krieg schreiben. Dreißig Jahre, eine ganze Generation lang, war der Krieg Herrscher im Land gewesen. Koblenz und die umliegenden Orte waren immer wieder hart umkämpft, belagert, erobert und teilweise zerstört worden. Aber noch wichtiger war, wie der Krieg die Menschen verändert hatte.

So habe ich das Geschehen aus den letzten Kriegsjahren in die Zeit kurz nach dem Krieg verlegt, in die Zeit, für die das Problem entlassener und nun auf eigene Faust plündernder Söldner charakteristisch war.

Bei allen anderen geschichtlichen Ereignissen und Figuren habe ich mich an die Tatsachen gehalten. Das trifft auf große Ereignisse und die große Politik wie erwähnte Schlachten oder die Taten des bei Trierern und Koblenzern gleichermaßen verhassten Erzbischofs Philipp von Sötern zu. Aber auch kleine Geschichten, wie zum Beispiel, dass die Bewohner des evangelischen Dorfs

Winningen vor heranrückenden Truppen im katholischen Lay Schutz fanden und sich später mit einem Weingeschenk bedankten, sind so tatsächlich passiert. Selbst für den damals noch lebendigen Glauben an Tiermenschen, wie den Schmied, der in »Katharinas Erbe« als Bärenmensch, Bersaker, kämpft, gibt es ein zeitgenössisches Zeugnis: Es ist aktenkundig, dass in jener Zeit ein Werwolf sein Unwesen in der Umgebung von Koblenz trieb.

Das Recherchieren von Ereignissen, Fakten, Gebäude- und Ortsbeschreibungen über diese Zeit war ein ungeheures Vergnügen. Dagegen war es nur schwer zu ertragen, die grausigen Protokolle der »Verhöre« der regionalen Hexenprozesse zu lesen. Aber alles zeigte mir immer wieder, dass unzählige Geschichten in unserer Vergangenheit liegen, die nicht vergessen werden sollten.

Trotzdem lebten die Figuren dieses Romans immer nur in einer Welt, in der Welt der Phantasie, in die ich mit dem Leser reisen möchte.

Dorothee Müller